Gusel Jachina

Wo vielleicht das Leben wartet

aufbau

Wo vielleicht das Leben wartet

Roman

Gusel Jachina

Aus dem Russischen
von Helmut Ettinger

aufbau

Die Originalausgabe unter dem Titel
Эшелон на Самарканд
erschien 2021 bei AST, Moskau.

FSC
www.fsc.org
MIX
Papier aus verantwortungsvollen Quellen
FSC® C083411

ISBN 978-3-351-03898-4

Aufbau ist eine Marke
der Aufbau Verlage GmbH & Co. KG
1. Auflage 2022

Einbandgestaltung zero-media.net, München
Satz LVD GmbH, Berlin
Druck und Binden CPI books GmbH, Leck, Germany
Printed in Germany

www.aufbau-verlage.de

Inhalt

Für meinen Papa
Schamil Sagrejewitsch Jachin

I.

Fünf-
hundert

Kasan

4000 Werst* – diese Strecke hatte der Sanitätszug der Kasaner Eisenbahn bis nach Turkestan zurückzulegen. Doch den Zug gab es noch nicht. Der Befehl, ihn zusammenzustellen, war gerade erst am Vortag, dem 9. Oktober 1923, unterschrieben worden. Fahrgäste waren auch noch nicht da. Die vom Hunger bis auf die Knochen abgemagerten und extrem geschwächten Mädchen und Jungen von zwei bis zwölf Jahren mussten erst von Kinderheimen und Sammelstellen abgeholt werden. Nur den Zugführer gab es schon: jung, hatte im Bürgerkrieg gekämpft. Name: Dejew. Soeben ernannt.

»Es geht um Kinder«, warf ihm der Leiter der Transportabteilung Tschajanow anstelle einer Begrüßung hin. »500 Seelen. Die müssen von Kasan nach Samarkand gebracht werden. Auftrag und Instruktionen kriegst du bei der Sekretärin.«

Während der Jahre, die Dejew nun schon bei dieser Abteilung angestellt war, hatte er alles begleitet, was man auf Schienen befördern konnte – von beschlagnahmtem Getreide und Vieh bis zu Waltran in Kesselwagen, eine Spende des befreundeten Norwegens für das hungernde Wolgagebiet. Kinder waren bisher nicht dabei gewesen.

* Altes russisches Längenmaß; 1,0687 km. (Die Fußnoten stammen, wenn nicht anders vermerkt, vom Übersetzer.)

»Wann soll's losgehen?«

»Am besten schon morgen. Wenn du Wagen und Kinder beisammenhast, Dejew, dann nichts wie weg! Kinder mögen keine langen Fahrten, das wirst du bald merken.«

Das war alles, ein Wortwechsel von ein paar Minuten, nicht mehr. Was er »bald merken« sollte, war ihm nicht klar. Doch darüber nachdenken konnte er jetzt nicht. Lange Grübeleien waren etwas für alte Leute, die Zeit im Überfluss hatten.

Als Erstes suchte er den Bahnhofsvorsteher auf. In dessen Büro versprach man ihm, alle Reserven zusammenzukratzen. Das Ergebnis war ein einziger Wagen, aber erster Klasse. Die Sitze, einst von edlem Blau, waren zu einem trüben Grau verblichen, die Gobelintapeten an manchen Stellen heruntergerissen, doch die Spiegel an der Innenseite der Abteiltüren fast alle noch ganz. Der Wagen hatte einen großen Gemeinschaftsraum, in dem man Walzer tanzen konnte. Einst hatte sich dort die Reisebibliothek befunden – sogar mit einem Konzertflügel. Jetzt stand da eine schartige gusseiserne Wanne, die man wahrscheinlich aus dem Bad hergeschleppt und dann vergessen hatte. Inmitten von leeren Bücherregalen und verstaubten Kronleuchtern gab sie ein komisches Bild ab. Dejew runzelte die Stirn, doch den Wagen behielt er. Er befahl, die Tapeten abzureißen und die Kronleuchter hinauszuwerfen. In die Abteile sollten anstelle der Gepäcknetze eine zweite und dritte Pritsche übereinander eingebaut werden. Die Wanne wollte er behalten. Als er versuchte, ein Kanonenöfchen dazuzubekommen, um für die Kinder Wasser wärmen zu können, musste er sich einen Bourgeois nennen lassen und verschob die Sache auf später.

Auf den zweiten Wagen wartete er bis zum nächsten Tag. Er wurde in Krassnaja Gorka entdeckt, wo er zwei Jahre lang in einer Ecke des Depots gestanden hatte. Als Dejew dieses Beutestück zu sehen bekam, zuckte er zusammen: Das war kein Personenwagen, sondern eine Reisekapelle! Offenbar stand sie so lange im Depot, weil man in der neuen Sowjetzeit keine Verwendung für sie gefunden hatte. Die mit nachgedunkelter Bronzefarbe gestrichene Kuppel konnte man entfernen und den Altar herausreißen. Aber was sollte er mit den rot umrandeten Bogenfenstern anfangen? Und mit dem Schmuck an der Decke? Dejew nahm auch diesen Wagen. Weil er so geräumig war. »Wie viele Pritschen übereinander sollen hier rein?«, fragte der Vorarbeiter der Zimmerleute mit einem ehrfurchtsvollen Blick zur Decke. »Meinetwegen, drei!«, ließ Dejew fallen. Sicher hätten auch vier Platz gehabt, doch vor solcher Höhe kriegten die Kinder vielleicht Angst.

Auf einen Küchenwagen musste Dejew weitere zwei Tage warten. Aus Simbirsk schickte man ihm ein etwas kurz geratenes Gehäuse auf Rädern, aus gehobelten Brettern zusammengenagelt und später mit Sperrholzplatten geflickt. Aus der Dachluke guckte etwas heraus, das ein Ofenrohr sein sollte. Wie er hörte, wären in den Gassen von Simbirsk viele solche Kästen aus dem 19. Jahrhundert zu finden, die er schon gebraucht hätte. Aber das nachzuprüfen war keine Zeit.

Schließlich koppelte man einen aus Moskau eingetroffenen Personenzug auseinander und hängte fünf Wagen an Dejews Zug an. Dieses Sammelsurium aus Personenwagen erster und dritter Klasse, Kirche auf Rädern und Bretterbude als Küche hatten die Eisenbahner bereits »Girlande« getauft. Für die letzten fünf Neuzugänge, die nach Zigarettenrauch stanken und mit der Spucke zahlloser Fahrgäste verziert waren, brauchte Dejew keine Zimmerleute, sondern Reinigungskräfte. Doch inzwischen hatte er den Bahnhofsvorsteher mit seinen Forderungen so genervt und immerzu sofortigen Vollzug verlangt, dass der ihm eine Putzkolonne rundweg ablehnte. Da spuckte Dejew in die Hände, holte zwei Eimer Wasser und machte sich selbst an die Arbeit.

Hier tauchte sie zum ersten Mal auf. Dejew lag gerade lang ausgestreckt auf dem klatschnassen Fußboden und angelte mit einem Lappen die Schalen von Sonnenblumenkernen unter einer Pritsche hervor, als vor seiner Nase zwei Infanterie-Schnürstiefel auftauchten. Er schaute auf und sah schlanke Waden, die nicht in Fußlappen, sondern in zarten Wollstrümpfen steckten.

»Sie Mörder!«, tönte es von oben. »Was trödeln Sie hier herum?«

Verblüfft ließ Dejew seinen Blick weiterwandern bis zu einem schwarzen Rock, unter dem sich spitze Knie abzeichneten.

»Während Sie Ihren Bauch über den Fußboden schieben, sterben Kinder!«

Als er unter der Pritsche hervorkriechen wollte, um sich draufzusetzen, stieß er sich den Kopf an einer scharfen Kante.

»Was bist du denn für eine?« Dejew war schüchtern gegenüber Frauen. Deshalb duzte er sie, gab sich betont forsch und unnahbar.

»Kinderkommissarin. Wir fahren zusammen nach Samarkand, wenn Sie geruhen, sich aus der Pfütze zu erheben und an die Erfüllung Ihres Auftrags zu gehen.«

»Hast du auch einen Namen, Kommissarin?«

»Belaja.«*

Dejew sann darüber nach, ob dies ein Vor- oder Familienname sein sollte. Nachzufragen traute er sich nicht.

Sie war älter als er, aber nicht so viel, dass sie seine Mutter hätte sein können. Vielleicht eine ältere Schwester. Schönes, strenges Gesicht wie von einem Plakat. Kurz geschnittenes blondes Haar. Nach allen Seiten abstehende Löckchen. Sie hatte den Vorgesetztenblick, der einem Armeeoffizier alle Ehre gemacht hätte. Beinahe wäre Dejew aufgesprungen und hätte

* Deutsch: Weiß.

sich in Ordnung gebracht. Aber das tat er nicht. Ohne Eile fuhr er sich durchs Haar, entfernte ein paar Schalen, die darin hängengeblieben waren, ließ den Lappen in den Eimer klatschen, dass das Wasser überschwappte und die Schuhe der Kommissarin bespritzte, und blieb in lässiger Haltung auf dem Boden sitzen.

»Vielleicht hilfst du mir erst mal beim Scheuern, Genossin Belaja? Oder willst du die Kinder in diesem Saustall unterbringen?«

»Mach ich«, antwortete sie ernst. »Aber nachts, wenn die Kinder schlafen.«

»Wir beide etwa nicht?«, gab Dejew zurück. Er wollte ihr gar nicht frech kommen; das war ihm einfach so rausgerutscht.

Sofort war es ihm peinlich. Er quälte sich hoch, schüttelte den Dreck von der aufgekrempelten Hose und den nackten Knien. Als er schließlich aufrecht vor ihr stand, musste er immer noch zu ihr aufschauen. Kommissarin Belaja war einen halben Kopf größer als er.

»Ich fürchte, zum Schlafen werden wir nicht viel kommen, Dejew«, sagte sie und schaute ihn unverwandt an. Jetzt konnte er endlich ihre Augen sehen. Grau, kalt und von geraden Wimpern umgeben. »Bis wir in Samarkand sind«, fügte sie hinzu.

Nur wenige Minuten später schritt er bereits an ihrer Seite dahin. Eigentlich schritt er nicht, sondern trappelte neben ihr her über die regennassen Gleise, sehr bemüht, nicht auszurutschen oder gar in den Laufschritt zu verfallen.

Sie nahm gleich zwei Schwellen auf einmal; schließlich hatte sie mädchenhaft dünne Beine und eine schlanke Figur, von der allerdings unter den dicken Falten der von einem Koppel zusammengehaltenen Feldbluse kaum etwas zu sehen war. Während Dejews Blick dem schnellen Takt ihrer breiten Schuhe folgte, ging ihm durch den Kopf, dass darin kleine, schmale

Füßchen stecken mussten. Dabei kam er ins Stolpern und fluchte leise vor sich hin, um den blödsinnigen Gedanken zu verscheuchen.

»Wenn die versuchen sollten, die Zahl zu erhöhen, dann lassen Sie sich darauf nicht ein!« Belaja dachte gar nicht daran, ihren Kopf dem Begleiter zuzuwenden. Wie Maschinengewehrsalven ratterte es aus ihr heraus. Dejew musste noch schneller gehen, um etwas mitzubekommen. »Und wenn sie Ihnen Kranke als Genesende andrehen wollen, dann spielen Sie erst recht nicht mit!«

Dejew hatte keine Ahnung, worauf er sich nicht einlassen sollte. Und wen meinte die Kommissarin?

»Wenn die anfangen, auf die Tränendrüse zu drücken, dann wälzen Sie alles auf mich ab. Sagen Sie einfach: Diese Belaja ist so prinzipienfest und hartherzig, dass man sich mit ihr über gar nichts einigen kann. Kein Mensch ist die, sondern ein Stein ...«

»Der Zugführer bin immer noch ich«, warf Dejew für alle Fälle ein.

»Der Zugführer sind Sie«, pflichtete Belaja ihm bei. »Aber schieben Sie ruhig alles auf mich. Am besten, Sie sagen gar nichts und lassen mich reden.«

Inzwischen lag das Bahngelände hinter ihnen. Sie gingen durch die Straßen der Stadt und erreichten bald darauf das Zentrum, an dessen zentralem Platz ein Palast aus Granit und Marmor mit mannshohen Fenstern stand. Die Säulen an der Fassade konnten drei Mann kaum umfassen. Es war der frühere Sitz der Adelsversammlung, wo man jetzt die Kasaner Sammelstelle Nr. 1 für Evakuierungen eingerichtet hatte. Hierher brachte man aus allen Gegenden des Roten Tatariens Kinder, die ihre Eltern nicht mehr ernähren konnten oder wollten. Der Löwenanteil der Fahrgäste für Dejews Transport sollte von hier kommen.

Aus der Nähe betrachtet, nahm sich das Gebäude gar nicht wie ein Palast aus, sondern eher wie eine belagerte Festung. Die Kellerfenster waren mit einer oder zwei Schichten von Brettern vernagelt, die Spitzbogenfenster im Erdgeschoss mit Blechen und Sperrholzplatten geschützt. Die Säulen aus einst schneeweißem Marmor überzog ein dichtes Netz von Sprüngen und Rissen. An den Mauern des Gebäudes fanden sich so viele Spuren von Einschlägen, dass sie aus mürbem, porösem Stein zu bestehen schienen. Dejew erkannte die Scharten sofort: Die kleinen stammten von Gewehrkugeln, die größeren von Artilleriegeschossen. Der ganze Bau wirkte so finster und uneinnehmbar, als sei ringsum immer noch Bürgerkrieg. Gegen wen verteidigte sich seine Besatzung? Etwa gegen die Kinder, die es belagerten?

Die waren überall. Auf der Freitreppe aus Granit und längs der Mauern des Gebäudes hatten sie Zeitungen ausgebreitet, auf denen sie träge im Regen herumlagen – kleine, schmutzige Leiber, von Kopf bis Fuß in Lumpen gehüllt. Ein solches Bild sah Dejew nicht zum ersten Mal, aber noch nie hatte er sich gefragt, warum diese Kinder vor einer Sammelstelle und nicht drinnen waren.

Belaja schritt die flache Auffahrt für Pferdefuhrwerke zum Haupteingang hinauf und klopfte. Drinnen rührte sich nichts. Sie klopfte noch einmal, lauter, rüttelte an der verschlossenen Tür – ohne Erfolg. Sie stellte sich auf die Zehenspitzen und schlug mit der flachen Hand gegen eine hölzerne Fensterverkleidung. Beinahe hätte sie sich an einem Nagel verletzt.

Die Festung schwieg. Die sie belagernden Kinder ebenfalls.

Niemand rührte sich. Nur wenige Augenpaare verfolgten mit müdem Blick, was die Frau da trieb. Ein Bürschchen mit sonnenverbranntem Gesicht, das einer schmutzigen Kartoffel ähnelte, setzte sich auf, um von dem Schauspiel nichts zu verpassen. Den Jungen sprach Belaja an.

»Warum machen die nicht auf?«, fragte sie ihn, als seien er und sie dicke Freunde.

Wo waren der herrische Ton und der Kommandeursblick geblieben?, wunderte sich Dejew. Die konnte ja reden wie ein normaler Mensch!

Das Bürschchen schwieg, wich ihrem Blick aus und schaute zum grauen Himmel, aus dem es nieselte.

»Ihr seid spät dran«, murmelte es schließlich leise vor sich hin. »Kommt morgen früh wieder, da sind sie besser drauf.«

»Wir müssen aber jetzt da rein«, gab Belaja mit einem Seufzer zurück. »Das muss doch irgendwie gehen ... Komm schon, hilf uns.«

Der Kleine antwortete wieder nicht gleich, als kämen ihre Worte aus weiter Ferne.

»Und was hab ich davon?«

»Ich sag dir, wie du hier aufgenommen wirst. Und nicht mehr vor der Tür betteln oder dir den Hosenarsch durchwetzen musst. Wie freundliche Schwestern dir unter die Arme greifen, dich hineinführen, dich waschen, und dir jeden Tag zu essen geben.«

»Red nicht so'n Scheiß«, gab das Bürschchen zurück und zeigte die schwarzen Zähne.

»Heut Nacht gibt's an der Flussmündung eine Razzia. Kinderkommission und Miliz kämmen das Ufer durch. Die sie schnappen, werden zu den Sammelstellen gebracht. Wer also irgendwo unterkriechen und was zu futtern kriegen will, muss dort sein, bevor es dunkel wird. Wer nicht, soll sich zum Teufel scheren und nicht hier rumliegen. Verstanden? Das kannst du weitererzählen.«

In das Kartoffelgesicht kam Bewegung; der Kerl runzelte die Brauen, und seine Nasenflügel begannen zu flattern.

»Messer in mein Herz oder Auge raus, wenn's nicht stimmt!« Belaja schlug sich mit der Faust an die Brust, als halte sie den

Dolch schon in der Hand. Dann schaute sie wieder freundlich drein und grinste verschwörerisch.

»Jetzt du.«

Der Junge schraubte sich träge in die Höhe und bewegte sich langsam, als gehe er durch Wasser und nicht auf festem Boden, zur großen Eingangstür. Dann war seine Trägheit auf einmal wie weggeblasen. Mit dem Rücken zur Tür begann er mit Fäusten und Fersen dagegen zu schlagen, so heftig er konnte. Trommelte so wild, dass die hölzernen Flügel zitterten und die Angeln quietschten.

»Musst stärker draufhauen«, rief er und war von der schweren Arbeit ganz außer Atem. »So kriegst du die!«

»Kein Platz für euch!«, ertönte es nach einer Minute aus einem der oberen Fenster.

Aber als das Kerlchen weiter hämmerte, ohne Schwäche zu zeigen, klickte plötzlich das Türschloss. Sofort sprang der Junge beiseite, und der Besen, der aus dem Türspalt kam, fuhr ins Leere.

»Verschwinde, Schmarotzer!« Aus der Tür trat ein riesiges Weibsbild, das den Besen schwang wie ein scharfes Schwert. »Scher dich zum Teufel!«

»Ist das hier eine Festung?«, fragte Belaja leise, aber mit so drohendem Unterton, dass sich Dejew der Magen zusammenkrampfte. »Der Krieg ist vorbei.«

»Für manche mag er vorbei sein, für andere ist er noch in vollem Gange!« Die Türsteherin ließ sich nicht beirren. »Die nehmen uns das Haus auseinander! Was kann ich dafür, wenn jeden Tag eine ganze Armee von denen hier anmarschiert! Und wohin mit ihnen?«

Ohne ein weiteres Wort ging Belaja auf sie zu, das Riesenweib senkte den Besen und trat zur Seite. Hinter der Kommissarin schlüpfte Dejew in das stockdunkle Haus mit den vernagelten Fenstern.

»Zu wem wollt ihr, Genossen?« Die Pförtnerin hantierte mit mehreren Schlüsseln, um die Tür zu sichern, konnte aber bei dem trüben Licht die Schlüssellöcher nicht gleich finden. »Wohin wollt ihr, Genossen? He!«

Doch Belaja stapfte bereits die riesige Freitreppe zur zweiten Etage hinauf, von wo ein Lichtschein herabfiel. Dejew wollte ihr nach, stolperte über etwas Weiches und wäre beinahe gefallen. Ein zweites Mal strauchelte er. Aus dem Dunkel kam ein unterdrückter Schrei, und dann piepste jemand höhnisch: »Genossen!«

In der Finsternis war nichts zu erkennen. Dejew blieb stehen, tastete um sich herum und bekam ein paar kahlgeschorene Köpfchen zu fassen.

»Genossen!«, piepste es von der anderen Seite.

»Wohin wollt ihr?«

»Na, nicht vor die Tür!«

»Süßen Tee schlürfen!«

»Und uns sattfressen dürfen!«

Die Dunkelheit füllte sich mit Stimmen, Seufzern und Gelächter.

»Einen Zuhälter vermöbeln!«

»Den Richter anpöbeln!«

»Ein Bulle wär auch nicht schlecht!«

»Und das alles in echt!«

»Ruhe da oben!«, keifte die Pförtnerin vom unteren Ende der Treppe.

Mit weit aufgerissenen Augen und ausgestreckten Händen nach Hindernissen tastend, versuchte Dejew, sich durch die auf den Stufen liegenden Kinder zu drängen und der Kommissarin zu folgen, so schnell er konnte. Seine Hände berührten kahlgeschorene Köpfchen, Beine, Schultern und Rücken. Am meisten fürchtete er, auf ein Kind zu treten, doch die waren schneller als er, glitten zur Seite und gaben ihm den Weg frei, so wie ein Schwarm flinker Fischchen vor einem großen Räuber nach allen Seiten auseinanderflitzt.

Je weiter Dejew die Treppe hinaufstieg, desto heller wurde es und desto dichter die Menge der Kinder. Bald teilte sich die Treppe in einen linken und einen rechten Flügel, die in die zweite Etage führten. Hier konnte man schon Augenpaare – graue, grüne, schwarze und blaue – unterscheiden, die sie von allen Seiten neugierig anstarrten. Die Jungen waren klein, und mit den geschorenen Köpfen sahen sie alle irgendwie gleich aus. Einem fehlte ein Ohr, aber vielleicht schien das Dejew bei dem schlechten Licht auch nur so.

Über die ganze zweite Etage lief nach links und rechts ein breiter Korridor. In die Räume führten große Türen, die einst schneeweiß gewesen waren und bestimmt goldene Namensschilder getragen hatten. Die Farbe war abgeblättert, und überall schaute dunkles Holz hervor. Aus der Tiefe des Korridors eilte bereits eine winzige Dame mit Brille den Gästen entgegen, offenbar eine Mitarbeiterin der Sammelstelle. Doch ohne auf sie zu warten oder vielleicht, um ihr zuvorzukommen, riss Belaja die mittlere Tür auf und trat mit entschlossenem Schritt ein. Dejew, dem das ausgesprochen peinlich war, tat es ihr nach. Warum sollte er sich allein für ihr freches Eindringen rechtfertigen?

Als er über die Schwelle trat, blieb er stehen, starr vor Staunen. Das war der Ballsaal gewesen. Durch die riesigen Fenster, die Scheiben, fast überall noch ganz und nur an einigen Stellen mit Lappen verhängt, strömte Tageslicht herein. Der Saal wirkte ungeheuer hoch, man musste sich den Hals verrenken, um den Kronleuchter, groß wie eine Lokomotive, betrachten zu können. Die vielen Lämpchen waren zerschlagen, doch das bronzene Gestell war unversehrt geblieben. Von dem Kronleuchter liefen Blumengirlanden aus Gips und schwarze Risse nach allen Seiten über die Decke. Über dem Saal schwebte die

Orchesterempore, von einer weißen Balustrade umgeben und von schlanken Säulen getragen, die trotz aller Sprünge und Scharten immer noch elegant wirkten.

Der riesige Raum war voller Kinder wie der Wartesaal eines Bahnhofs. Auf den Fensterbänken hatte man mit Lumpen und Fetzen Lagerstätten hergerichtet, wo sich drei, vier Jungen neben- und übereinander drängten. Jede Kiste, jeder Koffer und jedes Bündel wurde zum Schlafen genutzt. Bücherstapel hatte man in langen Reihen auf dem Parkett zusammengeschoben und Heu darübergeworfen. Die in Leder oder Leinen gebundenen Bände sahen teuer aus, bestimmt waren das ganze Werkausgaben. Wer keinen Platz zum Schlafen oder Sitzen gefunden hatte, lag auf dem blanken Fußboden, der aussah wie von einer wogenden Masse blasser, knochiger Glieder und abgemagerter Gesichter bedeckt.

Die Neuankömmlinge beachtete niemand. Die Bewohner dieses Ortes schauten zum Fenster hinaus, spielten Karten, schwatzten miteinander, schlummerten, knackten Läuse zwischen den Zähnen oder starrten stumpfsinnig zur Decke. Ob die auf etwas warteten? Was konnte das sein? Noch nie hatte Dejew so eine Masse Kinder gesehen. Von der Menge nackter Fersen und kahlgeschorener Köpfe flimmerte es ihm vor den Augen. Das Stimmengewirr dröhnte ihm in den Ohren: »Ich fress doch nicht zum ersten Mal kleine Hunde – da ist nix dabei! Man stopft sich den Bauch voll und kratzt nicht gleich ab.«

»Meine Mutter tat damals ihre letzten Schnaufer, die Erde hatte ihr schon ihre schwarzen Krallen gezeigt …«

»Deine Moralpredigt kannste dir sonstwohin stecken, Großfresse! Wenn ich was will, dann werd ich dich grad fragen. Die Bullen haben uns schon auf dem Kieker. Doch wir können jederzeit die Fliege machen, das merkt keine Sau.«

»O heilige Jungfrau, Muttergottes, Herrscherin des Himmels und der Erde! Erhöre mein Fleh'n und meine Seufzer …«

»Das Futter ist auch hier obermies:
Wasser zum Fressen, Wasser zum Saufen …
da scheißt du nie 'n richtgen Haufen …«

»Dein Moschuchin und mein Douglas Fairbanks sind wie Maus und Elefant!«

»Haut mir einer eine rein,
werd ich nach der Mama schrei'n …«

»He, Schwester, sag ich zu ihr, Sie essen aber vornehm, genau wie Lenin.«

»Genossen! Kommen Sie vom Volkskommissariat für Bildung?«

Die Frau mit Brille war von dem kurzen Lauf ganz außer Atem. Jetzt aus der Nähe sah Dejew, dass ihr zu einem Dutt aufgestecktes, fettiges Haar schon ganz grau war und sie keine schlanke junge, sondern eine dürre ältere Frau vor sich hatten. Doch Belaja dachte nicht daran stehenzubleiben, sondern schob sich zwischen den zur Seite rückenden Jungen forsch durch und drehte den Kopf in alle Richtungen.

»Schapiro, Leiterin der Sammelstelle«, schnaufte die Frau, überholte Dejew, um sich Belajas langem Schritt anzupassen, lief neben der seltsamen Person her und versuchte ihr ins Gesicht zu schauen.

»Wie viele Kinder sind insgesamt hier?« Belaja sprach bewusst in strengem Ton, als wolle sie jede Antwort schon im Voraus rügen.

»Vierhundertfünfzig.« Die Leiterin riss sich im schnellen Lauf die Brille von der Nase und wischte sie an ihrer Strickjacke ab, als wolle sie die Eindringlinge genauer betrachten. »Doch heute Nachmittag erwarten wir eine Kolonne aus Jelabuga.«

»Wie viele davon sind gesund?«

»Das hängt davon ab, was Sie unter gesund verstehen. Auf der Krankenstation und in Quarantäne haben wir siebenundvierzig Kinder.« Das Gesicht der Leiterin wurde immer ängstlicher, und von dem raschen Lauf ging ihr Atem noch schneller. »Oder kommen Sie etwa vom Volkskommissariat für Gesundheitswesen?«

Die alte Frau so zu jagen war nicht in Ordnung. Verstand das diese Belaja? Wohl kaum. Oder verstand sie es nur zu gut?

»Wie viele der Gesunden sind älter als fünf Jahre?«

»Etwa zwei Drittel ... Aber erlauben Sie ..., ich möchte jetzt doch wissen ...«

Leiterin Schapiro rang nach Luft. »Sie sind Genossin ...?«

Dejew hielt es nicht mehr aus.

»Belaja«, stellte er seine Begleiterin vor. »Kommissarin Belaja von der Kinderkommission.«

»Von der Kinderkommission!« Die Leiterin strahlte und hatte ihre Atemnot sofort vergessen. »Endlich denken Sie an uns! Wir gehen hier zugrunde ohne Sie, wir gehen zugrunde ...! Warum hat man uns das nicht mitgeteilt? Ich hätte Ihnen alle Zahlen aufgeschrieben und ein paar Fragen dazu, damit wir hier nicht so in Eile ...«

»Lassen Sie sich Zeit.« Belaja musterte die Fenster und die Wand zwischen ihnen. Draußen war der Regen stärker geworden, und über den bröckelnden Putz liefen dünne Rinnsale aufs Parkett.

Belaja schaute sich nicht einfach um. Sie gab zu verstehen, dass sie alles sah und nichts ihr passte. Eine komische Art, nicht nur mit Worten, sondern durch Gesten und sogar schweigende Blicke Missfallen auszudrücken! Das war keine Frau, sondern eine Giftnatter.

»Nun, als Erstes haben wir da die Räume«, hub Schapiro besorgt an. »Sie sehen ja selbst, in welchem Zustand sie sind! Beim Volkskommissariat für Bildung meint man, sie hätten uns einen Palast geschenkt, und damit gut! Aber wie soll man in einem Palast leben? Haben die daran gedacht? Wie soll man hier lernen, schlafen oder gar gesund werden? In diesem Zustand ist das kein Platz für Kinder.«

»Recht hat sie«, stimmte Dejew ihr zu, denn er wollte der armen Leiterin unbedingt helfen. »Wo sind die Betten?«, fragte er.

»In der Adelsversammlung wurde nicht geschlafen, Genosse«, erklärte Schapiro in belehrendem Ton. »Dort wurde getanzt und gefeiert. Unser bequemstes Bett ist das hier.«

Sie klatschte mit der flachen Hand auf eine Bank, die man wahrscheinlich aus einem Park hergeschleppt hatte. Darauf drängten sich mehrere Jungen unter einer mit Troddeln gesäumten seidenen Tischdecke, die ganz ausgebleicht und von Flecken übersät war.

»Tagein, tagaus eine neue Kolonne! Wo soll ich die alle unterbringen?« In tragischer Pose riss die Leiterin die dürren Ärmchen in die Höhe und wirkte jetzt wie eine aufgeschreckte Spinne. »Dazu jeden Tag Findelkinder! Wir haben schon ein Schild an die Tür gehängt: ›Alle Babys bitte zum Haus des Säuglings bringen!‹ Dazu die Adresse. Doch die Mütter können entweder nicht lesen oder sind einfach nur stur. Jeden Morgen liegen auf der Treppe ein, zwei ausgesetzte Kinder, manchmal auch drei.«

Plötzlich spürte Dejew, dass ihn jemand beobachtete. Er schaute sich um. Durch die Scheiben der Tür, die auf einen Balkon führte, blickten ihn mehrere Gipsfiguren an. Der einen oder anderen fehlte die Nase. Über ihre starren Gesichter lief Regenwasser.

»Dazu jeden Tag zehn, fünfzehn Leute, die auf eigene Faust hier auftauchen. Nicht nur aus Tatarien, auch aus Tschuwaschien, aus Mordwinien, von den Deutschen bei Saratow und neulich sogar aus Kalmückien. Einen Halbwüchsigen lasse ich nicht rein. Aber einen dreijährigen Knirps fortschicken? Das bringe ich nicht übers Herz.«

»Und die Fenster haben Sie auch wegen Ihres weichen Herzens vergittert?« Belaja schritt durch den Saal und wandte sich dem Ausgang zu, als sei sie hier die Hausherrin und führe die anderen herum.

Dejew knirschte mit den Zähnen, so ärgerten ihn der scharfe Ton und das grobe Auftreten seiner Begleiterin. Das war keine Kinderkommissarin. Ein Feldwebel auf dem Exerzierplatz war das!

»Wo wollen Sie denn hin?« Die Leiterin konnte Belaja kaum folgen. »Erdgeschoss und Keller sind unbewohnbar. Dort kann man nicht mal Vieh halten. Im Winter haben wir fingerdickes Eis an den Wänden, im Frühjahr und Herbst steht das Wasser kniehoch. Die Fenster sind schon seit dem Krieg ohne Scheiben. Die Kamine funktionieren nicht und die Abflussrohre sind verstopft. Tja, wenn uns die Kinderkommission da helfen könnte …!«

Ein seltsamer, langgezogener Ton unterbrach ihr Gespräch. Er kam irgendwoher von oben. Zuerst glaubte Dejew, es sei eine Sirene. Aber nein, da heulte ein Kind, es weinte nicht, sondern ließ ein Brüllen hören und hielt nur inne, um Luft zu holen. Selbst Belaja blieb stehen und wandte sich um. Die Leiterin winkte nur müde ab.

»Achten Sie nicht darauf, das ist Senja, ein kleiner Tschuwasche. Der beruhigt sich bald wieder.«

Doch das Heulen hörte nicht auf. Es begleitete die Gäste, als sie den Ballsaal verließen, den Korridor entlanggingen und den nächsten Raum betraten. Schapiro schloss die Tür, damit es nicht störte, aber die Stimme drang durch alle Mauern.

Dejew hatte Senja schon vergessen, so sehr überraschte ihn, was er jetzt sah. Wahrscheinlich war das einmal der Bankettsaal gewesen. Nun bewohnten ihn die Mädchen. Auch hier waren die Lagerstätten Bücher, Möbelteile und Kartons, das gleiche

Gedränge knochiger Körper und nackter Füße, nur gehörten sie nicht Jungen, sondern Mädchen. Und über allem schwebte – Essen.

Die Decke war in strahlenden Farben ausgemalt; alles wirkte wie echt. An den Rändern rankten sich Weinreben entlang, von denen riesige, im Sonnenlicht glänzende Trauben herabhingen. Daneben rosafarbene Äpfel und durchscheinende honiggelbe Birnen. Über Bergen von Aprikosen und Pfirsichen tanzten Schmetterlinge. Aus angeschnittenen Zitronen konnte man den Saft tropfen sehen.

Auch an den Wänden riesige Bilder von Wildbraten, frisch aufgeschnittenem rosa Schinken, Austern, angebissenem Brot und halb ausgetrunkenen Weingläsern. Alles in unvorstellbaren Ausmaßen und bestem Zustand. Kein Riss, kein Schimmelfleck störte diesen Überfluss. Die Fresken strahlten wie frisch gemalt.

Es war still. Von dem riesigen Raum erdrückt, lagen die Mädchen reglos da oder redeten kaum hörbar miteinander. Selbst der Tschuwasche Senja heulte nicht mehr. Dejew sah, wie eine der Kleinen ein Stückchen Fleisch von der Wand abpulen wollte. Es gelang ihr nicht, die Farbschicht war zu dick und ihr Finger zu schwach.

Zu der Wolke von Früchten über ihren Köpfen wollte Dejew eine Frage stellen, aber dann knurrte er nur ärgerlich.

»Ich sag doch, wir haben keinen Platz«, wiederholte die Leiterin mit einem Seufzer.

»Kann man das nicht überstreichen …?« Dejew runzelte die Stirn und suchte nach dem passenden Wort, » … diese Kunst?«

»Womit denn? Mit Kohle? Nicht einmal die habe ich.«

»Die Raumfrage ist klar«, unterbrach sie Belaja. »Was für Sorgen haben Sie noch?«

Auf ihrem glatten, schönen Gesicht sah Dejew keine Spur von Bewegung. Die Fressorgien an den Wänden und die zusammengekauerten Kinder schienen bei der Kommissarin keinerlei Empfindung zu wecken. In einer merkwürdigen Gefühlswelt lebte die: Ging ohne Anlass in die Luft und blieb dann wieder völlig kalt, als hätte sie kein Herz, sondern einen gefrorenen Fisch in der Brust. Die undichten Wände und die vernagelten Fenster bereiteten ihr Sorgen. Doch was hungrige Kinder mitten in gemalten Speisen litten, das ließ sie kalt?

»Als zweites natürlich die Verpflegung«, antwortete Schapiro und wies mit ihrer dürren Hand auf die herrlichen Malereien. »Ich kann alles verstehen: Wir haben wirtschaftlichen Verfall, Hungersnot, eben eine schwere Zeit. Aber warum holen wir die Kinder zu uns, wenn wir ihnen nichts zu essen geben können? Mit einem Rubel die Woche pro Kind – wie soll das gehen? Was kann ich ihnen dafür vorsetzen? Mühlenstaub? Oder Haferspreu? Doch ich soll sie nicht nur ernähren, sondern auch noch wärmen und für ihre Gesundheit sorgen. Das wäre mein dritter Punkt.«

Mit einer Kopfbewegung wies sie auf den gewaltigen Kamin aus Marmor und Gusseisen in einer Ecke. Davor lagen etwas Reisig und zerknülltes Zeitungspapier. In seinem Inneren stand ein Blecheimer, in den es aus dem Rauchabzug tropfte, denn draußen regnete es jetzt in Strömen.

»Und dann dieser Palast …« Schapiros faltige Wangen liefen vor Empörung rot an. Das Thema brachte offenbar ihr Blut in Wallung. Die Strickjacke war aufgesprungen, und sie gestikulierte heftig. »Hat einer im Volkskommissariat für Bildung darüber nachgedacht, wie viel Brennholz man braucht, um diesen Bau nur ein einziges Mal richtig warm zu kriegen? Im Ballsaal tanzen im Winter die Schneeflocken!«

Plötzlich wurde Dejew bewusst, dass es ihn nach der halben Stunde in dem Haus fröstelte. Offenbar war es hier kein bisschen wärmer als draußen. Da halfen auch die an die Decke gemalten Sonnenstrahlen nicht.

»Brennholz kann man doch eher verlangen als Geld oder Räumlichkeiten«, erklärte Belaja und hatte wieder diesen anklagenden Ton.

»Wie oft habe ich darum gebeten! Mein ganzes Papier ist dafür draufgegangen!«

»Schreiben Sie nicht so viel! Gehen Sie direkt zum Leiter der Behörde und lassen Sie ihn nicht eher aus dem Büro raus, bis er Ihnen ein paar Fuhren Brennholz genehmigt hat. So einem Kerl müssen Sie einen angespitzten Bleistift hierhin stoßen« – Belaja tippte mit dem Finger an die Stelle, wo Männer den Adamsapfel haben – »und einen zweiten in die Hand drücken, damit er unterschreibt! Wenn er sich weigert, dann drohen Sie, dass Sie sich bei der Tscheka über ihn beschweren – wegen Schlamperei und feindseliger Haltung zu Kindern!«

Ihr Tonfall ließ ahnen, dass die Kommissarin das selber schon gemacht hatte, und wahrscheinlich nicht nur einmal. Den frechen Vorschlag kommentierte die Leiterin nicht, schaute mit ihren kurzsichtigen Augen nur hilflos drein und redete nach ein paar Sekunden weiter, als hoffte sie immer noch auf etwas Mitgefühl.

»Kommen wir zur Hygiene: Die gibt's bei uns einfach nicht. Wir haben weder ein richtiges Bad noch einen Desinfektionsraum. Bei der Aufnahme müssen wir die Kinder waschen – in einer Wannenfüllung und mit einem Stück Seife für zehn. Und wenn hier nun plötzlich die Krätze oder Schlimmeres ausbricht? Daran mag ich gar nicht denken …«

»Ach, hören Sie doch endlich auf, sich zu fürchten und zu jammern!« Belaja wurde jetzt so laut, dass die Leiterin zusammenfuhr und die Mädchen die streitenden Erwachsenen erschrocken anstarrten. »Gehen Sie ins Volkskommissariat für Gesundheit und hauen Sie dort mit der Faust auf den Tisch! Kippen Sie ihnen einen Haufen Läuse drauf als Geschenk von den ungewaschenen Kindern. Was glauben Sie, wie schnell Sie

eine Desinfektionskabine, Seife und Zahnpulver haben!«
Belaja wandte sich abrupt um und marschierte zur Tür.

So macht die das, dachte Dejew bei sich. Schlägt mit der Faust auf den Tisch und kippt Läuse drauf. Und bestimmt nicht nur auf den Tisch, sondern dem armen Chef gleich in den Kragen. Mit der sollte man sich nicht anlegen. Das ist keine Frau, sondern ein Drache im Rock. Und er Esel hatte auf ihre Wimpern und hübschen Beine geschielt. Ausgerechnet mit der sollte er einen Zug führen!

»Das raten Sie mir als Mitglied der Kinderkommission?«, fragte die Leiterin, jetzt völlig verdattert.

»Und zwar mit Nachdruck!« Als die Kommissarin den Bankettsaal verließ, dachte sie gar nicht daran, die schwere Tür festzuhalten, so dass sie der ihr nacheilenden Leiterin beinahe an den Kopf geknallt wäre. Davor konnte Dejew die alte Frau mit einem kühnen Sprung gerade noch bewahren. Wäre es nach ihm gegangen, dann hätte er sie Belaja mit Vergnügen in den Rücken oder gar in die hochmütige, schöne Visage gedonnert.

Aber die Kommissarin eilte inzwischen zur dritten Etage hinauf und hätte beinahe einen kleinen Jungen umgerannt.

»Teilt euch, ihr Wellen, da kommt ein Stück Scheiße geschwommen!«, zischte der ihr hinterher.

»Ein Stück ist nicht dem anderen gleich!«, parierte Belaja schlagfertig.

»Da oben gibt's nichts zu sehen!«, rief Schapiro ihr erschrocken nach. »Da sind nur noch die Kranken- und die Quarantänestation!«

Aber es war zu spät. Die Kommissarin hatte die Treppe schon hinter sich gelassen, und man hörte nur noch ihre Absätze klappern.

Ein Junge in himbeerfarbener Weste mit goldgestickten Blumen und Glasknöpfen stand auf dem Korridor und pinkelte in einen Eimer. Die Weste war so lang, dass die Schöße bis auf das Parkett reichten und dort Falten schlugen. Das Hälschen des Kleinen ragte aus dem Kragen wie ein Stock aus einem Fass. Unter dem roten Samt ein splitternackter Körper – Hose oder Unterzeug hatte der Junge nicht. Als er fertig war, raffte er die Schöße des Gewands, damit sie ihn beim Gehen nicht störten, und schlurfte an seinen Platz zurück. Die nackten Beine unter der Weste erinnerten an die eines Elefanten. Die hässlich angeschwollenen Glieder, die jede Form verloren hatten, konnte er kaum heben und nur langsam, mit Mühe bewegen.

»Solche Kostbarkeiten haben wir auf der Orchesterempore gefunden, dazu Perücken und Puder«, erklärte die Leiterin, die vom raschen Treppensteigen nach Luft schnappte. Überhaupt glaubte Dejew, dass sie die Anstrengungen und Aufregungen der letzten Minuten nicht mehr lange ertragen konnte. »Die Musiker haben uns ein Dutzend Maskenball-Kostüme, aber nicht ein einziges Paar Schuhe hinterlassen. Wäre es doch nur umgekehrt gewesen! Aber wir wollten die Sachen nicht wegwerfen. Da haben wir sie halt an die Kinder verteilt. Sehen Sie seine Beine? Wie ich schon sagte – hier oben ist unsere Krankenstation.«

Die Räume der dritten Etage waren wesentlich niedriger und enger. Mit ausgestrecktem Arm konnte Dejew fast die Decke erreichen. Früher hatten sich hier wahrscheinlich Wirtschaftsräume befunden. Entsprechend niedrig waren die Türen.

Die Leiterin und Dejew schauten in mehrere Zimmer (auf der Schwelle musste er den Kopf einziehen, um sich ihn nicht am Türrahmen zu stoßen), bis sie in einem die Kommissarin entdeckten. Hier schritt sie nicht umher, sondern war nahe der Tür stehen geblieben und betrachtete die Bewohner genauer. Ohnehin hätte sie keinen Schritt tun können, so eng war der Raum, in dem dicht an dicht Kinderkörper lagen.

Die boten einen grotesken Anblick. Arme, Schultern, Rippen, Schlüsselbeine und Hälse waren klapperdürr und ragten spitz unter der Haut hervor. Füße, Unterschenkel, Hüften und Bäuche waren geschwollen und ungewöhnlich dick wie Federkissen. Das Gleiche war mit den Gesichtern passiert: Einige wirkten wie knöcherne Masken, bei anderen konnte man kaum noch Gesichtszüge erkennen und nur in engen Schlitzen ein Augenpaar entdecken. Dejew hatte im Wolgagebiet natürlich schon solche Hungergestalten gesehen, aber nie so viele und nur Kinder. Einige waren nackt, andere trugen Samtwesten wie der Junge auf dem Korridor. Auf den Köpfen waren goldbestickte Dreispitze mit Federn oder Lockenperücken zu sehen. Die Kinder lagen auf niedrigen Pritschen oder direkt auf dem Fußboden, unterhielten sich träge miteinander, viele schliefen.

»Nach der Vorschrift darf ich Aufgedunsene und Krüppel gar nicht aufnehmen«, murmelte Schapiro schuldbewusst. Jetzt verstand Dejew, weshalb die Leiterin so betreten wirkte. »Aber die Evakuierungsbeauftragten sind doch auch nur Menschen. Die irren sich schon mal und bringen mir einen Säugling angeschleppt, oder, wie neulich, ein schwangeres Mädchen aus der Gegend von Mamadysch. Kaum dreizehn Jahre alt, und schon schwanger …«

»Lassen Sie den Evakuierungsbeauftragten die Kosten für den Unterhalt dieser ›Irrtümer‹ vom Gehalt abziehen«, erklärte Belaja. »Die irren sich nie wieder.«

Die Leiterin wurde noch kleiner, erwiderte aber nichts.

»Hör jetzt endlich auf damit«, sagte Dejew hasserfüllt. Er hielt es einfach nicht mehr aus.

Dabei kehrten ihm beide Frauen den Rücken zu und hatten seine Worte wohl kaum gehört. Er wollte sie laut wiederholen, ein paar ermutigende Sätze für die Leiterin der Einrichtung hinzufügen, dann Belaja beim Ellenbogen nehmen, so, dass es wehtat und sie kein Wort mehr zu sagen wagte. Doch da spürte er eine Berührung an seinem Bein, so zart, als streiche eine Katze um ihn herum.

Als er sich umsah, erblickte er ein Mädchen zwischen vier und acht Jahren. Sie war so dünn, dass er ihr Alter nicht schätzen konnte. Sie saß in einem Winkel auf einem Häufchen Stroh und streckte den Erwachsenen ihre Hand entgegen. Die weit geöffneten Augen, weiß wie zwei frisch geschälte gekochte Eier, waren auf Dejew gerichtet. Ihre hohle Hand schwang in der Luft hin und her. Dejew begriff, dass sie blind war und ihre Hand nach Gehör bewegte.

»Das brauchst du nicht mehr«, sagte Dejew, hockte sich neben sie, streichelte ihr die Schulter und drückte die ausgestreckte Hand sanft herunter. »Hier bekommst du auch ohne das etwas zu essen.«

»Geben Sie sich keine Mühe«, sagte Schapiro. »Marchum versteht weder Russisch noch Tatarisch. Sie glaubt, dass sie damit ihr Essen abarbeitet.«

»Das war unser ganzer Palast«, sagte Schapiro auf dem Flur und wies zur Treppe. »Nun haben Sie alles gesehen. Gehen wir nach unten, Genossen, ich möchte Ihnen noch einen Tee vorsetzen.« Aber dazu kamen sie nicht, denn wieder ertönte das gequälte, langanhaltende Heulen, das sie bereits kannten. Es kam aus nächster Nähe. Es hätte auch ein Tier sein können, wäre das Schluchzen und Murmeln in den kurzen Pausen nicht gewesen.

»Ist das wieder Senja, der Tschuwasche?«, fragte Dejew.

Die Leiterin, blass und mit erstarrter Miene, nickte kurz und wandte den Blick ab.

»Ein Heer von Läusen verfolgt ihn«, erklärte sie. »Im Traum. Er will vor ihnen fliehen, aber es gelingt ihm nicht. Er hat sich die Füße erfroren, daher sind die Bisse der Insekten besonders schmerzhaft. Wenn er wach ist, sucht er ständig am ganzen Körper nach ihnen ... Doch wenn er einschläft, dann sind sie wieder hinter ihm her ... Lassen Sie uns gehen, Genossen!«

In ihrer Stimme war Resignation zu hören.

»Mein Tee ist hervorragend – aus Mohrrüben.«

Belaja schaute in die traurigen Augen der Leiterin.

»Tee ist nicht nötig«, sagte sie.

Wieder ging sie horchend von einer Tür zur anderen, um den Raum zu finden, wo Senja heulte.

Als sie ihn endlich fand, stellte sich heraus, dass es die Orchesterempore war.

Hier lagen keine Kinder, sondern Skelette, war Dejews erster Eindruck. Auf Stühlen hatte man aus Lumpen Lagerstätten gebaut. Darauf dünne, in welke graue Haut gehüllte Knochen. Davon überzogen waren auch die Schädel und Gesichter, die nur aus riesigen Mündern und Augenhöhlen zu bestehen schienen. Von Zeit zu Zeit rührten sich die Knochen ein wenig, öffneten mechanisch die Augen und schaukelten auf ihren Lagern hin und her, oder sie lagen mit halbgeschlossenen Lidern bewegungslos da. Einige Kinder hatte man in große, flache Kästen gelegt, die Dejew an den Griffen als Kommodenschubladen erkannte. Ein Kind lag im hölzernen Futteral eines Kontrabasses.

Das waren die Bettlägerigen. Sie litten seit Monaten und Jahren an Ohnmachten, Fieber und Wassersucht, die der Hunger verursachte. Ihr Organismus ging nicht an fehlender Nahrung zugrunde, sondern war von deren Dürftigkeit und Kargheit nach und nach geschwächt und ausgezehrt worden. Diese Kinder waren kaum noch zu retten. Von der Decke schauten Amorputten aus Gips lächelnd auf sie herab.

Hier lag auch Senja. Er heulte nicht, sondern starrte mit Eulenaugen ins Leere und hechelte wie ein Hund mit aufgerissenem Mund. Er hatte einen höckerigen Schädel mit dünnem rötlichem Haarwuchs und viel zu großen Ohren. Aus seinem fast zahnlosen Mund ragten nur noch die zwei Eckzähne beiderseits der Zunge hervor.

»Die Evakuierungsbeauftragten bringen Ihnen auch Bettlägerige?« Belaja sprach mit einem Mal leise und zog die Nase hoch, die ganz blass geworden war. »Und die nehmen Sie auf? Gibt es denn hier nur Engel der Barmherzigkeit?!«

Darauf antwortete Schapiro nichts. Sie nahm die angelaufene Brille ab und zupfte Senjas Decke zurecht. Es war ein Stück Gobelin, auf dem man noch eine Szene mit Rebhühnern und Jagdhunden erkennen konnte.

Von unten, aus dem Ballsaal voller gesunder Kinder, waren jetzt Schreie und Gelächter zu hören.

»Warum liegen die hier an einem so merkwürdigen Ort?«, fragte Belaja. Dejew schaute in den Saal und sah, dass einige Jungen Bocksprünge machten.

»Ich habe Ihnen doch gesagt, wir haben keinen Platz«, antwortete die Leiterin und strich Senja über den geschorenen Kopf. Ohne Brille wirkte ihr rosiges Gesichtchen trotz der Falten fast kindlich.

»Na ja, den Bettlägerigen kann es egal sein«, fasste Belaja sarkastisch zusammen.

»Hören Sie auf damit!« Dejew spürte, wie ihm plötzlich übel wurde – von der Höhe der Empore oder von dem, was er hier gesehen hatte.

»Mir ist klar, dass ich alle Bestimmungen verletze.« Bei diesen Worten nahm die Leiterin eine aufrechte Haltung an und setzte die Brille wieder auf. »Soll man mich dafür bestrafen. Aber verstehen Sie doch – schließlich sind Sie von der Kinderkommission und nicht von der Tscheka –, was soll ich denn machen? Ich kann sie doch nicht wieder nach Jelabuga oder Laischewo zurückschicken! Schreiben Sie ruhig in ihrem Inspektionsbericht: Für all das übernehme nur ich die Verantwortung.«

»Das ist keine Inspektion«, unterbrach sie Belaja und schaute der Frau direkt ins Gesicht. »Wir sammeln Kinder für einen Transport nach Turkestan.«

»Ach ja, da war so ein Brief …«, murmelte die Leiterin verlegen, bis sie plötzlich begriff. Wie ein junges Mädchen legte sie ihre faltige Hand auf die Brust und stieß einen kleinen, spitzen Schrei aus. »Aber wozu dann das ganze Theater? Dieses Verhör und der Rundgang durch alle Räume? Man fühlt sich ja wie bei einer Hinrichtung …! Warum haben Sie nicht gleich gesagt, was Sie vorhaben?« Hinter den dicken Brillengläsern waren ihre Augen riesengroß. Wahrscheinlich vor Empörung, aber wie Dejew schien, von den dicken Tränen, die aus ihnen hervorquollen.

»Ich musste mir einen Eindruck von allen Kindern in dieser Einrichtung verschaffen.«

»Das heißt, meine Erklärungen hätten Ihnen nicht genügt?« Jetzt presste die Leiterin auch ihre zweite Hand auf die Brust, ließ die Schultern sinken und wurde mit jeder Sekunde kleiner.

»Nein«, erwiderte Belaja nun ruhig und sachlich, ohne den bisherigen anklagenden Ton. »Haben Sie eine Liste der für den Transport bestimmten Kinder?«

»Ja, mit einem kleinen Zuschlag. Ich wollte gerade das Volkskommissariat für Bildung darum bitten …«

»Den Zuschlag können Sie vergessen, eine Erhöhung der Zahl kommt nicht in Frage.« Belaja schaute zur Empore hinauf. »Ich bitte Sie, alle Kinder der dritten Etage zu streichen, ebenso alle unter zwei Jahren und alle schwangeren Mädchen. Wir nehmen nur Gesunde. Die Älteren zuerst.«

»Und wenn ich das nicht mitmache? Wenn ich nicht, wie angewiesen, vierhundert Kinder zum Bahnhof bringe, sondern vierhundertzehn? Lassen Sie die wirklich auf dem Bahnsteig stehen?«

Die Kommissarin antwortete nicht, aber ihr strenger Blick sagte alles.

»Ich bitte Sie sehr! Auf der Liste stehen nur jene, die eine Chance haben, lebend anzukommen …, wie mir scheint …«

Dazu sagte die Kommissarin nichts.

»Wie soll ich das fertigbringen, Kinder mit eigener Hand zu streichen?« Jetzt presste die Frau beide Fäuste so an ihre Kehle, als wolle sie sich erwürgen. »Eine undenkbare Entscheidung …«

»Sie brauchen kein Kind zu streichen«, warf Dejew ein. »Wir nehmen sie alle. Auch den Jungen mit der Weste, die blinde Marchum und den Tschuwaschen Senja. Auch das schwangere Mädchen. Und die hier ebenso.« Er wies mit dem Kopf auf die Bettlägerigen.

»Auf keinen Fall!« Belaja fuhr so heftig zu ihm herum, als wollte sie ihm einen Schlag versetzen.

»Doch!«, gab Dejew zurück. »Der Zugführer bin ich.« Und zu der Leiterin: »Bereiten Sie alle Unterlagen vor. Ich unterschreibe.«

Die klappte nur mit den Lidern und blickte erschrocken von einem zum anderen.

»Die Kinder haben keine Schuhe, kein einziges Paar«, flüsterte sie mit fast versagender Stimme und ließ erschöpft die Arme sinken. »Sie müssen nur irgendwie zum Bahnhof kommen. Im Zug wird es dann schon gehen …«

»Schuhe finden sich«, erklärte Dejew. »Wir finden sie!«

»Sie wollen den Wohltäter spielen?«, zischte Belaja durch die Zähne, als sie wieder draußen waren. »In jeder Hinsicht einfühlsam und verständnisvoll sein?«

»Das will ich«, antwortete Dejew. »Du nicht?«

»Nein!« Sie war vor der Tür stehengeblieben, als wolle sie sofort noch einmal hineingehen und das Problem anders lösen.

»Ich möchte so viele Kinder wie nur möglich nach Turkestan bringen – lebend! Die Bettlägerigen schaffen das nicht, sie nehmen im Zug nur Platz weg.«

»Dann sollen sie besser hier sterben, heißt das?«

Dejew ging bereits die Treppe hinunter, doch die Kommissarin rührte sich nicht vom Fleck. Er zögerte und wusste nicht, ob er wieder zu ihr hinaufgehen oder seinen Weg fortsetzen sollte. Weglaufen wie ein Angsthase wollte er nicht.

»Das ist das Gesetz des Überlebens, Dejew! Es ist grausam, aber notwendig, zuerst jene zu retten, die noch zu retten sind.«

»Man kann alle retten!« Dejew kehrte um und trat ganz dicht an die Kommissarin heran. Doch Augenhöhe zu erreichen gelang ihm nicht, ständig musste er zu ihr aufschauen. »Wir müssen sie retten, oder es wenigstens versuchen.«

»Um den Preis des Lebens anderer, gesunder Kinder?«

So einen kalten und zugleich wilden Blick sah Dejew bei einem Menschen zum ersten Mal. Bei Wölfen hatte er so etwas bereits gesehen, wenn die bei der Treibjagd einen Verfolger angriffen. Bei einem menschlichen Wesen noch nie.

»Wie hat die Partei dich nur als Kinderkommissarin einsetzen können?!« Dejew winkte ärgerlich ab, rannte die Stufen hinunter und lief davon. Noch einmal wandte er sich um und rief ihr zu: »Du bist keine herzlose Prinzipienreiterin! Nein! Du bist auch nicht aus Stein! Ein Feind bist du, Belaja!«

Die Kommissarin stand immer noch wie angewurzelt vor der Tür.

»Bis Samarkand werde ich Ihr einziger treuer Freund sein, Dejew«, erwiderte sie leise. Doch er hörte es.

Woher Schuhe nehmen? Fünfhundert Paar – warum nicht gleich fünf Millionen? Ein solcher Schatz war nirgendwo zu finden – weder in den Lagern des Handels noch bei den Altwarenhändlern oder auf dem Basar. Die ganze Stadt lief in Halbschuhen mit löchrigen Sohlen, geflickten Filzstiefeln, Fußlappen und Bastschuhen herum. Bei Regenwetter band man sich Holzbrettchen darunter, um durch die Pfützen zu kommen. Feste Schuhe trug kaum einer. So etwas war nur bei Spekulanten auf dem Schwarzmarkt zu kriegen oder wurde an Soldaten ausgegeben. Nicht wenige pfiffige Kerlchen meldeten sich zum Militärdienst, um ein Paar feste Stiefel zu ergattern. Auch Dejew ging nur deshalb in ledernen Schnürschuhen, weil er beim Versorgungsdienst gewesen war. Als er sie erhielt – wenig getragen, eine Nummer zu groß und ohne Schnürsenkel –, war er sich wie ein Märchenprinz vorgekommen. Aber auch beim Militär lagen keine Ersatzschuhe für ein ganzes Regiment herum. Fünfhundert Paar feste Schuhe konnte man nur leihen, und das ausschließlich bei der Armee.

Bis zum Kreml brauchte Dejew nicht lange. Er schritt nicht vorsichtig durch den herbstlichen Matsch, sondern rannte, so schnell er konnte. Der Streit mit der Kommissarin gab ihm Kraft. Hinter den weißen Mauern der alten Festung befand sich die Militärakademie. Dort stampften fünfhundert Paar Stiefel, die Dejew so dringend brauchte, über den Boden oder gaben Pferden die Sporen.

Aber in den Kreml kam man nicht einfach so hinein. Der Wachposten am Tor, ein Hohlkopf mit Bajonett, stellte sich stur: Ohne Passierschein kein Zutritt.

»Ein Mörder bist du!«, erregte sich Dejew. »Während wir leeres Stroh dreschen, sterben Kinder!« Als ihm klar wurde, dass er schon redete wie die Kommissarin, wurde er noch wütender. »Melde mich wenigstens deinem Kommandeur!«

Doch der: »Ich darf meinen Posten nicht verlassen.«

»Dann schlag ich Krach!«, drohte Dejew. »Ich quieke wie ein Schwein, das gerade abgestochen wird, bis dein Vorgesetzter selber zu mir herauskommt.«

Doch der Soldat: »Dann rufe ich die Miliz.«

Dejew spuckte aus und verlegte sich aufs Warten. Den Kopf tief zwischen die Schultern gezogen, stand er im Nieselregen und durchbohrte den Posten, der es sich in seinem Wachhäuschen gemütlich gemacht hatte, mit Blicken, um ihn aus der Fassung zu bringen. Dabei musste er immer wieder auf die peinlich sauberen, mit Liebe und Eifer gewienerten Stiefel des Diensthabenden schauen.

Die Kinder fielen ihm ein. Wenn sie ihm nun tatsächlich unterwegs wegstarben?

Das durfte einfach nicht passieren. Er musste für sie nur Schuhe besorgen, in denen sie von dem Palast aus kaltem Stein zu den warmen Eisenbahnwagen laufen konnten. Dejew wollte sie in diesen Wagen einschließen wie eine kostbare Fracht, die Heizung zum Glühen bringen, dass sie sich fühlten wie im Sommer, und mit ihnen wie der Blitz nach Samarkand eilen. Ein paar Wochen später würden sie schon in Turkestan sein.

Dort herrschte ewiger Sommer. Die Sonne war heiß, der Regen warm. Dort gab es Brot und Reis. Dazu die Weintraube, diese Wunderbeere, die das Blut schneller kreisen lässt und rote Wangen macht. Selbst hatte er sie noch nicht gekostet, aber davon gehört. Dort gab es Berge von Nüssen und Backpflaumen, groß wie eine Kinderfaust. Und Hammelfleisch für alle. Er musste nur noch Schuhe auftreiben …

Da hielt er nun zusammen mit dem Posten Wache vor dem Tor, bis es dunkel wurde. Leute kamen und gingen. An Eile und Geschäftigkeit sah er: Keine Vorgesetzten. Ein Auto rollte heran. Der eilig herausgehaltene Passierschein sagte ihm: Auch nicht der Mann, den er brauchte.

Der Chef tauchte erst am Abend auf. Als im Kreml Pferdegetrappel zu hören war, stand der Wachposten stramm und riss die Augen auf. Das war der, auf den Dejew wartete.

Ein Pferd sprengte aus dem Tor. Darauf eine hochgewachsene, kräftige Gestalt in Uniform. Ohne bei dem trüben Licht Rangabzeichen erkennen zu können, sprang Dejew dem Pferd in den Weg und rief: »Genosse Kommandeur!«

Der Posten wollte den Unverschämten wegzerren, doch der Reiter zügelte das Pferd, das sich aufbäumte, mit den Vorderbeinen um sich schlug und drohte, jedem in seiner Nähe den Schädel zu zertrümmern.

»Genosse Kommandeur!« Dejew musste dem Pferd ausweichen, mit dem Reiter reden und zugleich dem Posten entkommen, der ihn, das störende Gewehr mit Bajonett auf dem Rücken, zu ergreifen versuchte. »Fünfhundert Kinder sterben, wenn keine Hilfe kommt!«

Jetzt hatte der Wachmann Dejew gepackt. Da er nicht wusste, wie er ihn aus dem Weg räumen sollte, umarmte er ihn von hinten, als ob er ein Weib betatschen wollte, der Blödmann! Der kräftige Kerl hielt Dejew so fest, dass er sich nicht mehr rühren konnte.

»Fünfhundert Kinder!«, brüllte Dejew, um das Hufgetrappel zu übertönen, und versuchte, sich aus der Umarmung zu befreien. »Sie brauchen ganz dringend Schuhe!«

»Was habe ich damit zu tun?« Der Reiter sprach ruhig, ohne die Stimme zu heben. Er war sicher, dass man ihn verstand. »Woher soll ich Schuhe nehmen?«

»Von Ihren Soldaten! Sie sollen sie uns ausleihen, nicht für lange, nur damit die Kinder darin zum Bahnhof gehen können! Sonst werden sie bei dieser Kälte krank! Sind alle barfuß ...!«

»Und Sie verlangen, dass die ganze Akademie mit bloßen Füßen dasteht?« Der Reiter saß kerzengerade auf dem tänzelnden Pferd, hielt mit einer Hand die Zügel und ließ den freien Arm lässig herabhängen. Die Pose kannte Dejew – von ehemaligen Offizieren der Zarenarmee.

»Doch nur für eine Stunde!«

»Sie sind nicht ganz bei Trost.« Der Reiter brüllte nicht,

sondern teilte ihm nur eine Beobachtung mit. »Und wenn das Korps in dieser Stunde den Befehl zum Ausrücken erhält?«

»Und wenn fünfhundert Kinder an Erkältung sterben? Drei Hungerjahre haben sie durchgehalten, und jetzt sollen sie eingehen?« Das brüllte Dejew und erschrak über seine eigenen Worte. »Sie sollen nach Samarkand gebracht werden, wo es Wärme und Brot gibt. Ich muss sie mit Volldampf dorthin fahren! Aber während ich hier mit Ihnen rede, verliere ich kostbare Zeit ...!« Dejew warf dem Wachmann einen bösen Blick zu, der ihn nach wie vor fest gepackt hielt. »Der Auftrag ist in meiner Brusttasche. Ich könnte ihn vorzeigen, aber das geht ja nicht.«

Der Reiter bewegte nur kurz das Kinn, und sofort ließ der Posten ihn los, nicht, ohne wütend zu schnaufen.

»Ihre Soldaten sind satt und stark!«, entschlüpfte es Dejew, während er die Schultern lockerte. »Können die wirklich nicht ein Stündchen in der warmen Kaserne hocken?«

Dejew griff in die Tasche seiner Feldbluse, zog das Papier hervor, entfaltete es und reichte es dem Reiter hinauf.

Es war kaum möglich, dass der in der Dunkelheit etwas erkennen konnte, denn er beugte sich keinen Zentimeter vor und nahm es auch nicht in die Hand. Während das Pferd immer noch nervös tänzelte, besah er den Bittsteller von allen Seiten und ordnete dann halblaut an: »Seien Sie am Sonntagmorgen Punkt sechs mit einem Fuhrwerk hier. Sie warten vor dem Tor. Gegen Unterschrift erhalten Sie fünfhundert Paar Stiefel. Rückgabe nach zwei Stunden. Ein Zug Kavalleristen begleitet die Fuhre und überwacht alle Vorgänge. Beim geringsten Verdacht, dass Staatsvermögen entwendet werden soll, wird blankgezogen.«

Zu einer Antwort kam Dejew nicht mehr. Der Reiter zupfte kurz am Zügel, und das ungeduldige Pferd sprengte die gepflasterte Kremlausfahrt hinab.

Bis Sonntag blieben Dejew noch zwei Tage. Damit war auch die Abfahrt des Zuges bestimmt.

Schnurstracks lief Dejew nun zum Wohnheim, um seine Sachen zu holen. Im Zug einrichten wollte er sich noch in dieser Nacht, um am nächsten Tag damit keine Zeit zu verlieren. Er musste unbedingt noch einmal zu Tschajanow gehen. Im Büro wollte er dem Chef von Mann zu Mann in die Augen sehen und erklären: Diese Belaja passt nicht zu uns. Mit ihr kann ich nicht fahren. Mit einem Weib im Zug käme ich schon zurecht, doch die saugt einem das Blut aus wie ein Vampir. Nicht nur meins, sondern das der Kinder. An die kann ich sie nicht heranlassen. Diese Frau als Kommissarin ist ein Fehlgriff. Das betone ich auf das Entschiedenste, Genosse Tschajanow. Das ist keine Klage, sondern eine Erklärung.

Aber wie man es auch drehte und wendete, es blieb eine Beschwerde.

Und sich über ein Weib zu beschweren empfand Dejew als Schande.

Also lief er nicht zu Tschajanow. Als das erleuchtete Fenster von dessen Büro im Bahnhofsgebäude auftauchte, ging er daran vorbei und weiter über knirschenden Schotter die vom Mondlicht beschienenen Gleise entlang bis zum Ende des Abstellgleises, wo der zur Abfahrt bereite leere Zug ihn erwartete.

War der wirklich leer? Aus dem Fenster eines Wagens fiel der blassgelbe Schein einer Petroleumlampe.

Arbeiteten die Zimmerleute noch so spät am Abend? Doch die hatten ihren Auftrag bereits am Vormittag erfüllt. Dejew war selbst überall durchgegangen, hatte die Festigkeit der Pritschen geprüft und schließlich dem Vorarbeiter das Papier unterschrieben. Hatten Bettler hier ihr Nachtlager aufgeschlagen? Oder Eisenbahndiebe, die auf den nächsten Zug warteten?

In einer Tasche seiner Jacke tastete Dejew nach dem Revolver. Uniform und Pistolenfutteral hatten die Kasaner Transportbegleiter noch nicht bekommen; also musste er die Waffe nackt in der Tasche tragen. Vorsichtig, damit der Schotter unter seinen Füßen nicht knirschte, schlich er sich an den Zug heran.

In den Wagen hineinschauen konnte er nicht. Die Fenster waren zu hoch, und Dejew sah nur ein Stück Decke. Jemandes Schatten schwang wie ein Pendel hin und her.

Dejew zog den Revolver aus der Tasche. Langsam, mit angehaltenem Atem stieg er die eisernen Stufen hinauf. Er packte den Türgriff und drückte ihn ebenso vorsichtig herunter. Die Waffe im Anschlag, schlüpfte er durch den Türspalt in den Wagen.

Beim Schein der Petroleumlampe schwangen weibliche Hüften hin und her. Es war Kommissarin Belaja, die – nur in Unterwäsche – mit leicht gebeugten Knien, das kräftige Hinterteil hochgestreckt, den Fußboden scheuerte. Sie trug eine lange Männerunterhose, die so weit abgeschnitten war, dass man ihre Beine fast ganz sehen konnte. Die schlanken Waden hätten auch einem Jungen gehören können.

»Wo treiben Sie sich herum, Dejew?« Belaja, die bemerkte, dass sie nicht mehr allein war, richtete sich auf und fuhr sich mit dem Handrücken übers Gesicht. »Wir beiden wollten doch in der Nacht hier Ordnung schaffen.«

Die Lampe stand auf dem Fußboden, wo gearbeitet wurde, was die Gestalt der Frau von unten her in ein phantastisches Bühnenlicht tauchte. Golden erstrahlten die nackten Beine und gaben alle Einzelheiten preis: Die Knie mit Grübchen und Höckerchen wirkten wie zwei Kindergesichter, und die glatten, schlanken Fesseln konnte man sicher mit einer Hand umfassen. Die Füße waren schmal, wie Dejew erwartet hatte, aber nicht klein, sondern langgestreckt. Ihm schien sogar, er könne an der

Außenseite ihrer Unterschenkel winzige Härchen schimmern sehen. Der Oberkörper der Frau lag im Schatten, und ihr Kopf war bei dem schwachen Licht kaum zu erkennen.

»Ich habe Schuhe gesucht«, antwortete Dejew und wusste vor Verlegenheit nicht, wo er hinschauen sollte. »Und gefunden! Übermorgen fahren wir los.«

»Das ging aber schnell«, gab sie zurück, nickte beifällig und trat dicht an ihn heran.

»Haben meine Ratschläge genützt? Haben Sie den Versorgungschef der Stadt in die Enge getrieben und gedroht, sich bei der Tscheka zu beschweren?«

Von der anstrengenden Arbeit noch etwas außer Atem, beruhigte sie sich langsam wieder. Sie roch nach Salz. Von dem nassen Lappen, den sie in der Hand hielt, tropfte Wasser auf den Boden.

»Warum schauen Sie mich nicht an? Habe ich recht mit meiner Vermutung?«

»Zieh dir erst mal was über!«, gab Dejew wütend zurück. »Dann sehe ich dich auch an.«

Trotzig zwang er sich, ihr direkt auf die Brust zu glotzen. Frech und ohne zu blinzeln starrte er in den offenstehenden Ausschnitt des Unterhemds und riss auch noch die Augen auf. Zugleich spürte er, wie er vor Scham puterrot wurde und seine Wangen glühten. Er musterte alles genau – den Hals, die scharf hervorstehenden Schlüsselbeine und den Schweißtropfen in dem Grübchen dazwischen. Fast ohne Licht glaubte er alles genau erkennen zu können.

»Für Sie bin ich die Kommissarin und keine Frau, Dejew.« Belaja trat ganz dicht an ihn heran. Unwillkürlich streckte er sich, als zöge man ihn an den Haaren hoch, um wenigstens ein paar Millimeter größer zu erscheinen. »Da spielt es keine Rolle, was ich anhabe! Und was Sie anhaben! Oder?«

Doch größer konnte er nun einmal nicht werden.

Belaja riss den Lappen in zwei Teile und klatschte Dejew die eine Hälfte vor die Füße. Dann trat sie dorthin, wo sie soeben noch gescheuert hatte, und nahm die Arbeit wieder auf.

Die ging ihr leicht und flott von der Hand. Die Arme flogen raumgreifend hin und her, der Rücken schwang elastisch mit, und die Löckchen wippten im Takt der Bewegungen. Es war, als schwebe über dem trüben Schein der Lampe eine goldene Wolke … Dejew musste sich zusammenreißen, um sich abwenden zu können.

Da wurde ihm bewusst, dass er immer noch den Revolver in der Hand hielt. Er wollte ihn wieder in die Jackentasche stecken, fand diese aber nicht gleich. Endlich gelang es ihm. Dabei hätte er beinahe mit dem Fuß den Wassereimer umgestoßen. Er hätte sich ohrfeigen können.

Er warf seinen Kleidersack ins nächste Gepäcknetz, zerrte sich die Jacke herunter und schlüpfte aus den Schuhen. Am liebsten wäre er in den Nachbarwagen gegangen und hätte dort gescheuert, aber sie hatten nur die eine Lampe. Auch am anderen Ende dieses Wagens konnte er nicht anfangen, dafür war der Lichtschein zu klein. Also mussten sie sich an der beleuchteten Stelle drängen. Das traute er sich schon zu. So schwierig konnte es doch nicht sein, zusammen mit der frechen Schnepfe ein paar Stunden Fußböden zu wischen. Er krempelte die Reithose bis zu den Knien und die Ärmel der Feldbluse bis zu den Ellenbogen hoch. Endlich war er fertig.

»Ich habe kein Glück gehabt«, sagte jetzt Belaja. »Ihr Chef Tschajanow hat sich geweigert, Sie von diesem Zug abzuziehen. Wir sind uns tüchtig in die Haare geraten. Ich habe zu ihm gesagt: ›Ihr Dejew ist ein Schwächling, hat ein Nervenkostüm wie ein Fräulein. Der schafft es nicht bis zum Ziel …‹«

Dejew, der gerade seinen Lappen im Eimer spülte, erstarrte mitten in der Bewegung, den nassen Fetzen in der Hand.

Vor ihm blitzten die nackten Waden der Kommissarin auf, die sich ihm rückwärts immer mehr näherte und saubere Dielen hinterließ.

»… Doch Tschajanow hat geantwortet: ›Wenn einer es schafft, dann Dejew.‹«

Ihre Beine kamen näher und näher. »›Der kann für den Lokführer einspringen und sogar den Schlosser ersetzen. Es heißt, er kennt die Lokomotiven wie ein Vater seine Kinder.‹ Ich gebe selten nach, aber hier ist mir nichts anderes übriggeblieben.« Jetzt waren ihre Beine zum Greifen nah, direkt vor Dejews Gesicht. »Na, sagen Sie schon, sind Sie wirklich der Beste?«

Dejew klatschte den nassen Lappen auf den Fußboden, dass es nur so spritzte. Dann zog er sich die Feldbluse über den Kopf, riss die Reithose herunter, schleuderte beides zur Seite und stand nun ebenfalls in Unterwäsche da.

Er packte den schweren Eimer, holte aus und kippte alles Wasser auf den Waggonboden einschließlich der bereits gescheuerten Stellen. Auch ihre Beine, die glatten, schamlosen, bekamen etwas ab. Schade, dass er nur einen vollen Eimer hatte.

Eine Welle rollte durch den Wagen und erfasste den Fuß der Petroleumlampe. Das Licht erlosch nicht, sondern flackerte nur ein wenig. Dejew ließ sich auf alle viere in das Wasser fallen und begann wie wild mit dem Lappen zu hantieren. Er schrubbte den Wagen noch einmal ganz von vorn, auch die von der Kommissarin bereits gesäuberten Stellen.

Eine Antwort erhielt sie von ihm nicht.

Belaja stand eine Weile da und sah Dejews Treiben zu. Dann kam sie ihm zu Hilfe.

Die Petroleumlampe funktionierte weiter störungsfrei, und auch die beiden taten ihre Arbeit, ohne sie erneut durch Gespräche zu unterbrechen. Beim Wischen war der Größenunterschied zwischen ihnen kaum noch zu erkennen. Sie trugen die gleichen Unterhemden, nur die Hosenbeine waren verschieden lang.

Im Wagen wurde es still. Ihre Schatten an der Decke begegneten sich und trennten sich wieder. Die aus frischem Holz gezimmerten Pritschen dufteten nach Harz.

Von einer oberen hing ein ordentlich zusammengelegter Rock herab, über den eine zerknüllte Feldbluse hingeworfen war.

Der Tag vor der Abfahrt war ein einziger Kampf.

Dejew, der nach der nächtlichen Putzaktion gerade etwas eingeschlummert war, wurde in der Morgendämmerung von einem harten Stoß gegen die Schulter geweckt. Als er die Augen aufschlug, stand ein Mann vor ihm. Ein Kerl wie ein Schrank: Die Schultern passten kaum durch den Gang, und der Kopf streifte fast die Decke. In der Hand hielt er einen Sperrholzkoffer mit einem großen roten Kreuz darauf.

»Der Doktor!«, freute sich der verschlafene Dejew.

Der Riese schüttelte den Kopf. »Nein, ich bin Feldscher.«

»Nein« wurde zu dem Wort, das der Feldscher namens Bug häufig gebrauchte. »Nein, ein Wagen mit Abteilen als Lazarett geht nicht; die Fenster sind zu klein. Die Reisekapelle ist genau richtig.« »Nein, das Lazarett soll nicht in die Mitte des Zuges, sondern ans Ende.« »Nein, von diesen Pritschen könnten die Kranken herunterfallen. Da müssen überall Gurte ran.«

Nun lief Dejew zwischen Zug und Bahnhofsgebäude hin und her. Er verlangte eine Rangierlok, um die Reihenfolge der Wagen zu ändern – die fand sich. Gurte für die Pritschen – die fanden sich nicht, aber Stricke von Pferdegeschirren. Ein Kanonenöfchen, um Wasser heiß zu machen – selbst das fand man plötzlich! Einen Operationstisch – aufgetrieben wurde ein Küchentisch aus der Kantine. Decken, um die Kranken zu wärmen – das war am schwierigsten, es gab ganze zehn Transportsäcke aus Segeltuch. Während Dejew umherlief, um die Forderungen des Feldschers zu erfüllen, rätselte er, wie alt der wohl sein mochte.

Der Schrank war alt. Das kurzgeschnittene Stoppelhaar war schlohweiß, ebenso die Augenbrauen und das harte Gestrüpp, das ihm aus Ohren und Knollennase wuchs. Die glatt rasierten Wangen und der Hals waren von unzähligen Falten zerknittert. Den Rücken, doppelt so breit wie Dejews, hatten die Jahre gebeugt, was ihn nicht weniger eindrucksvoll machte, ganz im Gegenteil. Altersflecken bedeckten die mächtigen Arme und riesigen Pranken. Doch die hingen nicht am Körper herab, sondern waren stets leicht angewinkelt, als spanne sie eine Kraft aus Bugs Innerem. Die militärische Vergangenheit des Feldschers war so unverkennbar wie seine unwahrscheinliche Kraft. Das Alter zählte nicht: Er bewegte sich flink, und seine Augen blickten jung.

»Bist du schon lange im Ruhestand?«, fragte Dejew, als sie das schwere Kanonenöfchen durch den Wagen schleppten und sich nach einem geeigneten Platz umschauten.

Dabei war Dejew rot angelaufen und schwitzte, der Feldscher hingegen wirkte völlig frisch.

»Ja«, antwortete der und gebrauchte dieses Wort zum ersten Mal. »Seit dem letzten Jahrhundert.«

Also musste er mindestens sechzig Jahre alt sein, denn ein Feldscher des Militärs wurde erst nach zwanzig Dienstjahren ins zivile Leben entlassen.

»Ich bin einundsiebzig«, sagte Bug und lachte, als er sah, wie angestrengt Dejew rechnete. Dann legte er seine gewaltigen Arme um das Öfchen, hob es an und trug es ganz allein zum nächsten Fenster. »Keine Angst, Enkel, bis nach Samarkand sterbe ich dir schon nicht weg.«

»Für dich nicht Enkel, sondern Zugführer!«

Der Alte klatschte mit der flachen Hand auf die eiserne

Flanke des Öfchens – was hieß: Hier soll es stehen – und lächelte Dejew zu, wobei starke gelbe Zähne ohne jeden Makel sichtbar wurden.

Draußen wartete bereits der zu seinem Transport abkommandierte Koch. Der war Dejew für diese Arbeit nun wieder viel zu jung. Ein unsicheres, linkisches Bürschchen – dürr wie ein Feuerhaken und genauso schwarz: dunkle Haut, Augen und Brauen wie mit Kohle gemalt, störrisches pechschwarzes Haar. Ob er Udmurte oder Mari war oder von sonst wem abstammte, konnte er nicht sagen, denn Russisch sprach er nicht, sondern verstand es nur mit Mühe. Memelja wollte er genannt werden.

»Kannst du denn wenigstens kochen?«, bohrte Dejew, wobei er den wirren Haarschopf und die Trauerränder unter den Fingernägeln frustriert beäugte. »Brei für fünfhundert Mäuler – kriegst du das hin? Und Suppe aus Roggenmehl? Oder Buchweizengrütze?«

Memelja nickte jedes Mal heftig und mit aufgerissenen Augen. Verstand der überhaupt, was Dejew von ihm wollte?

Das Kerlchen konnte er unmöglich allein nach Proviant losschicken. Also fuhren sie gemeinsam zur Versorgungsstelle. Dass er sich selber um die Verpflegung kümmerte, erwies sich als goldrichtig, denn im Lagerhaus waren weder Buchweizen, noch Roggenmehl oder andere Lebensmittel zu haben, die auf Dejews Liste standen.

»Was soll ich denn den Kindern unterwegs zu essen geben?«, fuhr er den Verwalter drohend an. »Wenn du nicht hast, was auf meiner Liste steht, dann gib mir, was du hast!«

»Ich hab gar nichts!«, ließ der träge fallen und zuckte mit keiner Wimper. »Meinst wohl, in dieser Stadt musst du allein hungrige Mäuler stopfen?«

Später wusste Dejew nicht mehr, wann er über die Barriere

gesprungen war. Er packte die Lagerratte bei der Brust und zog sie so dicht an sich heran, dass sich ihre Nasen beinahe berührten.

»Du rückst jetzt sofort raus, was du hast, sag ich«, zischte er dem Kerl ins Ohr, »solange ich gegen dich noch keine Beschwerde bei der Tscheka losgelassen habe!«

Das half. Statt Buchweizen gab es für Dejew Hirse, statt Mehl Haferkleie, statt Brot Graupen und Erbsen. Dazu kamen ein wenig Mais und zusammengefegte Reste von Roggenmehl. Salz und Ölpresskuchen konnte er kriegen, so viel er brauchte. Dejew durchsuchte selbst alle Regale und Winkel nach Butter, Kaffee oder Trockenfisch, doch so seltene Sachen fanden sich in dem Lager nicht.

Auch keine Messer, Schüsseln und Löffel. Stattdessen musste Dejew mit alten Zinnbechern zufrieden sein, in die zwei gekreuzte Bajonette und die Wörter »Für ausgezeichnetes Schießen« geritzt waren. Die gab es im Überfluss. Brei konnte man daraus nicht essen, aber wenigstens schlürfen, Suppe und Kissél* sowieso. Die Dinger zu haben, war allemal besser, als mit der hohlen Hand aus dem Kessel zu schöpfen. Sie stammten aus der Zarenzeit, doch der Adler war nur am Boden zu sehen und so klein, dass er sich leicht ignorieren ließ.

Während all das ablief, drückte sich Memelja an den Wänden entlang und nickte erschrocken bald Dejew, bald dem Mistkerl von Lagerverwalter zu. Der Junge war offenbar sehr schüchtern und ein bisschen einfältig. Zu so einem Koch konnte sich Dejew nur gratulieren.

»Wenn der Brei auch nur einmal anbrennt, werf ich dich bei der nächsten Station raus«, drohte er dem Jungen müde, als er und Memelja ihre Beute zu dem bereitstehenden Karren schleppten.

* Süßsaures, leicht angedicktes Fruchtsaftgetränk als Nachtisch.

Dabei wusste Dejew genau, dass er keinen davonjagen oder aus dem Zug werfen konnte, denn andere Helfer hatte er nicht.

Memelja nickte eifrig zu allem, was er sagte. Dann kletterte er auf den Karren, strich zärtlich mit der Hand über die Säcke voller Graupen und schien ihnen ein paar beruhigende Worte in seiner Sprache zuzuflüstern.

Kaum hatten sie den Küchenwagen erreicht und die Vorräte verstaut, da tauchten auch schon die Betreuerinnen für die Kinder auf. Sie kamen nicht einzeln, sondern alle auf einmal. Es waren elf an der Zahl, ein Drittel dessen, was für einen solchen Transport gebraucht wurde. Aber mehr hatte das Volkskommissariat für Bildung nicht auftreiben können. Dejew musste wohl oder übel auch dafür dankbar sein.

Mit faltigen Stirnen, herabgezogenen Mundwinkeln und knorrigen Fingern boten die Pflegerinnen einen düsteren Anblick. Dazu schwiegen sie wie ein Grab. Die Strenge und das fortgeschrittene Alter der Frauen hätte Dejew für lange Berufserfahrung nehmen und sich freuen sollen, doch weit gefehlt: In diesem Gewerbe waren sie alle Neulinge.

Ein früheres Zimmermädchen. Eine Beamtenfrau, die ihren Mann im Unruhejahr siebzehn verloren hatte. Eine Popenwitwe. Eine bankrotte Schneidermeisterin. Eine baschkirische Bäuerin, die im Bürgerkrieg Haus und Familie verloren hatte. Eine Gemeindebibliothekarin, die Anfang des Jahres in die Stadt gegangen war, weil in ihrer Gemeinde kaum noch jemand lebte und alle Bücher inzwischen in den Öfen der Bauernhäuser gelandet waren.

»Schon mal mit Kindern zu tun gehabt?«, fragte Dejew ohne große Hoffnung und schritt die Reihe der vor dem Waggon angetretenen Neuankömmlinge mit den ausgeblichenen Kopftüchern und abgetragenen Hüten ab.

Keine Antwort.

»Lehrerin?«

Keine Antwort.

»Schwestern? … Pflegerinnen? … Kinderfrauen?«

Da trat eine Frau einen Schritt vor, und Dejew blieb das Wort im Halse stecken. Wieso war ihm die noch nicht aufgefallen? Jünger als die anderen – noch keine vierzig? – und so schön, dass er sie immer nur anglotzen konnte, bevor ihm ein Wort einfiel. Schwarze Augen, weiße Haut und mollige Figur – alles wie gemalt. Dämliches Bild in seinem Schädel: 'ne persische Fürstin.

»Mit dem Körperbau des Menschen kenne ich mich aus«, sagte sie. »Einem Kind oder Erwachsenen erste Hilfe leisten kann ich.«

Die weiche Aussprache verriet die Tatarin 'ne tatarische Fürstin. Dejew, mit trockenem Hals, wollte wie ein Vorgesetzter klingen.

»Bist du 'ne Doktorsche?«

»Nein, Ichthyologin.«

»Was?«, fragte er wie ein dummer Junge.

»Ichthyologie ist die Wissenschaft von den Fischen.«

Dejew war klar, dass er jetzt so gaffte wie Memelja. Er drehte sich weg, räusperte sich und starrte die Umstehenden finster an. Die gaben ihm den Blick zurück.

»Ich habe an der Naturwissenschaftlichen Fakultät der Universität Zürich studiert«, fuhr die Fürstin fort. »In der Biologie kenne ich mich aus.«

Dejew hatte keinen Schimmer, wo dieses Zürich war – in Deutschland oder Holland? Und Naturwissenschaften – was sollte das denn sein?

»Schon mal mit Verwundeten zu tun gehabt?«

»Nein. Ich habe im Botanischen Garten von Kasan gearbeitet. Dort hatte ich den Auftrag, eine exotische Sammlung für das Aquarium zusammenzustellen.«

»Was für 'ne Sammlung?«, entfuhr es Dejew, und er ärgerte sich, dass er schon wieder eine so idiotische Frage stellte. Die redete aber auch ein Zeug zusammen und ließ ihn strohdumm dastehen!

»Eine exotische. Mit anderen Worten, eine, die aus seltenen Wassertieren besteht. Seepferdchen, Clownfischen, Schmetterlingsfischen ...« Ihre grauen Augen blickten jetzt zärtlich und träumerisch. »... Aus Halfterfischen, Kaiserfischen ...«

»Warum bist du nicht in deinem botanischen Garten bei den Pferdchen, Clowns und Kaisern geblieben?!«, entfuhr es Dejew. »Was hast du in meinem Zug verloren, wo du nur anderen den Platz wegnimmst? Vielleicht hätte das Volkskommissariat für dich 'ne Sanitäterin geschickt, 'ne Pillendreherin oder 'ne Krankenschwester! Besser als eine, die bloß Fische füttern kann!«

»Den botanischen Garten gibt es nicht mehr«, antwortete sie in ruhigem Ton. »Den haben die Pferde aufgefressen.«

»Was denn für Pferde?«, fragte Dejew verblüfft.

»1918 war dort ein Kavallerieregiment einquartiert. Die Pferde bekamen kein Heu und haben stattdessen alle unsere exotischen Pflanzen gefressen. Was davon noch übrig war, wurde im Jahr darauf verheizt.«

»Um Gottes willen, deine Fischchen etwa auch?«, kam es erschrocken von einer der Frauen.

»Um die Fischchen sorgt ihr euch!«, rief Dejew, jetzt wirklich wütend. »Hier wird auf meinen Befehl gehört, Genossinnen Schwestern! In Zweierreihe antreten und einsteigen! Wagen für die Kinder vorbereiten! Die eigenen Schlafplätze mit Vorhang abtrennen! Petroleum für Lampen und Kohle für Öfen empfangen! Schluss mit dem Palaver! Marsch!«

Die Frauen fuhren zusammen, kamen in Bewegung, stellten sich schiebend und schwatzend in einer Doppelreihe auf. Kurz darauf hatten sie sich bereits auf die Wagen verteilt. So musste man mit diesen Weibern umgehen: hart, streng und ohne Gedöns!

Nur die Fürstin rührte sich nicht vom Fleck, als hätte sie den Befehl nicht gehört. Sie wartete ab, bis alle Frauen in den Wagen verschwunden waren, und trat dann dicht an Dejew heran.

Im schwarzen Haar, das sie mit Mittelscheitel und aufgesteckt trug, sah er graue Strähnen.

»Regen Sie sich doch nicht so auf«, sagte sie sanft und blickte ihm offen ins Gesicht. »Die Frauen werden mit den Kindern fertig, dafür sind es Frauen. Ich hatte auch einen Sohn. Ein Kind im Arm wiegen oder füttern kann ich allemal.«

»Hatte« sagte sie mit besonderem Klang. Dejew ließ ihr durchgehen, dass sie den Befehl missachtet hatte.

»Wie heißt du?«

»Fatima Sulejmanowa.«

»'ne Tatarin, wie vermutet.«

»Was sprichst du noch außer Tatarisch?«

Für die Fahrt erwartete er Kinder unterschiedlicher Nationalitäten. Wenn die mit Tschuwaschen oder Mari reden könnte, wäre das von Nutzen.

»Arabisch, Französisch«, zählte sie auf, »und natürlich Deutsch. An der Universität habe ich einen Kurs in Altgriechisch belegt, aber fakultativ und nur ein Jahr …«

»Gut, gut«, murmelte Dejew und winkte ab. »Geh und richte dich ein, Fatima. Morgen müssen wir alle früh raus.«

Sie drehte sich um und schritt in so gerader Haltung den Zug entlang, als trage sie ihr Köfferchen nicht in der Hand, sondern auf dem Kopf. Die Füße in den ausgetretenen Schuhen setzte sie wie eine Ballerina im Film.

Dejew schaute auf den schäbigen Mantel, auf die Strümpfe mit den dicken Falten und schätzte, dass sie dem Alter nach auch seine Mutter sein konnte.

Ein Greis im achten Jahrzehnt seines Lebens, eine Horde alter Frauen und ein dümmlicher, stummer Koch – das war jetzt Dejews Mannschaft. Diese Leute hatte man geschickt, um ihm auf der langen Reise zu helfen: die »Girlande« und seine Fahrgäste sauber zu halten, für ihre Ernährung, für ihre Gesundheit zu sorgen und sie zu beschützen. Ihnen musste Dejew, ob es ihm passte oder nicht, das Leben dieser Kinder anvertrauen. Und für sie geradestehen wie für sich selbst.

Nicht zu vergessen die bissige Kommissarin, die seit dem Morgen verschwunden war. Dejew befürchtete, dass sie sich nicht ohne Grund so früh davongemacht hatte. Wahrscheinlich war sie zum Jungenhaus an der Woskressenskaja-Straße gegangen, woher sie ebenfalls Kinder erwarteten. Dejew hätte dabei sein sollen, doch bei dem Durcheinander, das noch im Zug herrschte, kam er einfach nicht weg.

Um die Mittagszeit tauchte Belaja wieder auf. Dejew sah sie an einem Wagenfenster vorübergehen. Als sie so ruhig und gelassen, eine Art Seesack auf dem Rücken, daherkam, wurde ihm plötzlich warm und froh ums Herz: Bei all ihrer Härte war auf die Kommissarin Verlass wie auf ein Bajonett.

»Haben Sie noch einen Wagen aufgetrieben?«, fragte sie ohne Gruß, als sie die Abteiltür öffnete. »Wo sollen sonst all die Kinder unterkommen, die Sie gestern so barmherzig angenommen haben und bis nach Samarkand bringen wollen?«

Seine Freude war wie weggeblasen.

»Die werden eben zu zweit oder zu dritt auf einer Pritsche liegen.« Dejew war gerade dabei, das vom Bahnhofsvorsteher dringend angeforderte Dokument auszufertigen, mit dem er die Übernahme eines Sanitätszugs, bestehend aus acht Wagen, einschließlich Reisekapelle und Feldküche, bestätigte.

»Liegen werden sie«, stimmte Belaja ihm zu. »Aber nachts von den oberen Pritschen herunterfallen, sich Arme und Beine oder gar das Rückgrat brechen.«

Dejews Bleistift blieb mitten in einer Zeile stecken. Die Kommissarin hatte recht: Das konnte passieren und war sogar zu erwarten.

»Was haben Sie sich nur gedacht, als sie in ihrer großen Güte all diese Versprechungen gemacht haben?«, fuhr die Kommissarin leise, aber in dem anklagenden Ton fort, den er bereits kannte.

Sollte er Gurte besorgen und die auf den oberen Pritschen Schlafenden anschnallen wie bewusstlose Patienten im Lazarett? Doch im Lagerhaus gab es keinen einzigen Strick mehr, davon hatte sich Dejew bereits am Morgen überzeugen müssen, als er auf Forderung des Feldschers dort alles durchwühlt hatte.

»Gut sein heißt nicht, das Blaue vom Himmel zu versprechen. Über die Bettlägerigen zu seufzen und Tränen zu vergießen. Sich als mitfühlende Seele darzustellen!« Die Kommissarin blieb ruhig. Ach, hätte sie ihn doch angebrüllt. »Gut sein heißt, an alles zu denken. Alles zu fürchten und alles vorherzusehen. Wer gut sein will, muss auch ablehnen, andere an die Kandare nehmen und bestrafen können.«

Sollten die Kinder auf dem Boden schlafen? Dann wären sie nach der ersten Nacht erkältet. Sollten er und Belaja ihnen die beiden Stabsabteile überlassen und selbst auf dem Fußboden nächtigen? Doch die zwei Abteile reichten nicht aus, um ein paar Dutzend Kinder unterzubringen.

»Gut sein heißt, die mitfühlende Seele tief in sich zu verbergen und nichts davon zu zeigen. Manchmal heißt gut sein sogar, dass man sich böse stellen muss!«

Da gab es einen kleinen Knacks. Der Bleistift in Dejews Händen war zerbrochen.

Belaja stand immer noch in der offenen Abteiltür, trat nicht ein und wandte den Blick nicht von dem völlig erstarrten Dejew.

»Machen Sie unser Inventar nicht kaputt«, ließ sie nach einer Weile fallen. »Das Jungenhaus hat eine Senkung seines Anteils akzeptiert. Wir werden also, wie geplant, fünfhundert Kinder transportieren und kein einziges mehr.«

Das bedeutete, dass fünfzig Waisenjungen im regnerischen Kasan auf den Winter warten mussten, weil ebenso viele Schwerkranke aus der Sammelstelle ihren Platz eingenommen hatten.

Die Bleistiftstücke landeten geräuschvoll auf dem unfertigen Dokument, und Dejew schaute die Kommissarin verstört an.

»Versuchen Sie wenigstens, bis morgen früh keinem mehr etwas zu versprechen!« Damit knallte sie die Abteiltür zu, und aus dem Spiegel auf der Innenseite starrte ihn seine eigene Visage mit hängender Nase und verkniffenem Mund an.

Bei all dem Durcheinander blieb für Streit keine Zeit. Was hätte Dejew auch sagen sollen? So lief er bis spät in die Nacht hin und her – im Zug und um ihn herum, zu Tschajanows Büro, zu den Kornspeichern in der Nähe des Bahnhofs, zu dem Depot, wo die Lokomotive für seinen Zug zur Abfahrt vorbereitet wurde, samt dem Kabuff, wohin sich die Schlosser zurückzogen, um eine zu rauchen. Dabei musste er die ganze Zeit an die unbekannten Jungen aus dem Haus an der Woskressenskaja-Straße denken.

Er kannte weder ihre Gesichter noch ihre Namen, und das war gut so. Er hätte sich vor ihnen nicht rechtfertigen können, aber das verlangte auch keiner. Er konnte nichts versprechen, und was war ein Versprechen schon wert, wenn man an den kommenden Winter dachte? Dejew konnte sich nur bemühen, seinen Zug mit Höchstgeschwindigkeit nach Samarkand zu bringen und ebenso rasch zurückzukommen, während die namenlosen Jungen in der Kälte ausharrten – in Sälen, wo sich nachts Reif bildete. Und wenn dann der Winter noch nicht zu Ende war, sein Zug weiter bestehen blieb, der Zugführer noch immer Dejew hieß und die Jungen noch nicht auf Pflegefamilien aufgeteilt waren, dann wollte er sie als Erste in Empfang nehmen. Ein schwacher Trost, aber einen anderen hatte er nicht.

Auch die Kinder gingen ihm durch den Sinn, die er am Vortag kennengelernt hatte – der einohrige Knirps, die blinde Marchum mit den weißen Augen, das Kerlchen in der Samtweste, der Tschuwasche Senja. Sie konnte er einfach nicht in der Sammelstelle zurücklassen. Zugleich fürchtete er so sehr, dass ihm eiskalt wurde, Belaja könnte recht haben. Er war eben ein Schwächling, ein Waschlappen.

Bei all den Sorgen und Grübeleien bemerkte Dejew gar nicht, wie es langsam dunkel wurde. Dieser verrückte Tag, der endlose Kampf um Öfen, Kohle, Petroleum, Verpflegung, Schüsseln und Bodenmatten, Spaten und Eimer, Verbandsmaterial und Stricke, Säcke und Becher, um die beste Lokomotive im Depot und den Lokführer, der am wenigsten soff – all das war vorbei und blieb hinter ihm zurück. Vor ihm lag eine Nacht, die letzte vor der Abfahrt.

Aber in seinem Abteil bleiben oder gar einschlafen konnte Dejew nicht. Nachdem er durch den ganzen Zug gegangen, jede und jeden mehrmals an das frühe Aufstehen am nächsten Morgen erinnert hatte, vertrat er sich in der Dunkelheit vor dem Stabswagen noch ein wenig die Beine. Dann packte er die Haltegriffe einen nach dem anderen, klammerte sich an die Aufhängung der Lampe, stützte sich mit den Füßen an der Seitenwand des nächsten Waggons ab, machte einen Klimmzug und schwang sich aufs Dach.

Das Blech war von der Feuchtigkeit schlüpfrig und kalt. Dejew war nicht gewohnt, auf Wagendächern herumzuspazieren. Vorsichtig schob er sich zur Mitte hin, ließ sich nieder und lehnte sich an das Abzugsrohr der Heizungsanlage.

Inzwischen war es stockdunkel geworden. Rechts wusste Dejew die Bahngleise, die kaum sichtbar glänzten. Dann kamen die erleuchteten Fenster des Bahnhofsgebäudes und in der Ferne die winzigen Lichtpunkte der Stadt. Hinter dem Weidengebüsch und ein paar niedrigen Schuppen zu seiner Linken war die unendliche Weite der Wolga nur zu erraten. Aus dem Oktoberhimmel über ihm sank Feuchtigkeit herab.

Sie legte sich Dejew auf Gesicht und Schultern und schien sich allmählich zu einem feinen Nieselregen zu verdichten. Er schlang die Arme um die Knie und beschloss, so lange an diesem Ort hocken zu bleiben, bis sich am trüben Himmel wenigstens ein einziger Stern zeigte.

Der Zug unter ihm kam nicht zur Ruhe. Links und rechts der Wagen fiel schwacher Lichtschein auf den Boden. In der Feldküche klapperte es leise. Offenbar spülte Memelja immer noch das Geschirr, das man ihm anvertraut hatte. Feldscher Bug, die Arme auf dem Rücken, machte sich zu einem Spaziergang längs der Gleise auf und verschwand im Dunkeln. Zwei Betreuerinnen stiegen vorsichtig aus, doch nicht auf der Seite, wo der Boden überall festgetreten war, sondern auf der anderen, wo nur Unkraut wuchs und Müll herumlag. Miteinander flüsternd und kichernd zündeten sie sich heimlich Zigaretten an.

Als sie mit dem Rauchen und Kichern fertig waren, fing eine an, leise zu singen. Es war eine ruhige, zärtliche Weise, und Dejew wünschte, die Frau möge etwas lauter singen. Aber sie anrufen und damit erschrecken wollte er nicht. Der Wind trug viele Worte fort, und die übrigen kannte Dejew nicht, weil die Frau auf Tatarisch sang. Doch auf wundersame Weise fühlte er mit ihr.

Schlaf, mein Junge,
schlaf und erwache als Mann.
Gesattelt ist das Pferd und gespannt der Bogen.
Die Zeiten rufen dich. Völker erwarten dich.

Dejew wünschte, die Sängerin möge Fatima sein. Doch in der Dunkelheit waren die Gesichter der Frauen nicht zu erkennen.

Wege sollst du bahnen.
Feinde sollst du schlagen.
Schlaf schnell ein und erwache als Mann.
O mein Junge!
Herz meines Herzens, geliebter Sohn!

Am Himmel war nun gar nichts mehr zu erkennen – weder Wolken, noch Gestirne oder eine Spur von Mondlicht. Wie lange sollte er hier sitzen und auf den ersehnten Stern warten? Dejew kroch in sich zusammen, starrte nach oben in das endlose Dunkel und wartete.

Stiefel – eintausend Stück, fünfhundert linke und fünfhundert rechte – schlurften über das Kopfsteinpflaster. In der am Morgen noch dunklen Stadt hallte das Geräusch wider, füllte die gesamte Rybnorjadskaja-Straße, drang in alle Querstraßen und Gässchen. Es übertönte sogar die hohen Stimmen der Muezzins auf den Minaretten und die Schritte der wenigen Passanten. Fünfhundert Paar Füße schlurften über die Pflastersteine, weil sie die Sohlen nicht von der Erde lösen konnten.

Die Stiefel der Kavalleristen waren so hoch, dass einige Kinder von Kopf bis Fuß darin Platz gefunden hätten. Daher mussten sie langsam gehen und die ihnen fast bis zu den Achseln reichenden Schäfte mit den Armen umfassen. Im Schneckentempo schob sich die Kolonne wie ein riesiger Wurm durch die Straßen. Wenn ein Kind zu Boden fiel, weil es über einen Stein gestolpert war, erstarrte der Wurm und wartete geduldig, bis ein Erwachsener dem Gestrauchelten aufhalf, denn in dieser Ausrüstung kam er allein nicht wieder auf die Beine.

Doch der erwachsenen Helfer waren nur wenige – Dejew, der an der Spitze des Zuges ging, die Leiterin der Sammelstelle, Schapiro, die den Schluss bildete, und einige ihrer Mitarbeiterinnen, die zu beiden Seiten des Zuges aushalfen. Die Kolonne wurde zwar von Reitern begleitet, doch denen wäre das Helfen schwergefallen. Schweigend und mit strengem Blick saßen sie im Sattel, den Kopf tief in den Mantelkragen gezogen. Jeder trug ein Gewehr auf dem Rücken und einen Säbel samt Scheide am Koppel. Unter den Mänteln schauten nackte Füße heraus.

Dejew hatte den Eindruck, dass sich die Kavalleristen wegen ihrer warmen Kleidung vor den Kindern schämten, die in abgetragene, löchrige Lumpen gekleidet, in Reste von Gobelins und Gardinen gehüllt waren. Er selbst war froh, dass er jetzt nicht im Sattel saß, sondern wie alle anderen zu Fuß ging. Schade nur, dass er seine Schuhe mit ihnen nicht teilen konnte.

Am Ende der Kolonne rollte ein Fuhrwerk mit den Bettlägerigen. Die Kranken hatte man wie Holzscheite dicht an dicht quer auf den Wagen gelegt. So blieb sogar noch Platz für ein paar Kleinkinder. Das Fuhrwerk, das am Morgen die Stiefel gebracht hatte, diente auch zur Beförderung der Ein- bis Zweijährigen.

Der Marsch zum Bahnhof zog sich unerträglich lange hin. Es wurde schon hell, die Straßen füllten sich mit Fußgängern und Straßenbahnen, die Fabriksirenen heulten erst ein-, dann zwei- und schließlich dreimal. Doch der Wurm aus fünfhundert Kindern hatte sein Ziel noch nicht erreicht. An seinem Ende bildete sich ein ganzer Schwanz von Straßenkindern, die man vertreiben musste, damit sie sich nicht in die Kolonne einschlichen. Das lenkte die Erwachsenen ab und verlangsamte das Vorankommen des Zuges noch mehr. Die zwei Stunden, die man Dejew gewährt hatte, waren längst vorüber. Immer wieder wanderte sein Blick zu den Reitern, denn er fürchtete, sie könnten die sofortige Rückgabe der militärischen Ausrüstung fordern. Doch die bewahrten die Ruhe. Dejew versuchte, die Kinder zu etwas schnellerem Gehen zu bewegen, doch die Größeren antworteten nur frech, sie seien von der Humpelei sowieso schon klatschnass. Die Kleinen beschleunigten gehorsam den Schritt, fielen aber nur noch häufiger hin. Auch Dejew selbst war trotz der scharfen Morgenkälte schweißnass – entweder von dem ständigen Hin- und Hergerenne oder aus Furcht, sein Wort nicht halten zu können.

Endlich hatten sie das Bahnhofsgebäude erreicht. Nun blieb Dejew nur noch, die Kinder längs der Schienen bis zum Abstellgleis zu führen (die Gehfähigen sollten selbst dorthin laufen, die Kranken und die Kleinsten von den Erwachsenen getragen werden), dann rasch alle in den Wagen unterzubringen, schließlich den Genossen Kavalleristen für die Hilfe zu danken und ihnen Glück auf den Weg zu wünschen. Aber es kam anders.

Die Kinder konnten die Schienen nicht bewältigen. In den riesigen Stiefeln stolperten sie über die Schwellen und blieben im Schotter hängen. Der von Dejew angeführte Zug überwand ein, zwei Gleispaare und blieb dann mitten in einem Feld sich kreuzender Gleise und hölzerner Übergänge stecken. Die Größeren bewegten sich fluchend weiter vorwärts, doch die Kleinen plumpsten nach links und rechts, fielen übereinander und rutschten dabei aus dem riesigen Schuhwerk heraus. Dejew und Schapiro liefen hin und her wie Glucken beim ersten Ausführen der Küken, hoben Kinder und Stiefel wieder auf und versuchten die Kolonne zusammenzuhalten. Aber die Kleinen lagen nach ein paar Schritten wieder auf der Nase. Die hinteren Reihen, die nicht länger warten wollten, drängten vorwärts und verloren zwischen den Schienen ebenfalls den Halt. Die Kolonne konnte weder aufgehalten noch zurückgeführt werden, sie löste sich auf und flutete nun quer über alle Gleise von den Bahnsteigen bis zum Rand des Bahnhofgeländes.

Von rechts bimmelte plötzlich eine Rangierlok, von links pfiff eine Dampflokomotive. Bremsen zischten, Stahl quietschte durchdringend auf Stahl, und das schwarze Ungetüm glitt ganz nah heran. Dejew konnte gerade noch davorspringen und die Arme ausbreiten, um die Kinder zu schützen. Doch die gewaltige Maschine bewegte sich immer noch und hüllte alles in feuchten Dampf.

»Bist du wahnsinnig?!«, brüllte der Lokführer, der sich rot vor Zorn aus seinem Fenster beugte. »Schaff das Gewusel vom Gleis!«

Doch da stand die Lok bereits. Dejew winkte nur ab und wandte sich wieder den Kindern zu.

Die Dampflok musste warten. Ebenso die Rangierlok und einige Draisinen mit Gleisarbeitern. Der ganze Bahnhofsbetrieb war gestört; die Kinder hatten Vorrang.

Die »Girlande« stand immer noch an ihrem Platz, doch jetzt war der Zugang erschwert. Das Nachbargleis nahm ein Güterzug ein, der am Morgen noch nicht dort gestanden hatte. Zwischen den beiden Zügen gab es nur noch einen langen, schmalen Durchgang, über den die Kinder ihre Wagen erreichen mussten.

Am Anfang dieses Durchgangs erwartete die Kommissarin die künftigen Fahrgäste. Sie war nicht allein. Da stand ein Tisch mit lackierten, geschwungenen Beinen, den sie wahrscheinlich irgendwo im Bahnhofsgebäude requiriert hatte. Darauf lagen Stapel von Papieren, mit Ziegelsteinen beschwert, damit der Wind sie nicht forttrug. Im weißen Kittel auf einer umgestülpten Kiste neben dem Tisch saß Feldscher Bug. Die Betreuerinnen waren in einer Reihe angetreten und schauten streng drein. Nur eine hatte mit gezücktem Bleistift an dem Tisch Platz genommen.

»Was soll die Schreibstube?!«, rief Dejew, der, von den Anstrengungen auf den Gleisen durchgeschwitzt, die »Girlande« als Erster erreichte.

Hinter ihm schnauften die ältesten Jungen mit der größten Ausdauer und den längsten Beinen. Danach humpelten die Jüngeren heran, und am Ende des Zuges, von Schapiro und ihren Kolleginnen getragen und geschoben, die Kleinen.

Die Kommissarin würdigte Dejew kaum eines Blickes und brüllte plötzlich so laut los, dass das Echo zwischen den Zügen widerhallte: »Genossen Halbwüchsige, große und kleine Kinder! Ich bin Kommissarin Belaja!«

Dejew fuhr heftig zusammen, so laut dröhnte die Stimme der Frau in seinen Ohren. Die großen und kleinen Kinder hingegen blieben unbeeindruckt.

»Kommissar, Kommissar, bring uns rasch zum Pissoir!«, antwortete einer schlagfertig. Es war der Einohrige, der Dejew bereits in der Sammelstelle aufgefallen war.

Belaja warf dem Frechling einen Blick zu, als wollte sie ihn durchbohren.

»Ich befehle«, fuhr sie fort. »In einer Reihe hintereinander antr-r-r-reten! Einzeln, ohne zu schubsen und zu streiten zum Doktor vortr-r-r-reten! R-r-r-runter mit den Hemden!«

»Was heißt hier ›einzeln‹?! Ich muss die Stiefel zurückgeben!«, erregte sich Dejew. »Das habe ich dem Kommandeur der Militärakademie versprochen!«

Die Sonne stand schon über den Pappeln am Bahngelände und zog träge den blassen Horizont entlang. Es musste bereits neun Uhr sein, wenn nicht noch später. Doch Belaja legte nur ihre Hand auf Dejews Schulter und drückte sie, was wohl bedeuten sollte: Gedulde dich, dafür ist jetzt nicht die Zeit. Von ihrer Hand ging Wärme aus wie von einem Senfpflaster. Dejew schielte auf die Finger, die ihn fest im Griff hatten: Sie waren lang und endeten in wohlgeformten rosafarbenen Nägeln.

»Und dein Hemd?«, alberte das Einohr weiter. »Ich wüsste schon gern, was du darunter versteckt hast!«

Jetzt meldeten sich weitere Lästermäuler, wieherten, johlten und pfiffen: »Ich will kein' Mediziner, ich will 'n Schlawiner!«

»Ich brauch keine Kur, muss pissen nur!«

»Und darf ich nicht pissen, dann wird gleich geschissen!«

»Ich werde keinen von euch bitten!«, schnarrte darauf die Kommissarin mit fester Stimme wie ein Mann. »Wer keine Lust hat, mit uns zu fahren, soll zur Seite treten. Alle Radaubrüder, Krakeeler und Streithammel dorthin!« Sie nahm die Hand von Dejews Schulter, die weiter wie Feuer brannte, und wies zur Feldküche an der Spitze der »Girlande«. »Alle Großmäuler und Rechthaber können gleich mitgehen! Ihr bleibt in der Stadt!«

Das war an alle gerichtet, doch Belajas Blick ruhte allein auf dem Einohr. Sie schaute ihm gerade ins Gesicht und legte den Kopf leicht nach hinten, was sie gleich noch ein Stückchen größer machte.

Der starrte zurück mit frechen, erwachsenen Augen, die strahlend blau aus dem dunklen Gesicht schauten. Das Kerlchen hatte eine magere, untersetzte Gestalt und so krumme Beine, dass sie fast noch kürzer wirkten als der Rumpf. Sie gab ihm zehn Jahre, aber es konnten auch vierzehn sein.

»Diejenigen, die einsteigen, bekommen ein Mittagessen. Genosse Koch, was gibt's heute zum Mittag?« Die Kommissarin donnerte mit der Faust gegen die Küchentür. Die ging gehorsam auf, Memelja, mit schmutzigweißer Kochmütze und einem Topf in der Hand, murmelte etwas Unverständliches.

»Habt ihr's gehört?«, rief Belaja und hob bedeutungsvoll die Brauen. »Genau das!«

Doch allein der Anblick von Koch und Topf löste unter der Menge der Kinder Bewegung und aufgeregtes Geschnatter aus.

»Die mickrige Küchenschabe, was soll die schon im Topf

haben!«, frotzelten die Älteren weiter, doch ihre Stimmen klangen erwartungsvoll.

»Brei und möglichst dick!«, kam es von hinten.

»Brei wollen wir futtern – wie bei Muttern!«

»Und nach dem Essen 'ne Kippe?«, legten die Größeren nach.

Doch es war nicht zu übersehen, dass sie sich sehr zusammennehmen mussten, um nicht sofort zum Tisch des Feldschers zu stürzen und dann so schnell wie möglich in die Wagen zu kommen.

»Und was ist mit Kokain?« Einohr wollte sich noch nicht geschlagen geben und suchte die anderen zu überschreien.

»Ohne Kokain macht das Leben keinen Sinn! Doch mit Kokain ...« – er hielt inne wie ein erfahrender Bühnenschauspieler und blickte siegesgewiss um sich – »... mit Kokain kann man auch dich, Kommissarin, glatt für ein Weib halten!«

Schallendes Gelächter in den ersten Reihen. Wie ein Lauffeuer machte der Witz die Runde und löste überall Rufe und Gelächter aus.

»Schäm dich, Griga!«, rief Schapiro erbost, rannte herbei und packte den Einohrigen, als wollte sie ihm das Lästermaul stopfen. Doch Griga grinste nur zufrieden.

»Warum?«, reagierte Belaja und hob die Hand, um die erregte Menge zu beruhigen. »Hier haben wir eine Grundsatzfrage!« Sie ging durch die Reihen und schaute den Grinsenden und Kichernden fest in die Augen. »Meine Antwort lautet: »Kokain, Koks, Puder, Schnee, Schnuff oder wie das Zeug sonst noch heißt, wird in unserem Zug nicht geduldet. Bei wem so etwas gefunden wird, der fliegt in hohem Bogen aus dem Wagen. Dafür wird nicht mal gebremst. In voller Fahrt fliegt so einer raus, und Schluss!«

»Und wenn wir nicht in voller Fahrt rausgeschmissen werden wollen?«, fragte Griga Einohr zurück und grinste immer noch.

»Dann tritt als Erster vor«, bot Belaja ihm an, dass es alle hörten. Und schob nach, ehe Griga sich's versah: »Oder ziehst du jetzt den Schwanz ein?«

Griga, immer noch lächelnd, spuckte auf die Erde. Das tat er kunstvoll, ohne die Lippen zu schließen und die Zähne auseinanderzunehmen. Er dachte einen Augenblick nach, verdrehte grübelnd die Augen und begab sich schließlich träge, mit winzigen Schritten zu dem Tisch.

Selbst im Sitzen wirkte Feldscher Bug neben der Hungergestalt wie ein Riese. Mit gelangweilter Miene zog Griga das Hemd aus und präsentierte sein dürres Bäuchlein, ließ sich nach allen Seiten drehen und seine Rippen beschauen, auf denen es von blauen Flecken und Beulen unterschiedlichen Alters nur so wimmelte. Als Bug die mächtigen Pranken auf Einohrs Köpfchen legte, um Augen und Rachen zu untersuchen, verschwand das darunter fast ganz.

»Und jetzt raus mit der Schmuggelware«, befahl Belaja. »Und Sie helfen mir bitte«, sagte sie, an eine der Frauen gerichtet.

Einohr riss erst verständnislos seine ohnehin großen Glubscher auf, doch dann drehte er die Taschen seines löchrigen Jäckchens nach außen und wedelte damit, als seien es Flügel: Sie waren leer. Unter beifälligem Lachen seiner Zuschauer versuchte er noch etwas aus dem einzigen Ohr zu schütteln: ebenfalls vergebens. Bevor jemand auch nur ein Wort sagen konnte, ließ er die Hose fallen, packte mit den Händen die nackten, mageren Pobacken, zog sie auseinander und drehte sich langsam nach allen Seiten, als wollte er sagen: Seht und staunt, selbst hier alles sauber! Die vorderen Reihen brüllten vor Vergnügen, und in den hinteren wurde es laut, weil man auch etwas von dem Spektakel sehen wollte.

Die Betreuerin, welche die Kommissarin vorher offenbar eingewiesen hatte, versuchte den Schamlosen vorsichtig zu untersuchen. Doch der begann wie ein Ferkel zu quieken: »Das kitzelt ja! Die Kommissarin soll mich filzen, die hat da mehr Erfahrung!«

»Und was ist in den Stiefeln?« Belaja trat an den Tisch heran, blieb aber seitlich davon stehen, um den Zuschauern den Blick nicht zu verstellen.

»Kommst du geradewegs von Solowkí*?«, fragte Griga und setzte wieder sein Grinsen auf, »oder wo hast du dich sonst noch rumgetrieben?«

Dabei zog er seinen kohlschwarzen nackten Fuß aus dem Stiefel und stellte ihn auf einen der Papierstapel, direkt vor die Nase der verblüfften Betreuerin. Er spielte mit den Zehen, als wolle er sagen: Das ist im Stiefel, und nichts anderes! Von einer Zehe fiel eine fette Laus und flitzte über das Papier.

»Eine ganze Militärakademie wartet mit bloßen Füßen!«, fuhr jetzt Dejew dazwischen. »Ich muss die Stiefel zurückbringen, auf der Stelle! Wie lange wollen wir hier noch Entkleidungsnummern vorführen?«

Die Kommissarin antwortete nicht, sondern bückte sich rasch und griff sich Grigas leeren Stiefel. Erschrocken fuhr das Kerlchen herum und wollte ihr den entreißen, doch da der eine Fuß noch auf dem Tisch stand, verlor er das Gleichgewicht und plumpste zu Boden. Inzwischen hatte Belaja bereits ein aus einem Lappen bestehendes Päckchen aus den Tiefen des Stiefels ans Licht gezogen. Es erwies sich als ein in Putzwolle und Zeitungspapier gewickeltes, selbstgebasteltes Messer. Die Kommissarin hob es hoch über den Kopf und stand so eine ganze Weile da, damit die jäh verstummte Menge es gut sehen konnte. Dann warf sie es auf den Tisch. Erst jetzt wandte sie sich Dejew zu und antwortete nur mit einem Blick auf dessen soeben gestellte Frage.

* Kurzname für die Solowezki-Inseln im Weißen Meer, wo sich seit 1920 das erste Arbeits- und Straflager in Sowjetrussland befand.

»Eine Waffe trägt in unserem Zug nur ein einziger Mann!«, erklärte sie mit Nachdruck. »Jetzt sind Sie dran, Dejew.«

Der zog den Revolver aus der Tasche und hob ihn ebenfalls über den Kopf, so wie Belaja es soeben getan hatte. Lange stand er so da. Aus der Menge kamen respektvolle Pfiffe.

Als Griga Einohr sich jetzt erhob, war er wie ausgewechselt: Die glänzenden Augen blickten trübe und verschwanden fast unter den Lidern, den Kopf hatte er zwischen die hängenden Schultern gezogen, wodurch der ganze Kerl noch winziger wirkte. Ohne den Staub von seinen Sachen zu schütteln, schwang er ein Bein, und der zweite Stiefel flog in Richtung der Kommissarin. Krachend landete er vor ihren Füßen.

»Entweder Messer oder Zug«, sagte Belaja hart.

»Das ist kein Messer«, hauchte Griga kaum hörbar. »Das ist Sechs,* mein Freund. Wir sind schon drei Jahre zusammen.«

Er runzelte die Brauen, seine Lippen zitterten, und das Kinn zog sich kläglich zusammen. Jetzt sah er nicht aus wie vierzehn, nicht einmal wie zehn.

»Wagen zwei«, fasste die Kommissarin das Gespräch zusammen. »Bringen Sie ihn hinein, Schwester.«

Damit wandte sie sich von Griga ab.

»Du hast kein Recht, mir mein Eigentum wegzunehmen!«, rief Griga, der immer noch wie angewurzelt hinter ihr stand. Klein und elend, den Blick auf das Messer gerichtet, brachte er es nicht fertig, sich von der geliebten Sechs zu trennen. »Du bist im Unrecht, Kommissarin.«

»So ist das hier!«, erklärte die Kommissarin mit Nachdruck, ohne sich ihm zuzuwenden und so laut, dass es jeder hören konnte: »Im Recht ist der mit dem größeren Schwanz!«

»Und den hast wohl du?«, fragte Einohr verbittert gegen den ihm gleichgültig zugewandten Rücken.

* Sechs – im russischen Verbrecherjargon das Codewort für den Schmieresteher bei einem Einbruch.

»Davon kannst du ausgehen«, antwortete die Kommissarin. Ihre Worte galten nicht Griga, sondern allen Umstehenden.

»Meine liebe Direktorin!«, begann Einohr plötzlich mit dünner Stimme zu flehen, und seine Miene drückte echtes Leiden aus. »Schapirka mit dem goldenen Herzen! Ich bitte Sie, wie meine Mutter, nehmen Sie das Messer an sich und hüten Sie es! Sie sind eine gutherzige Frau und retten Kinder, jetzt retten Sie auch meine Sechs! Wenn das in Turkestan vorüber ist und ich zurück bin, komme ich als Erstes zu Ihnen gelaufen, um Sechs wieder bei mir zu haben!«

Belaja nickte, und die tief gerührte alte Frau griff nach dem Messer. Sie tat es ungeschickt, nahm es bei der Klinge und hätte sich beinahe verletzt. Dann ließ sie es in ihr abgeschabtes Handtäschchen fallen …

Jetzt ging es rasch vorwärts. Mit hochgeschobenen Hemden und herausgestreckten Zungen traten die Kinder, eins nach dem anderen, vor den Feldscher. Schleifsteine, Nägel und Rasierklingen sammelten sich auf dem Tisch. Die Betreuerinnen liefen hin und her und verteilten die Kinder auf den Zug – in einen Wagen die kleineren Jungen, in einen die größeren und in den dritten die Mädchen. Hin und wieder nickte der Feldscher mit einem besorgten Seufzer Schapiro zu. Dann nahm sie ein Kind, dessen Anblick Bug nicht gefiel, und stellte es zur Seite. Diese Unglücklichen mussten in Kasan bleiben. Sie sollten in ein Krankenhaus eingewiesen werden.

In dem engen Gang zwischen den beiden Zügen war auch Belaja ständig in Bewegung, holte die Kleinsten nach vorn, munterte die Müden auf, wehrte die Frechheiten vorwitziger Jungen ab oder zahlte sie ihnen in gleicher Münze heim, gab Anweisungen, rief, gestikulierte und flatterte hin und her wie ein großer Vogel. All das tat sie mit Hingabe und wirkte glücklich dabei.

Derweil trug Dejew die Kleinsten, die noch auf dem Bahnhofsvorplatz warteten, von den Fuhrwerken über die Gleise zur »Girlande«. Die Kavalleristen halfen ihm dabei. Ohne aus dem Sattel zu steigen, nahmen sie die Knirpse von Dejew entgegen. Das taten sie ungeschickt mit abgespreizten Ellenbogen, während sie den Pferden die nackten Fersen in die Flanken drückten. Die waren es nicht gewohnt, Gleise zu überqueren. Weich und vorsichtig setzten sie die Hufe und brachten so die Reiter und ihre merkwürdige Fracht zum Ziel.

Dejews Schulter, die Belaja gedrückt hatte, brannte nicht mehr, war aber immer noch warm. Zur Sonne, die dem Zenit entgegenzog, schaute Dejew lieber nicht.

Als alle Ein- und Zweijährigen im Zug waren – man hatte entschieden, sie in den weich gepolsterten Abteilen des Stabswagens in der Nähe der Wanne unterzubringen –, kamen die Bettlägerigen an die Reihe. Die Kunst bestand darin, sie in den Zug zu befördern, ohne dass Bug etwas davon mitbekam. Dejew hatte sich bisher nicht getraut, ihm zu sagen, dass er auch sie mitnehmen wollte. Er fürchtete des Feldschers entschiedenes Nein. Wovon Bug ebenfalls nichts ahnte: Dejew hatte vor, sie im Lazarett unterzubringen.

Die Schwerkranken vertraute er nicht den Kavalleristen an, sondern trug sie selbst. Er transportierte sie wie Schmuggelgut: Im Schutz von Weidenbüschen und Müllhaufen brachte er sie zur Rückseite des Zuges. Rasch und geräuschlos, dass man am Untersuchungstisch auch ja nichts mitbekam, schob er sie in den Lazarettwagen. Dort legte er sie – die Mädchen links, die Jungen rechts – sorgsam auf die Pritschen und lief, die Nächsten zu holen.

Die Kinder waren leicht wie Papier und kalt wie Eidechsen. Den gewichtslosen Körpern war fast alle Kraft entwichen. Kaum konnten sie herabgefallene Arme und Beine heben oder den Kopf bequemer lagern. Dejew hätte sie zu zweien oder dreien tragen können, aber das schien ihm nicht recht zu sein. So trug er sie einzeln, ohne Unterlass murmelnd: »Gleich gibt's Brei. Gleich gibt's Brei. Gleich gibt's Brei ...« Die Kinder blieben stumm. In die Gesichter wagte er nicht zu schauen, er konnte den Blick nicht ertragen: Er war greisenhaft weise und vollkommen gleichmütig. Kinder sollten nicht so schauen. Niemand sollte das.

Beim Anblick jedes dieser Kerlchen runzelte er die Brauen. Dafür schämte er sich; sie waren doch keine Monster. Er zwang sich, ihnen wenigstens ab und zu einen Blick zu schenken, direkt in ihre leidenschaftslosen Augen zu sehen und sie ermutigend anzulächeln. Doch er brachte kein Lächeln zustande, nur eine Grimasse. Die Lippen versagten ihm den Dienst.

Dejew war verschwitzt bis in die letzte Hautfalte, als schleppe er schwere Getreidesäcke. Doch das war nicht der heiße, reine Schweiß von der Plackerei mit den Kindern am Vormittag, sondern er war kalt, klebrig und wollte nicht trocknen. Diese Kälte verspürte er auch im Magen. Selbst seine Finger waren eisig, als hätte er sich bei den Schwerkranken angesteckt.

Erst jetzt, als er diese federleichten Körperchen trug, wurde Dejew bewusst, wie zerbrechlich sie waren. Ihre Knochen schienen ihm spröde wie Reisig, ihre Haut zart wie Spinnweben. Er fürchtete, mit einer ungeschickten Bewegung könnte er ihnen eine Rippe oder gar das Rückgrat brechen. Alles machte ihm Angst: Wenn die Kinder die Augen aufschlugen – war etwas passiert? Wenn sie sie schlossen – öffneten sie sie je wieder? Wenn sie hörbar atmeten – wurde ihnen jetzt schlecht? Atmeten sie geräuschlos – taten sie das überhaupt noch? Ob sie nun bewegungslos dalagen oder sich rührten ...

Manche sagten ab und zu etwas. Anfangs freute sich Dejew über dieses Zeichen von Leben, doch das währte nicht lange.

»Ich habe heute Honig gegessen«, teilte ihm ein kleines Mädchen unterwegs mit leisen, aber deutlichen Worten mit.

»Wie schön!«, freute sich Dejew. »Wer hat ihn dir denn gegeben?«

»Drei Pfund habe ich gegessen«, redete sie weiter, als hätte sie die Frage nicht gehört. »Und gestern sogar vier. Vorgestern fünf. Ich hätte auch noch mehr essen können, aber an meinen Zähnen hat zu viel Wachs geklebt.«

Dejew schaute auf die an die Brust gepressten spindeldürren Ärmchen, auf die riesigen schwarzen Augen unter dichten Brauen, auf den zusammengekniffenen Mund und dachte bei sich, dass dieses Mädchen tatsächlich einer Biene ähnelte. Sie wog vielleicht dreißig Pfund, nicht mehr.

»Und ein ganzes Fass Sirup habe ich ausgetrunken.«

Dejew konnte nur noch stumm nicken, während er sie trug. Er fürchtete, seine Stimme könnte zittern, wenn er etwas sagte.

»Bist du hier der Chef?«, fragte die Kleine und schaute ihn mit klarem Blick an.

Wieder nickte er nur.

»Gibst du uns zu essen?«

Er nickte.

»Auch Honig?«

»Erst mal Brei«, antwortete Dejew. »Den gibt's gleich, mein Bienchen, gleich gibt's Brei …«

Die Rufnamen entstanden von ganz allein. Sein trüber Kopf, der zwei Nächte lang keinen Schlaf bekommen hatte, brachte diese törichten Spitznamen hervor, sobald er ein Kind in den Armen hielt. Rüsselkäfer war ein Junge mit eindrucksvoller Nase, die als Einziges in dem winzigen, knochigen Gesicht auffiel. Artistin nannte er ein Mädchen, dessen Haut so schlaff herabhing, dass sie an ein viel zu großes Zirkustrikot erinnerte. Bügeleisen hieß bei ihm ein Bursche mit kräftigem Unterkiefer und tiefliegenden, fast immer geschlossenen Augen … Dejew schämte sich für diese dummen, kränkenden Namen, doch den Kopf konnte er nicht abschalten.

Den Tschuwaschen Senja holte er als Letzten. Wenn der zu schreien anfing, verriet er Dejews Aktion, bevor er sie beendet hatte. Heute aber blieb der Junge erstaunlich still. Während der Fahrt lag er nur schweigend da, schlief nicht und kam nur dann in Bewegung, wenn er an seinem Körper Läuse – echte und eingebildete – fing und dann verspeiste.

Was es mit diesen Gesten auf sich hatte, begriff Dejew erst, als er Senja zu den Wagen trug. Auch auf Dejews Arm suchte Senja nach Läusen. Da er nicht viel Kraft hatte, waren seine Bewegungen exakt und sparsam. Er bewegte nur die Hände, die nach oben und unten ruckweise über den Körper fuhren und die Beute packten. Das tat er mit völlig teilnahmsloser Miene, ohne den Kopf zu bewegen. Sobald er eine Laus erwischt hatte, steckte Senja die Finger in den Mund und presste die Lippen zusammen. Nach einer Weile ruckte der Kopf ein wenig, wenn das Gekaute in die Speiseröhre befördert wurde, und die Hände bewegten sich von neuem.

»Nein«, sagte Dejew schließlich. »Iss sie nicht.«

Doch Senja widersprach mit matter Stimme: »Dann fressen sie mich.«

»Du kannst Brei essen«, murmelte Dejew seine Beschwörungsformel. »Gleich gibt's Brei, gleich gibt's Brei ... «

Als alle Bettlägerigen im Lazarett untergebracht waren, öffnete Dejew, ohne anzuklopfen, die Tür zur Feldküche und schlüpfte in den dämmrigen Raum voller Kisten, Säcke und Töpfe.

Memelja stand an einem Klapptisch und hackte Brombeerblätter klein, die er am Rande des Bahngeländes gesammelt hatte. Aus ihnen brühte er Kräutertee.

»Den Brei mach zum Abend fertig«, wies Dejew ihn an. »Fang jetzt noch nicht damit an. Mach Wasser heiß und warte. Sonst läuft bei dem Duft halb Kasan zusammen, und wir können nicht pünktlich abfahren. Sobald der Zug rollt, kannst du die Körner ins kochende Waser geben. Und, Genosse Memelja, koch uns einen Brei …, einen, der …, der …«

Das passende Wort wollte Dejew einfach nicht einfallen, also schüttelte er vor Memeljas Nase die geballte Faust, auf der die Adern schwollen und die Gelenke hervortraten.

»Sooo einen Brei!«

Als Dejew von der Feldküche heruntersprang, stellte er fest, dass etwa die Hälfte der Kinder inzwischen ihre Plätze in den Wagen gefunden hatte. Feldscher Bug kontrollierte pausenlos die weit aufgerissenen Münder, die Betreuerinnen eilten wie Weberschiffchen hin und her, und die lautstarke Kindermeute verschwand in den Wagen.

Auf der untersten Stufe des Einstiegs angelangt, warfen sie die Stiefel ab, die auf einen großen Haufen gelegt und von Zeit zu Zeit zu dem Fuhrwerk vor dem Bahnhofsgebäude geschleppt wurden. Denselben Weg nahmen auch die Gobelins, die als Umhänge, die Tischdecken, die als Umschlagtücher, und die Fenstervorhänge, die als Bettdecken gedient hatten, dazu die Westen und Dreispitze der Musikanten von einst. All das gehörte dem Staat und musste zurückgegeben werden. Dejew übernahm die Kinder barfuß und halbnackt.

Die Menschenmenge am Zug wurde immer größer. Von allen Seiten kamen Straßenkinder gelaufen, dazu Erwachsene aus der Stadt und den umliegenden Dörfern. Sie glaubten, hier seien Lebensmittel eingetroffen und es gäbe vielleicht einen davongerollten Apfel oder ein bisschen herabgefallenen Zwieback zu ergattern. Oder man lade Kohle aus, und es fielen ein paar Stücke ab. Manch einer wollte mitfahren, und sei es nur im Bremserhäuschen bis Sergatsch. Andere versuchten, ihre Kinder im Zug unterzubringen. Alle wollten zu den Wagen gelangen und lärmten, dass einem die Ohren schmerzten. Dazwischen drängten sich die Reiter, die Befehl hatten, die Rückgabe der Stiefel bis zum letzten Paar zu überwachen.

Die Lokomotive war längst vom Depot herangerollt, zischte, dampfte und hüllte alles um sich herum immer wieder in dicke weiße Wolken. Die schwebten über dem engen Gang zwischen den Zügen, und zuweilen waren nur noch die Schultern der Kavalleristen und die Köpfe der Pferde zu sehen.

Aus einer solchen Wolke tauchte unvermittelt ein Reiter auf, der nicht die einfache Budjonnowka* und den grauen Soldatenmantel trug wie die Begleitmannschaft, sondern eine Papacha, die Kosakenmütze aus Karakulpelz, und einen eleganten schwarzen Mantel. Der Kommandeur der Akademie persönlich.

Als Dejew ihn sah, nahm es ihm fast den Atem. Ein Blick zum Himmel sagte ihm, dass es fast Mittag war.

Er bückte sich, als müsse er seinen Schuh neu binden, und huschte unter der Kupplung zweier Wagen hindurch auf die Rückseite des Zuges. Als die Dampfwolke sich auflöste, war auch er verschwunden.

Der Kommandeur hatte ihn noch nicht entdeckt. Langsam ritt er den Zug entlang und besah sich das Gewimmel vor den Wagen. Er sprach niemanden an, doch man merkte, dass er jemanden suchte. Nicht irgendwen, sondern Dejew.

Der beobachtete den Kommandeur, genauer gesagt, die Beine seines Pferdes. In Hockstellung bewegte er sich ebenfalls längs des Zuges, ließ die Pferdehufe nicht aus den Augen und wusste absolut nicht, was er jetzt tun sollte.

Weiter Versteck spielen? Das war dumm und verantwortungslos. Wie lange hielt er das durch? Herauskommen und dem Kommandeur unter die Augen treten? Dann verlangte der

* Aus Filz gefertigte Kopfbedeckung der Soldaten der Roten Armee im Bürgerkrieg, inoffiziell benannt nach dem berühmten Reitergeneral Semjon Budjonny.

ganz sicher die sofortige Rückgabe der Stiefel, und die Hälfte der Kinder stand barfuß am Zug.

Nun bewegten sich Dejew und der Kommandeur an den Wagen entlang, er auf der einen, der hohe Gast auf der anderen Seite – vom Tender mit der Kohle vorbei, an der Feldküche, am langegezogenen Stabswagen, der noch die Markierung der ersten Klasse trug, an den fünf Personenwagen und der Kapelle, die man zum Lazarett umfunktioniert hatte. Dort war der Zug zu Ende, und Dejew hatte noch immer keine vernünftige Idee. Aber jetzt standen die Pferdebeine still.

Es dauerte eine Minute und eine zweite. Dann begannen die Hufe sich auf der Stelle zu bewegen, weil der Reiter wahrscheinlich, im Sattel sitzend, mit jemandem sprach. Oder überlegte, was er nun tun sollte. Oder …

»Hier sind Sie also«, sagte plötzlich eine leise Stimme direkt über ihm.

Als Dejew den Kopf hob, stand der Kommandeur der Akademie auf der offenen Plattform des letzten Wagens und schaute ihn aufmerksam an.

»Guten Tag, Genosse«, kam es völlig töricht von Dejew, der, die Hände auf den Boden gestützt, immer noch zwischen Schotter und Müll hockte wie ein Äffchen im Zoo.

Dann erhob er sich und wischte die schmutzigen Hände an der Hose ab. Er rückte das Koppel zurecht und trappelte mit den Füßen, um den Staub abzuschütteln. Zog sich an den Griffen der Plattform hoch und stand nun direkt vor dem wartenden Gast. Nahm Haltung an und stellte sich auf Vorwürfe oder eine ernste Strafe ein.

Dejew schämte sich so sehr, dass nicht nur sein Gesicht bis zu den Haarwurzeln, sondern auch sein Hinterkopf und der von der Anspannung schweißnasse Nacken feuerrot anliefen. Am liebsten hätte er die Augen zugekniffen, aber das wagte er nicht. Er schaute den Vorgesetzten direkt an und wagte nicht einmal zu blinzeln.

Das Gesicht des Kommandeurs war edel und stolz. Ein Schnurrbart, gerade, wie mit einem Pinsel gezogen, die Enden nach oben gezwirbelt. Die Körperhaltung, als trage er ein Korsett. Das war einer von den Ehemaligen, von Adel. Einer der immer Wort hielt.

»Genosse Akademiekommandeur …«, hub Dejew an, und das Wort blieb ihm im Halse stecken, weil er nicht wusste, wie er sich rechtfertigen sollte.

Doch der Kommandeur hörte ihm gar nicht zu.

»Das ist für Sie«, sagte er nur, holte aus der Manteltasche ein in ein Tüchlein geschlagenes Päckchen und hielt es ihm hin. »Ich werde es kaum noch brauchen. Doch Sie unterwegs bestimmt.«

Als Dejew das sorgsam zusammengefaltete Taschentuch aufschlug, erblickte er zwei silberne Kreuze. Einen Georgsorden dritter und einen vierter Klasse!

»Nehmen Sie die für Medikamente oder Verpflegung«, fuhr der Kommandeur fort und blickte dabei Dejew nicht an, sondern schaute auf die lange Schlange der Kinder, die noch am Tisch des Feldschers warteten. Und fügte nach einer Pause sehr leise hinzu: »Geben Sie sie nicht zu billig her.«

Dejew konnte nur stumm nicken. Hier war jedes Wort zu viel.

Auch der Kommandeur stand einen Moment schweigend da. Dann schnalzte er kaum hörbar mit der Zunge, und eine dunkle Kruppe tauchte an den Stufen zur Plattform auf: Das Pferd folgte dem Ruf seines Herrn. Der schwang sich von der Plattform in den Sattel, ohne den Erdboden zu berühren.

»Noch eins«, warf er Dejew hin, als sei es ihm gerade erst eingefallen. »Vor dem Bahnhof steht ein Fuhrwerk mit fünfhundert Unterhemden. Die sind für Ihre Fahrgäste. Kümmern Sie sich darum, dass sie abgeladen werden.«

Fünfhundert Unterhemden waren ein undenkbarer Schatz. Dejew verschlug es den Atem. Am liebsten hätte er jetzt jemanden abgeküsst – ein Kind oder eine vorübereilende Betreuerin, doch niemand zeigte sich. So küsste er wenigstens das Maul des klugen Kommandeurspferdes.

»Die schleppe ich selber her!«, wollte er rufen. Doch er konnte nur breit und dankbar lächeln und brachte kein Wort heraus. Dann stammelte er: »Danke, Genosse Akademiekommandeur! Ein riesiges proletarisches Dankeschön!«

»Danken Sie nicht mir!«, antwortete der und griff in die Zügel. »Das haben die Soldaten entschieden. Ich war dagegen, dass die Akademie ohne Unterwäsche bleibt.«

Doch Dejew lachte nur glücklich wie der letzte Trottel. Nicht weil seine Kinder jetzt etwas zum Anziehen hatten (auch das wärmte ihm das Herz!), sondern weil es auf der Welt noch Brüderlichkeit gab, die aufrichtige Brüderlichkeit von Menschen, die sich nicht kannten, aber einander nahe waren.

»Sie sind nicht gewaschen«, teilte ihm der Reiter noch mit. »Die Männer haben sie gerade erst ausgezogen.«

Dann presste er seinem Pferd die Schenkel in die Weichen und ritt davon.

»Aber die Stiefel!«, rief ihm Dejew nach, weil es ihm erst jetzt einfiel. »Die brauchen wir nur noch ein, zwei Stunden, dann sind wir fertig!«

Doch der gerade Rücken des Kommandeurs schaukelte bereits in beträchtlicher Entfernung.

Später schleppte Dejew Arme voller zerknitterter, grauweißer, gestopfter und geflickter, aber wunderbarer Unterhemden zu seinem Zug. Unterwegs senkte er in jede Ladung sein strahlendes Gesicht. Die Hemden rochen nach Machorka, Männerschweiß, Wodka, Brot und Sauerkraut. Nach Fisch, Kernseife, Petroleum und Rauch.

Außerdem kam es Dejew vor, als seien die Hemden noch warm. Nein, das bildete er sich nicht ein. Sie wärmten ihn wirklich.

Um zwei Uhr mittags waren die medizinische Untersuchung und das Einsteigen beendet. Die aufgeregten Gesichtchen der Fahrgäste drängten sich an den Wagenfenstern. Sie schauten in die traurigen Mienen der nicht zum Transport Zugelassenen. Das knappe Dutzend wartete auf die Leiterin der Sammelstelle, die immer noch durch den Zug lief, um ihren bisherigen Schützlingen und den Betreuerinnen möglichst viele Ermahnungen und Ratschläge zuzurufen. Auf Schapiro warteten auch die Kavalleristen, um das kleine Häuflein der Ausgemusterten zum Bahnhofsvorplatz zu bringen, auf das Fuhrwerk zu verladen und die letzten Paar Stiefel zu übernehmen.

Die Menge der Herbeigelaufenen wartete ebenfalls. Die Leute gingen nicht ihrer Wege, sondern drängten sich eher noch dichter um den Zug. Die Straßenkinder wuselten um die Wagen und suchten weiter nach einer Möglichkeit hineinzukommen. Zwei hatte der Lokführer bereits aus dem Tender geholt. Die hatten sich in dem Kohlehaufen vergraben und hofften, bis zur Abfahrt unentdeckt zu bleiben. Ein weiteres Pärchen zog Belaja unter dem Stabswagen hervor. Jene, die Dejew aus dem Einstiegsbereich, von Dächern und Bremserhäuschen vertrieben hatte, waren schon vergessen.

Auch Mütter mit Säuglingen liefen nach wie vor hin und her, suchten nach besonders gutmütig wirkenden Begleiterinnen und streckten ihnen die Kinder entgegen:

»Nimm meins! Es ist ganz leicht und isst fast nichts!«

»Nimm meinen Sohn mit! Ein stilles Kind!«

»Nimm meins! Nimm meins!« …

Die Männer in der Menge standen da und überlegten laut: »Werden die Kinder für Geld gerettet? Oder für umsonst?«

»Macht denn überhaupt jemand was für nass?«

»Wo bringen sie die hin? Nach China, zum Ozian, wo es Fisch gibt?«

»Es heißt, nach Amerika! Dort haben sie auch einen Ozian …«

»Jetzt schaffen sie schon die Kinder fort. Heißt das, es gibt wieder Krieg?«

»Wenn's doch so käme! Im Krieg haben wir wenigstens nicht gehungert.«

»Her mit dem Krieg, Bürger!«

Es herrschte ein Trubel wie am Bahnsteig bei der Abfahrt des Schnellzugs Nr. 1 nach Moskau.

»Die Lok ließ die Dampfpfeife erschallen, als wollte sie ihre Stimme ausprobieren. Bei dem schrillen Laut, der alles andere übertönte, hielten sich die Leute die Ohren zu.

Derweil ging Dejew durch die Wagen und verteilte die Hemden. Er wollte, dass die Kinder sie sofort anzogen und nicht erst nach der Abfahrt. Die Heizung funktionierte zwar, war aber gerade erst angefeuert worden, und ohne Kleidung und Decken mussten die Kleinen frieren. Außerdem waren seine Fahrgäste, in Weiß gekleidet, besser von den Straßenkindern zu unterscheiden, sollte es einigen doch gelungen sein, hereinzuschlüpfen, um als blinde Passagiere mitzufahren.

Zwei Dutzend Unterhemden waren für die Kleinsten und die Behinderten im Stabswagen bestimmt, wo Fatima das Kommando führte. Knappe hundert für je einen der Platzkartenwagen. Die paar Dutzend, die noch übrigblieben, hatte er für die Bettlägerigen im Lazarett vorgesehen.

Dorthin gelangte Dejew zuletzt. Er kam gar nicht hinein, denn auf den Stufen des Wagens stellte sich ihm Feldscher Bug mit finsterer Miene und zusammengekniffenen Lippen in den Weg.

»Wie soll ich das verstehen?«, fragte er.

Dabei flatterten seine Nasenflügel wie bei einem erregten Pferd.

»Versteh's, wie du willst!«, gab Dejew finster zurück.

»Nein!« Mit seiner riesigen Gestalt versperrte Bug auf der Treppe den Zugang und hing über dem untersetzten Dejew wie eine Gewitterwolke. »Nein! Bettlägerige dürfen nicht mitgenommen werden!«

»Dann mach das doch!«, zischte Dejew.

Bis zur Abfahrt des Zuges blieben nur noch wenige Minuten. So rasch konnte er die Kinder nicht ausladen. Und wohin auch mit ihnen? Schließlich konnte man sie nicht einfach vor den Füßen der Gaffer auf die Erde legen.

Er drückte dem Feldscher den Stapel Hemden an den Bauch, damit der sie übernahm. Doch der übersah die Geste.

»Ich hab in fünfzig Jahren so viele Tote gesehen wie du Lebende«, sagte er. »Und für mich ist vollkommen klar: Das sind keine Lebenden.«

»Du musst nur sagen, was du brauchst!« Wieder drückte Dejew dem Feldscher die Hemden gegen den dicken Bauch, und wieder vergeblich. »Medikamente, Milch, Eier, Fischöl ... oder gar Honig! Ich werde mich kümmern. Und ich finde etwas! Nur wenn es um mich selber geht, bin ich ein Waschlappen. Wenn es um andere geht, werde ich zum Tier!«

Der Feldscher schwieg und schnaufte geräuschvoll.

»Ich habe auch Geld!«, schob Dejew nach, denn gerade waren ihm die silbernen Kreuze in der Tasche eingefallen.

Noch einmal knallte er dem Feldscher die Hemden gegen den Bauch. Doch der Schrank stand still und stumm.

»Die wachen einfach nicht mehr auf«, ließ Bug plötzlich hören. Jetzt wirkte er müde und alt. »Sie werden nicht schreien, sich nicht in Krämpfen winden und nicht sichtbar leiden. Sie gehen still und unbemerkt. Erst einer, dann der zweite, der dritte … Die Ersten schaffen es nicht einmal bis Arsamas. Die nächsten erreichen vielleicht noch Samara oder Orenburg. Bis nach Samarkand kommt keiner.«

Als Dejew in das vor Müdigkeit graue Gesicht des Feldschers schaute, die tief eingeschnittenen Falten sah, glaubte er zum ersten Mal, dass der schon über siebzig war.

»Wir werden sie am Bahndamm begraben«, fuhr Bug leise fort. Wieder pfiff die Lok, dass alles andere verstummte, doch Dejew hörte jedes seiner Worte genau, als hallten sie in seinem Kopf wider. »Wir werden sie mit Erde bedecken, damit die Hunde sie nicht fressen. Das muss nachts geschehen, damit die anderen Kinder es nicht merken. Du wirst die Gruben ausheben, und ich werde die kleinen Leichname bringen.«

Von dem schrillen Signal der Lok taten Dejew die Ohren weh.

»Es ist deine Pflicht, sie zu retten«, sagte Dejew, ohne abzuwarten, bis das Geräusch verstummte. Er war sicher, dass Bug ihn verstand. »Das ist ein Befehl.«

Damit legte er den Stapel Hemden dem Feldscher auf die Schuhe voller Schmutz und Staub und ging davon.

Jetzt pfiff die Lokomotive wie wild. Aus der Esse schoss eine Dampfsäule voller Funken zum Himmel, an den Seiten zischte es, weiße Wolken hüllten alles ringsum ein.

Die Mütter drückten ihre Babys an die Brust, die, von dem Lärm geängstigt, laut zu schreien anfingen. Einige Frauen versuchten nach wie vor, sie jemandem im Zug aufzudrängen. Doch die auf den Plattformen stehenden Begleiterinnen reagierten weiterhin stur ablehnend. Ihnen schallten die wütenden Pfiffe der Straßenkinder entgegen, die sich nicht in den Zug hatten schmuggeln können. Die vor dem Lärm und dem Durcheinander scheuenden Pferde stellten sich auf die Hinterbeine und wieherten erschrocken.

Bei all diesem Brüllen, Schreien, Weinen und Dröhnen drängte sich Dejew zum Stabswagen an der Spitze des Zuges durch, wo er bereits die rote Mütze des Bahnhofsvorstehers sah, der das Signal zur Abfahrt geben wollte.

»Söhnchen!«, rief da eine Stimme und jemand zog ihn am Ärmel. »Rette es!« Es war eine Frau mit dem abgezehrten Gesicht einer Greisin, ein in ein rotes Tuch gehülltes Kind im Arm. Sie klammerte sich an Dejews Ellenbogen und streckte ihm den Säugling entgegen. »Nimm das Kind mit, Söhnchen! Hier muss es sterben! Bring es, wohin du willst, meinetwegen nach China oder nach Amerika, das dreimal verfluchte! Rette sein Leben!«

Dejew versuchte sich dem Griff zu entwinden, doch ihre Hand klammerte sich an ihn wie eine eiserne Fessel.

Wieder stieß die Lokomotive zischend eine Wolke aus, die Dejew und die Frau umhüllte.

Die Lok setzte sich kaum merklich in Bewegung, und ein lautes Klirren lief durch den ganzen Zug, als sich die Wagenkupplungen spannten.

»Abfahren!«, kam der Ruf von vorn. »A-a-a-a-bfahren!«

Dejew gelang es nicht, die Frau abzuschütteln. Während er sich weiter nach vorn drängte, wurde er von Schultern und Rücken gestoßen und stieß zurück. Die Frau hing an ihm wie ein tonnenschweres Gewicht, kam ihm näher und näher, umgab ihn mit ihrem heißen, bitteren Atem und drückte ihm mit letzter Kraft den kleinen Körper in die Arme. Dejew fürchtete, er könnte herabfallen und von der Menge zertrampelt werden.

»So hilf mir doch, Genosse!«, brüllte Dejew wütend einem Kavalleristen zu, der neben ihm auftauchte. »Siehst du nicht, was hier abgeht?«

Doch statt das aufdringliche Weib beim Kragen zu packen, damit er ihm endlich entkam, zog der Esel im Sattel den Säbel.

Als der Stahl über ihr aufblitzte, wich die Frau zurück.

»Hast du den Verstand verloren?!« Dejew griff in die Zügel des Pferdes, der Kavallerist erstarrte mit hocherhobenem Säbel und wusste nicht, wie weiter.

Inzwischen begannen die Räder sich zu drehen, Dejew schüttelte ärgerlich die Hand der Frau ab und rannte zum Stabswagen.

»Nimm mein Kind mit, Söhnchen!«, kreischte die Frau immer noch hinter ihm. »Nimm es! Nimm es! Nimm es mit!«

Er rannte – vorbei an der erregten Menge, an aufgerissenen Mündern und hocherhobenen Armen, in den Ohren ein nicht enden wollendes Heulen. Er wusste nicht, dröhnte die Lokomotive oder kam aus den Kehlen aller dieser Menschen ein einziger, alles übertönender Schrei.

Aus dem Stabswagen streckte sich ihm ein Arm entgegen, ein langer, starker Arm. Dejew griff zu, und der Arm zog ihn zu den Stufen des Wagens hin. Ein Satz, und er stand auf der Plattform neben der Kommissarin, beider Hände fest zusammengefügt wie bei einem Händedruck.

»Wissen Sie, wie viele Kinder wir im Zug haben?«, fragte sie und legte dabei ihre Lippen fast an sein Ohr, um den Lärm ringsum zu übertönen. »Es sind genau fünfhundert, nicht eines mehr oder weniger! Wenn man eine Zahl unbedingt erreichen will, dann gelingt es meist nicht. Doch hier …«

Dabei lächelte sie ihm zu, das erste Mal, seit sie sich kannten. Doch er konnte ihr Lächeln nicht erwidern. Er wollte, aber es gelang ihm nicht.

Unter seinen Füßen zitterte der Wagen, klirrten die Gleise. Der Bahnhof, Bäume und Züge – alles glitt langsam vorüber und verschwand. Dichte Dampfwolken verhüllten nach und nach die zurückbleibende Menschenmenge.

Plötzlich stürzte aus der weißen Watte eine Gestalt hervor. Sie lief neben dem Zug her, was die Beine hergaben. Das Weib! Der lange Rock flatterte und entblößte die dürren Beine in riesigen Schuhen bis über die Knie. Ihr grauer Zopf hatte sich gelöst und flatterte im Wind. Im Arm trug sie den Säugling in Rot.

Jetzt nahm der Zug Fahrt auf, wurde mit jeder Sekunde schneller. Doch die Frau hielt Schritt. In vollem Lauf streckte sie das Kind dem Zug entgegen. Nicht irgendwem, sondern Dejew.

Ihn fixierte sie mit ihrem Blick, ihm lief sie nach. Dejew stand auf der Plattform, die Hand am Haltegriff, und war nicht imstande, den Blick von der Frau zu wenden. Sie lief verzweifelt wie ein verwundetes Tier, das um sein Leben rennt. Das verhärmte, blasse Gesicht war so verzerrt, dass ihm schien, ihr Herz müsse jeden Augenblick zerspringen.

Sie lief sogar noch schneller, und bald schwebte ihr Gesicht neben der Plattform des Stabswagens, fast zu Dejews Füßen. Die Augen waren ihr aus den Höhlen getreten, ihr Mund weit aufgerissen. Wieder streckte sie ihm das Baby mit ihren knochigen Armen entgegen: Nimm endlich das Kind!

Dejew biss die Zähne zusammen, klammerte sich mit beiden Händen an den Griff, fürchtete schon, er könnte ihn aus der Verankerung reißen und schüttelte nur leicht den Kopf: Nein, ich kann nicht, verzeih mir!

Da legte sie das Kind auf eine der Einstiegsstufen.

Zu Dejews Füßen, auf dem klappernden Metallgitter, unter dem der Erdboden vorüberflog, hüpfte nun ein rotes Bündel auf und ab. Dejew wusste nicht, wie ihm geschah. Sein Arm streckte sich ganz von selbst nach unten. Schon hielt er sich nur noch mit einer Hand fest, während er mit der anderen nach dem Kind griff und es an sich drückte.

Und die Frau? Die war verschwunden. Hatte er noch mit dem Augenwinkel erfasst, dass sie stürzte und den Bahndamm hinabrollte oder bildete er sich das nur ein? Die Frau war nirgendwo zu sehen. Kein Wunder, denn gerade umflogen weiße, zottige Dampfwolken den ganzen Zug.

Dejew schlug das rote Tuch zurück. Darin zappelte und piepste kaum hörbar ein winziges, faltiges, puterrotes Körperchen – ein Neugeborenes.

Die Wagentür klappte, Belaja verließ wortlos die Plattform.

Der Winzling in Dejews Armen blinzelte mit den noch nicht sehenden Augen und drehte das Köpfchen mit den geöffneten Lippen nach allen Seiten. Er suchte die Mutterbrust.

II.

Zu zweit

Swijaschsk – Urmary

Dejew war ein einfacher Mann und liebte einfache Dinge. Zum Beispiel, wenn einer die Wahrheit sagte. Wenn die Sonne aufging. Wenn ein unbekanntes Kind ihm ein sattes, sorgloses Lächeln schenkte. Wenn Frauen sangen, oder auch Männer. Er liebte Alte und Kinder, er war ein Menschenfreund. Es tat ihm gut, sich als Teil von etwas Größerem zu fühlen – einer Armee, eines Landes oder gar der Menschheit. Er legte gern die Hände auf die Seite einer Lokomotive, um das Pochen ihres mechanischen Herzens zu spüren.

Was er gar nicht mochte, waren Wunden und Blut. Wenn man tötete, egal, ob ihm Nahestehende oder Fremde. Wenn er hungern musste oder sehen, wie andere hungerten. Sehr zuwider war ihm das Wort »Ersatz«, wenn es um Essen ging. Aufgedunsene oder sterbende Menschen konnte er nicht sehen. Auch nicht Abdeckereien oder Friedhöfe.

Mit anderen Worten, Dejew liebte das Leben und nicht den Tod.

Aber all die Jahre, die ihm bisher beschieden waren, musste er gegen diesen Tod kämpfen wie die Fliege im Milchtopf, aus dem es für sie kein Entkommen gibt. Und mit ihm all seine Genossen, ja, das ganze junge Sowjetland. Als Kind, das in einem Eisenbahndepot Unterschlupf gefunden hatte, überlebte er nur knapp, schlief im Schwellenlager und musste morgens das am

Holz festgefrorene Haar losreißen. Als Lehrling einer Reparaturbrigade schuftete er für einen Teller Suppe, kam irgendwie durch, fiel aber auch hin und wieder vor Hunger in Ohnmacht. Als blutjunger Soldat der Roten Armee im Bürgerkrieg tötete er, und nicht wenig. Auch später als Angehöriger der Prodarmija* tat er es.

In der letzten Zeit hatte es in Dejews Heimat so viel Tod gegeben, als herrsche der im Land und nicht die Sowjetmacht. Er kam in unterschiedlicher Gestalt daher – als Epidemie, Hunger, strenger Winter, tiefe Armut und brutales Verbrechen. Bis es vernichtet wurde, wütete das in die Randgebiete der Republik abgedrängte weißgardistische Militär. Es wütete auch die eigene Rote Armee. Es wüteten Bauernrebellen, die dem Staat kein Getreide herausgeben wollten. Es wüteten die Einheiten der Prodarmija, die so in den Dörfern »Blut statt Getreide« einsammelten. Seuchen überzogen das Land: Der Typhus raffte drei Millionen Menschen dahin, die Spanische Grippe noch einmal drei. Dazu der Hunger: In 35 Gouvernements flehten neunzig Millionen Menschen seit Jahren um Brot. Zwar meldeten Zeitungen vorsichtig, der Hunger sei besiegt, doch an der Wolga wusste man, dass es nicht so war, ebenso in der Ukraine, im Ural und auf der Krim.

Wie das kam, konnte Dejew nicht begreifen. Wieso gab es immer Tod und Schmerz im Überfluss, aber so wenig Leben?

Um sich darüber klar zu werden, stellte er sich eine gewaltige Waage vor wie jene in Häfen, wo die Fracht abgewogen wird. Auf die gigantischen Waagschalen legte er seine Erinnerungen: auf die eine die traurigen und schmerzhaften, auf die andere die freudigen.

* *Prodarmija* – Abkürzung für die *Armee zur Beschlagnahme von Lebensmitteln,* die in den Jahren 1919–1921 auf dem Lande zwangsweise Nahrungsmittel einzog.

Die erste Schale füllte sich im Handumdrehen. Da war er, wie er als blutjunger, verschreckter Rotarmist nächtelang gefallene Kameraden barg, wie er ihnen Munition, Stiefel und sogar die Unterwäsche abnahm – Dinge, die in der Armee mit Gold aufgewogen wurden. Wie er allein eine Grube aushob, die nackten Leichen hineinlegte und ständig nur an eines denken konnte: dass sie nun in der Erde frieren mussten. Wie die aufgehende Sonne die starren Körper in goldenes und rosafarbenes Licht tauchte, als wollte sie sie ins Leben zurückholen ... An einer Sammelstelle ging mit Benzin übergossenes Korn in Flammen auf. Nicht ein, zwei Pud*, sondern eine riesige Menge soeben noch goldfarbener Körner verkohlte im Nu, wurde von den Flammen verschlungen und stieg als schwarze Rauchsäule zum Himmel auf. Er sah vor sich, wie Kampfboote die Wolga und darin schwimmende Soldaten durchpflügten, wie Hirn und Blut sich mit Wasser mischten, dieses leuchtend rot färbten, und purpurfarbene Wellen ans Ufer schlugen.

Auch die zweite Schale füllte sich, aber langsam und spärlich. Konnte ein Lächeln, konnten zärtliche Worte oder die Schönheit eines Sonnenuntergangs über dem Fluss brennendes Getreide aufwiegen oder das Heulen von Bootsmotoren, die Menschenleiber zerfetzten? Die Schale des Guten und Freudvollen blieb immer um ein Vielfaches leichter.

Ach, zum Teufel mit der Freude. Die Menschen waren doch nicht für Freude und Vergnügungen geschaffen. Aber auch nicht für den Tod. Sondern einfach für das Leben. Der Mensch wurde geboren, um bei der Arbeit zu schwitzen, kräftig in einen Apfel zu beißen, barfuß durch Gras zu laufen, zu streiten, sich zu versöhnen, jemanden zu lieben und jemandem zu helfen, zu bauen und zu reparieren – für all das. Nicht, um nackt mit einem Loch im Kopf in einem Massengrab zu liegen. Nicht, um von

* Altes russisches Gewichtsmaß, entspricht 16,38 Kilogramm.

der Schraube eines Kampfbootes in Stücke gerissen zu werden. Der Mensch wurde geboren, um zu sein.

Woher Dejew diesen hartnäckigen Glauben hatte, wusste er nicht. Aber er war das Wichtigste, was er besaß. Und wenn er vieles auch nicht verstand, sich vor vielem fürchtete und einen schwachen Charakter hatte, wenn die Waage, die er sich vorstellte, auch niemals ins Gleichgewicht kam – diesen Glauben konnte ihm niemand nehmen. Er war seine Rettung.

Nur deswegen liebte er seine derzeitige Arbeit so sehr. Auf dem Papier war er bei der Transportabteilung angestellt, um Züge zu führen und Güter zu befördern. Tatsächlich kämpfte er gegen den Hunger. Der erste Kampf, bei dem es ohne Töten abging. Er brachte nicht einfach Getreide in hungernde Gouvernements, nicht Öl und nicht Vieh, sondern das Leben. Nicht Ärztegruppen begleitete er weit ins Land hinaus, sondern das Leben. Und wenn er jetzt im Stabswagen eines Sanitätszuges saß, dann beförderte er nicht fünfhundert Fahrgäste von einer Bahnstation zur anderen, sondern brachte Kinder von einem Ort des sicheren Todes dorthin, wo vielleicht das Leben auf sie wartete.

Dejew hatte noch niemandem gestanden, dass sie nur für drei Tage Verpflegung im Zug hatten. Wenn sie sparsam damit umgingen, konnte die für vier Tage reichen. Wenn sie sehr damit geizten, für fünf.

Wem hätte er das auch sagen können? Der Kommissarin? Die hätte noch auf dem Kasaner Bahnhof alle Bettlägerigen und Behinderten ausgeladen, ohne mit der Wimper zu zucken. Dem Feldscher? Der wäre wahrscheinlich gleich selbst vom Zug abgestiegen. Auf dieser Reise hatte Dejew keine Gleichgesinnten, nur Gegner. Als ob sie nicht alle für eine Sache arbeiteten, sondern gegeneinander kämpften.

Die Abfahrt von Kasan war wie ein Sprung in den Abgrund.

Mit fünfhundert Kindern am Hals – vierhundert Jungen und einhundert Mädchen, darunter zwei Dutzend Kleinkinder und ebenso viele Bettlägerige plus zwei Dutzend Behinderte und Aufgedunsene. Schließlich auch noch ein wenige Tage altes Neugeborenes. Beim ersten Blick in das rote Bündel hatte Dejew nicht darauf geachtet, ob es sich um einen Jungen oder ein Mädchen handelte. Entweder gelang ihm das Kunststück, ihnen allen zu essen zu geben, oder nicht. Entweder landete er am Boden des Abgrunds mit der kostbaren Fracht heil und unversehrt, oder nicht.

Die hatte er zunächst nach Westen durch die Wälder des Wolgagebiets bis nach Arsamas zu bringen. Dann nach Süden und wieder nach Osten bis zum Aralsee. Anschließend erneut nach Süden durch die Wüste Kysylkum und die Hungersteppe bis nach Taschkent. Von dort zurück nach Westen, vorbei an den Bergketten von Tschimgan und Serafschan nach Samarkand.

Eine Fahrt von zwei Wochen und 4000 Werst.

Dafür hatte Dejew das Erforderliche – einen Zug, einen Tender mit Kohle und sogar ein eigenes Lazarett. Dazu einen Auftrag mit Siegeln und einen Revolver in der Tasche. Nur Verpflegung hatte er nicht.

Wenn er nichts zu essen auftrieb, mussten die Kinder sterben. Der Mensch ist in der Lage, mehrere Tage zu hungern, aber Wochen ohne Nahrung überstehen gesunde Kinder nicht, von Kranken und Bettlägerigen ganz zu schweigen. Und wenn es unterwegs eine Stockung gab, wenn die Lok ausfiel oder etwas anderes passierte? Dann konnten aus zwei Wochen schnell drei werden.

Daraus folgte: Dejew war schuld – an allem. Daran, dass er statt ausschließlich gesunder Kinder auch Schwerkranke aufgenommen hatte. Dass er sich ohne Lebensmittelvorrat auf die Reise schicken ließ. Und sogar daran, dass er das Neugeborene in dem roten Tuch mitnahm. Aber hätte er Senja, das Bienchen, Rüsselkäfer und Bügeleisen auf der Orchesterempore sterben lassen sollen? Oder die Lieferung von Lebensmitteln abwarten und die Abfahrt um ein, zwei Tage, eine Woche oder gar einen Monat verschieben? Hätte er den Säugling von der Wagentreppe stoßen sollen? Doch wem konnte er das alles erklären? Vor wem sich rechtfertigen? Vor keinem.

Einer musste die Kinder doch aus der hungernden Stadt bringen. Einer musste sich diese fünfhundert Kinderseelen aufladen, sie für die Zeit dieser Reise auf sein Gewissen nehmen. Dejew tat es. Und begriff erst jetzt, da er im Stabsabteil des Sanitätszuges saß, wie groß seine Furcht war und wie tief sie ihm in den Knochen saß. Doch er hatte keine Wahl. Er musste Essen für diese Kinder auftreiben, sich wie ein Aal winden, sich durch alle Mühlen drehen lassen, aber Nahrung für sie herbeischaffen.

Das war kein Abteil, sondern ein Boudoir aus dem Freudenhaus! Blumen an den Wänden. Blumen auf dem Bezug der Liege. An der Decke eine ganze Blumenwiese. An den Wänden verschnörkelte Lampen. Ein lackierter Schreibtisch. An den Fenstern Samtvorhänge mit Seidenfransen. Am Tisch, im Fußboden verschraubt, ein Hocker mit Löwenfüßchen und geblümtem Polster.

Vor der Abfahrt alles anzuschauen, dafür war keine Zeit gewesen. Dejew und die Kommissarin hatten ihre Sachen in zwei nebeneinanderliegenden Abteilen abgeworfen und sich sofort in die Arbeit gestürzt. Jetzt, da er all die Blüten und Knospen zum ersten Mal betrachtete, verschlug die Pracht ihm fast den Atem. Er öffnete eine unter dem Tisch verborgene Klappe. Da stand etwas Helles, Elegantes. Eine Vase? Nein, ein Nachttopf. Der war nicht mit Blumen, sondern mit Paradiesvögeln verziert. Nichts zu machen: Für eine Reise von zwei Wochen war das nun seine Unterkunft.

An den beiden Stabsabteilen, das eine für den Zugführer und das andere für die Kommissarin, hatten die Handwerker beim Umbau nichts verändert. Die beiden waren ursprünglich als Familien-Appartement gedacht. Jedes Abteil hatte seinen eigenen Ausgang zum Korridor, und voneinander waren sie durch eine hölzerne Falttür getrennt. Als Dejew klar wurde, wofür diese Tür ursprünglich gedacht war, bekam er heiße Wangen. Er nahm sich vor, sie nicht zu benutzen und bei Belaja nur vom Gang her einzutreten, wenn überhaupt. Sollte sie doch zu ihm kommen, schließlich war er die Nummer eins. Und vorher anklopfen, nicht laut, sondern mit Respekt, wie es sich bei einem Chef gehört.

Ein paar Mal ließ er sich auf die Liege fallen, um die Qualität zu prüfen. Mit der Hand wischte er über das beschlagene Fenster. Draußen flatterten die Dampfwolken der Lok vorüber, zwischen denen das regennasse Grün von Kiefern aufschimmerte. Ohne es zu wollen, stand er unvermittelt vor der Falttür.

Dahinter war es still. Durch das Klopfen der Räder und das Klirren von Metall hörte er auf dem Gang den Säugling wimmern. Gleich nach der Abfahrt hatte Dejew das Kuckuckskind Fatima übergeben, damit sie es wiegte und beruhigte. Auch das Quietschen der Wagenfederung und das Stampfen der fernen Dampfmaschine waren zu hören. Doch von der Kommissarin kein Laut. Ob sie gerade darüber nachgrübelte, wie sie diesen weichherzigen Kommandeur loswerden konnte? Oder schon dabei war, eine Beschwerde zu schreiben?

Wumms! Jäh flog die Falttür zur Seite und hätte beinahe Dejews lauschendes Ohr erwischt. In der Öffnung stand die Kommissarin.

»Lassen Sie uns darüber reden, Dejew, wie wir miteinander auskommen wollen«, sagte sie. »Schließlich wohnen wir beide hier. Das wird keine kurze Fahrt; ein paar Wochen werden wir wohl unterwegs sein. Ohne gewisse Absprachen geht das nicht.«

Verwirrt trat er zur Seite, und die Kommissarin schritt ohne zu zögern in sein Abteil, als sei es ihr eigenes.

»Sie sind ein weicher, sensibler Mann.« Sie ließ sich mitten auf seiner Liege nieder, lehnte sich zurück und schlug lässig ein Bein über das andere. »An Kinder kann man Sie nicht heranlassen.«

Da sich Dejew nicht auf das schmale Ende der Liege quetschen und auch nicht vor der Kommissarin stehen wollte wie ein ertappter Schüler vor seiner Lehrerin, trat er von einem Bein aufs andere und wählte schließlich den Hocker. Der war niedrig, die Polsterfedern schwangen hin und her. Um nicht herunterzufallen, musste er mit gespreizten Beinen, die Ellenbogen auf die Knie gestützt, dasitzen, während die Kommissarin es sich auf seiner Schlafgelegenheit bequem gemacht hatte.

Die ließ den Blick erstaunt, aber mäßig interessiert über die üppige Pflanzenwelt an Wänden und Decke schweifen, als sähe sie eine derartige Geschmacklosigkeit zum ersten Mal. Sie schnippte mit den Fingern gegen die sanft schaukelnden Samtvorhänge und runzelte leicht abschätzig ihre dichten, langen Brauen. Sah es in ihrem Abteil etwa anders aus?

»Dafür bist du aus Eisen«, ließ Dejew fallen und rutschte auf dem Hocker hin und her, um endlich eine bequeme Haltung zu finden.

»Deshalb übernehme ich die Kinder. Streit, Durcheinander, Beschwerden oder Streiche – all den Ärger überlassen Sie mir. Mischen Sie sich da nicht ein. Der Rest ist für Sie: Sie führen den Zug, sorgen für Verpflegung und medizinische Betreuung.« Während sie sprach, fuhr Belaja ungeniert fort, Dejews Abteil zu inspizieren. Sie öffnete sogar die Klappe unter dem Tisch, und in all ihrer Pracht erstrahlten die Paradiesvögel auf dem weißen Porzellan. »Und üben Sie endlich Ihre Befehlsgewalt aus! Abgemacht?«

Dejew ärgerte sich, dass er den Nachttopf nicht gleich zu den Kindern gebracht hatte.

»Ich dachte, du kannst nur den Säbel schwingen«, sagte er. Endlich hatte er das wacklige Sitzmöbel einigermaßen unter Kontrolle und richtete sich auf, bemüht, seinem Gesicht einen bedeutungsvollen Ausdruck zu geben. »Doch jetzt machst du hier auf Diplomatie. Wieso bist du mit einem Mal so anders zu mir?«

»Weil Sie ein ehrlicher, engagierter Mann sind«, antwortete sie wie aus der Pistole geschossen.

Dieses Bekenntnis aus dem Munde der Kommissarin traf Dejew so unerwartet, dass er beinahe wieder das Gleichgewicht verloren hätte.

»Das ist besser als ein Heuchler oder Raffzahn. Außerdem sind Sie nicht der größte Dummkopf unter denen, die ich erlebt habe. Und ich habe viele erlebt.«

Dejews Lippen wollten sich zu einem verlegenen Lächeln kräuseln, aber das geriet ihm ziemlich schief.

»Mit den Stiefeln hatten Sie eine tolle Idee.«

War das endlich das Lob, das er erwartete? Gerade wollte er seinerseits anerkennen, wie geschickt sie am Morgen die Kinderschar in die Wagen dirigiert hatte, doch er kam nicht dazu.

»Mit einem Wort, Sie haben keinen großen, aber einen wachen Verstand. Sie sind mir recht. Wir werden uns schon zusammenraufen.«

Was für ein Gespräch! Halb hatte sie ihn gelobt und halb beschimpft – da kenne sich einer aus. Das war genau wie Dejews Position auf diesem verdammten Hocker: Er saß, konnte aber jeden Moment herunterfallen und litt Höllenqualen.

»Doch eines verstehe ich überhaupt nicht«, gab er kopfschüttelnd zurück, »sollte das jetzt ein Lob sein, oder was?«

»Wollen Sie unbedingt gelobt werden?«

»Ich möchte, dass du mit mir umgehst wie ein Mensch!«, rief Dejew und sprang von dem Foltergerät auf. »Aus deinem Mund kommen nicht Worte, sondern das reine Gift. Ich bin hier der Zugführer. Also sprich mit mir auch wie mit einem Vorgesetzten.«

Dass er aufsprang, war dumm, er plusterte sich auf wie ein Gockel. Aber sich wieder auf das Ding setzen konnte er nicht. Da stand er nun, und die Kommissarin saß. Um etwas seriöser zu wirken, stützte er sich mit der Hand auf den Tisch und reckte die Schultern.

»Wir beide treffen eine andere Absprache«, erklärte er. »Du kannst gut mit Kindern umgehen, das erkenne ich an. Kommandiere sie, so viel du willst, aber nur in meiner Gegenwart. Wir erledigen alles gemeinsam: Essen ausgeben und Streit schlichten. Wohin du gehst, da bin auch ich! Wir arbeiten zu zweit!« Er schlug mit der flachen Hand auf die Tischplatte, um seinen Worten Nachdruck zu verleihen. »So wird das gemacht!«

Im Abteil war es eng, Dejew stand über die Kommissarin gebeugt, und ihre Knie berührten einander beinahe. Der Wagen schaukelte, und Dejews Gestalt mit ihm. Bald näherte er sich der Frau auf der Liege, bald entfernte er sich von ihr. Sie schien diese Wendung des Gesprächs nicht besonders zu beeindrucken. Zwar musste sie zu ihm aufschauen, doch das dämpfte keinesfalls ihren Hochmut.

»Sie wollen alles in der Hand behalten? Alles wissen – über jedes Kind, jede Begleiterin und die letzte Laus in diesem Zug? Dafür haben Sie gar nicht die Zeit.« Sie sprach kühl und ruhig, dachte nur laut nach, wog Varianten ab und hielt es nicht für nötig, ihre Gedanken vor ihm zu verbergen. »Oder wollen Sie mich bei etwas ertappen, sich beschweren und mich loswerden? Dafür sind Sie nicht schlau genug. Oder machen Sie mir gerade den Hof, Dejew? Das trauen Sie sich nicht.«

Dejew gab sich alle Mühe, gelassen zu wirken. Doch er

spürte, wie sich sein Gesicht mit jedem Satz aus ihrem Mund verräterisch verzog. Abwenden konnte er sich nicht, denn damit hätte er nur seine Schwäche bekannt. So stand er vor der Frau völlig schutzlos wie ein Schauspieleleve auf der Bühne.

Doch die Kommissarin irrte sich. Dejew wollte ihr weder Fallen stellen, noch etwas heimzahlen. Er wollte sich auch nicht als Chef aufspielen, sondern er wollte lernen, mit frechen Kindern umzugehen, wie Belaja es getan hatte. Sie zu besänftigen und zu lenken, sie zu durchsuchen und mit ihnen zu scherzen – das alles wollte er sich bei ihr abschauen, und zwar schnell. Denn sein Geheimnis musste bald ans Licht kommen. Belaja würde erfahren, dass der Zug mit einem Lebensmittelvorrat für jämmerliche drei Tage gestartet war. Erst dann begann der eigentliche Kampf. Entweder sprang die Kommissarin ab, oder sie stieß Dejew aus dem Zug. Wie das auch ausging, lange gemeinsam zu fahren war ihnen wohl nicht vergönnt.

»Einverstanden.« Die Kommissarin erhob sich mit einem Ruck und wäre beinahe mit Dejews geschwellter Brust zusammengestoßen. Sie hielt ihm ihre Hand hin. »Wir machen alles zu zweit. Sie kommandieren den Zug und ich die Kinder.«

Er legte seine Hand in die heiße der Kommissarin. Sie hatte einen harten Händedruck wie ein Mann. Doch ihre Haut war weich wie die eines Kindes.

»Hier haben Sie meinen ersten Befehl.« Mit diesen Worten drückte sie seine Hand fester und fester, als wolle sie ihm die Finger zermalmen oder abreißen. »In diesen Zug wird niemand mehr aufgenommen, weder Säuglinge noch Bettlägerige und dergleichen. Bis Samarkand ist Aufnahmestopp.«

Dejew schaute ihr in die Augen, ohne die Brauen zu runzeln oder erkennen zu lassen, dass sie ihm wehtat. Er schüttelte auch die kreidebleiche Hand nicht, als die Kommissarin sie endlich losließ. Grinsend bemerkte er nur: »Zu Recht hat dich der Einohrige heute Morgen einen Mann genannt.«

»Ohne Männer kämen wir in diesem Zug gar nicht aus …« Und nach einer Pause fügte sie fast zärtlich hinzu: »… Genosse Vorgesetzter.«

Gleich darauf starteten sie zu ihrem ersten Rundgang, ohne abzuwarten, bis der Brei fertig war und die Kinder an nichts anderes mehr denken konnten.

Belaja ging voran, und Dejew hatte Mühe, ihr zu folgen. Sie traten mit raschem Schritt in einen der Wagen voller Kinder. Ohne ein Wort an die Betreuerinnen zu richten, bahnten sie sich den Weg durch Geschrei und Geschubse bis zur Mitte, wo sie stehenblieben, damit man sie von allen Seiten gut sehen konnte. Dann warteten sie. Nach einer Minute flaute der Radau ab, und hundert Kindergesichter wandten sich den Neuankömmlingen zu. Die Kleinen drängten sich eng um die Chefs, die älteren Jungen ließen sich auf den umliegenden Pritschen nieder oder schauten von der dritten Etage unter der Decke herunter.

Wie es kam, konnte Dejew nicht verstehen, doch allein durch ihre Anwesenheit, durch die heftigen Bewegungen, die hohe Gestalt und das markante Gesicht zog Belaja alle Blicke der Kinderschar auf sich. Und wer sich desinteressiert gab oder sich demonstrativ dem Fenster zuwandte, um die eintretende Kommissarin nicht ansehen zu müssen, wurde von ihrer Stimme erreicht. Sie sprach so laut und deutlich, dass sie sogar das Rattern der Räder übertönte und ihre Sätze den Kindern förmlich einhämmerte.

»Ihr fahrt in einem Sanitätszug der Sowjetrepublik«, donnerte es durch den Wagen. »Ihr werdet ins warme Turkestan gebracht, wo es genug Brot gibt. Und das nicht, weil ihr so liebe Kinder seid. Sondern weil die Sowjetmacht für alle ihre Kinder sorgt, vom ersten bis zum letzten.«

Im Halbdunkel des unbeleuchteten Raumes traten die Gesichter der kleinen Fahrgäste hervor, als erhielten sie Licht von den weißen Hemden. Die Augen hingen an den beiden Erwachsenen, die Stirnen legten sie angestrengt in Falten.

»In diesem Zug wird nur bleiben, wer sich an die Regeln hält. Das sind ganze fünf. Ich verkünde sie nur ein einziges Mal. Hört genau zu und merkt sie euch gut. Ich werde sie nicht wiederholen. Wer sie verletzt, fliegt aus dem Zug. Ohne Gnade.«

Zu den markigen Sätzen der Kommissarin ratterten die Räder im Takt – Ja-ja! Ja-ja! ... Ja-ja! Ja-ja! ...

»Regel Nummer eins.« Hier legte Belaja eine Pause ein, und Dejew schien, als hielten die Zuhörer den Atem an, um auch ja kein Wort zu verpassen. »Die Regel des Hauses. Der Zug ist euer Haus. In seinem Haus stiehlt man nicht, kackt nicht unters Bett, schlägt kein Fenster ein und kritzelt nicht mit Kohle an der Decke herum. Man demoliert keine Möbel, beschädigt keine Wände und kokelt an keiner Tür. Zu Hause achtet man darauf, dass es sauber, gemütlich und warm ist und man sich wohlfühlt. Ist das klar?«

Eine gute Regel, dachte Dejew bei sich. Die Pritschen waren fest, hatten schon schwere Männer ausgehalten. Dass sie sie nicht mit Stroh gepolstert hatten, war nicht schlimm; harte Betten geben süße Träume. Die Aborte waren geräumig und mit einer Sichtblende abgetrennt, das Loch im Boden war groß genug und nicht zu verfehlen. Die Fenster waren gut abgedichtet. Und an den Wänden sorgten Heizkörper, wahre Wunder der Ingenieurtechnik, dafür, dass so ein Wagen nicht auskühlte. Ein Haus ohne Fehl und Tadel.

»Regel Nummer zwei – die Regel des Bruders. Alle, die gemeinsam mit euch in diesem Zug fahren, sind für diese Zeit eure Brüder. Eure lieben Brüder! Brüder ärgert man nicht, Brüdern spielt man keine Streiche. Man wirft ihnen keine Scherben ins Bett, steckt ihnen keine Nadeln in die Schuhe und zündet nicht ihre Matratze an, wenn sie schlafen. Brüder verspottet man nicht, sie zwingt man nicht, Schmutzwasser oder Pisse zu trinken, anderen die Füße zu lecken. Brüder reißt man nicht nachts aus dem Schlaf, sondern lässt sie in Ruhe. Ja, mit Brüdern streitet man und prügelt sich auch mal, aber nicht bis aufs Blut. Mit Brüdern spielt man Karten, aber nicht um Essen. An Brüder verleiht man kein Geld und kein Brot. Brüdern hilft man in allem. Für Brüder sorgt man, ihnen steht man bei, und sie beschützt man. Brüder liebt man wie sich selbst. Ist das klar?«

Niemand antwortete oder nickte auch nur mit dem Kopf, doch in den konzentrierten Blicken und gespannten Gesichtern war zu lesen: Das ist klar, und wie.

Dejew ging durch den Sinn, dass die Bengel in den gleichen Unterhemden, die manchen bis zu den Knien und anderen fast bis zu den Fersen reichten, in der Tat wie Brüder verschiedenen Alters aussahen. Die weiten Hemden bedeckten ihre Körper, verhüllten krumme Beine, die spindeldürr oder krankhaft angeschwollen waren, blaue Flecke und Schrammen, die Spuren durchlittener Krankheiten. Aus den Kragen ragten überall nur dünne Hälse hervor. Und die Köpfe, die darauf saßen, waren alle kahlgeschoren.

»Regel Nummer drei ist am kürzesten. Es ist die Regel der Schwester: Wer eine der Schwestern kränkt, die euch betreuen, ob nun mit dem kleinen Finger oder einem bösen Wort, fliegt aus dem Zug.«

Aller Blicke richteten sich jetzt auf die Begleiterinnen, die wie die Kinder der Kommissarin erstaunt zuhörten. Von der allgemeinen Aufmerksamkeit verlegen gemacht, reckten sie das Kinn vor und setzten eine strenge Miene auf. Belaja hielt inne und wartete ab, bis sich die Kinder an den Frauen satt gesehen und das Gesagte verdaut hatten.

Je zwei von ihnen betreuten einen Waggon. Nur im Stabswagen mit den ganz Kleinen waltete Fatima allein. Bei den anderen ergaben sich lustige Paare: Bibliothekarin und Bäuerin, Schneiderin und Popenwitwe. Bei der Zusammenstellung der Paare hatte man darauf geachtet, dass die beiden mindestens zwei Sprachen beherrschten: Russisch und Tatarisch, Russisch und Baschkirisch oder Tschuwaschisch. Als Dejew sie anschaute, beschlichen ihn Zweifel. Wenn sie sich nur untereinander verständigen konnten, dann gelang das auch mit den Kindern …

»Die nächste Regel: Die Regel des Zugführers.«

Als Dejew diesen Satz im letzten Wagen zum fünften Mal hörte, wurde ihm auch hier wieder die Kehle trocken. Jedes Mal spürte er, wie sich hundert Kinderblicke erregt und fragend in ihn bohrten. Sagen brauchte er zum Glück nichts, denn an diesem Tag führte nur eine das Wort – die Kommissarin.

»Die Regel lautet: Alle Anordnungen der Erwachsenen werden befolgt, sofort und ohne Widerrede. Wenn der Feldscher verlangt, ihr sollt eine Mixtur trinken, dann reißt ihr den Schnabel auf und schluckt die Medizin. Wenn eine Betreuerin befiehlt, den Abtritt zu säubern, dann schnappt ihr euch einen Lappen, lauft und wischt das Kackloch. Wenn Dejew verlangt, ihr sollt auf allen vieren laufen und wie Hunde bellen, dann lasst ihr euch auf die Knie fallen und fangt an zu kläffen. In derselben Sekunde! Nur so.«

In den auf Dejew gerichteten Blicken der Kinder war jetzt ein Vorwurf zu lesen, als hätte er diese dumme Forderung bereits gestellt. Er stand stocksteif da, schaute finster drein, mahlte mit den Kinnladen und erwartete sehnlichst den nächsten Punkt.

»Und jetzt die letzte und zugleich wichtigste Regel.« Hier schwieg die Kommissarin lange, ließ ihren Blick von einem Schnäuzchen zum anderen gleiten, suchte sich die frechsten Augenpaare aus und baute maximale Spannung auf. »Die Regel der Kommissarin Belaja: Je weniger Personen wir in diesem Zug sind, desto leichter ist es für uns. Wir haben wenig zu essen, wenig Kohle, fast nichts an Medikamenten und Kleidung. Ich halte keinen hier fest. Mehr noch, ich will und warte nur darauf, dass ihr die Regeln brecht. Voller Ungeduld.« Als sie die frechsten Augen gefunden hatte, hielt ihr Blick sie fest und ließ sie nicht mehr los. »Wenn ihr eine Regel verletzt, nur eine einzige, seid ihr draußen. Ich bringe euch nicht zu einem Sammelpunkt an der Strecke und übergebe euch auch nicht der Kinderkommission, sondern setze euch am nächsten Bahnhof aus, nackt und ohne etwas zu essen. Das Hemd, das wir am Anfang der Reise ausgegeben haben, bleibt im Zug. Eure Ration kommt nicht um; dafür kriegen die anderen etwas mehr.« Noch einmal umfing die Kommissarin alle Anwesenden mit einem Blick, als sollten sie zu einem Ganzen verschmolzen werden. »Das ist alles.«

Und schon wandte sie sich dem nächsten Wagen zu. Fragen wurden gerufen, aber es waren nur wenige. Die überraschten Fahrgäste mussten erst einmal zu sich kommen. Und Belaja antwortete im Gehen, ohne auch nur den Kopf zu wenden:

»Nein, ein Bad gibt es in diesem Zug nicht. Wir werden im Aralsee baden, wenn wir ihn erreichen.«

»Ja, Wasser ist genug da, trinkt, soviel ihr wollt.«

»Nein, der Koch braucht keine Hilfe. Wen ich im Küchenwagen erwische, der wird auf Hungerration gesetzt.«

Während sie durch die Wagen gingen, wurde das Essen fertig. Memelja lief mit dampfendem Brei durch den Zug. Jeder Wagen erhielt zwei volle Eimer, dazu mehrere Schnüre klappernder Zinnbecher statt Teller.

Dejew war das recht. Erleichtert beschloss er, den Besuch des Lazaretts auf später zu verschieben, um Kinder und Personal nicht beim Futtern zu stören. Die bevorstehende Begegnung mit Bug und das zweifellos heikle Gespräch wollte er hinauszögern, je weiter von Kasan entfernt, umso besser.

Der Anblick des Hirsebreis und dessen köstlicher Duft – der

junge Koch verstand seine Sache gar nicht schlecht – versetzte die Kinder in eine Art Freudenrausch: Sie schrien, hüpften auf den Pritschen herum, gaben sich Kopfnüsse und Klapse, doch ohne weitere Ermahnung stellten sie sich bald in einer Reihe auf und traten ernst, sich der Bedeutung des Augenblicks bewusst, einzeln an die Verteilerinnen heran. Aus deren Händen empfingen sie das Essen geradezu mit Ehrfurcht, umwickelten die unerträglich heißen Becher mit dem Saum des Hemdes, wärmten die Hände daran, drückten sie an den Bauch und verteilten sich auf die Pritschen. Dort ließen sie sich, die nackten Beine gekreuzt, im Schneidersitz nieder und klappten wie Taschenmesser zusammen, als wollten sie ihren Becher mit dem ganzen Körper umschlingen. Mit einem seligen Lächeln genossen sie die Wärme des Gefäßes, und erst wenn es genügend abgekühlt war, beförderten sie das Essen schlückchenweise in den Mund.

Esst, dachte Dejew dabei, esst euch richtig satt. Solchen Brei wird es nicht wieder geben. Brühe, Suppe oder Schleim ja, aber einen so körnigen Brei, solchen Luxus nicht mehr.

Doch diesen Anblick zu genießen war ihm nicht vergönnt. Aus dem Wagen der Mädchen kam atemlos und mit weit aufgerissenen Augen eine Betreuerin gelaufen.

»Genossen, bei uns herrscht Aufruhr!«

Dejew und Belaja stürzten in den aufrührerischen Wagen. Doch dort war es so still, als sei niemand da. Nur die rollenden Räder dröhnten und die Wagenkupplungen klapperten, sonst waren kein Seufzer und kein Wort zu hören. Als ob keine hundert Mädchen im Unterhemd über dem nackten Leib auf den Pritschen säßen, die in drei Etagen vom Fußboden bis zur Decke reichten. In die Ecken gedrängt, zusammengekauert, die dürren Arme um die Knie geschlungen, hockten sie da. Schielten unter gerunzelten Brauen hervor auf die Erwachsenen und schwiegen. Neben jeder ein Becher mit dickem, dampfendem Hirsebrei. Keine hatte ihn angerührt.

Die Mädchen – vom ersten bis zum letzten – verweigerten das Essen.

»Wie soll ich das verstehen, Genossen Kinder?«

»Habt ihr Angst? Hat euch jemand etwas getan?« Belaja ging hin und her, schaute auf die oberen Pritschen, beugte sich nach unten, um den Blick eines Kindes zu erhaschen. Das gelang ihr nicht. Die Mädchen reagierten erschrocken, blinzelten oder bargen das Gesicht zwischen den Knien, um die Kommissarin nicht ansehen zu müssen. »Ist das eine Laune, oder soll es ein Streik sein? Habt ihr euch über etwas geärgert und wollt protestieren? Wenn ja, wogegen?«

Sie ging den Wagen von einem Ende bis zum anderen durch, versuchte vergeblich, den Mädchen in die Augen zu schauen. Nur die Betreuerinnen – beide große, kräftige Frauen, die unter diesen Knirpsen wie Riesinnen wirkten, sahen die Kommissarin unverwandt und hoffnungsvoll an.

»Wer hat sich das ausgedacht?«

Die beiden zuckten die Schultern.

»Und wer führt hier sonst das große Wort?«

Wieder schauten die Frauen ratlos drein. Ihnen war noch keine aufgefallen.

Dejew sah sich die Streikenden genauer an. Keines der Mädchen wirkte besonders munter oder gar kess auf ihn, kein einziges zeigte auch nur das kleinste Lächeln. Alle ließen sie die Köpfe hängen, wirkten schwach und blass. Viele hatte man wegen des Typhus kahlgeschoren, und jetzt sprossen die ersten Stoppeln. Eine war pockennarbig, als hätte man sie mit Schrot beschossen. Eine andere hatte tiefe lila Ringe unter den Augen. Da glaubte Dejew ein Lächeln zu entdecken. Aber das Mädchen hatte nur eine Hasenscharte.

Er setzte sich auf eine der Pritschen neben das Mädchen mit

den dunklen Augenringen. Erschrocken rückte die Kleine von ihm ab und drückte sich an die Wand. Dabei stieß sie mit dem Fuß ungeschickt an ihren Becher. Der fiel um, und zwei Handvoll gelben Hirsebreis schwappten heraus, als sei es pures Gold. Der duftete so herrlich, dass Dejew das Wasser im Mund zusammenlief. Doch das Mädchen saß stocksteif da, starrte auf die Körnchen, und aus jedem Auge trat eine dicke Träne.

In diesen Augen las Dejew kein bisschen Rebellion, sie blickten nur kläglich und hungrig drein.

»Wie heißt du?«, fragte er leise, um sie nicht zu erschrecken.

Sie starrte weiter reglos vor sich hin, als habe sie seine Frage nicht gehört.

»Schwälbchen«, antwortete an ihrer Stelle eine der Betreuerinnen. »Ob das ihr Name ist oder nur ein Spitzname, wer kennt sich da aus? Familiennamen haben sie in den Listen alle nicht. Für so einen Becher Hirsebrei« – sie zeigte auf das verschüttete Essen –, »konnte man in unserem Dorf vor einem Jahr totgeschlagen werden.«

»Das ausgegebene Essen wird nicht angerührt!«, befahl Belaja mit lauter Stimme. »Bis wir zurückkommen. Wenn Jungen aus dem Nachbarwagen hier eindringen wollen, dann jagt sie raus!«

Sie nickte einem der Mädchen zu, es möge ihr folgen. Dejew gab Schwälbchen den gleichen Wink. Gemeinsam gingen sie zum Stabswagen. Sie will allein mit den Mädchen sprechen, erriet Dejew, sie einzeln verhören.

Als Schwälbchen klar wurde, dass sie mit den Vorgesetzten gehen sollte, kroch sie noch mehr in sich zusammen. Aber sie leistete keinen Widerstand, sondern stand schließlich auf, umging vorsichtig den verschütteten Brei und trottete der Kommissarin nach. Dejew bildete den Schluss.

Auf den Gängen der Personenwagen hatten einst Läufer gelegen, von denen jetzt nur noch Reste übrig waren. Dejew war umsichtig genug gewesen, sie nicht herauszureißen. Im Gegenteil, er hatte den Handwerkern befohlen, sie mit Nägeln zu befestigen. Nun konnten die barfüßigen Kinder von einem dieser Inselchen zum anderen hüpfen und mussten nicht mit den nackten Füßen über den kalten Boden gehen. Schwälbchen hüpfte nicht, sondern schlurfte gebeugt, das Kinn auf der Brust, gleichmütig über die Holzdielen. Das viel zu große Hemd schleifte über den Boden. Die Wirbel des Rückgrats, welche die Haut fast durchbohrten, traten unter dem Hemd scharf hervor. Der geschorene Kopf, von wirren schwarzen Borsten bedeckt, schien viel zu groß für den mageren Hals. Fast fürchtete man, er könnte jeden Moment herunterfallen.

»Reden Sie mit ihr«, flüsterte Belaja Dejew ins Ohr. »So ehrlich, wie Sie das können.«

»Ich?«, fragte er bestürzt.

Doch Belaja war bereits mit dem zweiten Mädchen in ihrem Abteil verschwunden.

Da stand Schwälbchen nun auf dem Gang. Sie war so klein, dass sie kaum den Türgriff erreichte, doch nach ihrem ernsten Gesicht zu urteilen, gab Dejew ihr acht oder neun Jahre. Zudem stand sie stark gebeugt da. Wenn sie ihren Rücken streckte, war sie bestimmt einen halben Kopf größer.

Dejew zog die Tür seines Abteils auf und deutete ihr an, sie möge eintreten. Sie schlüpfte hinein, hockte sich auf eine Ecke der Liege wie ein Vögelchen auf einen dünnen Zweig und erstarrte, die Hände zwischen die Knie gepresst und den Kopf tief auf die Brust gesenkt. Dejew sah nicht ihr Gesicht, sondern nur die struppigen Wirbel auf dem Kopf und die vom Schmutz braunen Hände mit kurzen schwarzen Nägeln. Auf einer Hand war eine Schwalbe eintätowiert.

Da stand Dejew in seiner zeitweiligen Behausung und wusste wieder nicht, wohin er sich setzen sollte. Sich neben ihr auf der Liege niederlassen konnte er nicht, um sie nicht zu ängstigen.

Aber auch auf den Hocker wollte er sich nicht setzen. Also blieb er stehen, lehnte sich an die Tischkante und verschränkte die Arme vor der Brust.

Worüber er mit einem hartnäckig schweigenden Mädchen sprechen sollte, wusste er nicht. Die Kleine hätte man jetzt einfach warm verpacken, ihr gut zu essen und zu trinken geben müssen, statt sie mit Fragen zu quälen.

»Kannst du sprechen?«

Ihr Köpfchen bewegte sich ein ganz klein wenig, was wohl ja bedeuten sollte.

»Dann sag etwas.«

Durch das Rattern der Räder drang ein kurzer Laut an Dejews Ohr. Es war, als ob Wasser geplätschert oder eine Katze miaut hätte.

»Was?« Er beugte sich tiefer zu ihrer Bürstenfrisur hinab. »Sprich etwas lauter.«

Schwälbchen wiederholte es gehorsam, und endlich verstand Dejew: »Nicht schlagen.«

Am liebsten hätte er laut geflucht, aber das durfte er auf keinen Fall. Er wollte schreien: Wer schlägt dich denn, du dumme Gans?! Du kriegst hier Brei vorgesetzt, für den man auf den Dörfern mordet! Das ging auch nicht. Er riss sich zusammen und schwieg eine Weile. Er musste es anders anfangen.

»Ziehst du schon lange herum?«, fragte er. Da er mit keiner Antwort rechnete, fuhr er fort: »Du brauchst mir nicht zu antworten, das sehe ich selbst. Schon lange. Ich sehe alles. Deine zerschundenen Fersen sagen mir, du musst nicht das erste Jahr barfuß laufen. Deine Zehen sind krumm, entweder von einem Huf oder von einem Wagenrad gequetscht. Auch dass du Typhus hattest, sehe ich. Dass du mit der Bande am Bahnhof herumgezogen bist, ebenfalls. Dass du Haschisch rauchst und Schnaps trinkst. Und dass du vor Hunger fast in Ohnmacht fällst, sehe ich auch. Du hast diesen Hirsebrei doch schon mit den Augen verschlungen, so sehr wolltest du ihn haben. Und hast ihn doch nicht gegessen. Warum?«

Wie versteinert saß das Mädchen da. Murmelte die Kleine etwas vor sich hin? Er lauschte, doch wieder hörte er: »Nicht schlagen.«

Gleich kriegst du eine Tracht Prügel!, wollte er losbrüllen. Wenn du noch lange bockst und auf Hungerstreik machst, dann verdresche ich dich mit meinen eigenen Händen! Und schüttele dich an deiner schwarzen Bürste durch, als Warnung. Doch sofort schämte er sich dafür, dass er so unbeherrscht war. Am liebsten hätte er sich geohrfeigt. Er war nicht böse auf Schwälbchen. Aber auf wen? Auf sich selbst, dass er mit diesem kleinen Wesen nicht fertig wurde? Auf die Eltern, die ihr Töchterchen im Stich gelassen hatten? Auf alle Väter und Mütter, die es zwar fertigbrachten, Kinder in die Welt zu setzen, aber nicht, sie zu ernähren? Er wandte sich dem Fenster zu und umklammerte mit den Händen die Tischplatte. Schweig, befahl er sich. Als Vernehmer bist du eine Null.

Regentropfen rollten über die Scheibe, und draußen zogen kahle schwarze Bäume vorüber. Der Zug zuckelte langsam dahin, fuhr höchstens zehn Werst in der Stunde, so dass man jedes Waldstück und jede Schneise eingehend betrachten konnte. Die Wälder um Kasan, die jetzt im Herbst fast durchsichtig wirkten, weil die Reste von gelbem Birkenlaub und die grünen Kiefern nicht störten, nahmen kein Ende. Darüber, die Kronen fast berührend, zogen weiße Wolken dahin, die entweder vom Himmel herabsanken oder aus der Esse der Lokomotive quollen.

Schwälbchen gab keinen Laut von sich, so dass Dejew einen Moment glaubte, sie sei verschwunden, habe sich lautlos zu Boden gleiten lassen und sei durch den Türspalt geschlüpft. Als er sich umdrehte, um nach seinem Gast zu schauen, traute er seinen Augen nicht.

Splitternackt lag das Mädchen auf seiner Bettstatt und starrte teilnahmslos zur Decke. Auf ihrer schmalen Hühnerbrust zeichneten sich die dünnen Rippen und zwei winzige dunkle Brustwarzen ab. Die knochigen Ärmchen hatte sie gehorsam ausgestreckt. Die Beine, nur Haut und Knochen, waren gespreizt, so dass die winzigen Fältchen ihrer Weiblichkeit sichtbar wurden. Das Hemd hatte sie ausgezogenen und in einen Winkel der Liege gestopft, damit es nicht herunterfiel und schmutzig wurde.

Sie warf Dejew einen schüchternen Blick zu, als wollte sie wissen: Habe ich alles richtig gemacht?

»Was soll das?«, fragte Dejew verständnislos. Die Erkenntnis dessen, was hier vorging, kam ihm nicht gleich, sondern erst nach und nach in heißen Wellen. Die stiegen tief aus seinem Inneren auf, überfluteten Brust und Nacken, während er, wie vom Donner gerührt, das blasse Körperchen anstarrte, das von der Kühle starke Gänsehaut bekam. Immer noch versuchte er, den Sinn dieses seltsamen Anblicks zu erfassen. Als die heiße Welle seinen Kopf erreichte und er endlich begriff, verschlug es ihm fast den Atem.

Er wollte sie anschreien, aber ihm versagte die Stimme. Er packte das zusammengeknüllte Hemd, warf es der Kleinen mitten auf den Leib, was hieß: sofort anziehen!, und stürzte aus der Tür.

Sein Gesicht brannte so sehr, dass er es unbedingt Wind und Regen aussetzen musste. Er packte den Rahmen des Fensters im Gang und riss daran. Der gab nicht nach. Davon wurde ihm nur noch heißer. Er zerrte weiter an dem Holz, das sich doch irgendwie öffnen musste, sonst wollte er das verdammte Glas mit der Faust zerschlagen.

»Das Fenster ist doch zugenagelt.«

Als er herumfuhr, stand Belaja hinter ihm.

Natürlich waren die Fensterrahmen rundherum gründlich mit Nägeln gesichert.

Die Kommissarin warf Dejew einen merkwürdigen Blick zu. Doch der Grund war nicht sein törichtes Verhalten, sondern ein Gedanke, der sie sehr betroffen machte.

»Wissen Sie, warum die Mädchen das Essen verweigern?«, fragte sie. »Sie glauben, der Brei sei vergiftet.«

»Was?« Dejew konnte noch immer nicht klar denken.

»Sie glauben, wir bringen Kinder um und verkaufen die Leichen an die Amerikaner.«

»Wie?« Die Stimme gehorchte ihm nicht, er räusperte sich und wiederholte: »Wie – verkaufen?«

»Ziemlich billig«, fuhr Belaja in ruhigem Ton fort und betonte jedes Wort. »Russische Jungen für zwanzig Rubel, tatarische für fünfzehn. Tschuwaschische und mordwinische für zehn. Alle Mädchen, gleich, welcher Nationalität, ebenfalls für zehn.«

Die Tür des Abteils der Kommissarin stand offen. Die Kleine, die Belaja soeben befragt hatte, erschien einen Augenblick im Türspalt, warf den Erwachsenen mit rotgeweinten Augen einen Blick zu und verschwand wieder.

»Wer hat das in die Welt gesetzt?«

»Das werden sie uns nicht sagen.« Belaja starrte auf das regennasse Fenster. »Niemals.«

Dejew wusste selbst nicht, wie es geschah, doch im nächsten Augenblick war er wieder im Mädchenwagen, lief zwischen den Pritschen hin und her und brüllte so laut, dass man ihn wahrscheinlich noch auf der Lokomotive hören konnte.

»An was für Amerikaner?!«, tobte er. »Wie sind eure Spatzenhirne auf so etwas gekommen?! Wie konnten eure Zungen so etwas weitererzählen?!« Die Laute entströmten seiner Kehle so frei und rein, als tobe er nicht vor Wut, sondern schmettere ein Lied. »Ich befehle euch, die Dummheiten zu lassen und das Essen einzufahren! Regel Nummer vier: Die Regel des Zugführers! Sofort ausführen!«

Die Rebellinnen rissen vor Angst Augen und Münder auf wie Fische auf dem Trocknen. Einigen liefen Tränen aus den Augen und Nasen, aber laut loszuheulen oder zu schluchzen wagten sie nicht, sondern saßen nur mit nassen Gesichtern da. Kein Wunder, selbst die Betreuerinnen waren in den Ecken verschwunden wie vom Winde verweht.

Allein Kommissarin Belaja bewahrte einen kühlen Kopf. Sie griff nach dem nächstbesten Becher mit Brei, kippte davon etwas in die hohle Hand und begann daraus zu essen. Mit den Lippen erwischte sie jedes einzelne Körnchen und leckte sich am Schluss sogar noch die Finger ab. Dann folgte der nächste Becher.

Als Dejew das sah, tat er es ihr nach. Doch er war noch so wütend, dass der Brei nicht rutschen wollte. Er stopfte ihn in sich hinein, würgte ihn hinunter, ohne zu kauen, bewegte kaum die Kiefer und rollte wie wild mit den Augen. Die unzerkauten Hirsekörner kratzten im Hals und verstopften die Speiseröhre. Doch er schob bereits die zweite Portion nach.

Verwirrt folgten die Mädchen zunächst den Handlungen der Erwachsenen, die ihre Ration aufaßen, doch dann stürzten sie sich wie auf Kommando auf den Brei. Einige kippten ihn direkt aus dem Becher in den Mund, andere leckten die köstliche Masse mit der Zunge aus dem Gefäß, dritte schütteten sich wie die Kommissarin das Essen in die hohle Hand.

Eine Minute später fand das Mahl sein Ende.

Die Fahrgäste aller fünf Personenwagen waren satt.

Gerüchte sollten sie während der ganzen Fahrt begleiten. Und nicht ein einziges Mal fand Dejew heraus, wer sich das eine oder andere ausgedacht und in Umlauf gesetzt hatte.

Das hartnäckigste, das vom »amerikanischen Zug«, sollte noch mehrmals wiederkehren. Angeblich rollte über die Eisenbahnstrecken Russlands ein Zug mit Hunderten Wagen, die bis zum Rand mit süßem Mais, Schokolade und Schmalzfleisch gefüllt seien. Obwohl man das alles auf jedem Bahnhof verteilte, nähmen die Vorräte nicht ab. Nicht jeder bekomme etwas, sondern nur, wer bereit sei, einen langen Abzählreim in amerikanischer Sprache auswendig zu lernen, ihn dreimal ohne Fehler aufzusagen, dabei auf einem Bein zu stehen und nicht zu blinzeln. Der Abzählreim bestehe nicht aus leeren Worten, sondern damit schwöre man dem amerikanischen König die Treue. Für so großzügige Verpflegung konnte man einen solchen Eid wohl leisten. Umso mehr, da keiner wusste, hinter welchen Bergen und Meeren der Kerl überhaupt hauste.

Das traurige Gerücht, dass Lenin gestorben sei, sollte viele, vor allem Mädchen, zu Tränen rühren. Es lautete, der Führer des Weltproletariats lebe nicht mehr, sei schon lange tot. Berichte in den Zeitungen über seine Gesundheit seien Dummheiten und »Enten«. In Wirklichkeit liege Großväterchen Lenin in einem Kristallsarg, der im höchsten Turm des Moskauer Kremls an goldenen Ketten aufgehängt sei. Dort hielten abwechselnd die Genossen Trotzki, Kalinin und Dzierżyński die Ehrenwache. Lenins treue Gefährtin Krupskaja stopfe jedem von ihnen eigenhändig mit Wachs getränkte Watte in die Ohren, damit der Klang der Kremlglocken sie nicht taub mache.

Das Gerücht von einem Überfall des Kaisers von China ließ die Kinder kalt. Sie schwatzten darüber und beruhigten sich bald wieder. Bis nach Turkestan, wohin Dejews »Girlande« fuhr, kämen die Chinesen wohl kaum, und liebe Verwandte in Russland, um die man sich sorgen musste, hatte von den Fahrgästen keiner.

Einige der Gerüchte waren so albern, dass sie nur Gelächter auslösten, doch widerlegen musste man sie trotzdem. Dejew sollte ein echter Vampir sein, wie man sie im Kino zeigte. Nachts wüchsen ihm lange Eckzähne, er schleiche durch die Wagen und sauge ungehorsamen Kindern das Blut aus. Oder er sei ein englischer Spion. Nach einem anderen Gerücht war er Fridtjof Nansen, der eine Million Pud Essen ins hungernde Russland gebracht und hier Russisch gelernt habe. Nun entführe er dafür eine Million Kinder ins Ausland als Futter für die Eisbären, die an ihrem Nordpol auch Hunger litten.

Die Kommissarin wurde nie Gegenstand eines Gerüchts, nur Dejew.

Woher sie kamen, sollte er nie erfahren. Vielleicht brauchten die Kinder diese seltsamen, schrecklichen Geschichten als Ersatz für die Märchen, an die sie nicht glaubten.

»Das Baby braucht Milch«, sagte Fatima. Das Kuckuckskind, das ein paar Stunden in ihren Armen geschlafen hatte, war längst wieder wach und brüllte, dass es im ganzen Stabswagen zu hören war. Den zahnlosen Mund weit aufgerissen, pustete es riesige Speichelblasen. Für das winzige, magere Wesen wirkte dieses Maul riesig.

Um Fatimas Füße wuselten noch fünf Kleinstkinder. Die Bewohner des Babywagens krabbelten wie Ameisen in ihrem Coupé und auf dem Gang herum, beschnupperten und beleckten mit neugieriger Miene alles, was ihnen in den Weg kam. Die Ängstlicheren klammerten sich am Rock ihrer Erzieherin fest, die nun mit einer Art lebender Schleppe umherging. Fatima konnte sich nur langsam bewegen und musste ihre Schritte den Möglichkeiten der Winzlinge anpassen. Wenn sie den Säugling in ihren Armen wiegte, achtete sie darauf, keinen anderen ihrer Zöglinge mit dem Ellenbogen anzustoßen. Auf ihrem runden, schönen Gesicht sah Dejew keine Spur von Ärger oder Müdigkeit. Im Gegenteil, sie erschien ihm in den letzten Stunden wie verjüngt. Es war, als sei diese Frau immer so gewesen – ein Kind auf dem Arm und von vielen anderen umringt. Gleich geblieben waren ihr Gang, ihre weichen Bewegungen, der warme Blick. Und doch wirkte sie verändert: Das war eine andere Fatima – eine praktische, starke, unermüdliche Person. Sie wurde mit allem fertig, tätschelte den Säugling, lächelte den an ihrem Rocksaum hängenden Kleinen zu, behielt die anderen Kinder im Blick und sprach dabei mit ihrem Chef.

»Ganz gleich, was für Milch«, fuhr sie mit ruhiger Stimme fort, als hätte sie keinen strampelnden Säugling im Arm, der sich gerade die Seele aus dem Leib schrie. »Kuh-, Ziegen- oder Muttermilch.«

»Kann man das nicht irgendwie mit Hirse machen?«, fragte Dejew naiv.

»Der Säugling braucht keine Milch, sondern eine Kinderkrippe«, wandte Belaja ein. »Doch die nächste erreichen wir erst in ein paar Tagen. Bis dahin läuft entweder das Kind vom Schreien blau an oder wir. Außerdem wird es niemand nehmen. Ein Evakuierungszug sammelt Kinder ein und gibt keine ab. Wo wollen wir es denn unterbringen, Genosse Vorgesetzter?«

Sie hatte ja recht, dieser Zug war kein Ort für einen Säugling. Aber wo war ein solcher Ort? In einem Kinderheim, wo im Herbst Regenwasser durch den Kamin hereinlief, wo sich im Winter fingerdick Reif an den Wänden bildete und jeden Morgen eine neue Schar Einlass begehrte? Im Graben am Bahngleis, in den seine Mutter gestürzt war und sich dabei vielleicht die Beine gebrochen hatte?

Mit geschickten Bewegungen wickelte Fatima jetzt das Kind aus dem völlig durchnässten Tuch. Es war ein Junge. Damit er sich nicht verkühlte, drückte sie ihn an ihren fülligen Leib. Mit seinen runzligen Händchen griff der Kleine sofort zu und kuschelte sich in Brust und Bauch der Frau, als sei es ein Daunenbett. Er agierte mit so viel verzweifeltem Lebenswillen, dass Dejew einen dicken Kloß im Hals verspürte.

Um sich von dieser intimen Szene abzulenken, suchten Augen und Hände Beschäftigung. Er hob den roten Lappen vom

Boden auf und entfaltete ihn. Eine Windel war das nicht, sondern eine von gelber Kordel gesäumte Fahne. Darauf die in Großbuchstaben gestickte Losung »Tod der Bourgeoisie und ihren Lakaien!«

»Die Agitation waschen und an die Wand hängen!«, ordnete er an, faltete die Fahne zusammen und legte sie in die leere Wanne. »Für Milch sorge ich. Doch bis dahin mach mit dem Kind, was du willst, Fatima, tanz mit ihm oder sing ihm auf Altgriechisch Lieder vor, damit es nicht blau anläuft.«

»Wen wollen Sie denn an dieser Strecke melken?«, fragte Belaja grinsend. »Die Lokführer?«

Darauf entgegnete er nichts. Er knöpfte seine Feldbluse auf und zog sie samt Unterwäsche über den Kopf. Das Unterhemd warf er Fatima zu. Das Kuckuckskind sollte auch so ein Hemd haben wie die anderen. Das fühlte sich gut und richtig an, als hätte Dejew den Säugling damit endgültig in seinem Zug aufgenommen und alle Versuche abgewehrt, ihn wieder loszuwerden. Nur gerecht war, dass auch er jetzt kein Unterhemd mehr trug wie die fünfhundert ihm unbekannten Soldatenbrüder im Kasaner Kreml.

Plötzlich wurde ihm bewusst, dass er halb nackt dastand und die Frauen ihn aufmerksam musterten. Sie schauten ihm nicht in die Augen, sondern auf seine nackten Arme und Schultern. Belaja abschätzend wie eine Ärztin bei der Untersuchung, doch Fatima gerührt und zärtlich wie eine Mutter. Oh, diese Weiber! Dabei hatte die eine studiert, und die andere war Kommissarin.

Ihm glühten die Wangen, als starrten nicht seine Begleiterinnen den nackten Männerkörper schamlos an, sondern er eine entblößte Frau. Doch für solche Dummheiten hatte er keine Zeit. Er musste dringend ins Lazarett und sich dem strengen Blick des Feldschers stellen.

Während er die Feldbluse überstreifte und sich mit der Hand durchs Haar fuhr, kehrte sein Selbstbewusstsein zurück. Da erschien auch bereits der Feldscher selbst auf der Bildfläche, mit finsterem Blick und einem halben Eimer Brei in der Hand.

»Was läufst du vor mir weg, Enkel«, stieß er hervor. »Bei mir ist eine ganze Kompanie noch nicht satt. Diesen Hirsebrei dürfen Bettlägerige auf keinen Fall zu sich nehmen. Sie haben von der Mangelernährung wunde Kehlen. Wo sind die Butter und die Eier, die du mir versprochen hast?«

Die Lippen seiner Patienten waren trocken und blass, voller Risse und weißer Bläschen. In einen solchen Mund traute man sich keinen Löffel zu stecken, um ihn nicht noch mehr zu verletzen. Dabei gab es gar keine Löffel im Zug. Diese Kinder hatten spitze Nasen mit Grind um die Nasenflügel. Mit geschlossenen Augen lagen sie da.

Man hatte sie bereits zugedeckt – mit den vorhandenen Transportsäcken. Von dem dunklen, groben Gewebe hoben sich die Gesichtchen kreidebleich ab. Auf manchen Säcken prangten große doppelköpfige Adler und Aufschriften wie »Telegrafenamt Moskau«, »Postamt St. Petersburg« oder »Tifliser Eisenbahn«. Der Sack, unter dem der Tschuwasche Senja lag, kam aus dem Ausland. Er war mit unbekannten Buchstaben bedruckt, die Dejew nicht lesen konnte: *Coffee de Costa Rica*. Sowjetische Kinder mit dem Zarenwappen und ausländischen Schriftzügen bedeckt zu sehen, war Dejew unangenehm, aber andere Säcke hatte er nicht auftreiben können.

Der Gebetsraum der ehemaligen Reisekapelle war mit geschnitztem, goldfarben gestrichenem Schmuck reichlich ausgestattet. Das Sonnenlicht, das durch die Bogenfenster fiel, spielte darauf und ließ Schwärme goldener Flecken über die Körper und Gesichter der Kinder, über das frische Holz der Pritschen, über den zum Operationstisch umfunktionierten Küchentisch, über den weißen Kittel des Feldschers und über den Vorhang beim Altar tanzen, hinter dem sich die Liege des Alten verbarg.

»Übrigens wäre es mein volles Recht gewesen, noch vor dem Start vom Zug abzusteigen«, ließ Bug hören, als sie im Lazarett waren.

Dejew nickte müde.

»Und dieses Recht habe ich immer noch! Ich habe nicht unterschrieben, allein ein ganzes Sanatorium zu ersetzen. Die Bettlägerigen gehören in ein Sanatorium! Mit Köchinnen, Diätschwestern, Pflegerinnen und ausgebildeten Ärzten.«

Wieder nickte Dejew und bestätigte damit, dass er dies zur Kenntnis nahm.

»Daher stelle ich als Bedingung, dass alle meine Forderungen umgehend erfüllt werden. Verantwortung für die Kranken übernehme ich nicht; für die bist du ganz allein verantwortlich, Enkel. Aber dir zu helfen will ich versuchen.«

Auch dagegen konnte Dejew nichts einwenden.

»Als Erstes brauche ich Milch. Und möglichst viele Eier, um sie in die Milch zu rühren. Butter verlange ich vorläufig noch nicht; erst einmal muss ich sehen, wie die Mägen der Kinder arbeiten. Wenn du Fischtran hast, dann her damit. Den werde ich ihnen tröpfchenweise einflößen. Und Fleisch, möglichst mager, denn Eiweiß ist für einen ausgezehrten Organismus überlebenswichtig. Außerdem brauche ich Seife und Paraffin, um aufgelegene Stellen zu behandeln.«

Dejew schaute finster drein, aber ihm blieb nichts übrig, als zu nicken. Kriegst du, sollte das heißen. Bald.

»Ich brauche es sofort! Die Schwerkranken muss man achtmal in vierundzwanzig Stunden füttern, am besten noch öfter. Wenn du weder Milch noch Eier hast, dann gib mir, was an Sonderzuteilung da ist.«

Dejew hüllte sich in Schweigen und nickte auch nicht mehr. Schließlich konnte er nicht zugeben, dass es keinerlei Sonderzuteilung gab und in der Küche nur Kleie und Ölkuchen von Sonnenblumenkernen ausreichend vorhanden waren. Von Paraffin und Seife konnte keine Rede sein.

»Was ist los, nicht mal Fleisch hast du?«, fragte der Feldscher ungläubig. »Kein Mehl und keine saure Sahne? Auch keinen Fisch? Kakao oder Schokolade? Wenigstens Zucker? Nichts von all den guten Sachen?«

Wann hast du denn das letzte Mal Schokolade oder saure Sahne gesehen?!, wollte Dejew schreien. Die einfachen Leute erinnern sich nicht mal an die Wörter, geschweige denn an den Geschmack! Bist du denn vom Mond in diesen Zug gefallen?! Aber er riss sich zusammen und behielt das für sich.

»Wieso hast du sie dann mitgenommen, Enkel?« Bug schaute Dejew an, als sähe er ihn zum ersten Mal. »Worauf hast du denn gehofft? Womit willst du die Kinder ernähren? Mit dem Heiligen Geist?«

»Den Bettlägerigen könnten wir doch Hirse vorkauen«, regte Dejew an.

»Was für ein Hohlkopf bist du denn? Damit bringst du sie alle um!«

Hätte er sie also in der Sammelstelle sterben lassen sollen?! Wo man die Kinder für einen Rubel pro Woche ernähren musste?! Wo die ganze Sonderzuteilung aus Mühlenstaub und Haferspreu bestand?!

»So füttert man auf dem Dorf die Säuglinge«, beharrte Dejew. »Wir kauen die Körner ganz klein und träufeln den Patienten die Spucke in den Mund.«

»Werde ich jetzt als Totengräber angestellt?« Bug wollte die Knöpfe seines weißen Kittels öffnen, doch er brachte es nicht fertig, die Finger gehorchten ihm nicht. »Daraus wird nichts. Meine Sache ist, Kranke zu heilen, nicht Tote zu begraben. Ich steige aus – schon auf der nächsten Station.«

»Nein«, erwiderte Dejew und schüttelte den Kopf. »Das

tust du nicht. Weil ich dir all das beschaffen werde. Schokolade kann ich nicht versprechen, aber für Fleisch und Eier garantiere ich.«

»Ein Großmaul bist du auch noch!« Bug war endlich mit den Knöpfen fertig, schlüpfte aus dem Kittel, zog seinen Koffer unter dem Operationstisch hervor, faltete den Kittel zusammen und wollte ihn zu seinen Sachen legen. Doch die weißen Ärmel blieben nicht in dem übervollen Sperrholzkasten; immer wieder rutschten sie heraus und hinderten den Feldscher daran, die Schlösser zuzudrücken.

Plötzlich war da ein unterdrücktes Lachen zu hören. Ein Junge, der sonst nur stumpfsinnig zur Decke starrte, kicherte leise vor sich hin. Seine Lage und sein Gesichtsausdruck hatten sich nicht verändert, doch ohne die Lippen zu bewegen, brachte er aus seinem Inneren kaum hörbare Laute hervor. Nicht über die Erwachsenen lachte er, sondern über etwas, das nur er allein wusste. Dafür hatte ihm Dejew bereits am Morgen nach einer Redensart aus seinen Kindertagen den Spitznamen Kakerlakenlachen gegeben. Das Sprechen hatte der Junge verlernt, doch das Lachen offenbar nicht.

»Wenn ich das alles besorge, bleibst du dann?«

»Nein.«

»Du landest vorm Kriegsgericht! Die Rettung vom Hungertod bedrohter Kinder erkläre ich hiermit zum Kampfauftrag. Damit gilt das Verlassen des Zuges als Desertion.«

»Ich habe den Militärdienst quittiert und bin in den Ruhestand gegangen, da warst du noch gar nicht auf der Welt, Enkel. Und auf Befehle höre ich schon seit einem Vierteljahrhundert nicht mehr.«

»Dann geh doch zum Teufel!« Dejew fühlte sich gekränkt. »Spring während der Fahrt ab, wenn du es gar nicht erwarten kannst. Such dir einen Zug mit reicheren Fahrgästen! Wo man Kakao in silbernen Tässchen serviert und mit goldenen Löffelchen darin rührt. Bedingungen willst du mir stellen, du Imperialist? Ich werde die Kinder schon satt kriegen!«, brüllte er, so laut er konnte. Das vorgerückte Alter und das weiße Haar des Feldschers – all das war ihm jetzt egal. »Ich bringe sie ans Ziel! Wir werden Samarkand erreichen, alle miteinander!«

Er nahm den Eimer mit dem Brei, schöpfte einen halben Becher heraus und begann mit dem Füttern.

Er wollte den zerkauten Hirsebrei in den Becher spucken und den Kranken die Flüssigkeit einflößen. Doch das funktionierte nicht. Es war, als hätten sie sogar das Trinken verlernt. Entweder öffneten sie den Mund nicht rechtzeitig oder sie schlossen ihn nicht. Der Becher klapperte gegen ihre Zähne, das Gebräu lief ihnen übers Gesicht und gelangte nicht in die Kehle.

Nun wollte er sie füttern, wie man es mit Säuglingen tat.

Bei Bienchen fing er an. Lange kaute er die gekochten Hirsekörner und schob die breiige Masse mehrmals mit der Zunge am Gaumen hin und her. Dann nahm er Bienchens knochiges Gesichtchen vorsichtig in beide Hände und beugte sich darüber. Mit seinen Lippen öffnete er ihren verklebten Mund, langsam, mit angehaltenem Atem und ihren auf seiner Wange spürend, drückte er mit der Zunge ihre Zähne auseinander und wartete ab, bis der halb flüssige Brei aus seinem Mund in den des Kindes geflossen war. Ihre durchscheinenden Lippen schlossen sich kaum merklich, die Kleine schluckte. Gut, dachte Dejew. Er löste sich wieder von ihrem Mund, kaute eine neue Portion und wiederholte den Vorgang. Sehr gut.

Dabei fiel ihm ein, dass er weder ein Mädchen, noch eine Frau je auf den Mund geküsst hatte. Das war also sein erstes Mal. Und Bienchen hatte ebenfalls zum ersten Mal einen Mann geküsst. Gut. Jetzt ging ihm durch den Kopf, dass Milch für den Säugling zu beschaffen schon eine schwierige Aufgabe war, doch bei Butter und Eiern erschien ihm das ganz und gar unmöglich. Aber irgendwo in dieser großen, feindseligen Welt musste es doch Milch, Butter und Eier geben, und seien es ein paar Pfund oder ein paar Dutzend. Anders konnte es nicht sein. Bug war schlau genug, sie nicht schon an der nächsten Bahnstation zu verlassen, wo sie nur hielten, um Wasser und Sand aufzunehmen. Er tat das frühestens an einem großen Eisenbahnknotenpunkt, von dem er leichter zurückfahren konnte. Das hieß, er blieb noch eine Weile bei den Kindern, und vielleicht schlug ihm das Gewissen.

Nach Bienchen fütterte Dejew Artistin und Rüsselkäfer.

Es ratterten die Räder. Kakerlakenlachen kicherte vor sich hin. Manchmal schrie der Tschuwasche Senja auf, der erwacht war, aber bald wieder in seinen Dämmerzustand verfiel. Feldscher Bug saß auf einem Schemel und sah Dejews Treiben zu. Als Artistin den unverdauten Brei wieder erbrach, wischte er ihr das Gesicht ab und achtete darauf, dass sie sich nicht verschluckte.

Die anderen Kinder behielten die Nahrung bei sich. Dejew fütterte noch Zieselmaus, Morchel und Charlie Chaplin. Weiter kam er nicht, denn der Zug donnerte über eine Wolgabrücke und näherte sich der nächsten Station, wo er versuchen wollte, die nötigen Lebensmittel aufzutreiben. Das war ein verzweifeltes, geradezu irrsinniges Unterfangen, aber eine andere Möglichkeit sah er nicht. Er schob dem Feldscher den Eimer mit dem restlichen Brei hin und lief ohne ein Wort davon.

Die winzige Bahnstation hieß Swijaschsk. Die Stadt gleichen Namens lag mehrere Werst entfernt am Ufer der Wolga und der dort in den großen Strom mündenden Swijaga. Um den Haltepunkt drängten sich ein paar Häuser, es gab einen würfelförmigen Behälter mit Trinkwasser für die Fahrgäste und einen Wasserkran zur Versorgung der Lokomotive.

»Hier bleiben wir über Nacht«, erklärte Dejew dem Lokführer, als der lange Arm des Krans in der Kesselöffnung der Lok steckte und unter dem Wasserdruck erzitterte.

»Laut meinem Auftrag haben wir heute noch vierzig Werst zu fahren!«, empörte sich der. »Heute Morgen hast du so getan, als sollten wir am besten fliegen!«

»Stimmt«, gab Dejew zu. »Ich hab es mir halt anders überlegt.«

Die Schimpfkanonade des Lokführers wollte er sich nicht weiter anhören. Er sprang von der Lok und ging auf einem kaum sichtbaren Trampelpfad zur Stadt.

»Du hast eine ganze Armee hungriger Kinder!«, brüllte der Lokführer ihm nach. »Was trödelst du hier rum, du Halbverrückter?«

Das war das richtige Wort. Vielleicht hatte er ja wirklich den Verstand verloren. Denn Dejew wollte an einen Ort gehen, den klar denkende Menschen nicht ungerufen aufsuchten. Und er hatte etwas vor, das man als hellen Wahnsinn bezeichnen konnte. Der Kommissarin hatte er davon nichts gesagt. Sie wusste auch nicht, dass Dejew den Zug bereits auf der Hälfte der für diesen Tag vorgesehenen Strecke eigenmächtig gestoppt hatte.

Doch mit Vernunft und Einsicht kam er nicht weiter. Niemand, der bei Trost war, unternahm den Versuch, zu dieser Zeit im Wolgagebiet Eier, Butter, saure Sahne oder Zucker aufzutreiben. Denn diese Wörter galten seit Jahren nicht mehr als Bezeichnungen für Nahrungsmittel, sondern eher als Erinnerung an ein früheres Leben. Butter wurde nicht gegessen, davon konnte man höchstens noch träumen. Schokolade schenkte man Kindern nicht, sondern erzählte ihnen vielleicht davon. Gegessen wurden Ersatzprodukte.

Brotersatz geriet am besten aus Hirse, Hafer und Kleie. Noch besser, wenn man etwas Ölkuchen, gleich, welcher Sorte, hinzugab. Kaum genießbar war es indessen mit Moos und Kräutern – Brennnesseln, Melde, Löwenzahnwurzeln, Rohrkolben, Schilf oder Seerosenpflanzen. Als schädliche Ersatzstoffe galten wilder Sauerampfer, Akazie, gefälschtes Schrot und Stroh. Strohmehl rührten nicht einmal die Schweine an. Auch Eicheln und weiches Holz – Linde, Birke oder Kiefer – wurden in den Brotteig gemischt. Doch Holzbrot vertrugen nicht viele. Und Brot mit dem Zusatz von Rinder- oder Pferdeblut zu backen, verstand nicht jeder. Auf den Basaren wurden Ölkuchen, Mehlstaub aus der Mühle, Kartoffelkraut oder geschossene Krähen feilgeboten. Selten Milch oder Fisch, Kartoffeln, Sonnenblumenkerne oder Beeren. Schwarzmarkthändler vertrieben Leinöl und Maismehl als Delikatessen. Inzwischen war eine ganze Generation von Kindern herangewachsen, die noch nie süße oder saure Sahne gekostet hatte. Die Wörter kannten sie, aber wie diese Köstlichkeiten schmeckten, wussten sie nicht.

Auch Dejew konnte sich nicht erinnern, wann er das letzte Mal Butter gegessen hatte. Es musste im ersten Jahr des Bürgerkriegs hier in der Gegend von Swijaschsk gewesen sein. Die Verstecke der Bauern waren damals noch voller Vorräte und ziemlich einfallslos angelegt – unter dem Scheunenboden, im Brunnen, auf dem Hinterhof oder am Rand eines Kartoffelfeldes, wo jedes Kind sie finden konnte.

Während Dejew in Richtung Stadt ging, brach die Dämmerung herein. Als er ankam, war es bereits dunkel. Es war eine Kleinstadt, deren Häuschen wie Spielzeug wirkten und am Hang eines großen Hügels klebten, der sich zum Wolgaufer neigte. Dejew beschloss, ganz nach oben ins Zentrum des Ortes zu gehen. Wo sein Ziel lag, wusste er nicht, war aber sicher, es zu finden. Die Dunkelheit musste ihm dabei helfen, denn dort, wohin es ihn zog, schlief man nachts nicht. Und er irrte sich nicht. Schon von Weitem fiel ihm auf dem höchsten Punkt der Stadt eine zweistöckige Villa auf, die bestimmt einmal einem wohlhabenden Kaufmann gehört hatte. Mit einem geräumigen Zwischengeschoss und einem Balkon über die ganze Breite des Hauses. Ihre Fenster waren hell erleuchtet. Die Straßen rundum lagen dunkel und still vor ihm. Die Villa schwebte über der Stadt wie ein Stern am Himmelszelt.

Als Dejew die Straße hinaufging, drangen aus der Dunkelheit kaum hörbare Laute wie Jammern und Schluchzen an sein Ohr. Sehen konnte er niemanden. Es mussten Frauen oder alte Männer sein. Oder waren es nur Schatten? Bald wurde ihm klar, dass es viele waren, die sich da an Bäume und Zäune drückten, verstummten, als er näher kam, und danach erneut zu stöhnen begannen. Als er die Villa fast erreicht hatte, wurden es immer weniger. Auf dem Vorplatz des hell erleuchteten Hauses begegnete ihm niemand mehr. Das Klagen hatte sich in der Finsternis aufgelöst, aber nicht ganz: Es drang immer noch zu ihm wie das Geräusch eines fernen Mückenschwarms.

Da krachte im Inneren des Hauses ein Schuss. Danach ein zweiter. Ein aufgeschreckter Hund in der Nachbarschaft bellte kurz auf und beruhigte sich wieder. Der Mückenschwarm war mit einem Schlag verstummt.

Dejew ging die Vortreppe hinauf, öffnete die schwere Tür und trat ein. Auf keinen Fall durfte er jetzt den Revolver ziehen, nicht einmal die Hand auf die Hosentasche legen. Im Gegenteil, er hob die Hände, zeigte die leeren Handflächen, die klatschnass waren, und schaute sich um, bereit, sofort den vorbereiteten Satz zu rufen: »Gut Freund! Nicht schießen!«

Nun stand er in einem engen Vorraum mit abgeschabten Wänden, wo auf dem nackten Mauerwerk in roter Farbe mit riesigen Buchstaben geschrieben stand: »Tod den Feinden des Volkes, den Kornilow- und Kappel-Leuten!« ... Das Ende der Losung verlor sich im Dunkeln. Dort gab es eine steile Treppe zum Keller, woher Stimmengewirr nach oben drang. Der andere Teil der Treppe führte ins obere Stockwerk, wo man ebenfalls Geräusche hörte. Eine Wache war nicht zu sehen. Dejew überlegte einen Moment und stieg dann langsam die Treppe hinauf.

Oben stieß er auf eine zweiflüglige Tür, die zur Hälfte leicht geöffnet war. Durch den Türspalt fiel Licht heraus, und es roch nach Rauch. Die Tür bestand aus schwerem Holz, das von einer Revolverkugel nicht zu durchschlagen war. Dafür brauchte man schon ein Maschinengewehr. Dejew trat ganz nahe heran, achtete darauf, dass er nicht zu sehen war, nahm die Arme herunter, ballte eine schweißnasse Hand zur Faust und klopfte vorsichtig an.

Drinnen blieb es still.

Er klopfte noch einmal. Ohne eine Antwort abzuwarten, stieß er den Türflügel sacht an, der mit einem Quietschen aufging und einen großen Raum freigab. Der war hell erleuchtet und voller Pulverdampf. Von dort starrten Dejew zwei kleine schwarze Löcher an – Revolvermündungen, die auf ihn gerichtet waren.

»Schließen Sie bitte die Tür«, bat jemand mit höflicher Stimme aus der Tiefe des Raumes. »Sie stören.«

Mit weichen Knien trat Dejew ein. Wieder hob er die Hände und zeigte die leeren Handflächen.

Was offenbar einmal der Salon der früheren Besitzer gewesen war, wirkte, als habe ein Riese die ganze Einrichtung durcheinandergeworfen. Bilder, Spiegel und Blumenständer lagen in den Ecken herum, waren umgestürzt oder hochkant aufgestellt. Die Möbel hatte man auf merkwürdige Weise zusammengeschoben: den Esstisch an das aufgeklappte Klavier, die Sitzbänke an das Buffet, dem die Türen fehlten. Auf allen Flächen lagen Papiere. Der ganze Raum war mit Stapeln von Aktenordnern vollgestopft, mit einer dicken Schicht von Notizbüchern und losen Blättern bedeckt, die bei jedem Lufthauch in Bewegung gerieten.

Drei Personen hielten sich in dem Raum auf. Der eine mit dichten schwarzen Locken, die einem Hammel zur Ehre gereicht hätten, lümmelte auf einer Couch; seine Beine ruhten auf einer umgekippten Standuhr mit heraushängendem Pendel. Der zweite, an dem ein riesiger, feuerroter, nach beiden Seiten abstehender Schnurrbart auffiel, saß in einem zur Mitte des Raumes geschobenen Sessel und zielte mit dem Revolver auf Dejew. Neben ihm hatte sich ein dicker Glatzkopf in einen ebensolchen Sessel gezwängt. Auch er hielt seine Waffe auf den Eindringling gerichtet.

»Guten Abend, Genossen«, sagte Dejew leise. Seine Lippen waren vor Aufregung ganz trocken, doch die Stimme zitterte nicht. »Ich bin ein Zugführer der Eisenbahn mit dem Auftrag, Hunger leidende Kinder nach Samarkand zu bringen. Es sind viele Bettlägerige darunter. Sie brauchen Eier, Butter und Milch.«

»Da haben Sie sich in der Adresse geirrt, Genosse«, antwortete der Hammelkopf ebenso höflich. »Wir verteilen keine Lebensmittel. Hier ist die Abteilung der Tscheka von Swijaschsk.«

»Ich bin bewusst hierhergekommen.« Dejew versuchte zu schlucken, um die Kehle befeuchten, aber sein Rachen war rau wie Sandpapier.

»Sie wissen, wo man in dieser Stadt noch versteckte Lebensmittel finden kann.«

Da krachte ein Schuss. Die Kugel pfiff dicht neben Dejews Ohr vorbei und traf den rechten Türpfosten. Unmittelbar darauf folgte ein zweiter Schuss, der auf dem linken Pfosten landete.

Ein paar Blatt Papier flatterten vom Buffet herunter und sanken auf das schartige Parkett.

Dejew stand stocksteif da. Er spürte sein Herz im Bauch, im Hals und sogar in den nach oben gereckten Fingerspitzen schlagen. In Augen und Nase juckte es heftig, doch er wagte es nicht, auch nur eine Hand herunterzunehmen und sich übers Gesicht zu fahren.

Die beiden Männer in den Sesseln warteten gar nicht ab, bis sich der Qualm verzogen hatte, sondern spannten ihre Waffen ein zweites Mal. Der Rotbart genoss offenbar die Situation und musterte den Gast mit neugierigen Blicken aus listigen Augen. Der Glatzkopf, der etwas Herrschaftliches an sich hatte, blickte gleichgültig an Dejew vorbei. Das ist der Chef, dachte Dejew. Der hat hier das Sagen.

»Ja, wir wissen, wer in dieser Stadt noch Reserven hat«, antwortete der Hammelkopf, als hätte er das Schießen gar nicht bemerkt. »Was wollen Sie? Die Leute entkulakisieren?« In seiner Stimme lag kein bisschen Ironie, nur reine Anteilnahme. »Jetzt gleich, oder erst morgen früh?«

»Morgen früh muss ich weiterfahren.« Mit aller Kraft spannte Dejew die Arme an, damit sie nicht zitterten. »Ich habe keinerlei militärische Begleitung. Ich bitte Sie, mir dabei zu helfen, bei den wohlhabenden Bevölkerungsschichten solche Lebensmittel für die hungernden Kinder zu beschlagnahmen. Sofort.«

Der Rotbart blies die Backen auf und prustete laut. Seine ohnehin schmalen Äuglein wurden ganz klein, der Schnurrbart stellte sich auf und bedeckte das halbe Gesicht. Er platzte fast vor unterdrücktem Lachen, zuckte mit den Schultern und schüttelte den kahlrasierten Schädel. Dann legte er sein Gesicht auf die Faust mit dem Revolver und stöhnte leise vor sich hin. Der Glatzkopf tat, als hätte er Dejews freche Worte nicht gehört. Er hing in seinem Sessel, das schwere Kinn auf die mächtige Brust gesenkt und hatte müde die Augen geschlossen. Der gewaltige Nacken hing ihm wie ein Kumt über dem Kragen.

Die beiden hatten offenbar getrunken.

Zwischen den Sesseln bemerkte Dejew ein Schachtischchen.

Doch statt der Figuren standen Kristallgläser auf den Feldern; einige waren noch gefüllt.

»Soso, auf der Stelle.« Der Hammelkopf nickte verständnisvoll. »Sie meinen also, wir sollen sofort alles stehen und liegen lassen, unsere Soldaten aus dem Schlaf reißen, in das Haus irgendeines Leuteschinders eindringen, um für Sie ein Dutzend Eier und ein Pfund Butter zu requirieren?«

»Ein Dutzend wird nicht reichen«, antwortete Dejew. »Es müssen mindestens hundert sein, und zehn Pfund Butter, nicht weniger.«

Jetzt konnte sich der Rotbart nicht mehr beherrschen. Er lachte schallend los, warf den Kopf in den Nacken und entblößte eine Reihe brauner Zähne. Den Revolver in der Hand, versuchte er sich die Tränen abzuwischen. Die Mündung der Waffe tanzte in alle Richtungen.

»Es le-e-e-be die Frechheit!«, brüllte er und wollte vor Lachen fast ersticken. »Frechheit si-i-i-egt!«

»Soldaten brauchen Sie nicht aufzuwecken«, gab Dejew zurück, bemüht, nicht auf den Revolver zu schauen, dessen Mündung wieder herumtanzte und bald auf seinen Kopf, bald auf seinen Bauch zeigte. »Und auch niemanden zu entkulakisieren. Sie müssen nur in das Haus gehen – Sie wissen zu wem – am besten jetzt, nachts, wenn alle verschlafen sind und schwer begreifen, dass sie ihre Vorräte herausgeben müssen. Weil es um Leben und Tod geht. Die werden Ihnen glauben, gehorchen und rausrücken, was sie haben.«

Wieder krachte ein Schuss. In der Ecke stöhnte etwas auf und klirrte mit vielen Stimmen. Der Rotbart starrte die rauchende Waffe verdutzt an. Seine Kugel hatte das Klavier getroffen.

Von dem Lärm erwachte der Glatzköpfige, riss den Arm hoch und krach! Noch einmal pfiff eine Kugel an Dejews Ohr vorbei und schlug in die Tür ein.

Bei jedem Schuss krampfte sich Dejews Magen zusammen,

und auch er selbst schien immer gebückter und kleiner zu werden. Erst jetzt bemerkte er, dass seine erhobenen Hände fast vors Gesicht gesunken waren, als wolle er es vor der Ballerei schützen.

»Wieso geht es um Leben und Tod?«, fragte der Hammelkopf und setzte das Gespräch seelenruhig fort. »Darum wird es erst im Dezember gehen, wenn die Beschaffungskampagne für den Winter beginnt. Was sollen die Kulaken dann herausrücken, wenn wir uns schon jetzt alles holen?«

»Sie kennen die doch!« Dejew brauchte all seine Kraft, um vor diesen Leuten aufrecht zu stehen, wodurch seine Stimme gepresst klang, als sei er erkältet. »Nach ein paar Monaten sind die Verstecke wieder bis zum Rand gefüllt. Der Kulak ist ein lebendes Wesen, bei ihm wächst das Futter wie beim Schaf die Wolle: So oft du es auch scherst, bald hat es frische Zotteln.«

»Welcher Wind hat Sie denn hierher geweht?« Den Hammelkopf schien das Gespräch jetzt zu interessieren. Er stand sogar von seiner Couch auf, um sich diesen von Rauch umhüllten Gast näher anzuschauen. »Dreist, impertinent und weiß über alles Bescheid!«

»Ich bin einer von hier, aus der Nähe von Swijaschsk. Ich habe hier gekämpft.«

Wieder schien es Dejew, als seien die Revolvermündungen wie zwei schwarze Löcher auf ihn gerichtet. Doch nein, der Glatzkopf hatte die müden Lider gehoben und starrte Dejew nun unverwandt an. Das massige Gesicht blieb unbewegt, als sei es aus Stein. Und genauso glatt. Auf der grobporigen Haut wuchs kein Härchen, der Kerl hatte nicht einmal Wimpern oder Brauen. Auf der höckerigen Platte traten Schweißtropfen hervor. Sehr langsam steckte der Kerl den Revolver in die Tasche, was ihm erst beim zweiten oder dritten Versuch gelang. Dann stützte er sich auf die Armlehnen, stemmte den riesigen Körper unter heftigem Quietschen der Federn aus dem Sessel, verlagerte das Gewicht auf die breit gespreizten Beine und blieb so, ein wenig schwankend, mitten im Zimmer stehen. Dabei behielt er Dejew ständig im Blick.

Nun kamen auch die anderen beiden in Bewegung.

»Satz und Spiel!«, rief der Hammelkopf und öffnete die Balkontür, um frische Luft in den Raum zu lassen. Und an Dejew gewandt: »Zählen Sie bitte, Genosse! Sie sind näher dran.«

Dejew, der nicht verstand, was man von ihm wollte, drehte sich ratlos um. Da bot sich ihm ein seltsames Bild: Am Rahmen der von Einschlägen bedeckten Tür waren zu beiden Seiten mit Stecknadeln Fliegen aufgespießt, gewöhnliche graue Stubenfliegen. Von einigen sah man nur noch einen Abdruck im Holz. Andere, obwohl aufgespießt, lebten noch und zappelten mit den Beinen. Offenbar hatte hier ein Wettschießen stattgefunden.

»Sechs Treffer«, verkündete Dejew, als er die linke Reihe abgezählt hatte. »Und hier drei.« Er wies auf die rechte Seite.

Der Hammelkopf applaudierte. Entweder ehrte er damit den Sieger, oder er gab das Signal, die Sache zu beenden. Der Rotbart stöhnte zerknirscht, nahm ein volles Glas von dem Schachtischchen und leerte es auf einen Zug. Offenbar hatte er diesmal verloren. Das Glas abzustellen gelang ihm nicht, es glitt ihm aus der unsicheren Hand und zerschellte am Boden, wo Papierbogen in der Zugluft umherflatterten.

Jetzt ertönten draußen erregte Stimmen, Pferde wieherten. Mehrere Leute polterten die Treppe herauf.

»Genosse Leiter der Abteilung!«, rief eine Stimme von der Tür her. »Wir haben sie geschnappt!«

Der Glatzkopf schüttelte ganz leicht den Kopf, ließ Dejew nicht aus den Augen und kam langsam auf ihn zu. Wie eine Lokomotive, wenn sie sich in Bewegung setzt. Das Parkett knarrte unter seinen Stiefeln.

Dann stand er vor ihm, legte seine gewaltigen Pranken auf Dejews Kopf und zog ihn zu sich heran, bis ihre Stirnen sich berührten. Sein Atem ging feucht und heiß, er roch stark nach Selbstgebranntem. Dejew fühlte sich, als wäre er in ein Schnapsfass gefallen. Die wulstigen Lippen des Glatzkopfs öffneten sich, als wolle er etwas sagen, bewegten sich lange auf und ab wie ein paar aus ihrem Haus gezogene Schnecken und lallten schließlich:

»Wann ... hast ... du ... hier ... gekämpft?«

»Im Sommer Achtzehn.« Dejew bekam in dem Klammergriff fast keine Luft, bemühte sich aber, rasch und deutlich zu antworten. »Bei der Verteidigung von Swijaschsk und der Befreiung Kasans von den Truppen des Generals Kappel.«*

»Einheit?«

»Zweite Infanterie.«

»Wer ... hat ... die ... Armee ... kommandiert?«

»Die Truppenteile des rechten Ufers – Armeekommandeur Slawin. Die des linken Ufers – Brigadekommandeur Judin.«

Dejew meinte, in seinen Lungen könne jetzt keine Luft mehr sein, nur noch Schnapsdunst. Sein Kopf steckte in einem eisernen Klammergriff, der immer enger wurde.

»Wer ... hat ... Kasan ... eingenommen?«

»Keiner von beiden. Die Einnahme von Kasan leitete der eigens dafür aus Moskau herbeigeeilte Volkskommissar für Heer und Flotte Trotzki.«

Dejews Kopf im Klammergriff wurde senkrecht nach oben gezogen, er verlor den Boden unter den Füßen, ihm wurde schwarz vor Augen, und etwas Schlüpfriges, Brennendes verschloss seine Lippen. Das füllte bald den ganzen Mund, berührte Gaumen und Rachen, zerriss Dejews Inneres, drang immer tiefer in ihn ein, so dass er nicht mehr atmen konnte. Kam jetzt sein Ende? Fühlte sich so der Tod an?

* Im Bürgerkrieg 1918/19 im Wolgagebiet agierende weißgardistische Truppeneinheit unter Führung des zaristischen Generals Wladimir Oskarowitsch Kappel.

Dann war das alles plötzlich vorbei. Er spürte wieder den Boden unter den Füßen, und vor seinen Augen wurde es hell. Nachdem er den Waffenbruder mit einem langen, schmatzenden Freundschaftskuss bedacht hatte, löste der Glatzkopf seinen Griff.

»Und an die Kampfboote … erinnerst du dich?«

»Ich wollte sie vergessen, aber ich kann nicht«, erwiderte Dejew und schnappte immer noch nach Luft. »Manchmal träume ich davon.«

Mit Kampfbooten war man 1918 über vierzig Rotarmisten gefahren, die während der Kämpfe aus Swijaschsk hatten fliehen wollen. Auf Befehl des Genossen Trotzki erschossen sie ihre eigenen Kampfgefährten vor angetretener Mannschaft, warfen die Leichen in die Wolga und machten mit Hilfe der Schiffsschrauben Hackfleisch aus ihnen.

»Ich träume jede Nacht davon.« Der Glatzkopf sprach schneller; entweder das Verhör oder die Erinnerungen hatten ihm die Zunge gelöst. »Hast du viele Kinder in deinem Zug?«

»Fünfhundert.«

»Warum verlangst du dann so wenig?!« Der Glatzkopf packte seinen Kampfgenossen bei den Schultern und schüttelte ihn leicht. Dejews Hinterkopf wäre beinahe gegen den Türrahmen gekracht. »Und das Richtige forderst du auch nicht! Nicht Eier brauchst du, sondern Hühner, nicht Milch, sondern eine Kuh!« Mit seiner riesigen Hand fuhr er leicht durch Dejews Haarschopf, wobei er dessen Kopf wieder gegen den Türrahmen zu schlagen drohte. »Für Kinder ist nichts zu schade! Kinder bekommen alles!«

Dann schlug er seinem früheren Waffenbruder noch einmal auf die Schulter, wandte sich um und stapfte die Stufen hinab. Die Treppe knarrte wie vor Schmerz.

Der Hammelkopf musterte Dejew noch einmal mit einem interessierten Blick und verließ dann ebenfalls den Raum.

»Hast du Medikamente?«, rief der Glatzkopf von der Treppe her. »Warum sagst du nichts davon? Medikamente kriegst du auch. Alles kriegst du! Morgen wird es an den Zug gebracht«, erschallte es jetzt schon von unten. »Halt dich bereit!«

Am liebsten hätte nun auch Dejew diesen Ort Hals über Kopf verlassen. Aber dazu kam er nicht. Der dritte Mann war immer noch da. Mit einem breiten Grinsen schob der Rotbart dem Gast zwei volle Gläser hin. Doch als er sah, dass der nicht zum Trinken aufgelegt war, kippte er sich beide in den Rachen, ließ sie fallen und schlurfte durch die Scherben in Richtung Balkon. Dabei konnte er sich kaum noch auf den Beinen halten. Er lief Gefahr, hinunterzufallen und sich den Hals zu brechen.

Das wollte Dejew auf keinen Fall. Er sprang hinter ihm her, um ihn festzuhalten. Doch der fuhr herum, packte Dejew und drückte ihm den Revolver unter den Rippen bis zur Leber in den Leib.

»Woher wussten Sie, dass der Chef unserer Abteilung zusammen mit Ihnen gedient hat?«, zischte er ihm ins Ohr. »Sie sind doch gerade erst angekommen!«

Dejew konnte nicht sagen, ob der Rotbart die Waffe wieder geladen hatte. Das konnte sein, vielleicht hatte er sie sogar gespannt.

»Das habe ich nicht gewusst«, gab er ehrlich zu.

Die Pistole schien ihm bereits durch das Gedärm gedrungen zu sein und an das Rückgrat zu stoßen. Bald musste der Kerl ihn durchbohrt haben. Es tat höllisch weh, und er bekam keine Luft.

»Das heißt, Sie tauchen einfach so in einer fremden Stadt bei der Tscheka auf, um Butter und Eier zu verlangen?«

Sein Blick war jetzt völlig nüchtern.

»So ist es.«

»Moment mal …, und wenn Sie hier nun nicht auf einen Kampfgenossen gestoßen wären? Wenn er Ihnen nicht geglaubt hätte? Wenn er nicht, von Rührung gepackt, eingewilligt hätte, Ihnen zu beschaffen, was Sie brauchen? Was dann?«

»Ich wäre nicht wieder gegangen, ohne etwas zu bekommen«, gab Dejew erneut ehrlich zu.

Endlich zog der Mann die Waffe zurück, und Dejew konnte wieder frei atmen.

»Sie sind mir vielleicht einer!«, rief der Rotbart und lachte begeistert auf. Seine Gesichtszüge zerflossen, und sein Blick schien wieder vom Rausch umwölkt. »Erstaunlich, dass Sie nur Zugführer sind – bei dem Charakter!«

»So einen Charakter habe ich nur für andere.«

»Und für sich selbst?«, drängte ihn der Rotbart, geriet ins Wanken und wäre jetzt in der Tat beinahe über das Balkongeländer gefallen.

»Für mich brauche ich nichts!« Dejew packte den Betrunkenen, doch der konnte sich nun überhaupt nicht mehr auf den Beinen halten. Er sackte in sich zusammen, sank zu Boden, lehnte sich ans Balkongeländer und steckte den Kopf hindurch.

»Wollen Sie nicht zur Tscheka kommen?«, lallte er wie aus weiter Ferne. »Leute wie Sie können wir brauchen ...«

Unten vor dem Haus stand ein Fuhrwerk mit Menschen, alle nur in Unterwäsche und an den Händen gefesselt. Um sie herum eine Begleitmannschaft mit aufgepflanztem Bajonett. In der Dunkelheit war der Mückenchor wieder lauter geworden. Jetzt unterschied man deutlich Schluchzer und Seufzer von Frauen, aber niemand war zu sehen. Nur der nackte Schädel des Glatzkopfs glänzte im Mondlicht wie geölt. Er stand auf der Vortreppe und überwachte das Ausladen des Fuhrwerks.

»So viel Arbeit!«, lallte der Rotbart und wiegte den Kopf. »So viel ...«

Dann musste er sich übergeben. Lange und ausgiebig.

Als er sich erleichtert hatte, tastete er nach dem neben ihm liegenden Revolver, steckte die Mündung in den Mund und drückte ab. Es klickte leise: Das Magazin war leer.

»Alles auf die Fliegen verschossen«, flüsterte er ärgerlich, zog seinen Kopf durch das Gitter zurück und erhob sich. »Auf die Fliegen, verstehen Sie?!« Jetzt murmelte er nicht mehr, sondern brüllte mit wütender Fröhlichkeit. »Auf die Fliegen!«

Er steckte die Waffe ins Koppel, klopfte sich den Staub von der Hose, wischte sich daran auch die Hände ab und fuhr sich über den kahlgeschorenen Schädel. Niedergeschlagen fügte er hinzu: »Bei mir wirkt nichts mehr – weder der Wodka noch die Kugel.«

Und, Dejew keines Blickes würdigend, verließ er mit raschem, festem Schritt den Raum.

Erst nach Mitternacht ging Dejew zum Zug zurück. Der Kopf war ihm schwer, als sei er mit Steinen gefüllt. Der Drang, sich irgendwo niederzusetzen oder anzulehnen, war beinahe unwiderstehlich. Doch Dejew wusste, wenn er ihm einen Augenblick nachgab, dann versank er in tiefen Schlaf.

Die »Girlande« stand mit gelöschten Lichtern stumm und dunkel auf dem Gleis. Nur im Stabswagen schrie sich das Kuckuckskind heiser. Fatima wiegte es, sang leise ein Lied – dasselbe Wiegenlied, das sie in Kasan gesungen hatte – und redete zwischen den Strophen zärtlich auf den Kleinen ein. Sie nannte ihn Iskander.

Leise klopfte Dejew beim Abteil der Kommissarin an. Er wollte Belaja nicht wecken, hoffte aber, sie schlafe noch nicht. Doch im Abteil war niemand. Er lief durch den ganzen Zug, schaute in alle Wagen mit den schlafenden Kindern. Die Kommissarin fand er im letzten. Belaja und Bug saßen auf der Plattform, tranken abgekochtes Wasser und redeten leise miteinander oder schwiegen.

Das Lazarett war vom Zug abgekoppelt. Seile und Ketten lagen am Boden.

»Seid ihr euch einig?« Dejew konnte vor Müdigkeit kaum noch die Lippen bewegen, und seine Stimme klang matt, als sei er krank.

»Sie sind als Zugführer abgesetzt«, verkündete Belaja trocken, unbeeindruckt davon, dass er mitten in der Nacht auftauchte. »Ich führe den Zug weiter. Das Lazarett mit den Bettlägerigen und der Feldscher bleiben auf dieser Station und warten auf eine Lokomotive, die sie nach Kasan zurückbringt. Ihnen befehle ich, sich ebenfalls nach Kasan zu begeben. Unterwegs können Sie sich eine Stellungnahme zu den Gründen für ihre Pflichtverletzung einfallen lassen.«

Worte, Worte – sie verschmolzen zu einer dichten Klangwolke, die Dejew einhüllte, ihm in die Ohren kroch und das Hirn vernebelte.

»Sich ohne Lebensmittelvorrat auf eine Fahrt von vielen Tagen zu begeben, das habe ich noch nie erlebt«, tönte aus der Wolke Belajas Stimme. »Ich werde persönlich eine maximale Strafe für Sie fordern.«

»Das wirst du nicht«, konnte er nur noch sagen. »Morgen früh kommt Sonderverpflegung.«

»Von Gott gesandt?«

Doch weder die Drohung noch der giftige Ton vermochten die Ermattung aufzuhalten, die Dejew überkam. Er hatte keine Kraft mehr, sich zu rechtfertigen oder etwas zu entgegnen. Er hob die am Boden liegenden Kupplungen auf und warf sie über die Puffer. Das Lazarett war wieder an den Zug angehängt. So musste es sein.

Als Bug und Belaja von der Plattform aufstanden und mit ihm streiten wollten, zog er den Revolver aus der Tasche – sein einziges und letztes Argument.

»Gute Nacht«, presste er hervor.

»Sie erschweren Ihre Schuld durch bewaffneten Widerstand.«

»Gute Nacht«, wiederholte er leise und lehnte sich an die Puffer, als wollte er sagen: Mich kriegt ihr nicht von der Stelle.

Und er blieb, wo er war. Kommissarin und Feldscher trennten sich bald, nachdem sie entschieden hatten, die Auseinandersetzung auf den nächsten Morgen zu verschieben. Dejew blieb, um die Kupplungen zu bewachen.

Er hätte sich natürlich auf die Schwellen legen und eine Mütze Schlaf nehmen, sich auf die Einstiegsstufen setzen und ein Nickerchen machen oder sich für die wenigen Stunden bis zum Sonnenaufgang auf das Bett in seinem Abteil legen können. Das Lazarett wäre auch am Morgen noch an Ort und Stelle gewesen. Doch Dejew blieb aufrecht stehen, lehnte sich stur an die Puffer, die Seile und Ketten im Rücken, als habe er Wurzeln geschlagen.

Ihm schien, als sei er manchmal eingenickt. Es war ein zäher, bedrückender Dämmerzustand, der seine Müdigkeit nur noch verstärkte. Wenn er sich daraus zu befreien suchte, war ihm, als müsse er sich bei den Haaren hochziehen. Er wurde die Vorstellung nicht los, der Zug fahre davon und lasse ihn mit den schlafenden Kranken allein an dieser Station zurück. Oder der Lazarettwagen werde samt dem daran lehnenden Dejew nach Kasan gezogen, Häuser, Landschaft und Bäume schwebten vorbei, bis sie wieder am Ausgangspunkt ihrer Reise waren …

Doch war es wirklich nur ein Traumbild? In der Tat zog ein großer Baum mit grün-gelben Blättern an dem Zug vorüber. Seltsam, nicht aufrechtstehend, wie es sich für einen Baum gehört, sondern liegend, als schwebe er auf den Schwaden des Morgennebels. Die ausladenden Äste schleiften über den Boden und kratzten mit widerlichen Geräuschen an den Wagenfenstern entlang. Der helle Wahnsinn! Dejew schüttelte den von fehlendem Schlaf schweren Kopf, doch der Baum verschwand nicht, das Bild wurde nur immer klarer. Ein langer Zweig fuhr Dejew sacht übers Gesicht. Daran schaukelten grüne Früchte: Es war ein Apfelbaum.

Von dieser klaren Vision völlig aus dem Häuschen, sprang Dejew auf die Plattform des letzten Wagens. Der Baum, frisch entwurzelt, lag auf einem Automobil, wurde von Soldaten auf der Ladefläche festgehalten, und die Krone schleifte über den Boden. Der Himmel wurde nur langsam heller, doch auch bei diesem trüben Zwielicht konnte man sehen, dass der Baum voller Äpfel hing.

»Das Pflücken haben wir nicht mehr geschafft, da müsst ihr eben den ganzen Baum nehmen«, rief der Hammelkopf entschuldigend, als er aus dem Fahrzeug gestiegen war. »Wohin mit den Lebensmitteln?«

Dejew, dem bei diesem Anblick die Worte fehlten, wies auf die Feldküche. Geschickt hievten die Soldaten den Apfelbaum auf das Wagendach und banden ihn dort irgendwie fest. Das Küchenwägelchen verschwand fast völlig unter seinem dichten Geäst.

Die verschlafenen Kinder drückten sich an den Fenstern die Nasen platt und bestaunten die Operation mit offenem Mund. Die Erwachsenen stiegen aus und umringten das Auto, doch die Tschekisten anzusprechen wagten sie nicht. Stocksteif standen sie da und sahen zu, wie die Gaben abgeladen wurden.

Außer den Äpfeln hatten die Soldaten mehrere große Säcke mitgebracht, die so prall gefüllt waren, dass sich ihr Inhalt vermischt hatte: Kartoffeln mit Speckseiten, Hafer mit halb zerschlagenen Eiern, getrocknete Beeren mit Trockenfisch. Auch das wurde zu Memelja gebracht. In einem anderen schweren Sack klapperte es verdächtig. Als Dejew hineinschaute, sah er nur Porzellanscherben – Stücke von bemalten Tassen und Tellerchen. Offenbar hatte man ein Teeservice in den Sack geworfen, vielleicht sogar zwei. Das dirigierte er ebenfalls zu Memelja. Darüber wollte er später entscheiden. Außerdem hatte man Körbe mit Hühnern angeschleppt. Die saßen darin so eng, dass sie sich kaum bewegen konnten. Einige wären unterwegs fast erstickt. »Auch die zu Memelja!«, befahl Dejew. Und die große Flasche Milch und die Tontöpfe mit Sahne …!

»Wie machen Sie das bloß?«, fragte Belaja, als der Wagen mit den Tschekisten von der Station gerollt und im Nebel verschwunden war.

»Das weiß ich selber nicht«, erwiderte Dejew achselzuckend. »Ich habe einfach Glück gehabt.«

»Genosse Zugführer!«, rief der Mann von der Lok, der das Geschehen bisher von Weitem beobachtet hatte und jetzt herbeigelaufen kam. »Gibst du Befehl zum Anheizen?«

»Mach das«, nickte Dejew. »Und spare nicht an Kohle. Wir müssen weiter – wie der Blitz!«

Und sie fuhren – ein paar Stunden später, als der Dampfkessel heiß war und die Kinder ein dickes Kissél mit Apfelstücken erhalten hatten. Für die Bettlägerigen gab es ein paar Schlucke Milch mit ein wenig geschlagenem Ei und einer Prise Mehl.

All das bekam Dejew nicht mehr mit. Er schlief in seinem Abteil, die Nase an die Blumentapete gedrückt, ohne vorher die Feldbluse ausgezogen und die Stiefel abgeworfen zu haben. Ein Arm und ein Bein hingen auf den Boden herab, der Revolver in seiner Hosentasche drückte auf die Hüfte, die Federn der Liege bohrten sich ihm in die Brust, doch ihm ging es gut. Er schlief tief und fest, nur manchmal störte ein Geräusch oder ein Gedanke: Dann tat es ihm leid, dass bei all den Gaben kein Honig für Bienchen gewesen war oder dass die Milch bald sauer werden könnte …

Im Stabswagen war Stille eingekehrt. Die Kleinen waren satt und zufrieden, selbst das Kuckuckskind, das Milch getrunken hatte, brüllte nicht mehr. Fatima hörte nicht auf zu singen, und Dejew fand das so angenehm, als singe sie für ihn. Ihre Stimme drang nur schwach über den Gang herüber, doch aufzustehen und die Tür einen Spaltbreit zu öffnen, brachte er nicht mehr fertig. So schwebte er weiter auf den Wogen des Schlafs, gewiegt von zärtlichen Tönen, bald im Traum versinkend, bald aus ihm auftauchend.

»Männernamen sind Asche, außer deinem.
Männergesichter sind wie das Kräuseln der Wellen.
Männerstimmen sind wie der Wind in den Bergen,
Außer deiner, Iskander.«

Was konnte dieser Name für sie bedeuten? Hatte ihr Sohn so geheißen? Ihr Ehemann? Ihr Geliebter? Sie sang das Wiegenlied einer Mutter, doch in ihrer leisen Stimme schwang eine solche Leidenschaft mit, dass Dejew ihr jede Erklärung abgenommen hätte.

Selbst die Räder schienen jetzt anders zu rattern: *Is-kan-der* … *Is-kan-der* … Und der Dampf, den die Lok ausstieß, zischte: *Is-s-s-s-s*! … Dazu tönte die Pfeife ihr *Iskande-e-e-e-e-r!*

»Ich brauche keine Töchter, nicht eine und kein Dutzend.
Auch weitere Söhne will ich nicht.
Für sie ist kein Platz – im Herzen und im Kopf.
Ihn füllst du ganz,
Wie das Wasser das Meer.«

Der Zug eilte durch schwarze Wälder, durchschnitt Nebelwolken und stieß neue aus. Die schlugen sich an den Blechwänden der Wagen nieder, rollten in Tropfen über die Fensterscheiben, wuschen sie und die sich darin spiegelnden Kindergesichter rein.

Auf dem Dach der Feldküche saß Memelja im Geäst des Baumes und pflückte Äpfel. Er hatte bereits alle verfügbaren Säcke und Körbe damit gefüllt, doch es wurden nicht weniger. Bei dem unerwarteten Überfluss lachte er vor Glück, dass ihm die Augen tränten und der Fahrtwind in den aufgerissenen Mund fuhr. Dann wieder brachte ihn Mitleid mit dem vernichteten Baum zum Weinen. Zärtlich streichelte er die raue Rinde und bat ihn flüsternd um Verzeihung.

»Ich möchte die Sterne vom Himmel holen und die Sonne verschlingen,
Dass nicht anbricht der Morgen der Trennung.
Dich zu ewigem Schlaf zwingen kann ich nicht.
Schlaf nur und erwache,
Erwache als Mann.«

Ganz am Ende des Zuges, auf der Plattform des letzten Wagens stand Feldscher Bug und sah zu, wie Schwellen und Schienen davoneilten. Ebenso Kiefern, Birken, die Himbeerbüsche am Bahndamm, die Pfade, die Hohlwege und die Fetzen grauen Himmels, die sich in den Pfützen spiegelten. Hinter ihm im Lazarett warteten die Kinder. Dazu der weiße Kittel, den er wieder aus dem Koffer genommen und ordentlich auf seine Bettstatt gelegt hatte. Natürlich musste er dorthin zurück, sich den Kittel überstreifen und bei den Kindern sein. Doch so frisch und mild war dieser Morgen und die in Nebel gehüllte Welt, dass Bug sich einfach nicht losreißen konnte.

»Ich bin ein Vogel, der in den Wellen des Meeres versinkt.
Ich bin ein Stern, der in einen Brunnen fällt.
Ich bin ein Fisch, der im Wüstensand zappelt.
Das bin ich ohne dich, mein geliebter Sohn.«

In der fernsten Ecke des Stabswagens hinter einem Baumwollvorhang lag auf einer Pritsche Fatima. Sie war nicht allein, auf ihrer Brust hatte sich der schlafende Säugling eingerichtet. Aus seinem halb offenen und scheinbar lächelnden Mund lief ein dünnes Rinnsal herab – er hatte sein Bäuerchen gemacht. Fatima hüllte das Kind mit ihrem Leib ein, sang ihm in diesem Kokon ihr endloses Wiegenlied. In den Pausen zwischen den Strophen drückte sie den Kleinen an sich und küsste ihn liebevoll auf Köpfchen, Schläfen und Stirn.

»Schlaf, mein Junge«, flüsterte Fatima. »Schlaf und erwache als Mann.«

Auch Dejew gehorchte und schlief wieder ein.

Die blasse Oktobersonne hatte ihren höchsten Stand noch nicht erreicht, da war Dejew wieder auf den Beinen. Sein ganzer Körper schmerzte von fehlendem Schlaf, der Kopf arbeitete träge, aber er wusste, sein Organismus musste bald wieder in Gang kommen und die Müdigkeit verfliegen. Zum Schlafen war keine Zeit. Er hatte der Kommissarin versprochen, die Arbeit gemeinsam zu erledigen, und das musste er jetzt auch tun.

In ihrem Abteil war sie nicht. Er wollte sie schon im Zug suchen gehen, aber etwas in Belajas Behausung brachte ihn dazu, hineinzugehen und sich aufmerksam umzuschauen. Zum ersten Mal sah Dejew das Nachbarabteil bei Tageslicht. Etwas Besonders konnte er darin nicht entdecken: Die Liege war breit, der Tisch vor dem Fenster poliert und die Vorhänge aus Samt. Er brauchte ein wenig, um zu verstehen, was ihm hier anders vorkam: In diesem Abteil gab es keinerlei Blumen und Blüten. Die Wände waren mit gebeiztem Eichenholz getäfelt und die Tapeten in Weinrot gehalten. Es gab weder Fransen noch Gemälde an der Decke oder verschnörkelte Lampen. Offenbar hatte Dejew das Damenabteil und die Kommissarin das für Herren bekommen. Das ärgerte ihn ein wenig, aber wegen solcher Nichtigkeit konnte er keinen Streit anfangen.

Die Kommissarin fand er in der Küche. Ohne ein Wort

schloss er sich ihrer Inspektion an. Er setzte bewusst eine ernste Miene auf, damit sofort klar wurde, wer hier der Chef war. Die Hühner, die inzwischen überall im Wagen herumliefen, richteten ihre runden Äuglein auf ihn und wichen ihm gackernd aus.

»Die Hühner müssen aus der Küche raus«, ordnete Belaja an. »Die kommen in den Stabswagen, ins Heizungsabteil. Aus den Zweigen des Apfelbaums werden Hühnerleitern und Sitzstangen gemacht. Mit Stroh gepolsterte Körbe dienen als Nester. Verschmutzter Boden ist mit Sand zu säubern.«

Die Sätze wiederholte sie mehrfach. Der Verständlichkeit halber wies sie mit dem Finger auf jeden genannten Gegenstand und blickte Memelja in den Pausen bedeutungsvoll an. Der Koch, dessen Kinn vor Eifer zitterte, wollte jede Weisung sofort ausführen, doch es gelang ihm nicht. Die Befehle regneten einer nach dem anderen auf seinen Wuschelkopf herab, er wirbelte wie ein Kreisel in dem engen Gehäuse herum und musste aufpassen, dass er vor Eifer nicht über die eigenen Füße stolperte.

»Kochmütze und Schürze sind schneeweiß zu waschen. Und der Hals des Kochs dazu! Die Trauerränder unter den Nägeln haben zu verschwinden!«

Das packt der nie, dachte Dejew. Er wird es schnell wieder vergessen und alles durcheinanderbringen. Wäscht statt der Schürze die Hühner und stopft sich Stroh in die Mütze. Doch seine Zweifel waren überflüssig. Noch am Vormittag waren die Heizungsabteile, zwei schmale Verschläge, wo Heizöfen und Brennholz untergebracht waren, in Hühnerställe umgewandelt. Nun saßen die Legehennen in mehreren Etagen auf den Ästen des Apfelbaums übereinander, bekleckerten die warmen Öfen und den Brennholzstapel. Einige versuchten gar, ganz nach oben zu kommen und aus dem Fenster zu schauen. Wenn sie zu Boden fielen, dann waren ihr Gegacker und ihr Lärm im ganzen Stabswagen zu hören. Die neugierigen Knirpse wollten sich mit den Hühnern anfreunden, aber die wurden unter Verschluss gehalten. Nicht so sehr wegen der Kleinen, sondern wegen der größeren Jungen, die ganz sicher der Versuchung nicht widerstehen konnten, ein frisches Ei für sich abzuzweigen.

Bald waren auch Mütze und Schürze des Kochs gewaschen, der Küchenboden gescheuert und die Reste des Apfelbaums zu Brennholz zerhackt. Über alle Gaben der Tschekisten von Swijaschsk wurde Buch geführt. Da Memelja des Schreibens und Rechnens unkundig war, zeichnete er auf den Rat der Kommissarin kleine Umrisse der verschiedenen Lebensmittel – Eier, Töpfe voller Sahne oder Graupen – mit Kreide an die Bretterwand und hielt deren Zahl durch senkrechte Striche fest. Die Küche ähnelte bald der Höhle eines Urmenschen, die Wandmalereien zierten.

Dejew musste anerkennen, dass Belaja zu dem ungebildeten Koch einen wesentlich besseren Zugang fand als er. In das Gespräch der Kommissarin mit Memelja über das Abendessen (solange Lebensmittel vorhanden waren, sollten die Fahrgäste täglich morgens und abends eine Mahlzeit erhalten), wollte er sich zunächst einmischen, ließ es aber schnell sein. Über Suppe zu diskutieren, war wirklich nicht seine Sache. Wenn die Kommissarin allein damit fertig wurde, dann sollte sie es tun.

Die Aufgabe erfüllte sie mit großem Geschick. Sie ordnete an, die Sonderverpflegung für die Bettlägerigen erst zum Lazarett zu bringen, wenn die Insassen aller anderen Wagen abgefüttert waren, und auch das nur in einem Eimer mit Deckel, damit der Duft nicht Neid und unnötigen Streit auslöste. Wenn jemand versuchte, entgegen dem Verbot der Kommissarin die Nase in die Küche zu stecken, dann sollte das sofort gemeldet werden. Zur Strafe drohte Essensentzug. Für das schwangere Mädchen ordnete Belaja doppelte Ration an.

Als sie mit der Küche fertig waren, begannen sie den Rundgang durch die Wagen. Anders als am Vortag bewegte sich die

Kommissarin jetzt ruhig und war bemüht, das Alltagsgeschehen nicht zu stören. Sie sprach nur mit den Betreuerinnen und rief sie dafür möglichst auf die Plattform oder in das Heizungsabteil. Sie gab viele Anweisungen, stellte aber auch Fragen und hörte zu. Ein noch aufmerksamerer Zuhörer war Dejew, der sich vieles hinter die Ohren schrieb.

Gemeinsam wurde festgelegt, die Abteile und Aborte mindestens einmal täglich zu reinigen. Da für das Scheuern der Fußböden nur ein einziger Eimer vorhanden war, legte man fest, ihn von einem Wagen zum anderen weiterzugeben. In Ermangelung eines zweiten beschloss man aus hygienischen Gründen, für die Reinigung der Aborte ein kleines Taufbecken zu verwenden, das man in einer Ecke des Lazaretts gefunden hatte. Das Kupfer hatte die Zeit mit grüner Patina überzogen, der Ständer war verloren gegangen, und es hatte viele Beulen, aber keine Löcher.

Es bestand wenig Hoffnung darauf, unterwegs einen Badetag einzulegen. Solchen Luxus konnten sich nicht einmal Kindereinrichtungen mit festem Standort regelmäßig leisten. Doch damit, irgendwo bei Arsamas oder Orenburg die Wäsche waschen und desinfizieren zu können, rechnete Dejew schon. Dafür galt es, die Hemden vorzubereiten und jedes mit einer laufenden Nummer zu versehen. Bei den Kleinsten war es notwendig, die Hemden etwas zu kürzen, damit sie nicht über den Boden schleiften und sich dabei abnutzten. Mit diesen Arbeiten wurde die ehemalige Schneiderin beauftragt, die ein paar Rollen Zwirn und eine Nadel bei sich hatte – die einzige im ganzen Zug. Man beschloss, die Nadel als hohen und gesellschaftlich wichtigen Wertgegenstand, in ein winziges Stückchen Stoff gesteckt, in einer Patronenhülse und diese in einer abgewetzten Pulverdose aufzubewahren.

Die Bibliothekarin, die ein Bändchen Lermontow mit auf die Reise genommen hatte, erhielt den Auftrag, jeden Abend durch die Wagen zu gehen und dort Vorlesestunden zu veranstalten. Dejew blätterte das abgewetzte Büchlein durch und fand nichts Brauchbares außer Küssen und Seufzern, doch auch nichts Konterrevolutionäres darin. Außerdem hatten sie gar keine Wahl, denn das Buch war das einzige im ganzen Zug. Hauptsache, die Kinder hörten zu, entschied Dejew. Umso fester schliefen sie danach.

Die Beamtenwitwe machte das sehr passende Angebot, mit den Kindern täglich im Chor zu singen. Dem wurde sofort zugestimmt. Günstig wäre gewesen, sie noch auf andere Weise – mit handwerklichen Arbeiten oder politischer Bildung – zu beschäftigen, damit sie aus Langeweile nicht auf dumme Gedanken kamen. Doch weil dafür die Pädagogen fehlten, beschränkte man sich auf Dichtkunst und Musik.

Die Bäuerin, die sich ebenfalls nützlich machen wollte, bot an, jedes Kind einzeln gegen Krankheiten zu besprechen, doch diese Initiative wurde von Dejew und der Kommissarin kategorisch abgelehnt.

»Kranke müssen nicht besprochen werden, sondern brauchen Fleisch«, seufzte Bug, als er davon erfuhr. »Um wieder zu Kräften zu kommen, benötigen die Kinder unbedingt Eiweiß.«

»Das ist eine Aufgabe für den Zugführer«, erklärte die Kommissarin lachend. »Für Wunder ist er bei uns zuständig.«

»Soll doch die Wunderheilerin Fleisch herbeizaubern!«, gab Dejew beleidigt zurück. »Und ein Fässchen Honig dazu. Und Stoff für Kleidung. Am besten, sie sorgt gleich dafür, dass die Kinder morgen in Samarkand aufwachen – satt, bekleidet und gesund!«

Dabei wusste Dejew selbst, dass seine grobe Reaktion nicht angebracht war. In den letzten vierundzwanzig Stunden war es in dem ohnehin ruhigen Raum der Bettlägerigen mäuschenstill geworden. Von den Pritschen kam kein Geräusch, kein Schnaufer, nicht die geringste Bewegung. Die Wagen wurden auf der

Fahrt gerüttelt und geschaukelt, die mit Sackleinwand zugedeckten Kinderkörperchen schaukelten mit, als lägen dort keine menschlichen Wesen sondern Pappkameraden. Dejew beugte sich lauschend über ein Kopfende: Er konnte keinen Atem hören.

»Sie sind vom Frühstück müde und schlafen«, erklärte der Feldscher. »Für sie ist ein Tässchen Milch mit Ei zu verdauen eine solche Anstrengung, als müssten wir beide ein ganzes Feld umpflügen.«

Die Kommissarin hingegen umfing nur alle Pritschen mit einem Blick und musterte keines der Kinder genauer. Wie rasch sie von ihnen wieder auf die Probleme der Gesunden zu sprechen kam, zeigte Dejew: Für sie lebten die Bettlägerigen gar nicht mehr.

Als die Gaben der großzügigen Tscheka von Swijaschsk noch einmal geprüft wurden, entdeckten sie zwischen all den Körben und Paketen mit Lebensmitteln auch einen großen Futtersack mit Medikamenten. Nach kurzer Durchsicht meinte der Feldscher, zwischen Zorn und Heiterkeit hin und her gerissen, die Sammlung erinnere an die Beute eines Diebes ohne jeden Verstand: Pillen, Salben und Gerätschaften der verschiedensten Art lagen wild durcheinander. Feine Glaskolben waren zerbrochen, eine kleine Präzisionswaage verbogen, Tüten mit getrockneten Kräutern geplatzt und ihr Inhalt hoffnungslos vermischt. Während man einige Mittel durchaus verwenden konnte (zum Beispiel Zäpfchen gegen Hämorrhoiden für die Behandlung von aufgelegenen Stellen), waren andere Präparate völlig nutzlos, zum Beispiel Schnurrbartbalsam oder ein Mittel gegen Tobsucht. Wahrscheinlich hatte man alles in den Sack geworfen, was man in den Regalen einer Apotheke gefunden hatte, ohne sich darum zu kümmern, dass die Dinge auch intakt blieben. So fanden sich darunter auch eine getragene Brille, ein Päckchen unbenutzter Etiketten und ein Paar Apothekerhandschuhe. Der merkwürdigste Gegenstand war ein Menschenschädel – unversehrt, von weißgelber Farbe und mit dem ausländischen Etikett »Broeninger-Apotheke. Hamburg« am Hinterkopf. Der Schädel wurde auf Dejews Befehl fortgeworfen, doch die Etiketten behielt man, immerhin war es Papier.

Dann unterhielten sie sich darüber, wie sie all die Kostbarkeiten vor dem Ansturm Neugieriger bewahren konnten. Belaja warnte, sehr bald, vielleicht schon an diesem Tag, wenn der Feldscher mit Untersuchungen in den Wagen beschäftigt war, könnten größere Jungen ihren Betreuerinnen entwischen und sich ins Lazarett schleichen. Es wurde beschlossen, für die Zeit der Visite eine der Frauen im Lazarett als Wachdienst einzusetzen.

Die Kommissarin sagte auch voraus, dass man bald mit den ersten Simulanten zu rechnen hatte. Der eine oder andere werde sich gewiss demnächst vor Schmerzen krümmen und die verschiedensten Leiden vortäuschen, um auf eine Pritsche im Lazarett zu kommen und die bessere Verpflegung zu erhalten. Daher solle man Krämpfen und Koliken nicht glauben, sondern nur unbestreitbaren Symptomen wie Ausschlag, Fieber und ähnlichen Dingen.

Wie ein General vor der Schlacht versuchte die Kommissarin, alle Manöver des Gegners vorherzusehen, und wies ihre Untergebenen geduldig ein. Der grauhaarige Feldscher, die Betreuerinnen und das Dummerchen Memelja – alle akzeptierten sie als Leitfigur. Und nicht nur sie! Seit Dejew sie vierundzwanzig Stunden lang begleitet hatte, war auch er bereit zuzugeben: Zwar war sie ein Teufelsweib, eine Giftkröte und eine Schlange, aber eine bessere Kommissarin hätte er sich nicht wünschen können.

Einen Makel hatte sie allerdings, mit dem Dejew sich weder abfinden konnte noch wollte: All ihre Energie, ihr Können und ihre Gedanken galten den gesunden Kindern. Denen, die in der

Lage waren, den Endpunkt der Reise zu erreichen. Bei denen zahlten sich alle ihre Bemühungen aus, so wie das Geld sicher war, das ein kalt rechnender Kapitalist in einer seriösen Bank deponierte. Doch für die Schwerkranken hatte die Kommissarin weder einen aufmerksamen Blick noch einen mitfühlenden Gedanken übrig. Gleichgültigkeit oder seelische Kälte war das nicht, denn noch nie hatte Dejew einen Menschen erlebt, der so für seine Arbeit brannte. Aber wie sollte man es sonst nennen?

»Fleisch besorge ich«, sagte er, als sie das Lazarett verließen.

Doch das war nicht an den Feldscher oder die Kommissarin gerichtet, sondern an sich selbst.

»Nach dem, was heute Morgen passiert ist, möchte ich Ihnen fast glauben«, kam es von Belaja.

In ihrer Stimme war von Ironie keine Spur.

Als in der Nähe von Tjurlema Wasser aufgefüllt werden musste, gab die Lokomotive zu Sorge Anlass. Mit verzerrter Miene, die nichts Gutes verhieß, hantierte der Lokführer an der mitten auf der Strecke stehengebliebenen Maschine herum. Ein Überlaufventil war ausgefallen und musste ausgeschabt werden – eine einfache Arbeit, die aber Geduld und Zeit erforderte.

Leise fluchend kroch der Lokführer unter das Führerhäuschen, und Dejew schlug wütend mit der Faust gegen das Seitenblech. Die Stockung kam zur Unzeit, denn bis zum Abend hätten sie noch mindesten fünfzig Werst fahren können. Doch sofort tat es ihm leid, und er tätschelte der Lok versöhnlich die Seite. Sie zu schlagen war schlimmer, als einem Hund einen Fußtritt zu geben. Das Tier konnte kläffen oder sogar beißen, die Maschine nicht.

Bald sammelten sich Leute um die »Girlande«: Hamsterer mit vom Staub vieler Tage schwarzen Gesichtern, Flüchtlinge mit Bündeln, Obdachlose aller Art. Sie baten um nichts und wurden nicht frech, sondern ließen sich einfach in der Nähe nieder, reckten die Hälse und schickten flehentliche Blicke. Vielleicht fiel doch eine winzige Kleinigkeit zu essen ab? Vielleicht konnte man bis zum nächsten größeren Bahnhof mitfahren? Dieses Bild wiederholte sich an jeder Station, wo der Zug mehr als eine Viertelstunde hielt. Eine Lokomotive auf dem Bahngleis sah man selten, doch die im Land umherziehenden Menschen waren nicht zu zählen.

Memelja hatte strengsten Befehl, während des Halts die Küche nicht zu verlassen. Auf keinen Fall durfte er die Tür seines mit Säcken vollgestopften und nach Äpfeln duftenden Wägelchens öffnen. Um jedes Missverständnis zu vermeiden, lagen an der Küchentür stets ein Beil und ein scharfer Jagdspieß bereit, den der Koch selbst gebastelt hatte. In der Tasche trug er eine Eisenbahnerpfeife bei sich, die Dejew ihm gegeben hatte. Die schrillte so durchdringend, dass die Kinder sich die Ohren zuhielten. Sollte es brenzlig werden, erwartete man von dem Koch, dass er den Wagen unter Einsatz seines Lebens verteidigte und nach Verstärkung in Gestalt des Lokführers und des Feldschers rief.

Als Dejew sich davon überzeugt hatte, dass in der Menschenmenge keine skrupellosen Banditen auszumachen waren, ging er, um sich ein wenig auf der Station umzuschauen. Der Gedanke, wo er Fleisch auftreiben könnte, bohrte in ihm. Ebenso wichtig war Milch. Den abgekochten Vorrat bewahrten sie am kühlsten Ort der Küche auf. Milch bekam nur der Säugling, doch es war klar, dass der Rest bald, spätestens in zwei, drei Tagen, sauer werden würde. Und was dann? Zur nächsten Dienststelle der Tscheka gehen? Doch ein zweites Mal hatte er bestimmt nicht so viel Glück. Die Sache konnte auch so schlecht ausgehen, dass er sich das gar nicht vorstellen mochte.

Tjurlema war voller Menschen, als läge an dem Haltepunkt kein Dorf, sondern eine ganze Stadt. Überall sah man die Kittel der Tataren, die Schaffelljacken der Russen und die Gewänder der Kirgisen. Verschlissen, dunkel von Schmutz und Regen, wurden sie einander immer ähnlicher. Auch die grauen, hungrigen, trüben Gesichter konnte man kaum noch unterscheiden. Manche Leute schliefen, andere hatten kleine Teppiche am Boden ausgelegt und beteten. Die Frauen der Mari saßen mit weit ausgebreiteten Röcken auf ihren Bündeln wie die Püppchen auf dem Samowar und hielten die Straßenkinder auf Abstand. Die, halbnackt, sonnengebräunt und angriffslustig, streunten als hungrige Horde umher. Ein barfüßiger Baschkire zog einen Karren mit nackten Kindern, die sich eng zusammenkauerten und mit Bretterstücken zu bedecken suchten. Hinter der Bahnstation hatte sich eine Menge Fuhrwerke versammelt, zwischen denen Feuer brannten. Die Flüchtlinge zog es zur Eisenbahn, wo sie Lager aufschlugen und auf eine Mitfahrgelegenheit hofften. Sie strebten alle in dieselbe Richtung – nach Westen zur Hauptstadt.

Nein, an dieser Bahnstation gab es keine Hoffnung, Fleisch zu finden. Hier hatte man ganz sicher alles aufgegessen – Katzen und Hunde, Zieselmäuse und sogar die Heuschrecken in der Steppe. Doch was Milch betraf, da hatte Dejew eine Idee.

Als Erstes durchkämmte er den hölzernen Bahnsteig. Dort fand er nicht, was er suchte. Dann spazierte er an allen Bänken auf dem Platz vor dem Bahnhof vorüber – auch dort nichts. Doch als er in das Wartehäuschen schaute, wurde er fündig. Dort saß ein Weib, groß und massig wie ein Heuschober, mit noch jungem, glattem Gesicht und mächtiger Brust. Sie hatte einen Rucksack umgehängt und ein Bündel mit einem Säugling im Arm. Trübsinnig hockte sie zwischen den vielen Leuten und wiegte das schlafende Kind. Sie tat es gleichmütig, wie sie vielleicht auch Getreide zerstieß, schaute nicht nach links oder rechts und schien auch auf niemanden zu warten. Offenbar reiste sie ohne männliche Begleitung.

Dejew setzte eine strenge Miene auf, drückte die Brust heraus und stellte sich direkt vor die Frau.

»Wohin soll's denn gehen, Bürgerin?«

»Nach Moskau«, antwortete die erschrocken.

Mit angstgeweiteten Augen musterte sie Dejews Feldbluse, Reithose und Armeeschuhe. Ihre Lippen begannen zu zittern, aber sie brachte kein Wort heraus. Alle Farbe war ihr aus dem Gesicht gewichen.

»Folgen Sie mir!« Dejew machte kehrt und schritt auf den Ausgang zu.

Das Weib trabte hinter ihm her.

»Bürger Kontrolleur …« Die Stimme zitterte, als wollte sie gleich in Tränen ausbrechen. »Bürger Bahnhofsvorsteher …, Bürger Tschekist …«

Dejew schritt den Bahnsteig entlang, dann über Schotter und Gleise bis zu einem einzelnen Waggon auf der Rückseite des Bahnhofs. Erst hier wandte er sich ihr wieder zu. Blass, mit zitternden Wangen und Augenlidern stand sie ergeben und mit einem flehenden Blick vor ihm wie eine Kuh vor dem Schlächter.

»Zeig mir deine Titten«, befahl Dejew streng.

»Wa-a-a-s?«, brachte sie verständnislos hervor.

»Na, wird's bald?!«

Mit riesigen, ungläubigen Augen, die fast herauszufallen drohten, nahm die Frau den Säugling in den anderen Arm, öffnete ihre Pelzjacke, griff in den Ausschnitt des Kleides und holte eine Brust hervor. Die war groß, rund und fest wie ein Brotlaib, von winzigen Sommersprossen bedeckt und feinen blauen Äderchen durchzogen. An der dunkelroten Brustwarze von der Größe einer Pflaume bildete sich sofort ein weißer Tropfen. Dejew fing ihn mit einer Fingerspitze auf und steckte den Finger in den Mund: Es schmeckte süß und fett.

»Die zweite auch«, forderte er.

Die Frau tat, wie ihr geheißen.

Auch hier nahm er eine Probe und nickte zufrieden: Die Milch war brauchbar.

»Ich nehme dich bis Arsamas mit«, erklärte er der Frau, während sie bereits auf die »Girlande« zugingen. »Dafür hast du mein Kind zu säugen. Zuerst bekommt meins die Brust, bis sein Bauch voll ist und ihm die Augen tränen; dann erst deins. Wenn ich ein einziges Mal sehe, dass du meinem nicht genug gibst oder dein Baby zuerst rankommt, fliegst du raus. Verstanden?«

Die Frau trottete hinter ihm her, nickte dankbar mit dem Kopf und rang nach Luft – entweder, weil sie so schnell liefen, oder weil sie unerwartet solches Glück hatte.

»Und wenn das Kind sie nicht nimmt?«, fragte sie beim Einsteigen in den Stabswagen besorgt.

»Was nicht nimmt?«, fragte Dejew begriffsstutzig.

»Meine Brust, wenn es die nicht nimmt?«

»Dann nehme ich dich auch nicht!«

Doch das Kuckuckskind nahm die Brust. Begierig auf Muttermilch, sog der Kleine die Brustwarze ein, die kaum in sein Mündchen passte, und begann wie wild mit den Bäckchen zu arbeiten. Er schluckte mit einem lauten, stöhnenden Geräusch, die Milch schlug Bläschen, die an seinem winzigen Kinn herunterliefen. Wenn er sich einmal verschluckte, knurrte er vor Ärger und saugte sich nur noch kräftiger an der Nahrungsquelle fest.

Vorsichtig, um das Kuckuckskind nicht zu stören, holte die Frau auch die zweite Brust heraus und legte ihren Säugling an. Da saß sie nun, beide Arme ausgebreitet wie Flügel, und in jedem ein Kind. Die üppige Brust leuchtete im Halbdunkel des Wagens, und auf ihrem Gesicht lag ein seliger, geradezu majestätischer Ausdruck.

Dejew, der in der Nähe stand, konnte den Blick nicht von der Frau wenden und spürte einen säuerlichen Brotgeruch, der von ihr ausging. Er wollte sie tadeln, dass sie das eigene Kind zu früh angelegt hatte, doch ihr massiger Leib brachte Nahrung für zwei hervor, und das Wort blieb ihm im Halse stecken.

Auch die Kommissarin hatte sich eingefunden, um das Schauspiel zu genießen. Das war peinlich und rührend zugleich. Dejew empfand Scham – für sich oder die schamlose Frau? Doch zugleich hätte er am liebsten die Zeit angehalten, als wohnten er und Belaja einer wichtigen, geradezu heiligen Handlung bei.

Fatima gesellte sich nicht zu ihnen. Als sie sah, dass Dejew eine Amme gefunden hatte, zog sie sich zum letzten Fenster des Wagens zurück und wartete dort mit unbeteiligter Miene, bis ihr Iskander sich satt getrunken hatte. Dann nahm sie den schweren, schläfrigen Säugling aus dem Arm der Frau und gab ihn bis zum Abend nicht mehr her.

In dieser Nacht sang sie ihm kein Wiegenlied. Dejew, der sich daran gewöhnt hatte, beim Klang ihrer zärtlichen Stimme einzuschlafen, wälzte sich lange auf seinem Lager und fand keine Ruhe. Dabei war die Lokomotive repariert und konnte am nächsten Tag in aller Frühe starten. Die Kinder waren satt und der Kohlevorrat aufgefüllt. Trotzdem fand der Zugführer keinen Schlaf. Wenn er die Augen schloss, sah er das Bild des üppigen Weibes: Sie war nackt, bestand nur aus dicken Falten und mächtigen Hügeln, aus denen sich fette Milch ergoss.

Nachdem die aufdringlichen Phantasien ihn ein, zwei Stunden lang gequält hatten, zündete Dejew die Petroleumlampe an und ging auf die Suche nach Fatima. Er wollte sie bitten, wieder zu singen. Er schlich sich durch den schlafenden Wagen bis zu ihrer Pritsche, die mit einem Vorhang abgetrennt war, und raschelte vorsichtig damit. Als sich nichts rührte, hob er ihn an.

Fatima schlief, das Kuckuckskind in den Armen. Ihr Kleid war aufgeknöpft und der Kleine lutschte an ihrer Brust. Bei jeder Bewegung der winzigen Kiefer dehnte sich die Haut und schlug dann winzige Fältchen. Als der Kleine müde war, spuckte er die Brustwarze aus, die grau und formlos wirkte wie ein Klümpchen Wolle, und schlief ein.

Dejew ließ den Vorhang herunter und ging, so geräuschlos er konnte, zu seinem Abteil zurück.

Nach diesem Anblick konnte er erst recht nicht einschlafen.

Nachdem er sich ewig von einer Seite auf die andere gewälzt hatte, stand er auf und wollte über die Wagendächer spazieren, doch es regnete stark. Er suchte sein Bett auf und zwang sich, still wie ein Stock dazuliegen. Aber es dauerte nicht lange, da war er wieder auf den Beinen. Er hatte den Eindruck, dass man im Nebenabteil auch keinen Schlaf fand. Bald glaubte er leise Geräusche zu hören, dann einen Lichtschein unter der Verbindungstür zu sehen. Er stellte sich vor, wie die Kommissarin dasaß und in ihrem Notizbuch schrieb. Oder sie hatte das Koppel geöffnet, lag da, dicht an die Wand gedrückt, und dachte nach. Doch die Trennwand war dünn, was bedeutete, dass ihre Körper einander so nahe kamen, wie Dejew noch nie neben einer Frau gelegen hatte … Das hielt er erst recht nicht aus.

Er stand auf und klopfte leise. »Kannst du auch nicht schlafen?«

»Die Tür ist offen, das wissen Sie doch«, antwortete sie mit munterer Stimme.

Er schob die Falttür auf. Im Abteil der Kommissarin war es stockdunkel. Aus Richtung der Liege hörte er ihren Atem. Er traute sich nicht einzutreten, blieb auf der Schwelle stehen und wusste nicht, wie weiter.

»Wollen Sie reden?«

Dejew nickte. Zu spät wurde ihm klar, dass sie es nicht sehen konnte. Um das peinliche Schweigen nicht zu lange hinzuziehen, räusperte er sich nur, was ernst und bedeutungsvoll wirken sollte.

»Nun reden Sie schon«, forderte sie streng.

Das brachte Dejew völlig durcheinander. Worüber sollte er mit dieser stolzen Person reden? Darüber, dass sie nach Swijaschsk etwas mehr Lebensmittel im Küchenwagen hatten, die aber trotzdem nicht reichten? Dass die Bettlägerigen mit jeder Stunde schwächer wurden? Dass er trotz seines Einfallsreichtums und seiner Tollkühnheit keine Ahnung hatte, woher er für die Kranken Fleisch bekommen sollte?

Jetzt trommelte der Regen immer stärker auf das Metalldach des Wagens und gegen die Fenster.

»Erzählen Sie doch etwas von sich.« Belaja bewegte sich, wahrscheinlich stützte sie sich jetzt auf die Ellenbogen.

Doch was sollte er ihr erzählen? Dass die Sorgen ihn quälten, dass Geist und Körper seit Tagen keine Ruhe fanden? Dass außerdem etwas Großes, Starkes an ihm nagte, so dass er weder Belaja, noch Fatima oder die Amme ruhig und gelassen anschauen konnte? Dass er nicht mehr schlief, sondern nur noch dämmerte, wodurch seine Gedanken böser und sein Charakter schlechter wurden?

»Na schön ...« Die Kommissarin bewegte sich wieder, offenbar suchte sie eine bequemere Lage. »Wenn Sie nicht wissen, worüber Sie reden sollen, dann sagen Sie mir doch, was Sie tun werden, wenn wir den Kommunismus haben.«

Die konnte Fragen stellen! Gleich nach dem Allerheiligsten. Jetzt konnte er sich entweder etwas Wunderbares ausdenken, sich herausreden oder schwindeln. Doch bei dieser Frage brachte er das nicht fertig. Er ließ sich auf seinem Bett nieder, holte tief Luft und antwortete dann, aufrichtig, wie er war, in die Dunkelheit hinein: »Ich werde heiraten.«

»Und sonst nichts?«

»Ich werde nicht einfach so heiraten«, gab Dejew pikiert zurück. »Ich möchte eine Perserin zur Frau. Hole sie aus ihrem Persien, nehme ihr den Schleier ab und sage: ›Jetzt bist du frei! Vergiss für immer deine feudalistische Vergangenheit.‹«

»Warum wollen Sie denn so weit fahren? Im sowjetischen Turkestan gibt es Millionen verschleierter Mädchen, wenn Sie schon eine Frau aus dem Orient haben müssen.«

Der Durchgang war breit, und Dejew verstand jedes Wort, als säßen sie in einem Abteil und nicht in zweien. Er hörte ihre Kleidung rascheln und ihre Liege quietschen. Er spürte sogar, dass sie bei den letzten Worten lächelte.

»Die sind doch ohne mich schon befreit! Wozu brauchen sie mich? Bis wir den Kommunismus erleben, haben sie den mittelalterlichen Schleier längst vergessen!«

»Sie wollen also unbedingt ein Held, ein Befreier und Retter sein? Meinen Sie, dass Sie ohne das niemand liebhaben wird?«

Oh, diese sibirische Hexe! Er öffnete ihr sein Herz, und sie träufelte Galle hinein.

»Die Frauen halten wohl nichts von Ihnen, Dejew, was? Sie selbst lieben sie, aber die Sie nicht.«

Er wollte ihr widersprechen, und sei es nur in Gedanken, aber ihm fiel nichts ein. Frauen gab es in Dejews Leben nicht. Keine Mutter, keine Schwestern oder Tanten. Geliebte schon gar nicht. Er erinnerte sich an eine Szene seiner Kindheit. Die Frauen der Arbeiter im Lokomotivdepot brachten ihren Männern das Mittagessen und badeten im Sommer in einem Teich in der Nähe. Der kleine Dejew versteckte sich im Schilf und besah sich von dort ihre gerundeten Körper. Später war da eine Prostituierte von der Mokraja Uliza in Kasan, die er als junger Mann besuchte. Sie war gutmütig, alt und voller Warzen und nannte ihn einen Kohlstrunk, weil er so klein und unscheinbar war. Dann kam der Krieg. Mehr Frauen hatte es für ihn nicht gegeben.

»Na, und du?«, fragte Dejew, warm geworden, zurück. »Sag, Belaja, hast du wenigstens einmal einen Mann geliebt? So richtig, dass es weh tat?« Am liebsten wäre er zu ihr hineingegangen, hätte die Petroleumlampe angezündet und ganz nah an ihr hochmütiges Gesicht gehalten, um ihr in die Augen zu schauen. »Nur ein bisschen, wenigstens ein paar Tage?«

Mit einer Antwort rechnete er nicht. Die lachte bestimmt gleich los oder machte sich wieder über ihn lustig.

»Ja«, antwortete die Kommissarin stattdessen. Sie sagte es ruhig und in ernstem Ton. Sie log nicht, das spürte man. »Viele Jahre lang. Sehr.«

»Und weiter?« Dejew war von ihrer unerwarteten Offenheit ganz verwirrt.

»Er hat mich betrogen.«

»Hat er dich verlassen?«

Unvermittelt stieg in ihm Empörung auf. Es konnte doch nicht sein, dass man dieses stolze Wesen verließ. Andere verspotten, heruntermachen, verlassen – das konnte nur sie. Bei den Vorgesetzten Beschwerde einlegen, halb nackt Fußböden scheuern. Ihr allein war alles erlaubt.

»Es war ein Bild. Das hing in der Bäckerei neben dem Kloster. Wir Kinder vom Stift halfen dort aus. Ich habe es jeden Tag angeschaut.« Belaja sprach in Satzfetzen, hielt inne, und Dejew befürchtete schon, sie könnte nicht weitersprechen. Doch sie setze immer wieder an, und ihre Rede floss stoßweise, so wie Wasser aus einer unterirdischen Quelle dringt. »Es war ein Junge mit blauen Augen und wunderschönem goldfarbenem Haar. Wer er war, wusste ich nicht. Als Kind schaute ich ihn ständig an und träumte davon, dass ich ihn finden werde, wenn ich groß bin.«

Dejew konnte sich nicht vorstellen, wie man ein Stück mit Farbe bekleckster Leinwand lieben konnte. Der in ihm aufsteigende Unwille war bald verflogen, denn die Geschichte entbehrte nicht einer gewissen Logik: Diese Kommissarin konnte keinen irdischen Mann lieben, es musste einer sein, der für andere unerreichbar war.

»Und hast du ihn gefunden?«

»Dazu kam es nicht mehr. Er wurde gemeinsam mit seinen Eltern erschossen, bevor ich das Stift verließ.« Nun folgte eine so lange Pause, dass Dejew schon fragen wollte, wie die Geschichte weiterging. Doch dann seufzte Belaja tief auf und sprach den letzten Satz: »Es war ein Bild des Zarewitsch.«

»Pu-u-u-u h«, ließ Dejew hören, denn ihm fehlten die Worte. »Du bist doch nicht etwa eine Monarchistin?«

»Reden Sie kein dummes Zeug, Dejew. Ich war bereits seit einem Jahr Parteimitglied, als ich erfuhr, in wen ich mich verliebt hatte. Ich habe sein Bild in einer Zeitung entdeckt. Mit der ging ich zur Bäckerei, um sicher zu sein. Er war es, Großfürst Alexej Nikolajewitsch Romanow.«

»Und was hast du mit dem Porträt gemacht?« Dejew hatte sich vor Erregung kerzengerade aufgesetzt. »Ich hätte eine Schere genommen und das ganze Ding samt blauen Augen und blonden Locken zerschnippelt. Oder im Ofen verbrannt, und den Rahmen gleich mit!«

»Ich habe an die Tscheka geschrieben: ›In der Bäckerei beim Satschatjew-Kloster hängt drei Jahre nach der großen Revolution immer noch ein Bild des Thronfolgers.‹«

»Und?« Dejew wäre am liebsten aufgesprungen, in ihr Abteil gelaufen und hätte sich neben sie gesetzt. Aber er wollte ihren Redefluss nicht unterbrechen.

»Das ist alles«, schloss sie schroff.

Und verstummte.

Dejew traute sich nicht, weiter zu fragen, und schwieg ebenfalls. Eigentlich hätte er jetzt aufstehen, die Verbindungstür schließen und die Abteile wieder voneinander trennen müssen. Das tat er nicht, sondern legte sich hin und wünschte sich, auch die Frau möge liegen bleiben und die entstandene Gemeinsamkeit zwischen ihnen nicht gestört werden. Er wandte das Gesicht der Trennwand zu und starrte beharrlich in die Dunkelheit. Dabei stellte er sich vor, dass auch Belajas Gesicht hinter der Wand ihm zugewandt war.

Er hörte, wie sie nach und nach gleichmäßiger und tiefer atmete. Von draußen trommelte der Regen gegen die Scheiben. Er bildete sich ein, dass über diesem Geräusch Fatimas Stimme schwebte. Den Text ihres Wiegenliedes hatte er noch nicht im Kopf, nur ein paar Zeilen fielen ihm ein.

»... Ich möchte die Sterne vom Himmel holen und die Sonne verschlingen,
Dass nicht anbricht der Morgen der Trennung ...«

Dabei stellte er sich Belajas Gesichtszüge vor und bemerkte mit Erstaunen, wie genau er sie kannte. Auch ihre Hände, ihr Haar und wie sie den Kopf bewegte, wenn sie eine Strähne aus der Stirn nach hinten warf. Jeden einzelnen Knopf an ihrem Ausschnitt kannte er und die gestopfte Stelle an einem ihrer Strümpfe. Und das war noch nicht alles! Auch was sich unter Hemd und Strümpfen befand, was sich ihm in jener Nacht im noch leeren Wagen beim goldenen Schein einer Petroleumlampe dargeboten hatte, sah er deutlich vor sich.

»Für keinen ist Platz im Herzen und im Kopf.
Ihn füllst du ganz,
Wie das Wasser das Meer.«

Er versuchte, sich Belaja als kleines Mädchen vorzustellen. Das gelang ihm nicht. Dafür sah er sich als kleinen Jungen. Dejew mochte seine Kindheit nicht, all die Erinnerungen an Hilflosigkeit und Elend: die Angst vor dem kommenden Winter, den endlosen Hunger und die Einsamkeit des Waisenkindes, alles, was er vergessen wollte, aber nicht konnte. Jetzt war es wieder da. Es trug ihn in jene Jahre zurück, als er, vom kargen Abendbrot nicht satt, vor dem Einschlafen Schraubenmuttern lutschte, die er aus der Werkstatt hatte mitgehen lassen.

»Ich bin ein Vogel, der in den Wellen des Meeres versinkt.
Ich bin ein Fisch, der im Wüstensand zappelt.
Das bin ich ohne dich, mein geliebter Sohn.«

Mütter verstehen nicht zu lieben. Aus ihrer Brust fließt Milch, ihre Augen sind bereit, Tränen zu vergießen, wenn ihr Kind leidet. Aber kann man Flüssigkeiten wie Milch und Tränen Liebe nennen? Auch das Schaf, die Stute und die widerliche Fledermaus nähren ihre Nachkommen, bringen ihnen das Notwendige bei, schützen sie vor Räubern, und das zuweilen wesentlich besser als Menschenmütter.

Sie sind die einzigen in der Natur, die Stricknadeln in ihren Bauch bohren und giftige Tränke zu sich nehmen, um die wachsende Frucht zu töten. Um ihr Kind vor Pocken zu schützen, streuen sie ihm zerkleinerten Grind von Pockenkranken ins Bad und bringen es damit ins Grab. Fieber und Cholera behandeln sie mit Besprechen und Aderlass, was ebenfalls tödlich sein kann. Stotternden Kindern wird die Zungenspitze abgeschnitten, wodurch sie stumm werden. In Hungerjahren nähren sie ihre Sprösslinge mit einer Brühe aus Sand und Lehm, damit sie satt werden, und infizieren sie dabei mit Typhus. Das soll Liebe sein?

Liebe ist etwas anderes. Liebe – das sind Wissen und Willen. Nur wenige Frauen besitzen das eine und das andere. Daher sind nur wenige zu wahrer Mutterliebe befähigt. Zu ihnen gehörte Belaja. Sie wusste, wann und wogegen ein Kind zu impfen war, wie man es zu ernähren und medizinisch zu behandeln hatte, was und wie viel man ihm beibringen musste, wie man ein moralisch geschädigtes von einem pädagogisch vernachlässigten Kind unterschied und ein vernachlässigtes von einem praktisch gesunden. Willen hatte Genossin Belaja so viel, dass er für zwei Männer gereicht hätte: Sie rührten weder die Tränen der Kleinsten noch die Streiche größerer Kinder oder die Lügen und Tricks der Halbwüchsigen.

Belajas große Liebe galt nicht einem einzelnen konkreten Sprössling, sondern den Hunderten und Tausenden sowjetischer Kinder, denen die schweren Zeiten das Zuhause und die Fürsorge der Eltern genommen hatten. Eigene Kinder hatte Belaja nicht. Ihr Organismus war so gebaut, dass der Samen eines Mannes bei ihr nichts ausrichtete. Alle Beziehungen zu Männern waren für sie ohne unangenehme Folgen geblieben. Diese Eigenheit ihres Körpers schätzte Belaja höher als alles andere.

Für ihre größte seelische Stärke hielt sie die Fähigkeit, Seiten umzublättern, von einer Lebensphase in die nächste zu wechseln, ohne dabei von Zweifeln oder Schmerzen geplagt zu werden.

Die Revolution war an Belaja unbemerkt vorübergegangen. In jenem Jahr erreichte die Bewohnerinnen des Mädchenstifts beim Satschatjew-Kloster in Moskau die Volljährigkeit. Da sie sich für Kindererziehung interessierte, blieb sie im Stift als Angestellte. Sie schaute den Nonnen vieles ab und hätte gleiche Aufgaben wie die älteren Schwestern übernehmen können, dafür aber ins Kloster eintreten müssen. Dazu war die junge Belaja nicht bereit. Die Eintönigkeit des Lebens in diesen Mauern widersprach ihrem energischen Charakter, und die gesichtslose Monotonie des Habits war ihr zuwider.

Ihre persönliche Revolution erlebte sie zwei Jahre später. Im Jahre 1919 drangen drei Reiter in das Anwesen hinter den rotweißen Mauern ein. Hochaufgerichtet, streng und von Kopf bis Fuß in schwarzes Leder gekleidet, saßen sie im Sattel, und Belaja erkannte nicht gleich, dass es sich um Frauen handelte. Aber sie spürte, dass in diesem Augenblick eine neue Seite ihrer

Lebensgeschichte aufgeschlagen wurde. Die zu Tode erschrockenen Nonnen bekreuzigten sich, bedeckten den Mund mit einem Zipfel der Haube und liefen vom Hof. Belaja band das Kopftuch ab, steckte es sich in den Gürtel und schritt den Gästen barhäuptig entgegen, um die Pferde in Empfang zu nehmen. Ein Kopftuch trug sie nie wieder. Am Abend desselben Tages wechselte sie die Kleidung und wurde als Betreuerin in dem Kinderheim angestellt, zu welchem das Volkskommissariat für Bildung das Kloster umwandelte. Nonnen und Angestellte mussten zusammenrücken und wurden in den Wirtschaftsgebäuden untergebracht. Sie durften weiterhin für das Heim Dienstleistungen verrichten. Belaja hingegen konnte als Mitarbeiterin einer sowjetischen Einrichtung in ihrer Zelle wohnen bleiben. Die Nonnen auf dem Hinterhof besuchte sie nicht. Auch die Mädchen, die sie bisher im Stift betreut hatte, sah sie nicht wieder. Die waren unter die Flügel des Staates geschlüpft, der sie beaufsichtigte und ernährte. Belajas Fürsorge brauchten sie nicht mehr.

Die übrigen Kinder Moskaus hingegen schon. Jeden Tag wurden in die Sammelstelle, wo sie tätig war, Dutzende verwahrloster Kinder gebracht. Sie alle mussten medizinisch untersucht, gebadet und mit Essen versorgt werden. Man schor ihnen die Köpfe kahl und rieb sie mit einem Desinfektionsmittel ein. Ihre Kleidung wurde gewaschen und mit Dampf keimfrei gemacht. Erst dann stellte man sie einer Kommission vor, die sie befragte und grob sortierte. Die Kranken kamen in ein Lazarett, bereits straffällig gewordene oder renitente Kinder zur Umerziehung oder in ein Arbeitshaus. Die übrigen wurden erneut sortiert: Entweder schickte man sie nach Hause, wobei die Moskauer den Eltern übergeben wurden und Auswärtige eine Fahrkarte oder eine Transportmöglichkeit zum Heimatort erhielten. Wer dann noch übrig blieb, wurde auf Kinderheime und Kommunen verteilt.

So groß war der Raum der Liebe! Räudige, verlauste, drogensüchtige Kinder, denen die Zähne ausgefallen waren, die husteten und an Pocken litten, fanden in einer Auffangstelle Ruhe in Belajas starken Armen, die sie als gereinigt und verändert wieder freigaben. Mit Leidenschaft schrubbte sie die Köpfe von eingefressenem Schmutz rein. Sie rasierte sie so glatt, dass sie glänzten. Ihre Kleidung schickte sie dreimal durch den Dampf, ohne an Brennholz zu sparen. Als der Wirtschaftsleiter ihr Verschwendung vorwerfen wollte, griff sie sich in einem passenden Augenblick seine Jacke und warf sie auf den Haufen verdreckter Klamotten, die von Insekten nur so wimmelten. Dann fragte sie ihn: »Wie oft soll die gedämpft werden?« Von Stund an hatte sie vor ihm Ruhe. Wenn einer der Bengel, dem der strenge Umgang nicht passte, ihr ein Schimpfwort an den Kopf warf, antwortete sie mit einer ganzen Schimpfkanonade. Rasch hatte sich Belaja sowohl die Gaunersprache als auch das revolutionäre Vokabular angeeignet und ging damit so geschickt um wie mit Badeschwamm und Rasiermesser. Keiner ihrer neuen Kollegen wollte glauben, dass sie in einem Kloster aufgewachsen war.

Nach drei Monaten war sie bereits Leiterin der Sammelstelle. Inzwischen nannten die Straßenkinder das Satschatjew-Kloster nur noch kurz und knapp »Satschmon«. Belaja trug jetzt eine Bluse aus grobem Tuch mit Koppel über dem Rock und dazu eine lederne Schirmmütze, die sie auf dem Flohmarkt erstanden hatte. Die Kokarde, die sie zierte, hatte sie sorgfältig entfernt. Die hohe schwarze Mütze, die von Weitem an die Kopfbedeckung der orthodoxen Mönche erinnerte, war von nun an überall in Moskau zu sehen. Bei den Mülltonnen in der Nähe des Kaufhauses Muir & Merrilees, wo es von Straßenkindern wimmelte wie von Bienen in den Waben. Zwischen den abgeschabten Säulen des Roten Tors, das im Inneren leer war und vielen einen Unterschlupf bot. Am Kasaner Bahnhof, wo in einer Sackgasse ein ewig überfüllter Wagen stand, der Straßenkinder aufnahm. Im Haus des Volkskommissariats für Bildung an der Tschistoprudny-Gasse, wo man vor Kurzem ein Auskunftsbüro zur Zusammenführung entlaufener Kinder mit ihren Eltern eröffnet hatte. Im Nachtasyl an der Jermolajew-Straße. In der Besserungsanstalt bei der Blechfabrik an der Schabolowka. In der Haftanstalt Jakimanka. Im Lager Wladykino unweit des Butyrka-Gefängnisses am Flüsschen Lichoborka. In Kinderheim und Schule »Karl Marx«, von den Kindern nur Kyrli Myrli genannt, wo für Begabte sogar eine künstlerische Ausbildung angeboten wurde.

Damals fing Belaja an, sich auf Treffen mit Männern einzulassen. Die gestalteten sich so einförmig und langweilig, dass sie bei der jungen Frau nur Ärger auslösten. Wäre es nach ihr gegangen, hätte sie diese Rendezvous auf die letzten und wichtigsten dreißig, vierzig Minuten beschränkt, weswegen das mehrstündige Hin und Her von Spaziergang, Kinobesuch oder Bootsfahrt überhaupt veranstaltet wurde. Doch solche Direktheit irritierte die Männer, und sie ließ die Dinge über sich ergehen. Mehr als zwei, drei Mal traf sie sich mit keinem.

Nach eineinhalb Jahren wurde sie als erfahrene und ideologisch gefestigte Sozialarbeiterin in die Kommission zur Verbesserung des Lebens der Kinder beim Gesamtrussischen Zentralexekutivkomitee (ZEK) eingeladen. Belaja willigte ein, dort zu arbeiten. Ihre Liebe zu den Kindern war so groß, dass ihr die Mauern des Satschmon längst zu eng geworden waren. Selbst Moskau genügte ihr nicht mehr. Belajas Liebe brauchten jetzt die Kinder in den entferntesten Städten und Dörfern der Sowjetrepublik.

Wieder schlug sie mit Leichtigkeit eine neue Seite in ihrer Lebensgeschichte auf. An einem Februarmorgen des Jahres 1921 bestieg Kinderkommissarin Belaja am Saratower Bahnhof einen Sonderzug und begab sich auf eine mehrmonatige Inspektionsreise zu den Kindereinrichtungen des sowjetischen Südens und des Kaukasus. Ihre Kollegen im Satschmon erfuhren von ihrer Versetzung erst durch eine Mitteilung ihrer neuen Arbeitsstelle. Die Dienstreise dauerte fast ein ganzes Jahr. Nur einmal wurde Belaja für einen Zwischenbericht kurz nach Moskau gerufen. Im Satschatjew-Kloster sah man sie nicht wieder – weder damals, noch später.

Ihre Wege und Reiserouten wurden jetzt nicht mehr von ihrem persönlichen Interesse, sondern ausschließlich von jenen des Staates bestimmt. Sie folgte dem Vormarsch der Sowjetmacht. Wenn sich der Bürgerkrieg in einer Gegend ausgetobt hatte, wenn über Stadtverwaltungen und den Hütten der Dorfsowjets endgültig die rote Fahne wehte, dann tauchte Belaja auf. Mit der schwarzen Ledermütze, in Feldbluse mit Koppel, an dem statt eines Pistolenfutterals eine Kartentasche mit Notizblock und einem halben Dutzend angespitzter Bleistifte hing, eilte sie mit großen Schritten über den weißen Sand von Astrachan, durch die gelbe Steppe von Kalmückien und über die fruchtbaren Böden der Gegend um Stawropol. Sie trug jetzt einen wehenden Uniformmantel und hatte stets einen dicken Stock dabei, ohne den sie auf den langen Fußmärschen nicht auskam. Manchmal ritt sie auf einem Esel oder einem Kamel. In einem Auto fuhr sie selten. Im Kaukasusvorland bestieg sie ein Pferd, denn anders waren die langen, steilen Wege nicht zu bewältigen. Belaja inspizierte Waisenhäuser in Wladikawkas und Tiflis, in Kislowodsk und Suchumi. Sie prüfte, unter welchen Umständen die Kinder dort lebten, drang bis in die fernsten Bergdörfer, die Auls und Kischlaks vor. Ende 1921 bereiste und beschrieb sie alle südlichen Regionen des Roten Russlands zwischen dem Kaspischen und dem Schwarzen Meer. Nur die Sowjetrepublik Iran* konnte sie nicht mehr aufsuchen, weil die zuvor an politischen Streitigkeiten gescheitert war.

* Im Gefolge der Oktoberrevolution in der nordiranischen Provinz Gilan 1920/21 bestehende Räterepublik.

Wenn sie in Batumi oder Derpent, in Maikop oder Baku den sie erwartenden Eisenbahnzug bestieg, war das für sie wie die Rückkehr von einer Expedition in ihr Zuhause. Eisenbahnabteile wurden zu ihrer Wohnung. Das konnten solche der Ersten Klasse sein, deren breite, bequeme Liegen mit Seide bezogen waren, oder enge Verschläge in einfachen Personenwagen, wo sie hinter einer Bretterwand abgeschirmt auf einer Holzpritsche schlief. Erschwernisse bemerkte sie nicht. Sie versah ihren Dienst aus reiner Hingabe, die keinen Gedanken an Erholung oder körperliches Wohlbefinden zuließ.

Das Leben auf Reisen vereinfachte bestimmte Konventionen oder hob sie gänzlich auf. Männer erschienen in Belajas Abteil immer nur für kurze Zeit, solange ein Zug irgendwo stand, und verschwanden, ohne eine Spur zu hinterlassen. Rendezvous, die auf eine Stunde, eine halbe oder gar Viertelstunde zusammengedrängt, Gefühlsaufwallungen, die extrem kurz, aber deshalb umso heftiger waren, bildeten die kleinen, völlig unverbindlichen Freuden dieses Nomadenlebens. Mit Bedacht wählte sie gesetztere Männer, die über dreißig oder gar vierzig Jahre alt waren. Die erwarteten keine Fortsetzung, und von ihnen war nach einer flüchtigen Begegnung auch kein spontaner Heiratsantrag zu erwarten. Eigentlich konnte sie völlig ohne Männer auskommen. Ihre körperlichen Bedürfnisse waren bescheiden. Doch die kurzen Berührungen mit diesen primitiven, fleischlichen Dingen hoben den höheren Sinn ihrer sonstigen Existenz nur noch stärker hervor.

Die galt den Kindern! Jenen, die sich aus Abfallgruben ernährten, in Baumhöhlen oder leeren Heringsfässern nächtigten, als Horden in verlassenen Siedlungen lebten, Jagd auf Zieselmäuse und Hunde machten. Ihrer waren Hunderte und Tausende. Alle benötigten ihren Schutz, alle brauchten sie dringender als die eigene Mutter, die sie geboren und ihrem Schicksal überlassen hatte. Endlich begriff Belaja, welche Ausmaße ihre übergroße Liebe angenommen hatte. Sie allein war in der Lage, Tausende, vielleicht sogar viele Tausende Mütter zu ersetzen. Sie war bereit, ihre Arme von der Wolga bis zum Dnepr auszubreiten, um all diese eltern- und obdachlosen Kinder zu sammeln, zu waschen, zu ernähren und vor den Unbilden des Wetters zu schützen. Ebenso vor der Gier und den Lastern der Erwachsenen. Denn die Leiter von Notunterkünften und Erziehungsanstalten an den Rändern des gewaltigen Landes bestahlen und schlugen nicht selten Kinder oder drängten sie in die Prostitution.

Belaja bedauerte, dass statt einer Kartentasche mit stumpfgeschriebenen Bleistiften nicht ein Revolver an ihrem Koppel hing. Manch einem Sozialarbeiter gebührten keine Ermahnungen, sondern sofort eine Kugel in den Bauch. Diese zornige Erkenntnis wuchs nach und nach in ihr, doch deutlich spürte sie sie erst in der Mitte ihrer langen Inspektionsreise. Das geschah in Pjatigorsk. Als sie das dortige Kinderheim aufsuchte, meldete sie sich, wie gewohnt, nicht zuerst bei der Leitung, sondern betrat es durch die Hintertür, die zur Küche führte. Dort stieß sie auf Kinder, die auf dem Fußboden herumkrabbelten und Suppe mit der Hand aus einem großen Topf schlürften. Der Leiter hatte alles Mobiliar und Geschirr der Einrichtung verkauft. Auf der Stelle schrieb sie einen Bericht an die Tscheka. Da es im ganzen Haus keinen Tisch und keine Stühle gab, musste sie das auf einem Fensterbrett tun. Der Leiter, der vor Angst heftig schwitzte, strich jammernd um sie herum. Schließlich verstummte er und legte zwei dicke Goldmünzen auf das Fensterbrett. Bevor er die Hand zurückziehen konnte, holte Belaja weit aus und stieß ihm den Stift, mit dem sie gerade geschrieben hatte, in die feiste Pranke. Der Verletzte quiekte auf wie ein Schwein, und Blut spritzte auf das Fensterbrett. Doch das war eine geringe, unverzeihlich geringe Strafe dafür, dass er die Kinder bestohlen hatte.

Von da an verbarg sie ihren Zorn nicht mehr. Im Gegenteil, sie lebte ihn offen aus. Ihre Sprache wurde boshafter, die Stimme lauter und schärfer. Wenn nötig, schlug sie mit der Faust auf den Tisch oder stieß ihrem Gegenüber den Bleistift schmerzhaft zwischen die Rippen. Der heilige Zorn wurde Belajas zweiter Flügel, der nicht weniger stark war als ihre Kinderliebe.

Zweimal wurde auf sie geschossen: In den Bergen von Lori in Armenien und in einem Oleanderhain von Adler bei Sotschi. Beide Male verfehlten die Schützen das Ziel. Zweimal flogen Steine in ihr Abteil, zerschlugen aber nur das Fenster. Einmal versuchte man sie zu entführen. Drohungen erhielt sie viele, inzwischen zählte sie die gar nicht mehr. Angst konnte man ihr damit nicht einjagen. Wahre Liebe kennt keine Furcht. Unermüdlich kritzelte sie in ihre Notizblöcke, telegrafierte und telefonierte dann stundenlang, berichtete, stritt, bis sie heiser war, verlangte Geld, Lebensmittel, Lehrbücher, ausgebildete Kräfte, die Eröffnung neuer oder die Erweiterung bestehender Einrichtungen. Dann fuhr sie weiter, immer weiter … Jeden Tag an eine neue Front, jeden Tag in eine neue Schlacht. Sie kämpfte für alle Waisen und verwahrlosten Kinder der Steppen, Berge und Meeresküsten, glaubte an ihre Rettung und gab alle Kraft, um diese näherzubringen. Das war ihr Leben. Sie empfand es als Glück.

Als Belaja im Dezember 1921 gerade von einer Reise nach Süden zurück war und in Moskau dem Zentralexekutivkomitee berichtet hatte, erhielt sie eine neue Aufgabe. Sie sollte unverzüglich ins Wolgagebiet fahren. Ihr Auftrag bestand darin, »über das Ausmaß der Hungersnot in der Region zu berichten und Maßnahmen zur Rettung der Kinder vorzuschlagen«. Ein gewisses Bild von den Vorgängen hatten bereits Berichte der örtlichen Organe ergeben, doch die Zahlen, die sie enthielten, wollte man in Moskau kaum glauben. Dort war die Rede von »25 Millionen hungernder Menschen, ein Drittel davon Kinder«. Vor allem längs der Wolga sollte der Hunger wüten.

Was eine Hungersnot bedeutete, wusste Belaja nicht nur vom Hörensagen. Als 1918 in der Hauptstadt die Lebensmittel knapp wurden, kochten die Nonnen im Kloster wochenlang einen dünnen Brei aus Kartoffeln und Hafer. Als die Kartoffeln zur Neige gingen, wurden sie durch Sauerampfer und Hirsespelzen ersetzt. Damals wimmelte es auf den Märkten der Hauptstadt von Schwarzhändlern verschiedenster Sorte mit staubigen Säcken voller Lebensmittel. Mit finsteren Mienen und eingefallenen Wangen schleppten sich die Moskauer zu den Marktständen und tauschten einst kostbare Dinge – Uhren, Goldschmuck oder Tafelgeschirr – für ein paar Pfund Mehl oder einen Eimer Mohrrüben ein, die man aus den Gegenden um Rjasan oder Wladimir herangeschleppt hatte. Zusammen mit den Schwarzhändlern tauchten Bettler, Schnorrer und Diebe auf. Keiner wollte Geld, alle nur Brot. Gestohlen wurde ebenfalls kein Geld, sondern Brot. Essen war wertvoller als Geld und wurde selbst zur Währung.

Gehungert wurde auch im Kaukasus. Auf ihrer letzten Reise hatte Belaja Familien erlebt, die sich nur noch von Gras ernährten. Sie buken Fladen ohne eine einzige Prise Mehl, nur aus Heu, gehacktem Kartoffelkraut und Gemüse. Die Kinder hatten weiche Knochen und krumme Beine. Gehöfte und Dörfer hatten die Bewohner verlassen, um anderswo ein besseres Los zu suchen. Doch wohin sie auch kamen, überall wurde gehungert.

Aber im Wolgagebiet?

Es wurde festgelegt, dass Belaja auf der Eisenbahnstrecke Moskau-Kasan zunächst bis Schichrany fahren und von dort einige Regionen von Tschuwaschien aufsuchen sollte, darunter die Hauptstadt Tscheboksary. Dann sollte sie nach Wolschsk weiterreisen und von dort ländliche Gegenden besuchen, wo die Mari siedelten. Weiter führte die Reiseroute nach Kasan zu Erkundungen in Tatarien. Zum Schluss sollte sie sich nach Süden wenden und bis Simbirsk und Samara fahren. Um ein vollständiges Bild zu bekommen, hätte sie eigentlich bis Saratow oder gar Astrachan reisen müssen, aber diese Tour verschob man auf den Sommer, wenn die Wolga wieder schiffbar war. Alle drei Tage wurde von der Kommissarin ein Telegramm über den Verlauf der Reise und an jedem Wochenende ein zusammenfassender Bericht per Telefon erwartet. Den Auftrag für die Reise erhielt sie im Sekretariat des ZEK. Er bestand aus drei Blatt festem Papier und trug Unterschriften, die ihr sofort alle Türen öffnen und alle Wege ebnen sollten. Trotz alledem musste sie damit rechnen, dass die Exkursion sich einen Monat bis sechs Wochen hinzog. Gerüchte wollten wissen, dass in dieser Gegend unregelmäßiger Bahnverkehr herrschte und die Züge nur langsam vorankamen.

Die Gerüchte erwiesen sich als stark untertrieben. Die Züge fuhren nicht nur langsam, sondern überhaupt nicht. Wie sterbende Tiere standen Lokomotiven überall auf den Strecken bei Perowo, Scheremetjewo, Podossinki oder Ramenskoje herum. Belaja sah die schon halb vom Schnee verwehten stählernen Kolosse aus ihrem Abteilfenster. Die wenigen, die noch vom Fleck kamen, krochen nicht schneller als ein Zugpferd über die Gleise und schleppten Züge mit der unvorstellbaren Zahl von sechzig bis siebzig Waggons hinter sich her. Die waren mit geflickten Ketten, Draht, abgewetzten Schiffstauen und zuweilen sogar mit Lumpen unvorstellbarer Art zusammengekoppelt. Ihre Puffer schlugen ständig aneinander und erzeugten ein Knirschen und Klirren, das sich mit dem Rattern der Räder auf den Gleisen vermischte. Diese kriechenden Züge waren weithin zu hören. Einmal erlebte Belaja, wie ein solcher Zug seinen Schwanz verlor. Er fuhr weiter, doch die fünf letzten Wagen waren abgerissen und holperten nun selbstständig noch lange über die Gleise, bis sie schließlich hinter dem Horizont verschwanden.

Die meisten Züge standen jedoch kopflos, ohne Lokomotive herum. Je näher man einem Bahnhof kam, desto mehr drängten sich auf Nebenstrecken und Abstellgleisen. Im Umfeld der Städte Woskressensk, Kolomna und Rjasan verstopften solche Züge fast alle Schienenstränge. Von den Waggonwänden schrien Aufschriften wie: »Stopp für Nahrungsmittel bedeutet Tod!«, »Strecke frei dem Brot für die Hungernden!« Zumeist waren sie bereits von Reif und Schnee bedeckt.

Die Inschriften las keiner, denn an all den Strecken schien es keine Menschen zu geben. Längst war bei der Eisenbahn der Personenverkehr verboten. Sie transportierte nur noch Lebensmittel und Heizmaterial für die Lokomotiven. Die Tollkühnen, die es trotzdem wagten, in einem Bremserhäuschen bis zum nächsten Bahnhof mitzufahren, mussten mit fünf Jahren Lagerhaft rechnen. Daher kamen blinde Passagiere so gut wie gar nicht vor. Aber auch Zugpersonal, Gepäckträger oder Händler gab es nicht. Auf den seltenen Bahnsteigen waren nur die erstarrten, eingeschneiten Figuren der Wachposten mit ihren blinkenden Bajonetten zu sehen. Die Maschinerie schien ohne Beteiligung des Menschen zu funktionieren. Stahl, Bronze, Zinn, Kupfer, Getriebe und Bremsen, Kolben und Federungen – all das klopfte und dröhnte müde, quietschte und kreischte wie ein vor langer Zeit aufgezogener Mechanismus, der in Kürze zum Stehen kommen musste.

Bis Rjasan brauchten sie eine ganze Woche. Bis Rusajewka eine weitere. Weder der beeindruckende Auftrag noch Telefonanrufe zur Zentrale halfen. Der Zug stand tagelang auf Nebengleisen und wartete auf eine Lokomotive. Es gab faktisch keine mehr, die funktionierte. Und kein Schlosser war zur Stelle, um die defekten zu reparieren. Entweder waren sie

Soldaten geworden oder auf der Suche nach Brot in südlichere Gefilde abgewandert. Und wenn sich Schlosser fanden, dann fehlte es an Metall, oder es war nicht einmal ein Amboss, ein Signalhorn und anderes Notwendige vorhanden, um die Schäden zu beheben. War eine Lokomotive dann wieder fahrbereit, dann fehlte ein Lokführer. Entweder war er im Bürgerkrieg umgekommen, streikte oder hatte sich abgesetzt. Fand sich ein Lokführer, dann gab es kein Heizmaterial. Die Bestände der Bevölkerung hatte man bereits requiriert und ein Ablieferungssoll eingeführt, doch es reichte trotzdem nicht. Hatte man schließlich auch Heizmaterial aufgetrieben, dann mangelte es an Arbeitskräften, die imstande waren, den Schnee von den Gleisen zu räumen. Bei diesem Frost mit Schaufeln und Spaten zu arbeiten, dafür hatten die hungernden Männer keine Kraft oder einfach keine warmen Wintersachen.

»Ich verlange eine intakte Lokomotive!«, fuhr Belaja den Vorsteher solcher Bahnhöfe wie Rybnoje oder Torbejewo an. »Wenn nicht, lasse ich Sie verhaften!«

»Kriegst du«, antwortete der ergeben. »Die erste mit Brennholz betriebene, die fertig wird, ist für dich! Sobald sie aus dem Depot kommt. Das wird wohl morgen sein. Und den Zug mit amerikanischem Mais für Kasan rollen wir aufs Abstellgleis. Der muss eben warten. Ja, Kommissarin?«

»Ach, geh doch zum Teufel!«, kam es von Belaja kleinlaut. »Schick zuerst den Mais los.«

Der Mais wurde abtransportiert. Doch auf dem Bahnhof stand noch ein gutes Hundert schneebedeckter Waggons – mit Hafermehl und Buchweizen, mit Sonnenblumen- und Leinöl, mit Getreide ... So reiste die Kinderkommissarin.

Drei Wochen später war sie bis Schichrany gekommen. Der Zug fuhr weiter nach Osten, während ihr Wagen auf einem Nebengleis warten musste. Nach der Inspektionstour durch

Tschuwaschien sollte er, an andere Züge angehängt, von einem Bestimmungsort zum nächsten befördert werden.

In Schichrany ging Belaja zur Bahnhofsverwaltung, um ihre Ankunft am Zielort nach Moskau zu melden. Doch die direkte Leitung war besetzt. Ein ausgezehrt wirkender junger Mann gab nach Tscheboksary oder einem anderen zentralen Ort endlose Zahlen durch. Als Kurzsichtiger mit dem Finger über ein zerknittertes Blatt Papier fahrend, wiederholte er geduldig viele Male mit seinem dünnen Stimmchen eine Zahl nach der anderen. Entweder war die Verbindung schlecht oder der Teilnehmer am anderen Ende fragte ständig nach. Belaja verstand nicht gleich, worum es ging.

»... 108. Ja, ja, im Amtsbezirk Tarchanowo 108. Nein, 107 sind es in Muratowo. Noch einmal, in Tarchanowo 108 Gestorbene. Ich wiederhole: 108 Verstorbene ... Weiter. Im Amtsbezirk Chormalin: Hunger leiden 940. Neun, vier, null – 940 ... Vom Hunger aufgeschwemmt sind 290. Nicht 100, sondern 290. Ich wiederhole: zwei-hundert-neun-zig! Ja, ja, das sind die Aufgeschwemmten, richtig ... Verstorben – genau 60. Ja, ja, sechs mal zehn Verstorbene, das heißt, Leichen. Weiter. Amtsbezirk Schemurscha: Hunger leiden 1030. Nicht nur 30, sondern 1030. Aufgeschwemmt ... hören Sie mich noch? Gut. Dann weiter. Aufgeschwemmt ...«

Auf Schemurscha folgte der Amtsbezirk Koschelew. Dann kamen Schamkino, Jadrin und Tschebajewo an die Reihe. Es folgten die Amtsbezirke Ubej, Boldajewo, Toissinsk und Torajewsk. Belaja konnte nicht warten, bis der junge Mann mit seiner Meldung fertig war. Sie kritzelte ein paar Zeilen auf ein Blatt aus ihrem Notizblock und befahl der Telefonistin, diese als Telegramm an das ZEK zu senden.

Vor der Tür des winzigen Bahnhofs warteten bereits die Sekretärin der örtlichen Kinderabteilung Jaschkina und ein sie begleitender Rotarmist, dessen Namen Belaja nicht erfuhr.

Für alle drei stand ein Schlitten bereit. Zuvor war vereinbart worden, dass die Kommissarin sofort aufs Land fahren sollte, um sich in Dörfern und Ortschaften umzuschauen, ohne in Schichrany viel Zeit zu verlieren, da dort die Nähe der Eisenbahn eine etwas bessere Situation ermöglichte. Sie stiegen ein und fuhren los.

Jaschkina, eine Frau mit bläulich blassem Gesicht und matten Augen, in zahlreiche Tücher und Schals gehüllt, fror ständig, obwohl sie mit einer dicken Schaffelljacke und Filzstiefeln guter Qualität ausgestattet war. Den Blick permanent zu Boden gerichtet, sprach sie wenig und ungern. Entweder war das ihre Natur oder es lag an einer allgemeinen körperlichen Schwäche, die man in ihren Bewegungen und ihrem Tonfall spürte. Der Soldat und der Schlittenführer sprachen kein Russisch. Es stand also eine einsilbige Tour bevor. Belaja nahm es hin, so konnte sie die Dinge mit aufmerksamem und unvoreingenommenem Blick betrachten.

Sie fuhren mehrere Stunden lang über trostlose weiße Felder, die von Wald gesäumt waren. Unterwegs begegnete ihnen kein einziges Tier, nicht einmal ein Vogel. Auch Spuren sahen sie nicht, der Schnee war fest und glatt, von keines Wolfes oder Fuchses Pfote berührt. Über ihnen am trüben Himmel zogen Wattewolken dahin.

Gegen Mittag erreichten sie ein Dorf. Das bemerkte Belaja erst, als zu beiden Seiten des Weges riesige Schneewehen von doppelter Manneshöhe auftauchten. Darunter lagen die Häuser. Weder Fundamente, noch Wände oder Dächer waren zu sehen. Der Schnee hatte alles zugedeckt. Nur die Fenster lugten unter einer vom Dach herabhängenden Eiskruste hervor wie Augen unter einem Kopftuch. Es war hier genauso still wie draußen auf den Feldern. Und es roch auch nach nichts – weder nach Rauch, noch nach Mist, Küchendunst oder anderen Spuren menschlichen Lebens.

Jaschkina schlug vor, zunächst den Dorfsowjet aufzusuchen. Doch nach ihrer Gewohnheit, einen Rundgang ohne Vorgesetzte zu beginnen, sprang Belaja kurzentschlossen vom Schlitten und stapfte in den nächsten Hof. Kaum hatte sie die eingefrorene Pforte im Zaun geöffnet, da versank sie im tiefen Schnee, der sofort ihre Stiefel füllte. Doch sie hatte sich umsonst bemüht: Das Bauernhaus war leer. Das nächste ebenfalls. Und das dritte auch.

»Wo sind wir denn hier?«, fragte sie schließlich. »Ist das ein verlassenes Dorf?«

Ohne den Blick zu heben, schüttelte Jaschkina den Kopf. Dann wies sie auf ein schief hängendes Tor an dem Zaun gegenüber, wohin eine ganze Kette von Spuren führte.

In diesem Hof war tatsächlich die Anwesenheit von Menschen zu spüren: Über dem Schornstein zitterte ein durchsichtiges Wölkchen – entweder von Rauch oder aufsteigender Warmluft. Das Dach war von Schnee gesäubert, aber auf merkwürdige Art und Weise, an manchen Stellen auf der ganzen Schräge. Als sie näherkamen, bemerkte Belaja, dass man nicht nur den Schnee fortgeräumt, sondern vom Dach Stroh entnommen hatte.

Das sah sie im Inneren des Hauses wieder: In kurze Stücke geschnitten, lag es in Haufen auf dem Tisch. Daneben erblickte Belaja eine Handmühle – zwei große Steine, einer auf den anderen gelegt, mit deren Hilfe man offenbar das geschnittene Stroh zu Mehl zerrieb. Daneben stand ein gusseiserner Kessel, der mit einem Gebräu gefüllt war, aus dem dornige Zweige ragten. Der Kessel war beheizt. Wurden die Zweige etwa gekocht?

Belaja sah sich im Zimmer um. Die grauen Stämme der Außenwand waren mit Werg abgedichtet, die Möbel aus ungehobeltem Holz. Auf den winzigen Fenstern lag der Reif so dick, dass kaum Licht hereindrang. In einer Ecke ein heller riesiger Ofen. Von dort blickten mehrere Augenpaare starr und gleichgültig, ohne eine einzige Bewegung der Lider auf die Kommissarin.

Es waren Kinder. Vier oder fünf, mehr sah Belaja nicht. Von unbestimmbarem Alter – waren es nun drei bis vier oder acht bis zehn Jahre? Sie hatten keinen Faden Kleidung am Leib. Auf dem Hängeboden über dem Ofen lagen sie als ein Knäuel dürrer Arme und Beine, aufgedunsener Bäuche mit hervorstehendem Nabel, halboffener Münder und zottigem Haar. Jaschkina, die nach ihr eingetreten war, fragte sie etwas auf Tschuwaschisch. Die schmutzigen Gesichter fuhren gleichzeitig zusammen, aller Blicke richteten sich auf sie, aber kein Mund bewegte sich zu einer Antwort.

»Wo sind denn eure Eltern?« Belaja trat an den Ofen heran, streckte die Hand nach dem Menschenknäuel aus – langsam und mit geöffneter Handfläche –, um die Kinder nicht zu erschrecken. »Und wo sind eure Sachen? Habt ihr Hunger?«

Strubbelige Köpfe folgten, auf langen Hälsen schaukelnd, der näher kommenden Hand. Aus dem Knäuel kam ihr ein winziges, gelblich-blasses Pfötchen entgegen, das an ein Küken erinnerte, packte die fremde Hand am Handgelenk und zog sie zu sich heran.

Plötzlich ging ein Mund weit auf, die Lippen umschlossen Belajas Zeigefinger und begannen daran zu saugen. Weitere Münder holten sich die übrigen Finger und lutschten daran. Sie spürte trockene, raue Zungen und winzige Zähne. Jetzt saugten fünf Köpfe, sich mit den kantigen Kiefern stoßend, an ihrer Hand. Die Augen waren geschlossen, die Nasenflügel geweitet, ihr Atem ging schnell und pfeifend. Er war das einzige Geräusch, das man in dem Haus hörte.

Belaja konnte gerade noch einen Schreckensschrei unterdrücken. Langsam zog sie die Hand zurück. Die Kinder öffneten bereitwillig die Münder. Leise schmatzten die Lippen, dünne Speichelfäden hingen in der Luft, bis sie schließlich zerrissen.

»Sie müssen etwas zu essen bekommen«, sagte Belaja, während sie ihre nassen Finger am Uniformmantel abwischte. »Und etwas anzuziehen. Sofort.«

»Ja, ja«, sagte Jaschkina und nickte, den Blick zu Boden gerichtet. »Wir melden es im Dorfsowjet.«

Vor anderen Häusern fanden sie gelegentlich die Spuren von Menschen. In einem lag ein Haufen angesengter Rinderknochen auf dem Tisch, die sorgfältig abgenagt wirkten. In einem weiteren stießen sie auf drei Hundeköpfe, die, mit Wasser übergossen, in einem Kessel lagen. Offenbar hatte man daraus Sülze kochen wollen.

»Wo sind denn die Menschen?«, fragte Belaja verständnislos.

»Danach erkundigen wir uns wir im Dorfsowjet«, antwortete Jaschkina achselzuckend.

Während der ganzen Fahrt behielt das Gesicht der Frau diesen trägen, gleichgültigen Ausdruck. Am liebsten hätte Belaja ihr links und rechts eine Ohrfeige verpasst. Doch das hätte wohl kaum geholfen. Offenbar war Jaschkina von Natur aus seelisch so abgestumpft, dass sie selbst Schläge von Vorgesetzten ebenso ergeben und gleichmütig hinnahm.

Beharrlich schritt Belaja weiter voran und hielt auf ein langgestrecktes Haus ohne Zaun, mit hoher Vortreppe und großen Fenstern zu. Vor der Tür war der Schnee festgetreten und vom Dach hatte man das Eis entfernt – eindeutige Spuren menschlichen Lebens. Und in der Tat, durch die Fenster, die nur zur Hälfte mit Reif bedeckt waren, konnte Belaja Menschen erkennen. Es waren viele: Eine ganze Klasse saß in Schulbänken, fuhr mit Schreibfedern über Papier, und der Lehrer erklärte etwas, wobei er mit dem Zeigestock auf die Tafel wies. Das friedliche Bild nahm sich in diesem ausgestorbenen, zur Hälfte verwehten Dorf so merkwürdig aus, dass Belaja sich gar nicht davon losreißen konnte, ganz nahe an die Fensterscheibe heranging und ein paar Minuten stehenblieb, um den gewohnten trauten Anblick zu genießen.

Doch warum war es in der Schule so dunkel? Den großen Raum erleuchtete ein einziger Kienspan. Das reichte bei der einbrechenden Dämmerung kaum aus, um die Gesichter zu erkennen. Wie konnten die Kinder bei diesem Halbdunkel schreiben? Warum tauchten sie die Federn nicht in Tintenfässer? Weshalb stand der Lehrer nicht vor der Klasse, wie es sich gehörte, sondern saß auf einem Stuhl, den Hinterkopf gegen die Wand gelehnt? Warum hatte er die Augen geschlossen? Wieso zeigte sein Stock auf eine Tafel, an der nichts geschrieben stand?

Belaja betrat den Klassenraum. Sofort wandten sich ihr alle Gesichter zu – die besonders breiten mit geschwollenen Lidern und aufgedunsenen Wangen, zwischen denen die Augen kaum noch zu sehen waren, und die ganz schmalen mit von dünner Haut überzogenen kantigen Kiefern und riesigen Augenhöhlen. Sie alle schauten abgestumpft, müde und schläfrig drein. Sie trugen Schaffelljacken und -mäntel, einige sogar Pelzmützen. Der Lehrer war in einen bizarr wirkenden kanariengelben Mantel gehüllt, der wohl einer Frau gehört hatte.

»Sie sind da!«, brachte er beinahe im Flüsterton auf Russisch hervor, und sein aufgedunsenes Gesicht erstrahlte. »Ich habe es den Kindern gesagt, ich habe es ihnen versprochen, und Sie sind gekommen. Was für ein Glück!«

»Guten Tag«, sagte Belaja. »Ich komme aus Moskau, von der Kinderkommission.«

»Können Sie sie heute noch eröffnen?« Auf den Zeigestock gestützt, stemmte sich der Lehrer von seinem Stuhl hoch und hinkte schlurfend auf Belaja zu. Seine Filzstiefel waren aufgeschnitten, damit die geschwollenen Beine hineinpassten. »Jetzt sofort, geht das? Jeden Tag führen wir bis zum Einbruch der Dunkelheit Unterricht durch, das sehen Sie ja selbst. Wir können einfach nicht länger warten.«

»Was soll ich eröffnen? Und wo?«

»Na, die Kantine. Sie sind doch gekommen, um eine Kantine zu eröffnen? Eine Kantine bei der Schule.« Der Lehrer bemühte sich, die Knöpfe seines uralten Mantels zu schließen, den er über mehrere Strickjacken und Pullover gezogen hatte. Doch die Finger wollten ihm nicht gehorchen.

»Nein«, antwortete Belaja und schüttelte den Kopf. »Ich bin zu einer Inspektion hier.«

»Machen Sie keine Scherze mit uns!« Die Aufregung verlieh dem Lehrer neue Kraft, und endlich gelang es ihm, den obersten Knopf zu schließen. »Im Kommissariat für Volksbildung hat man mir offiziell mitgeteilt, dass die ersten Kantinen bei den Schulen eröffnet werden, aber nur bei solchen, wo es noch Unterricht gibt. Was glauben Sie, weshalb wir schon den ganzen Herbst und Winter hier sitzen?«

»Verzeihen Sie«, erwiderte Belaja. »Eine Kantine wird es vorläufig nicht geben. Gehen Sie nach Hause.«

Der Lehrer schaute sie lange an, schüttelte immer wieder das aufgedunsene Gesicht und sank in sich zusammen, als verliere er mit jeder Sekunde an Wuchs. Sein Mantel legte sich in dicke Falten, so dass er wirkte wie eine große gelbe Harmonika.

»Geht auch ihr nach Hause, Kinder!«, sagte Belaja, zu den Schülern gewandt.

Die blieben sitzen wie bisher, möglicherweise verstanden sie kein Wort Russisch. Aus den geöffneten Mündern kamen winzige Dampfwölkchen. Einige hatte bereits der Schlaf überwältigt, die stumpfsinnigen Gesichter waren auf die Brust gesunken, die Augen geschlossen.

»Sagen Sie ihnen, dass sie nach Hause gehen sollen«, bat Belaja den Lehrer.

Doch der ließ sich auf seinen Stuhl fallen wie ein altes Huhn auf sein Nest. Der zugeknöpfte Mantel würgte ihn am Hals, und er öffnete den Kragen wieder. Dann holte er aus, der Zeigestock fuhr über seinen Kopf nach hinten, und ohne hinzuschauen, traf er genau in die Mitte der Tafel. Von dem Knall hoben einige der bereits eingeschlafenen Schüler mühsam die Köpfe und schauten mit leerem Blick vor sich hin.

»Gehen Sie!«, sagte er in Richtung der Kommissarin, lehnte den Kopf wieder gegen die Wand und schloss die Lider. »Stören Sie nicht den Unterricht.«

Belaja schaute auf die Schulbänke. Anstelle von Heften hatten die Schüler Fetzen von Zeitungspapier vor sich liegen. Einige hielten keinen Federhalter, sondern ein Ästchen in der Faust. Keine einzige Bank hatte ein Tintenfass.

Belaja nickte noch einmal entschuldigend, ging hinaus und schloss leise die Tür.

»Gut«, sagte sie dann zu Jaschkina, die draußen gewartet hatte. »Gehen wir zum Dorfsowjet.«

Das Haus war nicht schwer zu finden. Es stand auf einer Anhöhe an der Hauptstraße. Rundherum war der Schnee festgetreten, er trug die Spuren von Menschen, Pferdehufen und Schlittenkufen. Das große Blockhaus umgab ein hoher, mit einem kleinen Dach versehener Bretterzaun, offenbar verbarg sich dahinter ein eindrucksvolles Anwesen. Von der Straße aus waren nur die Flügel einer Windmühle zu sehen, die das Ganze überragten wie ein schwarzes Kreuz. Die Fenster waren dunkel, aber drinnen herrschte Leben: Hier bewegte sich ein Vorhang, dort huschte ein Schatten am Fenster vorüber. Offenbar sparte man Petroleum oder Kerzen und entzündete das Licht erst, wenn es richtig dunkel war.

Im Haus war die Luft zum Schneiden dick. Es roch nach Schweiß, nach den Ausdünstungen vieler Münder und ungewaschenen Haaren. Niemand sprach, doch die Luftbewegung und die schwachen Wärmewellen von allen Seiten sagten Belaja, dass Menschen im Raum waren. Hin und wieder hörte man im Dunkeln jemanden seufzen, schnarchen oder tief aus der Brust husten. Nach und nach gewöhnte sich das Auge an die Finsternis und begann, Einzelheiten zu unterscheiden. Die Umrisse der Dorfbewohner traten deutlicher hervor. Wie viele es waren!

Aus irgendeinem Grund hockten sie in Grüppchen dicht beieinander – zu fünft, zu acht oder auch in einem ganzen Dutzend. Keiner saß oder lag einzeln, überall waren mehrere eng zusammengerückt. Dicht gedrängt, wie im Märchen, saßen die Frauen auf Bänken, eng umschlungen, kleine Kinder auf dem Schoß. Am Fußboden drängten sich die Männer. Hässlich aufgequollene oder bis auf die Knochen abgemagerte Leiber klumpten sich unter den Fenstern, am Tisch und sogar in der Agitationsecke zusammen wie aufgeschichtete Holzscheite. Um den Ofen drängten sich die Alten, klebten mit Wangen, Schultern und Rücken an den gekalkten Seiten, breiteten ihre Bärte darauf aus und legten die runzligen Hände darüber. Von dem gemauerten Ofen war kein Zollbreit zu sehen. Nur greise Körper, die ihn von allen Seiten umdrängten. Die Menschen schwiegen. Alle atmeten, verschwendeten ihre Kraft aber nicht auf leeres Geplapper oder überflüssige Bewegungen, sondern sorgten sich nur darum, dass es im Haus warm blieb. Hin und wieder löste sich eine Gestalt aus einer Gruppe, schleppte sich zu einem Eimer mit Wasser, trank und tappte zurück.

Warum diese Leute sich wohl alle hier zusammendrängten? War das eine Versammlung?

Die Antwort gab der Vorsitzende des Dorfsowjets, der etwas später auftauchte. Mit dem schleppenden Schritt des Aufgeschwemmten trat er ein. Aus einer bisher fest verschlossenen Truhe holte er eine Petroleumlampe hervor und zündete sie an. Er schloss eine Falltür auf und nahm ein paar Scheite Holz aus dem Gelass. Wenn er Petroleum und Brennholz nicht wegschloss, erklärte er danach, schleppten die Leute sofort alles in ihre Häuser, so schwach sie auch waren. Zunächst freute er sich über den Gast aus der Hauptstadt und widmete sich ihm mit großer Hoffnung, doch als er hörte, dass es sich lediglich um eine Inspektion handelte, waren Freude und lebhaftes Interesse rasch wieder verflogen.

Dann erklärte er: »Seit Monaten leben wir jetzt so, das ganze Dorf eng zusammengerückt. Viele haben kein Brennholz mehr, aber auch nicht die Kraft, welches zu sammeln. Da zieht es die Leute eben in den Sowjet, wo es warm ist. Manche haben nicht einmal Wintersachen, können also bei Frost nicht hinausgehen. Etwas zu essen hat schon lange keiner mehr. Vieh und Geflügel haben wir bis zum Herbst geschlachtet, jetzt auch Hunde und Katzen, Mäuse und Eidechsen gefangen. Was die Leute essen? Allen möglichen Dreck! Sie graben unter dem Schnee Gras aus, zerstoßen und kochen Zweige. Sammeln Tannennadeln, Zapfen oder Moos. Eicheln werden zerstampft und viele Male gekocht. Die Dummen fangen an, Steine zu schlucken, kochen Suppe aus Sand. Manche haben versucht, Holz zu zermahlen, brachten es aber nicht hinunter. Einer hat aus Eichenholzmehl einen Teig geknetet, der roch sogar nach Brot. Wir warten auf das Frühjahr, dass es warm wird und frisches Grün wächst. Noch mehr aber warten wir auf Lieferungen aus der Zentrale. An Getreide denken wir gar nicht, aber vielleicht Erbsen oder Ölkuchen von Sonnenblumenkernen. Wissen Sie, ob es in diesem Jahr noch Lieferungen geben wird?«

Belaja musste an die vielen hundert Waggons mit Lebensmitteln denken, die an den Eisenbahnstrecken auf Lokomotiven warteten. Sie schüttelte den Kopf. »Das weiß ich nicht.«

Der Vorsitzende nickte verständnisvoll. »Wir brauchen ja nicht viel. Wenn wir wenigstens für die Kinder etwas zu essen hätten. Die Kleinen in der Wiege sterben rasch und quälen sich nicht. Aber die schon laufen können, haben es schwerer. Sie nagen sich die Finger ab bis auf die Knochen. Kauen alles, was sie erwischen – Riemen, Stricke, alte Fußlappen – und kriegen keine Luft, weil sie es nicht schlucken können. Sie bekommen schnell Typhus, Skorbut oder Würmer im Mund. Manche haben Wunden am ganzen Körper, die nicht heilen. Wir haben im Dorf auch eine Krankenstation, aber die ist sinnlos, denn die Kinder werden vor Hunger nicht gesund. Auch die Erwachsenen nicht. Vielleicht sollten wir die Station bis zum Sommer schließen, um nicht unnötig Brennholz zu verschwenden.«

Wieder musste Belaja den Kopf schütteln. Sie konnte ihm keinen Rat geben.

»Ich weiß es auch nicht«, sagte der Vorsitzende. »Brennholz wird heutzutage mit Gold aufgewogen. Außer dem Dorfsowjet und der Krankenstation heizen wir noch einen Stall am Dorfrand, wo die Geistesgestörten untergebracht sind. Der Hunger raubt manchen Menschen den Verstand. Morgens ist ein Mann noch ganz vernünftig, und abends kann er schon von Sinnen sein, brüllt herum, greift die Nachbarn an, droht, die eigenen Kinder aufzuessen. Solche sperren wir weg, damit sie mit ihrem Wahnsinn nicht noch andere anstecken. Vielleicht sollte ich denen kein Feuerholz mehr geben? Es besser für die Krankenstation aufheben?«

»Ich danke Ihnen für das Gespräch«, sagte Belaja, erhob sich und gab Jaschkina ein Zeichen, die von der Wärme ganz matt geworden war. »Wir fahren. Müssen noch das nächste Dorf erreichen, bevor es Nacht wird.«

Der Vorsitzende nickte. »Fahren Sie gleich. In der Nacht kann es gefährlich sein, draußen herumzuziehen. Könnten Sie vielleicht einen Verhafteten mitnehmen? Wenn Sie sowieso nach Ziwilsk fahren, geben Sie ihn dort bei der Miliz ab. Wir können ihn hier nicht festhalten, weder in der Krankenstation noch im Dorfsowjet. Die Leute haben Angst, immerhin ist er ein Verbrecher. Und in den Stall zu den Geistesgestörten zu gehen, hat er selber Angst. Doch wir können wegen einer Person kein Fuhrwerk losschicken. Und eine Mitfahrgelegenheit bieten in diesem Monat nur Sie.«

»Nein«, erklärte Belaja und stieg in den Schlitten. »Einen Verbrecher nehmen wir nicht mit.«

»Er ist kein bisschen gefährlich«, versuchte der Vorsitzende sie zu überreden. »Im Gegenteil, er ist ein Mann mit einem guten Herzen. Er hatte für seine zwei Töchterchen nichts mehr zu essen und hat sie mit einem Kissen erstickt, damit sie sich nicht weiter quälen müssen. Zuvor hat er ein Grab ausgehoben und für die beiden einen gemeinsamen Sarg gezimmert. Er hat sie zuerst begraben, ist danach sofort in den Sowjet gekommen und hat sich selbst angezeigt. So einer ist das!«

»Fahren Sie schon«, befahl Balaja dem Schlittenführer. »Worauf warten Sie? Los!«

Und sie fuhren durch leere Straßen, über denen blaue Dämmerung lag, vorbei an dunklen Häusern, die trübe unter dem Schnee hervorlugten. Die schwachen rötlichen Lichter des Dorfsowjets auf der Anhöhe und das riesige Kreuz waren zu sehen, bis sie das Ende des Dorfes erreicht hatten.

Aus einem einzelnen dunklen Bau waren plötzlich Schreie zu hören. Es waren zwei tiefe Stimmen, die beinahe unisono ein unheimliches Brüllen erschallen ließen. Der Stall mit den Geistesgestörten, dachte Belaja bei sich. Dann kam noch eine weitere Stimme hinzu. Der dritte brüllte nicht, sondern weinte und wiederholte immer wieder die gleichen Worte.

»Was ruft er?«, erkundigte sich die Kommissarin bei Jaschkina. Die antwortete schläfrig: »Schlagt Alarm«.

Dann fuhren sie über freies Feld. Ringsum von Horizont zu Horizont eine endlose dunkle Weite. Der Mond wirkte wie ein in den Himmel gebohrtes helles Loch. Zwei parallele glänzende Streifen liefen vor ihnen her bis ins nächste Dorf – die wenig befahrene Schlittentrasse.

»Schlagt Alarm!« Die Stimme überschlug sich. »Schlagt Alarm! Schlagt Alarm!«

Am liebsten wäre Belaja jetzt unter die Schaffelle am Boden des Schlittens gekrochen, hätte sich in das Heu gewühlt und sich die Ohren zugehalten, aber sie nahm sich zusammen und rührte sich nicht.

»Ala-a-a-a-arm!«, schallte es über die leeren Felder. »Ala-a-a-a-arm!«

In dieser Woche suchten sie noch mehrere Dörfer auf. Hätte Belaja in ihrem Block nicht sorgfältig notiert, wo sie gewesen waren und was sie gesehen hatten, dann hätte sie schwören können, es seien nur drei oder vier gewesen. In Wirklichkeit waren es elf. Elf Dörfer mit komplizierten tschuwaschischen Namen, die sich auf den ersten Blick glichen wie ein Ei dem anderen, was sich auch bei näherer Bekanntschaft nicht änderte.

Die Bilder ähnelten einander so sehr, dass es schmerzte: verlassene Häuser, die Bewohner in einem einzigen zusammengedrängt. Entweder bis auf Haut und Knochen abgemagerte oder hässlich aufgeschwemmte Gestalten und resignierte, teilnahmslose Blicke. In erkalteten Kesseln Steine, Erde und verfaultes Gras. Felder ohne Wintersaaten. Ställe ohne Vieh. Scheunen ohne Korn. Krankenstationen, wo nicht behandelt wurde. Schulen, in denen kein Kind lernte.

Gegen Ende dieser Woche konnte Belaja nichts mehr beeindrucken – weder die von Hunger und Krankheiten verunstalteten Lebenden noch die im Frost erstarrten Toten. Jetzt erfuhr sie auch, weshalb ihre Begleiterin so merkwürdig träge wirkte. Als sie sich Ziwilsk näherten, fiel der Kommissarin auf, dass Jaschkina bestimmte Worte vor sich hin murmelte.

»Beten Sie etwa?«, fragte sie drohend und blickte der Frau offen ins Gesicht.

»Ja«, antwortete die vollkommen ruhig und wandte zum ersten Mal seit ihrer Bekanntschaft den Blick nicht ab. »Für

Sohn und Tochter. Heute vor neun Tagen sind sie gegangen.«

In der Kreisstadt Ziwilsk wollte Belaja einen Tag pausieren, sich waschen, richtig ausschlafen und nach Moskau berichten, bevor sie nach Tscheboksary weiterfuhr. Man gab ihr das beste Zimmer im ersten Haus am Platz. Es war groß, hatte einen eigenen (kalten) Kamin und eine mit Wolken und Engeln ausgemalte Decke.

Doch Belaja konnte weder in die Wanne mit dem heißen Wasser steigen, welche die Zimmerfrau sorgsam für sie vorbereitet hatte, noch in das frisch bezogene weiße Bett fallen. Kaum war sie in das Zimmer getreten, da ließ sie sich, ohne den Mantel abzuwerfen, an dem Tisch nieder und blieb dort die ganze Nacht sitzen. Sie entzündete keine Lampe und rührte auch das mit einer Serviette abgedeckte Abendbrot nicht an. Sie musste einen Bericht schreiben, nicht zu lang und nicht zu kurz, in dem sie ohne Hysterie die Tatsachen schilderte und konstruktive Vorschläge formulierte. Aber ihr fielen die richtigen Worte nicht ein.

Zum ersten Mal im Leben fühlte sich Belaja völlig machtlos. Die Anrufe, die Berichte, ihre verzweifelten Telegramme – das alles war nutzlos geblieben. Den Kindern, die sie gesehen hatte, konnte sie nichts zu essen geben und keine Wärme spenden. Auch mit der heißesten Leidenschaft konnte man die verwehten Gleise nicht vom Schnee befreien und den Zügen mit Nahrungsmitteln den Weg frei machen. Oder den Lokomotiven auf den Abstellgleisen neues Leben einhauchen. Oder die im Bürgerkrieg gefallenen Lokführer wiederauferstehen lassen.

Dort, in den Dörfern, die hinter ihr lagen, hatte Belaja den Tod zum ersten Mal aus der Nähe gesehen. In den Schulen, Krankenhäusern, Dorfsowjets voller sterbender Menschen lief das Leben nur noch als Schattenspiel ab. Dahinter verbarg sich der Tod. Und Belaja stand diesem Tod allein von Angesicht zu

Angesicht gegenüber. Sie wusste nicht mehr, was sie tun und wie sie selbst weiterleben sollte.

Nachdem sie ein halbes Dutzend Blätter beschrieben, das Geschriebene wieder durchgestrichen und die Blätter zerknüllt hatte, machte sie sich in der Morgendämmerung zum Postamt auf. Sie hoffte, es könnte ihr gelingen, unterwegs die Gedanken zu ordnen und die richtigen Worte für ihren Rapport zu finden.

Das Postamt, ein winziges, ebenerdiges Haus an einer Ecke des zentralen Platzes, an dem Gewirr von Masten und Leitungen unschwer zu erkennen, war bereits geöffnet. Belaja stellte sich an das einzige Schreibpult und begann unter den mitleidigen Blicken der Angestellten zu schreiben und zu streichen, neu zu schreiben und wieder zu streichen. Jedes Mal, wenn sie die neue Variante ihres Textes überflog, merzte sie alle Anzeichen für übertriebenes Mitgefühl aus – »erschreckend«, »grauenvoll« oder »katastrophal«, Menschen »gehen zugrunde«, »sterben wie die Fliegen«. Doch im nächsten Text tauchten ähnliche Wörter auf geheimnisvolle Weise wieder auf, als führte nicht Belaja den Stift, sondern ein anderer starrsinniger, rechthaberischer Verfasser. Irgendwann war die Depesche trotz allem fertig, und sie reichte sie der Postangestellten.

Doch die kam nicht dazu, sie abzusetzen. Plötzlich sprang die Tür krachend auf und ein Pferdekopf mit bereiften Wimpern und Mähne, dessen Nüstern Dampfwolken ausstießen, schaute herein. Mit den Hufen klappernd schob sich nach und nach das ganze Tier, Kruppe und Flanken von Schnee bedeckt, in den Raum. Auf dem Pferd saß ein Kerl mit zottiger Pelzmütze, vom Frost feuerroter Nase und Wangen, der Bart mit Eiszapfen behängt.

»Was soll das?!«, piepste die Angestellte erschrocken.

Doch der Kerl war bereits vom Pferd gesprungen, riss sich die Pelzhandschuhe herunter, und in seinen knorrigen Fingern tauchte plötzlich ein Revolver auf, der auf das vor Empörung bleiche Gesicht der Postfrau gerichtet war.

»Muss einen Bericht … nach Tscheboksary … absetzen«, stieß er mit von Erkältung heiserer, kaum hörbarer Stimme hervor.

»Warte, bis du dran bist«, antwortete die Angestellte und wies mit dem Kinn auf die Kommissarin.

»Meine Sache ist wichtiger.« Der Mann entsicherte die Waffe. Dabei bekam er einen heftigen Hustenanfall und hielt sich die Hand samt Pistole vor den Mund.

Die Postfrau gab nach, setzte sich ergeben an den Telegrafenapparat und strich mit der Hand über die Trommel mit dem Papierstreifen, was bedeutete, dass sie zur Arbeit bereit war.

»Ich hätte ihn gestern schon abschicken sollen, konnte aber nicht«, brachte der Mann unter weiterem Husten mühsam hervor, stützte die Ellenbogen auf das Schalterbrett und fegte mit lässiger Bewegung die tauenden Eiszapfen aus seinem Bart. Dann zog er aus seiner Jacke ein mehrfach zusammengelegtes Blatt und faltete es auseinander. »Sende das bitte, so schnell du kannst. Die am anderen Ende warten nicht gern.«

Dann begann er mit pfeifendem Flüsterton zu diktieren.

»Bericht an die Tscheka von Tscheboksary. Ich melde, dass in der letzten Woche im Dorf Abejewo, Amtsbezirk Ziwilsk, neun Personen gestorben sind, davon haben sich fünf vergiftet, weil sie bei einer Abdeckerei mit Karbol übergossene Rinderkadaver ausgegraben und gegessen haben. Ihre Leichname wurden zusammen mit anderen in einer Scheune abgelegt. Bitte um Soldaten zum Ausheben eines Massengrabes. Bewohner weigern sich, weil sie keine Kraft haben. Ein Kind wurde tot geboren. Insgesamt sind also zehn Personen gestorben. Bitte um Weisung: Sollen Totgeborene zu den Gestorbenen gezählt werden? Ebenso Neugeborene, die nur einige Tage oder Stunden gelebt haben? Wissen nicht, wie wir verfahren sollen. Keine weiteren Vorkommnisse. Vorsitzender des Sowjets Abdulow.«

Die Tasten des Telegrafenapparates klapperten. Das Pferd trat von einem Huf auf den anderen und schnaubte laut. Dann begann es den lackierten Schalter abzulecken, wahrscheinlich hatte es Durst.

»Alles?«, fragte die Angestellte, als sie die letzten Wörter getippt hatte.

»Alles.« Abdulow nahm die Schapka ab, unter der eine Glatze zum Vorschein kam, drückte sie an die Brust und bewegte ein wenig den Kopf, was entweder als Dank oder als Verabschiedung von den Frauen gemeint war. Dann stülpte er sich die Mütze über, riss die Tür weit auf und schwang sich in den Sattel. Das Pferd warf ungeduldig den Kopf hoch, es wollte ins Freie.

»In Abejewo habt ihr auch einen Telegrafenapparat«, rief die Postbeamte Abdulow nach.

»Gestern geklaut worden«, erwiderte der mit seiner heiseren Stimme, ohne sich umzuschauen. »Jetzt muss ich mit meinen Berichten zu Ihnen kommen.«

Die Tür fiel ins Schloss. Auf dem Fußboden blieben von den Filzstiefeln und Hufen kleine Pfützen zurück.

Draußen begann ein Schneesturm zu heulen.

»Was sollte das mit dem Pferd?«, fragte Belaja.

»Das kann er nicht draußen stehen lassen. Ehe er sich's versieht, wird es ihm weggeschnappt«, erwiderte die Frau achselzuckend. »Jetzt können Sie mir ihre Depesche geben.«

»Nein, ich diktiere lieber«, erklärte Belaja, knüllte ihr Blatt zusammen und steckte es in die Tasche.

Dann diktierte sie rasch, ohne sich ein einziges Mal zu korrigieren:

»An den Vorsitzenden der Kinderkommission – persönlich. Geheim. Eilt. Erbitte angesichts der katastrophalen, wiederhole, katastrophalen Lage in Tschuwaschien Ihre Genehmigung, Zweck meiner Reise zu ändern: Möchte von geplanter Route abweichen und Auftrag nutzen, um vor Ort Maßnahmen einzuleiten. Schlage vor, Evakuierungszug zusammenzustellen, um maximale Anzahl Kinder, deren Leben akut gefährdet ist, aus Tschuwaschien nach Moskau, Petrograd oder Gouvernements mit ausreichend Getreide zu bringen. Maßnahme ist durchzuführen, so lange Hungersnot nicht gebannt ist. Erwarte Ihre Zustimmung. Kinderkommissarin Belaja.«

Die Genehmigung wurde erteilt. Ein ganzes Jahr lang lebte Belaja nun in Zügen, die Tschuwaschien mit Moskau verbanden. Auf ihre Initiative wurden in den Städten Tschuwaschiens vier neue Kinderheime eröffnet, nahmen eineinhalb Dutzend zusätzlicher öffentlicher Lebensmittelausgaben und eine mobile Kantine zur Versorgung abgelegener Dörfer und Ortschaften ihre Tätigkeit auf, wurden fast sechstausend hungernde Kinder evakuiert.

Die Dörfer in der Region Mari, in Tatarien und Baschkirien erreichte Belaja in jenem Jahr nicht. Auch die Gouvernements Samara, Simbirsk, Saratow und Astrachan konnte sie nicht mehr aufsuchen.

Das tat sie erst ein Jahr später – 1923. Sie lebte weiterhin in Zügen, die immer länger wurden und immer mehr Menschen beförderten. Die Kinder brachte sie jetzt nicht mehr in die Hauptstadt oder nach Petrograd, die bereits von Flüchtlingen überquollen, sondern in wärmere Gegenden ohne Hungersnot. Der Zug mit den Kasaner Kindern war ihr sechzehnter in den vergangenen zehn Monaten. Doch der erste nach Turkestan.

Fleisch, Fleisch, Fleisch … Das Problem ließ Dejew die ganze Nacht nicht mehr los. Er war bereit, ein paar Pfund für die silbernen Kreuze zu kaufen, die er seit Kasan in der Tasche hatte. Doch im Umfeld der Bahnhöfe war an Märkte nicht zu denken.

Für einen Tierkörper ohne Balg, sei es von einem Hund, einem Fuchs oder einem Dachs, hätte er auch einen Spekulanten in seinem Zug mitgenommen, doch derartige Angebote gab es nicht.

Mit seinem Auftrag wedeln und jemandes Stute beschlagnahmen, kurz bevor die tot umfiel? Auch dafür bot sich keine Gelegenheit. Fuhrwerke gab es längs der Eisenbahnstrecke in großer Zahl, aber sie wurden nicht von Zugvieh, sondern von Menschen gezogen.

Mit dem Revolver wedeln und anderen etwas rauben? Das ließ Dejews Gewissen nicht zu. Zudem war die Frage, wer diese »anderen« sein sollten.

Fleisch gab es im Lande nicht, weder bei Kolchosen noch Einzelbauern, auch nicht beim geizigsten Kulaken. Die Steppen Kalmyckiens, in denen es früher von Schafherden wimmelte, waren leer. Ebenso die Rinderweiden des Wolgagebiets oder die Hügel Tatariens und Baschkiriens, auf denen zahllose Pferde gegrast hatten.

Zugpferde und Kamele, Ochsen und Esel hatte man am Anfang des Bürgerkrieges für die Front requiriert und nach Kriegsende geschlachtet. Das Dekret des Rates der Volkskommissare über die Pflichtablieferung von Vieh zur Schlachtung wurde strikt umgesetzt: Die rasch wachsende Prodarmija führte gnadenlos Beschaffungskampagnen durch. Auflagen gab es für Fleisch aller Art – von Schaf, Schwein, Pferd, Rind und Ziege, in den Jagdgebieten von Bär und Rotwild. Besitzer von Jagdhunden wurden sogar verpflichtet, Hasen abzuliefern. Die Initiative scheiterte, der Beschaffungsplan wurde nicht erfüllt, und prompt kam es zum massenweisen Abschuss der Hunde.

Als die Beschaffungskampagnen durch ein permanentes Ablieferungssoll bei Lebensmitteln ersetzt wurden, war es auch um die letzten Reserven geschehen. Hunger breitete sich aus. Bauern starteten Überfälle auf die Sammelstellen für Vieh und

Getreide. Cholera und Typhus grassierten im Land, der Hunger schwemmte die Menschen auf. Die Häuser von Kommunisten und Dorfsowjets wurden niedergebrannt, Hungerrevolten brachen aus. Konjunktur hatten Wahrsager, die einen reichen Wurf von Jungtieren oder die Auferstehung des Thronfolgers prophezeiten. Wer versuchte, ein Stück Speck oder ein paar Innereien zu stehlen, riskierte, erschlagen zu werden. Die Selbstjustiz reagierte schnell und grausam. Selbstgebrannter wurde getrunken. Im Rausch starb es sich leichter. Die Stillen und Schüchternen gaben unbemerkt den Geist auf. Die Kampfbereiten und Verzweifelten stachen ihr letztes Stück Vieh ab, ließen ihren Hof im Stich und zogen im Lande umher. In der »Iswestija« erschien ein Artikel unter der Überschrift »Wie köstlich schmecken Zieselmäuse!«

Dejew hätte auch Zieselmäuse nicht verachtet, doch nicht einmal die waren zu haben. Als wertvollstes Nahrungsmittel neben Brot zog der Staat Fleisch zuerst ein. Wer, wenn nicht Dejew, wusste genau, wie hart die Einheiten der Prodarmija für die Nichterfüllung des Fleischplans gemaßregelt wurden. Wenn bei Honig oder Kartoffeln ein wenig an ihrem Soll fehlte, dann verzieh man ihnen das gelegentlich, bei Fleisch niemals.

Dejew wusste auch, wie schwer es war, beschlagnahmtes Vieh zu bewachen. Eine Kuh war kein Sack Korn, sie blieb nicht ruhig an Ort und Stelle liegen oder stehen, sondern versuchte immer wieder auszubrechen und zu ihrer vor dem Gemeinschaftsstall weinenden Besitzerin zu kommen. Oft mussten doppelte Wachen aufgestellt werden: draußen, um die Menschen zu vertreiben, und drinnen, um das Vieh im Zaum zu halten. Ebenso hatte Dejew erlebt, welche Mühe es bereitete, Herden beschlagnahmter Tiere von einem Ort zum anderen zu bringen. Sie brauchten Futter und eine warme Übernachtung. Keinesfalls durfte man sie bei Frost oder glühender Hitze durch die Gegend treiben. Hungrige Schweine bissen Schafen und

Ziegen die Schwänze ab; die wiederum warfen zur unpassendsten Zeit Junge.

Als ob Dejew das alles nicht wusste!

Als ob Dejew …

Als ob …

Es ratterten die Räder und trieben den Zug durch die Wälder des Wolgagebiets. Da gebar Dejews Hirn einen Einfall, eine verzweifelte, geradezu irrsinnige Idee. Augenscheinlich suchten ihn in der letzten Zeit nur noch Wahnsinnsideen heim. Doch nur sie versprachen derzeit Erfolg.

Dejew wusste, wo es Fleisch gab. Aber er wusste auch, dass davon unmöglich etwas abzuzweigen war.

Als ob Dejew das nicht wusste!

Als ob Dejew …

Als ob …

Kurz vor Urmary sprang Dejew vom Stabswagen auf den Tender, kletterte über den Kohlehaufen nach vorn zur Lokomotive und in das Häuschen des Lokomotivführers. Dabei war sein Gesicht so blass und er presste so angespannt die Zähne zusammen, dass der Lokführer nicht lange fragte, sondern zur Seite rückte und ihm am vorderen Fenster etwas Platz machte.

Noch bevor der Bahnhof erreicht war, befahl Dejew, den Zug zu stoppen. Die Bremsen quietschten.

Dejew sprang hinaus und legte mit der Hand den Hebel einer Weiche um. Die öffnete dem Zug den Weg auf ein kaum sichtbares Nebengleis, das von der Hauptstrecke in den Wald führte.

Seit der Zugführer bei Swijaschsk Lebensmittel beschafft hatte, war seine Autorität enorm gewachsen. Seine Anordnungen wurden rasch und ohne Murren ausgeführt. Aber eine solche Eigenmächtigkeit war eine ernste Sache, bei der man vor Gericht landen konnte. »Von meiner Fahrtroute weiche ich nicht ab«, erklärte der Lokführer stur.

Dejew ließ sich auf einen Streit gar nicht erst ein. Er kletterte ins Führerhaus, öffnete den Regler, und schon rollte die »Girlande« weich, wie geschmiert auf das Nebengleis. Als der Abzweig passiert war, stellte er die Weiche zurück und ließ den Zug tiefer in den Wald hinein rollen. Der Lokführer schüttelte nur hilflos den Kopf, wandte sich den lodernden Flammen in der Brennkammer zu und schlug insgeheim ein Kreuz.

»Bug, warst du schon mal bei einer Geburt dabei?«, fragte Dejew wenig später den Feldscher im Lazarett.

»Ab und zu«, antwortete der und hob verwundert die Brauen.

Dafür hatte er allen Grund. Ohne seinen Gesprächspartner auch nur eines Blickes zu würdigen, begann Dejew auf dem Gang endlos hin und her zu laufen.

Der Zug stand mitten im Wald unter riesigen tschuwaschischen Kiefern still. Die Bäume reichten mit den Ästen bis an die Wagenfenster heran. Als Wind aufkam, kratzten die Nadeln über das Glas, und Zapfen fielen auf die Dächer.

»Zeig mir mal deine Instrumententasche«, verlangte Dejew, der jetzt zwischen den Pritschen auf und ab ging und sich mit gespreizten Fingern die Wangen rieb. Es war, als habe eine unbezwingbare Erregung seinen ganzen Körper erfasst, und er finde nicht die Kraft, diese zu kontrollieren oder auch nur ein wenig zu dämpfen.

Vorsichtig zog Bug seinen Sperrholzkoffer unter dem Operationstisch hervor, dazu den Sack, den die Tschekisten ihm gebracht hatten. Dejew packte beides und kippte den Inhalt ohne Umschweife auf die Tischplatte, bevor der Feldscher auch nur einen Ton herausbringen konnte. Der Zugführer wühlte in dem klappernden Haufen von Schäufelchen, Scheren, Sägen und anderen Instrumenten herum, bis er ein flaches Holzkästchen herauszog, das dem Buchstaben L ähnelte und eineinhalb Handflächen lang war.

»Mit dem Ding müsste es gehen.«

»Das nimmt man nicht bei einer Geburt«, erklärte Bug. »Das ist das Futteral für einen Katheter.«

»Ist mir egal!« Mit diesen Worten steckte Dejew das Ding in die Hosentasche. Mit einer Kopfbewegung bedeutete er dem Feldscher: Mitkommen.

Der wollte sich noch rasch einen weißen Kittel überstreifen, aber weit gefehlt! Dejew riss ihm den von den Schultern, schleuderte ihn zur Seite und schnaufte ärgerlich: »Geht es nicht etwas schneller?«

»Was ist mit der Desinfektion? Und ohne Skalpell?« Der Feldscher wehrte sich und wollte das Nötigste in den leeren Koffer werfen. »Auch eine Zange ist nicht verkehrt – wenn es eine schwere Geburt wird.«

»Jetzt hör mal zu, Bug!« Für einen Moment hielt Dejew inne und blickte den Feldscher streng an. Seine Augen glänzten, als rede er im Fieber. »Willst du Fleisch für die Schwerkranken? Dann hilf mir jetzt und stell keine Fragen!«

Ohne Fragen ging es aber nicht.

»Was habe ich denn zu tun, Enkel?«, brach es aus Bug heraus, als sie bereits ziemlich lange über die von Kiefernnadeln bedeckten Schwellen dahinschritten. Dejew mit weit ausschwingenden Armen und geballten Fäusten vornweg, die mächtige Gestalt des Feldschers mit heißem Atem dicht hinter ihm.

Der Wald nahm kein Ende, wurde immer dunkler und dichter. Die Kiefern rückten nahe an das Gleis heran und streckten den beiden Menschen ihre ausgebreiteten Äste entgegen. Die Wurzeln umgestürzter Bäume ragten gen Himmel, jede einzelne übermannshoch. Baumstümpfe gab es hier viele, was darauf schließen ließ, dass Einheimische auf der Suche nach Feuerholz nicht hierherkamen.

»Maul halten ist angesagt«, erklärte Dejew im Gehen. »Was

auch passiert, kein Wort von dir. Und so finster wie möglich glotzen. Eine Fresse ziehen, dass davon die Milch sauer wird.«

Der Feldscher schnaufte immer noch verständnislos, und Dejew fügte der Klarheit halber hinzu: »Weißt du noch, wie du mich an dem Morgen angeschaut hast, als du auf die Schwerkranken im Lazarett gestoßen bist? Erinnerst du dich? Genauso musst du jeden angucken!«

»Wen denn?« Bug begriff immer noch nicht, denn in dieser öden Gegend krächzte nur ein Schwarm Krähen hoch über dem Wald.

»Jeden!«, gab Dejew böse zurück.

Er war nicht zornig auf seinen Begleiter, sondern auf diesen gottverlassenen Ort, an dem er schon einmal gewesen war und den er nie hatte wiedersehen wollen. Er war wütend auf die Krähen, weil er wusste, weshalb sie krächzten. Und auf sich selbst, weil er einen Kameraden, der ihm vertraute, mitschleppte wie ein blindes Katzenjunges zum Brunnen. Doch auch wenn Dejew gewollt hätte: Mit Einzelheiten seines Vorhabens konnte er nicht herausrücken, weil er selbst nur eine vage Vorstellung davon hatte. Eines war ihm klar: Es schien, als gingen sie am helllichten Tag durch einen trockenen Wald, in Wirklichkeit aber schritten sie in stockfinsterer Nacht über einen trügerischen Sumpf. Ein falscher Schritt, und sie versanken darin. Aber diesmal konnte Dejew allein nichts ausrichten. Mindestens zu zweit mussten sie sein.

»Hier«! Er zog das rechtwinklige hölzerne Kästchen hervor und steckte es dem Feldscher in die Hosentasche. Der Stoff spannte sich über diesem merkwürdigen Gegenstand, der nach den Umrissen durchaus ein Revolver sein konnte. »Wenn es so weit ist, dann lass die Jacke offen, damit die Hosentasche zu sehen ist. Leg ab und zu die Hand drauf, als seist du das gewohnt. Aber fingere nicht daran herum, das kann als Drohung verstanden werden.«

»Was haben Sie vor? Wird das hier ein Raubüberfall?« Der Feldscher betastete das ungewohnte Ding an seiner Hüfte, um sich daran zu gewöhnen.

Seine Worte klangen so gleichmütig, als hätte er nach dem Wetter gefragt. Hieß das, die Bettlägerigen im Waggon hatten ihn erschreckt, doch ein Raubüberfall schreckte ihn nicht? Für diese Ruhe und die Bereitschaft, ihm in allem zu folgen, musste Dejew dem Feldscher dankbar sein. Wie gut, dass er einen Militär an seiner Seite hatte.

»Der Ort, zu dem wir jetzt gehen, kann nicht ausgeraubt werden. Ganze Dörfer haben das versucht, und nicht mit solchen Holzdingern wie wir, sondern mit angeschliffenen Mistgabeln.«

»Und was haben sie erreicht?«

»Na, nichts!«

Jetzt stieß das Gleis an einen Palisadenzaun aus hohen gehobelten Baumstämmen. Die waren oben scharf angespitzt wie Bleistifte und so dicht zusammengestellt, dass zwischen ihnen keine Lücke auszumachen war. Nur wo das riesige zweiflüglige Tor über den Eisenbahnschwellen hing, klaffte ein schmaler Spalt. Eine Katze passte dort hindurch, ein Mensch auf keinen Fall.

Neben dem Tor ragte ein Wachturm auf. Ob nun zum Spaß oder im Ernst hatte man daran ein paar Rinderschädel aufgehängt. Sie waren vergilbt und von Sprüngen bedeckt, trugen aber immer noch bedrohliche Hörner. Jetzt schauten sie die aus dem Wald heraustretenden Männer aus schwarzen Augenhöhlen unverwandt an. Und vom Turm war ein Gewehrlauf auf sie gerichtet.

Dejew nahm sofort die Arme hoch. Der Feldscher tat es ihm gleich.

»Wir wollen zum Chef der Sammelstelle!«, rief Dejew dem unsichtbaren Wachposten zu. Der war hinter der Verkleidung seines Ausgucks verborgen. Nur die Budjonnowka und die Gewehrmündung waren von ihm zu sehen.

Der Lauf zuckte ungeduldig, was hieß, die ungebetenen Gäste sollten schleunigst wieder im Wald verschwinden.

»Ich führe einen Zug, der hungernde Kinder evakuiert – nach Samar …«

Krach! Vor ihren Füßen spritzte eine kleine Fontäne aus Kiefernnadeln hoch. Die Kugel war einen Schritt vor Dejews Schuhen in den Boden gefahren.

»Der 9. März!«, rief Dejew noch lauter. »Übermitteln Sie dem Kommandeur nur diese Worte: Der 9. März!«

Der Gewehrlauf samt Bajonett war nach wie vor auf die Ankömmlinge gerichtet.

»Bist du da oben ein Neuer?!«, brüllte Dejew jetzt, was seine Stimme hergab, und fuchtelte empört mit den gehobenen Armen. »Hier wissen doch sogar die Krähen, was der 9. März bedeutet!«

Jetzt verschwand die Gewehrmündung hinter der Verkleidung. Das hieß, im Wachturm oder hinter der Palisade tat sich etwas, das man von außen weder sehen noch hören konnte.

Dejew blieb ein, zwei Minuten stehen und ließ sich dann auf dem Gleis nieder. Das Gewehr schaute immer noch aus dem Wachturm heraus, zielte aber nicht mehr auf die Gäste. Auf dem kalten Stahl saß es sich unbequem, doch Dejew gab auch Bug ein Zeichen, es ihm gleich zu tun. Der Posten sollte sehen, dass die Besucher selbstsicher auftraten und sich nicht einschüchtern ließen.

»Was ist denn am 9. März passiert?«, erkundigte sich der Feldscher leise, nachdem er sich neben Dejew eingerichtet hatte.

Der knurrte seinen Begleiter nur einmal kurz an, er möge sich zurückhalten. Schließlich hatte er ihm Schweigen befohlen.

Sie warteten so lange, dass ihnen fast die Hinterteile anfroren. Um die aufs Äußerste angespannten Nerven etwas zu beruhigen, schüttelte Dejew kaum sichtbar die Knie – einmal das rechte, dann das linke. Der Posten konnte das nicht sehen. Es war immer noch möglich, dass sie jetzt aufstanden und sich in aller Ruhe in den sicheren Wald zurückzogen. Dann musste er Bug erklären, dass sein Plan gescheitert war. Und dem Lokführer befehlen, über das Ganze Schweigen zu bewahren. Und den Zug auf die Hauptstrecke zurückfahren. Abends wären sie in Schichrany. Die Zusammenhänge hätte keiner verstanden. Niemand hätte etwas erfahren.

Da quietschten die Angeln des Tores, es öffnete sich ein wenig, was wohl eine Aufforderung zum Eintreten war. Jetzt mussten sie sich entscheiden. Entweder im Angesicht der Gewehrmündung und beim Krächzen der verfluchten Krähen die Palisade passieren oder in den Wald zurückgehen.

Sie standen auf – der Feldscher rasch und erleichtert, Dejew ohne Eile, verzweifelt bemüht, sich langsam zu bewegen, um das Zittern zu verbergen, das ihn plötzlich überkam. Sie klopften sich ausführlich aufs Hinterteil, als wollten sie die Kiefernnadeln entfernen oder die eingeschlafenen Beine lockern. Schließlich traten sie unter dem strengen Blick der Rinderschädel durch das Tor.

Alle Gesichter waren mit Tüchern bedeckt, die nur die Augen freiließen. Auf dem Kopf eine Mütze mit großem Schild, die Stirn und Haar verdeckte, so dass man Augen- oder Haarfarbe kaum erkennen konnte. Auch an der Kleidung waren die Männer nicht zu unterscheiden. Jacketts oder Jacken, Hosen und Stiefel – alles war mit einer weißen Staubschicht bedeckt und wirkte daher absolut gleich.

Die Menschen – es waren ihrer viele, viele Dutzend – arbeiteten, ohne aufzublicken. Mit gebeugten Knien schleppten sie schwere Säcke oder führten Pferdewagen, die mit ebensolchen Säcken beladen waren. Das Ganze wirkte wie ein gigantischer Ameisenhaufen. Der weiße Staub kam von den Säcken: Bei jeder Bewegung stießen sie ein kleines Wölkchen aus, als wären sie lebendig und dies wäre ihr Atem.

Der Staub bedeckte auch die Speicher, riesige Häuser, die in langen Reihen standen und eine Art Dorf bildeten, welches der Palisadenzaun mit zahlreichen Wachtürmen umgab. Weiß war auch der Boden ringsum. Selbst die Luft fühlte sich dick an. Der Staub reizte die Nase beim Einatmen und klebte mit einem deutlichen Mehlgeschmack am Gaumen fest.

Man wollte husten, doch selbst bei dieser Kleinigkeit durften sie keine Schwäche zeigen. Dejew knurrte Bug an, der Großvater möge sich zusammenreißen. Denn schon zog er die Nase hoch, als müsste er jeden Moment niesen.

Sie wurden von drei Männern mit verhüllten Gesichtern und Jagdgewehren über der Schulter durch das Gelände geführt. Die starrten unter ihren Mützen auf sie wie aus Schießscharten. Was ihre Blicke bedeuteten, oder wohin sie gerichtet waren, konnte man nicht erkennen. Das galt auch für die Arbeiter, die für einen Augenblick in ihrem Tun innehielten, um ihnen nachzuschauen. Von all diesen vorhandenen, aber für sie nicht zu deutenden Blicken ging Unsicherheit aus. Mit ihren unverhüllten Gesichtern fühlten sich Dejew und Bug wie nackt unter lauter bekleideten Menschen.

Die Leute hier wechselten kein Wort miteinander, was an ihrem Charakter, aber auch an den bedeckten Mündern liegen mochte. Nicht ein einziges Mal sah Dejew, dass sie sich etwas zuriefen oder die Köpfe zusammensteckten. Sie arbeiteten hart, ohne Weisungen zu benötigen. Jeder wusste genau, was er zu tun hatte. Selbst wenn sie sich einmal erschöpft niederhockten, um eine Zigarette zu rauchen und etwas auszuruhen, taten sie das einzeln, nicht gemeinsam. Wortlos zogen sie an den Selbstgedrehten, wofür sie den Tuchzipfel über dem Mund nur ein wenig anhoben. Und stets stand in der Nähe ein Eimer Wasser, in den die Kippe geworfen wurde.

Keines Menschen Stimme war auf dem Gelände zu hören, nur Schritte, das Klirren der Gespanne, das Quietschen der Räder oder der hölzernen Leiter, über welche die schweren Säcke in endloser Reihe in die Speicher geschleppt wurden. Ob man hier nur Schweiger und Stumme einstellte? Oder hatte man allen die Zunge abgeschnitten?

Hin und wieder schnaubte eine Stute. Meist krächzten die Krähen, die in einem riesigen Schwarm wie eine Wolke über dem Gelände kreisten. Dürr und zerzaust, hüpften sie auf den Dächern umher, hockten auf den Kutschböcken oder den Kumten der Pferde. Mit ihren frechen Schnäbeln hackten sie überallhin, um etwas für sich zu erhaschen. Auf dem Dachfirst jedes Speichers war eine Vogelscheuche angebracht, doch die Krähen schreckten sie nicht. Sie setzten sich ihnen auf die ausgebreiteten Arme und pickten an den Köpfen aus gesprungenen Tontöpfen herum. Dejew fiel auf, dass eine Vogelscheuche in ein Popengewand gehüllt war und eine andere in einen verschlissenen Frack.

Je weiter sie kamen, desto mehr Krähen flogen umher und desto lauter war ihr Geschrei. Die Luft wurde trüber; jetzt war alles ringsum in weißen Nebel gehüllt, und die Umrisse der Dinge verschwammen.

Dejew fuhr sich mit der Zunge über die Lippen und leckte den Mehlstaub ab. Bei einem kurzen Seitenblick auf Bug sah er, dass die gebräunten Wangen des Feldschers bereits weiß angehaucht waren. Man merkte ihm an, dass ihm tausend Fragen durch den Kopf schossen. Zwar suchte er seinen Blick unter den zottigen Brauen zu verbergen, die er bemüht runzelte, doch es war nicht zu übersehen, dass er eine solche Sammelstelle zum ersten Mal erblickte. Schweig, Großvater. Und schau finster drein, schließlich gehst du nicht zur Schwiegermutter Tee trinken! Eine Sammelstelle empfängt keine Gäste. Es ist ein ungastlicher Ort, der keine fremden Blicke mag. Und jeder Außenstehende ist für die Chefs wie ein Splitter unter dem Fingernagel. Die Posten auf den Türmen stehen da wie angewachsen, und wenn die Gesichter auch bedeckt sind, ist klar, dass ihre Blicke an den Gästen haften und sie die Gewehre fester gepackt haben. Überall an die Wände der Speicher sind Gabeln gelehnt, obwohl es hier nirgendwo Heu oder Stroh gibt. Und die Begleiter, die Dejew und den Feldscher führen, tragen neben dem Gewehr auf dem Rücken jeder noch ein Jagdmesser am Stiefel …

Jetzt gelangten sie zu einer großen freien Fläche, die bis zu dem Palisadenzaun reichte. Offenbar hatten sie das Gelände durchquert, und die Umfriedung kam bereits wieder in Sicht. Der Ort wirkte wie ein zentraler Platz. Die Reihen von Speichern liefen von hier aus sternförmig auseinander, es gab ein Verwaltungsgebäude und ein paar Wohnhäuser, die man an den verglasten Fenstern erkannte. Auf den Dächern wehten rote Fahnen. Aus einem geöffneten Dachfenster lugte eine dunkle Schnauze hervor. Nein, keine Schnauze, sondern ein Maschinengewehr.

Mitten auf dem Platz lagen drei gewaltige Berge. Von Weitem konnte es scheinen, das sei Sand oder Kies, doch Dejew wusste, was es war – Getreide bester Qualität. Ein Berg bestand aus Weizen, der zweite aus Roggen und der dritte aus Hafer. Jeder so groß wie ein ganzer Speicher. An den Seiten rieselten dünne Getreidebächlein herab, von denen ebenfalls Staubwölkchen aufstiegen. So waren auch die Berge von einer Wolke umgeben und schienen selbst in einem matten Weiß zu leuchten. Je weiter man sich von den riesigen Haufen entfernte, desto mehr verblasste dieses Leuchten, doch klar war, dass hier die Hauptquelle des weißen Nebels lag.

Bei dem Anblick entfuhr dem Feldscher ein Laut des Erstaunens. Dejew warf seinem Gefährten einen vorwurfsvollen Blick zu. Fällst du mir jetzt in den Rücken, Großvater?, sollte das wohl heißen. Das ist noch lange nicht alles.

Am Rand des Platzes blinkten Eisenbahngleise. Von dem Eingang, durch den die Gäste eingedrungen waren, liefen die Gleise über das ganze Gelände, teilten sich in mehrere Stränge, die am Ende wieder zusammenkamen und durch ein zweites breites Tor weit vor ihnen ins Freie führten. Das Tor wurde von Zeit zu Zeit geöffnet, um ein voll beladenes Fuhrwerk durchzulassen. Danach wurde es sofort wieder geschlossen. Es schien, dass draußen zahlreiche weitere warteten. Von dort drang Stimmengewirr herüber, aber sehen konnte man nichts, denn kaum hatte ein Wagen passiert, fiel das Tor auch schon wieder zu.

Auf jedes neue Fuhrwerk sprangen Arbeiter auf (Dejew hatte sie schon bei seinem ersten Aufenthalt hier »Mehlmänner« getauft), kletterten geschickt wie Affen auf den Berg von Säcken und warfen diese auf eine gigantische Waage. Andere notierten etwas in Schreibblöcken und kippten dann den Inhalt der Säcke am Fuße eines der drei Berge aus. Daneben stand ein Kontrolleur, der von dem aus dem Sack rinnenden Getreide eine Handvoll auffing und mit der Nase die Qualität prüfte. Auch beim Leeren der Säcke stiegen Staubwölkchen auf wie Dampf von kochendem Wasser. Nach dem Entladen lenkte das Fuhrwerk um, verließ das Gelände durch dasselbe Tor und machte für das nächste Gefährt Platz.

Die Berge wuchsen rasch an. Auf der anderen Seite schaufelten Arbeiter das Getreide erneut in Säcke, die sie in die Speicher schleppten.

Wie berauscht von den Getreidebergen schossen die Krähen über dem Platz hin und her. Doch sich niederzulassen und auch nur ein Körnchen aufzupicken, wagten sie nicht. Der Schwarm war groß, so dass es schien, der Himmel kreise unter heiserem Krächzen über der ganzen Gegend. Die Luftbewegung, die die Krähen verursachten, zerfetzte die Staubwolken und trieb sie die Speicher entlang. Von Zeit zu Zeit riss einer der Wachposten das Gewehr hoch, ein Schuss krachte, ein Vogel stürzte auf den Getreideberg und ließ Blut und Federn darauf zurück. Ohne die Stiefel auszuziehen, stapfte der Schütze durch das Getreide, griff nach der Beute und schüttelte daran klebende Körner ab. Blut und Federn beseitigte niemand. Der Schwarm suchte erschreckt das Weite, doch bald kam aus dem Wald ein neuer angeflogen.

Welch strenge Blicke Dejew seinem Begleiter auch zuwarf, es half nichts: Der Feldscher schritt immer langsamer aus und hielt unter dem Eindruck dieser unermesslichen Fülle schließlich inne. Er stand am Fuße des gelben Berges, wo die Mehlmänner mit ihren Säcken hin und her liefen, und starrte wortlos auf die Bächlein rinnender Weizenkörner. Der Ausdruck der glasigen Augen veränderte sich nicht, doch es war, als trockne sein Gesicht zusehends aus: Die Stirn legte sich in Falten, die zusammengekniffenen Lippen verschwanden fast unter dem Schnurrbart, und er reckte das Kinn nach vorn.

Dejew musste sehr an sich halten, um seinen Begleiter nicht am Ärmel zu packen und diesen störenden Zauber zu brechen. Doch ihre drei Bewacher verlangsamten ebenfalls den Schritt und blieben stehen. Es schien, als sollten sie die ungebetenen Gäste genau an diesen Ort bringen.

»Woher wissen Sie vom 9. März?«, fragte da jemand leise hinter ihnen.

Sie fuhren herum. Vor ihnen stand ein Mann in der gleichen staubbedeckten Kleidung wie alle, ein Tuch vor das Gesicht gebunden, und schaute sie unverwandt an. Man hätte ihn von all den anderen nicht unterscheiden können, wären da nicht deren Reaktionen gewesen. Die Bewacher standen stramm und drückten die Brust heraus. Die Arbeiter mit den Säcken duckten sich und liefen sofort schneller.

Bug fuhr zusammen, kehrte in die Realität zurück, schaute aber nach wie vor ziemlich verständnislos drein. Dejew hingegen schien auf diese Frage nur gewartet zu haben.

»In jenem Jahr habe ich in der Prodarmija gedient, Genosse Leiter der Sammelstelle!«, meldete er vorschriftsmäßig. »In der Kasaner Abteilung Nr. 119. Wir wurden nach Tschuwaschien kommandiert, um die Ergebnisse der Beschaffung zu erhöhen.« Ohne zu blinzeln, starrte Dejew in die schmale Lücke zwischen dem Tuch und der Kopfbedeckung seines Gegenübers. Doch im Schatten des Mützenschirms konnte er die Augen nicht erkennen. Es war, als rede er mit einer seelenlosen Vogelscheuche. »Am 9. März waren wir in der Nähe untergebracht. Unsere Abteilung wurde zur Unterstützung geschickt, als es hier losging.«

Ohne zu nicken oder anderweitig Interesse zu zeigen, schritt der Mann langsam um die in Staubwolken gehüllten Getreideberge herum und kontrollierte die Annahme, wandte sein von dem Tuch verdecktes Gesicht bald dem Fuhrwerk, bald der Waage oder den in seiner Anwesenheit hektisch hantierenden Arbeitern zu.

Dejew folgte ihm, hielt Abstand, aber nicht zu viel, bewegte sich gelassen, aber ohne übermäßige Zurückhaltung, als hätte der Chef ihn zu einem gemeinsamen Rundgang aufgefordert. Aus den Augenwinkeln beobachtete er die Begleiter, die unweit von ihnen in voller Bereitschaft beisammenstanden.

»Jetzt bin ich bei der Eisenbahn«, setzte Dejew, hinter dem Mann hergehend, seine Meldung fort. »Ich führe einen Zug hungernder Kinder nach Samarkand. Ein ganzer Waggon Schwerkranker ist darunter.«

Beim Anblick des Vorgesetzten kamen die Arbeiter der Getreideannahme ein wenig aus dem Takt. Ein Sack Roggen wurde ohne die vorgeschriebene Qualitätskontrolle auf den Berg geschüttet. Dort hockte sich der Chef der Sammelstelle jetzt nieder und griff sich eine Handvoll Körner.

In der Art, wie er seine rechte Hand bewegte, lag etwas Merkwürdiges, das nicht sofort auffiel. Als Dejew an den Mann herantrat und ihm über die Schulter schaute, sah er den Grund: Die Hand des Chefs war aus Stahl.

Die Metallfinger waren sehr geschickt gearbeitet: Sie standen ein wenig voneinander ab und waren leicht gekrümmt, so dass eine Art Handschuh entstand. Auf jeder Fingerspitze saß jedoch ein stählerner Nagel. So konnte man das künstliche Glied als Hand und als Werkzeug – wie Gabel oder Haken – benutzen. Nur mit der Größe hatte man sich ein wenig vertan: Die stählerne Hand war etwas größer als die gesunde.

»Weshalb kommen Sie hierher?«, fragte der Mann mit der eisernen Hand und ließ Körner durch die starren Finger rinnen.

Da war er – Dejews entscheidender Augenblick.

Er holte tief Luft und atmete aus, als wollte er ins Wasser springen. Dann antwortete er: »Um etwas von den Überschüssen zu erhalten, Genosse Leiter der Sammelstelle.«

Große graue Körner liefen durch die metallenen Finger. Das Getreide war wirklich erstklassig – so etwas schickte man nicht in die Mühle, sondern bewahrte es für die nächste Aussaat auf.

»Von was für Überschüssen?«, fragte Eisenhand nach kurzem Schweigen.

Der veränderte Tonfall sagte Dejew, dass er genau verstanden hatte.

»Bei Fleisch, Genosse Leiter der Sammelstelle.« Dejew bemühte sich, unbefangen zu sprechen und dabei bieder und offen dreinzuschauen, als bitte er um eine ganze Kleinigkeit. Dabei wusste er genau, dass man ihn und den Feldscher wegen dieser Kleinigkeit unter einem Baumstumpf im Wald vergraben konnte, und Schluss. »Nicht bei Getreide, sondern nur bei Fleisch. Und auch nur die aus dieser einen Nacht.«

»Hier gibt es keine Überschüsse«, sagte Eisenhand und schüttelte die Prothese, dass die Körner nach allen Seiten spritzten.

»Die gibt es überall«, entgegnete Dejew lächelnd.

Das sollte freundlich und ein wenig vertraulich klingen, geriet ihm aber erzwungen und angespannt. Zu spät erkannte er, dass man sein Lächeln leicht als Hohn auslegen konnte. Doch die Lippen gehorchten ihm nicht, als würden sie an Fäden auseinandergezogen. Da stand er nun, grinsend wie ein Clown und starrte Eisenhand an, bis der Mann sich erhob und dicht an ihn herantrat.

Jetzt konnte Dejew seine Augen zum ersten Mal sehen. Sie waren schmal wie die eines Mongolen, oberhalb von schweren Lidern und unterhalb von hohen Wangenknochen gerahmt, die sich unter dem straff gebundenen Tuch deutlich abzeichneten.

»Leben Sie wohl!«, kam es unter dem Tuch hervor.

Eisenhand drehte sich um und schritt auf das Verwaltungsgebäude zu.

»Genosse Leiter der Sammelstelle!« Dejew lief ihm nach. »Das ist nicht für mich, sondern für schwerkranke Kinder!«

Während Dejew dem Mann folgte, behielt er die Männer des Begleitpersonals im Auge, die zwar alarmiert waren, aber noch nicht recht wussten, was sie tun sollten. Einige der Arbeiter blieben, auf ihre Schaufeln gestützt, stehen und beobachteten, was da geschah.

»Ihre Münder sind von Ersatzprodukten zerfressen, und ihnen fallen die Zähne aus!«, stieß er hervor, so schnell er konnte, bevor der Leiter das Haus erreicht hatte. »Sie können überhaupt nichts essen, nur trinken. Sie brauchen Fleischbrühe oder durch ein Sieb gepresstes mageres Fleisch!«

Eisenhand fuhr herum und ließ einen schwachen Pfiff hören.

Sofort stürzten die Bewacher herbei. Doch Dejew huschte an der Eisernen Hand vorüber zum Eingang des Büros, versperrte diesen mit seinem Körper und erhobenen Händen, ergab sich also und setzte zugleich das Streitgespräch fort.

»Wenn ich kein Fleisch bringe, werden sie alle sterben und Samarkand nie zu sehen bekommen!« Mit seinem Blick suchte er die schmalen Augen des Chefs, doch der wandte sich nur ärgerlich ab und erwartete die herbeieilenden Wachen. »Sie wissen doch, dass es außer hier nirgendwo Fleisch gibt! Wie können Sie das Fleisch einer ganzen Region requirieren und Kindern sogar etwas vom Überschuss verweigern? Die Partei hat Sie auf diesen Posten gestellt, um das Land vor dem Hunger zu retten, also retten Sie es!« Dass er vom Mahnen zum Fordern übergegangen war, fiel ihm gar nicht auf. »Für diese Kinder sind Sie jetzt der allerwichtigste Mensch! Wichtiger als alle Kinderfrauen und Ärzte, ihre Eltern und der Herrgott selber! Nur Sie können sie jetzt noch retten!«

Dass er Gott ins Spiel gebracht hatte, war ein Fehler, doch die verdammte Zunge plapperte von selbst, ohne den Kopf um Erlaubnis zu fragen.

Jetzt war der ganze Platz auf den Eindringling aufmerksam geworden, der so einen Radau machte – sowohl die Mehlmänner, als auch die Frauen auf dem Fuhrwerk, das gerade abgeladen wurde. War es vielleicht sogar gut, dass diesen Wortwechsel so viele Zeugen hörten? Und dass darunter nicht nur eigene Angestellte waren?

Die Begleiter packten den sich wehrenden Dejew vorsichtig, drehten ihm nicht einmal die Arme auf den Rücken und stießen ihn in Richtung der Speicher, als wollten sie ihm dort eine Lektion erteilen, nicht vor allen Leuten, sondern in kleiner Runde. Wenn sie ihn jetzt verdroschen, war das nicht schlimm, ging ihm durch den Kopf. Aber ob es wohl dabei blieb?

Die Tür klappte, und Eisenhand war verschwunden.

»Ich weiß doch, dass Sie die Überschüsse nicht in die eigene Tasche stecken!« Die Lüftungsklappe an einem der Fenster stand offen, und Dejew hoffte immer noch, das Ohr des Chefs auf diese Weise zu erreichen. »Sie bekommen sie gar nicht zu Gesicht, Genosse Leiter! Sie vermuten nur, dass es sie gibt, aber wer davon profitiert, wissen Sie nicht!«

Jetzt umschlossen starke Schultern, Brustkörbe und Kinnladen Dejew von allen Seiten und drängten ihn von dem Platz fort. Er versuchte den Ring zu durchbrechen, warf sich wie ein Tier in der Falle hin und her und wurde dabei immer weiter abgedrängt. Ein heftiger Schlag unter die Rippen nahm ihm die Luft. Schon erwartete er den zweiten in den Rücken oder auf den Kopf, als eine bekannte Stimme dicht neben ihm rief: »Schluss damit! Hier wird niemand geschlagen!«

Dejews Bedränger öffneten den Kreis und fuhren herum. Hinter ihnen stand der zweite Gast, ein ergrauter stiernackiger Riese, der sie finster anstarrte. Mit offener Jacke, die Handfläche auf einen schweren Gegenstand in seiner Hosentasche gelegt, fixierte er die Schläger und zuckte leicht mit dem Schnurrbart wie ein Raubtier, das zum Sprung ansetzt.

Das verschaffte Dejew ein paar Sekunden, da die Begleiter nicht recht begriffen, was hier vorging.

»Dass es in Speicher sieben durchs Dach regnet, wissen Sie wohl auch nicht?«, brüllte Dejew aus letzter Kraft mit fast überschnappender Stimme in Richtung der offenen Lüftungsklappe. »Dass dort ein Drittel des Getreides verfault ist, die Behörde die Papiere umschreiben und die Zahlen anpassen musste, wissen Sie auch nicht? Dass Sie bis heute, Mitte Oktober, das Getreide bei Wind und Wetter unter offenem Himmel lagern, haben Sie auch noch nicht gehört?« Als Dejew sah, dass die Frauen auf den Fuhrwerken sich erschrocken bekreuzigten und die Arbeiter untereinander Blicke wechselten, spornte ihn das nur an. »Dass in den Speichern die Ratten das Getreide fressen und …«

Jetzt polterte es im Haus, und das Fenster wurde aufgerissen.

»Hören Sie mal, Sie Alleswisser …« Ein Mann im Unterhemd beugte sich aus der Fensteröffnung.

Mütze und Tuch waren verschwunden. Nur an der Stimme erkannte Dejew, dass es Eisenhand war. Das schüttere schwarze Haar war von der Mütze zerdrückt, auf dem sonnengebräunten Gesicht lag ein weißer Streifen wie eine Brille; Brauen und Wimpern waren ebenfalls weiß. Um den Nacken lag ein feuchtes Handtuch.

Als die Begleiter des Chefs ansichtig wurden, standen sie sofort stramm. Dejew rieb sich den schmerzenden Leib und trat näher an das Fenster heran.

»Wollen Sie mir etwa Angst einjagen?«, fragte Eisenhand leise.

Das Theater fortsetzen und weiter den Helden spielen, ging jetzt nicht mehr.

»Wie käme ich dazu, Genosse Leiter der Sammelstelle? Ich schreie doch nur hier herum, weil ich mich zu Tode fürchte«, bekannte Dejew im selben Ton. »Mir zittern Arme und Beine, als hätte ich Fieber. Wenn Sie wollen, machen Sie uns platt, bevor wir auch nur einen Pieps von uns geben. Mit diesem Lärm wollte ich nur eines erreichen – dass Sie mir zuhören.«

Wie erleichtert war er, als er sah, wie sich die Miene seines Gegenübers bei diesen Worten veränderte! Es war allerdings auch ein höchst merkwürdiges Gesicht: Unterhalb der Schlitzaugen saßen eine riesige Kartoffelnase und volle Lippen, all das von einem blonden Bart gerahmt. Es war, als hätte man die obere Hälfte des Kopfes in den Steppen Kirgisiens gefunden und den unteren Teil am Oberlauf der Wolga. Die von Mehlstaub weiß gefärbten Brauen und Wimpern rundeten das merkwürdige und zugleich etwas unheimliche Bild ab.

Jetzt wollte Eisenhand diesen dreisten Gast genauer in Augenschein nehmen. Er beugte sich Dejew zu, legte ihm die stählernen Finger in den Nacken und zog ihn zu sich heran. Dejew war, als könnten die kalten Haken sich jeden Moment schließen und ihm die Luft nehmen.

Die Mongolenaugen kamen einander immer näher, bis sie zu einem einzigen riesigen Schlitz verschmolzen, aus dem ihn eine schwarze Pupille unter weißen Wimpern anstarrte. Ohne zu blinzeln und auch nur Luft zu holen, starrte Dejew zurück, als müsste er seine Seele bis zum letzten Winkel nach außen kehren. Vor diesem Auge hatte er keinerlei Geheimnisse. Doch auch er wusste über dieses Auge alles, mehr als jeder andere an diesem Ort.

Die Metallfinger lockerten sich und ließen ihn schließlich los. Aus dem einen wurden wieder zwei normale, von Staub gerötete Menschenaugen.

Mit der linken Handfläche fuhr sich Eisenhand jetzt über die Lider und wischte die Mehlmaske weg. Diese langsame Bewegung verriet, dass der Mann sehr müde war. Jetzt mussten sie reden – in dieser kurzen Minute vor der Erschlaffung, da die Maske abgeworfen und das Fenster noch geöffnet war. Jetzt musste Dejew dem Mann aus tiefster Seele bekennen, wie er dachte.

»Wir sind zu Ihnen gekommen, weil wir in einer verzweifelten Lage sind und keinen Ausweg wissen«, sagte er leise.

Mit geschlossenen Augen wischte der Mann sich jetzt mit dem Handtuch die weißen Streifen aus dem Gesicht. Den Gast jagte er nicht fort. Das hieß, er hörte ihm zu.

»Und weil Sie ein Mensch sind. Kein Mensch kann fünfhundert Kinder in den sicheren Tod schicken. Ihnen jetzt das Fleisch zu verweigern, hieße, sie umzubringen.«

Dejew wollte seine Hände auf das Fensterbrett legen, damit ein zufälliger Windstoß die Flügel nicht zuwarf. Aber das wagte er nicht, damit hätte er alles verderben können.

»Es kommt vor, dass auch ein guter Mensch tötet – im Krieg, oder wenn Kulaken die Sammelstelle überfallen«, fuhr Dejew fort. »Sie sind älter als ich und wissen mehr von solchen Dingen. Ich habe auch getötet, im Bürgerkrieg und nicht nur dort. Doch Kinder bringt man nicht um. Das wäre ein Vergehen gegen das Leben.«

Plötzlich gingen Dejew die Worte aus. Er hatte geglaubt, ihm läge so viel auf dem Herzen, dass er stundenlang reden könnte. Doch nun war es mit einem Mal so wenig. Der Mann hörte zu, wischte sich immer noch Stirn und Wangen trocken, aber Dejew hatte nichts mehr zu sagen. All sein Seelenschmerz und seine große Angst hatten in ein paar dürren Sätzen Platz gefunden.

»Vielleicht müssen wir sie ja auch retten«, fügte er als Letztes hinzu, »anstelle derer, die wir getötet haben.«

Dann verstummte er.

Der Mann wischte die weißen Reste aus seinen Brauen, die angeklebten Kügelchen aus Wimpern und Augenwinkeln. Mit einem Handtuchzipfel fuhr er sich in Ohren und Nase. Strich sich die wirren Haare glatt. Über dem Platz krächzten die Krähen, dass es wie Weinen klang.

»Was wollen Sie konkret von mir?«, fragte Eisenhand schließlich.

»Eine Nacht im Stall mit den beschlagnahmten Kühen!«, kam es von Dejew wie aus der Pistole geschossen. »Nicht draußen, nicht bei der Wache, sondern direkt im Stall.« Jetzt hatte er seine Sprache wiedergefunden, und die Worte kamen ihm wie von selbst. »Dann müssen wir nur noch Glück haben. Ich wünsche mir, dass Sie uns den Überschuss dieser einen Nacht überlassen. Wenn der Morgen graut, sind wir weg, unbemerkt, auf dem Weg, den wir gekommen sind. Niemand wird jemals etwas erfahren. Darauf gebe ich Ihnen mein Wort als Frontsoldat.«

Eisenhand warf dem Gast einen müden Blick zu, in dem Dejew Zustimmung zu erkennen glaubte.

»Und noch etwas!« Jetzt, da er in der Hauptsache eine Antwort erhalten hatte, brauchte er sich nicht länger zu zieren. Er packte mit beiden Händen das Fensterbrett, als wolle er es aus dem Rahmen reißen, und redete los, um noch schnell alle seine Bitten loszuwerden. »Wir brauchen für diese Nacht einen Schutz. Nehmen Sie es mir nicht übel, Genosse Leiter der Sammelstelle, aber Ihre Leute mögen uns nicht, das spüre ich. Geben Sie uns drei kräftige Auswärtige von der Prodarmija. Woher stammt die jetzt hier stationierte Abteilung?«

Der Chef hatte den Blick von dem Bittsteller abgewandt und wollte das Fenster schließen, doch Dejews Finger hinderten ihn daran.

»Sind Jungs aus Petrograd dabei?« Dejew nahm die eingeklemmten Finger nicht weg, obwohl es wehtat, er zuckte nicht einmal.

Mit Petrograd lag er offenbar richtig. Das war nicht schwer, denn dessen Arbeiter waren jetzt in ganz Russland anzutreffen, wo sie mit ihren schwieligen Händen der unvernünftigen Bauernschaft die Nahrungsmittel entrissen.

»Also, drei Mann aus Petrograd!«, rief Dejew in den sich schließenden Fensterspalt. »Die lassen sich von keinem was gefallen!«

Erst jetzt nahm er seine Hand fort.

Das Fenster schloss sich. Drinnen wurde der Vorhang zugezogen.

Dejew trat zur Seite und ließ sich an der Wand des Hauses nieder. Hier wollte er bis zum Abend warten. Vor der Tür der Verwaltung, für jedermann gut sichtbar, so schien es ihm am sichersten.

Der Feldscher setzte sich neben ihn. Dejew wollte ihn loben, was für ein guter Kamerad der Großvater sei, doch er konnte seinen Begleiter nur dankbar anschauen.

Die Mehlmänner hatten ihre Arbeit längst wieder aufgenommen. Die Getreideannahme war in vollem Gange, pausenlos rollten Fuhrwerke auf das Gelände und wieder fort, und von den Getreidebergen stieg Staub auf.

Die drei Begleiter warteten noch eine Weile in einiger Entfernung und verschwanden schließlich im Nachbarhaus. Bestimmt setzten sie von dort ihre Beobachtung fort.

»Die legen uns heute Nacht um, Enkel«, seufzte Bug, setzte sich bequemer hin und richtete das Holzkästchen in seiner Tasche, damit es nicht drückte.

Dejew sah die von wenig Schlaf und viel Staub geröteten Mongolenaugen vor sich.

»Nein«, sagte er und schüttelte hartnäckig den Kopf. »Sie legen uns nicht um.« Als er sich mit den Händen übers Gesicht streichen wollte, spürte er, dass sie immer noch zitterten.

»Dass es in Speicher sieben hineinregnet, woher wusstest du das?« Das fragte der Feldscher gegen Abend, als es dunkelte und sich im Wald die ersten Nachttiere meldeten.

Aus der Dämmerung wurde Dunkelheit. Sie saßen immer noch vor dem Verwaltungsgebäude, beide heil und ganz.

Die Getreideannahme war beendet. Die Mehlmänner waren verschwunden, und die Krähen in den Wald geflogen. Ungewohnte Stille senkte sich über die ganze Anlage. Die Getreideberge auf dem Platz schimmerten, als seien sie aus Zucker. Immer noch stieg Mehlstaub von ihnen auf.

Da sie nun im Herzen des befestigten Geländes, in unmittelbarer Nähe des Chefs Eisenhand, von den bewaffneten Begleitern beobachtet saßen, war nicht die Zeit für Gespräche. Aber nur schweigen, auf jeden Schatten achten und von allen Seiten einen Angriff erwarten konnten sie auch nicht.

»Ein undichtes Dach gibt es in jeder Sammelstelle«, antwortete Dejew. »Hier ist es vielleicht nicht Nummer sieben, sondern Nummer fünf oder zwei. Aber irgendwo regnet es immer durch. Und Ratten gibt es auch. Die sollen die Hälfte des gesammelten Getreides fressen.«

»Aber wieso sind Wachen aus Petrograd besser als die lokalen Halsabschneider?« Bug ließ nicht locker.

»Weil sie von außerhalb kommen und sich hier noch nicht eingerichtet haben. Wohin verschwinden deiner Ansicht nach die allnächtlichen Überschüsse? In wessen unergründlichen Taschen? Wem schnappen wir sie heute Nacht vor der Nase weg?«

Bug verstummte und atmete nur noch schwer in der Dunkelheit. Doch dann traute er sich, nach der Hauptsache zu fragen: »Was ist denn nun an diesem 9. März passiert?«

Was bist du nur für ein Plagegeist, Großvater, wollte Dejew ihn anknurren. Heute Nacht werden die uns vielleicht totschlagen wie die Fliegen, und du musst mich immer noch mit Fragen löchern!

Aber er schwieg. Den Feldscher des Zuges hätte er so abfertigen können, den Kampfgefährten nicht. Und den konnte er auch nicht belügen.

»Ein ganzes Dorf ist hier angerückt«, antwortete er nach einer Weile. »Die Leute wollten ihr Getreide zurück. Man habe ihnen alles weggenommen, sogar das Saatgut«, sagten sie.

Eine Menschenmenge stand hier – hundert Leute, nicht weniger. Sie brüllten, fluchten, weinten oder beteten. Einige schüttelten Mistgabeln, andere schwenkten Ikonen. Und die Unvernünftigsten hatten sogar Säuglinge dabei. »Genossen!«, flehte sie der Parteichef an. »Geht nach Hause, meine Lieben!« Doch die dachten gar nicht daran! Sie brachen das Tor auf und rissen die Schlösser von den Speichertüren …

»Hat es eine große Schießerei gegeben?«, bohrte Bug weiter.

Wozu musst du das wissen, Großvater? Dass es keine Schießerei gab, sondern noch Schlimmeres? Weil die eine Seite Flinten und Maschinengewehre, die andere nur Hacken, Sensen und Spieße hatte?

»Keine Schießerei«, ließ Dejew unwillig fallen. »Einen Brand.«

»Brennt Getreide denn?«

Warum nicht, wenn man es mit Benzin übergießt?! Es flammt auf, und der ganze Himmel ist voll von schwarzem Rauch! Säcke brennen, Speicher, sogar die Getreideberge.

»Die Leute vom Dorf waren damals bis zur Eisenbahnzufahrt der Sammelstelle vorgedrungen. Dort stand ein Kesselwagen mit Benzin. Als ihnen klar wurde, dass man ihnen kein Getreide herausgeben werde, fingen sie an, das Benzin in Eimern zur Sammelstelle zu schleppen. Zu den Speichern! Na ja, und am nächsten Morgen hatten sich einhunderttausend Pud Getreide in Rauch aufgelöst.«

»Mein Gott«, seufzte Bug. »Hunderttausend Pud!«

So viel Sentimentalität brachte Dejew erneut in Rage. Jetzt hatte er keine Lust mehr, den Feldscher zu schonen, er musste ihm alles sagen, so, wie es gewesen war. Dass am 9. März nicht nur das Korn in den Speichern verbrannte. Auch die Pferde im Stall, auch das zusammengetriebene Vieh und die Mehlmänner, die sich in den Speichern verspätet hatten. Sogar die Aufrührer selber, aber die wenigstens nicht bei lebendigem Leibe. Sie wurden vorher erschossen, Großvater, das ganze Dorf bis zum letzten Mann. Da lagen sie nun zwischen den brennenden Speichern, so still wie die herabgefallenen Vogelscheuchen, und brannten. Es hat gestunken wie in der Hölle – nach verbranntem Korn und verbranntem Fleisch. Aber, Großvater, das Erstaunlichste war, dass alle Bauten niederbrannten, doch der Palisadenzaun mit den Türmen blieb stehen! Er wurde nur schwarz vom Rauch. Wie konnte das sein?! Schon am nächsten Tag hat die Sammelstelle wieder funktioniert. Die Fuhrwerke brachten Getreide und nahmen auf der Rückfahrt die Leichen mit. Die Krähen verloren jede Scheu, sie stürzten sich auf die Wagen und rissen sich im Flug ein Stück verbranntes Fleisch ab …

Bug fragte nicht weiter. Er saß nur da, presste die Hände an den grauen Kopf und flüsterte vor sich hin: »Hunderttausend Pud … hunderttausend … hunderttausend …!«

Dejew konnte das Gestammel nicht mehr hören.

»Ein Glück, dass damals nur hunderttausend hier lagen«, sagte er hart. »Weißt du, wie viel Pud hier lagern können?«

Der Feldscher wandte sich ihm wieder zu. Im Dunkeln waren nur seine gerunzelten weißen Brauen und der traurig herabhängende weiße Schnurrbart zu erkennen.

Dejew hielt einen Moment inne, um den Eindruck zu verstärken. Dann erklärte er mit Nachdruck: »Eine Million.«

Darauf konnte Bug nichts mehr sagen.

Die Petrograder kamen, als die Nacht hereinbrach. Es waren breitschultrige, schnurrbärtige Burschen mit offenen, sonnengebräunten Gesichtern. Zwei trugen ein Gewehr, der dritte hatte sich keck eine Mauser ins Koppel gesteckt. Drei Recken.*

Die drei Männer führten sie in den hintersten Winkel des Geländes, wo ein Stall für etwa 200 Stück Vieh stand. Dort konnte man die beschlagnahmten Tiere kurzzeitig unterstellen, bevor sie zusammen mit dem Getreide nach Moskau oder Petrograd transportiert wurden.

Im Stall tat eine Wache der Sammelstelle Dienst. Mehrere Männer mit verschlossenen Gesichtern lümmelten auf Pritschen am Eingang herum. Sie ließen die Gäste eintreten, grüßten aber nicht und boten ihnen auch nichts zum Sitzen an. Stattdessen begannen sie, beim Licht der Petroleumfunzel plötzlich ihre Waffen zu reinigen. Dejew zählte vier Schrotflinten, drei Revolver und eine Damenpistole. Dazu kamen Jagdmesser und Äxte.

* Anspielung auf Viktor Wasnezows berühmtes gleichnamiges Gemälde in der Tretjakow-Galerie Moskau.

»Leiht uns bitte eine Petroleumlampe, Genossen«, bat Dejew.

Er erhielt keine Antwort, es kam aber auch kein Widerspruch. So trat er ruhig und gelassen an die Pritschen heran und griff ebenso ruhig nach einer Lampe. Seine Hand lag auf der Tasche mit dem Revolver. Er zog ihn nicht heraus und schaute niemanden an, sondern tastete nur mit den Fingern danach. Wie er bemerkte, tat der Feldscher es ihm gleich. Auch die Petrograder hielten die Waffen griffbereit, aber nicht so diskret, sondern ganz offen und mit einem frechen Grinsen. Das war gut. Es bedeutete, sie hatten sich mit den lokalen Kräften noch nicht verbrüdert.

Die Lampe in der Hand, erkundete Dejew den Stall. Mitten durch den langen, dunklen Raum lief von Tor zu Tor ein schmaler Gang. Beide Hälften waren in mehrere Pferche eingeteilt, wo sich die Tiere aufhielten und leise schnaubten. Dejew hatte Glück: In dieser Nacht waren es viele – Kühe, Schafe und Ziegen, alle klapperdürr, aber am Leben. Mehrere waren trächtig. Auf die hatte es Dejew abgesehen. Sie trugen die berüchtigten Überschüsse, die der Grund waren, weshalb sich die Leute zur Arbeit in einer Sammelstelle meldeten. Es ging um die in den Listen nicht erfassten neugeborenen Kälber. Das waren je Tier etwa neunzig Pfund zartestes Frischfleisch, dazu Innereien, Knochen für die Sülze und das Fell, das man verkaufen konnte. Lämmer hatten zwar weniger Gewicht, aber ein lockiges Karakulfell, das für eine Mütze mit Ohrenklappen reichte. Selbst ein Zicklein lieferte noch ein sättigendes Mahl für eine ganze Familie und eine Jacke für den Kleinsten. Zu den Überschüssen gehörten auch Eier, wenn man kein Vieh, sondern Geflügel beschlagnahmte.

Hier wurde natürlich niemand von der Straße eingestellt. Es waren sämtlich bekannte und überprüfte Personen. Freie Arbeitsplätze gab es kaum, denn von hier wurde niemand entlassen. Mitarbeiter von Sammelstellen starben eher durch eine verirrte Kugel oder eine in den Leib gerammte Sichel. Hier Dienst zu tun war einträglich, aber gefährlich wie bei der Armee. Die Wachmänner im Stall waren einander nicht fremd. Vielleicht waren sie Brüder, Schwäger oder ehemalige Frontkameraden. Viel miteinander reden mussten sie nicht; sie verstanden sich auf Zuruf.

Dejew schnürte durch den Stall wie ein Jagdhund, der angeschossenem Wild nachspürt. Zwischen knochigen Rücken und gehörnten Köpfen suchte er, die Lampe ganz niedrig haltend, nach einem schweren Bauch. Der Feldscher, der rasch begriff, worum es ging, half ihm dabei, streichelte über ein Rückgrat, beruhigte eine Kuh im Halbschlaf und tastete dabei gleichzeitig nach einem prallen Wanst. Dabei schmatzte und schnalzte er mit der Zunge wie ein erfahrener Kuhhirt.

Unter normalen Umständen kann eine Rinderherde Fremde angreifen, niedertrampeln oder auf die Hörner nehmen. Doch der Hunger hatte die Tiere geschwächt und zahm gemacht. Allein die Schweine rebellierten gegen den Hunger, weshalb sie getrennt gehalten wurden. In diesem Stall gab es keine.

Sie durchsuchten alles. Dabei fanden sie drei hochträchtige Kühe und ein trächtiges Schaf.

»Wenn ich an Gott glaubte, dann müsste ich jetzt beten, dass in dieser Nacht wenigstens eines der Jungen zur Welt kommt.«

Das konnte durchaus passieren. Die Kühe waren sehr schwer, und ihre geschwollenen Euter schleiften fast auf dem Boden. Bug schaute jeder Kuh unter den Schwanz und strich mit den Fingern über die Zitzen.

»Die ist es«, sagte er überzeugt und wies auf eines der Tiere.

Die dürren Beine der Kuh konnten das Gewicht des Ungeborenen kaum noch tragen. Traurig starrte sie zu Boden und scheute vor allem zurück, was sich bewegte, als sei sie von Sinnen. Wahrscheinlich hatte der Großvater recht: Auf sie mussten sie setzen.

In einer Ecke des Stalls hatte Dejew einen abgetrennten Bereich entdeckt. Dorthin führten sie die Erwählte jetzt unter den aufmerksamen Blicken der Wachleute. Solche Bereiche waren in jeder Sammelstelle eingerichtet worden, um die Tiere abzusondern, die »Überschüsse« produzieren konnten. Das geschah nicht aus Sorge um das Vieh, sondern weil man wollte, dass der »Überschuss« möglichst rasch und an diesem Ort erscheine. Auf dem Marsch oder in der Enge des großen Pferchs war das Kalben kaum möglich, unter abgeschirmten Bedingungen ging es wesentlich leichter.

Sie brachten die Trächtige in das Sonderquartier. Dort ließen sie sich selbst auf einem Brett nieder, den Rücken an die Stallwand gelehnt. Auch die Petrograder richteten sich in der Nähe ein.

Nun hieß es nur noch warten.

Die Nacht war kühl, doch einhundertfünfzig Tiermäuler atmeten Wärme aus. Wärme spendete auch der Dung, der den Boden in mehreren Schichten bedeckte. Die unteren Schichten waren hart geworden und hielten die aus dem Boden kommende Kälte ab. Die oberen, noch weichen, dampften und erwärmten den Stall.

Das Vieh schnaufte und trat von einem Bein aufs andere, unter den Hufen schmatzten die Kuhfladen. Die Petrograder Recken schwatzten miteinander und lachten leise. Weit weg am Eingang klirrten die Waffen der Wachmänner.

Die Zeit verrann.

Dejew hatte den Docht der Lampe weit heruntergeschraubt, um Petroleum zu sparen. Das Flämmchen von der Größe des Fingernagels eines Kleinkindes durchdrang kaum noch die Dunkelheit. Nur die Umrisse der dicken Stämme der Außenwand und Bugs Profil mit dem dichten Schnurrbart waren zu erkennen. Durch eine winzige, halb geschlossene Luke konnte man ein Stückchen Himmel sehen, dessen Farbe von Grau nach Blau und schließlich zu tiefem Dunkelblau wechselte.

Jetzt wäre die rechte Zeit gewesen, ein ernstes Gespräch zu führen oder einander das Herz auszuschütten. Doch der zuvor so gesprächige Feldscher war verstummt. Eine Million Pud Getreide – die Vorstellung hatte ihm die Sprache verschlagen.

»Hör mal, Großvater«, flüsterte Dejew, der das Schweigen nicht mehr aushielt. »Auf welcher Seite hast du im Krieg gekämpft, bei den Roten, oder …?«

Anstelle einer Antwort ließ Bug nur einen tiefen Seufzer hören.

»Alles klar …«

»Gar nichts ist klar!«, kam es von Bug, der endlich den Mund auftat. »Für die Roten habe ich gekämpft, für die Roten! Aber nicht von Anfang an.«

Ein Überläufer also. Ein politisches Chamäleon.

»Politik ist nicht mein Ding. Ich behandle Menschen.«

»Und dir ist es gleich, wen du behandelst?«

Laut konnte man jetzt nicht sprechen. So redeten sie im Flüsterton, der gelegentlich von einem leisen Zischen und Pfeifen begleitet war.

»Das ist mir gleich. Ehrlich gesagt, behandle ich sowieso lieber Tiere. Seit Jahren wartet auf mich an der Militärakademie eine Stelle als Pferdedoktor bei der Kavallerie. Doch ich alter Narr bin immer noch bei den Menschen, bei den Menschen …«

»Ist dir denn ein Pferd lieber als ein Mensch?«

»Hundertmal lieber! Wenn der Tierarzt eine Stute wieder zusammenflickt, dann lebt die zur Freude ihres Herrn weiter und wird nie wieder freiwillig dorthin gehen, wo geschossen wird. Aber der Mensch … Wozu flicke ich ihn zusammen, wenn er es kaum erwarten kann, morgen wieder in den Kampf zu ziehen? Und dann erwischt es ihn. Wozu säge ich ihm heute das Bein ab – ohne Morphium bei vollem Bewusstsein –, wenn morgen eine Bombe die Nachhut trifft und ihn zerfetzt?! So geht das mein Leben lang. Das heißt doch, meine Arbeit ist für die Katz, und ich selber auch.«

»Stirbt ein Kavalleriepferd etwa nicht, wenn es eine Kugel abkriegt?«

»Klar stirbt es auch. Aber nicht auf eigenen Wunsch oder wegen der eigenen Dummheit. Deshalb tut es mir auch viel mehr leid.«

Die trächtige Kuh schlug mit einem Hinterbein aus, und für eine Minute verstummten beide. Doch Dejew hatte bei diesem wichtigen Thema Feuer gefangen und flüsterte bald wieder:

»Dein Leben lang hast du Menschen gerettet, und jetzt beklagst du dich!«

Lange kam keine Antwort, und Dejew glaubte, Bug sei mitten im Gespräch eingenickt. Er wollte ihm schon einen leichten Stups geben, doch da nahm der den Faden wieder auf.

»Weißt du, weshalb ich mich für diesen Zug gemeldet habe? Ich hatte den Krieg satt. Und das Sterben. Ich dachte, da sind Kinder, da ist Freude und Leben. Keine Kugeln, keine Splitter und keine zerfetzten Wunden mehr. Ich dachte, hier wird meine Arbeit nicht umsonst sein. Und nun sowas …«

»Na sieh mal an, Freude hat er gesucht!«, spöttelte Dejew, der jetzt nicht mehr an sich halten konnte. »Hast schwache Nerven, Genosse Bug, bist zartbesaitet wie ein Fräulein. Freude werden wir im Kommunismus haben.«

»Den erlebe ich nicht mehr. Doch Freude möchte ich schon erleben, und wenn nicht, dann wenigstens Güte.«

»Da musst du nur die Augen aufmachen! Güte gibt es überall. Die Kinder sind in Stiefeln zum Bahnhof gekommen und nicht barfuß – das ist Güte. Sie reisen in Unterhemden und nicht nackt, auch das ist Güte. Sie werden nach Turkestan gebracht und müssen nicht in einem Kasaner Heim sterben – ist das etwa keine Güte? Die Säcke voller Lebensmittel, die Hühner in den Körben, der Apfelbaum auf dem Wagendach – all das war Güte! Genügt dir das nicht?«

»Mit deiner Güte stimmt was nicht, Enkel. Etwas ist daran verkehrt.«

»An deinem Hirn ist was verkehrt!«, zischte Dejew entrüstet. »Gut sein, heißt doch nicht, über die armen Bettlägerigen Tränen vergießen! Sie nackt in einen Zug laden und mit ihnen ohne etwas zu essen nach Turkestan fahren! Gut sein heißt, für sie unterwegs Milch und Fleisch beschaffen! Und sie nach Samarkand bringen – alle, auch den allerletzten!«

»Dann sind wir beiden also jetzt die Guten?«, fragte Bug nach einer langen Pause.

Eine Frage mit Hintersinn. Doch Dejew ließ sich nicht beirren.

»So sieht's aus.«

»Und Eisenhand, der uns erlaubt, dass wir hier die Überschüsse einsacken, ist auch ein Guter?«

Jetzt wurde er spöttisch. Doch Dejew blieb ernst.

»So ist es.«

»Aber am 9. März – was hat dieser Gutmensch damals hier angerichtet? Als du davon angefangen hast, stand er da, als wäre er aus Stein. Dabei hat er bestimmt nicht an das verbrannte Getreide gedacht, sondern an etwas anderes, wonach ich gar nicht fragen und was ich auch nicht wissen will.«

Warum willst du denn nicht danach fragen, Großvater, hätte Dejew ihm beinahe hingeworfen. Davon wissen viele und leben trotzdem weiter. Der Leiter dieser Sammelstelle ist nicht schlimmer als andere. Die müsstest du kennenlernen! Was am 9. März hier geschehen ist, war nicht der Weltuntergang, sondern die Unterdrückung eines antisowjetischen Aufstands. Davon hat es damals in Russland unzählige gegeben.

»Und was aus den Menschen geworden ist, die am 9. März mit Mistgabeln hierherkamen«, redete der Feldscher in der Dunkelheit weiter, »und auf welche die Petrograder Recken von der Prodarmija mit Flinten und Maschinengewehren losgegangen sind, frage ich nicht und will ich auch nicht wissen.«

Frag doch, Großvater! Dann würde ich dir antworten, dass es nicht einfach Dorfleute waren, sondern Frauen. Es war ein Weiberaufstand, Großvater. Männer gab es in den Dörfern schon seit zwei Jahren nicht mehr. Entweder sind sie mit den Weißen gegangen oder mit den Roten, oder die Tscheka hat sie als Geiseln genommen. Zur Sammelstelle sind am 9. März hundert Weiber angerückt. Junge, alte, hochschwangere – alle sind mitgelaufen. Dumme Gänse waren das, Hirnlose! Haben ihre kleinen Kinder auf dem Ofen oder in der Wiege zurückgelassen. Und sind hierher marschiert. Da haben sie gekriegt, was sie für ihre Riesendummheit verdient hatten.

»Und was du Gutmensch an diesem Tag hier gemacht hast, frage ich auch nicht«, beharrte Bug. »Als wir durch den Wald gegangen sind, hast du geschlottert wie im Fieber. Und als du von dem Tag erzählt hast, glaubte ich, du hättest in einen Abgrund geschaut.«

Danach hättest du mich ruhig fragen können, Großvater! Warum fürchtest du dich davor wie die Laus im Schützengraben? Du bist doch ein Militär! Frag und ich werde dir antworten. Ich werde antworten, dass ich geschossen habe. Ja, ja. Wie alle anderen Genossen. Auf Weiber habe ich geschossen. Die waren an diesem Tag wie von Sinnen. Das sind keine leeren Worte, so war es wirklich. Sie hatten den Verstand verloren. Ich habe in ihre Augen geschaut und weiß, wovon ich rede. Das waren keine Menschen mehr, das waren Tiere. Sie hätten uns in Stücke gerissen. Zuerst brachten wir es nicht über uns zu schießen. Keiner wollte das. Aber sie haben sich als Erste auf uns gestürzt. Sind mit Sensen und Sicheln auf uns losgegangen.

Hast du mal gesehen, wie eine Frau einem Mann mit der Sense den Kopf abschlägt? Anfangs haben wir uns mit den Gewehrkolben verteidigt, dann mit den Bajonetten. Ich wollte weglaufen, in den Wald. Viele wollten das. Doch der Palisadenzaun ist hoch, da kommt keiner drüber. Und am Tor war nur Hauen und Stechen. Da saßen wir in der Falle und kämpften gegen Weiber.

Dann haben sie den Kesselwagen mit dem Benzin entdeckt. Sie kamen mit vollen Eimern angerannt und wollten uns damit übergießen. Die Speicher haben schon gebrannt. Da genügte das Bajonett nicht mehr. Entweder du hast geschossen, bevor sie dich mit dem Eimer erreichten, oder sie hätten dich abgefackelt. Da haben alle zu schießen angefangen. Ich auch. Doch es waren so viele Frauen! Ich wollte, dass das möglichst schnell ein Ende hat. Deshalb habe ich wie wild geschossen.

Am nächsten Tag wurden wir in ihr Dorf geschickt, wo wir die Kinder einsammeln und in Heime bringen sollten. Wir haben alle gefunden und untergebracht. Keines ist gestorben, nicht mal ein Säugling.

Das habe ich getan. Ich habe alle Befehle befolgt. Dann habe ich mir den Kleidersack über die Schulter geworfen und bin, ohne mich abzumelden, nach Kasan gegangen. Eine Woche lang bin ich im Schnee durch die Wälder gestapft. Erst als ich in meinem alten Wohnheim angekommen war, bin ich auf ein Bett gefallen und habe eine Woche lang dort gelegen. Nicht mal zur Toilette bin ich gegangen. Sie haben mir einen Eimer ans Bett gestellt, damit ich nicht unter mich mache. Doch der Eimer hat mir Angst eingejagt, und ich habe ihn aus dem Fenster geworfen. Am achten Tag bin ich zu Tschajanow gegangen und habe ihn gebeten, mich in die Transportabteilung aufzunehmen.

»Das nenne ich verkehrte Güte«, schloss der Feldscher. »So eine Güte will ich nicht. Die Güte, die ich will, muss rein sein.«

Die will ich doch auch, Großvater! Wie schön wäre es, reine Güte zu finden! Eine, die nicht mit den Sünden des früheren Lebens befleckt ist. Wenn es einen Menschen gäbe, nur einen auf der ganzen Erde, der niemals etwas Schlechtes getan hat. Der durch die Welt geht und nur Gutes tut, während die anderen ihn bewundern und sich an seiner Tugend wärmen. Aber solche Menschen gibt es nicht. Ebenso wenig die reine Güte. Aber träumen von ihr dürfen wir. Das erhält uns am Leben.

Die Güte, die uns umgibt, ist anders. Sie ist krumm und schief, so schmutzig wie unsere vom Kuhmist verschmierten Schuhe. Sie wird mit befleckten Händen getan, die einst gestohlen oder gar getötet haben. Deiner Meinung nach, Großvater, sind alle diese Menschen nicht gut. Doch für mich sind sie es. Denn sie träumen von der unerreichbaren reinen Güte. Sonst gäbe es weder unseren Zug, noch das Lazarett, noch die Nacht in diesem Stall. So ist das, Großvater: Wir beide haben heftig gestritten, uns fast geprügelt, und sind uns doch in einer Sache einig.

Bug seufzte schwer, während er geduldig auf eine Antwort wartete.

Gegen Morgen hielt es Dejew nicht mehr aus. Das Stückchen Himmel in der Fensterluke färbte sich von tiefstem Tintenblau über Graublau zu Grau, in das sich nach und nach Feuerrot und Gelb mischten. Doch die Kuh wollte nicht kalben. Die ganze Nacht hatte sie laut und qualvoll geschnauft, mit den Beinen gezuckt und im Mist herumgetrampelt. Aber das Junge ließ auf sich warten.

Dejew zog es zu dem Tier. Das Warten quälte ihn, verdrängte alle anderen Gefühle und Gedanken, und fast jede Minute musste er in dem Verschlag nachschauen. Er hatte noch nicht miterlebt, wie so ein »Überschuss« zur Welt kam, wie eine

Kuh oder ein Schaf Junge warf. Neugeborene Kälber waren ihm schon begegnet, aber stets, nachdem sie den Mutterleib verlassen hatten und zur willkommenen Beute der Vorgesetzten von der Prodarmija wurden. Daher ängstigte ihn, er könnte den Augenblick verpassen, da seine Hilfe notwendig werden sollte. Doch noch mehr fürchtete er, dass die Kuh in dieser Nacht nicht kalben könnte.

Bald entdeckte er im schweren Schnaufen des Tieres neue Töne. Setzten jetzt die Wehen ein? Dann wieder wollte er ihr den Schwanz heben und nachschauen, ob nicht schon die Nase des Kälbchens zu sehen war. Schließlich fiel ihm ein, er müsste dem Tier zu trinken geben. Das hatte sich die ganze Nacht ohne Schlaf gequält, vielleicht brachten ihm ein paar Schlucke Erleichterung und beschleunigten den Gang der Dinge.

»Bleib ruhig, Enkel«, befahl ihm Bug. »Komm der Natur nicht in die Quere.«

Und wenn die Kuh nicht nur ein Kalb im Bauch hatte, sondern zwei? Dick genug war sie ja. Vielleicht litt die Arme deswegen so sehr, weil beide gleichzeitig herausdrängten und sich gegenseitig behinderten. Ein Pärchen, und jedes um die neunzig Pfund schwer – das wäre was! Aber wenn nun ein Junges mit zwei Köpfen herauskroch? Das sollte es doch geben. Er hatte es noch nie gesehen, aber davon erzählen hören. Ein solches Monster brachte sie nie und nimmer allein heraus, sondern nur mit fremder Hilfe … Oder es drängte mit dem Hinterteil zuerst heraus? Am Ende hatte es sich in der Nabelschnur verfitzt, und deshalb ging es nicht voran? Man müsste sie abtasten, Großvater.

»Sitz still, du Unruhegeist! Sitz still.«

Bist du nun Feldscher oder nicht?! Wer wollte denn unbedingt Tierarzt werden?! Los, unternimm etwas! Das ist jetzt dein Ding! Und wenn du es nicht fertigbringst, dann mach ich es selber!

»O-o-o-o-o!«, begann die Kuh plötzlich tief aus dem Bauch heraus zu stöhnen.

Die Jauche spritzte, als die Kuh ihren schweren Leib zu Boden sinken ließ und mit ihren Beinen den Dreck aufwühlte.

»Jetzt geht's los!«, rief der Feldscher.

Dejew drehte den Docht der Petroleumlampe hoch, soweit es ging, die Flamme schoss auf und leckte am Glas, es roch nach Ruß, auf den Rundholzwänden tanzten die Schatten von Mensch und Tier. Dejew lief mit der Lichtquelle zu dem Verschlag. Da lag die Kuh auf der Seite, die Augen traten ihr fast aus den Höhlen, und den Schwanz hatte sie steil nach oben gestellt.

Bald klatschte der Kopf der Trächtigen in den Matsch, bald hob sie ihn und streckte ihn angestrengt nach oben – ihnen, den Menschen zu, schien es Dejew. Er befestigte die Lampe an der schiefhängenden Tür des Verschlages und stand einen Moment starr da, weil er nicht wusste, was er tun sollte. Dann beschloss er, es dem Großvater einfach nachzumachen.

Der Feldscher hatte sich schon auf dem Weg zu dem Verschlag die Ärmel hochgekrempelt. Jetzt ließ er sich vor dem dicken Leib auf die Knie fallen, genau dort, wo der Schwanz in die Höhe ragte. Dann schob er seine zusammengelegten Hände unter den Schwanz. Sie verschwanden tief im Leib der Kuh, beinahe bis zu den Ellenbogen. Und sie kamen nicht leer wieder hervor: In jeder hielt er etwas Dunkles, Gerades, das in der Kuh steckte. Es waren die Vorderbeine des Kälbchens. Knorrig, mit Fell bedeckt und scharfen gelben Hufen am Ende, kamen sie langsam aus dem Leib hervor, obwohl Bug mit allen Kräften daran zog, ein Knie gegen den Leib der Mutter gestemmt.

»Nun hilf mir doch!«, rief er mit gepresster Stimme.

Da wurde Dejew bewusst, dass er immer noch stocksteif dastand und nur zusah, wie sich der rot angelaufene Großvater und die Gebärende quälten. Jetzt ließ auch er sich in den stinkenden Mist fallen, griff nach einem Beinchen, das warm und glitschig war, und begann ebenfalls zu ziehen. Sie gaben ein wenig nach, noch ein bisschen, und kamen zentimeterweise aus dem riesigen Hinterteil der Mutter heraus. Jetzt erschien darüber etwas, das einer stumpfen Schuhspitze mit Augen ähnelte – die Nase des Kälbchens. Diese Augen, groß und menschlichen absolut gleich, schauten Dejew unverwandt an.

Und er gab den Blick des Kälbchens zurück, das Stückchen für Stückchen aus dem Mutterleib kam – zuerst die schlapp herabhängenden Ohren, dann Hals und Brust. Dicker Schleim bedeckte den Körper, der beim schwachen Schein der Petroleumlampe glänzte, als sei er aus Glas. Schleim lief auch aus den weit geöffneten Nüstern des Kälbchens. Dejew fürchtete, das Tierchen könne nicht atmen, doch ihm die Nase abwischen war nicht möglich, denn nach wie vor zogen er und Bug das Kleine an den Beinen heraus.

Der Feldscher schnaufte vor Anstrengung so laut, dass er fast das Stöhnen der Kuh übertönte. Die hatte den Kopf zurückgeworfen und verdrehte die Augen, ihr knorriges Becken wurde immer breiter, das kräftige Jungtier schien die Mutter fast zu zerreißen. Doch als die langbehaarte Kruppe des Kalbes einmal draußen war, sprang es in Sekundenschnelle beinahe von selbst aus dem Mutterleib. Ehe Dejew erschrocken aufschreien konnte, erhielt er einen kräftigen Stoß vor die Brust, plumpste zu Boden und hielt auch schon etwas Heißes und Glitschiges, Wolliges und Schweres in den Armen. Das Neugeborene lag in Dejews Schoß, alle viere von sich gestreckt und das Köpfchen in Dejews Schulter gebohrt. Ein großes, gut genährtes Kalb von mindestens hundert Pfund, nicht weniger!

»Leg es ab«, befahl ihm Bug. »Leg es ab, sonst hebst du dir noch einen Bruch!«

Doch Dejew schüttelte nur den Kopf. Dann beugte er sich nach vorn und drückte seine Lippen auf das nasse Köpfchen: Du mein lieber Überschuss!

Doch da wurde sein Gesicht schon von einer anderen Nase beiseitegeschoben. Die Kuh war aufgestanden und begann jetzt ihr Neugeborenes zu lecken. Das erlaubte Dejew ihr gern. Er ließ das Kalb nicht los, gab der Mutter aber die Möglichkeit, mit der rauen Zunge über das zarte Fellchen zu fahren. Die Kuh leckte heftig und bearbeitete mit dem Rand ihrer Zunge auch Dejews Nacken und Hände. Ihm war, als gehe ein harter Schrubber darüber. Sie säuberte ihrem Kind Nase, Bauch und Lenden, dann noch einmal Nase und Mäulchen. Bald spürte Dejew an seiner Wange die raschen Schnaufer des Kälbchens. Das bekam jetzt leichter Luft. Zuerst hielt es das Maul geöffnet, und von der heraushängenden Zunge tropfte warmer Speichel auf Dejew herab. Dann begann es durch die Nasenlöcher zu atmen.

Bug spreizte dem Neugeborenen leicht die Hinterbeine und tätschelte dann dem Kleinen die Mähne.

»Gratuliere zum Söhnchen, Mamascha!«

Jetzt stupste die Kuh ihren Sohn mit dem Maul leicht in die Seite – los, aufstehen! Der regte sich, wühlte ein wenig mit den winzigen Hufen im Schmutz, schüttelte den großen Kopf, als habe er genau verstanden und wolle den Befehl der Mutter auf der Stelle ausführen.

Nun wurde es auch für Dejew Zeit, aufzustehen und gemeinsam mit Bug die Sammelstelle zu verlassen. Während die Geburt sie beschäftigt hatte, war es draußen bestimmt schon Tag geworden. Dejew wollte durch die Luke nach dem Himmel schauen, doch er sah nur in viele Gesichter. Seit Langem standen um den Verschlag alle Männer herum, die im Stall übernachtet hatten, und sahen gespannt zu. Mit finsteren Blicken starrte die Stallwache auf das Kalb in Dejews Armen und auf ihn selbst. Die Petrograder hingegen blickten amüsiert auf die Wachmänner.

»Danke für die Lampe, Genossen«, sagte Dejew und drückte das Kalb fest an sich.

Von den Genossen kam kein Wort zurück. Die Gewehre hingen ihnen noch über der Schulter, doch die Hände lagen an den Pistolengriffen.

Draußen war es tatsächlich schon hell. Dünne Lichtstrahlen fielen in den dunklen Stall. Bald mussten auch die Mehlmänner erwachen und aus ihren Löchern kriechen. Bis dahin sollten die Gäste verschwunden sein, denn ihre Zeit war längst abgelaufen.

Ohne das Kälbchen aus den Armen zu lassen, versuchte Dejew irgendwie aufzustehen. Allein wäre ihm das mit diesem Gewicht nicht gelungen, doch Bug stützte ihn. Am liebsten hätte er das Kalb ganz übernommen, was zu seiner mächtigen Gestalt auch besser gepasst hätte, doch Dejew gab es nicht her. Mit Bugs Hilfe legte er sich das Tier quer über den Nacken, so dass die vorderen Beine auf der einen Schulter und die hinteren auf der anderen lagen. Er packte sie fest mit beiden Händen und machte sich auf den Weg.

Die Petrograder öffneten ihm die Tür des Verschlags. Die Kerle fürchteten niemanden. Dass sie es ernst meinten, war nicht zu übersehen, denn sie hielten ihre Waffen griffbereit, ohne es zu verbergen. In ihrem breiten Lächeln, das die weißen Zähne im Dämmerlicht erstrahlen ließ, las Dejew die Bereitschaft und sogar den Wunsch, sich zu prügeln. Offenbar ging es ihnen bei der Prodarmija zu ruhig zu. Als Dejew an ihnen vorüberstapfte, zwinkerte ihm einer aufmunternd zu: Keine Sorge, Bruder! Dejew wollte mit Gleichem antworten, doch von der Last war sein Gesicht so verkrampft, dass er nicht einmal dieses kleine Freundschaftszeichen zustande brachte.

Jeder Schritt fiel Dejew schwer; ständig drohte er auf den Kuhfladen auszugleiten. Auch das Kälbchen wurde unruhig, da es die Trennung von der Mutter spürte. Seine Muskeln waren noch schwach, und ihm gelangen keine gezielten Bewegungen. Dejew war, als schleppe er einen Wackelpudding auf seinen Schultern, so schwer wie sein eigenes Körpergewicht.

Langsam, Schritt für Schritt bewegte sich Dejew zum Ausgang des Stalls. Der Feldscher hielt sich neben ihm, schaute aber nicht nach vorn, sondern zurück. Er hatte alle im Auge, die ihnen folgten, die Hand stets auf der Hosentasche. Auch die Petrograder gingen rückwärts, mit ihren zwei Gewehren und einer Mauser zu allem bereit. Die Verfolger bildeten die Nachhut. Entweder drohten sie ihnen im Ernst, oder sie wollten ihnen nur Angst einjagen – als Vergeltung dafür, dass man ihnen einen solchen »Überschuss« vor der Nase wegschnappte. Doch sie überholten die Gäste nicht und kreisten sie nicht ein, was ihnen möglich gewesen wäre. Und stellten auch keine Forderungen. Sollte es gelingen? Ließ man sie tatsächlich mit dem Fleisch ziehen?

Als sie aus dem Stall gingen, meldete sich die Mutterkuh. In einem tiefen, verzweifelten Ton brüllte sie auf, als beweine sie ihren entführten Sohn. In dem Versuch, den Räubern nachzujagen, warf sie sich gegen die Einfriedung, um diese zu durchbrechen. Ein Wachmann spuckte ärgerlich aus und blieb im Stall, um das Tier zu beruhigen. Für Dejew und Bug ein Gegner weniger.

Sie verließen den Stall und hielten auf das Bahngleis zu. Entlang des Schienenstrangs bewegten sie sich in Richtung des Ausgangs, durch den sie das Objekt betreten hatten.

Dejew lauschte auf das Knirschen ihrer Schritte im Schotter und zerbrach sich den Kopf darüber, ob man ihnen das Tor öffnen werde. Und wenn man es öffnete, konnte es dann nicht sein, dass die Verfolger ihnen in den dichten Kiefernwald nachsetzten? Das wäre für sie die sicherste Möglichkeit, so unverschämte Kerle wie sie aus dem Weg zu räumen. Still und unauffindbar.

Sollte er mit dem Kalb im Schutz der Petrograder auf dem Gelände bleiben und den Feldscher zum Zug schicken? Aber wen hätte er zu Hilfe holen können – die Betreuerinnen und

Memelja? Nein, ihre ohnehin kleine Gemeinschaft durfte er nicht aufs Spiel setzen.

Nicht zum Tor gehen, sondern zum Büro der Verwaltung und Eisenhand um Schutz bitten? Der wäre bestimmt nicht erfreut, wenn man zu Beginn seines Arbeitstages den »Überschuss« vor aller Augen auf dem Platz zur Schau stellte. Außerdem wusste man nicht, in welcher Stimmung er an diesem Morgen war.

Die Petrograder bitten, Kameraden von der Prodarmija herbeizurufen? Doch für die drei Recken hätte das bedeutet, die eigene Unterlegenheit zuzugeben.

Wie er es auch drehte und wendete, ihm und dem Feldscher blieb nur eins: Auf dem Gleis in den Wald gehen. Und sollte es dort auch zu einem Geplänkel mit den Wachmännern kommen, eines wusste Dejew genau: Das Kalb gab er nicht her. In seinem Revolver steckten sechs Patronen. Für alle Gegner reichte das nicht, doch für jene, die als Erste an das erbeutete Fleisch Hand anlegen wollten, allemal.

Das Tor wurde rasch und ohne jede Frage geöffnet. Offenbar war der Posten informiert – von Eisenhand oder von den Wachmännern?

Dejew und Bug verließen das befestigte Gelände. Die Petrograder Recken blieben hinter ihnen. Aber auch die Wachmannschaft aus dem Stall.

Dejew und Bug schritten auf den Gleisen rasch aus. Nach wie vor gefolgt von den Petrogradern und den Wachleuten.

Als der mit den Rinderschädeln dekorierte Wachturm hinter den Bäumen verschwunden war, murmelte Bug kaum hörbar: »Jetzt geht's los.«

Schon wurden hinter ihnen die Gewehre entsichert. Die Petrograder bereiteten sich auf den Angriff vor.

Dejew griff im Gehen in die Hosentasche und zückte den Revolver. Alle vier Beine drückte er jetzt mit einem Arm gegen die

Brust, während er in der anderen Hand den Revolver hielt. Er wollte den Kerlen in den Bauch schießen, damit sie zu Boden gingen. Was hinter ihnen geschah, konnte er nicht sehen, und so ging er einfach weiter. Er wusste, sollte er innehalten oder auch nur ein wenig langsamer werden und damit ihre kleine Kolonne aus dem Takt bringen, dann wäre es das Signal zum Kampf.

Doch dann geschah alles wie von selbst. Der Feldscher und die Männer aus Petrograd gingen langsamer und blieben schließlich stehen. Es wurde still, denn auch die Wachleute hatten Halt gemacht. Dejew packte den Revolver fester und wandte sich, das Kalb über dem Nacken, langsam um. Da sah er den Grund: Von der Sammelstelle her kam ein Mann über das Gleis auf sie zu, ein Arm länger als der andere. Es war Eisenhand. Auf ihn hatten die Männer gewartet, während sie aufeinander zielten und jede Sekunde das Feuer eröffnen konnten.

Wollte sich der Chef selbst davon überzeugen, dass die Eindringlinge das Gelände verlassen hatten? Oder den »Überschuss« doch nicht mit ihnen teilen? Vielleicht hatten die Wachmänner sie auch auf seinen Befehl in den Wald begleitet, und jetzt erhielten die Petrograder den Befehl, Dejew und Bug nicht mehr zu schützen, sondern anzugreifen? Bug warf Dejew einen traurigen Blick zu: Da hast du deinen Gutmenschen!

»Wie ich sehe, war die Nacht erfolgreich«, sagte Eisenhand, als er sie fast erreicht hatte.

Die Gewehre und Pistolen im Anschlag ignorierte er, als sähe er sie nicht. Er nahm einen großen Sack von der Schulter und stellte ihn den Gästen vor die Füße.

»Den haben wir für den Fall vorbereitet, dass … Nehmen Sie ihn trotzdem.«

Dejew nickte zustimmend, Bug hob den Sack auf, und warf ihn sich, ohne hineingeschaut zu haben, auf den Rücken.

»Weiter«, fuhr Eisenhand in sachlichem Ton fort, als unterhielten sie sich nicht vor den Mündungen zahlreicher Waffen, sondern in einem stillen Büro. »Mit Ihrem Zug können Sie nicht auf die Hauptstrecke zurückstoßen. Fahren Sie durch die Sammelstelle. Wir öffnen die Tore für Sie.«

Wieder nickte Dejew. Mit so viel Entgegenkommen hatte er gar nicht gerechnet. Er hatte schon befürchtet, sie müssten versuchen, die »Girlande« von dem Abzweig auf die Hauptstrecke zu schieben. Schlimmstenfalls hätte er nach Urmary laufen und eine Rangierlok auftreiben müssen, um die Wagen einzeln auf die Strecke zu bugsieren.

»Das war's«, sagte Eisenhand. »Leben Sie wohl.«

Jetzt wussten auch die Wachmänner, dass die Aktion beendet war. Sie ließen die Waffen sinken und schwangen sie sich auf den Rücken. Die Petrograder taten es ihnen gleich.

Und Dejew nickte zum dritten Mal.

Im Laufschritt eilten sie auf dem Gleis weiter – Dejew mit dem Kalb über den Schultern und Bug mit dem Sack auf dem Rücken. Sie wollten kaum glauben, dass sie unversehrt und mit einer Menge Fleisch davongekommen waren. Sie konnten sich auch noch nicht recht vorstellen, dass ihnen nur blieb, diesen verfluchten Ort zu durchfahren und schnell hinter sich zu lassen, um nie wieder dorthin zurückzukehren.

Dann sahen sie die Lokomotive, die bereits zischte, Dampf und Funken ausstieß. Der Lokführer hatte am Tag zuvor die Nachricht erhalten, am nächsten Morgen in aller Frühe zur Abfahrt bereit zu sein. Jetzt hockte er gehorsam in seinem Häuschen und wartete nur noch auf den Zugführer.

Sie warfen ihre Lasten auf die Plattform des Tenders und kletterten beide hinauf.

»Vorwärts!«, brüllte Dejew. »So schnell wie ein Vogel, wie eine Gewehrkugel, wie eine Hexe auf ihrem Besen!«

Damit Eisenhand es sich nicht anders überlegte. Damit die benachteiligten Wachmänner nicht doch noch eine Schweinerei gegen sie aushecken konnten. Vorwärts!

Und der Zug fuhr los. Die Lokomotive schob mit ihrer eisernen Brust die Kiefernzweige beiseite, und der Zug donnerte über die Schienen. Dejew und Bug standen auf dem Tender – der eine den Revolver in der Hand, der andere mit erhobenen Fäusten bereit, den Zug und ihre Beute zu verteidigen. Kiefernzapfen, abgeschlagen von der Esse der Lok, prasselten auf sie nieder.

Sollte es einen Angriff geben, wollte Dejew aufs Ganze gehen, mit der Lok das Tor aufsprengen und auf das Gelände vordringen. Für einen Zug in voller Fahrt sollte das ein Leichtes sein. Darum fuhren sie jetzt mit Volldampf, drosselten die Geschwindigkeit nicht und kündigten sich lautstark an.

Die Lok ließ einen durchdringenden Pfiff ertönen, als die »Girlande« sich dem Palisadenzaun näherte.

Doch an einen Angriff dachte offenbar niemand. Das Tor stand weit offen, und der Zug rollte auf das Gelände. Der Wachturm samt Posten und die Torflügel mit den Rinderschädeln wurden in dicke Dampfwolken gehüllt. Dampf zerteilte auch die Mehlstaubschwaden.

Speicher und Stall, die weißen Fuhrwerke mit den weißen Pferden, dazu die weißen Menschengestalten – all das flog vorüber wie ein Traumbild vor dem Erwachen. Der zentrale Platz, die Getreideberge, von denen Mehlstaub aufstieg, die trübe Luft und die darüber kreisenden Krähen – all das konnte nur ein Traum sein.

Als sie das zweite, ebenfalls weit geöffnete Tor durchfuhren und die nach Kiefern duftende Morgenluft gierig einsogen, war auch das Traumbild verschwunden.

Die »Girlande« brauste durch den Wald. Ringsum war alles so saftig grün, dass einem die Augen schmerzten. Über ihnen ein tiefblauer Himmel. Vögel zwitscherten. Schwer atmend schauten Dejew und der Feldscher sich an. Ihnen fehlten die Worte, aber es gab auch nichts mehr zu sagen.

Doch Bugs Gesicht war immer noch weiß vom Mehlstaub! Ebenso all seine Sachen! An dem Mehlstaub klebten Kuhfladen, seine ganze massige Gestalt war damit beschmiert. Und auf den Kuhfladen eine Schicht Kohlenstaub. Wie hast du dich verändert, Großvater! Vom Feldscher zum Mistfahrer und dann zum Kohlekumpel!

Plötzlich mussten beide lachen. Dejew versuchte sich anfangs zu beherrschen und lief rot an, aber dann prustete er los. Von ihm angesteckt, ließ auch Bug seinen dröhnenden Bass erschallen.

Und das Holzding in deiner Tasche hat funktioniert, Großvater! Eine ganze Sammelstelle hast du damit in Schach gehalten! Sogar einen weißen Kittel wolltest du anziehen! Wäre das ein Anblick – die ganze Scheiße auf einem weißen Kittel!

Lachend schauten sie einander in die Augen. Der Fahrtwind kratzte im Hals. Vom Lachen taten ihnen schon Bauch und Wangen weh.

Und ich erst, Großvater! Sieh dir das an! Von mir muss man den Mist scheibenweise abkratzen. Zwei Jauchegrubenreiniger sind wir, als Paar könnten wir auftreten. Ach was, zwei Teufel, nicht weniger! Zwei Teufel vom Misthaufen!

Bug, wieder ernst geworden, wischte sich mit den schwarzen Fingern die Tränen ab. Doch Dejew konnte einfach nicht aufhören, er zog Grimassen und schwenkte den Kopf hin und her.

Wie hat der Lokführer uns überhaupt erkannt? Der hätte uns doch davonjagen können, so schön, wie wir sind. Uns eine mit dem Feuerhaken überziehen, damit wir die Leute nicht ängstigen. Den Kindern kann man uns jetzt nicht vorführen, die machen sich vor Schreck gleich nass. Und die Frauen springen ab und verschwinden im Wald! Die können wir dann suchen, bis es dunkel wird! Was für ein Spaß!

Dejew gluckste vor Lachen, fast klang es wie ein Schluchzen.

Warum lachst du nicht mehr, Großvater? Schau, wie lustig alles um uns her ist! Wie die Äste sich im Fahrtwind wiegen, wie der Dampf aus der Esse fliegt, wie die Räder rattern, rattern und rattern! Ist das nicht zum Totlachen?

»Jetzt beruhige dich erst mal«, mahnte Bug, packte Dejew mit seinen mächtigen Pranken und drückte ihn an sich.

Ich reich dir mit der Nase doch kaum bis zur Achselhöhle, Großvater! Und du riechst nach Kuh, die gerade gekalbt hat. Wie stark du bist, packst mich und lässt nicht mehr los. Ist das nicht alles zum Lachen?

Als er endlich nicht mehr lachen musste, hob Dejew das immer noch nasse Gesicht und sagte: »Auf Schwangere habe ich nicht geschossen – damals, am 9. März.«

»Das glaube ich dir, Enkel«, antwortete Bug und gab ihn wieder frei.

Da stieß Dejew etwas Weiches in die Hüfte. Eine Kalbsnase. Sich selbst überlassen, hatte der Kleine sich auf die Beine gestellt. Gehen konnte er noch nicht, nicht einmal die Knie beugen. So schwankte er auf seinen von der Anstrengung zitternden Gliedmaßen wie auf Krücken, die er auf dem Kohlehaufen weit auseinanderspreizte. Vertrauensvoll hielt er sich an Dejew, dessen Geruch er seit der Geburt kannte.

Dejew ließ sich vor dem Kalb auf die Knie nieder und gab ihm einen kräftigen Kuss auf die mit Kohlenstaub verschmierte Stirn. Dann steckte er den Revolverlauf in das warme Ohr des Tieres und drückte ab.

Während die Lok in Urmary Wasser und Sand aufnahm, wuschen sich Dejew und Bug.

Fatima goss ihnen Wasser in die zusammengehaltenen Hände, und vor Wohlbehagen prustend, spülten sie sich Gesicht und Nacken ab. Als Fatima ihnen das Wasser über den Kopf schüttete, schnauften sie vor Kälte. Dann nahm sie ihnen bis auf die Unterwäsche Kleidung, Schuhe und Fußlappen ab und trug alles hinter das Bahnhofsgebäude, um es dort in einem Bach zu waschen.

Dejew fand es angenehm, dass Fatima ihnen half. Und auch, dass Belaja aus dem Wagenfenster ihrer Reinigungszeremonie zuschaute. Jetzt genierte er sich vor den Frauen nicht mehr wegen des entblößten Oberkörpers oder der nackten Füße. Solche Dummheiten hatten sie hinter sich gelassen. Was sollte man sich auch vor Kampfgefährten genieren?

Doch unerwartet für Dejew war das dem Feldscher peinlich. Als Fatima mit dem vollen Eimer und einem Lächeln auf dem runden Gesicht auf sie zuging, lief er so rot an, dass man das selbst unter der Schmutzschicht auf Wangen und Stirn sehen konnte. Und als er gar Hose und Hemd zum Waschen abgeben sollte, weigerte er sich mit verschämtem Blick. Hemmungen dieser Art hatte sich Dejew bei ihm überhaupt nicht vorstellen können.

Der Sack, den Eisenhand den Männern geschenkt hatte, war prall gefüllt mit Krähen, allesamt frisch und ohne eine Spur von Geruch. Erst glaubte er, die Vögel seien am Vortag geschossen worden, aber da sie noch warm und nicht erstarrt waren, musste er das am Morgen eigens für Dejews Zug getan haben.

Dejew entschied, die Vögel sollten in einer Suppe für alle verarbeitet werden. Das Kalbfleisch indessen war ausschließlich für die Sonderrationen im Lazarett vorgesehen.

Das Kalb schlachteten sie auf der Tenderplattform während der Fahrt, als die Bahnstation weit hinter ihnen lag und sie vor interessierten Blicken Fremder sicher waren. Dejew wusste nicht, ob der Koch diese Aufgabe bewältigen werde. Doch er konnte es, und zwar besser als er und der Feldscher zusammengenommen. Er ließ das Tier ausbluten, nahm es aus und enthäutete es. Das Blut fingen sie auf, um es den Kranken zu trinken zu geben; aus Knochen und Hufen wurde eine kräftige Brühe gekocht.

Das Fleisch garten sie sofort. Ein Durchschlag, um es zu pürieren, war in der Küche nicht vorhanden. Also kochte Memelja ein Beil ab und klopfte mit dem Rücken des Beils das Kalbfleisch zu Brei. Dejew trug es selbst ins Lazarett, blieb aber nicht, um die Kinder zu füttern. Vor Müdigkeit konnte er sich kaum noch auf den Beinen halten. Bug, in weißem Kittel auf dem nackten Oberkörper und langer Unterhose, tat das selbst. Dejew zog sich in den Stabswagen zurück, um zu schlafen.

Barfuß und nur in Unterhose, auf der Brust getrocknete Spritzer von Kalbsblut – so tappte er durch den Zug. Als die Kinder seiner ansichtig wurden, verstummten sie und begleiteten ihn mit bewundernden Blicken aus großen Augen. Die Kunde von dem Fleisch und der am Abend zu erwartenden Geflügelsuppe hatte sich bereits in allen Wagen verbreitet. Den Betreuerinnen stand Verehrung ins Gesicht geschrieben. Die Bäuerin wartete ab, bis der Chef an ihr vorbeikam, um seinen schmächtigen Rücken inbrünstig zu besprechen – mit einer Beschwörung oder einem Gebet.

Im Abteil legte sich Dejew auf die Liege und spürte sofort, dass er halb nackt vor Kälte keinen Schlaf finden konnte. Doch noch einmal aufzustehen und sich etwas zum Zudecken zu holen, fehlte ihm die Kraft. Da lag er nun, zusammengerollt, die Arme um die Knie geschlungen, bis sich jemand seiner erbarmte und etwas Wärmendes über ihn breitete.

Durch die halb geöffneten Augen sah er, dass es der Uniformmantel der Kommissarin war. Er lächelte schwach, weil ihm diese Aufmerksamkeit sehr angenehm war, doch die Augen ganz zu öffnen vermochte er nicht mehr. Sie fielen ihm zu, und er wollte schon einschlafen.

»Sie haben einen Kolchos beraubt«, hörte er die Kommissarin sagen, entweder als Frage oder als Behauptung.

»Nein, das sind Überschüsse«, widersprach er und wollte schon einnicken.

»Solche Überschüsse gibt es nicht.«

Es gibt noch ganz andere, erwiderte er – hörbar oder nur noch in Gedanken.

Der Mantel umhüllte ihn behaglicher als jedes Daunenbett. Oder war es die Kommissarin? Waren es ihre langen, warmen Arme, die ihn zärtlich schaukelten, und die Räder sangen ein Wiegenlied dazu? Oder war es Fatima, die ihn an ihrer weichen Brust wiegte und sang – ganz für ihn allein?

»Ich habe Sie unterschätzt, Dejew«, hörte er Belaja noch sagen.

Der Sinn des Satzes entging ihm. Er war eingeschlafen.

Und es trug ihn davon – durch Kiefernwälder, vorbei an gelben Hügeln, kristallklaren Flüssen und Kolchosfeldern, auf Schienen aus blinkendem Stahl und über Brücken aus schwarzem Eisen. Es schaukelte und wiegte ihn, von der heftigen Bewegung zitterte die Erde. Als wollten sie ihren Weg messen, klopften die Räder: poch-poch … poch-poch …

Oder war es sein Herz, das da klopfte und maß, wie viel Leben ihm noch blieb? Poch-poch … poch-poch …

Klopfte da etwa jemand an die Tür, ohne aufzuhören? Poch-poch … poch-poch …

Es klopfte wirklich.

Ohne jede Vorstellung, wo er die Tür suchen sollte, setzte sich Dejew mit geschlossenen Augen auf und tastete mit den nackten Füßen nach seinen Schuhen. Da er sie nicht finden konnte, stand er auf und tappte barfuß in Richtung Tür. Er zog am Griff und versuchte durch die klebrigen Lider hindurch den Gast zu erkennen.

Vor ihm stand eine riesige Gestalt in Weiß. Ein Kerl wie ein Schrank. Der Feldscher. Der Großvater.

Er schaute Dejew so merkwürdig an und sagte: »Senja ist tot.«

III.

Des Teufels Dutzend

Sergatsch – Arsamas – Busuluk

Den Kopf hin und her drehend, schaute die Laus in den Wagen. Ihre Silhouette hob sich scharf vom Abendhimmel ab und füllte bald das ganze Fenster. Sie drückte das Maul gegen die Scheibe und bewegte dabei die gegliederten Fühler – offenbar nahm sie Witterung auf.

Er sah sie sofort, denn er lag mit dem Gesicht zum Fenster. Er hatte auf sie gewartet – schon seit Kasan und bei jedem nächtlichen Halt. Doch erst jetzt hatte sie den Zug eingeholt. Auf Gleisen kam sie nur langsam voran, denn ihre sichelförmigen Krallen glitten auf dem Stahl aus. Sie versuchte es auf dem Boden seitlich davon und krallte sich an den Schwellen fest. Nun war sie da.

Sie verfolgte Senja seit Langem. Sie war aus der Taiga gekommen, wo sie in Bärenhöhlen siedeln und sich in Gräben herumtreiben, in denen der Nieswurz wächst. Damals hatte sie ihren fetten Bauch durch das ganze Dorf geschleppt und auf dem lehmigen Weg Spuren von ihren sechs mit Krallen bewehrten Füßen hinterlassen. In einem Haus hatte sie ein lebendes Menschenwesen gewittert – Senja.

Damals lag er auf dem Ofen und wartete auf das Frühjahr. In dem Haus war niemand mehr, weder Mutter, noch Vater oder seine älteren Brüder. Sie alle hatten sich vor vielen Tagen davongemacht. Ebenso alle Nachbarn samt Vieh und Geflügel.

Senja blieb allein auf dem Ofen zurück. Er hätte noch länger dort gelegen, denn er konnte sich kaum bewegen. Doch da sah er, wie ein mit Buckeln bedeckter grauer Klumpen, groß wie eine Kuh, über den Hof gekrochen kam. Zu Tode erschrocken, ließ er sich irgendwie hinter den Ofen gleiten, zog die Beine, die ihm seit dem Winter nicht mehr gehorchen wollten, an sich und erstarrte. So lag er die ganze Nacht, während die Laus um das Haus kroch und ihn nicht finden konnte. Verschwinde, beschwor er sie in Gedanken. Verschwinde. Doch sie hörte nicht auf ihn.

Gegen Morgen ging die Tür auf, aber es war nicht die Laus, sondern es waren Rotarmisten. Sie schauten in alle Höfe und Häuser. Dabei hielten sie sich seltsamerweise Taschentücher vor die Nase. Zu Senja kamen sie auch. »Du meine Güte, hier lebt ja noch einer!«, sagte ein Soldat und holte Senja hinter dem Ofen hervor. Sie setzten ihn auf ihren Pferdewagen, doch sitzen konnte er nicht mehr, nur liegen. Also fuhr er liegend mit der Truppe davon. Als sie freies Feld erreicht hatten, stemmte er sich hoch und schaute auf sein Heimatdorf zurück. In der Ferne, hinter dem Zaun seines Hauses verbarg sich ein Schatten. Es war die Laus. Sie wartete ab, bis Reiter und Wagen sich weiter entfernt hatten, um dann seiner Spur zu folgen. Das wollte er den Soldaten sagen, aber er war zu müde und schlief ein.

Seitdem ging sie ihm nach. Besser gesagt, sie kroch ihm nach. Mehrmals hatte sie ihn fast erreicht, aber ihm gelang es zu entkommen. Das Gehen hatte er zu dieser Zeit schon ganz verlernt; die Beine gehorchten ihm nicht mehr. Doch dass man ihn immer wieder an einen anderen Ort verlegte, war seine Rettung. Zuerst auf die Krankenstation eines Dorfes, dann in die Krankenhäuser einer kleineren und einer größeren Stadt, in ein Kinderheim, wieder auf eine Krankenstation und schließlich in die Sammelstelle der Hauptstadt Kasan. Dort hatte Senja ein paar Tage Ruhe, doch dann fing er an zu warten, und prompt tauchte die Laus wieder auf.

Am schlimmsten war es in dem Kleinstadtkrankenhaus gewesen. Man hatte es in einer niedrigen Hütte eingerichtet, und der Laus gelang es, nachts aufs Dach zu klettern. Beinahe hätte sie sich durchgefressen. Am besten war es in der Sammelstelle. Senja wurde hoch oben unter der Decke eines riesigen Palastes untergebracht. Die Laus brach sich fast die Krallen ab, als sie versuchte, an den Wänden oder den glatten Säulen zu ihm hinaufzuklettern. Als man ihn dann in den Eisenbahnzug verlud, der zu einer langen Reise startete, war Senja klar: Von hier gab es für ihn kein Entkommen mehr. Hier musste sie ihn erwischen. Der Zug kroch über die Gleise, und das auch nur zwei, drei Stunden am Tag. Meist stand er still. Doch die Laus kroch unermüdlich hinterher. Und nun war sie da.

Senja wusste, dass der Wagen aus Eisen und dickem Glas gemacht war. Doch er wusste auch, dass die Laus Eisen durchnagen und Glas zertrümmern und zu Pulver zermalmen konnte. Schon fuhr sie mit ihrem wulstigen Schädel am Fensterrahmen auf und nieder. Sie suchte einen Sprung oder einen Spalt, durch den sie ihren Rüssel zwängen konnte. Wenn sie den nicht fand, dann fing sie bestimmt an, mit ihrer riesigen Stirn dagegen zu wummern. Bumm! Bumm!

Die Schläge waren nicht zu hören, doch die Pritsche, auf der Senja lag, erzitterte, und die medizinischen Instrumente auf dem Tisch klirrten. Bumm! Bumm!

Die anderen Kinder schliefen. Das taten sie immer, wenn Senja Hilfe brauchte. Und die Erwachsenen verschwanden irgendwohin. Niemand auf der Welt beschützte Senja. Er war ganz allein.

Bumm! Bumm!

Im Fensterglas entdeckte er ein glitzerndes Spinnennetz von Sprüngen. Bumm! Die Scheibe zerbarst in viele kleine Stücke.

Jetzt war das Fenster nicht mehr da, sondern nur noch ein unförmiges braunes Etwas, das aussah wie eine riesige Kartoffel mit faltiger Haut und stachligem Schnurrbart. Sie schob die Vorderbeine mit den mächtigen Krallen in das Lazarett herein, spannte sich, um das Brust- und Rückenstück und schließlich auch den dicken, gerippten Leib nachzuziehen.

Senja drückte sich im letzten Winkel der Pritsche an die Wand. Noch hätte er Zeit gehabt, fortzukriechen und sich zu verstecken, aber in den letzten Tagen war ihm überhaupt keine Kraft mehr geblieben, er hatte sich nicht einmal mehr von einer Seite auf die andere gedreht. Jetzt kauerte er sich unter seiner Decke zusammen, die eigentlich ein Sack war, und wünschte sich nur das eine: zu verschwinden, sich auf der Stelle in nichts aufzulösen. Denn diesmal entging er ihr nicht.

Ihr Maul kam näher, sie starrte ihn mit ihren riesigen, gleichgültigen Augen an und entrollte von irgendwoher den blutsaugenden Rüssel. Doch der erreichte Senja nicht, denn ihr riesiger Leib steckte noch im Fenster fest. Schreien, knurren oder andere Laute von sich geben konnte die Laus nicht. Stumpfsinnig und lautlos drehte und wand sie sich. Aber an dieser Stelle kam sie nicht weiter; sie musste sich ein anderes Schlupfloch suchen. Wütend hieb sie mit ihren Sicheln gegen die bemalten Wände und hinterließ tiefe Schrammen. Dann zog sie den Rüssel wieder ein und den Kopf aus dem Fenster zurück.

Vielleicht konnte Senja ihr doch noch entkommen? Er musste sich nur von der Pritsche gleiten lassen und seinen Körper, der ihm nicht mehr gehorchen wollte, in den Nachbarwagen schleppen. Vielleicht war dort jemand? Vielleicht fand er dort Hilfe?

Senja löste sich von der Wand und versuchte, sich Zentimeter für Zentimeter zu einem Bündel zusammenzurollen – so fiel es sich besser. Er krümmte den Rücken, soweit er konnte, und zog mit den Armen die steifen Knie an die Brust. Sein Kopf war so schwer, und der Hals hatte kaum die Kraft, ihn über die Pritsche zu bewegen, aber es musste sein, es musste einfach sein!

Ein Ohr scheuerte sich an der rauen Pritsche auf, während er den zentnerschweren Kopf weiterzuschieben versuchte. Dann ließ er sich über die Bettkante gleiten. Als er hinunterplumpste, sprangen ihm die schartigen Dielenbretter entgegen.

Nun musste er kriechen! Er lag am Boden, das Gesicht nach unten – ein Knäuel aus Ellenbogen, Handgelenken und Knien. Warum kroch er denn nicht?! Die Stirn schien heil geblieben zu sein, aber die Nase hatte es erwischt, von dort tropfte es und schlug Bläschen. War das Blut? Wenn er doch endlich kriechen wollte, Jammerlappen, der er war!

Und Senja kroch. Mit Kiefern, Schultern und Rippen, mit all seinen spitzen Knöchelchen krallte er sich in die schmutzigen Bodenbretter, zog sich Holzsplitter ein und hinterließ eine Spur von verschmiertem Blut.

Blut – das war sehr schlecht. Sein Geruch lockte die Laus an.

Da kam sie auch schon. Sie hatte herausgefunden, wo die Tür war und hämmerte jetzt auf sie ein, dass das ganze Lazarett erbebte. Als die aus den Angeln gerissene Tür fiel, zwängte sich das Ungetüm durch die gähnende Öffnung und schob sich laut knarrend durch den Gang. Krachend brachen die herausgerissenen Bretter des Altars. Der Vorhang, hinter dem die Liege des Feldschers stand, flog beiseite. Mit klirrenden Krallen kroch die Laus Senja hinterher.

Doch der hatte bereits die nächste Tür erreicht. Er presste seinen Kopf dagegen und kratzte an dem Türspalt, um sie zu öffnen. Aber sie war verschlossen. Er musste den Arm ausstrecken, um sie zu öffnen. Der Griff war weit oben angebracht, für ihn fast an der Decke.

Senja stieß sich vom Fußboden ab – so stark, dass ihm der Kopf brummte – und klammerte sich an etwas fest. War es eine Pritsche? Oder der Türrahmen? Er zog und zog sich nach oben, so heftig, dass Rücken und Nacken ein stechender Schmerz durchfuhr. Der Wagen schaukelte, als fahre er. Oder wankte Senja? Ja, er wankte, aber im Stehen. Er stand! Seit vielen Monaten stand er zum ersten Mal auf seinen eigenen Beinen.

Mit dem ganzen Körpergewicht ließ er sich auf den Messinggriff fallen und stieß ihn von sich fort. Die Tür ging auf. Senja wankte aus dem Lazarett auf die Plattform des Wagens hinaus. Doch er hielt sich auf den Beinen, und es gelang ihm sogar, die Tür hinter sich zuzuwerfen. R-r-r-ums! Schon zeigte sich hinter dem Glas der Tür der braune Rüssel. Ziellos fuhr er hin und her. Die Laus wusste nicht, wie die Tür zu öffnen war.

Bleib nicht stehen, geh! Ich kann nicht gehen. Du musst! Und Senja ging. Auf steifen Beinen, die Füße kaum vom Boden lösend und heftig hin und her schwankend. Aber er ging! Auch wenn er sich an der Wagenwand abstützen und den faulen Beinen immer wieder nachhelfen musste. Er konnte es! Er konnte gehen.

Irgendwie schleppte er sich über die Kupplung unter freiem Himmel zum nächsten Wagen. Er ging hinein und schlurfte zwischen den Pritschen der schlafenden Mädchen hindurch bis zum anderen Ende. Auch hier war kein einziger Erwachsener zu sehen. Alle Türen schloss er sorgfältig hinter sich. Da die Laus mit den Griffen nicht zurechtkam, musste sie lange gegen jede Tür schlagen und verlor dabei viel Zeit. Inzwischen gelang es Senja vielleicht, sich zu verstecken. Jetzt tropfte auch kein Blut mehr aus der Nase. Und es fiel ihm ein wenig leichter, die Knie zu bewegen …

Da nun ein ganzer Wagen zwischen ihm und dem Ungeheuer lag, gönnte sich Senja eine kleine Pause. Auf der Plattform lehnte er sich an die Wand, um wieder zu Atem zu kommen. Er schaute auf seine Beine, die in der Dunkelheit kaum zu erkennen waren. Ein halbes Jahr hatten sie ihn im Stich gelassen, und plötzlich funktionierten sie wieder. Sollte er der

Laus tatsächlich entkommen? Sollte er wirklich ein Versteck finden?

Gierig sog er die frische Nachtluft ein. Ringsum war es still, kein Laut war zu hören, als gäbe es die Riesenlaus gar nicht, die auf der Suche nach Beute durch den ganzen Zug kroch.

Senja hielt den Atem an und lugte verstohlen, nur mit einem Auge durch die Glastür. Die Laus war bereits in den Wagen der Mädchen eingedrungen. Aufgeregt mit den Fühlern spielend, zwängte sie sich zwischen den schlafenden Mädchen hindurch, und der Rüssel näherte sich bald dem einen, bald dem anderen Kopfende. Offensichtlich schnüffelte sie, mit welchem Opfer sie beginnen sollte.

Hatte sie Senja wirklich vergessen? War er gerettet?

Doch das kam ihm sehr seltsam vor. Andere Kinder hatte die Laus bisher nie bemerkt, obwohl sie auf ihrem Weg Hunderten begegnet war. Wie oft war sie in Krankenhäusern und Kinderheimen an anderen gleichgültig vorbeigekrochen, stets nur das eine Ziel im Auge – Senja. Und das sollte jetzt anders sein?

Du bist gerettet! Also lauf! Solange sie nicht an dich denkt, einen Augenblick oder für immer – lauf! Lauf, solange dich die Beine tragen und der Körper dir noch gehorcht!

Jetzt blieb die Laus stehen. Sie hatte ihre Wahl getroffen. Mit ihren Krallen zog sie sich zu einer der oberen Pritschen hinauf. Jetzt hing sie über einem schlafenden Mädchen wie eine riesige, faltige Wolke. Zog das Rüsselknäuel hervor, entfaltete es, ein paar Speicheltropfen fielen auf das lange blonde Haar, und die Laus schickte sich an, den Rüssel in das zarte Gesicht zu bohren.

Schau nicht hin! Geh weg! Verschwinde von diesem Wagen, aus diesem Zug, von diesem Gleis! Nur fort! Jetzt! In diesem Augenblick!

Senja zog an dem Griff, die Tür rollte gehorsam auf und gab den Weg in den Mädchenwagen frei.

Auf das Geräusch wandte sich die Laus um, aber sie nahm Senja nicht wahr und wollte das wahrscheinlich auch nicht, denn ein anderes Opfer war ihr fast sicher. Im Vorgeschmack des Genusses hatten sich die wenigen Borsten auf dem Kartoffelkopf aufgestellt und ihre winzigen Flügel entfaltet.

Hau ab, du Dämlack! Verschwinde, solange du noch kannst. Immer musstest du vor ihr fliehen, und heute kann es gelingen!

Lass von dem Mädchen ab, du Ungeheuer, sagte Senja stattdessen. Tränen liefen ihm übers Gesicht. In seinem Bauch zitterte etwas und schlug gegen die Rippen, ebenso in der Brust und in den Beinen. Lass von dem Mädchen ab.

Die Laus schüttelte den Kopf; sie wollte sich nicht stören lassen.

Da holte Senja ein Stückchen geronnenes Blut aus seinem geschwollenen Nasenflügel hervor und hielt es der Laus auf der flachen Hand hin, als wollte er sagen: Ist es nicht das, was du suchst?

Du Trottel! Du Depp!

Als sie den frischen Blutgeruch wahrnahm, zuckte die Laus zusammen. Einen Moment zögerte sie noch, der Rüssel fuhr hin und her, doch dann löste sie ihre Krallen von der hölzernen Pritsche, plumpste zu Boden und wandte sich Senja zu. Ihr fetter Leib zwängte sich zwischen den Pritschen hindurch und riss sie fast herunter.

Senja schlüpfte durch die Tür, warf sie zu und überlegte. Durch den nächsten Wagen laufen und das Ungeheuer auf die anderen Kinder lenken – das konnte er nicht. Sollte er etwa auf das Dach?

Er krallte seine Finger in Vorsprünge und Öffnungen und zog sich daran hoch. Dabei baumelten seine Beine wie Holzstöcke herab. Gehen hatten sie wieder gelernt, aber klettern noch nicht. Irgendwie erreichte er das Dach.

Doch ohne Stütze konnte er nicht aufstehen. So kroch er, mit den Armen rudernd und die steifen Beine hinter sich herziehend, langsam über die gewölbte Fläche.

Krieche, du Dummkopf! Winde dich wie ein Aal, wie ein Wurm, nur vorwärts! Weit kommst du nicht, schon naht das Ende des Wagens. Du Narr! Du Wahnsinniger!

Hinter ihm klirrte die Laus mit ihren Krallen. Auch ihr fiel es schwer, sich auf dem glatten Blech zu bewegen. Immer wieder hackte sie die Krallen hinein – links, rechts, links, rechts – und zog sich daran vorwärts, als wollte sie schwimmen. Ihr dicker Leib schlug gegen die aus dem Dach ragenden Rohre, und man konnte die in ihm herumrollenden Nissen erkennen.

Dann war vor Senja nur noch gähnende Leere. Er hatte das Ende des Wagens erreicht. Über die Lücke zum nächsten Wagen konnte er nicht springen. Das war das Ende.

Senja zitterte nicht mehr. Auch die Tränen waren versiegt. Es blieben die tiefe Nacht ringsum und sein Herz, das in der Stille schlug: En-de! En-de! Er legte sich auf den Rücken, stemmte die Fersen in eine offene Dachluke und wartete darauf, dass sich ein stumpfer, borstiger Rüssel über ihn senkte.

Wo bleibst du denn?

Dann tauchte sie vor dem grauen Himmel auf und ließ sich wie eine Wolke auf Senja niedersinken. Doch er wartete nicht ab, bis die Laus ihre Krallen in seinen Körper schlug. Mit seinen Armen umschlang er den borstigen Kopf und stieß sich mit der letzten Kraft seiner steifen Beine ab. Einander umklammernd glitten sie vom Dach und stürzten in die Tiefe. Senja wusste, dass es den gigantischen Leib beim Aufschlagen in Stücke reißen musste. Noch im Fallen drückte er das Untier fest an sich und dachte dabei: Vor dir habe ich keine Angst mehr.

Sie begruben Senja bei Nacht in einem Kieferngehölz auf dem Bahngelände, damit die anderen Kinder nichts davon bemerkten.

Dejew trug den Jungen, und der Feldscher einen Spaten. Senja war viel leichter als das Kalb. Zudem trug sich ein bewegungsloser Körper einfacher als ein lebendiger, und Dejew fühlte keine Müdigkeit. Deswegen hob er auch das Grab selbst aus.

»Das reicht«, sagte Bug, als die Grube tiefer war als die Wanne im Stabswagen.

Aber Dejew grub weiter, als wollte er einen Riesen mit dickem Bauch und nicht einen dünnen Jungen unter die Erde bringen. Er spürte keine Erschöpfung, wie sehr er sich auch mühte. Schade.

»Er war nicht zu retten, Enkel«, sagte Bug und wollte dem Jungen das Hemd ausziehen.

»Nein«, sagte Dejew und fiel ihm in den Arm. »Lass ihm das Hemd. Er soll darin liegen.«

Er konnte den Jungen nicht nackt in der Erde frieren lassen. Bei Kampfgefährten hatte er das zuweilen getan, aber bei Senja brachte er es nicht über sich.

»Wir haben fünfhundert Kinder im Zug.« Der Feldscher kniete neben dem auf dem Boden liegenden Senja, doch es wirkte, als kniee er neben einem ausgebreiteten weißen Unterhemd, so flach war der Körper des Jungen. »Die brauchen es dringender.«

Ohne auf ihn zu hören, legte Dejew den Spaten ab, an dem noch Lehm klebte, kletterte aus der Grube und nahm Senja in die Arme. Er stieg zurück und legte den Jungen auf den Boden. Das Körperchen in dem weißen Hemd verschwand fast in der Dunkelheit. Wieder griff Dejew zum Spaten und begann die Grube zu füllen.

Bug, der noch immer kniete, schob mit den Händen Erdreich nach.

Sie zerkleinerten Erdklumpen mit den Händen und hinterließen schließlich eine ebene Stelle. Kein Hügel, nicht die kleinste Erhebung war zu erkennen, so wenig Raum nahm der Junge in Anspruch. Bald war das Grab für niemanden mehr zu finden. Der Winter deckte es mit Schnee zu, und der Frühling ließ Gras darüber wachsen. Nun war Senja vor allen versteckt. Das ist gut so, sagte sich Dejew. Es ist gut.

Wen wollte er damit betrügen? Sich selbst?

»Geh schlafen«, befahl ihm Bug, als sie wieder am Zug standen. »Jetzt schlagen wir uns schon die zweite Nacht um die Ohren.«

Das war weder seine zweite noch seine dritte schlaflose Nacht. Dejew hatte den Überblick verloren. Aber zu Bett ging er nicht. Er kletterte auf das Wagendach und saß lange dort, den Rücken an das Heizungsrohr gelehnt.

Senja war der erste Mensch, den Dejew seit dem Krieg begrub. Der erste, den er bekleidet in die Erde gelegt hatte. Und der erste Tote dieses Zuges.

Wenn es nun einen zweiten und einen dritten gab? Am Ende behielt der Feldscher recht, und sie wurden zu Totengräbern der Kinder? Oder es geschah, was die Kommissarin vorausgesagt hatte, und sie kamen in Samarkand mit einem leeren Lazarett an?

Aber er hatte doch Essen aufgetrieben und Medikamente. Sogar Fleisch, von dem die Kinder in der Kasaner Sammelstelle nicht einmal zu träumen gewagt hatten. Er hatte sich die Beine ausgerissen und erreicht, was anderen nie gelungen wäre. Doch das alles hatte nicht geholfen.

Er wollte es auch weiterhin tun – Proviant heranschaffen, Kohle und Seife. Doch was, wenn das alles nicht genügte? Wenn gutes Fleisch und Medikamente aus der Apotheke die Kinder nicht retten konnten? Wenn Dejew angesichts dessen, was diese Kinder in den letzten Jahren erlebt hatten, machtlos war?

Auch der kühnste und erfolgreichste Mensch konnte den Kindern des Zuges keine neue Vergangenheit geben. Ihre umgekommenen Eltern nicht zurückholen. Ihnen kein neues Gedächtnis oder eine neue Gesundheit schenken. Ob Dejew das wollte oder nicht, er erntete jetzt, was Hunger, Elend und Krieg gesät hatten.

Ja, er wollte diese Kinder in Wärme und Sonnenlicht bringen. Er wollte ihnen zu essen geben, sie medizinisch betreuen und beschützen. Er wollte sich in Stücke reißen, um sie zu retten, und musste doch einsehen, dass die Vergangenheit stets das letzte Wort hatte. Und ihm jedes Kind zu jedem Zeitpunkt rauben konnte.

Was hatte er dem entgegenzusetzen? Was hatte er zu bieten? Schlaflose Nächte? Oder silberne Kreuze in einem zerknitterten Tuch?

Dabei gab es für ihn jetzt nichts auf der Welt, was ihm lieber war als diese Kinder. Das klang sentimental, aber es war die Wahrheit.

Dejew hatte noch nie jemanden gehabt, der ihm sehr nahestand, nicht einmal einen Hund oder ein Pferd. Und mit einem Mal fünfhundert. Fünfhundert Kinder waren ihm zugefallen, nicht sein eigen Fleisch und Blut, aber Kinder! Räudige, drogensüchtige, mit von Skorbut braunen Zähnen, und doch Kinder! Sie waren jetzt von ihm abhängig, er hatte es in der Hand, dass sie satt zu essen bekamen und gesund blieben. Zwar waren sie in dieser Woche für ihn nicht wie eigene Söhne und Töchter geworden, dafür war er zu jung, eher wie jüngere Brüder und Schwestern. Konnte man das nicht auch Verwandtschaft nennen? Wenn er bereit war, für sie alles auf sich zu nehmen wie für sich selbst? Sogar noch mehr.

Die Verwandtschaft war von kurzer Dauer – bis sie Samarkand erreichten. Einmal angekommen, vergaßen die Kinder am nächsten Tag seinen Namen, und auch ihre schwanden mit der Zeit aus seinem Gedächtnis. Doch solange sie zusammen in diesem Zug fuhren, war er für sie die Hauptperson und waren sie die ihm am nächsten stehenden Menschen auf der Welt.

Dabei ging es nicht um die blinde Barmherzigkeit, welche Belaja ihm vorwarf. Und auch nicht um Schuldgefühle gegenüber den Toten von der Getreidesammelstelle, wie Bug meinte. Hier handelte es sich um eine Brüderlichkeit zwischen Menschen, die stärker war als Mitleid und Schuld.

Es konnten noch mehr Kinder sterben. Das begriff Dejew jetzt, als er auf dem kalten Blech des Wagendachs zusammengekauert saß und in die sternlose Nacht starrte. Wenn er auch um sie kämpfte, konnten sie sterben. Eines, zwei oder fünf ... Wie viele sollten den Zug noch verlassen, so wie Senja heute?

Er blieb auf dem Dach hocken, bis es Tag wurde. An Schlaf war nicht zu denken. Schwere Gedanken gingen ihm im Kopf herum. Als die Lok aus dem Depot zurückgebracht wurde, wo sie während der Nacht gestanden hatte, kletterte er ins Führerhaus und nahm dem Heizer die Schaufel aus der Hand. Er wollte das jetzt selbst tun, Arme und Rücken durch Arbeit ermüden, sein Blut in Wallung bringen, um die bohrenden Gedanken zu bändigen.

Er heizte gekonnt – warf die Kohle nicht mit vollen Schaufeln in die Mitte, sondern kleine Portionen in alle Winkel, häufte das Brennmaterial nicht auf, sondern füllte damit die ganze Brennkammer. Er arbeitete zügig wie ein erfahrener Heizer. Wie der Teufel am Höllenfeuer.

»Jetzt mal langsam, Genosse Zugführer«, bat der Lokführer.

Das Feuer füllte heulend die ganze Kammer und schlug fast aus der Tür. Es regnete Funken auf das Blech vor Dejews Füßen. Aber Dejew konnte nicht aufhören. Wie von selbst stießen seine Arme die Schaufel in den Kohlehaufen und arbeiteten weiter. Er wütete mit einem Eifer, als gelte es immer noch, Senjas Grab auszuheben.

»Jetzt halt mal die Luft an, du sollst hier kein Badehaus heizen! Wenn wir so weiterfahren, werden wir bald vom Gleis abheben!«

Die vorbeifliegenden Bäume verschmolzen zu einem fetten grünen Strich vor schwarzem Feld. Doch seine Arme waren nicht zu bremsen, sie rackerten weiter, schaufelten und schaufelten.

»Drehst du jetzt vollkommen durch? Das wollen wir doch mal sehen!«

Wie ein Schlag platschte etwas Eiskaltes, Nasses auf Dejew herab. Der Heizer hatte ihm einen halben Eimer Wasser über den Kopf gekippt. Während er wie zur Salzsäule erstarrt dastand, nahm ihm der Heizer geschickt den Schaufelstiel aus den Händen und schlug mit einem Fußtritt die Ofentür zu. Das musste erst einmal abbrennen.

Schwer atmend schleppte sich Dejew zum offenen Fenster und ließ den klatschnassen Kopf hinaushängen. Doch ehe der trocken war, schrie er auf, dass ihm der Fahrtwind in die offene Kehle fuhr: »Mann auf dem Gleis! Ha-a-a-a-alt!«

Es knirschte und quietschte ohrenbetäubend, die Lok, von Dampf und Funken umhüllt, brauchte ewig, bis sie endlich zum Stehen kam. Beinahe hätte sie das kaum wahrnehmbare Bündel Lumpen überrollt, das da zwischen den Schienen lag – Mensch oder Vogelscheuche, lebend oder tot.

Dejew war als Erster draußen und lief nach vorn.

Ein Junge, zwischen sieben und zehn Jahre alt, dürr wie eine streunende Katze und ebenso struppig, lag längs im Gleis, die nackten Beine über die Schwellen hingestreckt, die Arme an den Körper gepresst und das knochige Gesichtchen mit der spitzen Nase zum Himmel gerichtet. In den starren Augen spiegelten sich die Wolken. War er überhaupt noch am Leben?

»Was machst du hier, Bruder?«, fragte Dejew und beugte sich über den Kleinen.

Der klappte einmal mit den Lidern und schaute Dejew an. Er lebte!

Schicksalsergeben lag er da. Mit Tränensäcken unter den Augen und tiefen Falten um die Mundwinkel wirkte er wie ein alter Mann. Doch sein Blick war seltsam intensiv. Als der Junge das Gesicht des Erwachsenen erst einmal wahrgenommen hatte, schaute er ihn lange unverwandt an, als wolle er Dejew mit den Augen verschlingen. Von Lokführer und Heizer, die inzwischen herbeigelaufen waren, nahm er überhaupt keine Notiz.

»Du elender Parasit!«, fielen die beiden über ihn her. »Wie sollen wir bei dem Anstieg die Lok wieder in Schwung kriegen?! Konntest du dich nicht dahin legen, wo es abwärts geht, du Saboteur?«

Der Junge zuckte mit keiner Wimper, als gehe ihn das Gebrüll der rauen Männerstimmen gar nichts an.

»Komm runter vom Gleis«, sagte jetzt Dejew.

Doch der Kleine blieb liegen, wo er war, und starrte weiter auf Dejew. Das verdreckte Haar und die Lumpen an seinem Körper flatterten im Wind.

»Vielleicht ist er taub?«, mutmaßte der Lokführer, beugte sich über den Kleinen und schnippte mit den Fingern vor seinem Ohr. Doch der zeigte keinerlei Reaktion.

»Kannst du mich hören? Kannst du Arme und Beine bewegen?«

Als Dejew sich vor ihm niederhockte, schaute das Kerlchen so, als wolle es antworten. Doch kein Wort kam über seine Lippen. »Was sollen wir machen? Dich wie ein Stück Holz vom Gleis rollen?«

»Den schippe ich beiseite«, schlug der Heizer vor und wollte schon die Schaufel holen.

»Nicht nötig«, warf Dejew ein. »Ich mach das schon.«

Er schob seine Arme unter Nacken und Knie des Jungen, um

ihn auf dem Bahndamm abzulegen. Doch das tat er nicht. Mit gestreckten Armen stand er da, als hätte er vergessen, weshalb er ihn aufgehoben hatte. Als trage er immer noch Senja, den Tschuwaschen, in seinen Armen.

»Er kann eine ansteckende Krankheit haben«, vermutete der Lokführer ängstlich. »Schauen Sie ihn doch an! Läuse kriegen Sie von dem auf jeden Fall.«

Das Haar des Jungen war in der Tat nicht nur struppig, sondern stark verfilzt. Er hatte Schorf und Grind im Gesicht.

»Die Läuse im Zug reichen für eine ganze Armee«, gab Dejew zurück und trat von dem Gleis herunter. Schwarzer Schlamm schmatzte unter seinen Schuhen. Dort hinein mochte man nicht einmal spucken. Da sollte er ein Kind ablegen? Er ging ein paar Schritte und suchte einen Fleck, wo es trockener war. Doch der Junge schaute ihn immer noch an, als wolle er ihn um etwas bitten oder etwas fragen.

»Was treibst du hier? Woher kommst du?«, fragte Dejew jetzt ungeduldig. »Hast du Vater und Mutter?«

Was für eine alberne Frage! Seine Kleider bestanden nur aus Löchern. Die Füße verhornt und abgeschürft. Der musste längst vergessen haben, wann er das letzte Mal ein Dach über dem Kopf gehabt und etwas zu essen bekommen hatte.

»Wohin wollen Sie mit dem?«, hörte Dejew plötzlich die Stimme der Kommissarin.

Als er aufblickte, stellte er fest, dass er mit seiner Last an der Treppe des Stabswagens stand und die Hand nach dem Griff ausstreckte. Der Lokführer hantierte bereits wieder in seinem Häuschen, man hörte Metall klirren. Die Lokomotive dampfte und konnte jeden Augenblick losfahren.

Dejew wollte mit dem Jungen nirgendwohin. Er suchte einfach eine trockene Stelle, um ihn abzulegen. Schließlich konnte er ihn nicht in eine Pfütze fallen lassen. Oder in einen Morast wie diesen.

»Lassen Sie das, Dejew!«, rief ihm Belaja von der Plattform her nach, während er immer noch durch den tiefen Dreck die »Girlande« entlangstapfte und nach einer geeigneten Stelle suchte. »Legen Sie den Jungen hin und steigen Sie ein!«

Doch sie war viel zu weit weg, als dass er sie hätte hören können.

Die Kupplungen spannten sich. Räder kreischten auf den Schienen, und unter schrillem Quietschen von Metall und Holz setzte sich der Zug langsam in Bewegung.

Dejew hatte noch keine trockene Insel gefunden, wo er das Kind ohne Gewissensbisse hätte ablegen können. Also stieg er, den Fund immer noch im Arm, auf die unterste Stufe einer der Wagentreppen.

»Jetzt legen Sie den Tagedieb endlich ab!«, schrie ihm die Kommissarin aus der offenen Wagentür zu. Vom schnellen Lauf durch den Zug war ihr Haar zerzaust, und sie rang vor Empörung nach Luft. »Steigen Sie sofort wieder ab und legen ihn auf den Boden!«

Doch der Boden voller Pfützen und halbverfaultem Laub zog bereits langsam an ihm vorüber. Ebenso die weißen Stämme der Birken und die schwarzen der Linden – schneller und immer schneller.

»Wir haben eine Vereinbarung, Dejew! Sie entscheiden über den Zug und ich über die Kinder! Und ich habe entschieden: bis Samarkand keine Aufnahmen mehr!«

»Der nimmt Senjas Platz ein«, erklärte Dejew.

Erst als das heraus war, begriff er, was er da gesagt hatte.

»So etwas gibt es bei mir nicht!«

»Bei mir gibt es das.«

Groß und breitschultrig stand Belaja in der offenen Tür und versperrte den Weg. Dejew, den Blick von unten auf die Kommissarin geheftet, trat auf sie zu, als bemerke er das Hindernis gar nicht. Den Jungen im Arm, drückte er gegen sie. Doch Belaja wich nicht zurück. Da standen sie nun, bedrängten einander mit Ellenbogen, Brust, Knien und hätten den schweigenden Jungen fast erdrückt, beide darum bemüht, dass andere das Gerangel nicht bemerkten.

Schließlich gelang es Dejew, zuerst einen Fuß und danach das Knie in den Türspalt zu zwängen und sich schließlich ganz in den Wagen zu schieben.

»Verstehen Sie doch!«, stöhnte Belaja, schwer atmend, und gab nach. »Der Mensch stirbt – endgültig, für immer –, und niemand tritt an seine Stelle!«

Dejew hörte gar nicht hin, sondern schritt unbeirrt auf sein Abteil zu.

»Sie sind wie ein Weib, Dejew«, rief sie, als sie ihn eingeholt hatte. »Schlimmer als ein Weib! Jedes einsame Kind schließen Sie sofort in Ihre Arme!« Sie wollte nicht, dass man ihren Streit hörte, trat in sein Abteil und schloss die Tür. Doch sie wurde so laut, dass das wohl kaum half. »Sie fangen sich die Kinder ein wie ein streunender Hund die Kletten! Keinen Schritt können Sie gehen, ohne eins mitzunehmen! Sie haben weder Willen noch Vernunft! Sie sind das wandelnde Mitleid!«

Dejew legte den Jungen auf seine Liege. Endlich hatte er einen trockenen Ort für ihn gefunden. Doch der Kleine blieb nicht liegen. Er ließ sich auf den Fußboden rollen und verschwand blitzschnell unter dem Bett.

Dejew setzte sich darauf, lehnte sich zurück und schaute Belaja an. Zum ersten Mal sah er sie wirklich wütend, nicht ironisch oder anklagend, sondern im Innersten getroffen. Dabei war sie umwerfend schön. Noch mehr erstaunte ihn, dass er angesichts der zornigen Kommissarin vollkommen ruhig blieb.

»Über diese Frage entscheiden wir im Kollektiv«, warf sie ihm hin und lief hinaus.

»Nein!«, erklärte der Feldscher barsch, kaum dass er einen Blick auf den Jungen geworfen hatte.

Dejew hatte ihn irgendwie unter der Liege hervorgezogen und wollte ihn Bug vorstellen. Doch eine Untersuchung kam nicht zustande, weil der Kleine in Dejews Händen zappelte wie ein wildes Tier und dabei keinen Ton von sich gab. Auf Fragen antwortete er nicht. Die Erwachsenen würdigte er keines Blickes, sondern wollte immer nur unter die Liege zurück, was ihm schließlich auch gelang.

»Das ist ein echter Landstreicher. Ohne Quarantäne nehme ich den nicht. Der kann uns Typhus in den Zug einschleppen. Oder Scharlach. Oder Diphtherie. Oder noch Schlimmeres.«

Belaja stand schweigend in der Tür, gab aber durch ihre Haltung zu verstehen, dass sie dem Feldscher zustimmte. An dem Gespräch beteiligte sie sich nicht. Sie musste erst einmal zu sich kommen.

»Quarantäne kannst du haben«, sagte Dejew. »Für diese Zeit bleibt er bei mir.«

»Dann wirst du als Erster krank!«

»Wofür habe ich dich? Du machst mich wieder gesund.«

»Das Kollektiv ist gegen den Neuen!«, fasste die Kommissarin zusammen. Schweigen lag ihr nicht.

»Das Kollektiv kann nach Samarkand entscheiden.« Dejew ließ sich auf der Liege nieder und schlug ein Bein über das andere. Das hatte er noch nie getan, aber bei Belaja gesehen, und es hatte ihm gefallen. »Doch jetzt entscheide ich als Zugführer allein: Das Kind bleibt hier.«

»Und wenn fünfhundert Kinder von einem infiziert werden und nicht am Ziel ankommen, stehen Sie dann auch allein dafür gerade?«

»Das werde ich«, gab Dejew zurück und wandte sich dem Fenster zu.

Wenn die Kommissarin bei der Zentrale eine Meldung

machte, dann ging es Dejew schlecht. Eine Amme, eine erwachsene Frau, für ein paar Tage im Zug mitzunehmen war etwas anderes als einen obdachlosen Herumtreiber, dem man an der Nasenspitze ansah, dass er aus der Gosse kam. Jetzt konnte er nur hoffen, dass Belaja den Finder Dejew nicht verlieren wollte und deshalb bei dem Findelkind ein Auge zudrückte.

»Das sind doch leere Worte!« Die Kommissarin sprach jetzt wieder wie eine Anklägerin. »Das ist kein Verantwortungsbewusstsein, sondern, im Gegenteil, himmelschreiende Verantwortungslosigkeit!«

Dejew blickte auf die vor dem Fenster vorüberfliegenden Bäume und rätselte, ob man ihn von seinem Posten entfernen konnte. Das konnte man – in Arsamas, in Samara und selbst noch in Orenburg. Hatten sie einmal die Steppe Turkestans erreicht, dann sicher nicht mehr. Die Entfernungen von einer Bahnstation zur anderen waren dort riesig und Telegrafenapparate selten. Doch bis Turkestan konnte noch viel passieren.

»Wozu brauchst du den, Enkel?«, fragte ihn Bug mit leiser Stimme und setzte sich neben ihn. »Der Kleine ist offenbar taubstumm. Und total verwildert.«

»Er ist nicht verwildert«, ließ jetzt Belaja fallen. »Er ist geistig und moralisch behindert. Mit anderen Worten: Er ist ein Idiot.«

»Bist du wirklich ein Idiot?«, fragte Dejew, als er mit dem Jungen im Abteil allein war. »Komm mal her zu mir!«

Der gab keine Antwort. Dejew musste in der Dunkelheit unter der Liege nach ihm suchen und zog ihn schließlich an einem Bein hervor. Da niemand anderer im Raum war, wehrte sich der Junge nicht, sondern ließ sich gehorsam in die Mitte des Abteils ziehen und von allen Seiten beschauen.

Stirn und Wangenknochen waren ausgeprägt wie bei einem Tataren, und er war auch so dunkelhäutig. Er hatte wulstige Lippen und breite Nasenflügel, dazu einen leidenden Zug um den Mund, dessen Winkel tief heruntergezogen waren. In den Falten auf der Stirn, um Mund und Augen hatte sich Schmutz festgesetzt, was dem Gesicht etwas Greisenhaftes gab. Die verschlissenen Lumpen waren irgendwie um den dürren Körper geschlungen, verknotet oder mit Stricken befestigt, dass man kaum noch unterscheiden konnte, was Kleidung war und wo ein verdrecktes Knie oder eine Schulter hervorschaute.

»Wie heißt du? Sprich mit mir! Woher kommst du? Warum hast du dich auf die Schienen gelegt? Hast du auf jemanden gewartet? Sag doch was!«

Der Kleine blickte Dejew unverwandt an – weder frech noch stur, eher mit einem traurigen Ernst, als ob er seine Worte verstand. Doch er schwieg.

»Mach doch mal den Mund auf.«

Ohne eine Reaktion abzuwarten, griff Dejew nach dem Kinn des Jungen und zog den Unterkiefer etwas herunter. Zwischen den Zähnen glänzte rosig und feucht eine völlig intakte Zunge.

Der Junge ließ das zu und biss nicht nach seiner Hand, was er hätte tun können. Er starrte Dejew nur unentwegt an, sein Blick klebte geradezu an ihm.

Für alle Fälle nahm Dejew jetzt einen Bleistift in die Hand und wedelte damit vor dem inzwischen auf dem Fußboden sitzenden Gast herum. Vielleicht konnte er ja schreiben und wollte ihm auf diese Weise etwas mitteilen. Aber der Junge nahm von dem Bleistift keine Notiz. Vielleicht wusste er nicht einmal, wozu man den benutzte.

»In Ordnung«, sagte Dejew schließlich. »Bleib erst mal hier sitzen. An der nächsten Wasserpumpe wirst du gewaschen.«

Doch sitzen bleiben wollte der Junge auf keinen Fall. Als Dejew aus dem Abteil ging, folgte er ihm auf dem Fuße. Zwar ging er auf zwei Beinen, verhielt sich dabei aber eher wie ein Tier. Er schritt nicht mitten im Gang, sondern drückte sich mit leicht gebeugten, federnden Knien die Wände entlang, den Kopf tief in die Schultern gezogen, als erwarte er jeden Augenblick, angegriffen zu werden. Er bewegte sich auch nicht gleichmäßig voran, sondern in Sprüngen von einer Tür zur anderen, von einem Fenster zum anderen. Dazwischen verhielt er kurz und suchte stets von neuem Deckung.

»Geh wieder zurück!«, warf Dejew seinem Verfolger zu.

Der riss die Augen auf und drückte sich an die Wand mit der frisch gewaschenen roten Fahne (»Tod der Bourgeoisie und ihren Lakaien«), blieb aber bei ihm.

»Na, mach schon.«

Dejew ging mit ihm zum Abteil zurück, öffnete die Tür und wies dem Jungen mit der Hand die Richtung. »Los jetzt!«

Es nützte nichts.

Er nahm den Kleinen bei den Schultern, stieß ihn hinein und knallte die Tür zu. Doch der Junge trommelte mit aller Kraft dagegen. Er wollte raus.

Jetzt lehnte Dejew sich mit der Schulter an die Tür und wartete darauf, dass der Junge sich beruhigte. Eine Minute verging, dann zwei, doch das Hämmern hörte nicht auf. Der Lärm lockte andere Kinder an, schließlich kam auch Fatima, um zu sehen, was da los war. Da hatte sie sich das richtige Schauspiel ausgesucht! Jetzt war es für Dejew unmöglich nachzugeben. Er musste den kleinen Dickkopf bändigen.

Der hatte nun wohl begriffen. Das Trommeln hörte auf, und hinter der Tür wurde es still. Doch im nächsten Augenblick flog die Tür des Nachbarabteils auf. Der Junge hatte die Verbindungstür entdeckt und war durch das Abteil der Kommissarin auf den Korridor gelangt. Ohne von den Zusammengelaufenen Notiz zu nehmen, kroch er ganz nahe an Dejew heran und setzte sich zu dessen Füßen auf den Boden.

»Das nennen Sie Quarantäne?«, fragte Belaja, die aus dem Abteil herausschaute.

Ohne ihr zu antworten, packte Dejew den Jungen beim Schlafittchen und schleppte ihn zum Hühnerstall. Vor dessen Tür hingen zwei Schlösser, die recht stabil aussahen und wohl einiges aushielten.

»Der hat einen kompletten Schaden«, urteilte die Kommissarin.

»Oder es ist eine besondere Art von Anhänglichkeit?«, mutmaßte Fatima.

Sie wollte der Vorgesetzten nicht widersprechen, sondern hatte nur laut gedacht.

Der Hühnerstall war auch keine Lösung. Der Junge donnerte so heftig gegen die Tür, dass die Hühner erschrocken aufflatterten, in dem engen Raum hin und her flogen, Federn ließen und sich fast zu Tode erschreckten. Dejew musste den kleinen Kerl wieder herauslassen. Einen anderen Ort, wo man ihn hätte einsperren können, gab es in der »Girlande« nicht.

Am Bahnhof von Schumerlja wuschen sie den Jungen im Freien unter dem Wasserkran für Lokomotiven mit eiskaltem Wasser. Fatima rubbelte den Splitternackten mit einem Lappen ab, schor ihm den Kopf kahl und rieb ihn reichlich mit einer desinfizierenden Flüssigkeit ein. Dejew musste daneben stehenbleiben, damit der Junge nicht davonlief. Seine Lumpen wurden gewaschen, über dem Kanonenöfchen getrocknet und von Läusen gereinigt. Er musste sich wieder in sie hüllen, denn für den neuen Fahrgast war kein weißes Unterhemd mehr vorhanden.

Beim Waschen studierte Bug die knochige Gestalt des Neuen sehr genau. Symptome gefährlicher Krankheiten entdeckte er nicht. Er hatte zwar Furunkel, wunde Stellen und war total ausgezehrt, was zur Zeit häufig vorkam, wies aber weder rote noch blaue Verfärbungen auf, die auf Typhus oder Cholera hinwiesen. Natürlich konnte diese Begutachtung die obligatorische Quarantäne nicht ersetzen. Aber sie trug dazu bei, dass Feldscher und Kommissarin sich ein wenig beruhigten.

Da der hartnäckige Schweiger nicht einmal seinen Namen nannte, beschloss man, ihm einen neuen zu geben. Unweit der Stelle, an der man ihn gefunden hatte, entdeckte Dejew auf der Karte das Dorf Sagrejewo. Vielleicht stammte der Junge von dort. Also nannte man ihn Sagrejka.

Auf den neuen Namen reagierte er nicht, so sehr Fatima und Bug sich mit ihm auch abmühten. Er reagierte überhaupt auf niemanden außer Dejew. Den behielt er ständig im Auge. Näherten sich andere Personen, ob Erwachsene oder Kinder, dann schaute Sagrejka durch sie hindurch oder an ihnen vorbei. Gesprächen hörte er nicht zu, Fragen ignorierte er, Hände, die sich ihm entgegenstreckten, sah er gar nicht. Solange man ihn nicht berührte, stand er da wie ein Stock und wartete, dass die lästige Aufmerksamkeit abflaute. Fasste ihn doch jemand an, wich er zurück. Wenn man ihn festhalten wollte, riss er sich los. Er biss nicht, kratzte nicht, brüllte oder schimpfte kein einziges Mal, um wen es auch ging. Es war, als existierten andere Menschen nicht für ihn.

Außer Dejew. Was für eine merkwürdige Anhänglichkeit war hier entstanden? Warum hatte er nicht die herrische Kommissarin, die weiche Fatima, sondern ausgerechnet den Zugführer erwählt?

»Er schaut Sie an wie ein Wilder seinen Götzen«, bemerkte Belaja.

»Wie ein Ertrinkender das rettende Ufer«, meinte Fatima.

Dejew hatte einen Schatten bekommen. Sagrejka folgte seinem Herrn auf Schritt und Tritt, wie angewachsen, und war unmöglich von ihm zu trennen. Er machte keinen Ärger, störte nicht, hielt sich nur immer dicht bei ihm wie ein treues Hündchen. Im Raum ließ er sich irgendwo in seiner Nähe nieder. Gab es dort eine Pritsche, kroch er darunter. Im Freien blieb er ihm stets auf den Fersen – lief mit ihm durch Schlamm, Pfützen oder über scharfkantigen Schotter. Dass er barfuß war, störte dabei nicht.

In Kamenischtschi geriet Dejew mit den Verantwortlichen heftig aneinander. Schließlich gelang es ihm, ein paar Eimer Dinkelbrei zu ergattern. Während er sie zum Zug schleppte, bei Wind und Wetter mehrere Male hin und her laufen musste, blieb Sagrejka an seiner Seite. Das Essen ließ ihn gleichgültig. Er versuchte nicht einmal, die leeren Eimer auszulecken, als sie die zum Bahnhof zurückbrachten. Doch als ihm jemand die Tür der Bahnhofsküche vor der Nase zuschlug, hätte er die beinahe zertrümmert.

Bei Kemary lief Dejew in den Wald, wo er seit Langem eine Imkerei wusste, um für das Mädchen namens Bienchen Honig zu besorgen. Doch daraus wurde nichts. Auf der Waldwiese fand er weder Bienenstöcke noch das Häuschen des Imkers vor. Auch auf diesem Ausflug begleitete ihn Sagrejka. Mit den bloßen Füßen geschickt über Wurzeln, Zapfen und spitze Kiefernnadeln hüpfend, blieb er keinen Schritt zurück.

In Schtschedrowka versuchte Dejew, in einer Wäscherei Wäsche waschen und desinfizieren zu lassen, auch das vergebens. Doch der treue Schatten wich nicht von seiner Seite.

Immer und überall, wenn Dejew sich umsah, sah ihn der Junge voller Aufmerksamkeit und Zuneigung an. Das hieß: Ich bin da.

Dieser Blick war nicht der eines Einfältigen. Oder gar eines Idioten.

Ein Junge mit diesem Blick sollte in einer Schule an der Tafel Rechenaufgaben lösen. Oder Gedichte aufsagen. Fremdsprachen lernen. Oder später als ausgebildeter Fachmann in einer Reparaturwerkstatt der Liebling der Kunden sein.

Doch außer diesem Blick, den allein Dejew wahrnahm, zeigte der Junge keine Anzeichen von Verstand. Stumm und menschenscheu verhielt er sich nahezu wie ein Tier: Er schlief auf dem Fußboden, lehnte jedes Bett ab, kippte jede Mahlzeit in die Hand, um daraus zu essen, ging mit der Vorsicht eines Tieres, bewegte Nasenflügel und Ohren, um Gerüche und Geräusche aufzufangen.

Im Zug hatte man sich bald daran gewöhnt, in Dejews Rücken oder vor seinen Füßen dieses zusammengekauerte Wesen zu sehen. Ähnlich ging es Dejew selbst. Wenn der Junge ihm nachlief – sollte er es tun. Ihn störte es nicht, nach und nach bemerkte er seinen ständigen Begleiter gar nicht mehr. Etwas Unangenehmes hatte die Situation allerdings. Das bekam Dejew schon am ersten Abend zu spüren.

In Sergatsch blieb der Zug über Nacht stehen. Über den Scherereien mit Sagrejka war ein ganzer Tag vergangen. Dejew fühlte, wie aufgebracht die Kommissarin war. Zwar lief sie nicht zur Telegrafenstation, um den Vorfall zu melden, und stritt auch nicht mehr mit ihm. Hatte sie sich etwa mit dem Findelkind abgefunden? Doch von der Verbindungstür her zog Kälte zu Dejew herein. Der Zorn der Frau kümmerte ihn nicht. Jener der Weggefährtin schon. Gemeinsam hatten sie noch eine lange Fahrt und viele Kämpfe durchzustehen. Am Abend wollte Dejew zu Belaja gehen, um Frieden zu schließen.

Du hast recht, wollte er ihr sagen. Sogar sehr. Damit, dass du Krankheiten im Zug befürchtest und die Lebensmittelvorräte verteidigst. Aber ich habe auch recht. Wenn wir ein Kind nicht retten können, warum dann an seiner Stelle nicht ein anderes? Unsere »Girlande« hat fünfhundert Plätze, warum soll einer davon leer bleiben? Wäre es nicht ein Verbrechen, auch nur mit einer leeren Pritsche in Turkestan anzukommen? Wir haben beide recht, Kommissarin. So etwas gibt es. Wir haben das gleiche Ziel und arbeiten für die gleiche Sache, wir betrachten sie nur von verschiedenen Seiten. Also sei mir nicht mehr böse.

So hatte Dejew es sich vorgenommen und genau durchdacht. Als die Kinderstimmen auf dem Gang verstummt waren, als in tiefer Nacht längst Stille herrschte, stand er entschlossen auf und schob die Verbindungstür beiseite.

In der Dunkelheit leuchteten zwei goldene Äpfel. Goldene, durchsichtige Tropfen rollten über sie und fielen mit leisem Geräusch herunter, zarte goldene Finger umfassten und wuschen die Äpfel.

Die Frau hatte einen Eimer Wasser auf den Tisch vor dem Fenster gestellt, sich darüber gebeugt und war dabei, sich zu waschen. Schöpfte mit den Händen Wasser und wusch sich mit den Handflächen. Feuchte Löckchen klebten an Stirn und Wangen. Das Gesicht war nicht zu sehen. Dejew sah überhaupt nichts – weder Hals noch Schultern – allein die von Licht überfluteten Früchte. Im Abteil war es still, nur Tropfen fielen … und Wasser plätscherte leise.

Hin und wieder knackte der brennende Lampendocht.

»Was schauen Sie so?«, fragte die Dunkelheit mit bekannter Stimme.

In diese Dunkelheit trat er ein und nahm die goldenen Äpfel in seine Hände. Sie waren schwer und warm. Alles um sie herum war warm. Und um sich selbst fühlte Dejew mit einem Mal nur noch Wärme und angenehme Schwere. Sie hüllte ihn ein und zog ihn herab. Dejew schloss die Augen, öffnete den Mund, um Luft zu bekommen, und tauchte in die Dunkelheit ein.

Der trübe Schein der Lampe zitterte, das Flämmchen war am Verlöschen, das Petroleum ging zu Ende. Der Eimer auf dem Tisch war kaum noch zu erkennen, schwach glitzerten die Wassertropfen auf der lackierten Tischplatte. Kaum noch wahrnehmbar, aber ganz nah erglänzte ein kahlgeschorenes Köpfchen.

»Der Junge ist hier«, sagte da die Dunkelheit.

Mit einer großen Willensanstrengung tauchte Dejew auf wie aus einem schweren Traum, wandte sich dem Lichtschein zu und wurde von einem aufmerksamen Blick getroffen. Sagrejka saß auf dem Fußboden und schaute seinen Herrn, der es sich auf einer fremden Liege bequem gemacht hatte, unterwürfig an.

»Raus mit dir!«, zischte Dejew ihn an.

Er brauchte eine Weile, bis seine nackten Füße auf dem Boden standen. Wann hatte er nur die Schuhe abgeworfen? Dann packte er den kleinen Kerl am Schlafittchen und schubste ihn auf den Gang hinaus. Doch während er die Abteiltür verriegelte, war der durch die Verbindungstür schon wieder hereingeschlüpft.

Dejew schob ihn wieder auf den Gang und verriegelte jetzt auch seine Abteiltür. Da begann der Junge wie wild gegen die Tür zu trommeln. Dejew musste einlenken. Schließlich wollte er nicht den ganzen Wagen aufwecken.

»Bleib hier, du Schwachkopf!«, fuhr Dejew Sagrejka an und wies mit dem Finger unter sein Lager. Doch der warf ihm nur einen zärtlichen Blick zu und rollte sich zu Dejews nackten Füßen zusammen. »Lass mich wenigstens eine halbe Stunde allein! Bleib doch bitte ein Viertelstündchen hier sitzen!«

Jetzt wurde es nebenan laut. Die Kommissarin warf Dejews Schuhe aus dem Abteil. Die Verbindungstür krachte zu, und beider Behausungen waren wieder getrennt.

»Das ist fies, Bruder«, stöhnte Dejew resigniert.

Als Sagrejka sicher war, dass sein Herr nicht wieder verschwinden wollte, gähnte er und zog sich unter die Liege zurück.

Am Morgen fanden die Geschehnisse keinerlei Erwähnung, als hätte es diese dunkle Nacht und den leuchtend goldenen Körper nie gegeben.

Der Blick der Kommissarin war streng und sachlich. Noch vor dem Frühstück und der Abfahrt begann sie mit einer Durchsuchung aller Personenwagen – schaute in die Winkel unter den Pritschen und hinter den Heizkörpern, entdeckte dabei eine Fülle der verschiedensten Gegenstände, die man in der vergangenen Woche in den Zug geschmuggelt hatte. Die Funde waren durchweg harmlos: Spielkarten, pornografische Bildchen, auf billiges Papier gedruckte Traumdeutungen, aber weder Cannabis noch Selbstgebrannter, Schlagringe oder Rasiermesser. Sie wurden ihren Besitzern zurückgegeben.

Dejew half eifrig mit, stöberte gemeinsam mit Belaja unter den Dielenbrettern und hinter den Abortvorhängen. Ab und zu warf er einen Blick auf die Kommissarin, konnte in ihrem ruhigen Gesicht aber keinerlei Hinweis auf den nächtlichen Zwischenfall entdecken. Selbst als er in einem Spalt an der Wagendecke ein Päckchen aufreizender Bilder fand – von Damen in Morgenröcken, Knien mit Grübchen, üppigen Pobacken und Busen –, sah er im Blick der Kommissarin keinerlei Erinnerung an den vergangenen Abend.

Er hingegen musste den ganzen Tag daran denken. Es fühlte sich an, als sei sein Kopf in zwei Hälften gespalten. Die eine war besorgt darüber, dass es im Zug an Seife und Hygiene fehlte und das Brennmaterial nicht reichte, überschlug den Proviant für die nächste Woche und dachte dabei an Senja. Die andere Hälfte versank in dem schweren, warmen Dunkel, das seinen Körper in der Nacht umschlungen hatte.

Am Abend, nein, in später Nacht, als es stockdunkel war, zog er die Verbindungstür auf und hoffte auf eine Fortsetzung der Geschichte. Doch dazu kam es nicht. Kein goldener Schein und keine fallenden Wassertropfen im Abteil der Kommissarin, nur Finsternis und tiefes Schweigen: Die Frau schlief.

Er hätte an ihr Bett treten und sich neben sie setzen sollen. Den Uniformmantel beiseiteschieben, der ihren Körper bedeckte. Selbst alle Hüllen fallenlassen, um noch einmal den goldenen Schein und die wohlige Wärme zu erleben. Er hätte …, doch er konnte nicht.

Dejew, der sich weder entschied, bei Belaja einzutreten, noch die Verbindungstür zu schließen, tappte lange in seinem engen Abteil hin und her, zerrte sich die Feldbluse herunter, zog sie wieder an und schloss alle Knöpfe. Unter seinem Lager rührte sich der hellwache Sagrejka, bereit, seinem Herrn überallhin zu folgen.

Schließlich legte sich Dejew wieder hin. An Schlafen war nicht zu denken. Mit offenen Augen lag er da, lauschte dem Schnaufen des Jungen unter seiner Liege und den seltenen Bewegungen des Frauenkörpers hinter der Trennwand. Auf den Wellen des Halbschlafs treibend, ließ er Gedanken an sich vorüberziehen. Als er nicht mehr an Senjas ausgezehrten Körper oder das nackt auf seinem Lager ausgestreckte Schwälbchen denken musste, rief er sich den Frauenleib im schwachen Lichtschein ins Gedächtnis zurück. Als er es müde war zu überschlagen, wie viele Eimer Kohle oder Bündel Holz für die Heizung der Wagen noch übrig waren, begann er die fallenden goldenen Tropfen zu zählen … Wieder teilte er die Nacht mit Belaja. Vielleicht hätten sie sie ja auch zu dritt teilen können – der Mann, die Frau und der Junge unter dem Bett.

In Arsamas verließ die Amme den Zug. Zum Abschied durfte sich das Kuckuckskind noch einmal richtig satttrinken. Sie presste sogar den Rest aus beiden Brüsten heraus, was eineinhalb Becher ergab! Dann ging sie über die Gleise zu dem dunklen Bahnhofsgebäude, um eine Fahrgelegenheit nach Moskau zu suchen. Fatima blieb mit dem Baby auf dem Arm im Zug zurück. Nun musste Dejew für den Säugling eine neue Nahrungsquelle finden.

Die »Girlande« wechselte in Arsamas die Richtung. Über

Lukojanow und Saransk hielt sie auf Samara zu, von wo es bis Orenburg nicht mehr weit war. Doch während sie bisher im Strom der Menschen geschwommen war, die »nach Moskau, nach Moskau!« zogen, fuhr sie diesem Strom jetzt entgegen. Während der Zug durch Felder und Wälder rollte, sah Dejew aus dem Fenster des Stabswagens die Menschen nicht mehr von hinten, sondern von vorn.

Da waren Tataren mit von Sonne und Staub geröteten Gesichtern, abgewetzte Tjubetejkas, die traditionellen quadratischen Atlaskäppchen, auf dem Kopf und fadenscheinige Bettdecken um die Schultern. Da waren breitgesichtige Mordwiner. Barfüßige Kirgisen, die ihre Habseligkeiten auf den Rücken gebunden hatten. Dunkelhäutige Udmurten. Roma in ganzen Gruppen, die schneller ausschritten und trotzdem munterer wirkten als die anderen, denn sie waren an das Nomadenleben gewöhnt. Und weißblonde Deutsche aus den Steppen um Saratow.

Einige zogen Karren mit ihrer Habe hinter sich her. Die hatten sie zum Schutz vor Sonne und Regen mit Rinderhäuten abgedeckt, deren mächtiges Gehörn nach vorn wies. So entstand der Eindruck, dass die Leute geheimnisvolle Tiere mit sich führten. Andere hatten ihre Sachen längst fortgeworfen und marschierten nun mit Stöcken, Krücken und leichtem Gepäck. Kinder hatte niemand dabei. Die Menschen folgten den Gleisen, begleiteten die vorüberfahrenden Züge mit traurigen Blicken und hofften auf ein Wunder: Vielleicht nahm man sie ja doch ein paar Stationen mit.

Ihrem Zug galten die sehnsüchtigen Blicke nicht, denn der fuhr nicht in Richtung Hauptstadt. Das bedeutete, eine neue Amme konnte Dejew auf diese Weise nicht finden. Er hätte jede genommen – eine Kirgisin, Kalmückin oder blauäugige Mordwinin, doch den Flüchtlingsstrom zog es nach Norden, so wie die Pflanzen der Sonne zustreben. Was erhofften sich all diese elenden, verstaubten und abgemagerten Menschen, die unterwegs ihre Kinder verloren hatten, von der Hauptstadt? Dejew war in Moskau gewesen und wusste: Dort gab es für sie nichts zu holen; sie vergeudeten nur ihre Kraft. In diesen Zeiten war Moskau eine abstoßende Stadt, denn auch dort gab es kein Brot. Die Hungernden wurden wie zwischen Mühlsteinen zermahlen. Wer arm ankam, ging als Bettler wieder fort. Wer als Bettler dort landete, konnte nur noch den Löffel abgeben.

Doch die Flut rollte nach Norden, halb Russland zog es in die Hauptstadt, als winke dort ein Versprechen. Und je weiter die »Girlande« nach Süden vorankam, desto mehr Menschen strömten ihr entgegen.

An jeder Bahnstation – in Schatki, Lukojanow und Krassny Usel – durchstreifte Dejew Basare und Märkte auf der Suche nach einer Ziege. Wenn er danach fragte, schaute man ihn an, als sei er nicht ganz bei Trost. Ziegen gab es in keiner Wirtschaft mehr, sie waren einfach verschwunden. Und wenn er eine aufgespürt hätte, wer wäre so dumm gewesen, sie ihm zu verkaufen? Nicht für Geld wolle er sie haben, warb Dejew, sondern für ein echt silbernes Kreuz oder sogar für zwei. Da zuckten die Leute mit den Schultern. Von Silber wurde man nicht satt.

In Saransk fiel Dejew ein Großvater auf, der mit Hundefleisch handelte. Einen ganzen Hund bekam man für drei Rubel, den Kopf für zwei. Beides war winzig, und der Kopf hatte nur einen einzigen Zahn. Er stammte von einem Welpen.

»Und die Hundemutter ist am Leben?«, fragte er den Verkäufer.

Das war sie. Dejew erstand sie für die beiden silbernen Kreuze. Er brachte sie zum Zug – ein klapperdürres Tier ohne Zähne, aber mit langen Zitzen. Die Hündin war ruhig und gehorsam, hatte früher sicher Schläge erdulden müssen. Sie ließ zu, dass man sie auf ein paar am Boden ausgebreitete Lumpen bettete und ihr den Säugling anlegte.

Der quäkte zuerst ein wenig herum, weil ihm der Hundegeruch nicht zusagte. Doch als sich der Hunger meldete, war es damit vorbei. Gierig und voller Inbrunst saugte er die Hundemilch, leerte für eine Mahlzeit regelmäßig alle Zitzen. Der Geruch störte ihn bald nicht mehr. Er zupfte seine neue Amme am Fell und umklammerte sie mit seinen Beinchen. Sie leckte ihm das nackte Köpfchen, auf dem die noch nicht zugewachsene Fontanelle pochte.

Nun musste auch die Hündin verpflegt werden. Sie war nicht wählerisch, schlürfte gierig Suppe und Kissél, schmatzte wohlig, wenn es weichgekochte Abfälle gab. Nur kauen konnte sie nicht. Feste Nahrung musste für sie zerkleinert und mit Wasser vermischt werden.

Fatima gab der neuen Amme einen merkwürdigen Namen: die Kapitolinische Wölfin. Dejew passte der überhaupt nicht. Was für eine Wölfin sollte dieses bedauernswerte, gutmütige Geschöpf sein? Und was sollte der komplizierte ausländische Name? Gab es denn keinen von hier, aus Saransk? Aber er stritt nicht mit ihr.

Spitznamen waren wichtiger als Namen.

Was sagte ein von der Leiterin Schapiro mit Schönschrift in die Papiere eingetragener Name über einen Bengel oder ein Mädchen aus? Kolja, Petja, Dunjascha, Mahmut oder Sifa – das waren ein paar Buchstaben auf Papier, sonst nichts.

Was erzählte hingegen ein Spitzname? Vieles. Von Eltern oder Herkunft. Von überstandenen Krankheiten oder heimlichen Träumen. Welche Bücher der Mensch gelesen oder welche Filme er gesehen hatte. Was er zu essen fand, und wo er umhergewandert war. Manchmal enthielt dieser Name ein ganzes Leben.

In Dejews Zug dienten die offiziellen Namen zur Erfassung der Kinder, so wie die Nummern der Pritschen im Personenverkehr der Eisenbahn zur Vergabe der Plätze an die Fahrgäste. Doch für den zwischenmenschlichen Umgang wurden die Spitznamen benutzt.

Anfangs gab sich Dejew keine Mühe, sie sich zu merken. Für Dejew war ein Kind nicht mehr als eine Person, die gekleidet und verpflegt werden musste. Wenn das gelang, ob gut oder schlecht, war er zufrieden. Seine Aufgabe bestand darin, das Kind nach Turkestan zu bringen. Wie man es nannte, ob nach den Buchstaben auf dem Papier oder anders, das konnte höchstens seine Leidensgenossen im Zug oder die Begleiterinnen interessieren.

Aber es kam anders. Wenn Dejew den ganzen Tag in der »Girlande« unterwegs gewesen war, stellte er am Abend fest, dass er zehn neue Spitznamen kennengelernt hatte. Sie blieben ganz von selbst in seinem Kopf hängen. Als sie Arsamas erreicht hatten, kannte er schon die halbe Besatzung des Zuges, und eine Woche später fast alle.

Einige Spitznamen erklärten sich von selbst. Wenn ein Junge Wowka Simbir genannt wurde, gab es nicht viel zu fragen. Höchstens, wie er nach Kasan gekommen war, zweihundert Werst von seinem heimatlichen Simbirsk entfernt. Im Zug gab es Kinder, die von wesentlich weiter weg stammten, zum Beispiel Schora aus Schigulí, ein hochaufgeschossener Bursche mit Pockennarben am ganzen Körper. Oder Vielfraß aus Kaljasinsk, ein schwarzgebrannter Bengel mit einem ebenso schwarzen Skorbutlächeln. Oder Spirka aus Achtuba und Julik aus Orenburg. Das ganze Wolgagebiet kam in diesen Spitznamen vor – von Kreisstädten bis zu kleinsten Ortschaften: Djoma aus Kostroma, Uglitsch Nicht Schießen oder Judas aus Schupaschkar.

Auch wenn die geografische Herkunft nicht genannt wurde, konnte man sie an dem Spitznamen erkennen. Nika, der Deutsche, kam natürlich aus einem der deutschen Dörfer bei Saratow. Von sich erzählen konnte er nicht viel, denn er sprach schlecht Russisch, aber die Wörter Saratow und Wolga sind in allen Sprachen gleich. Kasjuk Ibrahim stammte eindeutig aus Kasan, dessen Bewohner häufig als Kasjuken beschimpft werden. Wotjak, der Augenlose, stammte von der Kama. Sein Sehvermögen war in Ordnung, aber zum Staunen des Publikums konnte er seine Augen so verdrehen, dass man nur noch das Weiße sah, daher sein Spitzname. Der Baschkire Gali kam aus dem Uralvorland, wo seine Landsleute siedelten.

Manche Spitznamen zeugten von Krankheiten. Dejew konnte nicht begreifen, weshalb man die Erinnerung an ein schweres, zuweilen lebensgefährliches Leiden bewahren wollte und sogar in seinem Namen verewigte. Charitoscha, der Schwindsüchtige, Trachom-Jussja, Ljoscha Dreimal Typhus – wer wollte so heißen? Die hier schon. Sie stellten sich selbst so vor: »Ich bin Grippe-Wenja«; »ich heiße Skorbut-Sonja«; »ich werde Spastiker-Grischka genannt.« Und je abstoßender der Name, desto mehr hing sein Träger daran: Schanker, Tripper-Goscha, Syphilis- Ossja, Herpes-Tolja. Wenn Dejew solche Namen hörte, wurde ihm anfangs ganz übel. Mit der Zeit gewöhnte er sich daran.

»Weißt du denn überhaupt, was *Mamó* bedeutet?«, fragte Dejew ein kleines Kerlchen mit schmalen mongolischen Augen, das auf den Spitznamen Tschengis Mamó hörte. »Na klar!«, gab der Kleine grinsend zurück. Dabei schlug er sich an die Brust, dürr wie ein Reibeisen, und rief: »Ich weiß es nicht nur, ich bin stolz darauf!« *Mamó* nennt man in Sibirien den Milzbrand. Manchmal auch »Heiliges Feuer«, weil es Mensch und Vieh rasch von innen verzehrt wie ein Brand. Es war kaum anzunehmen, dass der kleine Tschengis an diesem Brand je gelitten und ihn überlebt hatte. Doch sicher konnte sich Dejew nicht sein: Jungen wie er waren echte Stehaufmännchen.

Wen oder was sollten die gruseligen Spitznamen abschrecken? Andere Kinder? Andere Krankheiten? Oder gar den Tod?

Manche schlossen selbst diesen bei der Wahl ihres Spitznamens nicht aus. Das waren durchaus nicht die größten, lautesten oder wunderlichsten Kerle, sondern stille, unauffällige Jungen, die sich in der Essenschlange immer hinten anstellen mussten. Fadja Stirb Morgen. Drei-Särge-Markel. Der Halbtote Kika. Ein klapperdürrer Winzling, dessen Knochen und Rückgrat vom Hunger krummgebogen waren, hörte auf den Namen Unerwarteter Tod.

Nein, da gefielen Dejew heitere, kultivierte Namen wesentlich besser. Wurde ein Kind Buster Keaton gerufen, dann wusste man gleich: Das schwärmte für den Film. Wenn man es sah, musste man lächeln, wurde einem warm ums Herz, und man rief es gern. Wer sich Mitja Mayne-Reid oder Wilder Dickens nannte, war sicher ein gebildetes Kerlchen. Ebenso Wattiger Watson, Müllmann Aramis und Kleiner Pinkerton. Diese Jungen wollten schlau und erfolgreich werden wie ihre Helden aus Büchern und Filmen. Solche verdienten Dejews Respekt.

Allerdings begegneten ihm auch sehr spitzfindige Kreationen, die erhaben und literarisch klingen sollten, aber ihm ganz und gar unverständlich waren. Kolja Camembert – war der vielleicht aus einem französischen Roman geklaut? Oder Sjoma Butterfly? Oder Fedja Freud? Nonka Bovary – wo hatte das Mädchen das nur ausgegraben? Oder Juliette Blanc-manger*? Da verstand er überhaupt nichts mehr. Von welcher Nationalität der ellenlange Name wohl stammte? Er konnte ihn nicht einmal aussprechen. Oder Gjugo** Ohne Brauen – was sollte das denn sein? Das war doch kein Name für ein Kind, eher ein

* Süßspeise mit Mandeln aus Frankreich, im Deutschen auch als Mandelsulz bekannt.

** So wird der Name von Victor Hugo in kyrillischen Buchstaben transkribiert.

Zungenbrecher. Profiteroles* und Paganel – sollte das etwa ein Liebespaar vom Theater sein?

Da waren ihm kurze, männliche Namen doch lieber. So nannten sich Burschen aus dem Wagen der älteren Jungen Smith&Wesson oder Schlagring-Jefremytsch. Die verhehlten wenigstens nicht, wer sie wirklich waren, sondern erklärten, dass mit ihnen nicht zu spaßen sei. Angriffslust billigte Dejew nicht, aber wer eine ehrliche Ansage machte, war ihm lieber als ein Klugscheißer.

Er billigte es auch nicht, wenn in den Spitznamen die Landstreicherkarriere wiederauflebte. Da das Herumziehen jetzt ein Ende hatte, weshalb die Vergangenheit ins neue Leben mitschleppen? Da hatte so ein Kerl die Straßen unsicher gemacht, den Damen Pelze und ihren Kavalieren Uhren geklaut. Warum sollte man ihn jetzt immer noch Raubein Bogdascha nennen? Damit das nicht in Vergessenheit geriet? Oder ein grüner Junge hatte auf dem Bahnhof Gepäckwagen geschoben und dabei manche Kleinigkeit mitgehen lassen. Wollte er jetzt als Sjawka Wagenschieber ständig daran erinnert werden? Langfinger Foma, Schieber Orest, Sason Halsabschneider – viele trugen ihre Spitznamen wie eine Erwerbsbiografie vor sich her.

Die meisten Spitznamen, die im Zug vorkamen, hatten allerdings etwas mit schlüpfrigen Dingen zu tun. Dejew war schon über zwanzig Jahre alt, also drei, vier Mal länger auf der Welt als seine Schutzbefohlenen. Doch wie sich herausstellte, wusste er weniger Bescheid als sie, wenn es sich um Ausdrücke aus dem Reich der Sünde handelte. Unter den saftigen Spitznamen, bei deren Erwähnung man nur rot werden konnte, kam alles vor, was im Hinblick auf Frauen und Männer dreckig und schamlos war. Nach und nach fand sich Dejew damit ab, da auch die Kommissarin sie ungeniert und lauthals benutzte

* Ein kleiner Windbeutel.

wie alle anderen. Nur die Betreuerinnen brachten sie nicht über die Lippen. Sie sagten entweder nur »Junge« und »Mädchen« oder nannten die offiziellen Namen ohne den schillernden Anhang. Allein die Kinder waren zu keinem Kompromiss bereit. Wenn einer Arschloch Mischka hieß, dann wollte er auch so gerufen werden. Schwengel Jessja. Oder Hammer. Oder Pimmel.

Welchen Genuss bereitete es wohl, wenn man Dreckige Rute genannt wurde? Oder Wichser Nasar? Doch Freude und Lust gab es durchaus. Diese von der ewigen Unterernährung mickrigen, krummbeinigen Jungen mit den dünnen Ärmchen, denen unter den Achseln und zwischen den Beinen keine Haare wuchsen, wollten echte Männer sein, und sei es auch nur in ihren Spitznamen. So einer war Phallus Foka. Einmal hatte Dejew beim Waschen Gelegenheit, das namensgebende Teil dieses Kerlchens zu sehen – einen winzigen blassen Zipfel wie die Raupe auf einem Kohlblatt. Oder Kolja Instrument. Die Miniausgabe seines Werkzeugs war auch noch auf muslimische Art beschnitten, so dass Dejew in ihm einen Tataren oder Baschkiren vermutete. Kolja sprach allerdings nur Russisch und erinnerte sich, seine Eltern hätten mit ihm auch Russisch gesprochen, als sie ihn auf der Sammelstelle abgaben. Ebenso passend war auch Rammler Schora. Oder der grünäugige, sommersprossige Hammer.

Die Mädchen wollten den Jungen nicht nachstehen. Sie nannten sich Brustwärzchen Lilka, Nutte Larka oder Matratze Schanka. Mit diesen Namen hätte man glatt einen Puff eröffnen können! Lilkas Haut war pulvertrocken und löste sich an manchen Stellen, dass sie wirkte wie Birkenrinde. Larka konnte nachts das Wasser nicht halten. Schanka hatte ständig Hunger und sprach nur vom Essen. Die Betreuerinnen boten den Mädchen an, ihnen andere, wohlklingende Namen aus Büchern oder Liedern zu geben. Die wiesen das empört zurück. Ihre bisherigen, die sie als Frauen auswiesen, waren ihnen wichtiger als Schönheit oder Wohlklang.

Andere Spitznamen wirkten harmlos oder sogar witzig – Schafsknottel oder Lehmfresser Jegor. Später musste Dejew erfahren, dass sich dahinter Lebensgeschichten verbargen, die alles andere als lustig waren.

Schafsknottel wurde im ersten Hungerjahr zur Unzeit geboren. Aus Mitleid wälzte ihn seine Mutter in Schafsmist, damit er schnell sterben sollte. Er überlebte, doch die Mutter starb, und er landete in einem Kinderheim. Seine einzige Kindheitserinnerung war das Bild, wie seine Mutter im Schafstall des Kolchos die Kügelchen einsammelte und er zwischen ihnen herumkroch. Später erklärten ihm die Heimbewohner, mit welcher Absicht sie das getan hatte. Doch er konnte gegen seine Mutter keinen Groll hegen. Im Gegenteil, er mochte nur Schafsknottel gerufen werden und erzählte die Geschichte jedem, der sie hören wollte.

Jegor Lehmfresser hatte als Kind von einem Berg gehört, wo sich die Leute in Hungerjahren Lehm holten und ihn statt Brot aßen. Als die Hungersnot ausbrach, waren seine Großeltern bald so geschwächt, dass sie nicht mehr aufstehen konnten. Also ging er auf die Suche nach Lehm, weil es kein anderer tun konnte. Er fand den Berg und kam mit einem ganzen Eimer voll zurück. Sie aßen alle drei davon, obwohl er widerwärtig schmeckte und den Hunger nicht stillte. Großvater und Großmutter starben daran. Jegor hatte also seine letzten Angehörigen umgebracht. Die Betreuerinnen im Zug versuchten ihm zu erklären, dass nicht er, sondern der Hunger seine Großeltern getötet hatte, doch der Junge blieb bei seiner Meinung.

Solche Geschichten gab es in allen fünf Wagen. Oder in allen sechs, wenn man das Lazarett mitzählte. Wenn es nach Dejew gegangen wäre, hätte er im Zug alle alten Spitznamen abgeschafft, damit die Kinder die Vergangenheit loswerden konnten, so wie sie auf dem Bahnhof von Kasan Kleidung und Schuhe zurücklassen mussten. Aber nach ihm ging es nicht.

Die Sprache des Zuges war bunt und phantasievoll. Fünfhundert Münder erzeugten eine solche Vielfalt, dass man Wörterbücher hätte schreiben können. Die Dialekte des Russischen, die Sprachen Tatariens, Baschkiriens, Tschuwaschiens, von Mari-El, Udmurtiens, Sibiriens und der Ukraine, dazu der Wortschatz der Straßen und Müllhalden, der Räuberhöhlen und Glaubensgemeinden – all das ergab ein wildes Sprachgewirr, in dem Dejew sich nicht zurechtfand. Die Kinder hatten damit keine Schwierigkeiten. Irgendwie verständigten sie sich, übernahmen mit Leichtigkeit Wörter der anderen und schenkten ihnen die eigenen.

So konnte ein und derselbe Begriff fünf oder zehn Varianten haben. Wo Dejew mit einem Wort auskam, hatten die Kinder ein Dutzend oder zwei.

Wenn Dejew zum Beispiel einen Jungen beim Lügen ertappte, dann hieß es: Er lügt. Oder er betrügt, wenn er sich etwas gehobener ausdrücken wollte. Doch die Kinder verfügten dafür über eine ganze Skala von Wörtern und Ausdrücken: *schwindeln, faseln, verkohlen, spinnen, bescheißen, flunkern, sich ausdenken, fälschen, phantasieren, aushecken, verscheißern, erfinden, täuschen, anscheißen, irreführen, verdrehen, blenden, verschaukeln, verarschen, hereinlegen, einseifen, anschmieren …* und so weiter und so fort.

Wenn etwas misslang, dann sagte Dejew klar und einfach: »Es ist nix geworden.« Vielleicht noch: »Es hat nicht geklappt.« Und die Kinder? Sie redeten von *danebengehen, auffliegen, reinfallen.* Oder von *Pleite, Bruchlandung, Schlamassel, Schlappe, Schiffbruch,* ließen etwas *schieflaufen* oder *in die Hose gehen,* hatten sich *gekniffen* oder *geschnitten …*

Wozu brauchte man hundert Wörter, wenn eines ausreichte? Weshalb musste man klare Sätze verdrehen oder eigene Erfindungen einbauen?

Im Erfinden waren die Kinder Meister! Da sie das freie, ungebundene Leben gewohnt waren, gingen sie auch mit der Sprache sehr frei um, missachteten gnadenlos die Grammatik und schufen so die wunderlichsten Bezeichnungen. Eine Drohung konnte zum Beispiel so klingen: »*Dir wird ich's zeigen, statt Kartoffeln Holzkloben zu rösten!*« Oder so: »*Du kriegst eins auf die Glotzer, dass du nur noch Sterne siehst!*«

Auch als Wortschöpfer betätigten sich die Kinder. Sie knüpften bekannte Begriffe zusammen oder dachten sich völlig neue aus. Hier war Dejew völlig verloren. Da stand auf jeder Bahnstation ein würfelförmiger Heißwasserspeicher. Er sah fast aus wie ein Häuschen mit einer Art Fenster, aus dessen Wand mehrere Hähne ragten, wo sich die Leute dampfendes abgekochtes Wasser in Teekessel oder Eimer füllen konnten. Den *Würfel* kannte jeder und nutzte ihn gern. Wozu stundenlang streiten, sich heiser schreien, nur um einen neuen Namen zu finden? Schließlich standen vier Varianten zur Wahl: *Brühkiste, Zischbottich, Brodelfass* und *Blubberwürfel*. Auf die letzte einigten sich die Kinder schließlich. Bald ertappte sich Dejew selbst dabei, dass er dieses Wort benutzte, weil es so gut passte. Seine Fahrgäste begannen ihn anzustecken.

Die Unterhemden, die die Kinder trugen, hießen bei ihnen nicht so, sondern *Schneewedel* oder *Geisterfahnen*. Die Zinnbecher, aus denen sie aßen und tranken, nannten sie *Schlürfpötte*. Die Begleiterinnen waren für sie *Schwesterlein*. Die Eisenbahnwagen *Klapperkasten*. Die Feldküche, für die sie die zärtlichsten und leidenschaftlichsten Gefühle hegten, zu denen Kinder nur fähig sind, bedachten sie mit vielen Namen: *Traumhaus, Kochbude* oder *Futterkrippe*.

Zuweilen wurden Wörter oder Grußformeln so verknappt,

dass sie kaum noch zu erkennen waren. Aber das kam seltener vor.

Das einzige Thema, bei dem die Kinder keine eigenen Wortschöpfungen zuließen, war das Essen. Da verstanden sie keinen Spaß! Dabei kannten sie sich beim Thema Essen – einfach oder kompliziert, Stadt oder Land, in Kantine oder Restaurant – besser aus als Dejew und alle Erwachsenen im Zug zusammengenommen. Sie wussten einfach alles: dass die Fischsuppe aus Barsch oder Zander mit Fischkuchen, doch die nach Zarenart mit Wodka serviert wird. Wie man *Consommé* und *Café glacé* richtig ausspricht. Dass zu Borschtsch am besten mit schwarzem Pfeffer bestreute Teufelsbrötchen passen und zu Steinbutt Champignons. Dass man von amerikanischem Mais schlimmere Blähungen kriegt als von Erbsen. Dass man als Gegenmittel angekohlte Knochen knabbern kann, aber langsam und ganz wenig. Wenn man Poularde bestellt, dann unbedingt die aus Rostow, Forelle dagegen nur aus Gatschina und mit *Sauce au bleu*. Dejew hatte nicht einmal die Ausdrücke je gehört! Die Kinder hingegen kannten sie und konnten darüber reden. Probiert hatten sie wohl kaum eine der guten Sachen, aber sie brachten es fertig, sie in allen Einzelheiten zu beschreiben. Wie man zum Beispiel den Kaviar des Kamtschatka-Störs von norwegischem unterscheidet. Wie man eine nicht mehr ganz frische Krähe in Kohlewasser kocht, damit sie nicht stinkt. Was ein *Nesselrode-Pudding* ist und wodurch er sich von einem *Parfait* oder einer *Bouchée** unterscheidet.

Einige der Kerlchen hatten sich sogar Spitznamen verpasst, die von ihren Lieblingsgerichten oder -getränken abgeleitet waren: Zum Beispiel Gleb Brot Her, Dranik mit Rosinen**, Abrau Durso***, Sinka Portwein oder Krokant Faule Zähne.

* Französische Blätterteigpastete.
** Ein süßes Kartoffeltörtchen.
*** Bekannte russische Wein- und Sektkellerei.

Manche prahlten so oft mit Leckereien, die sie vor Kurzem genossen haben wollten, und zwar nicht solche aus Kartoffelkraut mit Ameisen, sondern aus Fleisch und Brot, dass Dejew klar war: Sie logen, dass sich die Balken bogen. Später stellte sich heraus, dass sie nicht gelogen hatten: Sie gaben den Ersatz-Lebensmitteln nur vornehme Namen. *Kissél* waren die Innereien von Fischen. *Rosinen* – Fischschuppen. *Zicklein* – Fischgräten. *Spanferkel* – über Feuer geröstete Zieselmäuse. *Zwieback* – Muschelschalen. *Piroggen* – Gedärme. Alle diese Bezeichnungen standen in der Kindersprache eisern fest; was damit gemeint war, konnte allerdings variieren. Und solche Zicklein oder Spanferkel mit Piroggen hatten sie sicher zur Genüge verzehrt.

Diesen Kindern ohne Besitz oder auch nur Kleidung und Schuhe, ohne Eltern und Obdach, häufig sogar ohne alle Kindheitserinnerungen war nur eines geblieben – die Sprache. Sie war ihr Besitz, ihre Heimat und ihr Gedächtnis. Sie hatten sie selbst geschaffen. Und hineingelegt, was ihnen auf ihren Wegen begegnet war. In den ausgefallenen Wörtern bewahrten sie für sich die Erinnerung an Begegnungen mit Menschen aus anderen Gegenden. Zu diesem Reich hatten Erwachsene keinen Zutritt.

Die Sprache konnte ihnen auf ihren Streifzügen niemand nehmen – weder ältere Schlägertypen, noch nächtlich umherstreifende Diebe. Sie nutzte sich auch nicht ab wie alte Schuhe, verlauste nicht wie die Unterwäsche, sondern wurde mit jedem Tag nur reicher und schöner. Sie gehörte und diente ihren Besitzern. Vor allem blieb sie ihnen treu und ließ sie nie im Stich.

Die Kinder liebten Verse – nicht solche von Dichtern, sondern Reime, die sie sich selbst ausdachten. Die Mutigeren fügten sie zu ganzen Strophen zusammen. Wer sich nicht selber traute, wiederholte die Erfindungen anderer. Bei jeder Gelegenheit wurde ein elementares Vorkommnis, ob nun das Gerangel in der Schlange beim Essenfassen oder das Zählen der Läuse auf dem Hemd, augenblicklich in Reime gesetzt.

Man konnte einem drohen, ihm eins auf die Nase zu geben. Viel eindrucksvoller klang das aber, wenn es gereimt war:

»Ich hau den Rüssel dir in Trümmer
Und sage frech, so war der immer.«

Oder man glaubte einem nicht und wollte das auch besonders eindrucksvoll erklären. Also ließ man mit gerunzelten Brauen verächtlich fallen:

»Lass den Bockmist gefälligst sein,
Auf Wundermittel fällt keiner rein.«

Wenn man dem anderen bedeuten wollte, die Klappe zu halten, dann sagte man am besten:

»Red doch nicht so blöd –
Das ist fad und öd!«

Für alle Äußerungen der Erwachsenen hielten die Kinder Reime bereit. Sie spuckten sie förmlich aus, sobald sie gebraucht wurden.

Begrüßte Dejew die Kinder mit: »Guten Tag!«, bekam er zur Antwort: »Jetzt essen ich mag!« oder »Nach Feuer ich frag!« Rief eine Begleiterin laut: »Jetzt fahren wir an Saransk vorbei!«, schon forderte ein Pfiffikus: »Pfefferschnaps und Grützebrei!«

Verszeilen verstärkten die Wirkung einfacher Redensarten; Reimwörter gerieten zu Beschwörungsformeln, denen man nahezu magische Wirkung zusprach. Und wer gut dichten konnte, genoss besonderes Ansehen.

Einohr Griga war zweifellos eine poetische Begabung. Einmal flüsterten die Betreuerinnen Dejew verschämt und mit roten Wangen Beispiele von Grigas Dichtkünsten zu. Die konnte man sich leicht merken, weil sie so einfach und witzig klangen, dass sie einem nicht mehr aus dem Kopf gingen. Zielscheibe war ausschließlich die Kommissarin. Ein einfacher Reim war zum Beispiel:

»Belaja, die Gute,
Is 'ne fette Pute.«

Etwas kompliziertere gab es auch:

»Belaja – eine Frau wie reifes Obst,
Aber im Kopf nicht ganz bei Trost.«

Dejew konnte nicht an sich halten und musste laut lachen. Doch gleich wurde er wieder ernst und schüttelte tadelnd den Kopf. »Gibt es auch welche über mich?«, fragte er. Wie es aussah, gab es die nicht. Für ihn hatten die Kinder nur gereimte Spitznamen übrig, die etwas einfallslos und allesamt von der schlüpfrigen Sorte waren wie Dejew-Pimmelejew, Dejew-Muschejew oder Dejew-Wichserejew … Die Namen waren beliebt; wenn Dejew nicht in der Nähe war, wurde er nur so genannt.

Wenn die Kinder die Welt in Reime setzten, versuchten sie gleichsam, sie sich zu erobern. So wurde die Idee, abends Gedichte von Lermontow vorzulesen, unerwartet zu einem Erfolg. Die Bibliothekarin begann mit den für einfache, junge Geister zugänglichen Balladen vom Luftschiff, von der Meerjungfrau und den zwei Riesen. Dabei zeigte sich, dass die Themen gar nicht wichtig waren. Die Kinder lauschten nicht der Geschichte, sondern dem Klang der Dichtung. Ohne auch nur die Hälfte der Worte zu verstehen: Was sollten sie mit dem *Ringen des Geistes, geheimnisvollen Propheten, dem Azur der Wellen* oder *Korallengrotten* anfangen? Sie gaben sich auch keine Mühe, der Handlung zu folgen, sondern fanden Genuss an den Rhythmen und Reimen. Vielleicht gingen sie gerade bei einem Dichterkollegen in die Lehre?

Die Kinder reimten nicht nur Wörter, sondern entwickelten auch ein ganz eigenes Brauchtum für ihr Leben. Nirgendwo war Dejew bisher so vielen Zeremonien und Ritualen begegnet wie in der »Girlande«. Ein besonderes Nicken, Zwinkern und Schnalzen, bestimmte Gesten, Bewegungen, Beschwörungen, ständig wiederholte Wörter und Wörtchen – all das fügte sich zu einer Art Verständigung parallel zur Alltagssprache zusammen, die nur die Kinder kannten. Und Kommissarin Belaja.

»Warum spucken sie dauernd von den Stufen der Wagen auf die Erde?«, fragte Dejew. »Und lehnen sich dabei in voller Fahrt möglichst weit hinaus. Irgendwann stürzt einer ab!«

»Damit wird Unglück gebannt«, erklärte ihm Belaja. »Und wenn das ausgespuckte Unglück nicht zu Boden fällt, sondern an der Wagenwand kleben bleibt, was soll das für einen Sinn haben?«, fragte Dejew nach. Das konnte ihm keiner erklären.

»Warum lassen sich die Kerlchen über den Fußboden rollen wie das Nudelholz über den Teig?«, bohrte Dejew weiter. »Die Wagen haben wir seit Kasan nicht mehr gewischt, außerdem sind die Dielen kalt. Ständig wird irgendwer durch den Dreck gerollt, und die anderen stehen dabei und genießen es.«

»Darum bitten die Betroffenen selber, auf diese Weise soll Krankheit von ihnen abgerollt werden.«

»Und warum tauschen sie die Becher und trinken daraus?

Zuerst essen sie den Brei, dann kippen sie Wasser hinein und trinken nacheinander jeder einen Schluck.«

»So einen Becher nimmt man nicht von jedem, sondern nur von denen, die viel Schwein haben. Wer daraus trinkt, hofft, ein bisschen davon abzukriegen.«

Zur Nacht rieben sich die Kinder die Fersen mit Erde ein. Nicht jede Sorte eignete sich dafür, sondern nur solche, die besonders schwarz und fett war. Die Kinder sammelten sie unterwegs auf. Zur Begrüßung am Morgen berührten sie sich zunächst dreimal mit den Fingerknöcheln – erst auf Augenhöhe, dann vor der Brust und danach in Höhe der Taille. Es folgten ein zweifaches Abklatschen und ein Händedruck. Abgekaute Stückchen von Fingernägeln wurden in die Ritzen der eigenen Pritsche gesteckt. Vor dem Essen schlugen viele ein Kreuz oder fuhren sich auf muslimische Art mit den Handflächen übers Gesicht. Manche vollzogen sowohl das eine als auch das andere Ritual. Alle Gegenstände aus Metall, die sie irgendwo fanden – Muttern, Stücke von Werkzeugen oder Draht –, wurden an den Wänden oder über dem Kopfende der Pritsche aufgehängt. Immer wieder gelang es einem, bei der Schneiderin die einzige Nadel zu stibitzen. Für die suchten sie ein gutes Versteck, meist bei der dritten Pritsche ganz oben unter der Wagendecke, wo sie sich dann der Reihe nach draufsetzten. Es dauerte seine Zeit, bis die Kommissarin bei der nächsten Kontrolle das kostbare Werkzeug fand und es seiner Besitzerin zurückgab.

Nach und nach begann Dejew sich in der vielfältigen, aber doch recht schlichten Welt der kindlichen Bräuche zurechtzufinden. Darin gab es zwei Hauptbegriffe, zwei Säulen, auf denen das ganze System ruhte.

Die erste Säule hieß *Erfolg* oder *Glück, Dusel* oder *Schwein*. Alle übrigen Annehmlichkeiten des Lebens – Gesundheit, Freundschaft, sattes Essen und Genuss, im Grunde jede Art Glücksgefühl waren davon abgeleitet. Um Erfolg zu haben oder

Misserfolg zu vertreiben, gab es verschiedene akrobatische Tricks, wurden Gegenstände aus Metall benutzt – wobei Stahl den höchsten Wert besaß, worauf Bronze, Messing und Eisen folgten –, wurde Essbares geopfert und wurden Spitznamen erdacht. Dem Glück jagten alle nach, träumten davon und prahlten damit. Wem ein Volltreffer gelang, der war beliebt, wem nicht, der wurde verachtet.

Die zweite Säule hieß *Wir*. Ohne Familie und jede andere organisierte Form des Zusammenlebens wie Schule oder Kommune entwickelten die Kinder ihre eigenen Regeln und schufen sich ihre Familie selbst. Sprüche, einstudierte Gesten und vereinbarte Rituale festigten diese vielfältige, schillernde Horde, schenkten den Kindern Momente eines Zusammengehörigkeitsgefühls.

Wenn man sich ein ernstes Versprechen gab, dann klemmte man sich ein Stückchen Essbares, am besten Brot, zur Not auch ein wenig Brei oder ein paar Tropfen eines Getränks, in die Armbeuge und beförderte es dann in den Mund, wobei man sich tief in die Augen sah.

Damit es bei der Essenausgabe gerecht zuging, berührten sich alle, die gerade Schlange standen, gegenseitig und sprachen dabei:

»Gleich, gleich gibt es was,
Nicht für'n Saukerl, nicht für'n Aas,
Sondern für dich.«

Damit beim Kartenspielen nicht gemogelt wurde, legten die Kinder ihre rechten Hände übereinander und sprachen dreimal im Chor:

»Wer herkommt, um uns zu verkohlen,
Den soll doch gleich der Teufel holen!«

Um zu beweisen, dass man es ehrlich meinte, musste man die Zunge herausstrecken und dem anderen erlauben, sie sorgfältig zu betasten oder sogar daran zu ziehen.

Wenn man einem anderen etwas Wertvolles – ein Pornobildchen oder einen Bleistiftstummel – lieh, gab es dafür eine ganze Zeremonie, als so ernst und riskant galt dieser Vorgang. Der Besitzer übergab im Beisein von mehreren, möglichst vielen Zeugen den Gegenstand auf der flachen Hand mit den Worten: »Dafür stehst du gerade.« Bevor der andere die Sache entgegennehmen konnte, hatte er die ehrliche Absicht zu erklären, sie nur selbst zu benutzen und wirklich zurückzugeben. Das tat er mit den Worten: »Nur ich – wann ich will, wie ich will und wo ich will.« Der Besitzer bestätigte dann mit der Formel:

»Nicht Fliege oder Mücke, nein –
Nur du allein stehst dafür ein.«

Darauf hatte der Empfänger zu antworten: »Klar, ich halte Wort!« Die Zeugen nickten beifällig, und dann wurde die Sache übergeben.

Selbst Kinder, die sich erst kurze Zeit in der Gesellschaft erfahrener Gleichaltriger befanden, übernahmen und beherrschten diese Regeln bald. Es war, als saugten sie die mit der Atemluft ein. All die Beschwörungen und Zauberworte, Zeremonien und Rituale waren ansteckender als Typhus, verbreiteten sich schneller als die Cholera.

Mit alledem versuchten die Kinder, sich die Welt zu erobern oder zumindest etwas erträglicher zu machen.

Kommissarin Belaja sahen die Kinder nicht als ihrer Gemeinschaft zugehörig an, aber auch nicht als Fremde. Als fremd galten die übrigen Erwachsenen (oder *Bestimmer*, wie sie verächtlich genannt wurden): Dejew, die Begleiterinnen und selbst der blutjunge Koch, der kaum älter war als die größeren Jungen. Die Kommissarin stand irgendwo an der Grenze zwischen der Welt der Erwachsenen und der Kinder.

Sie verstand ihre Sprache. Sie wusste, was ein *Häuptling* und was eine *Hure* war; sie kannte das Ritual der *Eselsnacht**.

Ihr brauchte man nicht zu erklären, wie wichtig die Bräuche der Kinder waren und dass ein gegebenes Versprechen gehalten werden musste. Mit ihr konnte man saftige Witze reißen und sie sogar um einen Rat bitten.

Ständig tauchten vor ihrem Abteil Bewohner der Personenwagen auf, die sie etwas fragen oder Vorschläge loswerden wollten. Sie kamen zu beliebiger Zeit – manchmal spät abends oder bevor der Morgen graute. Es schien, als machten sie sich auf den Weg, sobald ihnen ein Gedanke durch den Kopf schoss. Belaja wies keinen zurück und ließ den Gast ein, auch wenn sie abends gerade eingeschlafen oder morgens noch gar nicht richtig wach war.

Dejew achtete darauf, diese Begegnungen nicht zu verpassen. Er öffnete die Verbindungstür einen Spaltbreit und hörte sich die Sorgen, Ängste, Klagen und Überlegungen der Kinder an. Immer wieder fragte er sich, was er wohl in der einen oder anderen Sache geantwortet hätte. Und es verwirrte ihn sehr, dass er fast nie wusste, wie er reagieren sollte. Ihm fielen eigentlich nur Schimpfwörter ein.

Zur Kommissarin kam das schwangere Mädchen Tprussja und wollte wissen, ob man ihren wachsenden Bauch nicht einschnüren könnte, um die Geburt bis zur Ankunft in Samarkand hinauszuzögern.

Einen Besuch machte Herumtreiber Gabbas, ein fast völlig zahnloser kleiner Baschkire, der in vollem Ernst erklärte, er sei

* Besonders harte Strafe der Kindergemeinschaft bei Verletzung ihrer Regeln, die im Vollbringen einer besonders schweren oder riskanten Aufgabe bei Nacht bestand.

in der Lage, auf dem Basar alles Notwendige zu klauen, auch Geld oder Esswaren. Er bot seine Dienste an, denn er wollte dem Zug von Nutzen sein.

Auch die Zwillingsbrüder Borsa und Burlilo sprachen bei der Kommissarin vor. Sie fragten nach, wann auf der Strecke ein Abzweig nach Persien erreicht werde. Dorthin waren die Eltern ein Jahr zuvor ausgewandert. Ihre Söhne hatten sie zu Hause auf dem kalten Ofen mit einem einzigen Kanten Maisbrot zurückgelassen. Seitdem träumten die Jungen davon, in dieses ferne Land zu fahren, um nach Vater und Mutter zu suchen.

Spät nachts tauchte ein winziger Junge mit dem Spitznamen Karlchen auf. Mit seinen extrem kurzen Ärmchen und Beinchen und dem großen Kopf wirkte er wie ein echter Kleinwüchsiger. Er bat Belaja, sie möge ihm am Sternenhimmel den Jupiter zeigen. Seine Eltern seien zusammen mit allen Erwachsenen ihres Dorfes in die Stadt gefahren, von wo Züge zum Jupiter* gehen sollten. Die Kinder wurden allesamt im Dorf zurückgelassen, denn zum Jupiter durfte man Kinder nicht mitnehmen.

Belaja wusste auf jede Frage eine Antwort: zum Jupiter, zu Persien, zum Erscheinen des chinesischen Kaisers, zur Auferstehung des Thronfolgers, zu der Motte, die das tödliche Frühjahrsfieber auslöst, zu den Hähnen des Herodes, die den Tod ankündigen, und was sonst noch alles gefragt wurde.

Einmal sprach Petka Pompadour, ein stets finster dreinblickender Junge mit aufgedunsenen Beinen und dem Kopf voller Furunkel, bei der Kommissarin vor. Schon auf der Schwelle erklärte er frank und frei: »Ich will heiraten.«

Dejew zuckte zusammen. Der Junge traute sich was, seinen Traum ohne jede Verlegenheit laut und deutlich auszusprechen!

»Wann?«, erkundigte sich Belaja ungerührt.

* Die Eltern hatten von der gleichnamigen Stadt in Baschkirien gesprochen.

»Heute.«

»Und wen?«

»Weiß ich noch nicht. Erlaubst du's?«

»Klar«, gab Belaja achselzuckend zurück.

Der Bursche nickte sachlich und ging schlurfenden Schrittes davon, wie eine Ente von einem Bein aufs andere watschelnd.

»Sag den Schwestern Bescheid, damit sie keinen Ärger machen«, wies er die Kommissarin vom Gang her an. »Sonst geht da ein Gegacker los …«

»Hör mal, Pompadour, wozu das Ganze?«, rief jetzt Dejew, der nicht an sich halten konnte, aus seinem Abteil dem Jungen nach.

Der drehte sich um und schaute den Zugführer finster an, weil er so eine dumme, unangebrachte Frage stellte.

»Hab das Junggesellenleben satt!«, warf er ihm über die Schulter zu und wackelte davon, wie sich herausstellte, zum Wagen der Mädchen.

Wie die Sache weiterging, erfuhren Dejew und Belaja von den Begleiterinnen. Ohne Eile streifte Petka durch die Pritschenreihen des Mädchenwagens, musterte alle darin ohne ein Wort, dass es ihnen die Röte ins Gesicht trieb. Es war eine echte Brautschau – er prüfte alle hundert Mädchen, selbst die Vier- und Fünfjährigen. Am Ende kehrte er zur Pritsche von Schwälbchen zurück.

»Heiratest du mich?«, fragte er sie ohne Umschweife.

»Ich bin doch eine vom Bahnhof«, sagte die und schlug die Augen nieder.

»Da ist längst Gras drüber gewachsen«, wandte er ein.

Nun nickte sie, was ihre Zustimmung bedeutete.

Pompadour setzte sich neben sie auf die Pritsche und nahm ihre Hand. So wurden sie sich einig.

Auf der Stelle lief eine der Betreuerinnen zur Kommissarin und meldete, dass eine »Hochzeit« stattgefunden habe. Belaja ordnete »Nicht gackern« an. Doch die Frauen sollten auf die beiden ein Auge haben.

Die beiden Kinder saßen den Rest des Tages, Händchen haltend, auf dem Bett. Erst als es Abend wurde, begannen sie miteinander zu reden – leise, im Flüsterton, dass niemand etwas mitbekam. So machten sie sich miteinander bekannt. Auch das Abendessen nahmen sie gemeinsam ein. Zwar mussten sie die Finger entflechten, um den Becher mit der Suppe zu halten, aber nach jedem Schluck schauten sie auf, und ihre Blicke kreuzten sich. Petka aß seine Portion nicht ganz. Die Brühe schlürfte er, doch was am besten schmeckte, das Dicke aus Graupen und Kartoffelstückchen, überließ er seiner »Frau«. Die reichte ihren Becher mit dem Bodensatz ihrem »Mann« hin.

Zum Schlafen zog sich Pompadour auf seine Pritsche zurück, doch schon im Morgengrauen war er wieder im Mädchenwagen zu finden. Schwälbchen erwartete ihn bereits. Sie war schon wach und hatte sich als Erste gewaschen. So ging es weiter: Die »Neuvermählten« verbrachten ihre Tage auf Schwälbchens Pritsche und trennten sich nur zur Nacht. Das »Familienleben« vollzog sich in aller Stille; sie schauten gemeinsam zum Fenster hinaus, flüsterten miteinander und legten sich nebeneinander auf die Pritsche. Dabei hielten sie sich stets bei den Händen. Ansonsten erwies sich die »Ehe« zur großen Beruhigung von Begleiterinnen und Kommissarin als ausgesprochen platonisch.

Das Hochzeitsfieber verbreitete sich bald im ganzen Zug wie eine Choleraepidemie.

Der Wilde Gelaska machte der Kalten Vera einen »Antrag«, obwohl er einen halben Kopf kleiner und ein paar Jahre jünger war als sie. Vera hatte ihre Pritsche in der dritten Etage, direkt unter dem Wagendach. Die »Jungvermählten« mussten daher ihr Familienleben liegend verbringen; dort oben konnte man weder nebeneinander sitzen noch gemeinsam aus dem Fenster schauen. Andere Mitfahrer erlaubten zuweilen, dass Gelaska und Vera auf einer unteren Pritsche »zu Gast saßen«.

Mustafa Schmalhans erwählte die Krumme Salicha, obwohl die auf dem linken Auge halb blind war. Der wortkarge Stotterer, den alle nur den Sarazenen nannten, erwählte die geschwätzige Fliege Luxemburg.

Jeroschka Ölkuchen »heiratete« Kleines Mädchen Jassja. Er war nicht gerade ein beispielhafter »Ehemann«, denn er ließ sich bei seiner Erwählten selten sehen. Tagaus, tagein wartete Jassja auf ihn, doch sie lief ihm nicht nach, hatte schließlich auch ihren Stolz.

Der Rüpel Klappe Zu bat die hübsche Abrekin* Manana um ihre Hand. Doch die wies ihn ab, und das gleich zweimal vor sämtlichen Mädchen im Wagen. Vor Kummer suchte er sich eine andere Braut, ebenfalls ein gut aussehendes Kind mit dem strengen Spitznamen Tassja Keine Schlampe. Doch die Verbindung hielt nicht lange und ging schon nach ein paar Tagen auseinander.

Der Flotte Kljoka jagte seinem Glück im Mädchenwagen stundenlang nach, ohne entscheiden zu können, wer seine Erwählte werden sollte. Die meldete sich schließlich von selbst: Ein stilles Mädchen mit von Morphiumspritzen zerstochenen Armen namens Emilia Galotti nahm den wortlos vorbeigehenden Kljoka bei der Hand, zog ihn auf ihre Pritsche, ohne den Blick zu ihm zu heben, und machte damit der quälenden Prozedur ein Ende. Kljoka ließ es geschehen – schicksalsergeben, aber auch erleichtert.

Die Dürre Dschamal wählte ihren »Ehemann« ebenfalls selbst. Als wieder einmal ein Kandidat auf der Schwelle des

* Angehörige des kleinen kaukasischen Bergvolkes der Abreken.

Mädchenwagens erschien, sprang sie von ihrer Pritsche, lief auf ihn zu und bat mit ihrer verrauchten Stimme: »Nimm mich.« »Einverstanden«, antwortete Eiserner Pip in vollem Ernst. Und hielt Wort.

Nichtsnutz Issja nahm Njuta Gott Verzeih Mir zur Frau. Der Glatzkopf Schamil – Alka Kontribuzia. Bulat Aus dem Dreck – Elka Verschlussdeckel.

Die Paare fanden sich eins nach dem anderen, so dass man es kaum bemerkte. Die Mädchen fingen an, sich die Brauen mit Kohle nachzuziehen, die Jungen, die Läuse sorgsamer aus dem Haar zu kämmen.

Hadschi Murat nahm Staatsanwältin Nastja. Tschatscha Zinandali* wählte das Mächen Sima Petroleumsäuferin. Der Anarchist Kostja verband sich mit Dilar aus Bugulma** …

So stürmisch, wie die Heiratsepidemie begonnen hatte, ebbte sie nach einer Weile auch wieder ab und endete bald darauf. Einige Paare hielten sich die Treue und blieben weiterhin zusammen. Andere bekamen einander satt und stellten das »Familienleben« ein. Doch auf den Status, verheiratet zu sein, legten alle weiterhin Wert.

Jungen, die das Wort *Ehefrau* nicht mochten, sagten nur *Meine* mit besonderer Betonung. In den Wagen der Jungen hörte man jetzt in einem fort: »Erzähl das bloß nicht *Meiner*, die schmeißt mich raus!« – »*Meine* ist gestern völlig ausgeflippt.« – »Ich muss *Meiner* jetzt mal zeigen, wo's langgeht.«

Im Wagen der Mädchen hingegen erklang das Wort *Mann* (nicht *Meiner*, sondern unbedingt *Mann*) laut und stolz: »Frag doch deinen *Mann*.« – »Mein *Mann* erlaubt das nicht.« – »Oh, das wird meinem *Mann* gar nicht gefallen.«

Die Jungen mit den spitzen Zungen, die gern über andere herzogen, hielten sich bei diesem Thema zurück. In ihren Wa-

* Georgischer Weißwein.
** Stadt in Tatarstan.

gen spottete niemand über die »Verheirateten«. Mit Respekt und etwas Neid erkannten die »Junggesellen« deren Recht auf eheliche Zweisamkeit an.

Fatima nannte alle Jungen Iskander, ob nun die kleinen im Stabswagen oder die größeren der verschiedenen Altersgruppen. Nicht leise und nur für sich, sondern laut und deutlich. Dazu wurden sie von ihr umarmt und geküsst.

Wer an ihr vorüberging, ob ein Halbwüchsiger, der die Kommissarin um Rat fragen wollte, oder ein Dreijähriger, der dem Älteren hinterher trappelte, jeder verlangsamte in Fatimas Nähe seinen Schritt. Sie ließ sofort alles stehen und liegen, streichelte den Zufallsgast über den geschorenen Kopf oder die Wangen, presste ihn aber meist nur an ihre Brust, drückte ihm die Lippen auf den stachligen Schädel und flüsterte dabei: Ach, du mein Iskander, Iskander …«

Umgeben von diesem weichen, bezwingenden Frauenkörper wurden auch widerspenstige Bengel ganz still. Keiner riss sich los oder verlangte, bei seinem Spitznamen genannt zu werden. Für diese Sekunde der Zärtlichkeit und einen Kuss waren alle bereit, Iskander zu sein. So mancher kam ohne Grund, zuweilen mehrmals am Tag, in den Stabswagen, um sich eine Liebkosung zu holen wie die tägliche Mahlzeit.

»Du sollst sie nicht umarmen«, sagte Dejew vorwurfsvoll.

»Warum denn nicht?«, widersprach sie lächelnd.

»Und auch nicht küssen!«

»Und warum das nicht?«, kam es zurück.

»Es reicht sowieso nicht für alle.«

»Woher wollen Sie das wissen?« Jetzt lächelte Fatima nicht mehr, sondern lachte laut.

Darauf wusste Dejew nichts mehr zu sagen. Was er nie zugegeben hätte – manchmal wäre auch er gern zu ihr gegangen wie die Jungen, um sein Gesicht an dieser weichen Brust zu bergen.

»Hattest du einen Sohn namens Iskander?«, wagte er einmal zu fragen.

Sie nickte, aber nicht sofort und fügte in ganz eigenem Ton hinzu: »Ich hätte dem Kind nicht den Namen des großen Eroberers geben dürfen.«

Was das nun wieder bedeutete?

Dejew verstand selten, was sie meinte. Sie antwortete auf seine Fragen und benutzte russische Wörter, aber was sie damit wohl sagen wollte?

»Weshalb hast du dich für diesen Transport gemeldet, Fatima?«

Sie zuckte nur die Schultern und drückte dabei die Köpfchen der Kinder noch fester an sich, die immer um sie herum waren.

»Es sind so viele«, seufzte sie und lächelte dabei, als wolle sie sich entschuldigen. »So herrlich viele …«

In der »Girlande« reisten exakt fünfhundert Kinder. Was sollte daran herrlich sein?!

Vielleicht war Fatima die einzige der Erwachsenen, die sich in dem Zug wirklich wohlfühlte. Die Übrigen – Dejew, die Kommissarin und die Betreuerinnen – brannten für ihre Aufgabe und wünschten aufrichtig, dass sie sobald wie möglich Samarkand erreichten. Nur Fatima hatte offenbar überhaupt keine Eile. Sie genoss die magere Kost aus Wasser und Innereien. Die ständige Sorge um die vielen Kleinen. Die Nächte auf der mit einem zerknitterten Vorhang abgetrennten Pritsche. Das Wiegen des Kuckuckskindes. Sie genoss es, Wäsche zu waschen, zu putzen und die Kinder sauber zu halten … Unergründlich blieb für Dejew, wie sie so verschiedene Dinge miteinander verbinden konnte: ein Studium im fernen Zürich mit dem Wäschewaschen, die feinen Reden mit der Liebe zu einem fremden Säugling.

»Gefällt es dir hier, Fatima?«

Wieder antwortete sie gleichsam mit einer Gedichtzeile:

»Ach, könnten wir doch ewig so fahren.«

»Wie, ewig?!«, erregte sich Dejew. »Und woher soll ich die ganze Verpflegung nehmen?«

Neben ihr kam er sich vor wie ein kleiner Junge. Das lag gar nicht an ihren wunderlichen Antworten und auch nicht an den Zeichen des Alters, die auf der langen Fahrt immer deutlicher sichtbar wurden: die Krähenfüße um die Augen oder die weißen Fäden im Haar. Von ihr ging eine Kraft aus, stark und weich zugleich, mit der sie die wildesten Bengel zähmte, zu dem einfältigen Memelja durchdrang und sogar den alten Feldscher bezauberte.

Der machte es sich zur Gewohnheit, regelmäßig im Stabswagen vorbeizuschauen – nicht tagsüber, sondern erst spätabends, wenn sich alles anschickte, zu Bett zu gehen. Entweder bat er Dejew um sein Rasiermesser oder die Kommissarin um einen Bleistift, wobei er dann ein Gespräch fortsetzte, das sie am Morgen begonnen und eigentlich abgeschlossen hatten. Er schien es gar nicht eilig zu haben, in sein Lazarett zurückzukommen. Worauf wartete er? Dejew begriff das erst nicht, doch bald erriet er es: Bug wartete auf das Wiegenlied. Der in Ehren ergraute Greis mit Armen voller Altersflecken, dem weiße Haarbüschel aus den großen Ohren wuchsen, wollte sein Wiegenlied hören.

Und Dejew bot ihm Tee an. Ließ ihn in seinem Abteil Platz nehmen und goss eine Fingerspitze gehackte Kräuter mit kochendem Wasser auf. Dann setzte er sich neben ihn.

Meist hockten sie beide schweigend da, wärmten die Hände an den heißen Bechern und wechselten kaum ein Wort. Beide spürten, dass jetzt nicht die Zeit war, über Probleme des Lazaretts zu reden. Sie genossen die kurze Zeit der Vorfreude. Wichtig war beiden weder der Tee noch das Gespräch, sondern die Erwartung. Doch sich das einzugestehen wäre ihnen peinlich gewesen. Als dann im Stabswagen die Lichter ausgingen und durch die Dunkelheit die leise Frauenstimme zu ihnen drang, war alle Peinlichkeit dahin.

»Ich möchte wie der Staub auf deinen Stiefeln sein,
Wie der Regen auf deinen Schultern, wie der Wind in deinem Haar,
So schwer fällt es mir, die Umarmung zu lösen und dich freizugeben.
Doch ich möchte dir nicht im Wege stehn.
Geh allein, gehe frei, Iskander.«

Dejew tat es ein wenig leid um die Abende, da er allein dem Wiegenlied gelauscht hatte. Als ihm schien, als singe Fatima nur für ihn. Doch er überwand sich und warf sich vor, egoistisch zu sein. Das Lied war so schön, dass es keinem allein gehören konnte, nicht mal im Traum.

Dieses Lied übertönte alles. Dass fünfhundert Kinder von ihren Müttern verlassen wurden, die sie in den Schnee geworfen, auf die Stufen der Sammelstellen gelegt oder auf Bahnhöfen vergessen hatten. Dass dem Zug noch bevorstand, Hungersteppe und Wüste zu durchqueren. Dass die Küchenvorräte zur Neige gingen und im Tender fast keine Kohle mehr lag. Dass es im Lazarett Kinder gab, denen man kaum noch helfen konnte ... Das Lied ließ all das vergessen, und sei es auch nur für ein paar Minuten.

»Denk nicht an mich,
Dass es dich nicht nach Hause zieht
Wie den Stein am Hals des Ertrinkenden.
Vergiss mich für lange,
Doch erinnere dich meiner am Ende des Wegs.«

Der Alte saß zurückgelehnt mit geschlossenen Augen da. Er war so riesig, dass er fast das ganze Abteil füllte. Dejew hockte auf einer Ecke der Liege, stets bemüht, seinen Gast nicht anzustoßen. Beide hielten sie Becher in den Händen, in denen der Tee langsam kalt wurde. Doch die schwindende Wärme drang in ihre Hände und verweilte dort.

»Ich werde mich erinnern – für zwei.
Ich werde weinen – für sieben.
Ich werde warten – für alle Mütter der Welt.
Schlaf mein Sohn in dieser unserer letzten Nacht.
Schlaf und erwache als Mann.«

Die zehn Tage der Strecke von Arsamas nach Busuluk waren für Dejew wie ein Tag, der sich zehnmal wiederholte, ein Rad, das von der ersten bis zur letzten Stunde abrollte. Ein Teufelsrad, aus dem es kein Entrinnen gab.

Morgens stand er auf, nicht, weil er wach wurde, sondern darauf wartete, dass sich die schwarze Nachtluft endlich grau zu färben begann. Ihm schien, als habe er sich das Schlafen vollkommen abgewöhnt. Das quälte ihn nicht weiter, weil es inzwischen seine Gewohnheit war. Vorsichtig, um Belaja nicht zu wecken, schloss er die Verbindungstür, die jetzt während der Nacht offenstand. Jedes Mal reizte es ihn, durch den Türspalt auf die schlafende Frau zu schauen, doch das versagte er sich. Der Morgen war nicht die Zeit für Vertraulichkeiten.

Im nächsten Moment kam der schläfrige Sagrejka unter der Liege hervorgekrochen.

»Guten Morgen, Bruder«, sagte Dejew und schaute in die noch schlaftrunkenen Augen.

Die blinzelten, wurden aber rasch klarer. Der Junge gähnte, streckte Arme und Beine und hatte seine gewohnte tierische Wachsamkeit bald wiedergefunden.

»Gehen wir?«, fragte Dejew.

Eine Antwort erwartete er nicht, doch die kurzen Sätze erweckten den Anschein eines Gesprächs. Er hatte sich angewöhnt, dem Jungen regelmäßig ein paar Worte hinzuwerfen, als redeten sie miteinander.

In diesem konzentrierten Kinderblick sah Dejew, dass Sagrejka verstand, was man ihm sagte, auf Dejews Worte wartete und sich darüber freute. Nur konnte er dieser Freude keinen Ausdruck geben. Sein Gesicht blieb ohne Bewegung und wirkte daher stets etwas stumpfsinnig.

Sie verließen das Abteil. Mit leisen Schritten schlichen sie durch den noch schlafenden Wagen, schlüpften durch die Ausgangstür und kletterten, die Laternenaufhängung nutzend, aufs Dach. Dort ließen sie sich zwischen Luken und Rohren nieder, das Gesicht nach Osten gewandt, und warteten.

An der Farbe des Horizonts war klar zu erkennen, ob sie an diesem Tag den Sonnenaufgang erleben konnten. Wenn dicke Regenwolken über ihren Köpfen hingen, dann schauten sie nur zu, wie diese von dem Licht, das sie erfüllte, immer leichter wurden. Doch an einem klaren Morgen genossen sie es, wie der Sonnenball von Purpur zu Rot und Gelb wechselte, wenn er hinter dem Horizont oder zwischen glühenden Wolken aufstieg und dabei Funken und Flammenbündel über den Himmel schickte.

Dejew wandte das Gesicht den rosafarbenen Strahlen zu, doch Sagrejka ließ kein Auge von seinem Herrn.

»Schau dir die Sonne an, du Dummerchen«, sagte Dejew seufzend und hoffte, der herrliche Anblick werde nicht das letzte gute Erlebnis an diesem Tag sein.

Wenn das Gestirn vollständig über dem Horizont aufgetaucht war, kletterten Dejew und sein Schatten wieder hinunter und tappten geräuschvoll durch den Stabswagen. Jetzt fürchteten sie nicht mehr, die Schläfer zu wecken, im Gegenteil, so verkündeten sie den Anbruch des Tages. Beim Quengeln der Kinder und den strengen Stimmen der Betreuerinnen erwachte die »Girlande« zu neuem Leben. Dejew nahm Mitteilungen der Frauen zur vergangenen Nacht entgegen, Sagrejka immer an seiner Seite. Die Kinder taten ihm nichts; sie wichen gar ein wenig vor ihm zurück.

Dann kamen sie ins Lazarett. Dejew war schon an die hundert Mal dort gewesen, doch stets beeindruckte ihn von neuem, wie still es dort war. Wenn sie an einer kleinen Bahnstation oder mitten in der öden Steppe hielten, war die Stille dort von Geräuschen erfüllt: Gras rauschte, ein Vogel flog flügelklatschend auf, der Wind säuselte. Doch die Stille im Lazarett war vollkommenes Schweigen, das nur gelegentlich unterbrochen wurde, wenn die massige Gestalt des Feldschers durch den Raum ging. Von den kleinen Patienten kam kein Laut, sie sprachen nicht, rührten sich nicht, und, wie Dejew schien, atmeten sie auch nicht mehr.

Sie verließen diese Welt. Nein, ihre Körper lagen, von Säcken bedeckt, nach wie vor auf den Pritschen, doch allmählich schwanden ihnen die letzten Lebensgeister: Die Augen fielen zunehmend ein und hinterließen in den Gesichtern tiefe Höhlen, die durchsichtige Haut wurde noch dünner und bedeckte kaum noch die Venen, die den ganzen Körper umgaben. Lange dahin waren das Zittern der Augenlider, kleine unwillkürliche Grimassen oder das Suchen nach einer bequemeren Lage, was Dejew am Anfang der Reise beobachtet hatte. Das Kakerlakenlachen war verstummt. Pendel wand sich nicht mehr im Bett und knüllte die Sackdecke nicht mehr zusammen. Flegel hatte aufgehört, mit krächzender Stimme Gebete zu murmeln. Friedhof stöhnte nicht mehr im Schlaf. Todeskandidat Lossja klagte nicht mehr darüber, dass er kaum noch am Leben war.

An der Miene des Feldschers sah Dejew sofort, ob es in der Nacht ein Vorkommnis gegeben hatte. Ob im Lazarett wieder jemand mit bedecktem Gesicht lag. Merkwürdigerweise geschahen solche Dinge nachts selten. In Krankenhäusern wird über Nacht viel gestorben, doch die Organismen der Bettlägerigen im Zug unterschieden Tag und Nacht nicht mehr. Wenn etwas Derartiges geschehen war, wartete man den Abend ab. Am Morgen war für Begräbnisse keine Zeit.

Als Erstes bekamen die Kinder zu essen. Memelja war ein Frühaufsteher. Wenn es tagte, stand schon etwas Warmes bereit. Auf Dejews Weisung erhielten zunächst die Kranken im Lazarett ihr Frühstück und erst danach alle anderen. Dejew und Bug waren inzwischen ein eingearbeitetes Team. Sagrejka machte es sich unter einer Pritsche bequem und erstarrte in Erwartung wie ein treues Hündchen.

Dejew wusste selbst nicht, warum er den Bettlägerigen jeden Morgen verquirltes Ei einflößte. Wahrscheinlich beruhigte es ihn, dass er diesen Kindern solches Essen geben konnte.

Nach dem Frühstück berieten die beiden Männer, was das Lazarett benötigte. Der Feldscher hatte längst aufgehört, Forderungen zu stellen, und Dejew, sich darüber aufzuregen. Nun redeten sie in ruhigem Ton miteinander, als sei dies eine lockere Plauderei.

»Honig wäre gut«, sagte Bug, während er Bienchen oder Rüsselkäfer ein wenig flüssige Nahrung aus einem Becher in den halb geöffneten Mund tropfen ließ. »Honig ist das beste Mittel gegen das Wundliegen.«

Oder: »Seife wäre nötig. Um Wundfäule zu verhindern. Ein besseres Mittel gibt es dafür nicht.«

Oder: »Wenn wir doch weiche Daunenkissen hätten, um sie den Kindern unter Rücken und Po zu legen. Die Wirbel bohren sich durch die Haut, und die Pritschen sind blutverschmiert.«

Dejew nickte zu allem. Honig. Seife. Kissen. Er wollte beschaffen, was er konnte.

Das Einverständnis, das zwischen ihnen entstanden war, beruhigte ihn. Als ob man Honig und Seife für drei Kopeken auf dem nächsten Basar kaufen konnte. Als ob Honig und Seife noch geholfen hätten.

Wenn die Kinder gefüttert waren und die Sonne am Himmel stand, wurden alle »an die frische Luft« gebracht. Diese Neuheit führte der Feldscher ein. Er hatte seine Idee begründen wollen und lange über Stau in den Lungen, die Zirkulation des Sauerstoffs im Blut und mögliche Lungenentzündungen geredet, doch Dejew winkte nur ab. Was sein musste, wurde getan.

Das war keine einfache Aktion. Jedes Kind musste vorsichtig, um Verletzungen nicht zu verschlimmern, in die wenigen warmen Sachen gehüllt werden, die im Zug vorhanden waren – den Soldatenmantel der Kommissarin, die Mäntel der Begleiterinnen und die Jacke des Kochs. Auf den Kopf kamen Hüte und Mützen – ebenfalls aus dem Besitz der Betreuerinnen. Bevor es ins Freie ging, wurden die Kinder auch noch in die Säcke gewickelt.

Draußen sollten sie mindestens eine Viertelstunde verweilen. Anfangs wollte man die Bettlägerigen einfach wie Kleinkinder umhertragen, aber das kostete zu viel Zeit. Dann versuchte man sie auf den Plattformen der Wagen abzulegen, doch das Metall war eiskalt, und es zog. Lange suchten sie nach einem geeigneten Liegeplatz. Schließlich kamen sie darauf, die Kinder auf der Verkleidung der Lok zu platzieren. Der ideale Ort für ein Sonnenbad!

Die Lok stand inzwischen schon unter Dampf und war zur Abfahrt bereit. Die Kinder lagen als unbewegliche Bündel auf der stampfenden, schnaufenden Maschine. Unter ihrem mechanischen Herzschlag zitterte diese leicht, was sich auf die Bündel übertrug. Man musste darauf achten, dass sie nicht herunterfielen.

Der Lokführer war von der Idee gar nicht begeistert, wollte

seinem Vorgesetzten aber nicht widersprechen. Dejew fiel auf, dass er für die Kinder keinen Blick übrighatte.

Unterwegs – manchmal kroch die »Girlande« nicht mehr als ein paar Stunden über die Gleise, dann wieder reichte das Brennmaterial für einen halben Tag – grübelte Dejew ständig darüber nach, was er zu beschaffen hatte. Die Jagd nach Seife, Verpflegung und Kohle für die Lok brachte nichts, doch Dejew hatte das wichtigste Gesetz des Jägers verstanden, Augen und Ohren stets weit offenzuhalten.

Wenn du aus dem Fenster schaust, dann übersieh keinen Strauch und keinen Stein, doch am besten steige aufs Dach und betrachte die Gegend von oben, damit dir nichts entgeht. Erkenne in jedem Landstreicher, der dir entgegenkommt, in jedem Vogel, der vorüberfliegt, die Beute. Höre allen genau zu – den Flüchtlingen an den Haltepunkten, dem Wachpersonal auf den Bahnsteigen, den verwahrlosten Kindern in den Bahnhofshallen. Überall kannst du Nützliches erfahren. Der Erfolg versteckt sich nicht dort, wo du ihn suchst.

In Russajewka, einem großen Eisenbahnknotenpunkt mit Bahnhof und Reparaturwerkstatt, erhoffte Dejew sich vieles und suchte daher gleichzeitig nach allem – nach Lebensmitteln, Heizmaterial oder einer Wäscherei, die bereit war, die Schmutzwäsche des Zuges über Nacht zu waschen. Er fand nichts davon. Doch als er das Bahnhofsgelände durchstreifte, stieß er in der Nähe der Abstellgleise auf einen leeren Kesselwagen, der total verschmutzt war und Ölspuren aufwies. Damit wurde in der Regel Fischtran transportiert. Es stellte sich heraus, dass er einmal zur Beförderung von Waltran gedient hatte. Was man jetzt mit dem leeren Ding anfangen sollte, wusste man nicht und ließ es einfach stehen. »Gestatte uns, die Reste vom Boden zu kratzen«, bat Dejew den Bahnhofsvorsteher. Der meinte nur grinsend: »Kannst du machen, wenn du überhaupt noch etwas findest.« Das Grinsen hätte er sich sparen können: Dejew und

Bug krochen einen ganzen Abend lang in dem kalten Gehäuse herum und schrubbten die Wände mit Schilfbüscheln ab. Zwar erstickten sie fast am Fischgestank, doch am Ende kamen sie mit einem Eimer voller in Waltran getränkter Schilfbündel heraus, die der Feldscher verwenden konnte, um wundgelegene Stellen der Schwerkranken zu behandeln.

In Sysran suchte Dejew in der ganzen Stadt nach etwas Unmöglichem – Daunenkissen. Er lief zum Stadtsowjet, zu dessen Abteilung Versorgung und zur Miliz. Überall schauten sie ihn an wie einen Idioten, nur die Geste mit dem Zeigefinger an der Schläfe fehlte noch. »Wo soll ich denn nach Kissen suchen?«, fuhr Dejew die Verantwortlichen an. »In der Steppe?« Bei der Miliz wurde er zufällig Zeuge, wie auf frischer Tat ertappte illegale Schnapsbrenner vorgeführt wurden. Dejew gelang es, den Milizionären einen Teil des Beweismaterials abzuschwatzen – drei Flaschen trüben Vorlaufs, der ersten Stufe der Destillation. Den Schnaps konnte man nicht trinken, aber für Desinfektionszwecke war er durchaus zu gebrauchen.

In Samara legte er alle Zurückhaltung ab. Er ging nicht zur Versorgungsabteilung, sondern direkt zum Seifenwerk, um dort das Notwendige zu erbitten. Der Direktor ließ sich nicht erweichen. Sein Werk stellte Ware für medizinische Zwecke her, was sehr streng kontrolliert wurde, da verstand man keinen Spaß. Als Dejew schon glaubte, unverrichteter Dinge abziehen zu müssen, entdeckte er auf dem Hof den Wagen einer Desinfektionsstelle. Sie holte Seifenlauge ab, in der man besonders schmutzige Wäsche gewaschen hatte. Dejew gelang es, den Fahrer zu bestechen. Für eine Flasche Selbstgebrannten aus dem Vorrat des Lazaretts war der bereit, fünfhundert Unterhemden ohne Aufsehen zur Desinfektion anzunehmen. Die Aktion sollte in der Nachtschicht ablaufen, wenn die Chefs schliefen und die Arbeiter nichts dagegen hatten, bei der Arbeit ein paar Gläschen zu kippen. Die Sache wurde in einer Nacht-

und Nebelaktion geregelt. Der Fahrer holte die Hemden in der Abenddämmerung an der »Girlande« ab und brachte sie vor dem Morgengrauen zurück. Sie waren noch feucht, nur ein bisschen ausgewrungen, rochen aber tatsächlich penetrant nach Seife und Chemikalien.

In Kinel fiel Dejew ein Agitationswagen auf. Vor das überdachte, in hellen Farben gestrichene und mit Losungen bemalte Gefährt hatte man ein Kamel gespannt. Junge, fröhliche Gesichter schauten heraus. »Habt ihr Kinderbücher?«, rief Dejew ihnen von der Wagentreppe zu. »Nur Lieder!«, riefen die jungen Leute lachend zurück. Man wurde handelseinig. Während die »Girlande« Wasser und Sand aufnahm, zog die Agitationsbrigade durch die Wagen. Zu Harmonika und Löffelgeklapper trällerten die jungen Leute ein ausgelassenes Liedchen, das aus lauter selbsterfundenen Wörtern bestand. Der lustige Wortsalat rief bei Dejew Stirnrunzeln hervor, doch die Kinder jubelten und machten begeistert mit. Bei den Schwerkranken angekommen, wollten die Agitatoren ihr kleines Konzert rasch beenden, doch der Feldscher bat sie, auch die Bettlägerigen zu unterhalten. Also ließen sie ihr Kunstwerk in der früheren Kapelle erschallen. Die Kinder lagen bewegungslos wie stets auf ihren Pritschen. Vielleicht hörten sie ja doch etwas …

Inzwischen fühlte sich Dejew nicht mehr als Jäger, sondern eher als Jagdhund, der das Wild über eine Werst Entfernung wittert, ihm durch Wälder und Sümpfe nachsetzt. Er war zum Raubtier geworden, das alles packte, was die Kinder ernähren, wärmen oder erfreuen konnte, und zur »Girlande« schleppte.

Er wusste, dass hinter dieser endlosen Jagd mit all dem Schnüffeln, Suchen, Verfolgen und Bitten Angst steckte. Denn auf den Tag folgte unweigerlich der Abend. Das bedeutete, er musste zu den Bettlägerigen gehen.

Die Dämmerung sank herab, verdichtete sich und wurde zur finsteren Nacht. In der Dunkelheit löste sich die »Girlande«

fast gänzlich auf. Das Licht der Petroleumlampen blakte hinter den Fenstern, die als gelbe Quadrate über der Erde schwebten. In dieser blauen Stunde, da die älteren Kinder bereits auf ihren Pritschen lagen und Lermontows Gedichten lauschten, da Fatima für die Kleinen sang, kam Bug in den Stabswagen, um dem Wiegenlied zu lauschen. Danach gingen er und Dejew gemeinsam zum Lazarett.

Bug steuerte sofort die Pritschen an, wo sich die Vorkommnisse des Tages ereignet hatten. Er stellte die Petroleumlampe am Kopfende ab und schlug die Sackleinwand zurück. Wenn Dejew das erstarrte Gesichtchen betrachtete, konnte er fast nicht mehr erkennen, um welches Kind es sich handelte. Mit der spitzen Nase und den glasigen Augen wurde so ein Kind zur Puppe, die dem Lebenden kaum noch ähnlich sah. Die Augenlider schloss Bug ihnen aus unerfindlichem Grund nicht, doch er formte ihre Lippen zu einem Lächeln, solange die Muskeln noch nicht erstarrt waren. Alle Verstorbenen lächelten.

Dejew nickte. Der Feldscher hüllte den kleinen Körper in die Sackleinwand, hob ihn an – er war leicht wie der eines Säuglings – und gab ihn an den Zugführer weiter. Dann nahm er die Petroleumlampe und ging voraus, um Dejew zu leuchten. Dabei griff er nach dem Spaten, der jetzt stets in der Ecke bei der Tür stand. Das Kind trug Dejew. Das musste er immer selbst tun. Er konnte nicht anders.

Schweigend und zügig stiegen sie die Stufen hinunter, schauten sich nach den still gewordenen Wagen um und eilten davon. Bei Tag hatte Dejew bereits einen Ort etwas entfernt von der Eisenbahnstrecke, hinter Lagerhäusern oder Gebüsch bestimmt. Dorthin gingen sie nun, gefolgt von einem stummen Schatten – Sagrejka.

Auch das Grab hob Dejew selbst aus. Dafür brauchte er nicht lange. Die Körper waren so klein, dass keine große Grube erforderlich war. Während Dejew arbeitete, befreite Bug das Kind von der Decke. Sie begruben es im Hemd, doch den Sack nahmen sie auf dem Rückweg mit. Dejew legte den fast gewichtslosen Körper auf den Boden. Mit glänzenden, unbeweglichen Augen schaute das Kind zum Himmel und lächelte. Die Grube füllten sie zu zweit – Dejew mit dem Spaten, Bug mit bloßen Händen. Für einen Grabhügel blieb keine Erde übrig. Die Kinder verschwanden in ihr, als hätte es sie nie gegeben.

Am Zug trennten sie sich. Der Feldscher suchte das Lazarett auf, und Dejew stieg auf das Dach des Stabswagens. Hier verbrachte er seine Nacht. Genauer gesagt, ihre Nacht, denn auch hier blieb Sagrejka bei ihm.

Vielleicht war es ein Geheimnis, für das er sich schämen sollte, weil es von einer Schwäche zeugte, vielleicht auch nicht. Dejew wusste selbst nicht, wie es zu bewerten war. Er dachte auch nicht lange darüber nach, nahm den Jungen einfach in die Arme und ließ sich bei einer Dachluke nieder, den Rücken an das Abzugsrohr der Heizung gelehnt. So saß er bis zum Morgen und schaute in den Himmel. In den Armen hielt er ein warmes, lebendes Kind. Es schlief, wenn auch unruhig, ruckte mit den Schultern, warf den Kopf von einer Seite zur anderen oder bohrte die Nase schnaufend in Dejews Brust. Nach und nach erschlafften Dejews Schultern und Rücken, aber es war eine angenehme Müdigkeit, die seine Trauer und die Furcht vor dem nächsten Tag schwinden ließ. Dejew dachte nicht mehr an jene, die nun bei Bahnhöfen und Haltepunkten in der Erde lagen. Er hielt ein lebendes Kind im Arm – Senja? Bienchen? Bügeleisen? Und er wusste, dieses Kind würde nicht sterben.

Gegen Morgen waren seine Glieder vom langen Sitzen erstarrt, und der schlafende Sagrejka begann vor Kälte zu zittern. So leid es ihm tat, er musste den Jungen wecken und auf die Beine stellen. Er stand ebenfalls auf, humpelte auf den eingeschlafenen Beinen wie auf Krücken ein paar Schritte, um die verkrampften Muskeln zu lockern. Irgendwie gelangte er vom Dach herunter und schlurfte durch den Stabswagen, nicht um zu schlafen, sondern auch seinen vor Kälte zitternden Körper zu erwärmen. Im Abteil angekommen, zog er die Verbindungstür auf, und aus dem Abteil der Kommissarin strömte Wärme herein. Dann ließ er sich auf der Liege nieder und wartete darauf, dass die schwarze Nachtluft sich grau färbte.

In zehn Tagen hatten sie dreizehn Kinder begraben. Den Tschuwaschen Senja. Artistin. Rüsselkäfer. Schimmel. Püppchen. Bügeleisen. Denkerstirn. Bauch. Angeber. Kakerlakenlachen. Pendel. Friedhof. Kreide. Dreizehn Kinder – des Teufels Dutzend. Dann blieb das Teufelsrad stehen. Viele Tage lang hatte es Dejew fast zum Wahnsinn getrieben. Schließlich abgeworfen und überrollt.

Das geschah in Busuluk. In jener Nacht begruben sie drei. Danach ging Dejew nicht in sein Abteil, sondern saß die ganze Nacht auf dem Dach. Er hatte nicht einmal mehr die Kraft, Sagrejka in die Arme zu nehmen. Saß einfach nur da und starrte in den Himmel.

Darüber kroch langsam ein roter Mond. Es war still wie in einer Unterwasserwelt. Oder im Lazarett. Oder auf einem Friedhof. Nicht einmal ein Hund kläffte, oder ein Steppenvogel schrie. Dieses verdammte Busuluk! War denn hier alles ausgestorben?

Nur ein gleichmäßiges Klopfen störte die Stille. Als Dejew genauer hinhörte, ging ihm auf, dass er selbst es war, der mit der Faust auf das Blech des Wagendachs schlug. Und in seinem Kopf pochte ein einziger Gedanke: Fahren … fahren … Sobald es ging, in der ersten Morgenfrühe die Lokomotive heizen und Fahrt aufnehmen, sich vom Schaukeln der Wagen einlullen, die Ohren vom Rattern der Räder zudröhnen und die Augen von der vorbeifliegenden Steppe ermüden lassen, sich in die Alltagssorgen stürzen. Nicht denken, sich nicht erinnern, nur fahren. Nach Turkestan, wo es Sonne und Brot gab. Ins Leben. Nach Tur-ke-stan. Tur-ke-stan. Tur … ke … stan.

Bis zum Morgengrauen hielt er es nicht aus. Als der Mond blasser wurde und am Rand des Nachthimmels ein hauchdünner Lichtschein auftauchte, rannte er nach vorn, um den Lokführer zu wecken. Wie üblich vom Wagendach zu klettern, dafür hatte er nicht die Zeit. Er sprang einfach hinunter, hätte sich beinahe das Kinn an den Knien aufgeschlagen, doch Schmerz spürt er nicht.

»Die Maschine heizen!«, brüllte er den schlafenden Lokführer an und rüttelte ihn wach. »Beim ersten Morgenlicht geht's los! Na, was ist?«

»Nichts zum Heizen da«, antwortete der noch halb im Schlaf. »Gestern … keine Kohle gekommen.«

Dejew lief zum Tender. Der war tatsächlich wie leergefegt. Kohle hatte man ihnen für den Vortag versprochen. Oder zumindest Feuerholz. Der Bahnhofsvorsteher, dieser Schweinehund, hatte sein Versprechen nicht gehalten!

»Wo bleibt meine Kohle?!«, fauchte Dejew und rannte zu dem hölzernen Bahnhofsgebäude.

Er stolperte über Flüchtlinge, die rings um den Bahnhof lagerten. Aus dem Schlaf gerissen, seufzten und brummten sie böse.

In der Dunkelheit hatte Dejew Mühe, die richtige Tür zu finden. Gegen die hämmerte er mit Händen und Füßen. »Wo ist meine Kohle?!«

Doch die Fenster blieben dunkel. In den Räumen war keine Menschenseele. Nur die aufgeweckten Flüchtlinge, die in dem trüben Morgenlicht kaum zu erkennen waren, schauten zu. Und der bleiche, durchsichtige Mond am Himmel, der gerade verschwinden wollte. Bald musste es hell werden.

Dejew stapfte zum Zug zurück und wummerte mit der Faust an die Tür des Küchenwagens. Die öffnete sich einen Spaltbreit und der vom Schlaf völlig zerzauste Memelja lugte erschrocken hervor, für alle Fälle die Axt in der Hand. Die nahm Dejew ihm ab, schritt zu dem einzigen Baum weit und breit, einer riesigen Schwarzpappel, unter der zwei Bänke für wartende Fahrgäste standen, und begann auf ihn einzuschlagen.

Wenn er keine Kohle bekam, musste er mit Holz heizen. Wenn man ihm kein Holz lieferte, nahm er es sich eben selbst. Auf der Stelle.

Bumm! Bumm!, donnerten schwere Schläge, und von den Blockhäusern des Bahnhofs hallte das Echo zurück.

Die Menschen, die auf den Bänken schliefen, fuhren erschrocken hoch und liefen auseinander wie Küchenschaben. Jene, die in der Nähe am Boden lagen, suchten ebenfalls das Weite. Der Baum war riesig und konnte sie erschlagen, wenn er fiel.

Bumm! Bumm!

Der Stamm war weich, als sei er aus Lehm. Die Axt arbeitete heftig und drang tief ein. Splitter flogen nach allen Seiten.

Fahren! Fahren!

»Genosse Zugführer!« Der erschrockene Lokführer stand auf dem Gleis und hielt sich die Hose fest, in die er in der Dunkelheit irgendwie geschlüpft war, ohne das Koppel schließen zu können. Da er auch die Jacke nicht gleich fand, war er im Unterhemd aufs Gleis gesprungen. »Heute Morgen soll Kohle kommen, das hat man mir versprochen.«

Die Begleiterinnen, den Mantel übers Nachthemd geworfen, hüpften über die Schwellen herbei.

»Stellen Sie diese Raubaktion sofort ein!«, hörte er Belajas Stimme ganz nah hinter sich.

Fahren! Fahren!

Jetzt wurden auch die Hunde munter. Zuerst fingen die in der Nähe wütend an zu bellen, dann steckten sie andere an und lärmten immer lauter.

Der Nachtwächter des Bahnhofs, ein altes Männlein in Uniformjacke, tippelte erschrocken mit wehendem Haar über den Bahnsteig herbei.

Bumm! Bumm!

Am Himmel zeigte sich das erste Rot, es wurde immer heller, dann ging die Sonne auf.

»Nehmt ihm die Axt weg!«

»Der haut dich damit in Stücke! Wer ist denn so blöd?«

»Jemand muss den Bahnhofsvorsteher holen! Dieser Verrückte schlägt hier noch alles kurz und klein!«

»Herr im Himmel, Heilige Muttergottes!«

Fahren! Fahren!

Dejew wurde heiß. War das die Sonne, oder die Arbeit? Er nahm das Beil in die andere Hand, zerrte die Feldbluse herunter und wütete nur im Unterhemd weiter. Jetzt bearbeitete er die Pappel von der anderen Seite.

Bumm! Bumm!

»Halt ein, du Blödmann!«, rief eine Stimme von fern. Von der Stadt stolperte der Bahnhofsvorsteher herbei, gefolgt von ein paar besorgten Bürgern, die ihm die Sache gemeldet hatten.

Doch Dejew hörte nicht. Mit dem Rücken an den Baumstamm gelehnt, stemmte er seine Fersen in die Erde. Er spannte alle seine Muskeln an und presste die Schultern mit ganzer Kraft gegen den Baum. Mit lautem Krachen und Ächzen kippte der schließlich um, dem herbeieilenden Vorsteher entgegen. Er landete genau zwischen dem Bahnhof und den Lagerhäuschen, ohne Zaun und Bänke zu beschädigen. Eine Wolke aus braunem Staub und Müll stieg auf und rieselte auf die zurückweichenden Zuschauer nieder.

»Verdammt!«, konnte der Bahnhofsvorsteher nur noch aufschreien.

Doch Dejew war schon dabei, die Äste abzuschlagen. Bumm! Bumm!

Fahren! Fahren! Klatschend flogen die Äste der Pappel nach allen Seiten.

»Los, sammel sie ein!«, brüllte Dejew dem Lokführer zu. »Und heiz die Maschine! Ich bring noch mehr!«

Doch der Schwächling trat von einem Bein aufs andere und konnte sich nicht entschließen, vor allen Leuten die Beute fortzuschleppen.

»Was treibst du hier, du Verrückter?«, brüllte jetzt der Bahnhofsvorsteher und schob die Gaffer auseinander. »Glaubst du, weil du hungernde Kinder transportierst, kannst du dir alles erlauben?!«

Sich Dejew zu nähern, wagte er nicht, denn die Axt pfiff durch die Luft wie die Sense eines geübten Schnitters.

»Hab keine Zeit, mit dir zu quatschen!«, warf ihm Dejew zwischen zwei Schlägen hin. »Wenn du nicht helfen kannst, dann stör wenigstens nicht!«

»Wegen deiner Kinder hab ich die ganze Stadt auf den Kopf gestellt! Die halbe Tscheka hat diese Nacht nicht geschlafen, um Brennmaterial für dich aufzutreiben!«

Dejew, die Axt in der einen Hand, griff mit der anderen nach den abgehauenen Zweigen und drückte sie dem erschrockenen Lokführer in die Arme.

»Wie lautet der Befehl? Schaff sie weg und steh hier nicht 'rum!«

Der schnitt nur eine Grimasse. Er konnte sich weder entschließen, den Befehl seines Vorgesetzten zu missachten, noch das Holz zum Zug zu tragen.

»Da kommt doch dein Brennmaterial, verflucht sollst du sein!« Wütend wies der Bahnhofsvorsteher mit der Hand in Richtung Stadt, woher ein schwer beladenes Fuhrwerk langsam näher kroch.

Es schleppte eine riesige Last – kein Heu sondern Bretter, Tafeln und Stäbe verschiedener Art, die nach allen Seiten herausragten. Die Ladung schwankte und drohte jeden Augenblick auseinanderzufallen. Die Stute, die den Wagen kaum bewegen konnte, ging langsam, vom Kutscher am Zaum geführt.

»Wenn es nicht um Kinder ginge, hättest du keinen Span von mir bekommen! Zur Miliz hätte ich dich Schädling geschleppt!«

Die Bretter und Tafeln waren einmal Möbel gewesen, offenbar teure, die man eilig zertrümmert hatte, um so viel wie möglich auf die Fuhre laden zu können. Geschwungene Beinchen glänzten in der Morgensonne, zerschlagene Scheiben eines Buffets klirrten. So viele Möbel! Da hatten sie in der Nacht nicht nur ein, zwei Besitzer entkulakisiert, sondern gleich mehrere.

Jetzt hätte er dem eifrigen Beschaffer eigentlich ein paar Worte sagen, sich für die gefällte Pappel entschuldigen, ihm danken oder ihn wenigstens anschauen müssen wie ein anständiger Mensch. Aber Dejew konnte sich einfach nicht bremsen. Er griff nach der Axt und hieb weiter, dass die frischen Splitter nur so spritzten. Bumm! Bumm!

»Ich danke Ihnen, Genosse«, sagte jetzt Belaja zum Bahnhofsvorsteher und drückte ihm fest die Hand, wie es sich für eine Kommissarin gehört. »Wir beginnen sofort mit dem Abladen.«

»Und was wird damit?«, meldete sich der Lokführer schüchtern und wies mit dem Kopf in Richtung Äste.

Da konnte der Bahnhofsvorsteher nur noch verbittert abwinken. »Das könnt ihr nun auch noch mitnehmen, was soll's …«

Die Betreuerinnen begannen die Bruchstücke der Möbel über die Gleise zu schleppen. Zu zweit und zu dritt griffen sie ungeschickt nach Schranktüren oder Tischplatten, stolperten damit über die Schwellen, ließen immer wieder etwas fallen. Und wurden einander plötzlich sehr ähnlich – alte, magere, im Wind frierende Frauen –, als seien sie Schwestern.

Fahren! Fahren!

Jetzt schleppte selbst der Bahnhofsvorsteher, zornig und unablässig vor sich hin fluchend, das von Dejew produzierte Kleinholz zur »Girlande« und warf es vor dem Tender ab.

Die erhitzte Lok sprühte bereits Funken und hüllte sich in Dampf.

Dejew hackte ungerührt weiter.

Doch dann war plötzlich nichts mehr da! Verwirrt schaute er sich um: Wo eben noch ein Baum gelegen hatte – gähnende Leere. Selbst die Menschen waren verschwunden, nur ein paar Flüchtlingsfrauen sammelten die herumliegenden Holzsplitter auf, nicht ohne Dejew ängstliche Blicke zuzuwerfen.

Die Axt über der Schulter, stürzte Dejew zur »Girlande«.

War denn wirklich nichts mehr zu hacken da?! Doch da lagen die Möbeltrümmer. Bis in die tiefe Nacht konnte er die zu Kleinholz machen! Erleichtert sprang Dejew auf die Plattform des Tenders und ließ die Axt auf das Edelholz niedersausen: Bumm!

»Hören Sie auf, sich mit Arbeit zu betäuben«, sagte Belaja hinter ihm.

Zum Umdrehen war keine Zeit, er hatte zu tun. Und Dejew arbeitete weiter. Rücken und Arme spürte er nicht mehr. Der Oberkörper beugte und streckte sich von selbst, die Schultern kreisten. Tat das gut! Nur klatschnass war er, als hätte er in Schweiß gebadet. Er lief ihm in Strömen über das Gesicht, dass die Augen brannten.

»Jetzt gib das Beil her, Enkel«, sprach der Feldscher im Befehlston.

Ihr könnt mich alle! Je mehr ich hacke, desto schneller können wir fahren!

»Dejew! Sie bluten ja! Sie haben sich mit der Axt an der Stirn verletzt!«

Nun wurde ihm tatsächlich schwarz vor Augen. Er fuhr sich

mit der Handfläche über die Lider, um diese plötzliche Dunkelheit beiseite zu wischen, da spürte er etwas Nasses, Klebriges an den Fingern. Während er so dastand und verwundert die geröteten Finger betrachtete, nahm ihm jemand vorsichtig die Axt aus der Hand.

»Jetzt wirst du erst mal verbunden, Enkel.«

Starke Arme umschlangen ihn. Dejew zuckte und zappelte wie eine Fliege, die aus der geschlossenen Faust entkommen will. Aber vergeblich. Ein fester Verband wurde um seinen Kopf gewunden – eine Lage, die zweite, die dritte ... Endlich gaben ihn die starken Arme frei.

»Bist du jetzt zufrieden?«, schrie Dejew in das strenge Großvatergesicht. »Alles getan, wie es sich gehört? Für dein reines Gewissen?«

Er riss den um seinen Kopf gebundenen Mull herunter – wieso war der voller Blut? – warf ihn dem Feldscher vor die Füße und wankte davon. Die herumliegenden Holzsplitter knackten unter seinen Schuhen.

Erst in seinem Abteil im Stabswagen kam er wieder zu sich. Zusammengekauert hockte er auf der Liege, die Hände zwischen die Knie geklemmt.

Belaja ließ sich neben ihm nieder und tupfte ihm die Stirn mit einem Lappen ab. Der war schon zur Hälfte rot.

»Machen Sie sich keine Vorwürfe, Dejew«, hub sie an. »Das musste so kommen. Es fing damit an, dass Sie versprochen haben, die Bettlägerigen mitzunehmen. Schon damals war klar, dass sie die Fahrt nicht überleben werden. Das habe ich und das hat auch die Leiterin der Sammelstelle so gesehen. Die alte Vettel hat nur deswegen nichts gesagt, weil sie froh war, die Kinder loszuwerden.«

Ach, wenn sie doch nur endlich die Klappe hielte! Dejew drehte sich zur Seite und wollte von ihr abrücken, doch das Abteil war eng, da gab es kein Entkommen. Wohin er sich auch wandte, von allen Seiten trafen ihn Belajas Blicke. Wieder fühlte er sich gefangen! Zuerst von Bug, der ihn mit dem Verband gequält hatte. Und jetzt von der Kommissarin, die nicht aufhörte, ihn zu quälen.

»Wissen Sie, wie viele Schwerkranke ich umgebracht habe? Einen ganzen Zug voll. Einen ganzen Zug, Dejew. Zweihundert Kinder. Ich war eine unerfahrene dumme Gans. Habe alle zurückgewiesen, ob sie nun gesund oder krank waren. Selbst Mütter mit Säuglingen. Nur Bettlägerige habe ich genommen. Ich dachte, ich kann sie ans Ziel bringen, aus Astrachan nach Moskau. Von den zweihundert kamen zwanzig lebend an.«

Warum bist du nicht einfach still?!

»Man darf nicht dauernd daran denken, Dejew. Und sich selbst kaputt machen. Nicht denken, sich nicht erinnern, das alles hinter sich lassen und weitergehen – nur so funktioniert es. Sonst drehen Sie durch.«

Er wollte sich die Ohren zuhalten, doch die Hände steckten zwischen den Knien fest. Er wollte die Augen schließen, doch die Lider gehorchten ihm nicht.

»Ich helfe Ihnen jetzt«, sagte Balaja in beruhigendem Ton. Stand auf und verriegelte die Abteiltür. Das wiederholte sie an der Tür ihres Abteils, kam zurück und schloss die Verbindungstür. Sie ließ die Samtvorhänge herunter. Das Abteil lag nun im Dämmerlicht.

Ihr Koppelschloss klapperte, Kleidung rauschte, einmal, zweimal. Dann setzte sie sich erneut neben Dejew nieder. Nur hatte sie jetzt gar nichts mehr an.

Sie nahm seine Hand – die musste sie erst einmal mühevoll zwischen seinen Knien herausziehen, die Finger geradebiegen – und legte sie auf ihre Brust. Das tat sie auch mit der zweiten Hand.

»Nun«, sagte sie nur.

Dejews Finger waren schwarz und blutverschmiert. Er

konnte doch den reinen Frauenleib damit nicht beschmutzen. Also versuchte er, die Hände zurückzuziehen, doch Belaja gab sie nicht frei.

»Was ist, Dejew?«, wiederholte sie und drückte seine Hände noch fester an sich. »Glauben Sie, ich habe nachts die offene Tür nicht bemerkt? Ich sehe nicht, wie Sie mich anschauen?«

Jetzt machte sich die Kühle auf der zarten Frauenhaut bemerkbar. Wie bei Schwälbchen, als die auf diesem Bett lag.

Schon öffnete Belaja sein Koppel. Das war im Nu abgenommen. Sie knöpfte ihm die Feldbluse auf und zog sie ihm über den Kopf. Dejews Arme baumelten schlaff herum, als sei er eine Gliederpuppe. Sie zog ihm die Stiefel aus und zerrte die Fußlappen herunter. Dann drückte sie ihn der Länge nach auf die Liege, dass die Sprungfedern knarrten und ihm zwischen die Rippen fuhren. Nun legte auch sie sich nieder. Ihren Körper auf seinen. Ihr Gesicht über seinem. Ihre Lippen auf seinen. Belaja küsste Dejew, lange und heiß. So wie der kräftige Glatzkopf bei der Tscheka von Swijaschsk.

»Ich helfe Ihnen«, flüsterte sie. »Ich helfe Ihnen.«

Da begann sich etwas in ihm zu drehen, oder drehte sich die Welt um ihn? Oder drehte er sich auf der schmalen Liege nur um? Mit einem dumpfen Schlag plumpste er von der Liege.

»Na, wunderbar«, flüsterten ihm Frauenlippen ins Ohr. »Wunderbar, sie sind ein guter Junge.«

Doch er atmete nur in diese Lippen hinein.

Da hörte er einen dritten Atem, ganz nah.

Belaja hielt sein Gesicht in ihren Händen und ließ nicht zu, dass er sich zur Seite drehte, um nachzuschauen.

»Lassen Sie den Bengel«, sagte sie. »Soll er doch zusehen.«

Von welchem Bengel redete sie? Wer atmete da im Halbdunkel unter dem Tisch? War das nicht Senja, der Tschuwasche?

Dejew streckte sich zum Fenster hin und riss die Vorhänge auseinander.

»Senja!«

Nein das war nicht Senja, es war ein anderes Gesicht.

Senja gab es ja nicht mehr.

Auf dem Bett lag jetzt ein leichenblasser weiblicher Körper. Mit Schlüsselbeinen wie Stricknadeln. Mit Rippen wie ein Waschbrett.

Senja war nicht mehr da.

Dejew stand auf, knöpfte sich schon im Gehen die Hose zu und stürzte aus dem Abteil.

Er ging irgendwohin, die nackten Füße schlurften über den kalten Boden. Dann fand er sich auf dem Wagendach wieder. Wie er dort hinaufgekommen war, wusste er nicht. Ließ sich zwischen die Luken und Rohre fallen.

Da ertönte der tiefe Bass der Lokomotive, die Räder begannen zu quietschen und die »Girlande« setzte sich in Bewegung – fort von Busuluk. Das hätte ihn freuen sollen: Sie fuhren, endlich fuhren sie! Aber von Freude keine Spur. Die Brust schmerzte, als hätte er mit der Axt nicht die Stirn, sondern die Rippen getroffen. Der Hals kratzte, und die Augen brannten. Er hätte laut losheulen können, doch es ging nicht, die Augen blieben trocken. Er wollte tief atmen, aber das tat so weh. Er legte die Stirn auf das glatte Dach und verschmierte Blut auf dem Blech, bis all sein Schmerz durch Mund und Nase einen Ausweg fand: Er brüllte laut auf. Doch als in seinen Lungen keine Luft mehr war, konnte er nicht einatmen. Atemlos lag er da.

Da spürte er eine warme, feuchte Berührung, etwas kitzelte seine Fußsohlen und Fersen. Vor Überraschung schnappte Dejew heftig nach Luft und fuhr herum. Der treue Sagrejka war leise herbeigekrochen und leckte seinem Herrn die nackten Füße.

IV.

Allein

Liebe Me-e-e-enschen, Me-e-e-enschen! Wo seid ihr? Ich bin hier!

Ich krieche, ich hinke, ich laufe über die Erde. Habe Arme, Beine und einen Mund. Habe Finger, um zu greifen. Zähne, um zu beißen. Augen, Nase, Blut unter der Haut – all das habe ich. Wie ihr alle. Aber ihr seid nicht da. Ich bin hier, doch ihr seid fortgegangen. Ich kann meinen Kopf drehen, wohin ich will: Wo seid ihr, Menschen, wo-o-o-o? So lange seid ihr schon verschwunden.

Die Erde ist nicht verschwunden. Auch der Himmel ist noch da. Die Erde ist schwarz, rot, rostrot und locker. Der Himmel hängt grau, blau, grün oder gelb über mir. Zwischen Himmel und Erde ist alles noch da. Sehr vieles. Auch ich. Ich verschwinde nicht.

Es war einmal ein Haus. Darin ein Ofen, rau und so heiß, dass es weh tut. Aus den Rundhölzern der Wände tropft Harz. Den kann man mit dem Finger auffangen und daran lutschen. Die Fenster sind kleine Löcher. Die Tür ist ein großes Loch. Unter den Dielenbrettern riecht es nach Erde. Über den Fußboden krabbeln Ameisen. Und die kleine Schwester. Ameisen schmecken besser als Harz.

Die Ameise glänzt wie eine Beere. Beeren gibt es wenig, doch Ameisen viele. Wovon viel da ist, das esse ich. Aber im Winter gibt es weder Beeren noch Ameisen. Nur Schnee und die Schwester, die schreit, schreit und schrei-i-i-it …

Wir hatten mal eine Mutter. Zur Nacht sang sie für uns: »Schlaft schnell ein, dann sterbt ihr bald.« Ich habe nicht auf sie gehört. Ich bin ungehorsam. Ich bin hässlich, das hat sie selbst gesagt. Ich bin ungeschickt. Ich verschwinde nicht.

Auch die Schwester hat nicht gehört. Ihr Bauch ist rund wie ein Kürbis, und ihre Beine sind krumm wie Zweiglein. Die Haare ein einziges Krähennest. Sie kann nicht gehen, also kriecht sie. Ich kann. Ich bin geschickt. Ich kann alles – knabbern, lutschen, kauen. Weil ich Zähne habe. Die Schwester hat keine, sie wachsen ihr nicht.

Auch die Mutter hat Zähne, ihr sind sie längst gewachsen. Sie fallen schon wieder aus. Mutter ist alt. Sie hat graue Strähnen im Haar, als sei es bereift. Der Reif wird mehr, mir wäre davon kalt, aber ihr nicht. Sie geht ohne Schaffelljacke in den Schneesturm hinaus und friert nicht. Sie wäscht die Wäsche im Fluss und friert nicht. Sie ist stark. Von der Mutter darf man nicht fortgehen.

Die Schwester ist schwach. Auch die Ameisen sind schwach, sie lassen sich leicht fangen. Das Gras ist schwach, man kann es leicht abreißen. Die Bäume sind stark. Die Steine in der Steppe sind stark. Das Feuer ist schwach, wenn es im Ofen mit kleiner Flamme brennt. Als Lagerfeuer ist es stark. Der Schnee in meiner Hand ist schwach, denn er taut schnell. Als Schneesturm kann er einen umbringen. Das kann auch das Fieber, es ist nicht zu besiegen.

Doch ich habe es einmal besiegt. Mutter sagte: »Zwei Wochen lang warst du glühend heiß, zwei weitere Wochen hast du gelegen und nicht einmal die Augen aufgemacht. Danach musstest du erst wieder laufen lernen.« Ich bin also schwach und stark zugleich. Wie der Schnee oder das Feuer. Das ist gut.

Ich liebe den Schnee, weil so viel Farbe und Licht in ihm ist.

Auch das Feuer liebe ich, weil so viel Leben von ihm ausgeht. Menschen sind oft tot, aber das Feuer ist immer lebendig.

Ich mag es, wenn das Eis taut – das schaue ich mir im Frühling an. Wie die Spinne den Faden zieht – das sieht man im Sommer. Eine Spinne kann man nicht essen, nur anschauen. Aber Spinnenfäden schon. Und Eis auch. Mutter hat es verboten, aber ich habe es gegessen. Ich bin ungehorsam. Alles Starke ist ungehorsam – der Wind, das Gewitter oder der Regen. Ich schaue auf das Starke, ich höre das Starke und nehme seine Kraft in mir auf.

»Lass sie reden«, sagte die Mutter. »Die Leute. Sie tuscheln über dich. Sollen sie doch.« Ich habe nicht auf sie gehört. Eher den Blättern oder den Vögeln gelauscht. Oder gehorcht, wie der Morast unter den Rädern gluckst. Oder wie Maschinengewehre schießen.

Als meine Schwester noch nicht geboren war, wurde viel geschossen. Als sie zur Welt kam, war damit Schluss. Schade. Das Maschinengewehr hat einen schönen, gleichmäßigen, hallenden Klang. Ein Gewehrschuss klingt gut, kurz wie ein Peitschenschlag. Am besten klingt ein Kanonenschuss, da kann man auch noch die Explosion genießen. Explosionen sind wie Blumen, viel größer als die auf der Wiese, nur – sie verwelken schnell.

Als der kleine Schreihals geboren wurde, kam der Hunger. Besser, sie wäre nicht geboren worden. Das hat auch die Mutter gesagt. Wenn die Schwester stirbt – kommen dann die Schüsse wieder? Und ist dann der Hunger vorbei? Ich weiß es nicht.

Ich weiß vieles nicht. Hatte ich einmal einen Vater, und wo ist er? Warum schmecken Ameisen gut, aber Läuse nicht? Wo sind all die Kühe und Ziegen geblieben? Wie schmeckt Butter? Warum tropft nur im Frühjahr Saft aus der Birke, und im Sommer ist das Holz so trocken, dass man es nicht kauen kann? Was bedeutet »Kolchos« oder »Getreidesteuer«, und warum fürchten das die Leute mehr als den Tod?

Vor allem aber: Wohin sind all die Menschen verschwunden? Jetzt könnte ich mich über jeden freuen, und wenn es unser hinkender Vorsitzender, die alte Nachbarin oder wenigstens meine Schwester wäre. Aber sie sind alle weg. Wohin ich auch schaue: Niemand mehr da.

Es gab viele Menschen in dem Dorf, wo unser Haus mit Mutter und Schwester stand. Sie sind umhergelaufen, haben gegessen, gepflügt, gesät, sind auf Pferden geritten, haben in Betten geschlafen, sind gestorben und begraben worden. Sie haben viel Lärm gemacht und nach Schweiß gerochen. Auch Mutter und Schwester. Ich habe nach nichts gerochen. Ich konnte mich so gut verstecken, dass kein Hund mich aufspürte. Doch jetzt riecht es auf der Welt nicht mehr nach Mensch, nur ich bin noch da, und ich rieche nicht.

Ich spreche auch nicht mehr. Es ist ja keiner da. Ich pflüge und säe nicht. Ich kann nicht säen, das »Ablieferungssoll«, was immer das sein mag, hat uns alles Saatgut weggenommen. Ich reite nicht, denn es gibt kaum noch Pferde auf der Welt. Ich schlafe in keinem Bett, sondern wo ich gerade etwas zum Niederlegen finde. Ich sterbe nicht. Ich begrabe niemanden. Ich bin nicht wie die anderen Menschen. Ich bin ein Sonderling.

Die alte Nachbarin hat mich so genannt. Sie war so runzlig, als hätte man ihr ein Fischernetz übers Gesicht gelegt. Auch Mutter hatte Falten, sie liefen ihr wie Schnüre über Stirn und Wangen. Ich habe auch welche, aber nur an den Handflächen. Solche hat auch meine Schwester. Die Weiden am Weg haben sie; die sind nur viel tiefer. Und die Stämme, aus denen unser Haus gebaut ist. Sogar die Erde, wenn es im Sommer nicht regnet. Riesige Falten, viel länger als ich selbst.

So war dieser Sommer – trocken und runzlig. Wie die alte Nachbarin.

Die Felder waren nackt. Es gab nichts zu essen. Morgens nichts. Mittags nichts. Abends nichts. Nachts nichts. Die

Schwester war nackt. Sie versuchte schon, auf eigenen Beinen zu stehen, doch sie hatte nichts anzuziehen. Das Kamel der Nachbarn verlor in der Hitze sein Fell. Bei den Feldern war das anders – als der Schnee getaut war, blieben sie so nackt, wie sie vorher schon waren. Im Frühjahr, im Sommer und im Herbst lagen sie da ohne Getreide und sogar ohne Gras. Wir haben Staub, Lehm oder Ameisen gegessen. Die Nachbarn aßen ihr kahles Kamel auf: zuerst das Fleisch, dann das Fell samt den Resten von Haaren. Mutter bat sie um die Hufe, aus denen sie Suppe kochen wollte. Sie gaben sie ihr nicht. Es sind geizige Leute.

Allah wird sie dafür strafen, versprach Mutter. Und Allah strafte sie: Die Alte verlor den Verstand. Stürzte sich auf jeden wie ein Hund und wollte sich ein Stück Fleisch abbeißen. Auch mich wollte sie greifen, aber ich bin ihr entwischt. Eine Woche lang hat sie gewütet, bis der Vorsitzende sie erschossen hat. Ich war gerade im Wald und habe den Schuss nicht gehört. Schade. Schüsse gefallen mir so.

Ein anderer Nachbar wartete darauf, dass seine Familie stirbt – die Frau und das neugeborene Kind. Er wollte allein, ohne sie, mit leichtem Gepäck nach Persien gehen. Er hatte schon den Wagen vorbereitet und das Pferd frisch beschlagen. Er war öfter bei uns und beklagte sich bei Mutter, dass sie nicht sterben. Schließlich waren sie tot. Doch am selben Tag erwischte es auch das Pferd. Er konnte nirgendwohin fahren.

Der dritte Nachbar lief mit einer toten Katze durchs ganze Dorf und rief auf jedem Hof, er ist jetzt so arm, dass er sich von Aas ernähren muss. Die Katze wurde faul und zerfiel, mit ihr konnte er nicht mehr herumlaufen. Später fand man auf seinem Hof das Viertel von einer Kuh eingemauert. Das Fleisch war schon verfault. Daraus und aus den Knochen konnte man nichts mehr kochen.

»Geh nach Taschkent, dort bekommst du Brot«, befahl mir Mutter. Da lag sie schon viele Tage im Bett und stand nicht mehr auf. Auch unsere Schwester lag. Ich wusste nicht, wo Taschkent ist, und bin nicht gegangen. Ich kenne nur die Wolga. Da gibt es kein Taschkent.

»Dann kommt ihr eben in ein Kinderheim«, sagte Mutter. Sie stand auf, band sich die Schwester auf den Rücken und ging mit uns zur Stadt.

Unterwegs begegneten wir einem Mann mit gelbem Bart und einer Menge Kinder. Es waren nicht seine, sondern fremde, und alle noch sehr klein. »Geben Sie mir auch Ihre«, sagte der Mann, »ich bringe sie auf den Bahnhof und schicke sie mit dem Zug nach Moskau. Das kostet fünf Rubel.«

»Lass mich in Ruhe, verdammter Kerl«, antwortete die Mutter. »Das lügst du. Die Kinder lässt du am Weg stehen und verschwindest mit dem Geld.«

»Ich bin kein Betrüger, sondern ein Evakuierer«, antwortete der Mann. »Ich habe ein Papier mit Stempel dabei.« Aber Mutter glaubte ihm nicht. Das Papier wollte sie gar nicht sehen. Ich habe ihm auch nicht geglaubt. Mutter konnte so ein Papier gar nicht lesen. Ich auch nicht. Und wir hatten keine fünf Rubel.

Wir gingen weiter. Dann kamen wir in ein leeres Dorf, wo überall Wagen ohne Pferde und Kutscher herumstanden. Weit und breit kein Mensch. In manchen Häusern waren die Türen offen, auch Fenster und Tore. Aber Menschen waren nicht zu sehen. Aus einem Tor flitzte ein Fuchs und verschwand. In dem Dorf haben wir übernachtet und uns morgens wieder auf den Weg gemacht. Lange sind wir so gegangen. Wir kamen über Felder, auf denen Kamelknochen lagen. Mutter hatte nicht die Kraft, um nachzuschauen. Doch ich bin hingelaufen und habe nachgesehen, ob noch Fleisch an den Knochen war. Sie waren nackt und bloß. Ich wollte, dass Mutter sieht, wie flink ich bin. Sie sollte mich nicht in der Stadt abgeben. Nur die

Schwester, die keinen Nutzen brachte. Mich sollte sie bei sich behalten.

In einer Niederung stießen wir auf eine Meute Hunde, die uns nachliefen. Mutter ging schneller. Sie ebenso. Mutter lief noch schneller. Sie auch. »Das sind Wölfe«, sagte sie. Ich schaute mich um und sah, dass ihre Schwänze nicht nach oben gerollt waren, sondern nach unten hingen wie Holzscheite. Es waren wirklich Wölfe.

Wir aber hatten weder eine Mistgabel noch ein Gewehr. Keine großen Bäume ringsum, keine Häuser, in die wir hätten schlüpfen können. Nur die Steppe und der Weg. Niemand, den man zu Hilfe rufen konnte.

Die Wölfe liefen zuerst hinter uns, dann neben uns, und schließlich kreisten sie uns ein. Wir konnten weder vor noch zurück. Von allen Seiten nur gefletschte gelbe Zähne. Es waren viele.

Da band Mutter die Schwester von ihrem Rücken ab und setzte sie auf den Weg. Die Wölfe stürzten sich auf die Schwester. Mutter packte mich bei der Hand und rannte los, so schnell, wie sie noch nie gerannt war. Ich rannte ebenfalls so schnell wie noch nie. Ich wollte mich umdrehen, um nach der Schwester zu schauen. Doch hinter uns knurrten und balgten sich nur die Tiere, die Schwester war nicht zu sehen. Sie war weg. Ob sie fortgekrabbelt ist?

Wir rannten so lange, bis uns die Kräfte verließen und wir zu Boden fielen. In der Ferne sah man schon Häuser mit Blechdächern – die Stadt.

Wir schnappten nach Luft. Ich wollte aufstehen, aber es ging nicht. Meine Knie zitterten zu sehr. Da packte mich Mutter auf ihren Rücken wie zuvor die Schwester und schleppte mich davon. Ich schämte mich, konnte aber nicht anders. Ich ritt auf meiner Mutter.

Dann kamen wir in die Stadt. Auch dort war alles leer,

kein Mensch zu sehen. Auf den Straßen fuhren Pferdewagen, auf Schienen rollten merkwürdige Straßenbahnen, dass es quietschte, doch nirgendwo Menschen. Tragehölzer mit Eimern eilten an den Hauswänden entlang, dazu Koffer, Mäntel und Jacken. Aber keine Menschen. Sie waren alle fort.

»Lass mich nicht hier zurück«, sagte ich zu Mutter. »Hier gibt es doch keine Menschen. Hier bin ich ganz allein.«

»Nur allein wirst du überleben«, antwortete sie.

Wir gingen durch die Stadt. Ein Gedränge von Mänteln, Kleidern und Jacken. Leiterwagen polterten vorüber. Besen fuhren über die Straße und wirbelten Staub auf. Fässer auf Rädern riefen: »Wa-a-a-s-ser gefällig? Kauft Wa-a-a-s-ser!« Ein Schleifstein drehte sich und zischte dazu: »Schleife Me-s-s-ser!« Es war unheimlich.

Dann kamen wir zu einem großen steinernen Haus, klopften an die Tür, und die ging auf. Mutter nahm mich vom Rücken herunter und hielt mich dem Haus hin.

»Geistesschwache nehmen wir nicht«, sagte die Tür. »Der guckt ganz trübe, und die Spucke läuft ihm aus dem Mund.«

»Er ist nicht geistesschwach«, widersprach Mutter. »Das kommt vom Typhus. Er kann auch selber gehen. Er ist nur sehr erschöpft, deswegen knicken ihm die Beine ein. Aber sonst läuft er auf seinen eigenen Beinen herum.« Doch da war die Tür bereits zugeschlagen.

Mutter legte mich vor die Tür und befahl mir streng: »Du bleibst hier liegen.« Dann ging sie fort.

Aber ich höre auf niemanden. Nach einer Weile bin ich aufgestanden. Meine Knie haben nicht mehr gezittert. Da bin ich zurückgegangen, nach Hause.

Wenn die Tür mich auch für blöd gehalten hat, den Weg habe ich gefunden. Was ich einmal gesehen habe, vergesse ich nicht. So wie Mutter und ich zwei Tage lang in eine Richtung gelaufen sind, lief ich nun in die andere. Auf denselben Pfaden und Wegen, ohne mich ein einziges Mal zu verlaufen. Sogar übernachtet habe ich im selben Haus des verlassenen Dorfes.

Wölfen bin ich unterwegs nicht begegnet, habe sie auch nicht heulen hören. An der Stelle, wo Mutter die Schwester zurückließ, habe ich nichts gefunden. Nur als ich nachts in der fremden Scheune auf fremdem Heu lag, wurde mir unheimlich zumute. Wenn ein Ästchen knackte oder eine Grille zirpte, fing ich an zu zittern. Wenn ich die Augen zusammenkniff, sah ich eine Schnauze mit gefletschten Zähnen. Der Leitwolf. Und niemand war da, den ich um Hilfe rufen konnte. Die ganze Gegend menschenleer, Werst um Werst.

Da stellte ich mir vor, wie ich das Gewehr des Vorsitzenden nehme, mit der er auf die irre alte Frau geschossen hat, und in die Schnauze mit den gefletschten Zähnen eine riesige Kugel jage. Von der Schnauze fliegen die Fetzen.

Doch da kommt die nächste, noch eine und noch eine – ein riesiges Rudel. Ein Gewehr ist zu wenig. Nun rufe ich mir die Flinten ins Gedächtnis, die ich bei den Soldaten gesehen habe, vor langer Zeit, als noch Krieg war. Mit all diesen Flinten ballere ich auf die Schnauzen. Krach! Und die Fetzen fliegen. Krach! Krach! Überall fliegen die Fetzen.

Aber die rotbraune Armee ist riesig. Plötzlich taucht auch der Fuchs auf, der in dem leeren Dorf vor uns weggelaufen war. Das rote Fell gesträubt, die Augen weiß wie bei einem Kranken, bevor er stirbt. Gegen so ein Vieh braucht es ein Maschinengewehr, möglichst mehrere. Da kommt schon eins angerollt: Der Patronengurt flattert, ein Strahl von Eisen schießt aus dem Rohr. Den Pelz des Fuchses reißt es in Stücke!

Nun gerät auch der gelbe Wald in Bewegung, kommt auf mich zu und wedelte mit zotteligen Zweigen. Nein, das ist kein Wald, es ist der gelbe Bart des Betrügers. Er ist riesengroß, höher als alle Häuser. Die Barthaare lodern wie Feuer. Läuse laufen darin herum und klappern mit den Krallen. Straßenbahn mit den eisernen Wänden und Türen, wo bist du? Hier bin ich! Mit stählernen Hörnern fährt sie durch die Zotteln – wumms! Mit stählernen Rädern rollt sie über die Nissen – knack, knack, knack! Die Gleise rauschen wie Sicheln – zisch! Zisch! Der Schleifstein sprüht Funken und schleudert Hunderte blitzender Messer, die den riesigen Bart absäbeln und zu Staub zerhacken. Gewonnen! Hurra-a-a-a …!

So eine Nacht war das. Meine erste Schlacht: Gelb, Zottelig und Rot gegen Eisen. Das Eisen siegte. Ich war so müde wie nie zuvor. Aber am Leben. Morgens stand ich auf und ging weiter.

Ich kam in unser Dorf. Auch dort war niemand – weder auf der Straße, noch im Dorfsowjet. Die Moschee stand leer. In der Schule kein Kind. In den Höfen – niemand. Selbst vor dem Lagerhaus, wo sonst stets ein bewaffneter Soldat Wache hielt, lehnte nur ein Gewehr an der Tür.

Ich fand unser Haus. Ging hinein. Drinnen alles nackt und bloß, kein einziger Gegenstand. Doch mitten im Zimmer auf dem Tisch lag Mutter. Ich hatte Angst, dass sie mit mir schimpft, weil ich ungehorsam gewesen war. Ich ließ mich leise neben ihr nieder, damit sie es nicht merkte.

Lange haben wir nebeneinander gelegen. Als ich Hunger kriegte, habe ich Ameisen gegessen. Sie kamen aus dem Fußboden hervor, krabbelten den Tisch herauf, über Mutters Hände, Brust und Gesicht. Ameisen schmecken besser als Spinnweben.

Gegen Abend wurde mir kalt. Ich drückte mich an Mutters Beine, aber sie wärmten nicht. Ich wollte sie mit ihrer Schaffelljacke zudecken, da fiel mir ein, dass wir sie bereits im Frühjahr für einen halben Eimer Kartoffeln eingetauscht hatten. Ich kroch Mutter unter den Rock und umklammerte ihre Beine. Die waren hart und kalt wie Stein. Ich schloss die Augen, damit die nicht froren.

Von Mutters Körper kam die gleiche Kälte wie aus den Ritzen der Fußbodenbretter. Ich begann heftig zu zittern. Da musste ich daran denken, wie heiß unser rauer Ofen wurde, wenn man Holz hineinwarf, die Funken flogen und das Ofenrohr heulte. Mir wurde sofort leichter, das Zittern verging und sogar mein Nacken begann zu schwitzen. Der Schweiß tropfte auf Mutters Knie – Platsch! Platsch!

Mutters Rock schien nicht aus Stoff gemacht, sondern aus Reif, so kalt fasste er sich an. Auch die Pluderhose und die Fußlappen. Da wurde mir klar: Es war der Reif in ihrem Haar, der sich über den ganzen Körper ausbreitete, alles ringsum erfasste und in Eis verwandelte. Gleich sollte ich an der Reihe sein. Niemals! Schließlich hatte ich das Typhusfieber besiegt! Hatte in diesem Haus zwei Wochen lang mit dem Feuer in den Adern gerungen! Wo bist du jetzt, glühende Hitze, rief ich. Ich bin hier! Schon wurde mir warm, und statt weißen Frostnebels zitterte heiße Luft im Zimmer, dass das Eis an den Fenstern schmolz und wie Tränen an den Scheiben herunterlief. Jetzt schüttelte es mich nicht mehr vor Kälte, sondern vor bösem Fieber.

Dann kroch aus den Fußbodenritzen der Winter ins Haus, obwohl es noch viel zu früh für ihn war. Die Ameisen pustete er in die Ecken wie schwarze Gräupchen. Zwischen den Brettern wurde weißer Graupel hereingeblasen und puderte das ganze Zimmer ein. An den Wänden bildeten sich Schneewehen. Sie sammelten sich auch an den Tischbeinen, stiegen höher und höher, bis sie beinahe Mutter und mich erreichten. Doch was war der Winter gegen einen heißen Wolgasommer! Ich stellte mir die ausgetrockneten Felder mit den tiefen Rissen im Boden vor, und schon fiel von der Zimmerdecke Glut herunter, wie eine heiße Pfanne ins Schneefeld. Der Sturm legte sich. Die Schneewehen schmolzen und zischten wie Suppe im Kessel.

Das war meine zweite Schlacht – Kalt gegen Heiß. In jener Nacht fror ich und schwitzte, fror und schwitzte wieder. Das zermürbte mich so sehr, dass kaum noch Leben in mir war. Ich begriff: Diese Kämpfe waren gefährlich, aber nur sie konnten mich schützen. Wenn es nun einmal keine Menschen mehr gab. Ich führte sie jede Nacht. Ich wollte doch leben.

Nach den Menschen habe ich noch lange gesucht. Morgens lief ich von Mutter fort, leise, damit sie nicht erwachte und mit mir schimpfte. Tagelang durchstreifte ich das Dorf und seine Umgebung. Tote fand ich überall – am Weg und auch auf dem Friedhof, wo sie unbedeckt in Massengräbern lagen – stocksteif, Arme und Beine durcheinandergeworfen. Lebenden begegnete ich nicht. Abends fragte ich Mutter immer wieder: »Wohin sind sie gegangen?« Sie war schweigsam geworden und antwortete nicht. Eines Tages war sie selber verschwunden. Im leeren Haus stand nur noch der nackte Tisch.

Alle waren verschwunden.

Nur ich nicht.

Ich überlegte lange hin und her. Schließlich verließ ich dieses Dorf, wo alles untergegangen war.

Jetzt gehe ich allein durch die Welt. Ich schreite, trete, stampfe. Manchmal laufe ich, ebenfalls allein. Oder ich schwimme, wenn da ein Fluss ist. Ich krieche oder klettere auf Bäume zu den Nüssen und Äpfeln. Ich kann alles. Ich bin schlau. Ich schaue, blinzele, spähe. Ich greife, packe, schnappe, denn ich bin geschickt. Ich betaste mit der Zunge, ich sauge. Ich schreie, pfeife und rülpse. Ich atme ein und aus. Und alles – allein.

Ich knabbere, was ich finden kann – Fischköpfe und Eicheln, wilde Rüben und leere Schwalbennester. Schnecken samt Haus und rohe Krebse. Denn ich habe Zähne. Eierschalen, Hufe und Zapfen. Denn meine Zähne sind stark. Ich nage mir die Fingernägel ab und vergrabe sie in der Erde. Knabbere an der Haut um die Nägel und verschlucke sie. Läuse schlucke ich nicht, die haben keinen guten Geschmack. Blut von Schürfwunden schlucke ich nicht, ich belecke sie nur. Außerdem lecke ich Harz von Fichten und Kiefern, auch süßen Tau vom Klee. Ich lutsche Flusskiesel, wenn sie schön sind, denn ich liebe Schönes. Ich ziehe Stöcke aus Ameisenhaufen und lutsche sie ab. Am liebsten sind mir die Ameisenköniginnen.

Krankheiten rieche ich von fern. Nicht erst wenn der Wind mir den Geruch zuträgt, sondern viel früher. Wenn ich sie spüre, laufe ich davon. Vor einem Dorf mit Cholera. Vor Pferde-Rotz. Vor Schwindsucht, Fieber und Schüttelfrost. Vor dem Typhus laufe ich nicht weg, den kriege ich nicht mehr.

Wenn es mich im Hals kratzt, kaue ich Kiemen. Wenn das Zahnfleisch juckt, kaue ich Bärlauch. Wenn mir der Bauch weh tut, kaue ich gar nichts. Ich warte ein paar Tage, dann vergeht es von selbst.

Ich kann eine verreckte Krähe essen oder einen faulen Fisch. Schlangen, Hornissen und Bienenwaben. Auch Aas, Moos, sogar Haare oder einen Eidechsenschwanz. Knochen, frisches Heu, trockenes Stroh. Das alles kann ich.

Ich kann im Schnee übernachten, wenn ich mich mit heruntergefallenen Nadeln bedecke. Oder auf einem Baum. Dann binde ich mich am Stamm fest. Ich kann mich im Sand vergraben. In einer Felsenhöhle schlafen. Ich weiß, wie man am Leben bleibt. Ich verschwinde nicht.

In meinem Inneren ist Krieg. Der tobt jede Nacht. Alles, was ich sehe, höre, einatme oder schlucke, kämpft gegen das, was ich sehe, höre, einatme und schlucke. Erinnerungen gegen Erinnerungen. Gedanken gegen Gedanken. Gelb, Zottelig und Rot gegen Eisen. Kalt gegen Heiß. Schnell gegen Langsam. Klein gegen Groß. Hart gegen Weich. Blumenduft gegen Modergeruch.

Der Tag schenkt mir Nahrung, die Nacht bringt mir den Krieg. Nahrung gibt es wenig. Krieg mehr als genug. Die Nahrung ernährt mich, der Krieg schützt mich.

Der Krieg ist stärker als alles auf der Welt. Und härter. Und weiser, weil ich in ihm immer überlebe. Ohne ihn wäre ich längst gestorben – an der Angst in meinem menschenleeren Dorf oder an der Kälte aus Mutters Beinen.

Alles, was ich tue, ist für den Krieg. Ich sammle Geruch und Geschmack, Farben, Bilder, Bewegungen, Eindrücke und Geräusche, um nachts den Krieg damit zu füttern. Ich starre in den Sonnenuntergang, präge mir den Wechsel der Farben und das Schmelzen der Wolken ein – für ihn. Ich rieche an faulem Laub, bohre den Finger in die weiche Masse und lausche, wie es schmatzt, wenn man hineintritt – alles für ihn. Ich merke mir, wie Äste unter den Füßen knacken. Wie schwer Schlamm in den Händen liegt. Wie Sonnenstrahlen in einem Spinnennetz glitzern. Wie der Wind im Riedgras rauscht. Wie man einen Eselskadaver zerlegt. Wie eine Lotosblume im Sumpf aufblüht. Wie eine Giftschlange verreckt. Und wie ich mir im Schneesturm beinahe die Füße erfroren habe. Zuerst waren sie wie abgestorben, doch dann begann es innen wie mit Nadeln zu stechen, und sie erwärmten sich wieder. All das behalte ich in meinem Kopf. Alles kann mir von Nutzen sein.

Nachts setze ich das Plätschern des Bachs gegen das Geschrei der hungrigen Schwester. Die sich im Wind wiegenden Rohrkolben gegen die aus dem Massengrab ragenden Arme und Beine. Die blühende Steppe gegen den nackten Tisch mitten in unserem Haus. Den grasenden Hirsch gegen das eingemauerte Rinderviertel. Den pfeilschnellen Flug der Schwalben gegen die Todkranken, die wie Schnecken über die Straßen kriechen. Das üppige Fell des Eichhörnchens gegen die Gänsehaut des Entsetzens am nackten Körper der Schwester auf der Straße.

So bleibe ich am Leben.

Der Krieg saugt mich aus, raubt mir all meine Kraft. Danach kann ich mich kaum noch bewegen. Aber ich bleibe am Leben. Nur manchmal würgt mich der Kummer. Und ich möchte heulen: Me-e-e-enschen, liebe Me-e-e-enschen! Wo seid ihr? Ich bin hi-i-i-ier! Ich bin es müde, allein zu sein. Ich bin es müde zu kämpfen, ich kann nicht me-e-e-ehr …! Der Kummer hat weder Farbe noch Geruch oder Geschmack. Und gegen ihn kann ich keine Erinnerung setzen.

Ich habe mir ausgedacht, meinen Kummer von einer Lokomotive erschlagen zu lassen. Ich wollte mich ins Gleisbett legen und warten, dass diese Wundermaschine über mich hinwegfährt. Vor langer Zeit habe ich einmal gesehen, wie das Jungs machten. Danach haben sie gebrüllt und gelacht wie verrückt, bis sie keine Luft mehr bekamen. Vielleicht hilft das auch mir?

Ich habe mich auf die Holzschwellen mitten zwischen die Schienen gelegt und gewartet. Zottige Wolken wanderten über den Himmel, und ich habe gewartet. Dann regnete es ein bisschen, der Wind trocknete alles wieder, doch ich habe gewartet. Die Schwalben flogen zuerst hoch am Himmel, dann sausten sie knapp über mein Gesicht hinweg, und nach dem Regen stiegen sie wieder zu den Wolken auf. Ich wartete, denn ich habe Geduld.

Auf einmal fingen die Holzschwellen unter mir an zu beben, der Stahl begann zu dröhnen, zuerst kaum hörbar, dann immer stärker. Da kam die Dampfmaschine angerollt! Ich konnte mir das Geräusch nicht einmal merken, in meinem Gedächtnis festhalten, so ungeduldig war ich jetzt.

Die Schwellen unter mir zitterten so heftig, dass es mich fast in die Höhe warf. An den stählernen Schienen klapperten die Nägel. Etwas kam näher, donnerte und klirrte, fauchte und stampfte. Und schnaufte, es schna-u-u-u-ufte … Mein Atem ging immer schneller, als liefe ich um mein Leben. Ich riss die

Augen auf, wollte sie nicht zukneifen, wollte all meinen Kummer diesem eisernen Ungeheuer unter die Räder werfen, damit nichts davon in meinem Herzen blieb. Wie hatte ich gewartet auf dieses blöde Ding, gewa-a-a-artet ... Doch da-a-a-a fuhr mir ein schreckliches Quietschen von Stahl auf Stahl in die Ohren. Scho-o-o-n hüllte meinen Kopf etwas Heißes, Feuchtes ein. Ein Schatten fiel über mich. Na, lo-o-o-os doch!

Aber nicht die Schnauze der Lokomotive verdeckte den Himmel, sondern ein Gesicht.

Das Gesicht eines Menschen.

Eines Mannes, der finster dreinschaute.

»Was machst du hier, Bruder?«

Ich war wie vor den Kopf geschlagen: Ein Mensch?!

»Komm runter vom Gleis«, befahl er, als sei nichts geschehen.

Als sei es die normalste Sache der Welt, sich zu begegnen. Als wimmelte es auf dieser Welt von Menschen, so wie früher.

Ich wagte mich nicht zu rühren, um ihn nicht zu verscheuchen. Dieses finstere Gesicht sollte nicht wieder verschwinden.

»Kannst du mich hören?« Jetzt wurde er sogar wütend.

Wie soll ich dich nicht hören können, du Mensch?! Da ich so viele Monate oder gar Jahre auf dich gewartet habe. Mich nach dir gesehnt habe. Geheult habe. Mich in das Gleis gelegt habe, damit mir leichter wird.

Mit einem Mal bist du da. Hast alles, was auch ich habe: einen Kopf, Haare, eine Haut ohne Fell und unter der Haut Blut. Sprichst, gehst, ärgerst dich – so wie ich. Du riechst stark. Ich habe dich noch gar nicht richtig anschauen können, doch schon liebe ich dich.

»Kannst du Arme und Beine bewegen?«

Kann ich. Was heißt, bewegen, für dich kann ich sogar tanzen. Arbeiten werde ich für dich, pflügen wie ein Kamel. Ich mache alles, verschwinde nur nicht wieder. Bleib bei mir, Mensch!

»Was sollen wir machen? Dich wie ein Stück Holz vom Gleis rollen?«

Mach mit mir, was du willst. Rolle mich über die Erde, ins Gras, gib mir Fußtritte wie dem letzten Köter – ich werde dich liebevoll anschauen und dir die Füße küssen. Verschwinde nur nicht wieder.

Da nahm er mich doch tatsächlich in die Arme und drückte mich an sich. Wie Mutter, als die noch warm war. Ich atmete seinen starken Geruch nach Schweiß, Kohle und Eisen und dachte: Wie hast du mich genannt? Bruder? Bruder!

»Was treibst du hier? Woher kommst du? Hast du Vater und Mutter?«

Sprich zu mir, Bruder, sprich zu mir! Ich habe es schon verlernt oder vielleicht nie gekonnt. Aber du – rede mit mir. Deine Worte, egal welche, machen mich so froh! Als ob dir nicht Worte aus dem Mund kommen, sondern Sonnenstrahlen.

Jetzt trug mich der Mensch – vorbei an der schnaufenden Lokomotive und an eisernen Wagen. Er tat es so behutsam, dass sich mein Innerstes zu einem Klumpen zusammenballte, mir in die Kehle stieg und ich fast verging. Dabei hämmerte es in meinem Kopf: Ich bin dein, Bruder! Für immer dein. Selbst wenn du mich jetzt unter diese blanken Räder auf diese blanken Schienen wirfst, ich bin dein. Selbst wenn du gleich wieder verschwindest und nie wiederkommst, ich bin dein.

Doch er warf mich nicht ab, er verschwand nicht, sondern trug mich in den Wagen und legte mich auf ein Bett, das von seinem Geruch ganz durchdrungen war. Ich aber rollte mich von dem Bett und kroch darunter.

Hier ist mein Platz, zu deinen Füßen. Unter deinen Füßen. Hier werde ich jetzt immer sein. Und keine Kraft der Welt kann mich hier wegholen. Ich beiße, weil ich Zähne habe. Starke Zähne. Und weil ich für immer dir gehöre.

Als der Bruder mich unter dem Bett hervorzog, fügte ich mich.

»Bist du wirklich ein Idiot?«, fragte er.

Nenn mich, wie du willst. Meinetwegen auch einen Idioten. Oder einen Sonderling, wie es die alte Nachbarin getan hat. Oder nenn mich blöd, wie die Tür im Kinderheim mich nannte. Doch der Bruder nannte mich nicht blöd und keinen Idioten, sondern Bruder.

»Bleib erst mal hier sitzen, Bruder«, befahl er.

Verzeih mir, Bruder, das kann ich nicht. Ich bin jetzt dein treues Hündchen. Dein treuer Diener. Dein treuer Schatten, den du nicht abwerfen kannst. Es wird dir nicht gelingen, mich loszuwerden. Ohne dich kann ich nicht mehr sein. Stets werde ich mit dir gehen und jede Mauer, die sich mir in den Weg stellt, zertrümmern oder zernagen. Weil ich Zähne habe. Und weil ich auf ewig dein bin.

Das verstand er.

Von nun an waren wir immer zusammen. Wohin er ging, dorthin ging auch ich. Wo er war, dort war auch ich.

Des Bruders Hände waren schwielig und heiß. Und seine Stimme war lauter als das Donnern der Räder. Er war so groß wie ein Heuschober. Seinen Schritt hörte man durch zwei Wagen. Riesig war mein Bruder, hatte kaum im Zug Platz. Und stärker als alle – als Mutter, als der hinkende Vorsitzende und der Mann mit dem gelben Bart. Vom Bruder werde ich nicht weggehen.

Unsere Lokomotive saust mal über die Schienen, dann steht sie wieder. Wir fahren dorthin, wohin sie uns führt. Das ist mir egal! Wenn ich nur mit dem Bruder zusammen bin, dann ist es gut. Fahren ist gut. Stehen ist gut. Zu den Bahnstationen über die Gleise hüpfen ist gut. Wenn ich nachts aus meinem Versteck komme und mich heimlich mit dem Gesicht auf die Schuhe des Bruders lege, ist das gut. Wenn ich den Geruch des Schlafenden einsauge – von den Fußzehen über den Spann und den Atem bis zu den Fingerspitzen, dann ist es gut. Wenn der Bruder keine Ruhe findet, durch die leeren Wagen streicht und ich ihm dabei folge, ist es gut. Und wenn er im Morgengrauen über die Dächer der Wagen wandert, dann ist auch das gut. Alles ist gut, etwas Besseres gibt es nicht.

Am glücklichsten bin ich, wenn der Bruder mir den Becher mit Suppe, die er nicht aufgegessen hat, unter das Bett reicht und ich sie dann aufesse. Ich schlucke die Brühe zusammen mit dem Geruch des Bruders und den Geruch mit der Nahrung vermischt. In solchen Minuten möchte ich heulen wie ein Hund, so zerreißt es mir die Brust. Aber ich weine nicht, damit er sich nicht unnötig sorgt. Ich halte es aus.

Geduld hat der Bruder nicht; er braucht keine. Er befiehlt über Lokomotiven, wozu muss er etwas dulden? Wenn er schnarrt: »Rück raus, was du noch in deinem Lager hast, du Versorgungsratte, bevor ich der Tscheka eine Beschwerde über dich schicke!«, dann wird von seinem Zorn alles ringsum heller. Ich kenne die Wörter nicht und verstehe nicht, warum der Bruder die leeren Regale im Lagerhaus anschreit. Aber rings um mich wird es strahlend hell. Von seinem Zorn.

Bei Mutter kam jede Gefühlsregung – Liebe, Ärger oder Schreck – von ihrer großen Müdigkeit und war in sie wie in Filz oder Werg eingehüllt. Man wusste nicht, was es gerade war. Bei dem Bruder ist das ganz anders. Er ärgert sich nicht, sondern ereifert sich und wütet. Er trauert nicht, sondern brüllt vor Schmerz. Er kann schluchzen oder mit der Axt alles ringsum kurz und klein schlagen. Und wenn er lacht, dann so sehr, dass man auch seine hintersten Zähne sieht. Was der Bruder hat, sind nicht Gefühle, sondern ein ganzes Lagerfeuer. Heißer als das Feuerloch der Lokomotive.

Er kann sich in der Früh auf das Wagendach setzen und den Sonnenaufgang anschauen. Dabei packt ihn eine solche Erregung und eine so schlimme Sorge, als zittere die ganze Welt um ihn her und sei von Blut überströmt. Das kommt nicht von der Morgenröte, sondern von seinen Gefühlen. Vor diesem blendenden Rot schließe ich die Augen, doch es brennt noch einen halben Tag lang unter meinen Lidern.

Oder er schleicht sich in das Zimmer nebenan. Das geschieht selten und immer nachts. Dort schlägt sein Herz lauter und schneller. Das tut es vor wilder Freude. Und ihn umgibt ein Schein wie von den Kerzen in einer russischen Kirche. Als hätte man das Abteil mit Kiefernharz und Honig gefüllt und einen Sonnenstrahl hineinfallen lassen. Ich könnte ein Leben lang in dieses Strahlen schauen und den goldenen Glanz genießen.

Doch häufiger als die goldenen sind die kohlschwarzen Nächte. Wenn der Bruder die toten Kinder begräbt. Wo die herkommen, weiß ich nicht. Sie sind eben da. Der Bruder trägt sie möglichst weit vom Zug fort und vergräbt sie in der Erde. Dabei hat er solchen Kummer, verspürt solche Schuld, als hätte er sie mit seinen eigenen Händen umgebracht. Dann wird die Nacht ringsum rabenschwarz. Nach solchen Nächten ist sein Gesicht noch lange so finster wie mit Tinte beschmiert.

Ich erlebe diese Gefühle tagelang ganz nah. Manchmal wird mir warm davon, manchmal verbrennen sie mich. Bruder, mein Bruder, du heißblütiger Mensch.

Verschwinde, Krieg, du wirst nicht mehr gebraucht. Ich habe einen anderen Beschützer gefunden, der stärker und gütiger ist als du. Den Bruder. Wenn er bei mir ist, habe ich vor nichts Angst. Und dich werde ich nicht mehr füttern – verdorre, verschwinde, geh fort. Alle Menschen sind verschwunden, geh auch du.

Aber er will nicht verschwinden.

Ab jetzt werde ich keine Geräusche und Gerüche mehr sammeln. Ich bin der Kämpfe im Kopf müde und lasse sie nicht mehr zu. Nicht einmal die Augen schließe ich, liege die ganze Nacht mit offenen Augen da. Verschwinde.

Nein, er will nicht verschwinden.

Ein Tag vergeht – er will nicht. Der zweite Tag – er will nicht. Eine Woche – er will immer noch nicht. Kaum schließe ich die Augen, kämpfen das Feste und das Flüssige gegeneinander, die lauten Reden des Bruders gegen das Flüstern der Mutter, die schwarzen Ameisen aus meinem Haus gegen die weißen Hemden auf den Pritschen im Zug. Sie schlagen so aufeinander ein, dass es in meinem Schädel rumort und kracht. Ich bin total erschöpft, kaum noch am Leben. Frieden will ich, Frieden! Halt ein! Hör endlich auf! Die Müdigkeit hätte mich längst umgebracht, wenn der Bruder nicht wäre.

Er nimmt mich in die Arme und wiegt mich wie einen Säugling. Mutter hat mich nie gewiegt, dafür fehlte ihr die Kraft. Ich wurde nie in einer Wiege geschaukelt, denn keiner konnte sie anstoßen. Doch der Bruder wiegt mich. Klettert auf das Wagendach, lässt sich nieder und streckt die Arme nach mir aus. Ich lege mich hinein, um Ruhe zu finden und der Stille der Nacht zu lauschen. Und den Krieg zu vertreiben. Halt ein und verschwinde!

Die Haut des Bruders im Hemdausschnitt ist weiß. Der Schatten der Nacht legt sich darauf, und sie wird schwarz. Doch wenn ich die Augen zusammenkneife, dann ist sie rot wie ein Stück Fleisch auf dem Basar – von einem Hundewelpen oder einem Kamelkälbchen. »Das ist Menschenfleisch!«, raunen die Lippen des Mannes mit dem gelben Bart ganz nah an meinem Ohr. Die sind auch rot. Und von einem Ausschlag aus dicken weißen Körnern bedeckt. Sie ähneln Erbsen oder Bohnen, die ich einmal gegessen habe. Ein vorbeikommender Soldat hat mir eine Blechdose davon geschenkt. Vorher ist er lange bei

Mutter im Haus gewesen, und mich haben sie hinausgeschickt. Danach hat er mir die Büchse gegeben und ist davongegangen. Mit den Fingern habe ich die Bohnen herausgefischt und in den Mund gesteckt. Mutter hat mir dabei zugeschaut und geweint. Der Soldat trug eine Filzmütze mit einem roten Stern darauf. Seitdem mag ich diese Sterne nicht. Wenig später sah man sie im ganzen Dorf – am Dorfsowjet, an den Häusern und auf Plakaten. Hätte sie doch der Schnee verweht! Einmal hat er die Toten verweht. In jenem Winter waren es sehr viele, man legte sie im Lagerhaus direkt neben den Lebensmittelvorräten ab, um sie später alle gemeinsam zu begraben. Aber unter der Last des Schnees stürzte das Dach ein. So haben sie weiß eingepudert dagelegen, bis es im Frühjahr warm wurde. Sie waren ganz weiß, aber wenn irgendwo ein Finger abgebrochen war, sah die Bruchstelle rot aus wie eine Erdbeere. »Iss die Beere!«, ruft die alte Nachbarin kichernd und streckt ihre rote Zunge heraus. Darauf liegt Schaum in weißen Flocken. Hat sie saure Sahne gegessen? Die habe ich nie bekommen. Ich habe davon gehört, sie aber nie probiert. Oder Zucker? Oder Salz? Oder vielleicht Mehl? All das ist weiß, wie soll man das eine vom anderen unterscheiden? »Seht ihr wirklich nicht den Unterschied zwischen Gut und Schlecht?!«, brüllt der Vorsitzende. »Oder seid ihr blind geworden? Wenn ihr heute eure Kuh an den Kolchos abgebt, dann kriegt ihr morgen das Glück dafür, Glück für die ganze Menschheit! Ist das denn so schwer zu verstehen?« Er ist ganz rot angelaufen. Auf der roten Haut stehen einzelne graue Bartstoppeln. So sprießt im Frühjahr das Gras aus dem Schnee, das wir sofort abzupfen. Mutter sagt, ich soll es nach Hause tragen, damit wir es kochen können, aber ich esse es gleich roh. Das macht mir nichts aus. Ich kann auch Schnee essen. Weißes schmeckt immer gut. Zum Beispiel Birkenrinde oder Birkensaft. Oder Bienenmaden aus den Baumhöhlen. Rotes schmeckt auch gut – Eingeweide, Beeren oder Äpfel, nur gibt es davon wenig. Knochen hingegen jede Menge. Weiße, mehrfach ausgekochte Kamelknochen liegen in der Scheune unseres Nachbarn. Man muss sie über dem Feuer erhitzen, dann kann man sie bis zum letzten Stückchen abnagen. Der Nachbar kann das nicht. Aber ich kann es. Doch er hat mir keine Knochen gegeben. Der Bruder gibt mir Suppe, Zwieback oder Fischbrühe, mal Rotes und mal Weißes. Ich esse alles. Weil ich Zähne habe. Weil sie stark sind. Und weiß. Wie die Hemden, die auf den Pritschen in unserem Zug mitfahren. In solchen Hemden haben sie bei uns im Dorf die Männer ins Lagerhaus gesperrt und lange dort festgehalten. Das war noch vor den Toten, schon im vergangenen Jahr. Lange mussten sie dort sitzen. Man nannte sie »Geiseln«. Wer sie dort eingesperrt hat und warum, weiß ich nicht. Auch nicht, was aus ihnen geworden ist. Im Dorf habe ich sie nicht mehr gesehen. Seitdem gab es im Dorf keine Männer mehr. Nur noch Greise, aber keine jungen Männer. Gepflügt haben dann die Frauen. Nicht mit Pferden, denn die gab es auch nicht mehr, sondern sie haben den Pflug selbst gezogen. Mutter hatte nach dem Pflügen von der Sonne immer ein ganz rotes Gesicht. Damals fing ihr Haar an weiß zu werden. Auf dem Feld beim Pflügen wurde auch die Schwester geboren, sie war puterrot, als hätte man sie verbrüht. »Schau nicht her«, sagte die Mutter. Aber ich habe hingeschaut. Und gesehen, dass Mutter auch innen wie verbrüht aussah. Aus dem Kleid nahm sie eine Brust mit der Brustwarze heraus und drückte daran. Da kam etwas Weißes herausgespritzt! Doch die Milch reichte nur einen Tag lang, dann kam keine mehr. »Geh zu den Nachbarn und bitte sie, dir ein wenig Mehlstaub zu geben«, befahl mir Mutter. »Sag, dass mir vor Hunger die Brust austrocknet und ich nichts für das Baby habe.« Niemand hat mir etwas gegeben. Nur die Frau des Vorsitzenden hat gesagt: »Was gehst du betteln, stirb doch selber, dann hat deine Mutter es leichter.« Aber ich habe nicht auf sie gehört. Ich verschwinde nicht. »Geh ins russische Dorf und bitte dort die Leute«, befahl mir Mutter. Ich habe es getan. Doch die Russen zogen mit Ikonen über die Felder und murmelten: »Wir brauchen keine neue Sonne, die brennt zu heiß, gib uns die alte Sonne wieder.« Mich haben sie gar nicht beachtet. Ich bin zurückgegangen. Auf den gepflügten Feldern lagen von der Hitze vertrocknete Getreidepflänzchen von Hafer, Hirse und Weizen wie weiße Fädchen. Der heiße Steppenwind zerrte an ihnen und trug sie fort. Dafür wehte er rote herbei: Eine Kriegsflagge war vom Flattern zerschlissen und löste sich in Fäden auf. »Wir lassen nicht zu, dass unser revolutionäres Banner entehrt wird!«, brüllte der Kommandeur in Lederjacke. Doch zu spät: Es war bereits zerfallen, und nur noch die Stange war übrig. Ach, könnte ich sie doch wie einen Spieß der alten Nachbarin zwischen die Rippen jagen! Damit sie nicht überall ihre Feuerzunge herausstreckt und ihren giftigen Speichel auf die junge Saat verspritzt. Deshalb kann sie nicht wachsen. Deshalb wehen die glühenden Winde. Deshalb ist die Sonne an manchen Tagen heiß und färbt sich zum Abend rot. Das bedeutet Frost, den wir schon seit mehreren Wochen haben. Er ist so schlimm, dass die Rundhölzer unseres Hauses und die Bäume im Wald Risse bekommen. Mutter und ich hatten eine Schafpelzjacke für zwei, doch selbst die haben wir im Frühjahr bei der Nachbarin für einen halben Eimer Kartoffeln eingetauscht. Wie soll ich jetzt nach Brennholz in den Wald gehen, du alte Hexe?! Am liebsten möchte ich sie bei den grauen Zöpfen packen und mit dem roten Gesicht in den Schnee drücken. »Halt sie so lange fest, bis sie hartgefroren ist«, sagt der Vorsitzende. »Dann teilen wir sie uns, du und ich.«

So kämpfe ich die ganze Nacht. Halt mich fest, Bruder!

Dabei rollten wir auf den Schienen voran. Fuhren und fuhren ohne Ende. Die Steppe wurde immer trockener und gelber, bald sollte sie in Wüste übergehen. Die Nächte wurden kälter. Anfangs fuhren wir viele Stunden lang in gleichmäßigem

Tempo, aber dann nur noch ruckweise. Mal rollte der Zug, dann stand er gleich mehrere Tage. Ruckte wieder an, nahm Fahrt auf und musste erneut stehenbleiben. Das Gesicht des Bruders wurde immer düsterer. Zu mir sagte er stets das Gleiche: »Guten Morgen, Bruder!«, »Wollen wir Mittag essen, Bruder?«, »Was für einen Mond wir heute haben, schau nur!« Aber seine Rede klang, als hätte er große Sorgen. Denn im Zug fing es an, nach Krankheit zu riechen.

Wie Krankheit riecht, weiß ich und laufe dann weg. Aber wie sollte ich von dem Bruder weglaufen? Also bin ich geblieben.

Seine Gesichtshaut spannte sich, er hatte keine Wangen mehr, nur noch Löcher. Und tiefe Furchen zogen sich über seine Stirn wie bei Mutter. Und wie bei ihr – frostweiße Härchen an den Schläfen. Sie waren kaum zu sehen, aber ich habe gute Augen und bemerkte sie sofort. Mir fuhr ein Schreck durch die Glieder: War er etwa krank? Werde bloß nicht krank, Bruder! Lass dir nur nicht einfallen, müde und schwach zu werden, ohne zu blinzeln ins Leere zu starren oder lange bewegungslos auf der Pritsche zu liegen. Dann legst du dich morgen auf einen Tisch in der Mitte des Zimmers, sagst kein Wort mehr zu mir, wirst kalt und steif.

Ich habe Kummer. Bisher wusste ich nicht, was das ist, aber jetzt weiß ich es. Als ich mich von der Schwester verabschiedete, hatte ich keinen. Als ich von Mutter Abschied nahm, ebenfalls nicht. Aber vom Bruder will ich mich nicht trennen, und das macht mir Kummer. Der ist so groß und so stark, dass meine Zunge bitter und rau geworden ist und ich sie am liebsten ausspucken möchte. Sie fühlt sich an wie ein Kanten Wermutbrot, bei dem man nur eine Handvoll Mehl in einen großen Haufen Kräuter gemischt hat. Ich spucke diesen widerlichen Kanten auf den Boden, und sofort schnappt ihn sich meine Schwester. »Gib her!«, rufe ich. Aber sie hat ihn sich bereits in den Mund gesteckt und kaut mit ihren zahnlosen Kiefern darauf herum. Dabei flüchtet sie vor mir nackt und auf allen vieren. Ich kann sie nicht erwischen. »Dich krieg ich!«, ruft da der Bruder hinter mir mit lautem Schnaufen. Packt mich, wirft mich auf die Pritsche und bindet mich mit Stricken fest. Dabei ist mir, als fährt mir ein Messer durch Mund und Rachen. Kein Wunder, wenn die Schwester auf der gestohlenen Zunge herumkaut. »Du bist sehr krank«, sagt die Nachbarin, das quäkende Neugeborene im Arm. »Du machst es nicht mehr lange. Erlaube, dass wir uns neben dich legen, damit wir uns anstecken. Mein Mann will den Tod für mich und unser Söhnchen, damit er allein nach Persien ziehen kann, doch wir sterben einfach nicht. Ich gebe dir dafür ein Stück Lehm, das schmeckt besser als Brot.« Sie lügt! Ich habe solchen Lehm gekaut, er ist ekelhaft und bläht den Bauch auf, schlimmer als Gras. Noch ekelhafter ist Torf! Und Kalk oder Kreide! »Das soll ekelhaft sein?«, wirft der Vorsitzende ein und lacht. »Ich habe neulich einen Bastschuh gebraten. Keinen von meinem Fuß, sondern einen alten, den ich unterwegs gefunden habe. Die ganze Nacht hab ich daran gekaut und brachte ihn doch nicht runter. Das ist ekelhaft!« »Du grinst auch noch, du Ungeheuer?« Der Kommandeur in der Lederjacke zieht den Revolver. »Doch das Ablieferungssoll hast du erst zu einem Drittel erfüllt! Wo ist das Getreide für die Ablieferung?« »Und wo sind die versprochenen Kommunisten für die ideologische Arbeit?«, gibt der Vorsitzende zurück. »Ich verlange neue Kommunisten! Die alten sind mir ausgegangen. Einige hat die Tscheka erschossen, andere haben die Kolchosbauern im Eisloch ersäuft!« Doch ich habe Schmerzen in der Brust, als wenn es mich in Stücke reißt, meine Arme und Beine zucken. Vielleicht haben sie nicht andere, sondern mich erschossen? So ist es. »Ich fange jetzt das Blut aus deiner Wunde auf, um Blutbrot zu backen«, sagt Mutter. »Dann bist du wenigstens zu etwas nütze.« – »Gib das Brot dem Bruder«, will ich sie noch bitten, aber ich kann nicht, die Zunge hat doch meine Schwester. Mein Blut fließt bis zum letzten Tropfen in einen Krug, und mit ihm verlässt mich alle Wärme. Mir ist kalt. Ich liege auf dem Tisch mitten in dem leeren Zimmer und zittere am ganzen Körper. Ameisen laufen mir übers Gesicht. »Gebt ihm mehr Wasser mit Salz und Zucker!«, befiehlt der russische Gott von der Ikone. Mutter nimmt den Krug und gießt mein Blut in mich hinein. Der Gott schaut zu. Ich trinke. Es schmeckt süß und salzig zugleich. Aber es wärmt mich nicht. Mutter hat damals den Abzug verstopft, damit der Rauch im Haus bleiben sollte, und es wurde wärmer. Doch der Rauch schmeckte bitter, und wir konnten kaum noch atmen. Im russischen Dorf sind ganze Familien so gestorben: Zuerst haben sie Lehm gesammelt, um ihn zu essen. Als er ihnen nicht schmeckte, haben sie vor Kummer alle Ritzen im Haus mit diesem Lehm verschmiert und den Rauchabzug verstopft. Am nächsten Morgen hat man sie gefunden und die ganze Familie mit den Füßen voran ins Lagerhaus getragen. Jetzt liege ich auf dem Tisch mit den Füßen zur Tür. Ich habe Angst. Ich will mich umdrehen, aber die Stricke hindern mich daran. Das sind gar keine Stricke, sondern jemandes graue Zöpfe. »Es sind meine, meine!«, murmelt die alte Nachbarin an meinem Ohr. »Go-o-o-ott, erba-a-a-arme dich!« – »Sind Sie hierhergekommen, um zu beten, oder ihm die Kehle durchzubeißen?«, fragt der russische Gott böse. »Seien Sie still! Hier wird gestorben.« Wer stirbt hier? Etwa der Bruder? Der Bruder! Die große Aufregung bringt das getrunkene Blut in Wallung und lässt es durch meinen ganzen Körper strömen, mir wird warm. Schon bin ich in Schweiß gebadet, mein Kopf fühlt sich an, als brodele kochendes Wasser darin, und die Hitze macht mich fast blind. Da fällt mir der Bruder ein. Ich zerre an den Stricken, die mich wie ein Spinnennetz umgeben. Bruder! Ich komme! Wo bist du? Da sehe ich ihn: Er steht nur im Unterhemd auf dem Eis des Flusses, und die Kolchosbauern treiben ihn mit Mistgabeln in ein Eisloch hinein. Mit einem Sprung fliege ich aus dem Wagen. Und lande direkt im Eisloch. Packe den Bruder bei den Haaren und ziehe ihn auf den Schnee heraus. Eiswasser und Schnee kühlen mir den brodelnden Kopf. Ich habe den Bruder gerettet.

Vielleicht war ich tatsächlich krank. Aber es kann auch sein, dass der Krieg in mir tobte wie eine Krankheit. Lange war ich schwach, so schwach, dass ich unter seinem Bett liegen blieb und ihn nicht begleiten konnte. Als ich wieder auf den Beinen war, ging der Bruder langsam, nahm wohl Rücksicht auf mich. Oder ist er selber schwach geworden? Mit finsterer Miene lief er umher. Und war abgemagert. Es gab nichts mehr zu essen.

Einen Becher Wassersuppe bekam ich nach wie vor regelmäßig. Doch die wurde von Tag zu Tag dünner. Als wir in die gelben Sanddünen hineinfuhren, bestand sie nur noch aus Wasser. Ich war bereit, auch das dem Bruder zu überlassen, aber er schimpfte sehr mit mir, das kann man mit ihm nicht machen.

Wir hätten nicht weiter in den Sand hineinfahren sollen, sondern zurück in die Steppen und Wälder. Dort hätten wir nicht hungern müssen! Ich hätte für uns zwei alles Notwendige herangeschafft, sogar mehr als das: Zieselmäuse, Heuschrecken, Rohrkolben und Sauerampfer. Sein Gesicht wäre wieder rund geworden, und die Falten wären von seiner Stirn verschwunden. Aber wer soll ihm befehlen? Er lässt immerzu weiterfahren. Jetzt sind wir schon am Aralsee vorbei, von dem Mutter Geschichten erzählt hat. Und auch den Fluss Syr-Darja haben wir bereits überquert, hinter dem der rote Sand beginnt. Die Wüste aller Wüsten. Fahr nicht dorthin Bruder! Dort ist nur tote Erde, tote Winde blasen und Dornenkugeln rollen die Dünen herab. Nicht einmal Eidechsen leben dort. Doch der Bruder lässt immer weiter in diese Richtung fahren. Von jedem anderen wäre ich längst abgehauen, und keine eiserne Lok hätte mich aufgehalten. Aber wie kann ich den Bruder verlassen? Wir teilen jetzt ein Schicksal – bis zum Ende.

Wir krochen nur noch im Schneckentempo über die Gleise. Sie waren vom Sand verweht, doch der Bruder grub sie mit den Händen frei, doch sie wurden bald wieder verweht. Schließlich kroch auch er wie eine Schnecke, konnte kaum noch die Beine nachziehen. Dann schleppte er sich von der Lok fort. Der Zug blieb mitten in der Wüste stehen, doch den Bruder zog es seitwärts in die endlosen Dünen. Ein Kamel zieht sich vor dem Tod in die Wüste zurück. Das tat jetzt der Bruder, und seine Spur wäre bald vom Wind verweht. Ich hinter ihm her.

»Komm mir nicht nach!«, rief er und warf mit Sand nach mir. Sand tut nicht weh. Und seine Stimme war so heiser, dass ich sie kaum noch hören konnte. Ich musste ihm nicht gehorchen. Ging also weiter. »Geh zu den anderen zurück!« Ich hörte nicht auf ihn. Zusammen schritten wir aus. Lange. Unsere Schatten wuchsen, wie Bäume so groß. Und der Sand war weich und zäh wie ein Sumpf.

Wir fallen mit dem Gesicht in diesen Sand. Jetzt regen sich die Körnchen, kitzeln die Stirn und kriechen in die Nase. Denn sie sind lebendig. Es sind gar keine Sandkörnchen. Sind es Ameisen? Nein, es sind Menschlein. Was wollen die von uns? Sie sind hungrig; sie wollen uns fressen. Haben winzige Zähnchen, die tun nicht weh. Aber es sind so viele: Zapp-zapp, zapp-zapp … Im Nu sind bei mir und dem Bruder Finger, Wangen und das Kinn verschwunden, als hätte sich das alles in Luft aufgelöst. Fasst meinen Bruder nicht an! Fresst mich, aber wagt es nicht bei ihm! Ich schütze ihn! Wische die Menschlein von meinem Bruder herunter, zerquetsche sie. Aber wie soll man sich in der Wüste vor dem Sand retten? Er ist überall. »Fleisch!«, schreien die Menschlein. »Brot! Nieder mit der Zwangsablieferung!« Jetzt hat der Körper des Bruders schon Löcher, durch die man die Knochen sehen kann. Doch es ist gar nicht der Bruder, es ist das Viertel vom Rind! Auf seinem einzigen Bein hopst es durch die Dünen und nagt sich selbst ab. »Weil ich die Syphilis habe!«, muht es. Und die nackten Knochen zerfallen. Mutter hatte auch die Syphilis. Sie kannte nicht einmal das Wort, doch als sie überall am Körper Geschwüre bekam, ging sie ins Krankenhaus, und dort erfuhr sie es. Der Doktor sagte, das sei ein »Geschenk des Hungers«. In Hungerjahren wüteten schwere Krankheiten schlimmer als Schwindsucht und Cholera. Er hat bestimmt einen Witz gemacht. Hunger schenkt keinem etwas, er kann einem nur etwas nehmen. Wenn du, Bruder, die Syphilis bekommst, dann behandle ich dich mit Knoblauch, Riedgras und gekochten Kletten. Ich weiß, wie das geht, das habe ich mir bei Mutter abgeschaut. »Sieh nicht her!«, brüllt der Doktor im Krankenhaus. »Schäm dich!« Als ich ihn anschaue, sehe ich, dass er unter dem weißen Kittel einen Weiberrock trägt. Bestimmt sind ihm vom Hunger die Beine so angeschwollen, dass er nicht mehr in die Hose kommt. Der Doktor kriecht auf dem Boden herum und sammelt allen Dreck auf. Den stopft er sich in den Mund. »Ich kann nicht damit aufhören«, klagt er und weint. Ein Stängel Melde hängt ihm aus dem Mund, und daraus riecht es wie Kamelstall. »Von dem Kraut darf man nur wenig essen«, erkläre ich ihm, »sonst kriegt man Würmer im Bauch. Als Doktor musst du so etwas doch wissen.« »Ich hab sie schon«, jammert er und weint wieder. Er knöpft den Kittel auf, und ich sehe, dass er statt dem Bauch einen Klumpen Würmer hat. Der bewegt sich. Die Frau des Vorsitzenden hat erzählt, im russischen Dorf hätten sie einmal einen Toten nicht begraben können. Sie wollten den Sarg zum Friedhof tragen, doch drinnen regte sich etwas, und dann fiel der Deckel herunter! Sie schauten hinein, da waren im Sarg lauter Würmer, die den Toten bereits restlos aufgefressen hatten und im Sarg keinen Platz mehr fanden, weil es so viele waren. »Du musst deinen Bauch ganz fest einschnüren, Doktor, dann wird der Hunger weniger. Oder Steine lutschen. Das machen bei uns im Dorf alle so.« Er nickt freudig, nimmt den Gürtel des Kittels und schlingt ihn um seine Taille – immer enger und enger, bis sein Körper in zwei Teile zerfällt. Jetzt drängen die Würmer aus ihm heraus und kriechen nach allen Seiten auseinander. Sie sind rotbraun, zottig und haben scharfe Zähne. Riesig sind sie, größer als ich. Sie drehen und winden sich, ziehen mit ihren Nasen den Sand ein. Suchen sie jemanden? Den Bruder! »Fort mit euch!«, brülle ich sie an. »Menschenfleisch kriegt ihr nicht!« »Flei-i-i-sch!«, röhrt der Sand. »Bro-o-o-t!« Halt dich an mir fest, Bruder! Bleib hinter mir. Ich werde dich schützen. Ich werde dich heilen. Ich werde dir zu essen geben. Ich werde dich lieben, Bruder! Stärker als alle Mütter, als alle Frauen und Kinder! Und ich werde lange, lange mit dir gemeinsam leben. Wo auch immer: in deiner eisernen Lokomotive oder in unserem Dorf. Dort sind jetzt keine Menschen, das ganze Dorf gehört uns allein. Wie die ganze übrige Welt! Sie ist jetzt nur noch für uns da! Abends werde ich dir Essen kochen. Dich zur Nacht mit dem Uniformmantel zudecken und unter dem Bett deinen Schlaf bewachen. Gegen Morgen werde ich mit meinem Gesicht deine Schuhe wärmen, damit deine Füße nicht frieren. Von morgens bis abends werde ich dir folgen und deinen Geruch einatmen. Das werde ich! Wie gut mir dieser eine kurze Satz tut: Ich werde! Früher habe ich nie daran gedacht, was mich im nächsten Augenblick, in einer Stunde oder einem Tag erwartet. Doch mit einem Mal denke ich über die Zukunft nach, über die nächsten Monate und Jahre. Ich werde. Ich werde! Früher habe ich immer gedacht »Ich gehe nicht unter«, doch jetzt ist mein einziger Gedanke »Ich werde!«

Ich schlug die Augen auf. Der Himmel stand in Flammen, der Sand hatte sich feuerrot gefärbt – die Sonne ging auf. Die Wüste war rau, doch der Himmel glatt. Sonnenstrahlen schossen nach allen Seiten über den Himmel. Und sonst war nichts auf der Welt. Ruhe und Klarheit herrschten in dieser Leere, der Kopf war rein wie Glas. Und es gab keinen Krieg mehr auf der Welt. Auch in meinem Inneren nicht. Er war zu Ende. Er war nicht abgeflaut, hatte sich nicht versteckt. Er war aus. Für immer. Das wusste ich genau.

Ich hörte, sah und atmete. Alles war Wirklichkeit.

Ich werde dich lieben, Bruder!

Ich drehte mich zu ihm um, er war schon wach und schaute mich an. Legte mir die schwieligen Hände um den Hals und drückte zu. Was tust du, willst du mich umbringen, Bruder? Würgst du mich? Ich kann nicht mehr atmen! Lass los! Ich liebe dich doch, Bru …

V.

Subtraktion und Addition

Orenburg – Aralsk

Als sich der Zug Orenburg näherte, war die Erde fast nackt, und die Menschen, die über sie wanderten, waren es auch.

Zu beiden Seiten des Schienenstrangs nur braune Steppe bis zum Horizont, von zottigem Gras oder dornigem Gestrüpp bedeckt. Zuweilen sah man einen einzelnen Baum. Noch seltener blitzten als graue Flecken Salzseen auf, die voller Steine lagen.

Über diese trockene, aufgesprungene Erde zogen ab und zu Menschen dahin. Lange hinter sich gelassen hatte der Zug die Flüchtlingsströme mit der Vielfalt der Gesichter, die selbst unter der dicken Staubschicht zu erkennen war. Jetzt sah man nur noch die Steppenbewohner mit den hohen Wangenknochen und schmalen asiatischen Augen. Selten hatte einer richtige Kleidung am Leib. Zwar flatterten ihnen Kittel und andere Gewänder um die knochigen Schultern, aber sie waren so fadenscheinig geworden, dass sie den Körper kaum bedeckten. Aus der Ferne schien es, als gingen sie in Schuhen, doch es war nur der Schmutz, der an ihren Füßen klebte. Einige hatten sich in Teppiche oder Decken gehüllt. Einmal hinkte ein Mann in einem Fass den Zug entlang; genauer gesagt, ein Fass auf dürren Beinen, über dem sich ein Menschenkopf in Pelzmütze drehte.

Die Steppenbewohner waren Dejew zum ersten Mal in Samara aufgefallen. Abgemagerte schwarzhaarige Frauen, die schwarzhaarigen Kinder auf den Rücken gebunden, wühlten in

Abfällen oder lagerten dichtgedrängt an den Gehsteigen. Der Bahnhofschef klagte laut: »Die Mongolenhorden sind über unsere Stadt gekommen.« Diese »Horden« bestanden aus stillen, wortkargen Menschen, darunter nur wenige Männer. Man brachte sie in zwei ehemaligen Kirchen unter, wo man eilig Aufnahmestellen eingerichtet hatte. Doch untätig herumsitzen wollten die Flüchtlinge nicht. Sobald es hell wurde, sah man sie überall auf der Suche nach Beute. Sie tauchten auch an der »Girlande« auf, doch Dejew vertrieb sie. Und nun hatte er selbst deren heimatliche Steppe erreicht.

Dejew mochte die Steppe nicht. Weder Schönheit, noch Freigiebigkeit waren ihr eigen, und sie brachte den Menschen auch sonst keinen Nutzen. Wie man zwischen Sand, Gras, Dünen und der endlosen Einöde der Wüste leben konnte, blieb ihm ein Rätsel. Mit Freude sah er nur den hohen Himmel über seinem Kopf. Doch der Himmel allein macht nicht satt.

In dieser Gegend war er selten gewesen. Zum Ural hin hatte man die im Krieg zerstörten Verbindungswege noch nicht wiederhergestellt. Und es hieß, dass auch die Schuldigen, die Banden jeder Couleur, nach wie vor in den Bergen und Vorgebirgen hockten oder sich in den Wüsten bis hin zum Kaspischen Meer herumtrieben. In dieser ungeheuren Weite konnte der Mensch leicht verlorengehen. Nach Orenburg fuhren Züge nicht oft und darüber hinaus sehr selten.

Es hieß, der Hunger habe hier noch heftiger gewütet als im Wolgagebiet. Solchen Gerüchten glaubte Dejew nicht. In der Tat sah man an der Strecke leere Häuser mit eingeschlagenen Fenstern. Hier und da fuhren sie an den Gerippen von Pferden und Kamelen vorüber. Doch wo gab es das nicht – verlassene Häuser und abgenagte Knochen?

Diese kahlen Steppen waren Grenzgebiet. In dem riesigen Reich der gelben Steine, wo sich alle Winde austobten, begann die Region der Kirgisen. Die Hauptstadt Orenburg klebte am nördlichen Rand dieses riesigen Territoriums, als ziehe es sie mehr zu den grünen Wäldern der wasserreichen Wolga hin als zu der Wüste, wo nur Saksaul wuchs.

Dejew wusste, dass die bekannten Ortsnamen, die mit dem Oktober, roten Fahnen oder sprudelnden Quellen zu tun hatten, bald turksprachigen Wörtern Platz machen mussten, die er nicht verstand. Die Bahnstationen wurden immer seltener und kleiner, die Städte unvorstellbar staubig. Mit Verpflegung sah es zunehmend schlechter aus, mit Heizmaterial sehr schlecht, was ohnehin kaum noch möglich war. Viele Tage später, wenn die Steppe immer kahler geworden und in Wüste übergegangen war, erwartete sie am Horizont ein tiefes Blau, der Aralsee. Dahinter lag das ersehnte Turkestan. Noch einmal viele Tage später, wenn sie die Wüste und die umliegenden Gebirge durchquert hatten, sollte die »Girlande« die immergrünen Weiten erreichen, wo es Getreide im Überfluss gab und dazu die Wunderfrucht Weintraube.

Viele Tage – wann sollte das sein? So lange konnte Dejew nicht mehr warten. Dreizehn schwerkranke Kinder hatte er bereits verloren. Das Dutzend der Aufgedunsenen war in sich zusammengefallen, als hätte man mit einer Nadel hineingestochen. Als sie nicht mehr aufstanden, verlegte man sie ins Lazarett.

Die übrigen Kinder schienen froh zu sein, dass sie ein Dach über dem Kopf und ständig ein wenig zu essen hatten. Doch das wochenlange Rütteln des Zuges zermürbte alle. Die Stimmen in den Wagen klangen lauter und schriller, Streit und Rangeleien nahmen zu. Bald gab es eine echte Schlägerei mit blutigen Nasen und ausgerissenen Haaren. Die Anstifter hätte Belaja beinahe auf der nächsten Station aus dem Zug geworfen. Aus dem Koffer des Feldschers verschwanden Spritzen und kamen auch bei der regelmäßigen Suchaktion der Kommissarin nicht wieder zum Vorschein. Einer der Begleiterinnen setzte jemand nachts ein stinkendes Würstchen in den Schuh. Fast jeden Morgen war jetzt an Dejews Tür mit einem Stück Ziegelstein einer seiner wenig schmeichelhaften Spitznamen gekritzelt. Das Schreibgerät konnten sie nach langem Suchen schließlich entdecken, doch der Täter wurde nie gefunden.

Auch die Betreuerinnen waren erschöpft. Wenn Dejew sie anschaute, dann sah er, dass ihre Augen und Wangen eingefallen und die Falten tiefer geworden waren. Nie ließen sie eine Klage hören, doch die zerknitterten Gesichter und die düsteren Mienen sagten alles. Allein Fatima schien die Fahrt gut zu bekommen. Bei der kargen Nahrung waren die Rundungen aus ihrem Gesicht geschwunden, das Profil war markanter geworden, die Augen erschienen jetzt dunkler und größer, Krähenfüßchen umspielten die Wangenknochen, und der Hals wurde schlanker. Es schien, als wirkten die Mühen und schlaflosen Nächte wie ein Jungbrunnen auf diese Frau.

Nur Belaja blieb, wie sie war. Ihr konnte nichts etwas anhaben, weder die langsame Fahrerei (wenn Dejew am liebsten zum Lokführer gerannt wäre und ihn durchgeschüttelt hätte, damit er nicht so trödelte), noch die endlosen Auseinandersetzungen mit den widerborstigen Bengels im Zug (denen Dejew ein paar hinter die Ohren gegeben hätte, und fertig), oder die Tatsache, dass das Lazarett sich unablässig weiter leerte. Die Kommissarin ließ sich abends auf ihr Bett fallen und schlief die ganze Nacht ruhig und tief. Jeden Morgen kämmte sie ihre Löckchen, die mangels Haarwäsche immer störrischer wurden. Aß stets die ganze Portion, die ihr zustand, kaute lange und sorgfältig. Selbst die Infanteristenschuhe mit dem breiten Vorfuß, die ihr zu groß waren, putzte sie jeden Tag.

»Warum essen Sie nicht mehr?«, fragte sie Dejew streng. »Sie sind ja schon zur Vogelscheuche abgemagert.«

Wie sollte er dieser eisernen Person erklären, dass sein Organismus keine Nahrung brauchte? Als Erstes hatte er auf das Essen verzichtet und jetzt auch auf den Schlaf, was ihm sehr gelegen kam.

»Wenn Sie so weitermachen, gebe ich dem Feldscher Befehl, Ihnen als Schwerkrankem gewaltsam Nahrung einzuflößen. Solange Sie diesen Zug befehligen, ist es geradezu Ihre Pflicht, zu essen und nicht krank zu werden.«

Dejew klapperte mit den Zähnen am Becherrand und tat so, als ob er schluckte. Heimlich reichte er jedoch den Rest der Brühe Sagrejka unter das Bett.

»Und warum rasieren Sie sich nicht mehr? Ich befehle Ihnen, sich zusammenzunehmen und in einen angemessenen Zustand zu bringen.«

Gegen das Rasieren hatte Dejew nichts, doch er konnte nicht. Aus unerfindlichem Grund hatten seine Hände zu zittern begonnen. Das passierte nur ab und zu, doch er hatte sich schon mehrmals verletzt. Da er fürchtete, sich einmal aus Versehen die Gurgel durchzuschneiden, verschob er die Rasur auf bessere Zeiten. Doch ihm war es peinlich, das zuzugeben.

Das musste er gar nicht. Belaja musterte die eingefallenen Wangen mit den Spuren der Schnitte, über die nur spärliche Stoppeln gewachsen waren, und verlangte sein Rasiermesser.

»Ich helfe Ihnen«, sprach sie in einem Ton, als sei sie nicht die Kommissarin, sondern einfach eine mitfühlende Frau.

Dejew schüttelte den Kopf, doch sie hatte bereits seinen Kleidersack gepackt und holte von ganz unten das Gesuchte hervor.

»Hinsetzen!«

Sie drückte ihn auf den Hocker, drehte sein Kinn ins Licht und fing an, ohne Seife oder andere Hilfsmittel, nur mit der Klinge Dejews Wangen zu schaben.

»Sie können sich doch nicht so gehen lassen«, sprach sie streng und funkelte ihn an, als sei er einer der Racker, der gerade etwas angestellt hatte. »Wenn Sie schwach werden, dann reißen Sie die anderen mit. Sind wir erst einmal in Samarkand, dann können Sie sich besaufen, sich verlustieren, oder was Sie sonst noch wollen. Aber nicht vorher. Wagen Sie es nicht!«

Die Kommissarin hatte ihn fest im Griff, und die Klinge war haarscharf. Dejew durfte nicht zucken und wagte kaum, Luft zu holen.

»Haben Sie geglaubt, das Schwierigste sei, ausreichend Proviant und so viel Kohle wie möglich heranzuschaffen?« Die Klinge fuhr mit Schwung über Dejews Gesicht und raschelte hörbar dabei, als schneide sie nicht seinen Bart, sondern dichtes Gras. »Aber das stimmt nicht! Einen kühlen Kopf bewahren, wenn die Verluste beginnen – das ist das Schwerste. Sich nicht gehen lassen, nicht jammern und es auch den anderen nicht gestatten. Das ist die wahre Prüfung für Ihr berüchtigtes Mitgefühl! Güte erfordert Mut. Sie verlangt ein festes Rückgrat und scharfe Zähne – ohne das sind Sie nichts als ein Weichling. Der einen obdachlosen Jungen vom Gleis aufsammelt. Der nicht schläft, nicht isst und sich dadurch selbst zugrunde richtet. Über jedes Kind, das er verliert, Tränen vergießt. Güte bedeutet, statt der Tränen zu lächeln und die anderen Kinder ans Ziel zu bringen.«

Wie gern hätte er ihr jetzt widersprochen, doch er wollte nicht ein halbes Ohr riskieren.

»Sie haben fünfhundert Kinder, darunter viele Schwerkranke, aus dem Wolgagebiet herausgeholt. Wenn Sie zwei Drittel nach Samarkand schaffen, dann sind Sie ein Held. Das ist wahre Güte: Die Sache zu Ende bringen. Zwei Drittel sind mehr als die Hälfte. Zwei Drittel sind sehr viel.

Von welchen zwei Dritteln redest du?!, wollte er rufen. Deine Güte steht doch auf dem Kopf! Ich bringe alle ans Ziel! Alle, die uns geblieben sind.

»Ein Drittel der Besatzung des Zuges zu verlieren ist ein vernünftiger Preis. Den zahlt jeder, der Kinder evakuiert.«

Ein Preis?!

»Den werden auch Sie bezahlen. Vor uns liegt noch die gute Hälfte des Weges – nicht durch unsere heimatlichen Städte und Wälder, sondern durch fremde Steppen und Wüsten. Alle und jeden Einzelnen zu retten ist unmöglich. Aber zwei Drittel durchaus.«

Plötzlich verspürte Dejew den unwiderstehlichen Drang, aus dem Abteil zu laufen, vor Fatima auf die Knie zu fallen, sie mit seinen Armen zu umschlingen und das Gesicht in dem weichen Frauenkörper zu bergen. Doch sein Kopf war im eisernen Griff der Kommissarin, die schwungvoll mit der Stahlklinge hantierte.

»Im Wolgagebiet hungern neun Millionen Kinder. Wenn wir sechs Millionen retten – ist das denn wenig?«

Und die restlichen drei Millionen?!

»Wir retten sechs Millionen Kinder, und in zwanzig Jahren bringen sie das Mehrfache zur Welt. So überleben ganze Länder, Dejew. So überlebt die Menschheit. Begreifen Sie das endlich, begreifen Sie es wirklich und akzeptieren Sie es. Hören Sie auf, sich fertig zu machen.«

Als die Rasur beendet war, pustete Belaja ein paar Bartstoppeln vom Rasiermesser, klappte es zusammen und steckte es ins Futteral zurück.

Dejew konnte ihr Gerede nicht mehr hören und schloss die Augen. Im selben Moment verspürte er einen brennenden Schmerz auf der Wange, sein Kopf flog zurück und zur Seite, dass er sich fast den Hals verrenkt hätte. Die Kommissarin hatte ihm eine kräftige Ohrfeige verpasst.

»Ich rasiere Sie jetzt jeden Morgen«, sagte Belaja, als sei nichts geschehen. »Und wenn nötig, haue ich Ihnen eine runter, damit Sie wieder zu sich zu kommen. Damit kann ich dienen. Mit allem anderen müssen Sie selbst fertig werden.«

In Orenburg wurden sie aufs Abstellgleis geschoben. Die Lokomotive kam zu einer vorsorglichen Durchsicht ins Depot. Die Brücke über den Fluss Dongus, zwanzig Werst vor der Stadt, war gesprengt worden, und die »Girlande« musste warten, bis sie repariert war. Der Schaden war nicht groß, die Detonation hatte nur die Schienen verbogen, aber Dejew wartete nun schon zwei Tage darauf, dass neue verlegt wurden. Das dauerte, denn die Stadt war zunächst damit beschäftigt, die Täter – die Jablotschnik-Bande – dingfest zu machen.

Die Jablotschniki, wie man sie in der Gegend nannte, waren in den Augen der Tscheka des Gouvernements ein weit schwierigeres Problem als Hungerrevolten oder Erschießungen wegen illegaler Schnapsbrennerei. 1923 war die Gegend um Orenburg größtenteils von Kosakenbanden, rebellierenden Bauernhaufen und anderen Gefolgsleuten des Generals Dutow gesäubert, der noch vor wenigen Jahren im Gouvernement geherrscht hatte. Der General selbst war nach China geflohen, wo er sich versteckt hielt und kühne Aktionen plante. Sein Versprechen, »auf russischem Boden zu sterben«, konnte er allerdings nicht erfüllen. Mitten in einer schwer bewachten chinesischen Festung traf ihn die Kugel eines Tschekisten. Doch Reste seiner einst gewaltigen Streitmacht trieben sich noch in den Wüsten und Steppen vom Südural bis zum Kaspischen Meer und von dort bis zum Aralsee herum, verschwanden monatelang, weil sie sich offenbar ins Tienschan-Gebirge zurückgezogen hatten, und tauchten dann unerwartet wieder auf. Es hieß, Bure-bek persönlich halte die Jablotschniki aus, doch genau wusste das keiner, denn bisher war es nicht gelungen, die Banditen zu fassen. Entweder hatten sie einen guten Stern, der sie der Verfolgung immer wieder entkommen ließ, oder die unvernünftige Ortsbevölkerung unterstützte und deckte sie nach wie vor.

Die seltenen Aktionen der Jablotschniki waren tollkühn und sinnlos, genauer gesagt, sie dienten einem einzigen Zweck –

Schaden anzurichten. So hatten sie vor Kurzem einen Waggon mit gesalzenem Fisch in Brand gesteckt, der vom Aralsee ins Zentrum des Landes unterwegs war. Diese Untat begingen sie nicht in der Wüste oder auf der langen Strecke zwischen den Bahnstationen, wo allein die Geier am Himmel und die Füchse in der Steppe von ihr Kenntnis genommen hätten, sondern wenige Werst vor der Hauptstadt Orenburg, von wo es zur Wolga nur noch ein Katzensprung war. Und um zu verhindern, dass der Lokführer den brennenden Waggon in die Stadt brachte, wo man ihn hätte löschen können, setzten die Banditen die Brücke außer Betrieb. Mit einer einzigen Handgranate beschädigten sie die Gleise, so dass der Waggon gestoppt wurde und vor der Brücke niederbrannte. Das Fahrpersonal töteten sie nicht, sondern fesselten die Männer und stopften ihnen gesalzenen Fisch in den Mund. Außerdem durchschossen sie jedem beide Hände. Nie wieder sollten sie Züge führen können. Dann verschwanden sie in der Steppe.

Der erzwungene Stillstand quälte Dejew schlimmer als Zahnschmerzen. Er durchstreifte die Stadt auf der ständigen Suche nach allem, was sie so dringend brauchten – Verpflegung, Heizmaterial, Medikamente, Kerzen oder Seife. Doch vergebens: Die Lagerhäuser waren genauso leer und verstaubt wie die Straßen.

Doch unerwartet fielen ihm Kissen für die Bettlägerigen in die Hände. Genauer gesagt, Rohmaterial dafür. Bei der Tscheka des Gouvernements erbat er sich das von den weißen Kosaken erbeutete Regimentsbanner aus dickem Samt. Die Schneiderin unter den Betreuerinnen nähte daraus kleine Kissen. Die füllten sie mit den weichen Flugsamen des Schilfrohrs und legten sie den Schwerkranken unter die herausspießenden Knochen von Rückgrat und Po, um ihnen das Liegen auf den harten Pritschen etwas zu erleichtern. Die goldenen Kordeln und Fransen trennten sie ab und gaben sie Memelja zur Aufbewahrung. Vielleicht waren sie noch einmal für etwas zu gebrauchen.

In Orenburg hatte Dejew noch einen weiteren Erfolg: Das Bad. Danach fragte er in jeder Stadt und in jeder Einrichtung, wenn auch mit wenig Hoffnung, je eines zu finden. So auch hier. Doch die völlig überraschende Antwort lautete: »Kann besucht werden.« Zwar waren die Badehäuser von Garnison und Stadt in diesen Tagen kalt, doch das des Gefängnisses stand unter Dampf. Es wurde an einem einzigen Tag im Monat geheizt, und Dejew hatte Glück. Man erlaubte ihm, die Restwärme nach der Reinigung der Häftlinge zu nutzen. Seife gab es nicht, aber die Gefängnisleitung überließ Dejew großzügig ein Fass benutzter Lauge. Die Kinder verteilten sie selbst auf dem Körper, wurden mit Büscheln trockenen Grases, die sie am Wegesrand abrissen, gerubbelt und danach mit klarem Wasser abgespült. Als Erste kamen die Kleinsten an die Reihe, für die war noch heißes Wasser vorhanden. Bei den Größeren war es nur noch lauwarm. Für den Weg vom Zug zum Badehaus und zurück lieh das Gefängnis Dejew einhundert Häftlingspantoffeln mit Holzsohlen. Die ganze Nacht pendelten er und die Begleiterinnen in fünf Schichten zwischen Zug und Badehaus hin und her, damit alle Kinder sich säubern konnten.

Als sie den dritten Tag auf dem Abstellgleis standen, war Dejew schon bereit, sich selbst zur Reparatur der leidigen Brücke zu melden, damit das Warten ein Ende hatte und sie weiterfahren konnten. Doch da kam die erlösende Nachricht. Eine Abteilung Miliz und eine Gruppe Freiwilliger kehrte von einer Suchaktion aus der Steppe zurück, ohne die Jablotschniki gefunden zu haben. In Stadt und Bahnhof begann der Alltag wieder.

Dejew wurde freie Fahrt für die »Girlande« bis zum Mittag versprochen. Als die Lokomotive im Depot bereits unter Dampf stand und zum Zug gebracht werden sollte, ordnete die

Transportabteilung an, der Zug müsse vor Reiseantritt inspiziert werden. Dass der Bahnhof eine solche Maßnahme durchführte, war ein gutes Zeichen. Belaja und Memelja nutzten die Zeit, um bei der Erfassungsstelle Bärlauch und Rhabarber abzuholen. Lebensmittel waren dort keine zu bekommen, doch man erklärte sich bereit, den Kindern einen Teil der Ernte wilder Pflanzen und Kräuter aus der Steppe zu überlassen. Dejew blieb in Erwartung des Inspektors allein mit den Kindern im Zug zurück.

Der Kontrolleur erwies sich als ein Baschkire mit ausgeprägten Wangenknochen, der sich sehr amtlich gab. Dabei sprach er ein blitzsauberes Russisch, das sogar den leichten Singsang des Wolgagebiets erkennen ließ. Sein Gesicht war von lauter kurzen Narben bedeckt, als hätten es Krallen verletzt, ohne es völlig zu zerfetzen. Von solchen Zeichen hatte Dejew gehört, dass ein sibirischer Ataman sie hinterließ, wenn er Gefangene persönlich folterte. Damals hatte er das nicht geglaubt – wohl zu Unrecht.

Inspektoren begannen in der Regel an der Spitze des Zuges. Dieser nicht. Er fing vom Ende des Zuges an und geriet so zuerst ins Lazarett, wo die Schwerkranken still auf ihren Pritschen lagen. Die meisten Kontrolleure waren hier sehr schnell durchgegangen, um von diesem Ort wegzukommen, an dem es für sie ohnehin nichts zu finden gab. Manche bekamen feuchte Augen und wandten sich von den Bettlägerigen ab. Das Narbengesicht nicht. Er schaute in jede Ecke und auf jedes Kind. Da Dejew hinter ihm ging, konnte er das Gesicht des Inspektors nicht sehen und bemerkte erst beim Hinausgehen, wie grau und starr es in den letzten Minuten geworden war. Die Narben hoben sich schneeweiß von diesem Grau ab wie bizarre Eisblumen an einem Fenster im Winter.

»Sie liegen im Sterben?«, fragte er, als sie draußen auf der Plattform standen.

Da konnte Dejew nur nicken.

»Sind es viele?«

Wieder nickte er.

Sie gingen weiter. In den Personenwagen kamen sie noch langsamer voran. Das Narbengesicht erwies sich als ein echter Pedant. Ohne Eile schaute er sich jede Pritsche an – von oben, wo sich ein barfüßiger Junge räkelte und sich bei seinem Anblick sofort erschrocken in einen Winkel zurückzog, aber auch von unten. Dann trat er auf eine untere Pritsche und zog sich ganz nach oben bis unter die Decke hoch, wo er sich beinahe den Kopf gestoßen hätte. Er verlangte die Aborte zu sehen. Er zog die Vorhänge vor den Pritschen der Betreuerinnen zurück und musterte ungerührt die Frauenwäsche, die dort zum Trocknen hing. Er warf einen Blick in den Hühnerstall. Betastete die im Stabswagen an der Wand hängende Fahne, schlug sogar einen Zipfel zurück und schaute dahinter. Bei alledem stellte er keine einzige Frage und schien die Anwesenheit des Zugführers gar nicht zu bemerken.

Während des Durchgangs durch die Wagen verfinsterte sich das entstellte Gesicht des Inspektors zusehends. Den Grund dafür konnte sich Dejew denken. Die »Girlande« war der erste Kindertransport mit der Eisenbahn nach Turkestan, und die Kontrolleure, die es bisher nur mit Getreide oder Waffen zu tun gehabt hatten, verloren beim Anblick Hunderter halbverhungerter Kinder die Fassung. Diese Weicheier.

»Wieso fahren Sie ohne Bewachung?«, fragte das Narbengesicht, als sie alle Wagen angeschaut hatten und an der Spitze des Zuges absprangen.

Darüber hatte Dejew noch nie nachgedacht, und auch kein Kontrolleur hatte ihn bisher danach gefragt.

»Was soll denn in diesem Zug zu holen sein?«, antwortete er achselzuckend. »Läuse?«

»Die Pritschen sind aus Holz, wenn man sie zerhackt, reicht

das für mehr als hundert Werst. Das zum einen. Sie haben Hühner, mindestens eineinhalb Dutzend. Zum zweiten.« Der Narbige sprach leise und ruhig, als zähle er die Sterne am Himmel. »Wenig getragene warme Unterhemden – fünfhundert Stück. Das zum dritten. Die Liste können Sie selber verlängern.«

»Wer bringt es denn fertig, die Pritschen hungriger Kinder zu Kleinholz zu machen?!«

»Das kannst du Ataman Jablotschnik fragen, wenn er deinen Lokführer und Heizer anschießt, fesselt und nackt vor einem Dorfsowjet ablegt wie ein Bündel Reisig. Der Inspektor bewahrte die Ruhe und sprach langsam, nur unter seinem rechten Auge begann eine dicke lilafarbene Ader stärker zu schlagen. »Die Frage kannst du auch Bure-bek jenseits des Aralsees stellen, wenn er dich und die Kommissarin in einen Brunnen wirft und euch mit Salzsäure begießen lässt.«

»Na, na, fang nicht an, uns Angst zu machen!«, rief Dejew, dem es langsam zu viel wurde. In der letzten Zeit geriet er beim geringsten Anlass in Zorn. »Wir haben auch ohne dich genug Sorgen. Kommst uns hier mit der Leidensgeschichte Christi …«

»Da steht das nicht drin, sondern in den Berichten der Tscheka Turkestans für die letzte und die vorletzte Woche. Bei euch dort oben im Norden ist der Krieg vorbei. Doch in Turkestan geht er munter weiter.«

»Diesen Zug nach Samarkand hat die Partei auf den Weg gebracht! Sie sieht auf jeden Fall mehr als du.«

»Natürlich, besonders wenn sie aus Kasan hierher schaut.«

»Was soll ich deiner Meinung nach denn machen, umkehren und die Kinder zur Wolga zurückbringen?!«

Dejew stellte sich vor, wie er dem Narbengesicht seine Faust in den dürren Bauch mit Koppel und akkurat sitzender Uniform rammte und der sich mit aufgerissenen Augen vor Schmerzen krümmte.

»An deiner Stelle täte ich genau das.«

»Aber dort verhungern sie doch!«

»Die verhungern sowieso, bevor du dein Ziel erreichst!«

Darauf hatte Dejew keine Antwort und keine Rechtfertigung. Der Inspektor hatte ihm als erster einen Tiefschlag versetzt. Und fuhr fort, auf Dejew einzuhämmern wie der Specht auf den Baumstamm.

»Wie kannst du diese Kinder hierherbringen, wo sie den keineswegs besiegten Atamanen und Basmatschen in die Hände fallen? Den Winter über bleiben sie vielleicht in einem Kinderheim, aber dann werden sie überall in Turkestan herumziehen und in Kugelhagel geraten. Solange hier geschossen wird, ist das kein Platz für Kinder.«

Doch wo war ein Platz für sie?, ging es Dejew durch den Kopf. Unter den zahllosen Flüchtlingen und Bettlern, die zu Fuß nach Moskau zogen? Auf den Basaren an der Strecke, wo man mit Innereien und dem Fleisch von Hundewelpen handelte? Oder unter der Erde hinter dem Bahnhof von Busuluk?

»Ich sage das nicht ohne Grund«, schnarrte das Narbengesicht. Langsam verlor auch er die Geduld. »Weißt du, wie viele verwahrloste Minderjährige in unserer Region mit einer Kugel im Kopf und aufgeschnittenem Bauch eingesammelt werden? Die zieht es in dieses Turkestan aus ganz Russland wie die Fliegen zum Honigtopf. Zu Brot und Trauben, dieser Wunderfrucht, dreimal verflucht soll sie sein! Und hier sterben sie wie die Fliegen! Die haben doch keine Ahnung, dass sie vorher eineinhalbtausend Werst durch Hungersteppe und Wüste ziehen müssen!« Jetzt tanzten die Narben auf Stirn und Wangen des Mannes zusammen mit den Gesichtsmuskeln, als seien sie lebendig geworden. »Dass man aus toten Kindern sogar Fleisch rausschneidet, hast du das gewusst? Meist Hüften und Schenkel, Innereien weniger. Denn auch hier wird gehungert. Hierher hast du die Kinder gebracht – in Hunger und Krieg!«

Dejew spürte, dass er dem Mann jeden Moment eine verpassen musste, nicht in Bauch oder Brust, sondern mitten auf das pausenlos plappernde Maul.

Doch stattdessen drehte er sich um und fragte: »Willst du die Feldküche auch noch sehen? Oder sind wir hier fertig?«

Der Inspektor bejahte mit einer knappen Kopfbewegung.

Dejew stocherte mit dem Schlüssel im Schloss an der Tür des Küchenwagens herum und riss diese wütend auf. Mit einem kreischenden Laut flog sie zur Seite und offenbarte, was sich dahinter befand.

Die Blicke der beiden Männer fielen nicht auf ein Öfchen und auf Säcke mit Vorräten. Stattdessen sahen sie verdreckte dürre Beine und aufgedunsene Bäuche, die nur dürftig von Lumpen bedeckt waren. Das Wägelchen war mit unbekannten Kindern vollgestopft.

Zwei, vielleicht sogar drei Dutzend kleiner Kerlchen drängten sich in dem engen Raum zwischen Kisten und Eimern. Von dem unerwarteten Licht geblendet, erstarrten sie in der Bewegung. Einer hatte die Hand gerade im Sack mit den Graupen, ein anderer trank Wasser aus einem Krug, ein dritter hatte gleich das ganze Gesicht in den Kleiesack gesteckt und wollte sich gerade den übervollen Mund abwischen. Das Ofenrohr, das sonst aus der Lüftungsklappe ragte, lag am Fußboden. Offenbar waren die Kinder dort eingestiegen. Es roch stark nach ungewaschenen Körpern und Tabakersatz.

»Was sind denn das für Gäste?«, fragte der Inspektor, der als Erster die Sprache wiederfand.

»Wir entbieten Ihnen unseren Gruß«, sagte einer aus der Menge mit belegter Stimme.

Mehrere der Eindringlinge waren acht bis zehn, andere auch nur drei bis vier Jahre alt. Einer hatte sich eine Blechschüssel wie einen Helm auf den Kopf gesetzt. Einem anderen hingen Stängel von einem nicht fertig gekauten Wildkraut aus dem Mundwinkel, das Memelja für den Tee verwendete.

Alle schauten Dejew erwartungsvoll an. Auch das Narbengesicht.

Aus der speckigen Hand eines der Jungen fielen ein paar Haferkörner zur Erde.

Dann wurde es still.

Dejew musste unbedingt etwas sagen.

»Die gehören zum Zug«, erklärte er. »Es sind meine Kinder.«

»Jetzt machst du auch noch Witze!« Der Kerl winkte ab. »Setz sie raus, und wir bringen sie mit dem nächsten Zug zur Aufnahmestelle in Busuluk.«

Die hatte Dejew vor einigen Tagen gesehen. Es war eine Hütte mit löchrigem Dach, deren Fensterläden man bereits verheizt hatte. Davor Scharen obdachloser Kinder, die sich bei den Händen nahmen und die »Internationale« sangen, damit man sie einließ. Doch das half ihnen nicht, die Aufnahmestelle war übervoll.

»Ich sag dir doch, das sind meine Kinder«, wiederholte Dejew mit Nachdruck. »Sie helfen in der Küche, solange der Koch zur Verteilungsstelle unterwegs ist.«

»Wieso ›deine‹?!«, fragte der Inspektor, der immer noch ernsthaft mit Dejew streiten wollte. »Deine sind blitzsauber und tragen weiße Hemden, die hier sind in Lumpen gehüllt und stinken.«

»Die Hemden haben eben nicht für alle gereicht.«

Der kleine Übeltäter ließ die Helm-Schüssel fallen, die scheppernd auf dem Boden landete.

»Ich habe fünfhundert Kinder im Zug, diese eingeschlossen«, beharrte Dejew. »Du kannst die Listen kontrollieren und sie einzeln durchzählen.«

Wenn dieser Pedant sich tatsächlich die Listen anschaute,

dann war Dejew geliefert. Das waren mindestens dreimal so viele Eindringlinge, wie er bisher Kinder verloren hatte.

»Aber du hast doch gerade gesagt, dass Kinder gestorben sind!«

»Ein Junge ist gestorben – der Tschuwasche Senja aus dem Lazarett.«

»Vorhin hieß es noch, dass es viele waren!«

»Dass ein quicklebendiges Kind sterben musste, ist dir nicht genug?«

»Halt mich nicht für blöd!«, gab das Narbengesicht wütend zurück. »Du glaubst wohl, ich kann einen Obdachlosen nicht von einem hungrigen Kind unterscheiden?«

»Bist du fertig mit deiner Inspektion?« Dejew warf den Kindern einen finsteren Blick zu und schloss die Tür des Küchenwagens, um sie vor dem Zorn des Kontrolleurs zu bewahren. Hinter der Tür blieb es mucksmäuschenstill, als wäre dort keine Menschenseele.

»Für so eine Eigenmächtigkeit wirst du im Handumdrehen abgesetzt«, konnte das Narbengesicht nur noch zischen, wandte sich ab und ging zum Bahnhof zurück.

Dafür konnten sie Dejew absetzen und sogar vor Gericht stellen. Eigenmächtigkeit bei der Eisenbahn – das hieß, im Umgang mit staatlichem Eigentum, einem Zug, ohne Genehmigung von oben. Verschwendung oder gar Unterschlagung von Verpflegung (die es gar nicht gab). Dass mochte alles sein, aber erst nach Samarkand, später. Jetzt kam es darauf an, endlich diese Stadt zu verlassen und in die endlose Orenburger Steppe zu brausen, wo sie kein telegrafischer Befehl und keine Depesche mehr einholte. Vor allem – die Kinder ans Ziel zu bringen.

»Gib unseren Zug frei!«, rief Dejew dem Narbengesicht nach. »Schreib meinetwegen hundert Beschwerden, aber lass uns zuerst fahren! Wir müssen weiter!«

Der Inspektor lief mit federnden Knien rasch wie eine Küchenschabe über die Schwellen. Die Tasche mit den Papieren und Siegeln tanzte an seiner Hüfte. Wie gern hätte Dejew sie ihm von der Schulter gerissen und den Stempel auf das so notwendige Papier geknallt.

»Glaubst du, nur in deiner Region sterben Kinder?«, brüllte Dejew dem schmalen Rücken des Inspektors zu, sprang dem Mann hinterher, konnte ihn aber nicht einholen, so flink war dieser Parasit! »Glaubst du, nur hier werden sie verkauft, gekauft oder auf Bahnhöfen zurückgelassen? Ich bin durchs ganze Land gekommen – vom Ural bis nach Petrograd! Nirgendwo haben Kinder heute einen Platz!«

Jetzt verließen sie den Bereich der Gleise, eilten am Bahnhof vorüber und hatten bereits die Nebengebäude erreicht, die längs des Bahngeländes verstreut herumstanden.

»Denn überall ist Krieg!« Dejew hatte endlich aufgeholt und lief neben dem Narbengesicht her. Er atmete schwer und versuchte, den Blick der schmalen Baschkirenaugen zu erhaschen, doch der Mann wandte sich ab und flitzte zwischen den Gebäuden hindurch wie ein kleines Tier, das seiner Höhle zustrebt. »Überall bringen sie einander um, schlimmer als im Bürgerkrieg! Die Prodarmija aus der Stadt die Bauern! Die Bauern die Kommunisten! Die Kommunisten die Kulaken! Und die Kulaken die Tschekisten! Die Tschekisten die weißen Banditen! Und die Banditen jeden, der ihnen in die Hände fällt. Weil sie alle den Krieg im Herzen tragen! Er sitzt nicht in Turkestan oder in Orenburg, sondern in ihren Herzen.« Inzwischen waren sie bei den Depots und Lagerhäusern angekommen. »Und was machen wir beide? Streiten uns, und die Kinder sollen inzwischen zugrunde gehen?«

Jetzt hatte Dejew das Nachlaufen satt. Er eilte ein paar Schritte vor und verstellte dem Narbengesicht den Weg. Der prallte gegen Dejews Brust, so dass dieser die hochrote Visage mit den schneeweißen Narben direkt vor sich sah, wich dann jedoch aus und eilte weiter. So ein Hundesohn!

»Und du?«, brüllte Dejew jetzt aus vollem Halse. Plötzlich wurde ihm bewusst, dass seine Hand den Revolver umkrampfte. Der steckte nicht mehr in der Tasche, sondern er hatte ihn herausgezogen und fuchtelte damit in der Luft herum. Als er es bemerkte, steckte er ihn zurück, um die Faust ballen zu können und es dem Kerl zu geben. »Schau dich doch an! Du glaubst, wenn du finster glotzt und leise sprichst, ist das nicht zu bemerken? Es ist klar wie der Tag! Du führst auch die ganze Zeit Krieg und hörst nicht auf. Auch in dir sitzt der Krieg. Wie du es nur auf einem Inspektorenposten aushältst und nicht mit den Tschekisten herumrennst, das Gewehr in der einen und die Pistole in der anderen Hand! Aus solchen wie dir, den Leisen und Stillen, werden die wildesten Tschekisten. Doch gegen wen kämpfst du? Gegen minderjährige Kinder. Nicht mir wirfst du jetzt einen Knüppel zwischen die Beine, sondern den Kindern!«

Plötzlich war das Wettrennen zu Ende. Das Narbengesicht schlüpfte in ein Häuschen mit einem schief hängenden Schild. Drinnen wurde rasch ein Riegel vorgeschoben.

»Stell endlich deinen Krieg ein!«, rief Dejew, als er in vollem Lauf gegen die geschlossene Tür prallte. »Und glaube – nicht mir, sondern denen, die diese Kinder nach Turkestan geschickt haben! Wenn sie dafür einen ganzen Zug Tausende Werst weit fahren lassen, dann gab es keinen anderen Weg, sie zu retten.« Da man ihm nicht öffnete, schlug Dejew weiter gegen die Tür und rammte in den Pausen zwischen seinen Sätzen die Schulter dagegen. »Auch für mich gibt es keinen anderen Weg … als sie … allen deinen Banditen und Basmatschen zum Trotz … nach Samarkand zu bringen!« Die hölzerne Tür wackelte und klapperte in den Angeln. »Das heißt, auch du hast keine andere Wahl …, als uns zu helfen und nicht weiterzukämpfen … Glaube mir und hilf uns! … Gib den Zug frei!«

Jetzt ächzte die Tür schwer, und der Riegel gab nach.

»... Dir hat der Ataman doch nur die Fresse lädiert und nicht das Herz!«, schloss Dejew, als er bereits ins Haus eingedrungen war.

Schwer atmend stand er in einem engen Büroraum, den ein Vorhang mit albernem Blumenmuster in zwei Hälften teilte. Im vorderen Teil standen Stuhl und Schreibtisch, auf dem sich Akten und Papiere aller Art stapelten. Im Wohnbereich sah Dejew ein Stück von einem Ofen und dicht unter der niedrigen Decke aufgehängte Kinderwäsche. Es roch nach Kohlsuppe.

Das Narbengesicht zog den Vorhang eilig zu, doch Dejew erhaschte mit einem Blick gerade noch eine Schüssel mit nicht fertig gewaschener Wäsche auf einem Hocker und zwei aus Koffern gebastelte Wiegen. Zwei etwa einjährige Kleinkinder, die eben noch auf einer Schaffelljacke am Boden herumgekrabbelt waren, hielten inne, starrten den Eindringling mit weit aufgerissenen Augen an, als wollten sie im nächsten Augenblick zu weinen anfangen.

Dejew wurde bewusst, dass er schon wieder den Revolver in der Hand hielt, und steckte ihn ärgerlich tief in die Tasche zurück.

»Mama«, rief eines der Kinder und streckte dem Inspektor die Ärmchen entgegen.

Der hatte inzwischen sein Privatleben Dejews Blicken entzogen, doch das Kind beruhigte sich nicht.

»Mama«, wiederholte es hartnäckig und kroch unter dem Vorhang hervor bis zu den staubigen Stiefeln des Inspektors.

Der hob den Kleinen auf, der sich sofort an die vertraute Uniformjacke schmiegte und die Beinchen oberhalb des Koppels um den Leib des Mannes schlang.

»Lass die Obdachlosen hier«, sagte das Narbengesicht müde und von dem schnellen Lauf ebenfalls noch außer Atem.

»Die bringst du sowieso nicht bis Samarkand. Du wirst sie unterwegs verlieren.«

»Die Kinder gehören zum Zug«, antwortete Dejew ebenso müde und wie der Inspektor bestrebt, wieder zu Atem zu kommen. »Es sind meine Kinder.«

Jetzt kroch auch der zweite etwas ältere Knirps hinter dem Vorhang hervor und drückte sich an das dürre Bein des Mannes.

»Ich bringe sie nach Samarkand«, erklärte Dejew. »Nicht zwei Drittel und auch nicht drei Viertel, sondern alle.«

In der Entfernung zischte und stampfte schon seit einiger Zeit eine Lokomotive. War es etwa die von Dejews Zug?

Ohne das Kind abzusetzen, griff das Narbengesicht nach der Tasche an seiner Hüfte, fischte das richtige Papier heraus und setzte den Stempel darauf.

Dejew nahm es an sich. Beim Hinausgehen griff er, peinlich berührt, nach dem herausgeschlagenen Riegel und warf dem Hausherrn einen um Entschuldigung bittenden Blick zu. Doch der winkte nur ab, er solle gehen.

»He!«, rief er ihm dann aus dem offenen Fenster nach.

Dejew wandte sich um.

Der Inspektor stand, das Kind auf dem Arm, wie in einem Bilderrahmen.

»Gleich hinter der Stadt an der Bahnstation Dongus ist die Bahnstrecke gesperrt«, sagte er halblaut. »Dort werden alle Züge gefilzt. Obdachlose werden herausgeholt und nach Busuluk zurückgebracht.«

»Eine Sperre der Armee?«, fragte Dejew ungläubig. »Gegen Kinder?«

»Die suchen natürlich nach Banditen. Aber sie holen auch Kinder aus den Zügen, damit die sich nicht in Turkestan herumtreiben und dort umkommen. Auf Anordnung des Kommandierenden der Turkestan-Front.«

Aus dem Fenster schauten zwei Gesichter zu Dejew herüber: Ein braungebranntes mit hohen Backenknochen, Falten und Schrammen und das zarte eines Kindes.

Erst jetzt fiel Dejew auf, dass das Kind leuchtend blondes Haar und wasserblaue Augen hatte.

Er nickte dankbar und lief, so schnell er konnte, zur »Girlande« zurück.

Die verwahrlosten Kinder verstaute Dejew blitzschnell auf den obersten Pritschen des Mädchenwagens. Am einfachsten wäre es im Lazarett gewesen, wo viele Pritschen frei waren, aber hätte er den Feldscher dazu überreden können? Bei den Begleiterinnen und den Mädchen selbst war das viel einfacher. Die brauchte er nur finster anzublicken und streng zu blaffen: »Keinen Mucks, wenn ich bitten darf!«, und schon waren sie still.

Den blinden Passagieren befahl er: »Wenn ihr in diesem Zug bleiben und nach Turkestan mitfahren wollt, dann müsst ihr jetzt tun, was ich euch sage! Ihr klettert bis unter die Decke, zieht Arme und Beine ein, dazu auch Nasen und Zungen, damit von euch nicht mehr zu hören ist als von einer Schnecke! Nicht husten, nicht niesen und keine Läuse suchen. Atmen – nur so viel wie nötig. Wenn einer entdeckt wird, fliegen alle raus. Und jetzt Befehl ausführen, hopp, hopp!« Blitzartig erklomm die ganze Bande die Pritschen und war im Nu verschwunden. Nur ein Hauch von billiger Machorka stand noch im Raum.

Im Küchenwagen räumte Dejew auf, so gut es ging. Er klaubte die verstreuten Gräupchen auf und warf sie in den Sack zurück, stellte das Geschirr ins Regal und schob die auseinandergezerrten Kräuter zu einem Haufen zusammen. So, am Küchenboden umherkriechend, fanden ihn Koch und Kommissarin bei ihrer Rückkehr vor.

»Eine kurze Inventur«, erklärte er, stand auf und schüttelte sich den Staub von der Hose. »Außer der Reihe.«

Belaja warf ihm einen misstrauischen Blick zu, sagte aber nichts.

Sie und Memelja hatten ordentlich Beute gemacht: zwei Arme voll getrockneten Bärlauch, den sie kaum bis zum Zug schleppen konnten. Der wilde Knoblauch roch so stark, dass ihnen unterwegs die Tränen kamen.

Dejew wies an, einen Teil sofort an die Kinder zu verteilen, die ihn langsam und sorgfältig kauen sollten. Bald stand in der »Girlande« eine so dicke Knoblauchwolke, dass den Begleiterinnen die Augen tränten. Die Portion für die Mädchen trug Dejew persönlich zu deren Wagen. Der Zug verließ Orenburg, auf eine Werst Entfernung nach Knoblauch riechend und mit einer Ladung von mehreren Dutzend kleiner Jungen besetzt, die sich unter der Wagendecke direkt über den Köpfen der verdatterten Mädchen versteckten.

Bis zur Bahnstation Dongus brauchten sie eine ganze Stunde. Während dieser Zeit stand Dejew in seinem Abteil und horchte, was sich hinter der Verbindungstür tat. Wie er die Kommissarin aufhalten sollte, falls der einfiel, ihr Abteil zu verlassen und durch den Zug zu gehen, wusste er nicht. Konnte er sie vielleicht etwas fragen, oder ihr etwas erzählen? Doch ihm wollte absolut nichts einfallen. Außerdem war er ein schlechter Schauspieler.

Wenn bei der Kommissarin etwas quietschte, riss er sofort die Tür auf. Doch Belaja hatte sich auf ihrer Liege nur eine etwas bequemere Lage gesucht, während sie in einem Buch blätterte, dem von der Bibliothekarin geliehenen Lermontow. Betreten schob Dejew die Tür wieder zu. Aber beim nächsten Laut riss er sie wieder auf.

»Was ist denn los mit Ihnen?«, fragte die Kommissarin, neugierig geworden.

»Rasiere mich«, stieß er hervor, was ihm gerade in den Sinn kam.

Draußen zog endlos graue Erde vorüber, mit schütterem trockenem Gras bedeckt, weit und breit kein Weg, kein Haus oder andere Zeichen, die in Kürze eine Bahnstation erwarten ließen.

»Das habe ich doch schon heute Morgen getan.«

»Mach's einfach noch mal.«

Sie legte das Buch beiseite, stand auf und kam in seine Hälfte herüber. Sie schaute ihn streng und durchdringend an wie einen frechen Bengel.

»Was ist passiert, Dejew?«

Das hatte er nun erreicht! Wollte sie ablenken und hatte sie damit erst recht stutzig gemacht.

»Sagen Sie mir sofort, was geschehen ist!«

Dabei starrte sie ihn mit solcher Anspannung an, als wolle sie ihm die Wahrheit mit Gewalt entreißen.

Nun musste er Farbe bekennen. Oder sie etwas fragen. Er konnte sich auch einfach dumm stellen. Doch etwas musste er tun, sofort!

Draußen zog nach wie vor öde Steppe vorüber.

»Wenn Sie es mir nicht sagen, dann gehe ich ...«

Da packte Dejew das strenge Gesicht der Kommissarin, das so bedrohlich über ihm schwebte, fest mit beiden Händen und küsste sie auf den Mund.

Der Kuss dauerte und dauerte. Er zog sich endlos hin.

Wie die gelbliche Steppe vor dem Fenster, die sich bis zum Horizont ausbreitete. Wie die Telegrafenleitungen, die an der Strecke unablässig den blauen Himmel zerteilten. Wie die Gleise, auf denen die bunte »Girlande« rollte und weiße Dampfwolken hinter sich ließ. Aus Sekunden wurden Minuten ...

Plötzlich ließ die Lok ihre Dampfpfeife erschallen: eine Bahnstation!

Schon sah man vor dem Fenster eine Reihe Bajonette vorüberziehen. Dann Fußgetrappel im Gang des Stabswagens. Wo ist der Zugführer? Hier bin ich, hier! Und der Kuss war zu Ende.

Die Truppe bestand aus zehn Mann. Jeder Soldat mit aufgepflanztem Bajonett, die Patronentasche am Koppel. Der Kommandeur mit Kartentasche am Lederzeug und gleich zwei Revolvern im Futteral. Der fixierte Dejew mit einem Blick, als sei er ein Verbrecher. Kein Passagier ohne Erlaubnis im Zug? Dejew schüttelte nur den Kopf. Das sollte wohl heißen: Verlier keine Zeit, guck dich doch selber um!

Nun gingen sie durch die Wagen vom ersten bis zum letzten. Während eine Hälfte der Truppe drinnen suchte, war die andere Hälfte draußen unterwegs – kroch unter die Wagen, tastete den Boden ab, kletterte auf die Dächer, steckte die Nasen in Rohre und Luken.

In den letzten Jahren waren solche Kontrolltrupps viel in Sachen Lebensmittel unterwegs, nahmen den Leuten auf Flussschiffen Fisch und Salz ab, beschlagnahmten in Zügen Getreide und halfen so dem Staat, an Lebensmittel zu kommen. Dejew hatte sie häufig genug erlebt. Sie gingen unterschiedlich vor, manche mit Wut im Bauch, als filzten sie nicht friedliche Bürger, sondern Banditen, andere lustig und zu Scherzen aufgelegt, als wollten sie die Fahrgäste, denen sie abnahmen, was sie konnten, mit ihrer Fröhlichkeit anstecken.

Die Truppe, welche die »Girlande« durchsuchte, schaute so finster drein wie ihr Kommandeur. Und die Männer gingen pedantisch vor wie der Orenburger Inspektor – beschauten einen Wagen nicht nur, sondern beschnüffelten ihn und hätten am liebsten die Zunge in alle Winkel und Ritzen gesteckt. Auch die obersten Pritschen prüften sie eingehend.

»Sucht ihr Menschen oder Flöhe?«, entfuhr es Dejew, als einer der Burschen mit dem Bajonett in den zum Trocknen aufgehängten Lappen zur Reinigung der Aborte herumstocherte.

Der zeigte keinerlei Reaktion.

Das nimmt kein gutes Ende, ging es ihm durch den Kopf. Die finden sie. Finden die Jungen und holen sie heraus, um sie zurückzuschicken. Doch die entkommen in die Steppe. Recht hatte der Inspektor: Er konnte sie nicht bis ans Ziel bringen, sondern nur unterwegs verlieren. Den ganzen Zug samt Kindern war er dann los. Wegen böswilliger Verletzung seiner Pflichten schleppte man auch ihn nach Orenburg zurück. Zugführerin wäre dann Belaja, und Dejew käme schnurstracks in das Gefängnis, wo sie erst einen Tag zuvor die Kinder gebadet hatten. Dort musste er dann wohl das Urteil aus Kasan erwarten. Wie schade, dass es ihm nicht gelungen war, die Steppe zu erreichen. In der allerletzten Minute mussten die Kerle die »Girlande« erwischen!

Inzwischen hatten die Kontrolleure alle Wagen der Jungen, einen nach dem anderen, durchsucht. Die Jungen im Zug beäugten die Soldaten und deren Bajonette interessiert, doch ohne Scheu. Sie hatten schon andere Dinge erlebt. Die Kontrolleure hingegen mussten sich immer häufiger die Augen reiben, je weiter sie kamen. Der Zug stank aus allen Ritzen nach Knoblauch.

Schließlich erreichte der Trupp den Wagen der Mädchen.

Schon beim Eintreten spürte Dejew: Die waren auf seiner Seite. Denn sie saßen nicht an ihren Plätzen und schickten ab und zu einen Blick zu der »Schmuggelware« hinauf, womit sie riskierten, das Geheimnis zu verraten, sondern hatten sich schlau im Wagen verteilt: Zu zweien saßen sie nebeneinander auf den obersten Pritschen und deckten damit die Stellen ab, wo die »Neuen« versteckt waren. Sie ließen die Beine von den Pritschen baumeln und hatten ihre Hemden entsprechend drapiert. So war von unten kaum zu erkennen, dass hinter ihren Rücken noch Raum für etwas anderes war.

Nur kontrollierten die Soldaten nicht von unten, sondern

stellten sich mit den groben Stiefeln auf die unteren Pritschen und schauten sich auf den obersten genau um, am liebsten hätten sie sie auch noch berochen.

Eine Reihe war auf diese Weise geprüft.

Die zweite ebenfalls.

Nun gelangten sie zur dritten.

»Warum stinkt es ausgerechnet im Mädchenwagen nach Machorka?«, fragte der Kommandeur und sog prüfend Luft ein.

Jetzt hatte er sie, der gerissene Fuchs! Roch den Machorka sogar durch den Knoblauchgestank hindurch.

Nun bewegte auch Belaja die Nasenflügel und schnupperte, doch man konnte an ihrer Miene ablesen, dass sie nichts spürte. Dejew ebenfalls nicht, dafür war die Knoblauchwolke viel zu stark.

»Die Begleiterinnen genehmigen sich manchmal 'ne Kippe«, erklärte Dejew mit gesenktem Blick.

Die Betroffenen – die ehemalige Schneiderin und die baschkirische Bäuerin – rissen empört die Augen auf, hielten sich aber zurück. Auch Belaja warf Dejew einen entrüsteten Blick zu.

Doch das störte ihn jetzt nicht. Wusste er doch, dass direkt über dem Kopf des schlauen Kommandeurs, ängstlich an die Pritsche gepresst, ein kleiner blinder Passagier lag. Und wie sehr Staatsanwältin Nastja und die Dürre Dschamal, die vor ihm hockten, auch mit den Wimpern klimperten und die nackten Fersen vor den Nasen der Soldaten baumen ließen, er würde ihn entdecken. Dejew schaute Nastja und Dschamal traurig an, was heißen sollte: Das war's, Mädchen.

Doch plötzlich, hast du nicht gesehen, zog Staatsanwältin Nastja einen Flunsch und fing laut zu wimmern an. Sie jaulte bitterlich, dass es durch den ganzen Wagen schallte, und so schrill, dass man sich am liebsten die Ohren zugehalten hätte.

Ihre Lippen zitterten und füllten das ganze Gesicht, das Hälschen im Hemdausschnitt zitterte heftig, und die Händchen, raue Pfoten mit völlig abgekauten Nägeln, presste sie in das Grübchen zwischen den Schlüsselbeinen. Aus dem Blick, den sie den Soldaten mit den Bajonetten zuwarf, sprach nicht nur Angst, sondern das blanke Entsetzen. Erbsengroße Tränen standen in ihren Augen, kollerten aber nicht herab.

Dejew war wie vor den Kopf geschlagen. Noch nie hatte er erlebt, dass Staatsanwältin Nastja weinte oder ihn auch nur schüchtern ansah. Den Spitznamen hatte sie ja gerade deswegen, weil sie rotzfrech war wie ein Bengel, fluchte wie ein Rollkutscher und vor keiner Schlägerei zurückschreckte. Auf der Brust, genau dort, wo sie jetzt die Hände rang, trug sie ein Tattoo. Kein Bildchen mit rätselhaftem Sinn, sondern drei klare Worte: »Tod den Staatsanwälten«.

Jetzt fing die Dürre Dschamal an zu greinen. Auch sie starrte die bewaffneten Gäste an, als sähe sie den Leibhaftigen vor sich. Sie hatte die knochigen Beine hochgezogen, die Arme um die Knie geschlungen und schluchzte krampfhaft, als ringe sie nach Luft, und ihre Zähne klapperten dazu wie ein Telegrafenapparat.

Allein Dejew erinnerte sich, dass man Dschamal beim Einsteigen in die »Girlande« nicht nur ein Messer abgenommen hatte, wie den meisten der Jungen, sondern zwei. Und dass die Lieblingsgeschichte, die sie gern erzählte, davon handelte, wie sie mit einer Bande älterer Jungen auf nächtlichen Straßen einsame Frauen ausgeraubt hatte.

Jetzt stimmte auch Schlange Soika auf der Nachbarpritsche in das Geheul ein. Ihre Tränen blieben nicht an den Wimpern hängen, sondern schossen wie ein Sturzbach über das vor Erregung hochrote Gesicht. Bei Fliege Luxemburg zeigten sich ebenfalls ein paar Tränen, wenn auch nicht so viele. Skorbut-Sonja und die Liegende Schanka schauten trübe drein und schnieften ein paar Blasen aus den Nasenflügeln. Tassja Keine Schlampe ließ ihren Bass ertönen. Die Schwangere Tprussja schluchzte heftig. Sie hatte sich im Gang aufgebaut und versperrte ihn mit ihrem nicht geringen Bauchumfang.

Inzwischen hatte das Heulen und Zähneklappern den ganzen Wagen erfasst. Einhundert Münder greinten mit zitternden Lippen aus vollem Halse, aus hundert Augenpaaren tropften Tränen auf die Hemden. Sie brüllten durch den Wagen wie ein gewaltiger, besessener Chor.

Damit jagten sie den Kontrolleuren einen tüchtigen Schrecken ein. Die zogen sich in den Gang zurück. Obwohl der Chef anwesend war, bekreuzigte sich die Schneiderin angsterfüllt. Und murmelte: »Hilf uns, Gott im Himmel.« Die Bäuerin war ganz bleich vor Schreck. Ob das von dem Knoblauch kam? Selbst Belaja schaute sich verständnislos um.

Nur Dejew wurde ganz ruhig.

»Das kommt davon, wenn man vor Kindern mit Pistolen und Bajonetten aufkreuzt«, sagte er laut und blickte den Kommandeur fest an.

Der hatte schon verstanden und gab der Truppe das Signal, sie solle sich beeilen. Mit bösen, schuldbewussten Mienen trabten die Soldaten inmitten von Heulen und Stöhnen durch die restlichen Reihen, schauten kaum noch richtig hin, stolperten über die Teppichreste am Fußboden. Belaja begleitete sie, blickte ratlos in die verheulten Gesichter und warf den Begleiterinnen argwöhnische Blicke zu.

Dejew verließ den Wagen als Letzter. Wie gern hätte er sich zu den Mädchen umgedreht, ihnen zugelächelt oder wenigstens einen dankbaren Blick zugeworfen, aber das verbot sich von selbst, denn die Kontrolle war noch nicht vorüber. Er schloss die Wagentür und lugte verstohlen durch das Türfenster: Die Mädchen hatten sich noch immer nicht beruhigt.

Kaum hatte der letzte Soldat das Lazarett verlassen und war aus dem Wagen gesprungen, gab Dejew dem Lokführer das Zeichen: Abfahren!

Schon tönte die Lokomotive, und die Kupplungen strafften sich. Die Räder quietschten auf den Gleisen und begannen sich zu drehen. Langsam zogen das Bahnhofshäuschen und die schaukelnden Bajonette der Soldaten an ihnen vorüber. Sollte es ihnen tatsächlich gelingen zu entkommen? Konnten sie jetzt wirklich in der endlosen Orenburger Steppe untertauchen, wo weder Kontrolleure mit Gewehren noch Depeschen mit Befehlen sie erreichten?

Doch so einfach war das nicht. Die Kontrolleure hatten das Bahnhofshäuschen noch nicht wieder erreicht, da stürzte Belaja in den Mädchenwagen. Als Dejew wenig später ebenfalls dort erschien, war sie bereits dabei, in allen Winkeln zu suchen, auf die unteren Pritschen zu springen und die oberen zu kontrollieren.

Die Mädchen wimmerten nach wie vor, als hätten sie sich von dem kollektiven Weinkrampf noch nicht erholt. Aber sie wussten: Die Kommissarin fiel auf billige Tricks nicht herein. Daher rückten sie gehorsam beiseite, kamen von den obersten Pritschen herunter und gaben der Kommissarin den Blick auf die ängstlichen blinden Passagiere frei.

Erst zeigte sich einer. Dann ein zweiter. Und ein dritter …

»Halten Sie den Zug an, Dejew!«

»Ich denke nicht daran.«

Eine Sekunde lang schwankte Belaja, wohin sie laufen sollte: Raus aus der »Girlande«, zum noch nahen Dongus, wo es einen funktionierenden Telegrafenapparat und die Kontrolleure gab, oder zur Spitze des Zuges, um persönlich den Befehl zum Halten zu geben.

Eine Sekunde lang stellte sich Dejew die gleichen Fragen. Und entschied: Sollte die Kommissarin vom Zug abspringen, dann wurde nicht gewartet. Dann stellte er sich hinter den Lokführer und setzte seinen Befehl durch – mit einem harten Wort oder, wenn nötig, auch mit dem Revolver in der Hand. Der lautete: Heizen bis zum Anschlag und um jeden Preis entkommen. Sollten sie sie doch in der Steppe suchen!

Ob die Kommissarin das selbst begriff oder in Dejews Blick las, jedenfalls stürzte sie nicht zurück in Richtung Bahnhof, sondern durch die Wagen nach vorn zur Lokomotive.

Dejew hinter ihr her.

Sie rannten durch die Gänge, schubsten Kinder beiseite und, wie es schien, sogar Betreuerinnen. Ihre Entschuldigungsrufe waren in dem Durcheinander wohl kaum zu hören. Die Türen, durch die sie eilten, schlugen wie die Flügel eines Vogels.

Der erste Personenwagen. Der zweite. Der dritte ...

Im Stabswagen spannte Dejew alle Muskeln an, beschleunigte den ohnehin schnellen Lauf, streckte die Arme aus und schlang sie um den Leib der vorwärtsstrebenden Kommissarin.

Die wehrte sich und strampelte in seiner Umarmung, um wieder frei zu kommen, doch er drückte sie fest an sich und zerrte sie in ihr Abteil. Das dauerte lange, denn Belaja klammerte sich an Rahmen und Tür. Doch er zerrte, so heftig er konnte, riss sie bald nach links, bald nach rechts, um sie von der Tür zu lösen. Das gelang ihm schließlich auch, er fiel rückwärts auf die Liege und sie neben ihn.

Er ließ sie nicht los, seine Arme umklammerten weiter die Taille der Kommissarin. Mit gekonnter Bewegung fing er auch ihre Ellenbogen ein, damit sie nicht nach etwas greifen konnte. So lagen sie mehrere Sekunden lang, eng aneinander gepresst, ihr Rücken an seiner Brust und sich wie im Takt hin und her bewegend. Dejews Gesicht versank in ihren Löckchen. Sie hielt einen Moment still – und versuchte sich erneut loszureißen. Das tat sie wieder und wieder. Dejew war, als schlage in seinen Armen ein riesiges wildes Herz.

Seine Muskeln zitterten und schmerzten wie von einer schweren Arbeit. Doch offenbar war auch Belaja am Ende ihrer Kräfte. Ihre Bewegungen wurden schwächer und schwächer. Schließlich zappelte und zerrte sie nicht mehr, lag nur noch da und wartete ab.

Das tat auch Dejew. Die Zeit arbeitete für ihn. Denn mit jedem Schienenstoß, über den der Wagen holperte, entfernten sie sich weiter von den Bajonetten der Soldaten. Mit jedem Atemzug. Mit jeder Bewegung seines oder ihres Körpers.

Das begriff Belaja ebenso. Wusste sie, dass es bis zur nächsten Station Dutzende Werst waren? Dass sie von allen Seiten bereits endlose öde Steppe umgab und nirgendwo Anzeichen menschlichen Lebens zu erkennen waren?

Als der Wagen über einen Schienenstoß hüpfte, klickte das Schloss und die Tür fiel zu. Im Spiegel erschien ein Stück blauer Himmel.

Ganz langsam löste Dejew den Griff und gab die Gefangene aus seiner Umarmung frei.

»Über den Vorgang berichte ich auf jeden Fall«, erklärte Belaja. »Schon von der nächsten Station.«

Da drehte er die Frau einfach zu sich herum und umarmte sie zum ersten Mal richtig.

Alles verschmolz in einer einzigen feurigen Eruption.

Augen, Brauen, Lippen.

Das Leuchten weißer Haut ganz nah. Das Leuchten blauen Himmels weit oben.

Sonnenstrahlen auf Frauenlocken, von denen jede tausend Funken sprühte.

Das Schwingen der Samtvorhänge, das Schaukeln der Wände, des Wagens, des Zuges, der ganzen Welt. Nur nicht runterfallen! Nicht, wenn man die ganz festhielt, die neben einem lag.

War der Wagen stehengeblieben? Oder die Zeit? Bleib nicht stehen, ich bitte dich.

Sie rollten wieder, denn das Schaukeln begann aufs Neue.

Ich höre die Räder, ich höre die Gleise. Ich höre dein Herz.

Was mag das nur gewesen sein? Eine Station?

Ich weiß es nicht. Und will es nicht wissen.

Wange, Schläfe, Ohr.

Haben Sie denn noch nie geküsst, Dejew?

Im Spiegel der Abteiltür schwebten blendendweiße Wolken.

Die Blumen an der Decke kamen mir immer wie Kitsch vor. Jetzt nicht mehr. Blumen sind doch schön! Warum habe ich das nicht früher bemerkt?

Auch nicht, dass einem von dem leuchtenden Himmel im Spiegel die Augen schmerzen. Und dass man im Klopfen der Räder die Wörter hören kann, die man sich wünscht. Wenn du willst, hämmern sie: Nie-mals! Nie-mals! Oder sie versprechen dir: Für im-mer! Und e-wig!

Was ist los mit mir, Belaja? Was für ein Unsinn kommt mir in den Sinn und drängt aus mir heraus?

Doch vielleicht ist es gar kein Unsinn? Vielleicht können wir die Welt tatsächlich so drehen, wie wir es wollen? So verstehen, wie wir es wünschen?

Ja, es sind Kinder im Zug gestorben. Ich habe sie nicht retten können. Ich könnte denken, dass noch mehr sterben werden. Aber ich könnte auch denken, dass das nicht mehr geschehen wird, weil die zähesten übriggeblieben sind. So könnte ich doch auch denken, oder?

Nein, aus mir wird nie ein guter Mensch. Was ich anfasse, geht schief. Ich gebe alles dafür, ich zerreiße mich, ich verbeiße mich in jede Sache, und es funktioniert, ich bringe sie zu Ende. Doch wenn ich darauf schaue, was ich vollbracht habe, bleibt mir das Herz stehen. Bei dem, was ich angerichtet habe. Nun könnte ich denken, ich bin schlecht, meine Seele ist blind, und ich wäre besser gar nicht auf die Welt gekommen. Aber ich könnte doch auch denken, dass nun alle Fehler Vergangenheit sind und endlich etwas Neues entstehen wird. Kann ich auch so denken? Ich kann! Ich kann!

Was sind das für Schreie da draußen?

Da jubelt meine Freude. Ich wusste nicht, dass so viel Freude in mir ist.

Ich glaube, wir stehen, Dejew.

Ach wo, wir rollen, wir sausen!

Nein, wir stehen.

Wir stehen tatsächlich. Warum?

Vor dem Fenster nur Steppe, von Disteln übersäte Steppe.

Jetzt schwankte eine Jungengestalt im weißen Hemd vorüber.

Barfuß und halb nackt – wer hat ihm erlaubt auszusteigen?!

Die Gestalt fiel auf die Knie, weißer Stoff berührte die Erde, die Gestalt stemmte sich mit den Armen auf und zuckte so eigenartig. Weinte sie?

Unweit davon lag ein zweites Kerlchen am Boden.

Betreuerinnen liefen herzu und stießen Schreie aus.

Was ist mit denen, Belaja?

Ein Unglück, Dejew.

»Das ist die Cholera«, sagte der Feldscher.

Fünf Jungen, auf allen vieren draußen vor dem Wagen, erbrachen sich auf die Erde. Weitere hockten mit nackten Hintern in der Nähe.

»Genauer kann ich das erst in ein paar Stunden sagen. Aber wie es aussieht, ist es die Cholera.«

Die Erwachsenen, die sich rasch etwas übergeworfen hatten und herausgesprungen waren, drängten sich beim Stabswagen zusammen. Alle – auch die Betreuerinnen, Memelja und sogar Belaja, starrten auf Bug.

»Wo sind wir hier?«, fragte Dejew den Lokführer. »Wie weit ist es noch bis Iljezk?«

Der hatte den Zug vor einer Minute angehalten, um vor dem Geländeanstieg Sand auf die Schienen zu streuen. Als er wieder losfahren wollte, sah er, wie Kinder mit hochgehobenen Hemden aus dem Zug sprangen.

»An Iljezk sind wir schon vorbei«, antwortete der Lokführer achselzuckend. »Ungefähr zwanzig Werst liegt es zurück. Dort haben wir Wasser getankt und Kohle aufgenommen. Hast du das verschlafen, Genosse Vorgesetzter?«

Dejew war sich schnell mit der Hand durchs Haar gefahren und hatte gerade noch die Feldbluse zuknöpfen können.

Die nächste Ortschaft lag also bereits weit hinter ihnen. Ein Bote zu Fuß brauchte einen ganzen Tag für den Weg. Und was sollte der schon bewirken? Das Lazarett konnte er nicht auf seinem Buckel dorthin schleppen und auch kein Dutzend Ärzte herbeiholen.

Vor ihnen lagen keine Bahnstationen mehr, sondern nur noch Haltepunkte: Tschaschkan, Schinischke, Aldschan. Schon die Namen knirschten wie Sand zwischen den Zähnen. Man konnte von Glück sagen, wenn dort überhaupt jemand wohnte.

Ringsum nur Steppe. Von Salz gebleichte Hügel und von der Sonne gebleichtes Gras.

»Was für Medikamente braucht man gegen diese Krankheit?«, fragte er Bug.

»Cholerakranken gibt man keine Pillen, sondern man pflegt sie gesund. Viel trinken und gut waschen – sonst hilft da nichts. Starker Tee mit Zucker und Zitrone, dazu Salzwasser. Die Wagen müssen geschrubbt werden – mit Seife, dass es quietscht –, und dann desinfiziert – mit Kupfervitriol oder Essig.

»Und wenn man nichts zum Pflegen hat? Und zum Schrubben?«

»An einer nicht behandelten Cholera stirbt jeder zweite. Und wenn es sich um geschwächte Organismen handelt, sterben zwei Drittel.«

»Ist das alles?« Dejew ließ den Blick über den Horizont schweifen und schaute dann zum Himmel. Dort schwebte ein riesiger Vogel, ein Stein- oder Kaiseradler.

»Alles.«

»Was stehst du dann noch hier herum?!«, explodierte Dejew. »Übernimm das Kommando, Feldscher! Organisiere – irgendwas! Solange Vitriol und Zitronen noch nicht vom Himmel fallen!«

Dass er den Großvater so anbrüllte war ausgesprochen dumm. Der erwies sich als hervorragender Kommandeur – ruhig und überlegt, ganz anders als der Zugführer.

Als Erstes wurden die Bettlägerigen aus dem Lazarett gebracht. Sie kamen im Stabswagen unter. Dort mussten die Kleinsten zusammenrücken und sich zu zweit oder zu dritt eine Pritsche teilen. Die Schwerkranken bemerkten die Veränderung gar nicht, und die Kleinen gewöhnten sich schnell daran, denn die Neuankömmlinge waren still, vor allem erhoben sie keinen Anspruch auf das Wertvollste in diesem Wagen – Fatimas Aufmerksamkeit und Zärtlichkeit.

Alle, die Symptome der Krankheit wie Übelkeit, Bauchschmerzen und Durchfall aufwiesen, wurden sofort ins Lazarett verlegt. Sie erhielten die unteren Pritschen, denn es trieb sie fortwährend aus dem Wagen ins Freie, um ihre Notdurft zu verrichten. In diesem Zustand war ständiges Herauf- und Herunterklettern zwischen den Pritschen unmöglich. In jede der unteren Liegen hieb der umsichtige Memelja ein Loch, unter das er Sand und trockenes Gras streute, damit die Exkremente von dort leichter zu beseitigen waren. Der Feldscher befürchtete, dass die Kranken bald nicht mehr die Kraft für das ständige Hinauslaufen haben würden.

Ihre Zahl wuchs von Stunde zu Stunde. Nicht nur aus einem, sondern aus allen Personenwagen stürzten jetzt immer mehr Gestalten in weißen Hemden ins Freie. Weiterfahren kam nicht in Frage, denn die Kette derer, die aus den Wagen eilten, riss nicht ab.

Zwei der Betreuerinnen hatten die Cholera bereits hinter sich. Sie mussten nun im Lazarett dem Feldscher zur Hand gehen. Allen übrigen wurde strengstens verboten, den eigenen Wagen zu verlassen. Auch die noch gesunden Kinder durften nicht aussteigen, denn bald war der Raum im Umfeld des Zuges völlig verdreckt und damit hoch ansteckend.

Jetzt überprüfte man die Wasservorräte. Die waren kläglich: In jedem Wagen stand ein Fass mit Trinkwasser, das auf den Bahnhöfen regelmäßig aufgefüllt wurde. Ein weiteres besaß die Küche für die Zubereitung der Mahlzeiten. Bug ordnete an, das gesamte Wasser abzukochen, ohne an Heizmaterial zu sparen. Dann sollte nach strengem Zeitplan jeweils ein halber Becher pro Person ausgegeben werden. Der größere Teil blieb den Kranken vorbehalten, die nicht becher- sondern eimerweise hätten trinken müssen. Doch woher sollte man so viel Wasser nehmen?

Um die Fußböden zu schrubben, war schon gar kein Wasser da. Und kein Salzsee weit und breit, wo man es für die Reinigung hätte holen können. Seife gab es ebenfalls nicht. Während der letzten Woche war es Dejew nicht gelungen, auch nur ein einziges Stück zu ergattern. Für die Desinfektion stand einzig und allein die Flasche mit dem Selbstgebrannten aus Sysran zur Verfügung, die inzwischen aber bereits zur Hälfte geleert war. Bug hatte angeordnet, damit die Feldküche sowie alle Kessel und Kellen zu desinfizieren. Selbst Salz, ganz gewöhnliches Kochsalz, das man für das Trinkwasser der Kranken gebraucht hätte, war fast völlig ausgegangen. So zogen der Feldscher und Dejew mit ein paar Fässern Wasser für den ganzen Zug und einer halben Flasche Selbstgebranntem in den Kampf gegen die Cholera.

Wie war die Krankheit in den Zug gelangt? Wie hatte sie in die geschützten Wagen eindringen können? Der Feldscher tippte auf das Trinkwasser. Wahrscheinlich hatten sie auf einem der Bahnhöfe verseuchtes Wasser erhalten. Ob nun in Orenburg, davor oder danach, konnte man jetzt nicht mehr sagen. Die Krankheit war hinterhältig; sie konnte schon einen halben Tag oder erst mehrere Tage nach der Ansteckung ausbrechen.

Seit zwanzig Jahren grassierte die Cholera nun schon in Russland und konnte nicht ausgerottet werden. Hunger und Krieg hatten dazu beigetragen, dass sich kleine Herde zu riesigen Epidemien auswuchsen. Bug sagte es so: »Die Cholera ist wie ein Torfbrand: An manchen Stellen sieht man keinen Funken, woanders brennt ein ganzer Wald, den unterirdische Schwelfeuer an vielen Orten gleichzeitig entzünden. Dann kann man überall herumtanzen, um sie zu löschen!« Das taten sie nun und tanzten bis zum Sonnenuntergang nach der Pfeife der Cholera.

Bei all dem Durcheinander, das die Krankheit ausgelöst hatte, konnte niemand einen Gedanken auf die Neuankömmlinge verschwenden. Bis zum Abend drängten sich die in Orenburg Aufgenommenen im gastfreundlichen Mädchenwagen. Danach quartierte sie Belaja zu den größeren Jungen um. Sie aus dem Zug zu werfen, war nicht mehr möglich. Man konnte sie ja nicht in die Steppe jagen.

Allein um die verwahrlosten Kinder zu waschen, waren weder Raum noch Mittel vorhanden. Der Mangel brachte Bug auf eine neue Methode, Kleidung zu desinfizieren. Die Jungen mussten sich nackt ausziehen, ihre Sachen legte man auf einen großen Haufen neben die Räder der Lokomotive, und der Kessel hüllte sie in dichte Dampfwolken ein. Mehr konnte man nicht tun.

»Jetzt hast du nicht mehr das Recht, sie aus dem Zug zu weisen«, sagte Dejew zu Belaja, als die untergehende Sonne hinter dem Horizont verschwand, und die Steppe sich lila und blau färbte. »Vielleicht haben sie sich auch schon bei unseren Kindern angesteckt? Wir sind jetzt für ihre Gesundheit verantwortlich und können sie nicht ohne medizinische Betreuung lassen. Wenn wir sie angesteckt haben, müssen wir sie behandeln. Meinst du nicht auch?«

Die Kommissarin schwieg und schaute auf die Kinder, die sich immer noch draußen entleeren mussten. Die weißen Figürchen, die man in der Dunkelheit kaum noch sehen konnte, wirkten wie eine Herde Lämmer, die aus unerfindlichem Grund in der Dunkelheit grasten.

In der Nacht waren plötzlich Reiter da.

Wie aus dem Nichts in der trockenen Steppenluft aufgetaucht, die nach Wermut und Johanniskraut duftete, umkreisten sie als tiefschwarze Schatten den Zug, und nur leises Hufgetrappel auf dem weichen Boden war von ihnen zu hören. Waren es drei? Oder vier?

»Wer da?«, rief Dejew und zielte mit dem Revolver in Richtung der Geräusche.

Seit Sonnenuntergang hatten er und Belaja Gras für das Lazarett gezupft. Einige der Kranken waren schon so schwach, dass sie nicht mehr hinauslaufen konnten. Die Unterlagen unter den Pritschenlöchern mussten ständig gewechselt werden. Jene, die noch stark genug waren, hockten mit gerafften Hemden überall herum. Es war möglich, dass die Reiter sie nicht bemerkten und über sie hinwegritten.

»Verschwindet!«, brüllte Dejew von der Plattform des Stabswagens in die Dunkelheit. »Sonst wecke ich die Wachen!«

Die Kerle antworteten nicht, ritten nur weiter ohne Eile umher, näherten sich dem Zug und schauten zu den Fenstern herein oder entfernten sich wieder. Am Hufschlag der Pferde konnte man erkennen, dass die satt und bei Kräften waren. Es handelte sich also nicht um Bauern oder Steppenbewohner, sondern um Militär. Oder Banditen.

»Ich habe für alle Fälle einen Zug Soldaten bei mir!«

In den Personenwagen und im Lazarett brannten Petroleumlampen. Die ungebetenen Gäste konnten also ohne Mühe erkennen, wer drinnen saß – kein ganzer, ja nicht einmal ein halber Zug Soldaten, sondern nur von Krankheit geschwächte Kinder, umsorgt von einem Dutzend alter Frauen.

»Die haben Revolver, Bajonette und ein Lewis-Maschinengewehr! Dazu zwei Kisten Handgranaten!«

Der schwache Lichtschein aus den Wagenfenstern fiel auf die noch gehfähigen Patienten, die überall mit entblößtem Hinterteil herumhockten. Sie konnten sich auch beim Auftauchen dieser ungebetenen Gäste nicht zurückhalten, rückten lediglich etwas näher an den Zug heran, um dort Schutz zu finden.

Zuweilen gerieten auch Pferdeköpfe und Reitergestalten in den Lichtschein, aber das ging zu schnell, um Einzelheiten zu erkennen. Hier und da huschte ein Bart, eine Feldbluse, ein Säbel oder ein Stiefel vorüber. Oder ein kirgisischer Steppmantel. Offenbar ein Gemisch verschiedener Leute. Wie recht hatte doch der Inspektor in Orenburg gehabt! Der Zug hätte mit Bewachung fahren müssen.

»Das könnt ihr eurem Ataman mitteilen!«

Jetzt sprengten die Reiter, einer nach dem anderen, wie absichtlich dicht an Dejew vorüber. Heißer Pferdeatem hüllte ihn ein.

»Wenn der hier aufkreuzt, dann schicken wir ihn als Paket mit der Draisine nach Orenburg! Dort warten sie schon auf ihn!«

Einer der Reiter mit tiefer Bassstimme lachte laut auf, der Trupp sammelte sich und verschwand in der Nacht.

»Wir müssen sofort von hier verschwinden«, sagte Dejew. »Die Lokomotive heizen und los, dann sollen sie uns in der Steppe suchen.«

»Nein«, gab der Feldscher zurück. »Wenn wir die Kranken im Lazarett einsperren, dann scheißen die es bis zu den Fenstern zu. Bakterien in dieser Konzentration strecken uns alle nieder, bis auf den letzten Mann. Solange auch nur ein einziger Kranker noch auf eigenen Beinen nach draußen laufen kann, rühren wir uns nicht vom Fleck.«

»Die sind doch keine Dummköpfe«, mischte sich jetzt Belaja ein. »Banditen, aber nicht blöd. Sie haben mit eigenen Augen gesehen, was bei uns los ist. Ein zweites Mal tauchen die nicht hier auf.«

Die Kommissarin sollte recht behalten. Die Cholera hatte den Zug gestoppt, doch jetzt war sie ihr Schutzwall.

Ein zweites Mal tauchen die nicht hier auf, hämmerte sich Dejew ein, während sie weiter Steppenkräuter rupften. Federgras, Oregano oder Johanniskraut – die Stängel waren hart wie Draht, rissen ihnen die Hände auf und rochen bitter. Sie trugen Arme voll zum Lazarett, und Memelja brachte das Benutzte heraus – nicht mit den Händen, sondern auf einem langen Holzspieß, ging damit ein Stück weiter weg und warf es dann fort.

Die kommen kein zweites Mal, dachte Dejew, als sie mit dem trockenen Gras Säcke füllten und die Kranken damit zudeckten. Einigen ging es schlechter und sie bekamen Schüttelfrost.

Die kommen kein zweites Mal, dachte er, als sie den Kranken abgekochtes Wasser ins Lazarett brachten – nicht durch die Personenwagen, wo nur noch »Tri-i-inken!« gerufen wurde, sondern draußen vorbei, die dampfenden Eimer mit einem Deckel verschlossen.

Die kommen kein zweites Mal, redete er sich ein, als es im Morgengrauen schon so viele Cholerakranke waren, dass sie ihnen einen ganzen Personenwagen überließen und die gesunden Kinder in den übrigen zusammenrücken mussten.

Die kommen kein …

Doch die Banditen kamen.

Kaum erhob sich am nächsten Tag eine gelbe Sonne über der Steppe, da tauchte aus dem Morgendunst ein Kamel auf. Es war riesig, ebenfalls gelb, hatte aufgeworfene Lippen und üppige Wolle am ganzen Körper. Darauf saß ein Mann in einem knappen Uniformmantel und keck aufs Ohr geschobener Papacha. Das Kamel zog einen Leiterwagen. Der Reiter kam allein, schaukelte gekonnt zu den großen Schritten des Tieres und hielt nur die Zügel in den ausgestreckten Händen. Von fern hätte man ihn nach der lässigen Haltung für einen Steppennomaden halten können, aber aus der Nähe wiesen die hellen Augen und das blonde Haar darauf hin, dass es ein Kosak war.

An seinem Koppel hing ein Säbel in der Scheide. Auf dem Rücken trug er eine kurze Feuerwaffe, die wahrscheinlich älter war als ihr Besitzer. Solche Dinger wurden abfällig »Pistolen« genannt, und man begegnete ihnen vor allem in Turkestan, wo die Staaten der Entente ihre ausgedienten Waffen entsorgten.

»Ataman Jablotschnik sendet euch seinen Gruß!«, rief er laut, als er den Zug erreicht hatte. »Und bittet euch um einen Gefallen.«

»Ich wünsche Ataman Jablotschnik, dass er bald verreckt«, antwortete Dejew, ohne die Stimme zu heben und darauf zu achten, ob der Mann ihn überhaupt hörte. »Und ich habe nicht die Absicht, ihm einen Gefallen zu tun.«

Er stand auf der Plattform eines der Wagen gemeinsam mit Bug, der den Mann als Erster durch das Fenster entdeckt hatte. Beide hatten nicht die Absicht, auszusteigen oder sich gar auf ein längeres Gespräch einzulassen. Das Lazarett war voller geschwächter, vor Schüttelfrost zitternder Kinder, denen man zu trinken geben und die man wegen des Wassermangels zumindest beruhigen musste.

»Es ist nur eine kleine Bitte«, fuhr der Gast fort und kam mit dem Kamel dicht an den Wagen mit den Kranken heran. »Sie zu erfüllen bereitet keine Mühe.« Das Geschirr des Tieres war von orientalischer Art mit Verzierungen aus Metall und bunten Glasstückchen. »Der Ataman möchte mit seinen Kampfgefährten in der Reisekapelle beten.«

»Und ich möchte, dass du verschwindest!« Dejew schaute dabei auf die Lippen des Kamels, als spreche er zu ihm. »Das ist keine Kapelle, sondern ein Lazarett. Genauer gesagt, eine Cholera-Baracke.«

»Der Ataman weiß das«, erklärte der Bote. »Deshalb schickt er euch ein Fass Chlorkalk zur Desinfektion aller Wagen und der Lokomotive.«

Bevor Dejew auch nur einen Gedanken fassen konnte, war der Feldscher von der Plattform gesprungen und stampfte schweren Schrittes zu dem Leiterwagen hin, auf dem er in der Tat ein Fässchen liegen sah. Er riss den Deckel herunter und wandte dann Dejew sein Gesicht zu, das von ätzendem Geruch und wilder Freude zugleich verzerrt war.

»Davon kann er noch mehr schicken«, fügte der Kosak grinsend hinzu. »Was und wie viel ihr bestellt, das bekommt ihr.«

»Wir sind einverstanden«, antwortete Bug rasch anstelle seines Chefs. »Wir bestellen auch noch Salz und Seife. Viel Seife, sehr viel, so viel wie möglich!« So schnell Dejew den Großvater noch nie erlebt. »Und Wasser, viel Wasser! So viel ihr herbringen könnt.«

Wieder nickte der Mann.

Dejew konnte diesen Versprechungen kaum glauben. Wer, wenn nicht er, wusste, was für eine Kostbarkeit Seife derzeit war. Doch auch das Fässchen Kalk, das einfach so vom Himmel fiel, war kein geringes Wunder. Der ungeduldige Bug schleppte es bereits ins Lazarett, wobei er es mit beiden Armen umschlungen hielt und an seine Brust drückte wie einen lieben Menschen.

»Habt ihr denn um Orenburg herum nicht genug Kirchen?«, ließ Dejew völlig unnötig fallen. »Hat der Zar nicht genügend gebaut?«

»Ein Fass Essig brauchen wir auch noch«, fiel Bug schon im Gehen ein. »Am besten zwei.«

Die gewöhnlich so finstere Miene des Feldschers ähnelte jetzt der eines Märtyrers. Offenbar schoss ihm so vieles durch den Kopf, was er der unverhofft lächelnden Fortuna noch abluchsen wollte, doch die Auswahl bereitete ihm Schmerzen.

»Gebaut wurden genug, aber in den letzten Jahren wurden viele zerstört«, fuhr der Kosak immer noch grinsend fort. Die Verwirrung des Feldschers bereitete ihm offensichtlich Vergnügen. »In einer solchen Kapelle auf Rädern hat der Ataman zum letzten Mal 1915 gebetet, als er zur deutschen Front unterwegs war. Für ihn ist das nicht einfach ein Ort des Gebets, sondern auch der Erinnerung.«

»Und aus der Kapelle die Cholera zur Erinnerung mitzunehmen fürchtet dein Ataman nicht?«

»Er ist ein gläubiger Mensch.« Jetzt schlug der Kerl ernste Töne an. »Daher fürchtet er sich nicht. Wir sind alle gläubig und haben keine Angst.«

Dabei warf er Dejew einen Blick zu, als ziele er mit seiner Waffe auf ihn.

»Brennholz oder Kohle wären auch gut.« Der Feldscher kannte keine Zurückhaltung mehr. »Wir müssen viel Wasser abkochen, aber ohne Brennmaterial …«

»Schluss jetzt mit dem Gefeilsche!«, platzte Dejew so laut heraus, dass das bisher völlig ungerührt dastehende Kamel erschrocken den Kopf hochwarf und das Geschirr heftig klirrte. »Wir haben viele Kranke in unserem Lazarett. Wenn dein Ataman es will, kann er sich gern zu ihnen gesellen und ein Gebet über sie sprechen, aber leise, damit er sie nicht stört. Wir werden ihn nicht daran hindern.«

Der Kosak grinste schon wieder. Seine sonnenverbrannte Physiognomie wechselte leicht vom Drohen zum Lächeln. Wie gern hätte Dejew ihn für dieses Grinsen am Bein vom Kamel gezerrt, mit dem Gesicht mitten hinein in den Cholera-Dreck!

»Alles, was du versprochen hast, habt ihr vorher zu bringen«, schloss Dejew.

Das ist für deine blöde Fresse.

»Das haben wir schon«, erwiderte der Kosak und grinste noch breiter. »Zwei Säcke Salz. Der Rest kommt später.«

Der Feldscher wollte gerade das Fass mit dem Kalk zu Dejews Füßen auf der Plattform abstellen, da hörte er das Wort Salz und fuhr wieder zu dem Gast herum. Der lächelte ihm zu, als wollte er sagen: Na, hol's dir schon, Großvater!

Bug rannte zu dem Leiterwagen zurück. Dort lagen in der Tat zwei nicht allzu große, aber prall gefüllte Säcke. Er band sie auf, entnahm jedem eine Prise und leckte daran. Es war Salz!

Der Kosak hob die Brauen und kräuselte die Nase, brach aber dann doch in lautes Gelächter aus.

»Und wenn ich nicht zugestimmt hätte?«, fragte Dejew hasserfüllt.

»Aber du hast es doch getan!«

»Hättet ihr dann das Lazarett mit Gewalt eingenommen und die Kinder hinausgeworfen?«

Jetzt schlug das Lachen des Gastes wieder in Hass um. Ohne Eile und ohne jemanden noch eines Blickes zu würdigen, spannte das Kamel von dem Wagen ab, stieg auf, wendete das Tier und ritt davon. Dessen Tritt war weich, bald war davon und vom Geklingel des Geschirrs nichts mehr zu hören. Nur eine gelbe Staubfahne hing über der Steppe. Bug stand immer noch am Wagen.

»Ich habe gegen sie gekämpft, diese Kosaken«, ließ Dejew hören. »Doch jetzt habe ich mich an sie verkauft. Für Seife.«

Außer den Säcken mit Salz lag auf dem Wagen noch ein Bündel aus einer alten Militärdecke. Bug griff hinein und zog eine Handvoll kleiner bunter Dinger hervor – Bonbons in Papier. Das Bündel enthielt etwa fünfzig Pfund davon, nicht weniger.

»Das sind Karamelbonbons!« Der Feldscher wollte seinen Augen nicht trauen.

»Süßes kann ich nicht ausstehen«, knurrte Dejew und spuckte aus. »Davon wird mir übel.«

Jablotschniks Leute waren nicht viele, ganze zwei Dutzend. Anfangs glaubte Dejew, das sei nur ein Teil der Truppe, doch dann wurde klar: Mehr von diesen »Falken« gab es nicht.

Da die Gesichter von den Bärten bis zu den Augen zugewachsen waren und alle finster dreinschauten, war das Alter der Männer kaum zu erkennen. Doch unter den Bärten fanden sich sowohl stark ergraute, als auch jugendlich üppige, also mussten ihre Besitzer recht unterschiedlichen Alters sein. Auf dem Kopf trugen sie nicht nur abgenutzte Papachas, sondern auch Filzmützen oder kirgisische Turbane. Gekleidet waren sie in Uniformmäntel, zentralasiatische Kittel, Kaftane und abgeschabte Wattejacken.

Alle waren beritten. Saßen locker im Sattel, hockten nicht wie frische Kavalleristen in die Steigbügel gestemmt, sondern waren gleichsam mit den Pferden verwachsen, umschlangen sie mit Beinen, Armen und dem ganzen elastischen Körper, der auf jeden Schritt des Tieres reagierte und es damit lenkte. Die hatten früher reiten als laufen gelernt – eben echte Kosaken, einer wie der andere. Genauer gesagt, weißgardistische Kosaken. Noch zutreffender – Banditen.

Auf der Plattform eines der Wagen stehend, beobachtete Dejew, wie sich die Bande dem Zug näherte. Aus reiner Gewohnheit zählte er die Waffen des Gegners – die auf den Rücken geworfenen Gewehre, die Dolche und Säbel, die Revolver in den Futteralen. Doch die Kerle waren so schwer bewaffnet, dass er bald den Überblick verlor. Und in dem geschlossenen Kastenwagen, den das schon bekannte Kamel zog, konnte alles Mögliche verborgen sein – eine Haubitze oder gar ein ganzer Granatwerfer.

Dejew hätte die Gäste besser nicht in Empfang nehmen und, während sie beteten, aus dem Lazarett verschwinden sollen, denn in letzter Zeit riss ihm schnell der Geduldsfaden. Aber war das überhaupt möglich? »Wenn ich anfange zu brüllen und mit der Waffe herumzufuchteln, dann packst du mich einfach und schleppst mich in die Steppe hinaus«, befahl er dem Feldscher vorsichtshalber. »Den Revolver nimmst du mir ab. Wenn ich mich wehre, dann schlägst du eben zu, das gestatte ich dir.« Bug versprach es ihm.

Als die Reiter von fern der Reisekapelle ansichtig wurden, bekreuzigten sie sich. Näher herangekommen, schlugen sie mehrfach das Kreuz und verbeugten sich dabei. Dejew auf der Plattform wurde das peinlich, als verneigten sie sich vor ihm. Sie stiegen ab, banden die Pferde aber nirgendwo an und fesselten sie auch nicht an den Vorderbeinen, sondern warfen ihnen nur die Zügel über die Kruppe. Die Tiere schritten ruhig zur Seite und begannen zu grasen.

Welcher wohl Ataman Jablotschnik war? Dejew glaubte, es sei der Riesenkerl in Kosaken-Kaftan und Stiefeln, aber wie sich herausstellte, war das der Pope. Aus einem Beutel am Sattel holte er ein verstaubtes Priestergewand hervor und warf es sich direkt über den Kaftan. Dann folgten zwei Kreuze, von denen er sich eines umhängte und das andere in die Hand nahm. Dazu ein Paket, in dem es klapperte, offenbar weitere Utensilien für den Gottesdienst.

Die Übrigen waren damit beschäftigt, sich mit dem Ärmel den Staub vom Gesicht zu wischen und aus den Hosen zu klopfen. Sie nahmen die Mützen ab und fuhren sich mit den Fingern durchs Haar.

Ob die wohl alle auf einmal ihre Frömmigkeit demonstrieren wollten?

»Essig«, ließ einer kurz fallen und stellte aus dem Wagen ein paar große Flaschen aus dickem Glas ab, in denen gewöhnlich Selbstgebrannter aufbewahrt wird.

Drinnen plätscherte eine glasklare Flüssigkeit, die in der Tat Essig sein konnte. Aber ebenso auch nur Wasser.

Zu der milden Gabe hinlaufen und ungeduldig die Nase hineinstecken, wie es der Feldscher am Morgen getan hatte, verbot sich Dejew.

»Und wo ist die Seife?«, fragte er finster.

»Kommt später«, kam die Antwort im gleichen Ton.

Dann ging es zur Kapelle. Der Pope schritt voran, die Übrigen folgten. Die Stufen zum Wagen hinauf flogen die Kosaken wie junge Männer. Vor dem Eingang hielten sie einen Moment inne, hängten sich ein Kreuz um und traten dann mit gesenktem Kopf durch die offene Tür. Dejew nahmen sie gar nicht wahr. Zwar berührten sie ihn im Vorübergehen mit Schultern und Ellenbogen, würdigten ihn aber keines Blickes. Als kämen sie in ihr eigenes Haus, die frechen Kerle. Nur einer fragte Dejew: »Sind auch Kosakenkinder im Zug?« »Sieh doch selber nach!«, gab der patzig zurück.

Die Gesichtshaut der Männer war von der heißen Steppensonne und dem tödlichen Gluthauch der Wüste gegerbt wie Schuhsohle, in Schnurrbärten und Brauen saß dicker Staub. Doch ihre Augen blickten hell und erwartungsvoll.

Eine Minute später waren alle drinnen. Draußen stand niemand mehr. Nur der Wagen knarrte im Wind, und zwei der Jungen, die nach einer durchwachten Nacht noch auf eigenen Beinen laufen konnten, keuchten beim Verrichten des Geschäfts. Hatte Dejew den Ataman verpasst, oder war er gar nicht mitgekommen?

Er trat ins Lazarett ein. Genauer gesagt, zwängte er sich durch die Tür, die sich wegen der dicht gedrängten kräftigen Männerrücken kaum noch öffnen ließ.

Der ehemalige Gebetsraum der Kapelle, der jetzt mit Pritschen in drei Etagen vollgestellt war, konnte so viele Menschen eigentlich gar nicht aufnehmen. Doch irgendwie gelang es doch: Die Männer schoben sich zwischen die Schlafstätten und in den schmalen Gang. Kein Zollbreit Raum blieb frei. Alle reckten die Hälse nach vorn. Dort hatte der Altar gestanden, den die Handwerker bereits in Kasan auseinandergenommen hatten. Zur Hälfte war er noch da, denn Schmuck und Fresken bedeckten die ganze Rückwand des Wagens. Der Vorhang, der die Reste des Altars und zugleich die Liege des Feldschers verdeckt hatte, war zurückgezogen. Ein abgehärmter Gott blickte mit runden Kuhaugen und erhobener Hand auf die Versammelten, ebenso die Muttergottes mit dem Kind. Die Einfassungen der Ikonen hatte man abgeschlagen, doch die Malereien abzukratzen, war nicht gelungen. Man hatte mit Messern daran herumgeschabt, dann aber von ihnen abgelassen.

Vor den Ikonen klapperte der Pope mit seinen Gerätschaften. In der Menge fiel ein weißer Filzumhang um die breiten Schultern eines Mannes auf. Darüber saß ein mächtiges Haupt mit grauen Haarzotteln. Ringsherum hatte man ein wenig Raum gelassen. Dahinter drängten sich die Kosaken, aber nahe an den Umhang trauten sie sich nicht heran. War das der Ataman?

Dejew wusste genau, dieser Umhang und dieser Kopf waren nicht an ihm vorübergekommen. Und nun stand Jablotschnik in persona vorn in der ersten Reihe. Schon verteilte der Geistliche Kerzen für das Gebet, schwenkte ein Gefäß nach allen Seiten, und im Wagen verbreitete sich süßer Weihrauchduft. Die Kosaken gaben Kerzen von einem zum anderen weiter und auch Dejew wurde aus Versehen oder mit voller Absicht eine angeboten.

»Kein Bedarf«, knurrte der nur und hätte den Mann beinahe mit der Schulter angestoßen, als er sich durch die Menge nach hinten drängte. Gebet hin, Gebet her, die Cholera war nicht zu Ende, und Dejew wollte nun wieder das tun, was er die ganze Nacht getan hatte – sich um die Kranken kümmern. Ebenso der Feldscher, die Kommissarin und die Begleiterinnen. Sie hatten keine Zeit für Verbeugungen und auch keine Sünden zu bereuen.

Murmelnd und singend stand der Pope lange vor dem Altar und fuhr mit einem Wedel weit über die Köpfe seiner Herde hin, bemüht, alle Winkel des Raumes großzügig mit Weihwasser zu besprengen. Ein paar Tröpfchen landeten auch auf Dejews Gesicht, doch der wischte sich rasch mit dem Ärmel die Stirn trocken. Das würde er wohl auch bei den vorderen Pritschen und den Gesichtern der Kinder tun müssen. Und wenn dieses Theater vorüber war, den ganzen Raum mit Kalk desinfizieren.

Nun wurden die Kerzen angezündet. Der Geruch von schmelzendem Wachs mischte sich mit der Süße des Weihrauchs. Mit dem Geruch des Grases, das unter den Pritschen auf dem Fußboden lag. Mit den Ausdünstungen von Männerleibern und kräftigem Männeratem. Die Luft im Raum wurde so dick, dass einem die Augen tränten. Dafür war es warm.

Wärme war gut. Die Kranken brauchten sie. Die Cholera raubt dem Organismus alle Kraft und kühlt Arme und Beine so stark ab, dass die Patienten ständig frieren. Vielleicht wurde ihnen von den Flammen der Kerzen und dem Atem so vieler Münder ein wenig wärmer?

»Deck mich zu«, bat ein mit trockenen Kräutern gefüllter Sack auf einer der Pritschen.

Darunter lag ein kaum sichtbares Kerlchen mit heftigem Schüttelfrost: Tschengis Mamo.

»Deck mich zu, Dejew, deck mich zu!«

Dejew ließ sich neben ihm nieder, wobei er mit den Knien an jemandes Beine stieß. Er hüllte den Jungen fester in den Sack und stopfte die Seiten unter ihn. Ob es so wohl besser war? Gern hätte er Tschengis seine Jacke gegeben, aber die wärmte schon seit Längerem eines der Mädchen.

Da senkte sich etwas Großes aus Filz über den Sack. Ein Schal? Nein, einer der Kosaken hatte seinen abgetragenen kaukasischen Kapuzenumhang abgenommen und über das frierende Kind gelegt. Unter anderen Umständen hätte Dejew die Gabe strikt zurückgewiesen, aber jetzt nahm er sie an. Wenn auch mit knirschenden Zähnen. Er hüllte Tschengis in den weichen Filz – so war ihm bestimmt wohler. Dann hob er den Blick, um den Spender auszumachen. Doch um ihn herum standen so viele Männer, die wie gebannt zum Altar blickten, wo aus dem Mund des Popen der Singsang endloser Gebete strömte, so dass er den Gesuchten nicht erkennen konnte.

»*Gesegnet sei das Za-a-a-arenreich!*«, schloss der Pope, dass es durch den ganzen Wagen hallte.

Darauf rissen alle Kosaken gleichzeitig den Mund auf und sangen unisono: »*A-a-a-amen!*«

Wollten die etwa noch länger singen? In einer Cholera-Baracke?!

Wieder stimmte der Geistliche an und die Kosaken antworteten: »*Erba-a-a-arme dich, He-e-e-err!*« Die Bässe waren noch nicht verklungen, da antworteten ihnen höhere Stimmen: »*Erba-a-a-arme dich, He-e-e-err!*«

Dejew fuhr hoch, schaute um sich. Doch es war so eng, dass er sich kaum rühren konnte, und die Hauptpersonen, der schwarz gekleidete Pope und der in Weiß gehüllte Ataman, standen weit vorn und waren nur schemenhaft zu erkennen. Von allen Seiten umgaben Dejew aufgerissene Münder und kräftige Stimmen, die zum dritten Mal intonierten: »*Erba-a-a-arme dich, He-e-e-err!*«

»Was für ein Gebet soll das denn sein?«, rief er in die Menge. »Ich denke, ihr wolltet hier beten und nicht rumgrölen!«

Die Kosaken hörten ihn gar nicht, oder wollten sie ihn nicht hören? Nur Belaja, die an der Nachbarpritsche Nonka Bovary zu trinken gab, antwortete ihm.

»Das ist kein Gebet, sondern eine ganze Messe«, sagte sie in aller Ruhe. »Eine Liturgie.«

Dann riss der Singsang plötzlich ab, und der letzte Ton hallte lange nach. Der Pope hatte sich bereits in ein goldenes Gewand geworfen und küsste das Evangelium. Es lag auf dem Altartisch, der zuvor als Operationstisch und noch früher als gewöhnlicher Kneipentisch gedient hatte. Der Geistliche hub wieder an zu beten, das heißt, kaum verständliche religiöse Floskeln von sich zu geben. Bald drohender, bald ruhiger erklang sein Bass.

»Dauert sie noch lange, diese Liturgie?«

»Sie hat gerade erst angefangen.«

Der Pope las und las. Dazwischen sangen die Kosaken.

»*Se-e-e-egne, Herr, meine Se-e-e-ele, geheiligt sei dein Na-a-a-ame …* «

Die Stimmen donnerten so stark, dass man glauben konnte, sie müssten den engen Wagen sprengen.

Von dem mächtigen Gesang flackerten die Kerzen in den Händen der Männer und ließen ihre Schatten an den Wänden tanzen. Draußen war ein trüber Tag, was die Kerzenlichter drinnen heller strahlen ließ. Ihr Widerschein huschte über die Gesichter der Kerle, über die Reste der vergoldeten Fresken, und im Raum entstand eine seltsam flirrende Atmosphäre. Bei einigen der Kosaken blitzten unter den Tatarenmänteln Georgenkreuze an farbigen Bändern auf.

»*Ich lo-o-o-obe dich, Herr, solange ich lebe,*
ich singe meinem Go-o-o-ott solange ich bin …«

Da stemmte sich Müllmann Aramis auf seiner Pritsche hoch, hielt sich den Bauch und versuchte, sich durch die Menge zu drängen, um nach draußen zu gelangen. Ohne den Singsang zu unterbrechen, rückten die Männer ein wenig beiseite und bildeten wie Soldaten bei einer militärischen Übung eine Gasse, durch die der Junge zur Tür schlurfte.

Das Gesicht zur Gemeinde gewandt, bekreuzigte sich der Pope mit weit ausholenden Bewegungen. Da bemerkte Dejew in seinem gestickten Ärmel ein nicht geflicktes Loch mit ausgefransten Rändern. Sollte das von einer Kugel stammen?

So war das bei diesen Banditen! Der kleidete sich als Pope, aber wenn man genauer hinschaute, war er ein Bandit wie alle anderen mit einem Revolver am Koppel. Äußerlich starke Kerle vom Ural mit prächtigen Bärten, aber bei näherem Hinsehen Räuber mit verdorbenen Herzen. Sagten, sie wollten beten, aber grölten herum und zogen eine ganze Orgie ab. Doch jetzt konnte Dejew sie nicht mehr stoppen und auch nicht hinauswerfen. Er musste es über sich ergehen lassen.

Dejew geriet ins Schwitzen – entweder von der heißen Luft oder dem Zorn, der in ihm brannte. Das Hemd klebte ihm am Rücken.

»Es ist kalt«, murmelte da neben ihm der Hunger-Hoover. »Ist schon wieder Winter?«

»Kein Winter in Sicht«, antwortete Dejew und strich mit seinen heißen Händen zuerst über das kalte Kindergesicht und dann über die kalten Finger. Doch so einfach war Wärme nicht zu übertragen.

Der Pope las immer noch, und von Zeit zu Zeit riefen die Kosaken ihr »*Erba-a-a-arme dich, Herr!*« dazwischen. Halt durch, sagte sich Dejew. Dulde es – für Seife und Essig! Doch was war das?! In den monotonen Singsang der Männer mischte sich plötzlich eine helle Frauenstimme. »*Erba-a-a-arme dich, Herr, erba-a-a-arme dich, Herr, erba-a-a-arme dich, Herr!*«

Wer war das? Woher kam das?

Eine der Betreuerinnen, die Popenwitwe, hatte ihren Posten verlassen und stand nun mitten unter den Betenden. Man hatte ihr eine Kerze in die Hand gedrückt und sogar ein Tuch, das aus dem Nichts auftauchte, über den Kopf gelegt. Das Gesicht der Verräterin konnte Dejew nicht erkennen, denn er sah nur Hinterkopf und Schultern. Doch ihre stolze, aufrechte Haltung sagte ihm unmissverständlich: Hier stehe ich, ich kann nicht anders.

Was erlaubte die sich! Dejew wollte zu der Frau stürzen, da legte sich eine schwere Hand auf seine Schulter. Es war der Großvater.

»Lass sie«, sagte er tonlos. »Hilf mir lieber, Enkel.«

Der Großvater drängte sich durch die schwitzenden Körper der Kosaken von einem Ende des Lazaretts zum anderen und schleppte Dejew dabei hinter sich her. Es war Zeit, die Kranken umzudrehen. Viele Kinder waren so geschwächt, dass sie sich aus eigener Kraft nicht mehr drehen konnten. Man musste sie auf die Seite legen, damit sie sich nicht verschluckten, wenn ihnen Wasser eingeflößt wurde, und nach einer gewissen Zeit auf die andere Seite, damit sich keine Druckstellen bildeten.

»*Selig sind, die da geistig arm sind, denn ihrer ist das Himmelreich.*« Die Haut aller dieser Kinder war kühl, als lägen sie nicht in einem geheizten Wagen, sondern in kaltem Wind. Bei manchen war sie blau und faltig wie ein Fischbauch.

»*Selig sind, die da Leid tragen, denn sie sollen getröstet werden.*«

Jene, die schon von der Frühphase der Krankheit geschwächt waren, wirkten, als schliefen sie mit offenen Augen. Andere waren so matt, dass sie die Lider gar nicht mehr öffnen wollten. Die

Cholera schlägt schnell zu. Sie kann einen Erkrankten binnen weniger Stunden erschöpfen und binnen Tagen sein Lebenslicht ausblasen, manchmal sogar in vierundzwanzig Stunden.

»Selig sind die Sanftmütigen, denn sie werden das Erdreich besitzen.«

Angstvoll forschte Dejew nach bläulichen Verfärbungen an den blassen Kinderkörpern, doch bei dem flackernden Kerzenschein waren die nicht zu erkennen.

»Selig sind, die da hungern und dürsten nach Wahrheit, denn sie sollen satt werden.«

Da öffnete einer den Mund wie ein Vögelchen: Trinken! Belaja und die ehemalige Schneiderin gingen herum und drückten den Becher mit Wasser an gierige Lippen, aber der Durst, den die Cholera brachte, war nicht zu stillen.

»Selig sind die Barmherzigen, denn sie werden Barmherzigkeit erlangen.«

Die Nasen der meisten Kranken waren inzwischen spitz wie Bleistifte.

»Selig sind, die reinen Herzens sind, denn sie werden Gott sehen.«

Sie atmeten schwach und hastig.

»Selig sind die Friedfertigen, denn sie werden Gottes Kinder heißen.«

Einige murmelten etwas vor sich hin, aber ihre Stimmen waren heiser wie bei alten Menschen.

»Selig sind, die um der Wahrheit willen verfolgt werden, denn ihrer ist das Himmelreich.«

Schweres Leiden stand in alle Gesichter geschrieben.

»Selig seid ihr, wenn euch die Menschen schmähen und verfolgen und reden allerlei Übles wider euch.«

»Wer singt da?«, flüsterte Unerwarteter Tod, als Dejew sich über ihn beugte, um seine Decke, den mit Gras gefüllten Sack, zu richten. »Sind das Engel?«

»Nein«, antwortete Dejew. »Keine Engel. Das sind sie wirklich nicht.«

Jetzt griff der Geistliche nach der Bibel und begann daraus zu lesen. Laut und klar, mit volltönender Stimme trug er die Texte vor, doch Dejew verstand kaum etwas, zu gewunden war die Sprache des Evangeliums. Er erkannte nur einzelne Satzfetzen – von der vollzogenen Hinrichtung, von den gekreuzigten Räubern und wie man jemandem Galle und Essigwein zu trinken gab. Die Kosaken hingegen lauschten mit angehaltenem Atem, als verstünden sie jedes Wort. Vielen standen Tränen in den Augen.

Hier sterben Kinder, dachte Dejew bei sich. Die Kerle stehen so nahe bei ihnen, dass sie nur die Hand auszustrecken brauchen. Und vergießen dabei Tränen über den Tod eines Fremden. Das soll einer begreifen!

Dann klappte der Geistliche die Heilige Schrift zu und begann für die Leidenden zu beten. Dejew hörte, dass er in die lange Aufzählung auch die kranken Kinder des Zuges einschloss. In diesem Moment bekam Kommunardin Gajana einen Schluckauf. Der quälte sie so, dass sie weinen musste und damit fast das Gebet übertönte.

Ein Gesang folgte dem anderen. Die Liturgie nahm kein Ende.

Immer wieder tauchte Memelja im Lazarett auf, drängte sich durch die singende Menge und wechselte das Gras unter den Pritschen.

»*Halleluja!*«, tönten die Männerstimmen drohend.

»*Halleluja!*«, echote das dünne Stimmchen der ehemaligen Popenfrau.

Jetzt hätte Dejew am liebsten die Internationale gebrüllt. Um sich Luft zu machen und dem Singsang ein Ende zu bereiten. Noch eine so unerträgliche Minute, und Dejew hätte es tatsächlich getan. Doch da streckte Skorbut-Sonja ihren Arm nach oben. Sie griff nicht nach etwas Konkretem, sondern fuhr nur selbstvergessen damit in der Luft herum. Ein Kosak, der neben ihr stand, nahm die federleichte Hand, drückte sie aufmunternd mit seiner riesigen Pranke, ohne das Mädchen dabei anzuschauen und das Gebet zu unterbrechen. Und Dejew ließ von seinem Vorhaben ab.

Als aus den Mündern der Kosaken das Vaterunser ertönte, fiel Bug ein.

»Großvater, du bist auch so einer?«, fragte Dejew ungläubig. »Dafür müsste ich dir eine reinhauen!«

Der Feldscher saß auf der Pritsche, wo Schafsknottel vom Schüttelfrost gequält wurde, drückte den Jungen fest, aber vorsichtig hinunter und bewegte nur die Lippen im Rhythmus des Gebets. Seinen Vorgesetzten würdigte er keiner Antwort.

Endlich gingen die Gebete und Gesänge ihrem Ende entgegen. Der Pope hob eine große, offenbar schwere Schale hoch über seinen Kopf und lud damit die Gemeinde zum Abendmahl ein.

Jetzt geriet die Menge in Bewegung. Die Männer bildeten eine lange Schlange zum Altar und zurück. Beginnend mit dem Ataman im weißen Umhang und bis zum letzten Kosaken traten sie einer nach dem anderen an den Popen heran, nahmen einen Schluck aus der Schale und küssten danach das Gefäß. Auch die verräterische Betreuerin beteiligte sich daran.

Die werfe ich raus, ging es Dejew durch den Kopf. An der nächsten Station.

»Sie müssen nicht mehr lange leiden, es ist gleich zu Ende«, sprach da Belaja dicht hinter ihm.

»Und du kennst das alles?«

»Ich singe all die Psalmen später für Sie als Wiegenlied.«

»Liebe Brüder, kommt näher heran«, sagte da der Pope in einfachem, verständlichem Russisch.

Jetzt ist die Sache wohl zu Ende, begriff Dejew. Jetzt habe ich es hinter mir.

»Wir haben heute keine gewöhnliche Messe gefeiert, denn es waren Zeugen anwesend und es ist ein Abschied.« Die Kosaken rückten so eng zusammen, dass ihre zottigen Köpfe sich fast berührten, und der Pope sprach leise, doch seine Bassstimme war trotz allem im ganzen Wagen zu hören. »Bald gehen wir in alle Himmelsrichtungen auseinander und werden uns auf dieser Welt wohl kaum wiedersehen.«

»Mama!«, schrie da mit einem Mal Schafsknottel durchdringend auf. »Liebe Mama!«

Dejew stürzte zu der Liege hin, wo Bug nach wie vor den Jungen festhielt, doch der warf sich jetzt so stark hin und her, dass der Feldscher allein ihn nicht mehr ruhigstellen konnte. Dejew kniete neben der Pritsche und half ihm dabei.

»Ihr habt Gottes Wort vernommen«, kam es vom Altar. »Ihr habt gehört, wie unser Herr gelitten hat, als er am Kreuz starb, als alle seine Jünger ihn verließen, als die mit ihm gekreuzigten Räuber ihn verfluchten, als die Priester ihn verlachten und verhöhnten. Ihnen war es wichtig, Christus nicht nur zu töten, sondern dies vor aller Augen zu tun und als einen Fluch hinzustellen, da Gott seinen Sohn und Sendboten nicht am Leben erhalten wollte. Christus' Sterben wurde nicht nur für Christus selbst, sondern auch für die Zeugen erdacht und vollzogen.«

Der ausgezehrte Jungenkörper krümmte sich, aus seinem Mund schoss Wasser, doch die Augen blieben geschlossen. Dejew legte sich mit seiner Brust auf die Knie des Kranken, weil er ihn anders nicht halten konnte. Schafsknottel schlug mit den Gliedmaßen so heftig um sich, dass er den Erwachsenen beinahe abgeworfen hätte.

»Damit Er nicht nur sterben sollte«, fuhr der Geistliche fort, »sondern mit einem solchen Fluch beladen, dass alle sich von

Ihm abwenden und Ihn aus ihrem Gedächtnis tilgen mussten. Das gelang. Schon im Sterben rief Gottes Sohn mit der Kraft, die ihm noch geblieben war, seine letzten Worte: ›Gott, mein Gott, warum hast du mich verlassen?‹ Darauf erhielt er keine Antwort. Er starb am Kreuz und musste sehen, dass seine Sache gescheitert war und das Böse triumphierte. Das sahen auch die Zeugen.«

»Binde ihm die Beine zusammen«, ordnete der Feldscher an.

Dejew griff nach dem Kapuzenumhang, der den Jungen bisher gewärmt hatte – woher war der plötzlich gekommen? Auch ein Geschenk der Kosaken? –, und schlang ihn um Hüften und Beine des Jungen. Die waren fast so hart, als seien sie aus Stein. Nun zappelte Schafsknottel nicht mehr, sondern lag da wie ein gefällter Baum. War der Anfall vorüber?

»Schauen wir uns doch um, was in unserer Gegend geschieht. Jeder in diesem Kreis hat alles getan, um den Triumph des Bösen in Russland nicht zuzulassen. Aber das Böse hat uns nicht nur überwunden, sondern verlacht uns auch noch, drangsaliert und peinigt uns. Hier in dieser Kapelle sehen wir Kinder, die an einer schrecklichen Krankheit leiden. Nun verstehen wir: Nicht nur Christus ist gekreuzigt, unser ganzes Volk ist gekreuzigt. Unsere Kinder sind gekreuzigt. Wir selbst bluten nicht, doch unsere Herzen und Seelen bluten. Wir leiden. Aber wenn wir unseren Durst stillen wollen, reicht das Böse uns mit Galle gemischten Wein. Einen in Essig getränkten Schwamm. Lasst uns den Wein mit Galle und den Essig trinken. Schlimmer kann es nicht werden. Das ganze christliche Russland nährt sich heute von Galle und Essig.«

»Wir wollen ihn an der Pritsche festbinden«, sagte Bug. »Der Fieberanfall kann sich wiederholen.«

»Was bleibt uns«, fragte die eindringliche Bassstimme des Geistlichen, »in diesen Tagen, da unser Hoffen und Sehnen versiegt, da der Kampf unseres ganzen Lebens vergeblich erscheint?« Und er gab selbst die Antwort: »Es bleibt uns nur eins: Gott, uns selbst und einander treu zu bleiben.«

Mit den Stricken, die sie an allen Pritschen des Lazaretts befestigt hatten, fixierten Dejew und der Feldscher Schafsknottel auf dem harten Lager. Die Stricke waren fast so dick wie die Handgelenke des Jungen.

»In früheren Zeiten kannten wir keine Not. Zu den Feiertagen gingen wir in die Kirchen, und das Gebet war für uns ein Fest. Nun haben sich die Zeiten geändert. Wir stehen nicht nur vor dem gekreuzigten Christus, wir sind selbst seine Fortsetzung. Jetzt geschieht Seine Kreuzigung in jedem von uns. Er ist in uns, wir sind mit Ihm und in Ihm. Sein Atem wird zu unserem Atem und unserem Gebet.«

Atmete Schafsknottel eigentlich? Dejew beugte sich ganz nah über das Gesicht des Jungen. Er glaubte noch einen Hauch zu spüren.

»Ja, wir haben das Böse nicht aufhalten können, das unsere Erde überflutet, und wir können es nach wie vor nicht. Doch wir können uns im Kleinen widersetzen, nicht zulassen, dass das Böse von unserem Inneren, von unseren Herzen Besitz ergreift. Das ist ihm bei Christus nicht gelungen. Möge es ihm auch bei uns nicht gelingen.«

Dejew spürte, dass er im nächsten Augenblick den Revolver packen und in die Luft schießen werde. Das ganze Magazin bis zur letzten Patrone wollte er in die Wagendecke leeren. Abrupt stand er von Schafsknottels Pritsche auf und drängte sich in Richtung Ausgang durch.

»Die Kinder, die hier liegen, leiden und sich quälen, sind Zeugen unseres Gebets. Mögen sie auch Zeugen dessen sein, dass wir weiter Christus dienen.«

Die Gestalten der Kosaken standen dicht beisammen, zwischen ihnen war kein Durchkommen. Doch Dejew arbeitete mit Schultern und Ellenbogen. Nur raus aus diesem Wagen! So schnell wie möglich!

»Mögen die unschuldigen Blicke dieser Kinder bei unseren künftigen Wanderungen und Kämpfen mit uns sein. Sie sollen sehen, was es heißt, christlich zu leben und zu sterben. Was es heißt, Russland im Herzen zu tragen und ihm zu dienen, selbst wenn wir fern von ihm sind. Dann werden unser Leben und unser Tod nicht umsonst gewesen sein.«

Dejew hatte die Tür erreicht, doch er trat nicht hinaus. Etwas ließ ihn innehalten und bis zum Ende zuhören.

»Gott lebt in uns. Russland lebt in uns!« Zum Abschluss seiner Ansprache hob der Geistliche die Hände, die weiten Ärmel seines Gewandes raschelten. »Die Zeugen dieser Worte sind von nun an bei uns bis an unser Ende.«

»Hier steht ihr mit Kerzen«, sagte Dejew unerwartet für sich selbst so laut, dass es im ganzen Lazarett zu hören war, als wollte er dem Popen antworten. »Und wie beseelt ihr singt. Aber den Lokführern habt ihr die Hände zerschossen!«

»Segne uns, o Herr!«, rief jetzt einer der Kosaken mitten in Dejews frechen Ausfall hinein. Der Pope küsste das Kreuz in seiner Hand, wandte sich dann der Gemeinde zu und streckte es den Männern entgegen. Die zogen wieder in dichter Reihe bis zum Altar, um das Kruzifix zu küssen.

»Und gesalzenen Fisch habt ihr verbrannt, einen ganzen Waggon!« Jetzt brüllte Dejew, so laut er konnte. »Tausend Menschen hätte man mit diesem Fisch satt machen können. Aber ihr habt ihn verbrannt! Euer Christus hat keinen Fisch verbrannt, sondern ihn den Hungrigen gegeben. Schon vergessen?« Jetzt drängte Dejew in Richtung Altar, als wollte er seine Vorwürfe den wichtigsten Leuten, dem schwarz gewandeten Popen und dem in Weiß gehüllten Ataman, ins Gesicht schleudern.

Doch das gelang ihm nicht. Mächtige Arme packten ihn von hinten und hoben ihn an. Lass los, Großvater! Dejew tastete nach seiner Hosentasche. Sie war leer. Wie hatte der Kerl ihm nur den Revolver entwenden können? O du Verräter! Heute sind alle Verräter! Alle sind gegen mich!

»In Tamar-Utkul habt ihr den Dorfsowjet in Brand gesteckt, der Vorsitzende war noch drin! In Diwnopol habt ihr Kommunisten die Ohren abgeschnitten, ihr Gottesanbeter!« Dejew brüllte, um bis zum fernen Altar durchzudringen, doch der Feldscher schleppte seinen Chef schon aus dem Wagen hinaus.

Er schleifte ihn die Stufen hinab und lief mit ihm ein Stück vom Zug fort, wobei er die im Gras hockenden Cholerakranken aufschreckte.

»Ihr glaubt wohl, ihr könnt euch das Gebet in einer ehemaligen Kapelle für ein paar Pfund Seife und ein Fässchen Kalk erkaufen, und damit ist alles verziehen und vergeben?«, röchelte Dejew aus der Ferne, denn er konnte sich immer noch nicht aus der Umklammerung dieses Bären befreien. »Doch ich weiß genau, dass ihr in Burannoje den Kolchosvorsitzenden mit genau solchem Kalk bestreut habt – bei lebendigem Leibe! Und zugesehen habt, bis von ihm nur noch ein nasser Fleck übrig war. Noch viele solcher Geschichten habe ich gehört, als sie in Orenburg die Brücke reparieren mussten, die ihr gesprengt habt! Ihr Jesuiten! Ihr Krokodile! Das könnt ihr weder mit Gebeten noch mit Seife abwaschen!«

Inzwischen strömten die Kosaken aus dem Wagen.

»Zu wenige von euch hat man entkosakuiert, ihr Hundesöhne! Am Kuban, am Don und am Terek! In Astrachan, im Ural und am Baikalsee! Ihr seid immer noch da, kriecht immer noch auf dieser Erde herum und fügt dem sowjetischen Volk Schaden zu!«

Zum Abschied küssten sich die Kosaken dreimal auf den Mund, jeder jeden.

Auch die Betreuerin küsste jeden – wie eine Mutter, auf die

Stirn. Und jeder dankte ihr mit einem Kuss – nach Sohnesart auf die Hand.

»Das macht ihr richtig, euch hier zum Abschied zu versammeln. Fort mit euch aus Russland! Lasst euch in unserer Heimat nicht mehr blicken! Euch braucht hier keiner! Ihr seid überflüssig! Fort mit euch! Verschwindet!«

Beim ersten Ruf kam jedes Pferd zu seinem Reiter getrabt. Die Kosaken sprangen in die Sättel und verstreuten sich zu zweien und dreien in der Steppe. Überall stiegen rote Staubwolken auf. Die hüllten den Zug bald vollständig ein, als stehe er im Zentrum eines Staubsturms. Und von allen Seiten war Hufgetrappel zu hören. Zwei der Kosaken ritten auf dem Kamel davon. Den mit Tierhäuten bedeckten Wagen ließen sie bei der »Girlande« zurück.

»Und wo ist das, was ihr uns versprochen habt?«, brüllte Dejew ihnen nach. »Das Feuerholz? Das Wasser? Die Seife, für die wir den ganzen Zirkus hier erduldet haben?«

Die ehemalige Popenfrau schritt mit versteinertem Gesicht in die Steppe hinaus. In einiger Entfernung blieb sie stehen, von den Staubwolken umweht. Den Staub segnend, schlug sie ein Kreuz nach Norden, Osten, Süden und Westen.

Jetzt gab der Feldscher Dejew endlich frei.

Der schüttelte die steifen Arme und Schultern und lief zum Lazarett zurück. Von den Gästen war niemand mehr zu sehen, nur die Kranken lagen auf ihren Pritschen, und in der Luft hing starker Kerzengeruch. Über viele der Kinder hatten die Kosaken Uniformmäntel und -blusen oder Tücher gebreitet. Der Ataman in dem weißen Umhang hatte nicht draußen gestanden und sich von seinen Leuten verabschiedet. Er hatte sich so geheimnisvoll entfernt, wie er erschienen war.

»Da ist unser Feuerholz«, sagte Belaja und nickte zu dem Kastenwagen hinüber. »Und Wasser gibt's auf der nächsten Bahnstation aus dem Wasserturm, so viel wir wollen. Das Übrige liegt im Wagen als Geschenk der Kosaken für die Kinder. So haben sie gesagt.«

»Und die Seife?«, fragte Dejew hartnäckig weiter. Belaja zuckte die Achseln. Davon hatten sie nichts erwähnt.

Unvermittelt spürte Dejew, dass jemand seinen Blick auf ihn gerichtet hatte. Als er sich umdrehte, schauten der zerkratzte Christus und die halb verwischte Gottesmutter ihn unverwandt an. Dejew lief zum Altar und zerrte hasserfüllt den Vorhang zu.

In dem Kastenwagen fanden sie alles Mögliche – Brauchbares und vollkommen Nutzloses.

Darunter waren teure Seidenteppiche. Die brachten sie sofort in den Stabswagen, um den kalten Fußboden damit auszulegen, damit die Kleinsten es beim Krabbeln etwas wärmer hatten.

Da waren Geschirr und allerlei Tischgerät: ein versilberter Samowar, Porzellanteller mit dem Markenzeichen der Zarenmanufaktur, Champagnergläser in einem lackierten schwarzen Kasten. Das alles schafften sie in Memeljas Lager. Vielleicht konnte man es gegen etwas Nützliches eintauschen.

Unter den milden Gaben befand sich auch eine funktionierende Standuhr. Die konnten sie nirgendwo aufstellen, denn sie schlug zu laut und hätte die Kinder und Erwachsenen in der Nacht aus dem Schlaf gerissen. Auch sie verschwand in Memeljas Lager. Zum Vorschein kam ein Satz Christbaumschmuck – Ballerinen und Engel aus Watte in verschiedenen Farben. Den Engeln schnitten sie die Flügel ab und gaben die von den Zeichen der Religion befreiten Püppchen den Kleinsten zum Spielen. Sogar ein gerahmtes Bild kam zum Vorschein, auf dem eine nichtssagende Waldlandschaft abgebildet war. Die Signatur des Malers in einer Ecke – Iwan Schischkin* – klang ländlich, und

* Iwan Schischkin (1832–1898), bekannter russischer Maler. *Schischka* bedeutet auf Russisch Zapfen.

Dejew wies an, es im Wagen der Mädchen aufzuhängen. Wirkte es auch ein wenig naiv, so war es als Wandschmuck durchaus geeignet.

Sogar Bücher fanden sich unter all den Sachen. Sie waren auf Russisch gedruckt, hatten aber ausländische Titel, die durchaus nicht jeder verstehen konnte: »Kapitän Nemo«, »Zwanzigtausend Meilen unter dem Meer« oder »Der Graf von Monte Christo«. Die Bibliothekarin stürzte sich auf die Bände wie eine Verhungernde auf ein Stück Fleisch; vor Aufregung blieb ihr beinahe die Luft weg. Sie erklärte, jetzt werde sie den Kindern den ganzen Tag vorlesen, und gleich werde ihnen die Reise viel kürzer vorkommen. Da konnte Dejew nur seufzen. Wenn diese Büchlein sie doch schneller nach Turkestan bringen könnten!

Die Schaf- und Ziegenfelle, mit denen das Wägelchen abgedeckt war, wanderten sofort ins Lazarett. Die Cholerakranken litten permanent an Schüttelfrost, das Dutzend Felldecken kam hier gerade recht. Lebensmittel oder gar Seife fanden sie nicht. Doch die großen Flaschen enthielten tatsächlich Essig.

Offensichtlich waren die Geschenke im Besitz des Atamans gewesen. Die in der Steppe aufgewachsenen Kosaken aßen wohl kaum von Porzellangeschirr, eher direkt aus dem Kessel. Die Zeit bestimmten sie wohl weniger nach einer Uhr, sondern nach dem Stand der Sonne. Und mit Christbaumschmuck hatte man sie zu Weihnachten wohl auch kaum verwöhnt. Doch dass der Chef der Bande jetzt persönliche Dinge verschenkte, die ihm sicher lieb und teuer waren, konnte nur eines bedeuten: Er wollte ein neues Leben beginnen. Entweder in Russland oder außerhalb seiner Grenzen.

Kasten- und Leiterwagen, welche die Kosaken zurückgelassen hatten, hackte Dejew zu Kleinholz. Das tat er mit Genuss, und bald waren Boden, Seitenwände und Räder nur noch ein Haufen Scheite. Er hätte sie gern auch noch weiter zerkleinert, aber sie mussten fahren. Der Wasservorrat des Zuges ging zur Neige, und bis zur nächsten Station mit dem versprochenen Wasserturm konnten es nur ein paar Stunden Weges sein.

Sie starteten, als Mittag vorüber war. Bis zur Station wollten sie mit Höchstgeschwindigkeit fahren und dort die Nacht oder sogar mehrere Tage verbringen. Die Kette der Ansteckungen im Zug riss nicht ab, die Kinder mussten nach draußen laufen, und die »Girlande« stand daher besser auf der Stelle.

Inzwischen hatten sie alle Wagen so stark mit Kalk behandelt, dass die Böden und Wände weiß erstrahlten. Doch die Luft war derart ätzend, dass einem die Tränen kamen. Die Augen röteten sich, Nasen schwollen an, und das Atmen fiel schwer. Man musste die Fahrgäste auf die Wagendächer bugsieren und alle Türen weit aufreißen, um ordentlich durchzulüften. Die Kranken wurden zeitweilig zum Tender gebracht, wo man sie auf dem Brennholz niederlegte und mit den Fellen zudeckte. So rollte die »Girlande« nun durch die Steppe – innen leer und die Dächer voller Kinder. Zum Glück spielte das Wetter mit: Die Nächte waren in dieser Gegend zwar schon kalt, aber die Tage noch sommerlich warm.

Die Kinder, die sich seit Langem nach freier Natur und frischer Luft sehnten, reagierten überschwänglich: Sie schmetterten Lieder, eines frivoler als das andere, ließen ihre Schreie zum Himmel aufsteigen, bejubelten jeden Steinadler, der hoch über ihnen kreiste, und jede Springmaus, die sie in der Steppe entdeckten.

»Lebt und tobt euch aus, ihr dickbäuchigen Herren!«, schrie Tschekist Joschka endlos immer wieder aus sich heraus. »Lebt und tobt euch aus!«

»Wir le-e-e-eben!«, antwortete man ihm vom Nachbardach. »Leben werden wir und nicht ste-e-e-erben!«

»Hör mir zu, du süßer Spatz,
Nur wenn du mir Wodka bringst,
Bist du auch mein lieber Schatz!«,

johlte Fehlgeburt Lawruschka, der alle anderen zu überschreien versuchte.

»Wir sind nicht Diebe und nicht Ze-e-e-echer,
Sondern nur Gesetzesbre-e-e-echer!«,

gab Bettler zurück.

Dämon Bodja schlug mit einem Stück Eisen den Rhythmus zu den Sprüchen und tanzte dazu.

Falstaff riss sich das Hemd herunter, ließ es wie ein Banner wehen und stemmte seinen knochigen, von Rachitis gekrümmten Körper in den Wind. Sogleich taten es andere ihm nach. Speichellecker, Falscher Fuffziger, Salbei und Fomka Polonaise wedelten unter Lachen und Kreischen mit ihren Unterhemden. Als die Mädchen die nackten Burschen sahen, kreischten sie vor Lachen und überschäumender Lebensfreude.

»Sollen sie sich ruhig austoben«, ließ Belaja hören. »Hauptsache, sie fallen nicht vom Dach, alles andere kann uns egal sein.«

Die Szene hatte etwas Grausames und zugleich doch Richtiges: Die Kerlchen dort oben grölten Lieder und lachten sich halb tot, weil sie zum ersten Mal Sonne, Wind und den Rausch der Fahrt genießen konnten, doch andere lagen auf dem Tender und rangen nach Luft. Als Dejew, bei den Kranken sitzend, der bis vor Kurzem noch unvorstellbaren Kakofonie auf den Dächern lauschte, wurde ihm warm ums Herz. Ein Lächeln brachte er nicht zustande, aber er wünschte sich, diese Minuten sollten möglichst lange währen.

Selbst der Lokführer, der sonst kaum Gefühle zeigte, wurde

von der allgemeinen Fröhlichkeit angesteckt. Immer wieder ließ er die Dampfpfeife ertönen, was den Jubel weiter steigerte.

Über den Sorgen mit der Cholera hatten Dejew und Belaja die in Orenburg aufgenommenen blinden Passagiere fast aus den Augen verloren. Jetzt fielen sie ihnen wieder ein, denn deren Lumpen hoben sich von den weißen Hemden der Kasaner Kinder deutlich ab. Die Gesichter waren braun von Schmutz und die ungewaschenen, ungekämmten Haare standen nach allen Seiten. Diese verwahrlosten Kinder wirkten wie schwarze Buchstaben auf weißem Grund. Wie Kleckse auf einem sauberen Blatt Papier.

»Auf der nächsten Station waschen und scheren wir sie«, sagte Dejew zur Kommissarin.

Am Vortag hatten sich zwei der Neulinge mit Cholera angesteckt und liefen häufig nach draußen. Das war schlecht, hatte aber durchaus sein Gutes: Jetzt konnte Belaja kein Kind mehr hinauswerfen. Und eine Meldung über den Vorfall machte sie sicher nicht. Wenn sie auch zuweilen bissig war, hatte sie doch Verantwortungsgefühl für zehn.

So rollte die »Girlande« nun durch die Steppe: Mit heftig klappernden offenen Türen und einer Horde Kinder auf jedem Wagendach, die sich im Takt der Fahrt wiegten. Das Klopfen der Räder ging in ein eiliges Rattern über, und der warme Fahrtwind blies so stark, dass die Münder geschlossen werden mussten. Des Tobens, Singens und Tanzens allmählich müde, wurden die Kinder immer leiser. Der Jubel der ersten Minuten in Freiheit ging in eine stille Seligkeit über. Von der frischen Luft und den leuchtenden Farben der Steppe wie berauscht, verstummten alle und konnten den Blick von der unermesslichen Weite nicht wenden.

Wenn man die Augen senkte, dann flitzten die hellblauen Flecke der Distelblüten wie flinke Tierchen vorüber. Hob man sie zum Horizont, dann wirkte die unermessliche Weite unbewegt, als bleibe sie jetzt, in einer Minute und in einer Stunde immer gleich, als jage der Zug nicht vorwärts, sondern sei im Mittelpunkt einer Welt stehengeblieben, die nur aus zwei Dingen bestand – der grenzenlosen rotbraunen Erde und dem unendlichen blauen Himmel.

Bald näherte sich der Zug der Haltestation. Nun bedauerte man fast, dass er immer langsamer fuhr und die Erde immer träger vorüberzog. Schon meldeten sich die Kinderstimmen auf den Dächern in Erwartung der baldigen Ankunft. Am Horizont tauchten ein paar Bauten auf – mehrere mit Lehm verputzte Häuschen, die von dem Wasserturm überragt wurden.

Doch bis zur Station gelangten sie gar nicht. Der Zug musste vorher halten.

Dejew sprang ab, umrundete die Lok und sah die Ursache: Auf die Gleise hatte man merkwürdige längliche Gegenstände geschüttet. War das Brennholz? Als er näher kam, sah er, dass es kein Brennholz war, sondern Salzfisch.

Ein Berg gesalzener Fische lag mitten auf den Gleisen. Zander, Karpfen, Bleie und Plötzen – gelbgrün, silbern und golden schillernd. Viele tausend Stück. Hier mussten sie nicht nur ein paar Säcke oder Fuhrwerke sondern eine ganze Waggonladung ausgekippt haben. Es roch stark nach Gedörrtem und Gesalzenem.

»Die Kosaken«, konnte Belaja, die Dejew nachgeeilt war, nur sagen.

Wie war es ihnen gelungen, aus dem angezündeten Waggon noch Fisch zu retten? Wo hatten sie diese riesige Menge an Essbarem aufbewahrt? Und wie bis zu dieser Station gebracht? Warum hatten sie ihnen den Fisch nicht, wie unter Menschen üblich, übergeben, sondern mit so theatralischer Geste auf die Gleise geworfen?

Dejew suchte den Umkreis nach Zeichen ab, die ihnen eine Antwort geben konnten. Aber der Steppenboden war hart.

Sollten vor Kurzem Pferdehufe und Wagenräder hier vorbeigekommen sein, dann hatten sie kaum Spuren hinterlassen. Und wenn doch, den merkwürdigen Spendern konnten sie ohnehin nicht nachlaufen.

Schließlich erreichte Dejew die Station. Niemand zu sehen. Die Häuschen erwiesen sich als verlassen und unbewohnt.

»Sie haben uns das hingeworfen wie dem Hund einen Knochen«, brummte Dejew, als er unverrichteter Dinge wieder zum Fischberg zurückgekehrt war.

Inzwischen waren die Erwachsenen ausgestiegen, standen da und wagten es nicht, den vor ihnen liegenden Schatz zu berühren.

»Nicht dem Hund, sondern dir, Enkel«, sagte Bug grinsend und fügte dann in vollem Ernst hinzu: »Mein Gott, was sind das doch für gute Menschen!«

Noch zweimal sollte die »Girlande« auf Überraschungen von Ataman Jablotschnik stoßen.

Bei der ebenfalls verlassenen Station Schuldus erwartete sie auf den Gleisen ein Haufen großer Kisten, aus denen es nach Maiglöckchen, Lavendel, Jasmin und Mandarinen duftete. Dejew verschlug es fast den Atem, als er die erste öffnete. Er wollte seinen Augen nicht trauen: Da lag Seife in Laiben zu fünf Kilogramm, blassgrün mit dem Siegel des Herstellers in einer Fremdsprache. »Französische Feinseife«, übersetzte die Kommissarin. Dejew wollte das nicht glauben, doch die Stempel auf den Kisten beseitigten jeden Zweifel: Die Seife stammte aus Marseille.

Als sie sich der Station Schaman-Su näherten, erwartete sie ein Geschenk anderer Art. Ein elegantes Tischchen auf einem Fuß war zwischen den Gleisen aufgestellt und mit einem Spitzentuch bedeckt. Darauf ein Kästchen aus dunklem Holz mit der Nachricht: »Zu Händen des Arztes, der Besonnenheit gezeigt hat.« Bug öffnete das Kästchen. Darin eine schwere Kristallflasche Kognak ausländischer Herkunft. »Kipp das aus, Großvater«, knurrte Dejew angewidert. »Das lässt meine Besonnenheit nicht zu«, gab der Feldscher lächelnd zurück und brachte das Geschenk ins Lazarett.

Nach Aktjubinsk sollte es keine weiteren Überraschungen geben – Ataman Jablotschnik weilte zu dieser Zeit nicht mehr unter den Lebenden.

Von seinem Tod erfuhr Dejew erst später aus den Zeitungen. Die Nachricht erschien mit einer riesigen Schlagzeile in mehreren Versionen, die sich in den Einzelheiten unterschieden, aber beim Wesentlichen übereinstimmten. Es war eine merkwürdige, beinahe phantastische Geschichte, die viele für eine Legende oder eine Zeitungsente hielten. Dejew nicht.

Es geschah einige Wochen nach der Messe im Cholera-Lazarett von Dejews Zug. In einer Kirche von Orenburg wurde ein Museum für antireligiöse Propaganda eröffnet. Den goldenen Wandschmuck hatte man mit Losungen verhüllt und Popenfiguren aus Sperrholz in den Ecken aufgestellt. Die Ikonen hatte man mit den Köpfen nach unten gehängt und einen aufgebrochenen Schrein samt Reliquie zur allgemeinen Besichtigung auf dem Ambo platziert. Es gab eine fröhliche Eröffnungsfeier mit dem Absingen von Komsomolliedern und der Verbrennung der Kirchenbücher.

Am nächsten Tag betrat ein Mann in weißem Umhang das Museum. Aus nächster Entfernung erschoss er die Aufsicht und schritt, ohne von den flüchtenden Besuchern Notiz zu nehmen, zum Altar. Unter seinem Umhang holte er eine Ikone der Kasaner Muttergottes hervor, stellte sie auf den Altar, kniete nieder und begann zu beten. Den Umhang hatte er abgeworfen, und nun zeigte sich, dass er vom Nacken bis zu den Knien am ganzen Körper Dynamitladungen trug.

Der wegen des Zwischenfalls gerufene Milizionär wagte es

nicht, auf die lebende Bombe zu schießen, und holte Rotarmisten herbei. Aber auch die blieben unentschlossen an der Tür des neuen Museums stehen. Man versuchte, die zusammenlaufenden Gaffer zu vertreiben. Davon wuchs die Menschenmenge nur noch weiter an. Schließlich wurde das Gebäude umstellt. Der Terrorist wurde angesprochen, doch er dachte gar nicht daran, sein Gebet zu unterbrechen.

Da trat aus der Menge ein Geistlicher hervor und ging durch die für ihn geöffnete Absperrung in die Kirche. Entgegen der Erwartung suchte der Pope den Banditen nicht zu überreden, sondern betete zusammen mit ihm.

Inzwischen hatte man aus der Garnison in aller Eile den besten Scharfschützen herbeigeholt, der Befehl hatte, den Bombenattentäter so am Kopf zu treffen, dass das Dynamit unversehrt blieb. Während der Schütze noch an der Kirchentür hantierte und die beste Stellung suchte, ging das lange Gebet mit einer Explosion zu Ende. Der Terrorist hatte sich selbst in die Luft gesprengt. Das Kirchlein riss es in tausend Stücke, und mit ihm den Geistlichen, den Scharfschützen, die Soldaten der Absperrung und mehrere Gaffer in den ersten Reihen.

Die Identität des Täters konnte nicht ermittelt werden. Von seinem Körper wurde nichts gefunden. Nach Befragung von Zeugen kamen die Tschekisten zu dem Schluss, dass es kein anderer gewesen sein konnte als der berühmte Ataman Jablotschnik.

Viele wollten das nicht glauben. Weshalb sollte der eine solche Dummheit begehen? Sicher war er längst nach Persien verschwunden oder hatte sich in den Schutz des Emirs von Buchara begeben.

Doch Dejew glaubte es.

Der Wasserturm war bis obenhin gefüllt. Der Vorrat reichte aus, um die Lok zu versorgen, alle Wagen zu scheuern, einen frischen Trinkwasservorrat anzulegen und Dejews Neuaufnahmen gründlich zu waschen. Letzteres wurde vierhändig erledigt: Zwei Betreuerinnen nahmen eines dieser völlig verschmutzten Kinder zwischen sich und bearbeiteten es von beiden Seiten mit Grasbüscheln, die eine vom Scheitel nach unten, die andere von den Fußsohlen nach oben. Die Prozedur war erst beendet, wenn sich ihre Hände in der Nabelgegend trafen, alle Schichten monatealten Schmutzes und sonnenverbrannter Haut abgeschabt waren und ein rosafarbener Körper zum Vorschein kam. Dann wurde ein solcher Junge kahlgeschoren und in Ermangelung anderer Desinfektionsmittel mit einem Sud von Johanniskraut übergossen, den Memelja auf Bitte des Feldschers hergestellt hatte. Die Kleidung der Neulinge wurde mit Dampfstößen aus dem Ventil der Lokomotive behandelt.

Nach vierundzwanzig Stunden in der »Girlande« waren die Neuen für die Kasaner Kinder gar nicht mehr so neu. Nachdem Spitznamen, Witze und Lieblingswörter ausgetauscht waren und man sich ein wenig gerangelt hatte, galten sie als aufgenommen. Erstaunlich, wie rasch sich diese Kinder miteinander bekannt machten und einander anpassten. Da ihnen allen die Elternliebe fehlte, schenkten sie denen, die so verlassen waren wie sie, gern Zuneigung und Schutz.

Auch Dejew kannte sich mit diesen Kindern jetzt wesentlich besser aus als zuvor. Der Spitzname sagte ihm etwas über die bisherigen Taten der kleinen Landstreicher, und ein kurzer Wortwechsel genügte, um sich das Schicksal des einen oder anderen vorzustellen. Das war gar nicht so schwer, wie er erstaunt feststellte.

Zum Beispiel Mischer Larik und Speckige Karte Lossja. Sofort war jedem klar, dass die beiden Kartenspieler waren, kleine Profis, die sich mit dem Spiel ihre Mahlzeiten verdienten und aus allem, was sie fanden, Karten herstellen konnten. Das wurde sofort genutzt. Schon nach wenigen Tagen bastelte die ganze »Girlande« unter Anleitung von Larik und Lossja Spielkarten: Da sie auf den geschorenen Köpfen keine Haare hatten, rissen sie sich Härchen aus den Brauen aus und banden sie zu winzigen Pinseln zusammen. Aus Ziegelsteinbrocken und Spucke stellten sie rote Farbe her, aus Kohlestückchen schwarze, bemalten damit Papierfetzen mit Kreuz, Pik, Herz und Karo. Dann ging das Spielen los! Da die beiden Anstifter winzige, von der Unterernährung fast durchsichtige Kerlchen waren, empfanden es die größeren Jungen als ehrenrührig, gegen sie zu verlieren. Aber es verloren alle: Kinder, Begleiterinnen und sogar der Lokführer. Der ließ sich ein einziges Mal hinreißen, sich mit diesen Knirpsen zu messen. Danach fluchte er aus Ärger die ganze Nacht vor sich hin und raubte auch dem Heizer den Schlaf.

Eidechse hatte den Namen wahrscheinlich wegen seiner schlechten Haut. Sie war faltig, von kränklich grauer Farbe und stellenweise verhornt, als hätte sie früher einem Waran oder einem Drachen aus den Wüsten Turkestans gehört. Der Feldscher kannte sogar den Namen der Erkrankung, an welcher der Junge litt, aber Dejew konnte ihn sich nicht merken.

Knast-Affe hatte tatsächlich schon im Gefängnis gesessen. Wie dieser Knirps, der Dejew kaum bis zum Koppel reichte, dort hineingeraten war, konnte er sich nicht vorstellen. Aber der Junge musste sehr stolz darauf sein, wenn er sich diesen Namen gegeben hatte.

Lecker Drjuscha probierte offenbar alles gern mit der Zunge, vorwiegend natürlich Wein, Wodka oder Selbstgebrannten. Aufschneider Hadi machte aus allem ein großes Ding. Verlierer Lawruschka musste ein leidenschaftlicher Typ sein und hatte sich deshalb oft um Kopf und Kragen gespielt, weil er nicht rechtzeitig aufhören konnte. Drückeberger Verpiss Dich war ein Künstlertyp, der für seine Zwecke jede Krankheit täuschend echt zu simulieren verstand.

Die Neuen waren erfahrene Vagabunden, die sich durchzuschlagen wussten. Fast alle beherrschten irgendein »Handwerk«. Dejew wusste nun, dass der »Beruf«, den sich ein solcher Junge erwählte, nicht nur eine besondere Fertigkeit oder einen schlauen Trick meinte, sondern etwas über den Charakter aussagte. Ein solcher Name gab nicht nur etwas von der Lebenserfahrung seines Besitzers preis, sondern auch von seiner Seele.

Für den Marathon – den endlosen Lauf von einer Straßenbahnhaltestelle zur anderen auf der Suche nach verlorenen Münzen – brauchte es Geduld, Ausdauer und die Fähigkeit, sich mit Wenigem zufriedenzugeben. Dazu den Fleiß, stundenlang in Schmutz und Staub zu wühlen, und die Genügsamkeit, die Welt nicht zu verfluchen und sich auf einen anderen, ertragreicheren Broterwerb zu verlegen. Marathonläufer Wenja besaß offenbar alle diese Qualitäten.

Ein Straßendieb hingegen brauchte Frechheit und nicht wenig Selbstsicherheit. Wie sonst konnte es ihm gelingen, auf dem Basar vor der Nase einer Händlerin einen Apfel oder eine Pirogge zu stibitzen, und das nicht heimlich zu tun, sondern sich die Beute ganz offen zu schnappen und unter dem wütenden Geschrei der Menge damit zu verschwinden? Geschick und Courage, Schnelligkeit von Blick und Gedanken, Armen und Beinen waren die notwendigen Eigenschaften. Von alledem besaß Raffer Koska mehr als genug.

Unerschütterliche Ruhe und Gleichmut gegenüber dem Tod waren wichtig für Totengräber, jene, die viele Stunden am Tage auf Friedhöfen verbrachten, um die Gaben von Verwandten an ihre teuren Toten einzusammeln – Blumen, Kränze und Süßigkeiten. Brot zu essen, das für einen Toten gebacken wurde und auf seinem Grab lag, dafür musste man schon ein Philosoph sein. Totengräber Ilja war so einer – furcht- und leidenschaftslos wie ein Stein.

Im Gegensatz dazu gelang das Abräumen, das heißt, ein wenig Essen an einem Buffet zu erbetteln, nur denen, die den Leuten gefielen. Die es verstanden, zu völlig Unbekannten einen Zugang zu finden und im ersten Augenblick Sympathie zu erwecken. Dafür musste man es verstehen, hier zu lächeln, dort zu jammern, anderswo von Gott oder dem baldigen Kommunismus zu schwärmen, um am Ende einen Kanten Brot oder eine Schüssel zum Ausschlecken zu ergattern. Man musste um die Schwächen der Leute wissen, ein Mienendeuter und Menschenkenner sein. Nach der Beweglichkeit von Geist, Physiognomie und Stimme nahm so einer es mit jedem Schauspieler auf. Vor seinesgleichen musste man auf der Hut sein, die kratzten sich bei einem ein und nahmen einen aus, eh man sich's versah. Einen solchen Experten hatten sie im Zug nun auch: Abräumer Luka.

Die selbstlosesten Schnorrer waren die Löffelspieler. Diesen »Beruf« ergriff man nicht aus Not, sondern nur, wenn man sich dazu berufen fühlte. Man musste die Musik schon sehr lieben, um ganze Tage wie angewachsen zu sitzen, mit selbst geschnitzten Holzlöffeln Rhythmen zu schlagen und dazu zu singen. Ohne ein feines Gehör und Musik im Blut wurde das nichts. Löffelspieler Mitja brachte es auf den Punkt: Ein Lied singt man nicht mit den Lippen, sondern mit dem Herzen. Feine Menschen waren das – diese Löffelspieler.

Die Jungen, die Dejew aufgelesen hatte, stammten von allen Ecken und Enden des Landes. Ihre Herkunft war nicht immer erklärlich. Da war zum Beispiel Arsch aus Maikop an der Schwarzmeerküste, ein streitlustiges Jüngelchen, dem das Matrosenhemd bis zu den Knien reichte. Wieso hatte es ihn bis nach Orenburg, weit im Norden, verschlagen? Hätte er doch auf einem viel kürzeren Weg längs des Kaspischen Meeres, wo es Fisch im Überfluss gab, nach Turkestan gelangen können. »Hab mich halt treiben lassen«, antwortete er auf Dejews direkte Frage. Klüger wurde der daraus nicht.

Oder Wrangel aus Odessa in einem mit Pelz verbrämten Jäckchen und durchgesessenen Kosaken-Pluderhosen. Der hätte sich in seiner Heimat herumtreiben können, wo einem das Meer Austern, Fisch und Delfinfleisch bot, wenn auch nicht in solchem Überfluss wie zu früheren Zeiten. Doch nein, er musste fast bis zum Ural nach Norden ziehen.

Bei den Jungen aus dem hungernden Norden war die Sache klarer. Wo sollten Silwa aus Pskow oder Rodja aus Archangelsk auf dem Weg nach Turkestan stranden, wenn nicht in Orenburg? »Wie lange habt ihr dafür gebraucht?«, interessierte sich Dejew. »Ein halbes Leben«, kam die Antwort mit einem Grinsen. Wahrscheinlich war das nicht einmal gelogen.

Auch die Sibirier gaben Dejew Rätsel auf. »Surgut – das ist ja am Ende der Welt!«, wunderte sich Dejew, als er einen pausbäckigen Jungen mit dem Rufnamen Knirps aus Surgut befragte. »Wie hast du es bis hierher geschafft, durch die Taiga und über die Berge des Ural?« »Wozu hab ich Beine?«, antwortete der in allem Ernst. »Und am Ende der Welt leben wir auch nicht, sondern in Sibirien, genau in der Mitte von Russland!« Seinen Freund und Begleiter, den Versager aus Tjumen fragte Dejew gar nicht erst. Der hatte sicher auch »Beine«, wenn die beiden gemeinsam bis hierher gelangt waren.

Mit den Leistungen der Sibirier konnten Wanderer wie Schnaps aus Rschew, Kondraschka aus Twer oder Tschatscha Zinandali nicht mithalten. Von den Jungen aus dem benachbarten Kalmückien oder vom nahen Kaspischen Meer ganz zu schweigen.

»Dieser Zug ist eine echte Arche Noah«, ließ Fatima wieder einmal einen ihrer rätselhaften Sprüche hören, während sie den nächsten Jungen schrubbte.

Dazu setzte Dejew eine gleichgültige Miene auf, die weder Zustimmung noch Ablehnung erkennen ließ. Mit den Verwahrlosten kannte er sich inzwischen aus, doch mit dieser wundersamen Frau noch immer nicht.

Dejew lag im Wettlauf mit dem Tod.

Das wurde ihm in einer dieser endlosen Nächte klar, als er mit offenen Augen auf dem Dach des Stabswagens saß und in die Steppe schaute. An seiner Brust schnaufte der schlafende Sagrejka, und unten im Gras raschelten ein paar Cholerakranke, die sich dort erleichterten. Rücken und Schultern schmerzten noch von der Arbeit, die er gerade hinter sich hatte. Die kirgisische Erde war hart wie ein Pferdehuf, und das Ausheben der Gräber für die Verstorbenen wurde zu einer wahren Qual. Müdigkeit spürte er seit Wochen nicht mehr, doch das leichte Zittern der Finger, das vor Kurzem eingesetzt hatte, trat nun öfter auf. Selbst jetzt, da er, das schlafende Kind im Arm, ruhig dasaß, zitterten seine Hände wie die eines alten Mannes. Der Mond, der vom Himmel strahlte wie ein Scheinwerfer, verwandelte die Erde in schimmerndes Silber und alle Schatten in schwarze Löcher. Bei diesem beinahe taghellen Licht erkannte Dejew, dass der Tod nahe war.

Als blinder Passagier hatte er sich längst in ihrem Zug eingenistet. Zunächst hatte er ein wenig abgewartet, um die Wachsamkeit des Zugführers einzuschläfern, doch dann ging er daran, Dejew die Kinder zu rauben. Anfangs trat er als Erschöpfung durch Hunger in Erscheinung und holte sich die Bettlägerigen. Dann nahm er die Gestalt der Cholera an und holte sich die Erkrankten. Heute hatten sie vier begraben. Das waren mehr als gestern. Und gestern waren es mehr als vorgestern. Wie sollte das enden?

»Wo bist du?«, fragte er laut, legte den schlafenden Sagrejka neben sich und stand auf.

Doch der Kerl antwortete nicht, er hielt sich versteckt.

In einer so hellen Nacht sollte er ihm nicht entkommen.

»Wo bist du? Los, zeig dich!« Dejew sprang von Dach zu Dach, schaute in die Abzugsrohre der Heizung, hob Dachluken an.

Für alle Fälle holte er den Revolver aus der Tasche.

»Bleib dicht hinter mir, Bruder«, befahl er Sagrejka, der ihm nachgelaufen war und sich die Augen rieb. »Da hast du gute Deckung.«

In den Luken war niemand. Und hinter den Rohren versteckte sich auch keiner.

Im Mondlicht wirkten die Dächer wie mit weißer Farbe gestrichen und waren alle leer. Das Blech dröhnte unter Dejews Sprüngen, die wahrscheinlich unten in den Wagen zu hören waren. Sein und Sagrejkas Schatten hüpften über die Dächer und fielen bis in die Steppe hinunter.

»Was ist?! Warum versteckst du dich wie der letzte Bandit?« Die verdammten Finger zitterten wieder, doch den Abzug bedienen konnten sie noch. »Komm raus!«

Wieso sollte sich der Tod eigentlich auf diesen Dächern nahe dem gesunden Dejew herumtreiben? Sein Platz war bei den Cholerakranken im Lazarett. Wahrscheinlich hockte er dort, der Schweinehund.

Dejew eilte zum Ende des Zuges, sprang auf die Plattform hinunter, wobei er umknickte, aber keinen Schmerz verspürte, und riss die Tür zum Lazarett auf. Ein starker Geruch aus Kalk, ungesundem Schweiß und Cholera-Exkrementen fuhr ihm in die Nase.

»Ich weiß, dass du hier bist!«

Die Fenstervorhänge waren zur Nacht zugezogen. Er fing an, sie aufzureißen, rannte von Fenster zu Fenster. Die Dinger wollten ihm nicht gehorchen. Als er daran zerrte, fielen sie zu Boden. Na, wunderbar! Bei hellem Licht ließ es sich besser suchen. Doch seine Füße verhedderten sich in den herumliegenden

Vorhängen, die ihn am Gehen hinderten. Er trat sie zur Seite wie eine Meute bissiger Hunde.

»Was ist dein Preis? Reicht dir ein Drittel der Kinder? Die hast du doch schon!« Er trampelte auf jedes herumliegende Stück Stoff und versuchte es mit dem Absatz in die Dielenritzen zu treten, um den Kerl endlich zu überwinden. »Da hast du! Das ist für dich!«

Jetzt waren alle Fenster nackt, und im Lazarett wurde es taghell. Als er einen letzten großen Vorhang herunterriss, starrten ihn gleich mehrere Menschen an: Gott samt seiner Mutter und der Feldscher mit einem Kittel auf dem nackten Körper und gesträubtem Haar.

»Wo ist er?«, brüllte Dejew Jesus ins gleichmütige Gesicht. »Wo hat er sich verkrochen?«

Schweigen ringsum.

»Was für ein Gott bist du, wenn du so eine Kleinigkeit nicht weißt?!« Dejew hieb mit der flachen Hand zwischen die Augen von Gottes Sohn, zog sich dabei mehrere Holzsplitter ein, spürte aber immer noch keinen Schmerz. »Ich finde ihn, auch ohne dich!«

»Gib mir den Revolver, Enkel.«

»Das könnte dir so passen, Großvater!« Dejew ballte die verletzte Hand zur Faust und holte damit gegen Bug aus. Die andere zielte mit dem Revolver auf ihn. »Wenn du mich diesmal zurückhältst, dann Gnade dir Gott. Und nimm deine Instrumente weg, von denen dröhnt mir der Kopf.

»Und jetzt bist du dran!« Dejew verteilte Fausthiebe nach rechts und links, gegen die dunkelsten Winkel des Lazaretts. »Kein einziges Kind kriegst du mehr von mir! Komm endlich raus! Ich finde dich sowieso!«

Auf der Pritsche von Juliette Blanc-manger war er nicht. Darunter auch nicht. Weder unter der Decke von Ljoscha Dreimal Typhus, noch unter der Pritsche von Nonka Bovary. Die Kinder lagen da, waren blau angelaufen und atmeten kaum noch. Doch den Tod fand er bei ihnen nicht.

»Lass die Kranken in Ruhe, Enkel, denen geht es auch so schlecht genug!«

Bei Hunger-Hoover – nichts. Bei Tschengis Mamo – auch nichts. Ebenso wenig bei Schafsknottel.

»Komm mir nicht zu nahe, Großvater! Ich kenne deine Tricks, du packst mich von hinten wie ein Bär und willst mir die Waffe wegnehmen. Aber heute habe ich etwas zu erledigen, ich muss ihn finden.«

Beim Kleinen Pinkerton – nichts. Bei Cosette – wieder nichts.

»Der braucht frische Luft. Machen Sie die Tür auf, Schwester!«

»Bleiben Sie stehen, Schwester! Lassen Sie die Tür sein. Das mache ich selber! Sonst entwischt er mir noch.«

Die Tür. Die Plattform. Krach! Noch eine Tür. Krach!

Jetzt war er schon im nächsten Wagen.

Und die medizinischen Instrumente dröhnten immer noch wie mächtige Glocken bald in dem einen, bald in dem anderen Ohr. Der Großvater hatte sie nicht fortgeräumt. Er gehorchte ihm nicht mehr. Und seine Hände zitterten so sehr, dass er beinahe den Revolver fallen ließ.

Wo versteckst du dich, du feiger Hund? Komm raus!

Wer wimmert da? Etwa du? Nein, das sind nur die dummen Begleiterinnen.

Und wer rennt da weg, ganz in Weiß? Nein, das bist auch nicht du, nur ein paar Kinder.

Und was kracht da? Ach so, das bin ja ich, hab ins Wagendach geschossen.

»Wo bist du, Blutsauger?!«

»Hier bin ich«, sagte da eine Stimme dicht neben ihm.

Aber da stand eine Frau – hochgewachsen, sehr gerade. Und sehr nah. Sie schaute ihn an.

Dejew trat ganz nahe an sie heran, doch so hell der Mond auch schien – oder war es der Pulverdampf? – er konnte nichts erkennen, als hätte er Wattebäusche auf den Augen.

»Folgen Sie mir«, sagte sie.

Er drückte ihr den Revolver auf die Brust und spürte etwas Starkes, Elastisches, sehr Körperliches.

»Nicht jetzt«, sagte sie, legte kühle Finger auf die Faust, die die Waffe hielt, und drückte sie kräftig nach unten.

Dejew gab nach: Sie entkam ihm nicht; sollte sie noch ein wenig herumkommandieren. Sie nahm ihn beim Handgelenk wie ein launisches Kind und zog ihn mit sich. Zu zweit gingen sie durch einen Wagen, über eine Plattform, durch einen anderen Wagen, über eine andere Plattform und standen unvermittelt in einem sehr bekannten Raum. Ein großer Spiegel schwebte herbei, schloss den Raum und füllte ihn mit Mondlicht. Ein Türschloss klickte.

»Jetzt«, sagte er und drückte ihr wieder den Revolver in den Leib.

»Schauen Sie mich an, Dejew«, sagte sie. »Erkennen Sie mich?«

Vor ihm stand eine ihm bekannte Frau im Uniformmantel, den sie sich über die Unterwäsche geworfen hatte. Wirre Ringellöckchen umgaben ihren Kopf. Eine Wange war vom Schlaf zerdrückt.

Er nickte. Ich erkenne dich, Belaja. Alles andere auch – unser Abteil im Stabswagen, die Liege, die blöden Blumen und die Verbindungstür.

An der Tür wurde leise geklopft.

»Geht es Ihnen gut, Kommissarin?«, fragte die Stimme des Feldschers.

»Alles in Ordnung«, antwortete Belaja laut, ohne die Tür zu öffnen. »Alle sollen schlafen gehen.«

Nicht gleich, doch eine Minute später entfernten sich schlurfende Schritte auf dem Gang. Stimmen waren nicht zu hören. Offenbar wechselten die Leute nur Blicke, als sie auseinandergingen.

Ganz plötzlich empfand er Scham, dazu den Schmerz von den Splittern in der Hand und in dem verstauchten Fuß. Scham und Schmerz überkamen ihn mit gleicher Wucht.

Ach wäre doch Fatima hier! Dann könnte er auf die Knie fallen, den weichen Frauenkörper mit den Armen umfangen, das brennende Gesicht in ihm vergraben, um diese unerträgliche Scham zu lindern, krampfhaft atmen, vor Peinlichkeit stöhnen oder gar aufheulen. Doch jetzt?

Dejew legte den Revolver geräuschvoll auf den Tisch. Dann setzte er sich auf eine Kante der Liege und, den Blick zu Boden gerichtet, versuchte er mit den Zähnen die Splitter aus der Handfläche zu ziehen. Kleine Blutstropfen traten heraus. Und die verdammten Finger zitterten immer noch!

»Lassen Sie mich das machen.« Belaja setzte sich neben ihn, nahm seine zitternde Hand und zog – ebenfalls mit den Zähnen – die Splitter aus der Haut.

Die Blutstropfen leckte sie ab. Und drückte einen Kuss darauf. Noch einen und noch einen.

Nein, das geht nicht, das ist so peinlich, dass mir der Nacken glüht!

Es ist nicht peinlich. Und es geht.

Später, nachher, wenn ich mich nicht mehr so schäme!

Nein, jetzt, unbedingt.

Ich will es nicht und werde nicht.

Du tust es. Jetzt.

Gebieterisch presste sie ihn an sich, und er fügte sich – erneut, zum zehnten oder hundertsten Mal.

»Machst du das aus Mitleid?«, fragte Dejew viel später, als sie erschöpft nebeneinanderlagen und auf der Bettstatt kaum Platz fanden.

Die Hand brannte nur noch ein wenig, aber in dem verstauchten Fuß spürte er gar nichts mehr, der Schmerz war verschwunden. Und mit ihm die Scham – auf wundersame Weise. Er fühlte nur Leichtigkeit in der Brust und im Kopf.

»Ich tue es aus Berechnung.« Belaja richtete sich auf und fuhr sich mit den gespreizten Fingern energisch durch die wirren Locken. Ich will, dass Sie den Zug nach Turkestan bringen. Dabei helfe ich Ihnen, so gut ich kann.«

Hättest du doch geschwiegen, du Wahrheitsfanatikerin!

»Ist es dir nicht peinlich, das zuzugeben?« Dejew wollte beleidigt sein, doch das war er nicht, im Gegenteil, er war so ruhig und fühlte sich so rein wie nach einem heißen Bad.

»Peinlich ist es, Kinder nachts aus dem Schlaf zu reißen und mit dem Revolver zu erschrecken«, gab Belaja zurück und fing an, unter den im Abteil verstreuten Wäscheteilen ihre herauszusuchen. »Peinlich ist es, mitten auf der Reise den Kopf zu verlieren.«

Doch heute trafen ihre spitzen Bemerkungen Dejew nicht. Jetzt konnte seinen Seelenfrieden nicht einmal die ironische Kommissarin erschüttern.

»Ich habe nicht den Kopf verloren. Im Gegenteil, jetzt verstehe ich manches erst richtig.«

»Was verstehen Sie?«

»Zum Beispiel: Von nun an nehmen wir alle Kinder auf, die in diesem Zug mitfahren wollen!« Der so einfache und richtige Gedanke trieb ihn förmlich in die Höhe. Dejew setzte sich auf und fuhr sich ebenfalls durchs Haar. »Und zwar nicht nur die, die uns darum bitten. Alle, denen wir unterwegs begegnen. Alle, die wir finden. Alle werden mitgenommen!«

Die Kommissarin, erst halb angezogen, setzte sich wieder auf die Liege und starrte Dejew an.

»Und was fangen Sie mit ihnen an, wenn wir in Samarkand sind? Die Zieleinrichtung nimmt sie nicht alle auf.«

»Die nehmen sie«, antwortete er und blickte sie genauso direkt an, wie sie ihn. »Den Papieren nach werden es hungernde Kinder aus dem Wolgagebiet sein. Was ist schon dabei, ein paar Namen dazuzuschreiben. Das prüft doch keiner.«

»Haben Sie denn die Verstorbenen nicht nach Kasan gemeldet?«

Dejew schüttelte den Kopf. Das hatte er nicht getan. Alle Anweisungen verletzend, entgegen dem gesunden Menschenverstand, aus Charakterschwäche oder irgendeinem anderen Grund hatte er es unterlassen. Er hatte es nicht übers Herz gebracht, mit eigener Hand das Wort »Verluste« in ein Telegramm zu schreiben und die Zahl der toten Kinder daneben zu setzen. Er konnte es einfach nicht.

»Das ist Betrug, Dejew«, stellte sie fest und schaute ihn so streng an, als sei sie die Staatsanwältin.

»Und du steckst jetzt auch mit drin.«

»Versuchen Sie nicht, mir Angst einzujagen!«

»Das täte ich nur zu gern. Wir sind jetzt in einer Gegend, Kommissarin, wo du mir nichts mehr befehlen wirst. Kannst dich ja bei den Zieselmäusen in der Hungersteppe oder den Eidechsen in der Wüste am Aralsee beschweren.«

Sie starrten sich an, als wollten sie gleich mit den Hörnern aufeinander losgehen. Dejew spürte, dass er die Oberhand gewann.

»Warten Sie ab, bis wir in Taschkent oder Samarkand sind, da findet sich schon ein Telegrafenapparat.«

»Meinetwegen«, ließ er leichthin fallen. »Ich liefere die Kinder im Heim ab, und du lässt eine Beschwerde gegen mich los.«

»Die nimmt Ihnen keiner ab, Dejew!« Auch daran, wie unbeherrscht Belaja jetzt aufschrie, spürte er, dass er gewonnen hatte. »Deinen Neulingen steht doch auf die Stirn geschrieben, dass sie langjährige Landstreicher und überhaupt nicht aus dem Wolgagebiet sind! Aus der kalmückischen und kirgisischen Steppe, vom Schwarzen und vom Kaspischen Meer kommen sie, das sieht man ihnen an der Nasenspitze an! Da helfen Ihnen auch keine gefälschten Papiere. Schließlich sind die Leute in Samarkand keine Idioten.«

»Sie werden diese Kinder übernehmen, und basta!« Er packte ihr Gesicht mit beiden Händen und drückte ihr einen festen Kuss auf die Stirn. »Wenn du mich nicht daran hinderst, Belaja.«

Erst jetzt fiel ihm auf, dass seine Hände nicht mehr zitterten.

Die Cholera raffte vierzig Kinder dahin:

Ibrahim aus Kasan. Padischah. Radischtschew. Rotbarbe. Skorbut-Sonja. Mustafa Schmalhans. Hunger-Hoover. Eldar Raffzahn. Juliette Blanc-manger. Besoffener Jussup. Sie wurden bei der Bahnstation Ak-Bulak begraben.

Aussätzige Tilda. Fadja aus Sysran. Bettnässer. Kassim vom Bahnhof. Langfinger Firs. Nonka Bovary. Toller Hecht. Hasik Amen. Uglitsch Nicht Schießen. Ljoscha Dreimal Typhus und Ljoscha Pfütze. Tjupa aus Sarapul. Nargis aus Agrys. Sie mussten sie am Haltepunkt Kuranli zurücklassen.

Fenimore Cooper. Seufzer. Rüpel Klappe Zu. Bissige Seinab. Sheka aus Ischewsk. Dicke Habiba. Frost. Kleiner Pinkerton. Sie wurden bei Bisch-Tamak beerdigt.

Kokserin Cosette. Getaufter Mussa. Siegreicher Trotzki. Stumme Nuchrat. Hol Mich Der Teufel. Bartmücke. Augenloser Kajum. Djoma aus Kostroma. Sie senkten sie bei Kok-Bek in die Erde.

In diesen Tagen hatte Dejew etwa dreißig verwahrloste Kinder neu aufgenommen. Zusammen mit denen, die sich in Orenburg in den Zug geschlichen hatten, waren es etwa fünfzig Neulinge.

Bei Schaman-Su, wo sie Wasser tankten, tauchten zwei kleine, in Lumpen gehüllte Jungen bei der »Girlande« auf.

Man sah sofort, dass sie schon lange umherzogen. Sie bettelten nicht um Essen, sondern ließen sich nach Landstreicherart in der Nähe des Stabswagens nieder und starrten die Leute mit hungrigen Augen erwartungsvoll an. Dabei zielten sie nicht auf Lokführer und Heizer, sondern allein auf die Kommissarin und den Zugführer. Dejew brauchte nur einmal zu pfeifen, da saßen sie auch schon auf einer der Plattformen. »Wir haben die Cholera im Zug«, warnte er sie. Doch die beiden schauten ihn nur herablassend an, als stünden sie mit der Cholera auf du und du. Unter ihren struppigen Pelzmützen lugten ein paar blonde Strähnen hervor, und das deutliche O verriet die Nordlichter.

Am Haltepunkt Kara-Tugrai, der wie viele in dieser Gegend aufgegeben worden war, glaubte Dejew im verlassenen Haus des Aufsichtsbeamten Laute zu hören. Er schaute durch die eingeschlagenen Fenster, durchsuchte den Hof hinter dem Häuschen und entdeckte schließlich im Keller drei vom Dreck dunkelbraun gefärbte Tierchen, die sich bei näherem Hinsehen als zwei Jungen und ein Mädchen herausstellten. Russisch sprachen sie nicht, Kirgisisch verstanden sie auch nicht. Für solche Fälle bat Dejew die Baschkirin unter den Betreuerinnen hinzu, deren Sprache kirgisischen und kasachischen Dialekten nahekommt. Nach den großen schwarzen Augen und den dichten, über der Nasenwurzel fast zusammengewachsenen Brauen zu urteilen, stammten die Kinder eher vom Kaukasus. Dejew nahm auch sie mit.

»Nein!«, erklärte der Feldscher barsch. »Reicht Ihnen die Cholera noch nicht? Wollen Sie alle Seuchen der Gegend aufsammeln?«

Dejew antwortete erst gar nicht. Er befahl den letzten Neulingen, sich für die Tage der notwendigen Quarantäne auf Brennholz und Kohlen im Tender einzurichten.

Als sie in Aktjubinsk übernachteten, nahm sich Dejew die Zeit, die dortige Sammelstelle für verwahrloste Kinder aufzusuchen. Alle, die sie in der Hoffnung umlagerten, irgendwann eingelassen zu werden, nahm er zur »Girlande« mit. Es waren nicht weniger als ein Dutzend. Die meisten hatten die breiten Gesichter und schmalen Augen der Asiaten, so dass Dejew sie zunächst für Einheimische hielt. Aber das traf nur auf ganze zwei zu. Unter ihnen fanden sich ein Junge aus den Ebenen der Mongolei und sogar zwei, die aus fernen Gegenden des Hohen Nordens, von denen Dejew noch nie gehört hatte, bis hierher gelangt waren. Der Orenburger Inspektor hatte wohl recht: Ganz Russland zog es in dieser Zeit nach Turkestan, wo es Brot im Überfluss geben sollte.

In Kandagatsch versuchte man Dejew auszurauben. Auf einem winzigen Basar mit ein paar Marktständen und wenigen Käufern näherte sich ihm eine Gruppe Jungen. Sie kamen ihm nicht zu nahe, schauten angestrengt zur Seite, als er sie bemerkte, umkreisten ihn aber wie hungrige kleine Raubtiere, die noch keinen Angriff wagten, doch eine so verführerische Beute auch nicht entkommen lassen wollten. Dejew war bald klar, dass sie es auf den Revolver in seiner Tasche abgesehen hatten. Er konnte sich gut vorstellen, dass auf einen Pfiff des Anführers sich zwei an seine Arme hängten, damit er nicht an die Waffe kam, ein dritter sich blitzschnell den Revolver griff, und weg waren sie.

Doch er pfiff als Erster und winkte sie gleich selbst herbei. »Stellt eure Lauscher auf, ihr kleinen Ganoven. Mich ausnehmen – klappt nicht. Doch wenn ihr auf einen Abstecher nach Samarkand Lust habt, könnt ich mir's überlegen. Im Zug eure Ärschchen wärmen geht immer. Und in die Futterluke gibt's auch was, wenn ihr macht, was man euch sagt. Die Kufen verbiege ich euch schon nicht und reiß euch auch nicht die Ohren ab. Und verduften könnt ihr sowieso jederzeit. Aber wenn ihr einen meiner Kumpels im Zug auch nur schief anguckt, dann fress ich euch mit Haut und Haaren. Eure Entscheidung.«

Woher ihm diese Worte in den Sinn kamen, wusste Dejew

selber nicht. Doch den Burschen fiel vor Respekt die Kinnlade herunter, sie warfen ihm ergebene Blicke zu und entschieden sich auf der Stelle. Von diesem Basar kehrte Dejew zwar ohne etwas zu essen, aber mit weiterem Zuwachs zurück.

Kurz vor dem Fluss Emba sahen sie in der Steppe einen Haufen Jungen, die gerade eine Prügelei begannen, als die »Girlande« vorüberkroch. Die Bürschchen schlugen sich im Ernst, warfen einander zu Boden, droschen aufeinander ein und bissen sogar zu, bis Blut floss. Die musste man auseinanderbringen. Es stellte sich heraus, dass es Mädchen waren. Auch sie wurden mitgenommen, doch nur unter der Bedingung, dass sie während der Reise Frieden hielten.

Zwischen Kulama und Alabas stießen sie auf ein einzelnes Mädchen. Es lag ganz allein, in ein zerrissenes Fischernetz gehüllt, unter der einzigen Ulme weit und breit und rührte sich nicht. Krähen hüpften bereits gierig um sie herum und warteten auf ihre Stunde. Dejew verscheuchte die gierigen Vögel und brachte seinen Fund in den Stabswagen. Dort gab man dem Kind zu trinken und brachte es sogar zum Sprechen. Aber sie waren hilflos: Die Kleine lallte etwas in einer merkwürdigen Sprache, die keiner der im Zug vertretenen ähnelte.

»Das ist Griechisch«, erklärte Fatima zur allgemeinen Verwunderung.

»Altgriechisch?«, fragte Dejew töricht.

»Warum das? Echtes Neugriechisch.«

»Die wird von der Krim sein«, vermutete Belaja.

Mehr war aus der kleinen Griechin nicht herauszubekommen – weder wie sie bis zu diesem Baum gelangt war, noch warum sie sich in ein Fischernetz gehüllt hatte.

Nach der Bahnstation Tschelkar gab es frohe Kunde: Die Cholera flaute ab.

Man sah keine Kinder mehr mit hochgerafften Hemden in der Steppe hocken. Im Lazarett litt niemand mehr an Schüttelfrost, die Patienten lagen still, und allmählich ging es ihnen besser. Ihre von der Krankheit runzlig gewordenen Hände und Füße nahmen allmählich normale Gestalt an, die zerknitterten Choleragesichter strafften sich wieder. Das Blau der Lippen und Augenringe schwand nach und nach, sie hatten nicht mehr den extrem trockenen Mund und sprachen die ersten Worte. Jeden Tag konnte der Feldscher einige von ihnen aus seiner Obhut entlassen und ihnen die Rückkehr zu den anderen Kindern gestatten. Vom Krankenbett zurück ins Leben.

Nun konnte die »Girlande« endlich wieder Fahrt aufnehmen und musste nicht mehr auf freier Strecke oder bei verlassenen Haltepunkten stoppen, damit die kleinen Patienten sich draußen erleichtern konnten. Die Unterlage aus Gras in den beiden Krankenwagen musste höchstens noch zweimal täglich gewechselt werden. Bald kamen alle restlichen Kranken im Lazarett unter, und im Zug kehrte wieder Ordnung ein.

Die beiden betroffenen Wagen mussten von oben bis unten sorgfältig gereinigt, abgewaschen und abgekratzt werden. Sie begannen mit der Decke, dann folgten sämtliche Wände, Pritschen, Tischchen und schließlich auch der Fußboden. Bevor die gesunden Kinder wieder hier einziehen konnten, musste gründlich mehrmals gekalkt werden. Bug wollte das auf der nächsten Station Saksaulskaja erledigen, wo es einen großen Wasserturm gab.

»Lassen Sie uns noch einen halben Tag warten«, bat Dejew. »Dann können wir den ganzen Zug bis zum letzten Winkel mit Seewasser durchspülen.«

Der Aralsee ergoss sich vom Himmel auf die Erde, so erschien es Dejew, als die Wasserfläche, groß wie ein echtes Meer, am Horizont auftauchte. Das Blau des Himmels mischte sich mit dem Blau des Wassers.

Dejew sagte kein Wort – weder zu den Erwachsenen noch zu den Kindern. Er schaute nur wie gebannt auf das Blau in der Ferne, um einem anderen die Möglichkeit zu geben, es zuerst zu entdecken und begeistert zu rufen: Da ist das Meer! Das Meer!

Bald sahen sie es, sie schrien und jubelten – zuerst in seiner Nähe, bis sich die Nachricht wie ein Steppenfeuer im ganzen Zug verbreitet hatte. Vor Begeisterung bebten die Kehlen, denen sich in allen Tönen das Wunderwort entriss. Das konnte man nicht flüstern oder sprechen, man musste es singen, brüllen und aus sich herausschreien: »Das Meer! Das Meer! Das Meer!«

Die glatte Wasserfläche verdrängte zunehmend die rotbraune herbstliche Steppe und überflutete sie schließlich ganz. Das Blau kam dem Schienenstrang näher und näher, als ob der von dem Nass angezogen werde. Bald zerschnitt er die Welt in zwei Teile: Auf der einen Seite hart getrockneter Boden, auf der anderen Wasser, soweit das Auge reichte.

»Das Meer! Das Meer! Das Meer!«

In gemessenem Tempo fuhr die »Girlande« am Ufer entlang, langsam rollten glasklare Wellen ihr fast bis unter die Räder, stiegen aus der Tiefe auf, liefen über den braunen Sand und fluteten zurück, weiße Schaumflocken hinter sich lassend.

Wie gebannt starrten die Kinder an den Fenstern, von Plattformen und Wagendächern auf die gleichmäßige Bewegung des Wassers: mehrere Meter nach vorn …, mehrere Meter zurück …, vorwärts … und rückwärts … Ihre Stimmen wurden leiser, sie schrien nicht mehr, sondern schienen das Wunderwort nur noch tief aus dem Bauch im Takt der Wellen zu hauchen:

»Das Me-e-e-er!«

Eine Anweisung erhielt der Lokführer nicht, doch als der Zug immer langsamer wurde und schließlich auf freier Strecke stehen blieb, wunderte das niemanden. Es war, als konnte es gar nicht anders sein.

Dejew spürte überdeutlich, dass in diesem Augenblick alle im Zug – die Kinder, ihre Begleiterinnen und selbst der Lokführer, den man nicht sehen konnte, von einem einzigen Gefühl überwältigt wurden. Das man nicht in Worte fassen und niemandem mitteilen konnte. Angesichts dieser ungeheuren Weite, von der sie seit Wochen träumten und die sie nun wirklich vor sich sahen, verschlug es ihnen die Sprache.

In tiefem Schweigen schauten die Kinder auf die ewigen Wasser des Aral. Augenblicke, so süß wie diese, vergisst der Mensch nicht, wie klein und schwach er auch sein mag. Der See sprach zu ihnen, rauschte heran, Welle auf Welle, und schien sie zu rufen.

Dejew wusste genau, diesem Ruf würden alle folgen, und es konnte jeden Augenblick geschehen. Doch niemand entschloss sich, als Erster ans Ufer zu springen und die Stille zu stören. Hilfe kam von der Lok: Sie ließ ihre Dampfpfeife ertönen, und es klang wie ein Befehl: Vorwä-ä-ä-ärts!

Die Kinder kollerten aus den Türen, als hätte man die Wagen umgekippt, rollten wie Erbsen über den Sand, nachdem sie sich die Hemden vom Leib gerissen und in die Luft geschleudert hatten. Splitternackt stürzten sie sich ins Wasser, die Arme ausgebreitet, kreischend, die Augen zukneifend und alle Scham vor den Betreuerinnen vergessend. Die Hemden flatterten in Richtung Zug und legten sich auf die Schienen wie eine Schneedecke. Aus dem Schilf ringsum flogen Vögel auf, ihre Schreie vermischten sich mit dem Lärm der Kinder und verstärkten den allgemeinen Jubel.

Die Betreuerinnen stiegen bekleidet ins Wasser. Sie warfen nur die Schuhe ab und tappten vorsichtig in die Wellen, manche bis zum Knie, andere wagten sich weiter vor, blieben dann bewegungslos stehen und genossen den Anblick der tobenden

Schar. Die nassen Rockschöße klebten an den dürren Beinen, das Haar war von den Spritzern bald nass. Die Frauen boten einen merkwürdig unordentlichen Anblick. Und doch gab es in diesem Moment für Dejew nichts Schöneres als diese abgehärmten, von Wasser und Freudentränen nassen Gesichter. Die Schneiderin quietschte wie ein Ferkelchen. Die Popenwitwe hob die Arme zum Himmel, warf den Kopf in den Nacken und blieb so wie erstarrt stehen. In dieser Pose wirkte sie wie die Vogelscheuche in einem Gemüsegarten. Die Bibliothekarin wurde von den wilden Rangen ins Wasser geschubst. Kreischend versuchte sie aufzustehen, hatte jedoch gegen die unbändige Energie der wildgewordenen Rasselbande keine Chance. Dejew wurde unvermittelt klar, dass er sie alle liebte. Und allen verzieh: der Popenfrau, dieser Verräterin, der unbequemen Kommissarin und dem Großvater, dem ständigen Neinsager. Einfach allen.

Die Löckchen der Kommissarin waren kaum noch zu erkennen. Belaja schwamm mit schnellen, gleichmäßigen Stößen weit auf den See hinaus. Bug hingegen setzte sich nahe beim Ufer ins flache Wasser und streckte die Beine von sich. Mit seinem massigen Körper hockte er da wie ein Fels in der Brandung. Hinter ihm lief die Kapitolinische Wölfin am Rand des Wassers hin und her, peitschte es zu kleinen Fontänen auf, nach denen das dumme Tier mit seinem zahnlosen Maul schnappte. Ihre langen Zitzen schleiften fast am Boden, doch sie hopste so ausgelassen umher, als sei sie einer ihrer Welpen.

Als die Mannschaft des Zuges und alle Fahrgäste vollzählig im Wasser waren, erlaubte sich auch Dejew, selbst hineinzuspringen. Er ging ein Stück am Ufer entlang, um eine Stelle zu finden, wo es noch nicht von den Kindern aufgewühlt war. Als er sie gefunden hatte, warf er Schuhe und Kleidung ab und stürzte sich in die Wellen.

Das Wasser war kalt und sehr klar. Dejew konnte sehen, wie unter seinem Leib kleine Fischchen nach allen Seiten auseinanderflitzten. Er tauchte ganz in die Fluten ein, die seinen Körper bis zum letzten Fältchen, Gesicht und Haar reinigten. Als er die Lippen öffnete, um die Kühle in sich einzulassen, spürte er, wie salzig der Aral war. Immer tiefer ließ er sich in noch kältere Schichten sinken, um all das Erlebte der letzten Wochen abzuspülen. Am liebsten wäre er gar nicht wieder aufgetaucht. Lange ließ er sich treiben, beobachtete mit weit geöffneten Augen die sich wiegenden Wasserpflanzen am Grund, bis der See ihn nach oben stieß und er glücklich und nach Atem ringend weit vom Ufer entfernt wieder an die Oberfläche kam.

Dort lief Sagrejka heulend hin und her. Er ließ seinen Herrn nicht aus den Augen, und sein sonst so starres Gesicht war von Schmerz verzerrt. Mit den Füßen im Schaum, folgte er einer zurückfließenden Welle, um gleich danach vor der nächsten davonzulaufen.

»Schwimm doch her zu mir, Bruder!«, rief ihm Dejew lachend zu.

Das Geschrei und das Lachen der tobenden Kinder übertönte alles andere. Die Nachmittagssonne brannte, und auf den Lippen lag Salzgeschmack. Das Lachen, das Salz und die glitzernden Sonnenstrahlen versetzten Dejew in einen wahren Freudenrausch, wie er ihn lange nicht mehr erlebt hatte.

Da drang heftiges Platschen an sein Ohr. Als er herumfuhr, konnte er Sagrejka am Ufer nicht entdecken, sah aber in der Nähe Bewegung im Wasser und aufsteigende Blasen. Offenbar hatte der Junge die Trennung nicht mehr ertragen, sich in die Fluten gestürzt, um zu seinem Herrn zu gelangen, und war unter Wasser geraten, weil er nicht schwimmen konnte.

Dejew tauchte sofort in diese Richtung, streckte die Arme vor und suchte die immer kälter werdende Umgebung ab. Er bekam die strampelnde Gestalt zu fassen und zog sie nach oben. Dann brachte er den Jungen ans Ufer.

Sagrejka fiel in den Sand, hustete und würgte schwer, als er das verschluckte Wasser erbrach.

»Nun hast auch du gebadet«, ließ Dejew lächelnd fallen.

Dann legte er sich in den Sand – äußerlich erhitzt, innerlich abgekühlt, und schloss die Augen.

Auch der Junge hörte bald auf zu husten und zu würgen, kroch näher heran und rollte sich, endgültig beruhigt, zu Füßen seines Herrn zusammen.

Da kam noch jemand mit leichtem, fast unhörbarem Schritt heran und ließ sich bei ihnen nieder. Durch die halb geöffneten Lider erblickte Dejew einen Frauenkopf mit zwei langen Zöpfen – Fatima.

»Nun haben wir es bis zum Aral geschafft.« Dejew sagte etwas zu ihr, das er wohl kaum einem anderen bekannt hätte. »Es gab Tage, da habe ich gar nicht mehr daran geglaubt. Aber es ist uns gelungen.«

»Hier soll es rosafarbene Flamingos geben«, antwortete sie, wie immer, in rätselhaften Worten. Zwar konnte Dejew ihr Gesicht nicht sehen, doch ihre Stimme verriet ihm, dass sie lächelte. »Von der Farbe der Morgenröte. Können Sie sich das vorstellen?«

Dejew wusste nicht, ob sie von Fischen, Säugetieren oder Insekten redete. Auch sich ein Tier in der Farbe der Morgenröte vorzustellen, gelang ihm nicht. Jetzt konnte er nur noch auf dem warmen Sand ausgebreitet liegen, Sagrejkas Atemzüge auf der einen und Fatimas Stimme auf der anderen Seite genießen. Wahrscheinlich sagte sie noch etwas, doch Dejew fiel in einen Schlummer, der über die Welt mit all ihren Tönen einen fast undurchdringlichen Schleier breitete.

Das Uferschilf raschelte im Wind. Weit weg versuchten die Betreuerinnen verzweifelt, die inzwischen blau gefrorenen Kinder aus dem Wasser zu holen. Und ganz fern in der »Girlande« klapperte Geschirr. Es war Memelja, der aus gesalzenem Fisch einen Eintopf kochte.

Der Zug stand auf den Gleisen und wartete darauf, gereinigt zu werden. Wie ein silberner Faden liefen die Schienen die Küste entlang. Weit in der Ferne sollten sie das Blau des Sees hinter sich lassen und in die orangefarbenen Dünen der Wüste Kysylkum eintauchen. Dort begann das Gebiet der Turkestanischen Sowjetrepublik. Das ersehnte Turkestan.

VI.

Wieder fünfhundert

Kasalinsk – Arys

Die Wüste zog sich hin wie ein Ozean. Tagaus, tagein schleppte sich der Zug hindurch. Die Tage waren zäh und schienen kein Ende zu nehmen. Morgens, mittags und abends hatten die Reisenden denselben Horizont vor Augen, der Himmel und Erde trennte. Am Himmel bewegte sich die Sonne. Auf der Erde wanderten die Schatten. Mehr gab es in der Wüste nicht.

Die endlose Einförmigkeit dieser Gegend, die noch keine Sandwüste war, aber bald in diese übergehen sollte, ermüdete bis zum Abwinken und machte einen ganz benommen. Eine braune Landschaft, die man gestern schon vor Augen hatte, die heute, und ganz sicher noch für lange Zeit die gleiche blieb. Gras gab es auch. An manchen Stellen durchstach es die Erde wie Draht. Wo nicht, blühte weißes Salz. Sträucher kamen ebenfalls vor. Hin und wieder eine Tamariske oder ein knorriger Saksaulstrauch. Selbst Tiere konnten einem begegnen. Wenn der Zug stand, fingen die Jungen Eidechsen und aßen sie gleich auf. Über Wurzelstöcke, die aus dem Boden ragten, huschten manchmal Eichelhäher und Spatzen als flinke Schatten. Hin und wieder erschien ein Adler am Himmel. Aus großer Höhe beobachtete er, wie die »Girlande« beharrlich über die Gleise kroch, und flog enttäuscht weiter. Doch Gras, Sträucher und Tiere – alles war klein geraten und auf dem gewaltigen Gemälde dieser Landschaft kaum zu erkennen, als hätte jemand mit dem Stift lässig ein paar Punkte darauf gesetzt.

Und überall Staub, Staub, endloser Staub, der einem in Haar und Augen drang, zwischen den Zähnen knirschte, in allen Falten des Körpers und zwischen den Fußzehen rieb, sich auf der Tischplatte und auf den Gesichtern der Schwerkranken im Lazarett ablagerte. Manchmal ging er in Sand über. Da konnte man froh sein, wenn man ihn nur in den Schuhen spürte, doch immer wieder verwehte er die Gleise, die mit selbst gefertigten Besen und den nackten Händen freigelegt werden mussten, damit die Lokomotive rollen konnte. Zuweilen bewegten sie sich nur noch auf diese Weise vorwärts: Vornweg Menschen auf allen vieren und hinter ihnen das riesige Ungetüm Meter um Meter, Schwelle für Schwelle, Handvoll für Handvoll Sand.

In den Weiten dieser leeren Welt regte sich so wenig Leben, dass die »Girlande« und ihre Fahrgäste wie freche Eindringlinge wirkten, die sich an der Ewigkeit zu vergreifen wagten, impertinente Wahnsinnige, die einen Ozean zu Fuß überqueren und dabei auch noch eine tonnenschwere Last hinter sich herschleppen wollten.

Und es gab so wenig Farbe ringsum. Die Palette dieser Landschaft wurde vom Stand der Gestirne und den Wolken bestimmt. Im Morgengrauen färbte sich die Erde nach dem Schwarz der Nacht in Hellblau und Rosa, in der heißen Sonne des Tages in Braun und gegen Abend in Dunkelblau. Doch es blieb stets Erde, staubtrockene Erde. Dejew sehnte sich nach dem Anblick von Wald, gezackten Baumkronen und sich im Wind wiegendem Grün. Nach einem Fluss mit sich schlängelndem Lauf und plätschernden Wellen. Nach einem Dörfchen mit bunt gestrichenen Häusern, einer Kuhherde und Ebereschenbäumen … Aber vor sich sah er nur braune Leere, die sich manchmal zu einem kleinen Hügel wölbte oder zu einer Niederung senkte, doch all das kaum sichtbar.

Seit der Kindheit hatte Dejew ein Gefühl dafür, welche Entfernungen er mit der Eisenbahn zurücklegte. Wie mit dem Lineal gemessen, wusste er stets, wie viele Werst hinter ihm lagen und wie viele bis zum Ende der Reise noch blieben. Doch in der Wüste versagte dieser sechste Sinn. Vergeblich suchten die Augen überall nach Orientierungspunkten; das Schneckentempo brachte ihn aus dem Takt. Zwar bewegte sich der Zug vorwärts, doch er versank gleichsam in diesen Räumen und war nicht imstande, sie zu überwinden. Das Gleiche fühlten inmitten dieser Grenzenlosigkeit auch die Menschen.

Sein Heil suchte Dejew bei den Haltepunkten. Ja, die waren häufig verlassen. Ja, man konnte sie kaum voneinander unterscheiden: Ein paar Lehmhütten, entweder grau oder gekalkt, ein Wasserturm aus dunklem Backstein und unbedingt mit einer blau gestrichenen Tür. Doch wenigstens überall ein Name in kyrillischen Buchstaben. Und immer wieder ein anderer. Das bedeutete, die »Girlande« kam voran, hangelte sich durch die Wüste von einem dieser Namen zum anderen, so wie ein im Moor Verirrter von einem Grasbüschel zum anderen springt: Tschumysch, Kamyschli-Basch, Karakuus – das klang, wie wenn Sand über Baumstümpfe weht. Bai-Choscha, Tjura-Tam, Chorchut – wie wenn eine Klapperschlange mit dem Schwanz schlägt. Bik-Bauli, Dschussaly, Tschiili – wie wenn eine Zikade zirpt.

Wie fremd das alles war!

Die Lok heizten sie anfangs mit dem Brennholz, das sie in Aralsk in großer Menge aufgenommen hatten. Dann begannen sie unterwegs Saksaul zu sammeln. Die knorrigen Sträucher erwiesen sich als so hart, dass man ihnen mit dem Beil nicht beikommen konnte. Sie brachen nur unter starkem Druck, daher waren für das Holzsammeln weder Kinder noch Frauen, sondern ausschließlich Dejew, der Feldscher, Lokführer und Heizer geeignet. Da sie befürchteten, dass auch bald kein Saksaul mehr wachsen werde, ordnete Dejew an, den Zug stets zu stoppen und Vorrat aufzunehmen, wenn Saksaulsträucher in Sicht kamen. Das verlangsamte den Kriechgang, mit dem sie vorankamen, noch mehr. Dafür häuften sich im Tender die krummen Äste und Wurzeln.

Wasser für die Lokomotive hatten sie zur Genüge getankt. Da Dejew den Stationsvorstehern an der Strecke aber nicht besonders vertraute, vor allem, da eine gute Hälfte der Stationen ohnehin leer stand und mancher Wasserturm trocken sein konnte, lieh sich Dejew in Kasalinsk einen verrosteten Kesselwagen, in dem man einmal Erdöl befördert hatte. Genauer gesagt, er mietete ihn beim Bahnhofsvorsteher für ein paar Sektgläser und anderen Kram aus Porzellan und Glas, der seit Swijaschsk in der Feldküche herumlag. Dejew versprach hoch und heilig, den Wagen auf der Rückfahrt wieder abzuliefern. Der nach dem Porzellan und den Silberlöffeln gierende Vorsteher ließ ihm auch noch ein paar Handvoll Soda ab, um die Räder zu entrosten, die mindestens fünf, wahrscheinlich sogar zehn Jahre auf dem Abstellgleis gestanden hatten. Der Kessel stank heftig nach altem Öl und aus unerfindlichem Grund nach Urin, war aber immer noch dicht. Sie füllten ihn bis zum Rand und verkeilten die Luke sorgfältig. Das Wasser sollte ihnen als Notvorrat dienen. Sie hängten den Kesselwagen hinten an den Zug, wodurch die »Girlande« etwas länger und Dejew ruhiger wurde.

Rostiges Wasser und Saksaul, das war das Einzige, was sie im Überfluss besaßen. Aber nichts zu essen. Töricht, an den halb versandeten Stationen nach Proviant zu fragen. Man musste froh sein, dort auf ein griesgrämiges Menschlein mit zwei räudigen Schafen und ein paar dürren Puten zu stoßen, das in seinem Dienstraum hauste. So ein Einsiedler ernährte sich von Zwieback, steinhart getrocknetem Quark und ebenso trockenem, auf Stöcke gespießtem Hammelfleisch. All das wurde einen

Monat im Voraus auf dem Basar eines nahe gelegenen Städtchens erworben und dann in einer Kiste verstaut, die der Besitzer sofort fest verschloss, wenn er der aus dem Zug purzelnden Horde von Kindern ansichtig wurde.

Die »Städtchen« waren in Wirklichkeit nur größere Dörfer, wo sich von Zeit zu Zeit aus der Wüste ringsum ein buntes Völkchen versammelte, Jurten oder Sonnendächer aufschlug und ein paar Tage lang Handel trieb. Dort wurde gekauft und verkauft, meist jedoch getauscht oder auch nur gegafft. Uralte Pelzmützen und fadenscheinige Umhänge, altes Pferdegeschirr oder ungekämmte Kamelwolle konnte man dort erwerben. An Proviant für fünfhundert Kinder war nicht zu denken. Es gab auch weder Stadtsowjet noch Miliz oder eine Dienststelle der Tscheka, wo Dejew mit seinem inzwischen reichlich verschlissenen Auftrag hätte wedeln und irgendetwas verlangen können. Er fand nicht einmal überall Menschen, die sein Papier lesen konnten.

Die Hühner aus Swijaschsk waren lange aufgegessen. Nur der Stall in einem Winkel des Stabswagens erinnerte noch an sie. In der Vorratskammer des Küchenwägelchens gingen die Reste des von den Kosaken geschenkten Salzfischs allmählich zur Neige. Anfangs wurde jedem noch ein halber Fisch, dann ein Viertel und danach immer weniger zugeteilt. Der sparsame Memelja kochte aus allem Suppe – aus Schuppen, Kiemen und Flossen. Die Gräten zerstampfte er zu Fischmehl und spülte sogar die Eingeweide mehrmals durch, um noch etwas für die Suppe zu haben. Trotzdem ging der Vorrat zu Neige. Dejew war keiner, der fünfhundert Mäuler mit einem einzigen Fisch satt machen konnte. Einigen der Begleiterinnen wurde vom Geruch der seit Wochen immer gleichen Brühe aus abgestandenem Wasser und Fischfett übel. Dejew passierte das nicht, denn er spürte schon seit Längerem beim Essen keinerlei Geschmack. Bei sich dachte er: Wenn es gar keinen Fisch mehr gibt, werdet ihr euch noch nach diesem Gestank sehnen. Das sollte bald geschehen.

Auf dem vom Sand verwehten Gleis drang die »Girlande« immer weiter in die Wüste vor – ohne Proviant und ohne ein Krümchen Salz. Trinkwasser plätscherte noch in den Fässern, wurde jedoch nur noch nach einem festen Plan in halbvollen Bechern zugeteilt. Jeder wusste, dass es hier nichts zu beißen geben konnte. »Wir werden wieder zu essen haben, wenn wir die Berge sehen«, versprach Dejew den Kindern. Woher wollte er wissen, dass Berge freigiebiger waren als Sanddünen? Aber eine Hoffnung musste er ihnen schließlich lassen.

Die Bahnstrecke lag da wie ausgestorben. Kein einziger Zug rollte darauf, und nur noch selten zogen einzelne Wanderer wie schwache Schatten das Gleis entlang. Und wie langsam die »Girlande« vorwärtskroch, wie oft sie auch zum Stehen kam, um auf die Männer zu warten, die Saksaul sammelten, kein anderer Zug suchte sie zu überholen oder kam ihnen entgegen. An der Strecke hatte man zum Schutz vor Verwehungen Sträucher gepflanzt. Doch das waren weder Wermut noch Akazien oder Knöterich. Sie sahen Pflanzen kaum mehr ähnlich, sondern eher mit zahllosen Dornen besetzten Skeletten. Manchmal lagen gebleichte Tierknochen dazwischen. Hätte Dejew nicht genau gewusst, dass dieses Gleis nach Taschkent führte, in die »Stadt des Brotes«, wie man sie im hungernden Russland jetzt nannte, die »Himmelsstadt«, das »Gelobte Land«, wohin es Hunderte und Tausende Wanderer in ihren Träumen und der Realität zog, wenn dies nicht der Weg ins märchenhafte Taschkent gewesen wäre, jenseits dessen sich hinter Bergen das noch reichere Samarkand verbarg, dann hätte Dejew diese abgelegene Strecke mit seinem Zug nie befahren.

Dass sie nach Taschkent führte, wussten auch die Flüchtlinge. Viele hatte Dejew an Bahnhöfen abwimmeln müssen, wo sie versuchten, durch inständiges Bitten oder heimlich in den

Zug zu gelangen. Die Verzweifeltsten unter ihnen, die den Weg durch die Wüste zu Fuß wagten, bewegten sich auf den Schwellen des Schienenstrangs vorwärts. Nicht selten holte die »Girlande« solche Wahnsinnigen ein, die vor Hunger und Durst halb tot waren. Erwachsene nahm Dejew nicht mit. Kinder schon. Jetzt protestierte auch Belaja nicht mehr. Zu essen hatten sie ohnehin nichts, also konnten die Neuen ihnen nichts wegnehmen.

Hier waren viele der verwahrlosten Kinder gelandet, von denen der Inspektor in Orenburg gesprochen hatte: zwischen Djurmen-Tjube, Kara-Usak und Sauran. Überall begegneten sie ihnen – allein und in Gruppen, sich noch auf den Beinen haltend oder bereits entkräftet im Sand liegend. Dejew nahm sie alle mit. Verpflegen konnte er sie nicht mehr, doch ihnen zu trinken geben, ein Lager bieten, sie allein durch das Versprechen ermutigen, sie nicht im Stich zu lassen, das konnte er schon.

Bei Dschalagasch entdeckten sie eine Familie: Vater und Mutter lagen am Streckenrand im Schatten eines Karrens, und ein kleines Zwillingspaar krabbelte auf den Schienen umher. Dejew wollte die Eltern wegen ihrer Sorglosigkeit rügen, doch das konnte er nicht mehr – beide waren tot. Die Kinder wurden in den Wagen der Kleinsten aufgenommen und der Karren zu den Brennholzvorräten auf den Tender geworfen.

Weit nach Kysylorda stießen sie auf eine weitere Familie. Auf dem Schienenstrang saßen ein alter Sarte* und seine vier schwarz gekleideten, verschleierten Ehefrauen. Als in der Ferne der Zug in Sicht kam, erhob sich der alte Mann langsam, weil er sich wohl vor Erschöpfung kaum noch auf den Beinen halten konnte, und begann mit seinem Stock die Frauen vom Gleis zu treiben. Die weigerten sich zunächst und wollten nicht aufste-

* *Sarten* nannte man im 19. Jahrhundert die turksprachige sesshafte Bevölkerung im russisch beherrschten Teil Zentralasiens.

hen, gaben schließlich aber nach, gingen ein paar Schritte zur Seite und blieben dort stehen.

Dejew, der auf dem Dach des Stabswagens saß, wurde das Gefühl nicht los, dass an dieser für die Gegend nicht ungewöhnlichen Szene etwas nicht stimmte. Nicht, weil der Mann die Frauen schlug oder diese mit einem dicken Strick an ihren Gürteln zusammengebunden waren, denn solches Verhalten von Ehemännern in diesen Breiten war bekannt. Entweder war ihm aufgefallen, dass alle vier Frauen dem Zug mit erhobenen Köpfen entgegensahen, was bei Asiatinnen nicht üblich war. Oder dass sie ungewöhnlich klein wirkten. Vielleicht auch, dass eine, deren Fuß ein wenig unter dem Rocksaum hervorlugte, keinen Holz- oder Lederschuh trug, sondern einen Bastschuh.

Dejew sprang vom Wagendach und ging auf die merkwürdige Familie zu. Vorsichtshalber zog er den Revolver aus der Tasche. Der Sarte erschrak und versuchte die Frauen mit dem Stock weiter in die Wüste zu jagen. Doch die ließen sich zu Boden fallen und begannen mit dünnen, flehenden Stimmen zu schreien – auf Russisch. Den Sarten tötete Dejew. Als die Frauen den Schleier abwarfen, erwiesen sie sich als etwa zwölfjährige Mädchen mit blonden Zöpfen und vom langen Marsch eingefallenen Wangen. Sie alle kamen vom Ural. Ihre Eltern hatten sie auf einem Basar in Orsk für Rosinen und getrocknete Aprikosen verkauft. Sie sollten über Buchara in einen Harem von Maschhad gebracht werden.

Die vier wurden im Mädchenwagen untergebracht. Der Tote trug in einem Sack auf dem Rücken Fladenbrot und ein Stückchen geräuchertes Pferdefleisch bei sich. Das Brot bekamen die Kleinsten und das Stückchen Fleisch, kaum so groß wie ein Handteller, gaben sie der Kapitolinischen Wölfin. Dejew fürchtete sehr, dass bei ihr wegen des Hungers die Milch versiegen könnte.

Die Neuen waren nur noch ein Schatten ihrer selbst. Der lange Weg hatte ihnen alle Kraft geraubt. Sie waren schwach und anspruchslos, wollten sich am liebsten in den letzten Winkel verkriechen, sich auf den Boden oder auf eine Wagenplattform im Freien legen, um nur ja keinem eine Pritsche wegzunehmen. Sie mucksten sich nicht, baten nicht um etwas zu essen, tranken, was man ihnen reichte, mit einem Wort, bereiteten keinerlei Mühe. Zuweilen schien es, als wollten sie nur noch sterben.

Dejew hatte inzwischen die Übersicht verloren, wie viele Kinder er jetzt im Zug hatte. Täglich nahm er weitere einzeln oder in Gruppen auf. Und täglich erreichten ihn die unseligen Meldungen, die entweder Kasaner Kinder oder Neulinge betrafen.

Jede Nacht hatten sie Gräber auszuheben. Zum Glück war der Boden hier weich, denn er bestand nur aus Sand und Kies. Die Arbeit ging Dejew und Bug schnell, man könnte sogar sagen, gut von der Hand. In den vielen Nächten hatten beide sich eingespielt. Bei der Arbeit schwiegen sie oder redeten miteinander, doch meist nicht darüber, was sie gerade taten.

Oft war es der Feldscher, der etwas erzählte, sich an schwierige Situationen aus seinem Leben erinnerte. Wie er »in der grünen Jugend« gegen die Türken gekämpft hatte, »mit ergrautem Schnurrbart« gegen die Japaner oder vor wenigen Jahren im Bürgerkrieg. Am liebsten redete er über Pferde – wie man sie bei Krankheiten wie Druse und Rotz behandelte, wie man einer Stute half, trächtig zu werden, oder welche Nachteile reinrassige Tiere hatten. Einmal war er in der mongolischen Steppe auf eine Herde zottiger Wildpferdchen gestoßen, denen er Salz auf der flachen Hand anbot. Als diese es ihm furchtlos von der Hand leckten, galt er bei den Mongolen als Pferdeflüsterer.

Diese Gespräche bedeuteten keine Missachtung ihrer traurigen Mission. Im Gegenteil, wären Mund und Kopf nicht mit einfacheren, erfreulicheren Dingen beschäftigt gewesen, hätten sie diese schwere Pflicht nicht erfüllen können. Dejew hörte dem alten Mann dankbar zu. Er empfand es als Glück, dass er nicht dauernd an den leblosen kleinen Körper denken musste, der zwei Schritte entfernt lag und auf seine Beerdigung wartete, sondern von zottigen Wildtieren hörte. Dass er sich vorstellen konnte, wie ein rundes, samtweiches Maul sich der Hand des Alten näherte und sich dort winzige glitzernde Kristalle holte. Diese Gespräche waren wie ein Glas Wodka, das jeden Schmerz dämpft. Sie waren Opium für die Seele.

Wenn sie manchmal besonders offen zueinander waren, drängte es Dejew, Bug nach Fatima zu fragen. Bist du tatsächlich in sie verliebt, Großvater, oder bilden meine müden Augen sich das nur ein? Du bist doch steinalt! Hast doppelt so viele Jahre auf dem Buckel! Aber er fragte nicht, wollte den Weggefährten nicht kränken. Er wusste, dass törichte Eifersucht an ihm nagte und sich Luft machen wollte. Doch das war eine zu delikate Angelegenheit.

Etwas Wichtiges fragte er schließlich doch: »Bist du sauer auf mich, dass ich immer wieder Kinder aufnehme?«

Der Feldscher schwieg lange.

Warum nur hatte er dieses Thema angesprochen? Stumm mit dem Spaten zu arbeiten fiel ihm jetzt noch schwerer.

»Du tust mir leid, Enkel.«

»Nanu? Bin ich denn krank, dass man mich bedauern muss?«

»Kranke bedauert man nicht, sondern behandelt und pflegt sie. Das ist das erste Gebot des Arztes. Doch du bist nicht mehr zu heilen. Du bist verkrüppelt.«

»Wovon?«, fragte Dejew, halb verständnislos und halb gekränkt. Er hörte sogar auf zu graben.

»Vom Krieg«, ließ Bug achselzuckend fallen. »Von dieser menschenverschlingenden Zeit. Genaueres weiß ich nicht. Du erzählst ja nichts von dir. Ich bin auch nicht gerade redselig, aber in diesen Wochen habe ich dir alles erzählt, sogar von meinem Militärdienst und dem Traum, Pferdedoktor zu werden. Denn wir beide sind doch Menschen und keine Baumstämme, die auf einem Stapel nebeneinander liegen. Aber du wirkst auf den ersten Blick so harmlos wie ein Neugeborenes oder wie das Gras am Wegesrand. Doch wie kompliziert du in Wirklichkeit bist! Gibst über dich kein Wörtchen preis.«

Da hatte er wohl recht. In der Tat fühlte sich Dejew mehrfach gedrängt, etwas aus seiner Vergangenheit zu berichten. Er hatte sich sogar schon die Einleitung zu einem solchen Gespräch von Mensch zu Mensch ausgedacht. Etwa: Kannst du dich erinnern, Großvater, wie viel Schnee wir im Winter 1920 hatten? Oder: Nie wieder habe ich so viele Menschen gesehen wie im August 21. Warst du damals in Kasan, Großvater? Doch er brachte die Zähne nicht auseinander. Von sich selbst zu erzählen machte ihm Angst.

»Die Seele eines guten Menschen ist rein und fest wie ein frischer Apfel«, fuhr der Feldscher fort. »Bei einem Schurken ist der Apfel zur Hälfte oder ganz und gar verfault. Doch deine Seele ist kein Apfel, sondern ein Kohlkopf. Von welcher Seite man auch versucht, ihr auf den Grund zu gehen, überall stößt man auf Blätter, immer wieder Blätter, und das Innerste ist nicht zu erkennen.«

Jetzt schlug Dejew mit dem Spaten auf Sandbrocken, die sofort zerfielen. Welcher Teufel hatte ihn nur geritten, diese Frage zu stellen! Warum konnten sie nicht wie bisher über das Zureiten junger Pferde oder das Reinigen ihrer Hufe reden? Urplötzlich überkam ihn der Drang, den Spaten hinzuwerfen und wegzulaufen, in der Dunkelheit zu verschwinden, damit nicht weitere Worte fielen, noch ehrlichere und schmerzhaftere.

»Wenn man dich anschaut, bist du ein junges Bürschchen. Das Pulverdampf gerochen hat, aber doch ein Junge geblieben ist – hitzköpfig, aufrichtig und ein bisschen naiv. Dann wieder kommst du mir vor wie ein alter Mann. Du kannst dein Gesicht nicht sehen, wenn wir beide die Toten begraben. Beim Militär habe ich genug Begräbnisse erlebt und kenne die Gesichter der Totengräber. Der normale Mensch, ob Soldat oder Zivilist, fürchtet sich vor dem Tod und schiebt ihn weit von sich. Diese Furcht und Verdrängung sind ihm ins Gesicht geschrieben und leicht zu erkennen. Nur Tattergreise, die des Lebens müde sind, haben keine Angst. So wie du. Wenn du ein Kind ins Grab legst, ist es, als legtest du dich selbst mit hinein.«

Der Alte sprach langsam und entwickelte bedächtig seine Gedanken.

»Anders betrachtet, bist du ein gütiger Mensch, wie es nur wenige gibt. Flößt den Schwerkranken morgens Suppe ein, lässt einen gestörten Jungen unter deinem Bett schlafen, nimmst jedes obdachlose Kind in deinem Zug auf, um es vor dem Verhungern zu retten. Man könnte denken, du besitzt Güte für drei. Doch du hast auch Hass in dir, Enkel. Der reicht nicht nur für drei, sondern mindestens für ein ganzes Dutzend. Du versuchst, ihn tief in dir zu verbergen und nicht herauszulassen, doch er macht sich immer wieder Luft. So ist das bei dir: Hinter Liebe versteckt sich Wut, hinter Jugend Alter, hinter Stärke und Kommandoton Schwäche und seelische Skrupel. Überall Kohlblätter ohne Ende.«

Für einen Moment schien es Dejew, als stehe er vor dem Alten nackt und bloß da und müsse vor Scham in der Erde versinken.

»Meinst du, ich bin ein doppelgesichtiger, schlechter Mensch?« Er nahm das tote Kind auf, um es in die Grube zu legen, tat das aber so ungeschickt, dass es ihm hinunterfiel und er es noch einmal zurechtlegen musste.

»Ich weiß nicht. Du kennst dein Inneres besser.«

»Und von außen?«

»Da ist zu sehen, dass du die Kommissarin und mich, ohne mit der Wimper zu zucken, aus dem Zug werfen könntest, wenn wir dir nicht erlauben, weiter verwahrloste Kinder aufzunehmen. Dass du bei der Getreidesammelstelle bereit warst, für Fleisch zu sterben. Dass du imstande bist, jeden Bahninspektor zu erwürgen, der dich daran hindern will, die ›Girlande‹ ans Ziel zu bringen. Deine Antriebe sind nicht Pflichtbewusstsein, eine Idee oder Menschenliebe, sondern enorme Verzweiflung und großer Schmerz. Mit diesem Zug rettest du nicht Kinder, sondern dich selbst. Die Kinder rettest du einfach nebenbei. So sieht sich das an.«

Jetzt ging Dejew mit dem Spaten daran, die Grube zu füllen. Er schippte wie wild, als wolle er einen Brand löschen Mit dumpfem Geräusch plumpste der trockene Sand hinunter.

»Zu sehen ist auch, dass du in der Lage bist, heute einen Zug mit Kindern nach Turkestan zu führen und morgen eine Truppe Kosaken zu erschießen. Mit der einen Hand Menschen zu retten und mit der anderen Menschen zu töten.«

»Ich töte nicht, sondern bestrafe Feinde der Revolution! So leben heute alle.«

»Viele«, pflichtete ihm Bug bei. »Aber nicht alle. Von denen, die so leben, meine ich, dass sie verkrüppelt sind. Sie sind es, die ich bedaure.«

»Auch den Genossen Dzierżyński?«, entfuhr es Dejew.

Es war allgemein bekannt, dass der gefürchtete Chef der Tscheka zugleich die Kinderkommission des Zentralexekutivkomitees leitete, auf deren Weisung Züge wie die »Girlande« zur Evakuierung hungernder Kinder zusammengestellt und auf den Weg gebracht wurden.

»Nie wieder ein Kinderzug«, lautete Bugs ziemlich unpassende Antwort. Dabei ließ er sich auf die Knie nieder und half Dejew mit bloßen Händen dabei, das Grab zu schließen. »Nie wieder. Wenn wir in Samarkand ankommen, fahre ich bei der nächsten Gelegenheit nach Kasan zurück und melde mich bei der Militärakademie, um mich dort um die Pferde zu kümmern.

In der »Girlande« wurde es still. Zuvor hatte sich Dejew gewundert, welche Stille im Lazarett herrschte, doch jetzt breitete die sich im ganzen Zug aus. War er in Fahrt, dann hörte man die Dampfmaschine im metallenen Bauch der Lok stampfen, den Dampf aus dem Schornstein zischen, die Räder rattern und die Kupplungen klappern. Doch wenn die Dampfmaschine stillstand und mit ihr alle mechanischen Teile, dann versank die »Girlande« in tiefes Schweigen. Keine Kinderstimmen sangen, fluchten oder warfen sich lustige Verse zu. Keine Betreuerinnen schimpften. Im Küchenwagen klapperten keine Töpfe. Abends sang Fatima kein Wiegenlied. Die Fahrgäste des Zuges waren mürrisch und schweigsam geworden. Ihre Kraft reichte nicht einmal mehr für ein Gespräch, ein Lächeln oder einen Blick.

Seit drei Tagen hatten sie nichts gegessen.

Die Kinder lagen die meiste Zeit auf den Pritschen und starrten die Wände oder die Decke an. Der Blick aus dem Fenster auf den endlosen nackten Boden erschöpfte und bedrückte sie nur noch mehr. Die Erwachsenen fanden zumindest noch die Energie, ihren täglichen Pflichten nachzugehen – die Gleise vom Sand zu befreien, Saksaul zu brechen, die Eimer mit Wasser von dem Kesselwagen zur Lok zu tragen. Doch auch ihre Kräfte gingen allmählich zur Neige.

Die Schneiderin war schon zweimal bewusstlos geworden. Die Bibliothekarin wurde von Bauchkrämpfen geplagt. Die Popenfrau hatte laut und für alle hörbar zu beten begonnen. Belajas Drohungen und Dejews Mahnungen fruchteten nichts. Die ehemalige Bäuerin stand gar nicht mehr auf. Starr und steif lag sie auf ihrer Pritsche, schnappte dabei jedoch so geräuschvoll nach Luft, dass man sie ins Lazarett verlegen musste, damit sie die Kinder nicht ängstigte.

Die kamen auf die Idee, sich von Gras zu ernähren. Sie rissen die trockenen Büschel ab, die sie am Rand der Strecke fanden, kauten sie und würgten den feuchten Brei hinunter. Der Feldscher verbot es ihnen, doch sie taten es trotzdem. Bereits am nächsten Tag bekamen drei von ihnen Koliken. Bug nahm sie gar nicht erst im Lazarett auf. Sollten sie in den Wagen vor Schmerzen stöhnen und damit die anderen von solchem Unsinn abhalten.

Griga Einohr und fünf seiner Freunde verschwanden nachts aus dem Zug, ohne jemandem etwas zu sagen oder sich zu verabschieden. Sie machten sich in den staatseigenen Hemden auf den Weg, ließen aber aus der Küche oder dem Lazarett nichts mitgehen. Am Morgen suchten Dejew und Belaja die Umgegend nach ihnen ab, doch auf dem mit Wermut bewachsenen Boden hatten sie keine Spuren hinterlassen. Einen Tag später fanden sie sich wieder auf ihren Pritschen ein – total verschmutzt, mit blauen Flecken und zerrissenen Hemden. Offenbar hatten sie den Zug, auf den Gleisen laufend, nachts wieder eingeholt und waren unbemerkt eingestiegen.

Die Mädchen schlossen sich zu Grüppchen zusammen. Zu dritt und zu viert lagen sie gemeinsam auf einer Pritsche, drückten sich aneinander und wärmten sich gegenseitig. Sie sprachen nicht, dösten meist nur vor sich hin, ohne zu weinen.

Weinen hörte man jetzt nicht einmal die Kleinsten. Sie saugten an ihren Fingern und stecken manchmal gleich alle fünf in den Mund. Auch an den Hemdzipfeln lutschten sie. In ihr Schicksal ergeben, drückten sie sich an Fatima, einige auch an das warme Fell der Kapitolinischen Wölfin. Die lag mit geschlossenen Augen am Boden wie tot und rührte sich nicht. Fatima gab ihr von Zeit zu Zeit Wasser zu trinken und drehte sie von einer Seite auf die andere. Auch das Baby legte sie oft bei ihr an. Es schien immer noch etwas aus den verwelkten Zitzen zu saugen, wodurch es am Leben blieb. Dejew sah dieses Bild immer wieder, wenn er sein Abteil verließ oder dorthin zurückkam.

In der letzten Zeit spürte er, dass der Mangel an Nahrung ihm den Körper leichter erscheinen ließ. Doch zu seinem Erstaunen fiel es ihm immer schwerer, das geringere Gewicht zu bewegen. Den Kontrollgang durch den Zug zu bewerkstelligen. Hinauszugehen, um Saksaul zu brechen oder die Schienen vom Sand zu befreien. Auf das Wagendach zu steigen. Alles fiel ihm schwer.

Am schlimmsten war es jedoch mit dem Denken. Sein Kopf fühlte sich an wie ein Topf voller Kleister, in dem die Gedanken sich kaum noch rührten, aneinander kleben blieben und zu keinem Ende fanden. Es fiel ihm leichter, sich an alte, erprobte Gedankengänge zu klammern, als auf neue zu kommen. Das tat er auch, um Kraft zu sparen. Doch manchmal genügte das nicht. Dann musste er den Kleistertopf in beide Hände nehmen und ordentlich durchschütteln, um Ängste, fixe Ideen und Wünsche von der Realität zu trennen.

Sein Hauptgedanke lautete: Wir fahren nach Samarkand. Das existiert wirklich.

Ein weiterer wichtiger Gedanke: Wir werden wieder zu essen haben, wenn wir die Berge sehen. Irgendwer hatte das Dejew versprochen, der klug war und es wusste. Aber wer? Das spielte keine Rolle. Wichtig war, die Berge zu sehen. Sie zu erreichen, und wenn sie dorthin kriechen mussten. Waren im Fenster noch keine Berge zu sehen? Nein, noch nicht.

Ein neuer Gedanke, der nicht so glatt und angenehm klang wie die alten: Wir müssen Brennholz sparen. Das ist nur noch für die Lokomotive da. Deshalb werden die Wagen ab heute nicht mehr geheizt. Was ist schon dabei, wenn es in den Nächten kalt wird? Ist es Ihnen, Schwester, wichtiger, es warm zu haben oder Samarkand zu erreichen? Ich ordne Sparsamkeit an. Nach der Regel des Zugführers, Regel Nummer …, habe ich vergessen.

Dejew bekam Magenkrämpfe. Davon sagte er niemandem etwas. Wenn er sie unter den Rippen spürte, drehte er sich weg und wartete ab, dass sie wieder vergingen. Wenn Zeugen dabei waren, gab er sich alle Mühe, sich nicht zu krümmen und die Fäuste nicht zu ballen. Das gelang ihm nicht immer.

Die Zeit floss jetzt nicht mehr gleichförmig dahin, sondern zerfiel in Vorkommnisse, gelegentliche Gespräche, Gedankenfetzen. Eben hatte er noch auf dem Dach gesessen und den Horizont nach den Umrissen ferner Gipfel abgesucht, da war er schon wieder im Lazarett, rieb gemeinsam mit Bug Schwerkranke mit Wasser ab und wischte den braunen Staub von ihren Gesichtern. Gerade hatte er noch mit dem Lokführer darüber gestritten, ob die »Girlande« nicht auch nachts fahren könnte, da lag er schon wieder in seinem Abteil und starrte die Deckenbemalung an, als gäbe es nichts Wichtigeres zu tun. Stückchen seines Lebens flammten auf wie die Fenster eines schnell vorüberfahrenden Zuges. Dazwischen war nur noch Leere.

Darunter diese Szene: Einer der Neulinge tauchte bei ihm auf und schlug vor: Lassen Sie uns die Hündin aufessen, so alt, wie die ist. In Ordnung, erklärte Dejew, nachdem er eine Weile nachgedacht hatte. Aber zuerst essen wir dich. Hör gut zu, du Schlaukopf: Wenn ich bei unserer Kapitalistischen Wölfin auch nur einen Kratzer entdecke oder ihr ein paar Haare aus dem Fell fallen, dann suche ich nicht lange nach dem Schuldigen, sondern du fliegst aus dem Zug oder sogar … Der Aktivist war schon verschwunden, ehe der träge Redefluss des Zugführers geendet hatte.

Ein anderes Bild: »Stimmt es, dass die Bourgeois ihre Lokomotiven mit Brot heizen?«, fragte ihn Bienchen, als er an ihr vorüberging. »Ich habe es nicht selber gesehen«, bekannte Dejew, »vielleicht stimmt es.« »Schießt du sie tot, wenn du sie triffst?« »Mach ich, versprochen.« Zur Bestätigung holte er den Revolver aus der Tasche, öffnete das Magazin und hielt es dem Mädchen hin: »Siehst du? Sieben Kugeln, es ist voll.« Dabei bemerkte er, dass die Hand mit der Waffe zitterte.

Noch ein Bild: »Hast du schon mal Weinbeeren gegessen, Dejew?«, wollte Trachom-Jussja von ihm wissen. »Noch nicht.« »Das soll eine Wunderbeere sein. Von einer einzigen ist man den ganzen Tag satt.« »Wenn man das sagt, dann stimmt es auch. Darum kümmern wir uns in Samarkand als Erstes. Wir fahren doch alle zusammen nach Samarkand. Das gibt es wirklich …«

Nach Dejews Schätzung hatten sie vom Aralsee nicht weniger als 800 Werst zurückgelegt. Die Berge mussten jeden Tag kommen. Jetzt gleich. In einer Stunde. In zwei Stunden. Oder gegen Abend. Doch von Bergen war nichts zu sehen.

Die Wüste verhöhnte sie. Sie wellte sich kein bisschen, was man als Vorberge hätte nehmen können, sondern lag flach und endlos da, so weit das Auge reichte. Wie Pusteln saßen von Wermut überwucherte Geröllhügel darauf, so niedrig, dass man sie kaum Hügel nennen konnte. Wie riesige Teller glitzerten Salzflächen. Die Erde ringsum wölbte sich ein wenig, Windstöße trugen sie fort. Doch es war keine Erde, sondern der reine Sand.

Lange hatten sie auch kein einziges Haus mehr gesehen. Die letzte Station namens Arys lag weit hinter ihnen, und andere kamen nicht in Sicht. Werst für Werst keine einzige Bahnstation.

»Genosse Zugführer, das Brennholz geht zu Ende.«

»Solange du noch welches hast, heize!«

Und Saksaul wuchs hier auch nicht mehr.

Eine Werst, noch eine Werst …

Zusammengeholt und zu Kleinholz gehackt wurde alles, was möglich war: die Sitzstangen aus dem Hühnerstall, die Körbe mit den Eiernestern, Kisten und Schachteln von Lebensmitteln, die von den Kosaken geschenkte Standuhr, sämtliche Bücher, obwohl die weinende Bibliothekarin sie nicht hergeben wollte, der Rahmen des Bildes im Mädchenwagen. Dejew wollte gleich das ganze Bild ins Feuer werfen, doch die Bibliothekarin klammerte sich an die Leinwand, als sei sie aus reinem Gold. Dejew fügte sich und verschonte die Schmiererei. Alles, was brannte und Wärme abgab, wurde Opfer der Flammen.

Auch die Türen zerhacke ich, sinnierte Dejew finster, wenn er mit dem Beil hantierte. Und die Pritschen. Wäre noch Trockenfisch dagewesen, dann hätte er auch den ins Feuer geworfen.

»Das Wasser im Kesselwagen geht zur Neige.«

»Ich habe doch befohlen: Heizen!«

Noch eine Werst. Eine halbe ...

Dann war auch das Wasser aufgebraucht. Das Heizmaterial ebenfalls. Im Ofen glühten die letzten Kohlen.

Die Räder drehten sich noch, von den letzten Schlägen des mechanischen Herzens getrieben, doch langsamer und langsamer. Das eiserne Ungeheuer schnaufte immer schwerfälliger, leiser und verstummte schließlich ganz. Die »Girlande« blieb stehen, aus der Esse stieg nur noch ein leichtes Dampfwölkchen.

Und um sie herum nichts als spiegelglatte Wüste, ein brauner Ozean.

Sollte er einen Boten nach Arys schicken? Von dort bis an diesen Ort hatten sie einen halben Tag gebraucht, weil die Gleise ständig vom Sand zu befreien waren. Es mussten vierzig oder fünfzig Werst sein. Doch womit sollte ihnen der trübselige Beamte auf dieser einsamen Bahnstation helfen – ohne Telegrafenapparat oder eine andere Verbindung zu den großen

Städten? Nein, Rettung konnten sie nicht hinter sich, sondern nur vor sich finden.

Dejew sprang zu Boden und schritt auf der Strecke vorwärts. Belaja rief ihm etwas nach, doch er hörte gar nicht hin. Er setzte die Füße von einer Schwelle auf die andere – links, rechts, links, rechts – wie bei einer Parade der Armee.

Wer schleppte sich da hinter ihm her? Doch nicht etwa die Kommissarin?

Es war Sagrejka.

»Du kannst nicht mitkommen!« Dejew nahm eine Handvoll Sand und schleuderte ihn gegen seinen Gefährten. »Lauf zu den anderen zurück!« Der Kerl wollte nicht hören. Dann sollte er doch zum Teufel gehen, der Dummkopf!

Eine Werst. Noch eine.

Wo bleibt ihr nur, ihr verdammten Berge?!

Plötzlich war das Gleis unter seinen Füßen zu Ende. Es ging einfach nicht weiter.

Wie konnte das sein?

Dejew wollte seinen Augen nicht trauen. Er ließ sich auf die Knie fallen, betastete mit den Händen die letzten Schwellen und die Enden der Schienen, die von altem Rost zerfressen waren. Dann kroch er nach vorn auf der Suche nach einer Fortsetzung der Strecke. Doch er fand nichts. Nun hatten sie auch keine Eisenbahn mehr.

Der Sand war rotbraun und lebendig. Bald löste er sich von der Erde und fuhr über sie als Sandsturm dahin, dann wieder wurde er selbst zur Erde. Wenn der Wind sich legte, verschwand er völlig. Und flog üppig wieder auf, sobald der erneut blies.

Mit Dejew trieb der Sand sein Spiel: Zuerst versteckte er vor ihm die Schienen, die zu den Bergen führten, und dann jene, auf denen Dejew in die Wüste gekommen war. Gib sie wieder her, verlangte Dejew und taumelte immer weiter vorwärts. Gib sie mir zurück! Manchmal trat er zur Warnung mit dem Fuß gegen einen Sandwirbel, doch das kostete zu viel Kraft, und er ließ es bald sein. Mit jedem Schritt fiel es ihm schwerer, die Knie durchzudrücken. So schlich er leicht gebeugt und mit eingeknickten Beinen weiter. Immer häufiger blieben die Schuhe an Wurzeln hängen, und fast schien es ihm, als wollten die ihn festhalten.

Das Gleis aus Stahl konnte doch nicht einfach abreißen wie ein altes Kamelgeschirr, das wusste Dejew genau. Er wusste, dass vom Kasaner Bahnhof regelmäßig Züge nach Taschkent und darüber hinaus bis nach Buchara abfuhren und ihre Bestimmungsorte erreichten. Zudem wusste er, dass er selbst einen Zug nach Samarkand führte. Und dass Samarkand existierte. Es ging also nur um eine Kleinigkeit: Er musste in den Bodenfalten und in dem Gewirr der Gräser und Wurzeln die vor dem menschlichen Auge verborgenen Schienen aus Stahl finden, die auf Schwellen aus Holz lagen.

Wo waren sie nur geblieben?

Jetzt ging er bereits mehrere Stunden. Hoffentlich in Richtung Süden. Die Sonne war in einem Wattehimmel untergetaucht, so dass er die Himmelsrichtung nicht nach seinem Schatten bestimmen konnte. Er war sehr bemüht, Kurs zu halten. Im Süden mussten vor ihm die Berge auftauchen, doch der dreimal verfluchte Sand wirbelte um seine Beine wie ein übermütiger Hund, wollte ihn umwerfen und vom Kurs abbringen.

Herrscher über diese Gegend war der Sand. Zur Rechten von Dejew erstreckten sich die roten Weiten der Wüste Kysylkum, zu seiner Linken die der Mujunkum, welche in die endlose Hungersteppe überging. Irgendwo in dieser Gegend musste der breite Fluss Syr-Darja sein, musste es die Bergketten geben, welche die Landschaft in Stücke schnitten und es den Wüsten nicht gestatteten, sich zu einem Ozean von Sand zu vereinen. Zwar war der Boden hier von Gras durchwirkt und von Wurzeln durchzogen, die verhinderten, dass sich Sanddünen bildeten, und er war hart, als wolle er echte Erde sein. Doch wenn man in dieser Gegend auch nur ein paar Stunden verbrachte, sich ständig den allgegenwärtigen Staub aus dem Gesicht wischen und darauf achten musste, zwischen den Sandwirbeln nicht die Orientierung zu verlieren, dann wusste man, wer der Herr im Hause war.

Was tue ich hier? – Ich suche das Gleis nach Samarkand.

Weshalb? – Ich führe einen Zug mit Kindern dorthin.

Und wo ist dieser Zug? – In der Tat, wo war er?

Gib mir das Gleis zurück! – Gib mir den Zug zurück!

Hinter ihm schleppte sich der treue Sagrejka durch den Sand. Der Junge war während der Hungerwoche so abgemagert, dass seine ohnehin leichten Schritte jetzt fast unhörbar wurden, und er selbst wirkte wie der buchstäbliche Strich in der Landschaft. Von Zeit zu Zeit fiel Dejew sein Begleiter wieder ein. Dann wandte er sich nach ihm um und warf ihm einen aufmunternden Blick zu. Halt dich tapfer, Bruder, sollte das heißen. Er hätte es ihm besser mit Worten sagen sollen. Doch er brachte die staubbedeckten Lippen nicht auseinander.

Sollte der Junge zu Boden sinken und nicht mehr aufstehen, dann blieb Dejew nichts anderes übrig, als ihn zu tragen. Belaja hätte ihn in der Wüste zurückgelassen, doch das brachte er nicht über sich. Das würde Kraft kosten und seinen Schritt verlangsamen. Was hatte sich der Kerl auch an ihn hängen müssen!

Da sprang Dejew die Erde entgegen, und schon lag er da und hätte sich beinahe auch noch Nase und Kinn aufgeschlagen. Arme und Beine hatte er weit von sich gestreckt, als wolle er die Wüste umarmen. Wimmernd tappte Sagrejka um seine Füße herum, als wolle er ihm aufhelfen.

Los, steh auf! Ich kann nicht, Arme und Beine gehorchen mir nicht mehr.

Steh auf und geh weiter! Sofort! Ich kann nicht.

Während du hier den Bauch an der Erde reibst, sterben Kinder. Und du bist ihr Mörder, ihr Mörder!

Da stand er auf und schleppte sich weiter. Von nun an stolperte und fiel er öfter: Sträucher und Gräser hatten sich gegen ihn verschworen, schlangen ihre Wurzeln um seine Schuhe. Auch die bisher tellerglatte Wüste fing an, ihm Streiche zu spielen, schlug Wellen unter seinen Füßen, bildete bald Hügel, bald Vertiefungen.

In eine solche stürzte Dejew kopfüber hinein. Sie war nicht groß, erinnerte eher an eine kleine Schlucht in den Wäldern um Kasan. Ihm war, als rolle er ewig einen Abhang hinab, um mit der Nase die vorüberfliegenden Büschel des Knöterichs zu zählen. Unten angekommen, wollte er die zugekniffenen Augen gar nicht öffnen und blieb eine Weile liegen, um Kräfte zu sammeln. Ihm schien, als seien es nur ein, zwei Minuten gewesen, doch als er sie wieder aufschlug, war es Nacht.

Sein ganzer Körper schmerzte, aus seiner Nase stieg weißer Dampf. Das schwere, perlmuttfarbene Licht des Mondes lag auf dem einen Abhang des Grabens. Der andere war schwarz. Dejews am Grund ausgestreckter Körper wurde von diesem Licht in zwei Teile zerschnitten. Kaum hörbar säuselte der Wind und trieb kleine Sandwirbel die Hänge hinauf. Etwas Kleines, Warmes drückte sich an seine Füße, die dadurch nicht völlig erfroren waren, wahrscheinlich ein Tierchen.

Wo bin ich? Ich weiß es nicht.

Was tue ich hier? Ich suche etwas. Oder jemanden.

Wen kannst du denn suchen? Du hast doch niemanden. Doch, habe ich! Eine Frau, die mir ein Wiegenlied singt. Einen Mann, den stärksten und weisesten auf der ganzen Welt. Und Kinder, die ich liebe – sind es meine Brüder? – und für die ich verantwortlich bin. Ich bringe sie nach Samarkand. In einem Zug, der auf einem Gleis rollt. Die suche ich jetzt – den Zug und das Gleis.

Gib mir das Gleis zurück! Gib mir den Zug zurück!

Dejew schlug nach den Sandwirbeln und kroch den Hang hinauf. Das dauerte lange. Immer wieder versagten seine Muskeln, im Hals kratzte es, als sei die Nachtluft, die er einatmete, die ihm in Kehle und Lungen drang, keine Luft, sondern eiskaltes Wasser. Die Erde war nicht nur kalt, sondern gefroren. Darauf durfte man nicht schlafen. Sonst wachte man nicht mehr auf. Der im Mondlicht glitzernde Sand fühlte sich an wie Graupelkörner.

Erinnerst du dich, Großvater, wie viel Schnee wir im Winter 1920 hatten?

Es war, als habe dieser Satz eine Glühlampe in seinem Kopf angeknipst. Was waren das für Worte? Woher kamen sie? Wer hatte sie wann gesagt und zu welchem Großvater? Unwichtig. Wichtig war nur, dass in seinem Kopf dieses blendende Licht aufgegangen war, das ihn daran hinderte, die Augen wieder zu schließen und in der Nacht zu versinken. Mit seinem ganzen Willen, mit dem Rest seiner Denkkraft klammerte er sich an dieses blendende Licht, kroch über Fließendes, Eisiges und dann über Festes und Knorriges aus der Schlucht heraus.

Nun versuchte er, sich kriechend vorwärts zu bewegen, aber das ging nicht. Fror er dabei etwa am Boden fest? Nachdem er sich von der Anstrengung der letzten Minuten etwas erholt hatte, quälte er sich zunächst auf die Knie, dann auf die Beine und wankte weiter.

Rechts-links ... rechts-links ..., eine Werst und noch eine. Wo sind nur diese verdammten Berge? Und das Gleis? Und der Zug? Was suche ich so lange und qualvoll in diesem endlosen Traum?

Die Wüste wurde vom Mondlicht in Schwarz und Weiß geteilt – in grelle Lichtflecken und kohlschwarze Schatten. In diesem Licht wirkten die Büschel Wermut wie bereift. Der Sand glitzerte so sehr, dass ihm die Augen schmerzten. Oder war das

Schnee? Dann musste es viel sein – von Horizont zu Horizont. Ja-a-a-a, im Winter 1920 hatten sie viel Schnee, seine Rede.

Ob das Gleis, das Dejew suchte, der Schnee verweht hatte? Aber der Zug? Darin waren Kinder, die nur ein Unterhemd anzuziehen hatten. Sie mussten frieren! Und er Esel hatte den Begleiterinnen verboten, die Heizung zu benutzen. Aber sie hatten ja nichts zum Heizen, das Brennholz war ihnen ausgegangen. Wieso das, wenn hier überall Sträucher wuchsen, von denen man abbrechen konnte, so viel man wollte?

Das war Holz, ein ganzer Wald Saksaul. Er umgab ihn jetzt als gewaltige, bewegungslose Menge von Krüppeln oder idiotischen Tänzern, die mitten in einem wilden Reigen erstarrt waren. Jeder Strauch, nicht größer als ein Mensch, hatte die knorrigen Arme und Beine in alle Richtungen gestreckt und den Rücken zu den hässlichsten Krümmungen verrenkt. Die blattlosen Kronen standen bewegungslos wie aus Metall, und selbst Windstöße konnten an dieser Lähmung nichts ändern, sie pfiffen zwischen den Zweigen hindurch und brachten sie nicht zum Schwingen.

Taumelnd schleppte sich Dejew durch diesen Wald. Wenn er sich streckte und das Kinn hob, konnte er von oben auf ihn schauen. Vor Erschöpfung gebeugt, sah er nur ineinander verwobene Äste. Ein Gewirr von Schwarz und Weiß tanzte vor seinen Augen, ließ Konturen verschwinden und machten ihn schwindlig. Gib ihn mir zurück, flehte Dejew wie aufgezogen und wusste nicht mehr, worum er bat und wen.

Wieder stolperte er und glitt aus, auf einem Ast? Oder auf Eis? Und fiel, wie schon so oft, zu Boden. Steinharte Saksaul-Wurzeln trafen ihn im Gesicht, an Schläfen und Brust. Krachend riss ein Stück Stoff. War es die Hose? Oder zerriss der Schmerz schon sein Inneres?

Steh auf und geh weiter! Sofort! – Niemals.

Mörder, Mörder! – Und wenn schon.

Jetzt halfen auch Überredung und Drohungen nicht mehr. Wie ein Sack lag Dejews Körper zwischen den Sträuchern, das Gesicht im Sand. Er konnte nur noch ein wenig die Lider heben und ein paar Meter Saksaul-Gebüsch erkennen. In seinem Inneren erkaltete und erstarrte alles wie Wasser im November.

Morgen. Der graue Schatten eines Vogels glitt über das Gestrüpp.

Tag. Ein zottiger Hase hoppelte vorüber und warf Dejew aus bernsteinfarbenen Augen schiefe Blicke zu.

Erinnerst du dich, Großvater, wie viel Schnee wir im Jahre zwanzig hatten?

War jetzt das Jahr 1920? Und dies der schneereiche Winter? Denn Dejew schüttelte es vor Kälte. Sein Körper versank in einer Schneewehe, und er konnte nicht einmal mehr kriechen.

So war es. Alles, was er erlebt hatte – ob vor Kurzem oder viel früher, in jedem Jahr seines Lebens – verschwand nicht spurlos, sondern konnte sich wiederholen – heute, morgen, jederzeit.

Als ich im Jahre 1920 in die Transportabteilung kam, haben wir mehr bewacht als transportiert. Erinnerst du dich, Großvater, wie viel Schnee wir in dem Winter hatten? Der Eisenbahnverkehr stand still. Alles war von hohen Schneewehen völlig eingeschlossen. Dabei hatten wir kostbare Fracht geladen: Getreide, Erbsen, geschlachtetes Vieh. Strecken und Abstellgleise – alles stand voller Züge, die darauf warteten, wieder fahren zu können. Das dauerte Monate: Die Loks konnten nicht geheizt werden, wir hatten kein Brennholz, von Kohle gar nicht zu reden. Und keine Leute, die die Gleise vom Schnee freischaufeln konnten. Wir haben also selbst zur Schippe gegriffen, doch es wehte so sehr, dass man für jeden Zug hundert Mann gebraucht hätte. Vor allem aber fehlte es an Lokführern, die hatte der Krieg verschlungen. Doch vor Dieben konnten wir uns kaum retten.

Jede Nacht tauchte so eine Ratte mit Brechstange und einem

leeren Sack über der Schulter an der Strecke auf, um die Vorhängeschlösser an den Waggontüren zu knacken. Mal allein, mal in ganzen Banden. Wir haben sie gar nicht erst angerufen. Wenn wir so einen Schatten zwischen den Wagen herumschleichen sahen, haben wir draufgehalten. Der Zutritt zur Eisenbahn war damals verboten. Wer sich nicht daran hielt, dem war das Lager sicher. Oder eine Kugel von uns.

In Kasan gab es damals überhaupt nichts mehr zu essen. Auf den Straßen sah man keine Menschen. Nur noch Leichen ragten aus den Schneewehen. Und es waren nicht einmal Leute da, die sie wegräumen konnten. Da stand man nun eine Nacht lang an einem Waggon mit einer Tonne Buchweizen oder Hirse und dachte bei sich, warum man das nicht einfach in der Stadt verteilen konnte. Wenn es nicht möglich war, die Sachen zum Bestimmungsort zu bringen, warum nicht die Menschen vor Ort damit versorgen? Aber dafür gab es keinen Befehl.

Ich schäme mich, das zuzugeben, Großvater: Uns hat man aus diesen Waggons versorgt. Die Wachposten hatten das Recht auf eine Ration aus dem bewachten Zug. Dazu das gesamte Begleitpersonal – Lokführer und Heizer, auch die Arbeiter, welche die Strecke freischaufelten. Damit die nicht zu klauen anfingen.

Ich hätte keine solche Ratte sein können, auch wenn ich nichts mehr zu essen bekommen hätte. Und die, die auf den Bahnhöfen herumschlichen, tun mir kein bisschen leid. Sie haben zu Recht eine Kugel in den Rücken gekriegt.

Zum Sommer hin wurde es etwas leichter. Nicht mit der Versorgung, aber mit dem Wetter. Der Schnee taute, die Bahn erwachte zu neuem Leben, und die Züge begannen wieder zu rollen. Wenn ich so eine Reihe von Waggons sah, die vom Nebengleis auf die Strecke einbog und Fahrt aufnahm, dann wurde mir warm ums Herz. Denn das hieß, Buchweizen oder Hirse rollten davon, um Menschen zu retten. Es hieß auch, dass wir sie nicht umsonst den ganzen Winter lang bewacht hatten. Im späten Frühjahr und im Frühsommer, wenn alle Vorräte aufgebraucht waren und man nirgends etwas bekam, war der Hunger am größten und Hilfe am nötigsten.

Doch auch in Kasan war in dieser Zeit der Hunger am schlimmsten. Da sah ich nun, wie die Züge in alle Himmelsrichtungen fuhren, zählte die mit Mais oder Fleisch bis zum Rand gefüllten Wagen und dachte: Warum kann man ein paar davon nicht in der Stadt lassen? Und den Inhalt hier verteilen? An die Menschen, die auf dem Bahnhofsvorplatz wie Müll herumlagen und nicht mehr auf die Beine kamen. An die Kinder in den Sammelstellen. An die Verwahrlosten unter ihnen, von denen es inzwischen in der Stadt fast mehr als Einwohner gab. Aber so ein Befehl kam nicht.

Da passierte das mit diesem Zug. Er traf abends ein und wurde weit hinten auf den Abstellgleisen zwischen leeren Waggons versteckt. Es war ein Agitationszug, ganze fünf Wagen. Die hatten keine Fenster, und die Wände waren rundum bemalt – Fahnen, dicke Weizenähren und Sonnenstrahlen. Und so viele Losungen, dass einem die Augen schmerzten.

Womit sie beladen waren, wusste niemand. Auch wir nicht. Doch wir konnten uns schon denken, dass es keine Flugblätter oder Plakate waren. Sie rollten sehr schwerfällig über die Gleise, als seien sie bis unters Dach mit Fracht gefüllt. Und warum sollte man sie sonst so scharf bewachen? Es waren vier Soldaten aus der Transportabteilung und ich als ihr Vorgesetzter. Wir sollten höllisch aufpassen, dass keine Maus hineinschlüpfte. Das taten wir. Ich stellte zwei Mann an jedes Ende des Zuges und ging selber auf Patrouille am Zug entlang und drumherum.

Wir waren für die ganze Nacht eingeteilt. Gegen Morgen, wenn es am dunkelsten ist und man immer schläfriger wird, war mir, als hätte ich in einem der Wagen ein Geräusch gehört. Ich tastete die Wände ab und rüttelte am Vorhängeschloss – alles in

Ordnung. Drinnen war es wieder still. Hatte ich mir das nur eingebildet? Ich kletterte aufs Dach, ging dort hin und her – nichts. Dann fiel mir ein, wenn im Wagen Agitatoren befördert wurden, dann musste es im Boden ein Abortloch geben.

Ich sprang also vom Dach herunter, kroch unter den Wagen, und da war es schon! Ein Loch! Ich steckte meinen Arm hindurch – es war nicht abgedeckt. Doch musste es das unbedingt sein? Ein Abort ist ein Abort. Da machte vielleicht die Bourgeoisie einen Deckel drauf, aber ein sowjetischer Agitator war ein einfacher Mensch, der sich damit nicht so hatte. Sicher war mein Verdacht ganz umsonst. Das Loch war so eng, da kam keiner durch.

Dabei hätte ich es belassen sollen. Doch die Sache war mir nicht geheuer; sie ließ mir einfach keine Ruhe. Ich tastete die Ränder des Lochs ab. Der Wagenboden bestand aus Brettern, und einige waren nicht exakt zusammengefügt. Als ich mich mit den Füßen gegen die Erde stemmte und mit der Schulter gegen die Bretter drückte, gab eines sofort nach. Macht nichts, dachte ich bei mir, das reparieren wir gleich früh, dann merkt es keiner.

Auf das Geräusch kamen meine Soldaten angelaufen. Zwei schickte ich sofort wieder auf Posten an den beiden Enden des Zuges. Denn vielleicht war das Ganze nur ein Ablenkungsmanöver? Zwei behielt ich bei mir. Ich selber zwängte mich durch das verbreiterte Loch. In jeder Hand einen Revolver. In jedem Revolver sieben Patronen – eine volle Trommel.

Ich bewegte mich vorsichtig, denn drinnen war es dunkel wie im Bärenarsch. Und es stank nach Kacke. Aber auch nach etwas Süßem, Aromatischem, dass mir das Wasser im Mund zusammenlief. Und es war totenstill. Doch ich spürte, dass da jemand war. Nichts zu hören und zu sehen. Ich spürte es einfach. Und sie hatten mich gehört – wie ich das Brett herausgebrochen hatte, wie ich in den Wagen gekrochen kam und meine

Hose sich an dem Holz scheuerte. Sie gaben keinen Laut von sich. Dabei wussten sie, dass ich jetzt aus dem Scheißloch herausschaute wie der Rettich aus der Erde. Ich hingegen wusste nichts über sie. Wie viele von euch Kanalratten, dachte ich bei mir, sind in den Wagen eingedrungen? Eine? Oder fünf? Und wie seid ihr durch dieses Loch gekommen, wenn ihr keine Schlangen seid?

Ich an ihrer Stelle hätte nicht gezögert, hätte dem ungebetenen Kontrolleur eins mit dem Kolben über die Rübe gegeben oder ihn aufs Messer gespießt, solange der noch nicht ganz im Wagen war. Aber die Feiglinge hatten sich verkrochen und rührten sich nicht. Endlich stand ich auf dem Wagenboden und streckte mich. Ich wagte kaum Luft zu holen, um mich nicht zu verraten. Doch das blöde Herz schlug so heftig gegen die Rippen, dass man es bestimmt hörte. Dann trat ich zwei Schritte zur Seite, ganz langsam, dass die Hose nicht raschelte und die Bretter unter meinen Füßen nicht knarrten. Sollten die Ratten zu dem Loch stürzen, was sie gewiss tun würden, denn anders gab es aus dem Wagen kein Entkommen, dann traf sie dort meine Kugel.

Im Waggon herrschte eine ägyptische Finsternis. Was sich auf welcher Seite befand, war nicht zu erkennen. Ich stand still und lauschte. Es roch so seltsam süß, ich bekam kaum Luft und fürchtete, dass es mir den Magen umdreht. Doch ich hielt es aus. Ich durfte mich auf keinen Fall bewegen, denn wenn ich einen Laut von mir gab, konnten sie auf mich ballern. Die Diebe und ich waren in der gleichen Lage: Ich wusste nicht, wo sie waren, aber die Dunkelheit verbarg auch mich vor ihnen. Es kam darauf an, wer das länger aushielt.

Da landete ein Vogel auf dem Wagendach, hüpfte hin und her und hackte mit dem Schnabel auf dem Blech herum. Ich hatte das Gefühl, das sei meine Schädeldecke: Tuck-tuck … tuck-tuck … machte es immerzu. Am liebsten hätte ich durch die

Decke geschossen, damit es aufhörte. Die Zeit arbeitete für mich, denn der Morgen war nicht mehr fern. Der Vogel hüpfte hin und her, dann saß er, hackte mal schneller, mal langsamer. So ging das eine ganze Weile. Plötzlich wurde es still. War er fortgeflogen? Hätte er doch nur weiter gehackt, das dumme Vieh, denn diese Stille war erst recht nicht zu ertragen.

Da plötzlich schurrte etwas über den Boden zu dem Loch hin.

Ich schoss nach Gehör und traf etwas, das sich auf den Brettern wälzte, ohne den Abort erreicht zu haben.

Jetzt ging es los. Es lief und trappelte und quietschte von allen Seiten, als hätte ich tatsächlich in ein Rattennest gestochen. Ich schoss und schoss.

Doch von denen – keine Reaktion. Keiner stürzte sich mit Messer oder Brecheisen auf mich, alle wollten nur weg. Was für Feiglinge!

Ich schoss weiter.

Am wildesten ging es bei dem Loch zu. Einer war offenbar stecken geblieben, andere versuchten, durch das Hindernis hindurchzustoßen, doch auch die fielen von meinen Kugeln und verstopften das Schlupfloch erst recht.

Ich schoss weiter.

Da klickte es im Revolver. Das Magazin war leer. Erst in der einen, dann in der anderen Waffe.

Ich hielt inne und wartete ab.

Wieder war es mäuschenstill. Nicht einmal der verdammte Vogel hackte noch auf meiner Schädeldecke herum. Und es roch auch nicht mehr süß, sondern nach Pulverdampf.

Meine Soldaten begannen, die Leichen eine nach der anderen aus dem Loch zu ziehen.

Drinnen lud ich inzwischen die Waffen neu. Das konnte ich blind, hatte ich lange genug geübt.

»Kommandeur!«, rief da einer von draußen.

»Eine Lampe her!«, befahl ich. »Vielleicht ist noch jemand hier drin.«

»Kommandeur!«, wiederholte einer hartnäckig.

Diese Trottel!

Als ich herausgeklettert war, sah ich, dass sie die Toten neben dem Zug aufgereiht hatten, die Köpfe zu den Wagen, die Füße zum Bahnhof. Fast zehn mussten es sein. Alle lagen bewegungslos da. Verwundete gab es nicht.

»Was glotzt ihr so?«, brüllte ich sie an. »Wo bleibt die Lampe?«

Dann brachten sie eine. Gaben sie mir aber nicht in die Hand, sondern stellten sie seltsamerweise neben die Köpfe der Toten.

Deren Visagen waren völlig verklebt, als hätte man sie in Lehm getaucht. Die Gesichter waren nicht zu erkennen. Die Soldaten starrten mich an, als erwarteten sie etwas von mir. Diese Blödmänner!

Ich nahm die Lampe und kletterte noch einmal in den Wagen. Leuchtete in alle Ecken und Winkel, doch da war niemand. Das ganze Rattengezücht lag draußen und konnte keinen Schaden mehr anrichten. Der Waggon war mit Kisten vollgestopft. Eine oder zwei hatten die Diebe aufgebrochen. Ich schaute gar nicht nach, was drin war. Meine Sache war – bewachen und nicht in der Fracht herumschnüffeln.

Als ich wieder draußen war, wurde es bereits hell.

»Holt Hammer und Nägel«, befahl ich. »Konntet ihr da nicht selber draufkommen? Das herausgebrochene Brett muss angenagelt werden, sonst kriegen wir Ärger.«

Die Männer taten willig, was ihnen gesagt wurde, holten das Werkzeug und reparierten den Schaden. Dabei warfen sie mir Blicke zu, als sei ich ein Geist.

Ich setzte mich aufs Nebengleis und überwachte, wie sie das beschädigte Staatseigentum in Ordnung brachten. Zu den in der Nähe liegenden Rattenleichen schaute ich gar nicht hin.

Da kam schon der Bahnhofsvorsteher angelaufen und versprach, rasch ein Fuhrwerk zu schicken, um die Leichen fortzuschaffen. Auch der glotzte mich an wie der Hecht die Beute. Die seltsamen Blicke fingen an, mich zu ärgern, aber fragen wollte ich nicht.

Inzwischen war es hell geworden. Da sah ich, dass einer der Toten einen nackten Fuß hatte. Wahrscheinlich hatte er in dem Durcheinander einen Schuh verloren. An dem Fuß kam mir etwas merkwürdig vor. Was es war, konnte ich nicht gleich sagen.

Ich ging näher heran, hockte mich nieder und schaute genauer hin. Fünf Zehen, eine Ferse – alles, wie es sein muss. Der Fuß war schmutzig und rau. Und – klein. Das war das Seltsame! Geradezu winzig. Als ich danach fassen wollte, sah ich, dass meine Hand neben diesem Fuß wie die eines Riesen wirkte.

Auch der Knöchel über dem Fuß, der ein wenig aus der schmutzigen Hose herausschaute, war blass und sehr zart. Das Bein darüber dünn wie ein Stöckchen. Die Jacke über der Hose reichte fast bis zum Boden, so schmächtig war der Körper, der darin steckte. Der Hals, der aus der Jacke herausschaute – wie bei einem Gänseküken, mit einer Hand zu umfassen. Und darüber ein ganz junges Gesicht. Ein kindliches. Vor mir auf der Erde lag kein Halbwüchsiger, sondern ein Kind.

Die Übrigen waren nicht größer. Der zweite, der dritte, der vierte …, der neunte. Neun Kinder …

Vor mir lagen neun Kinder. Über ihnen an der Wand des Güterwaggons strahlte eine mit greller Farbe gemalte Sonne, darunter mit riesigen Buchstaben die Losung: »Wir fordern kostenlose Bildung!« Und über dem Waggon ging die echte Sonne auf. Ich schaute, ohne zu blinzeln, mit aufgerissenen Augen in sie hinein, und wunderte mich, dass es nicht wehtat.

Als ich den Blick wieder senkte, waren die Kinder fort. Weggetragen, hieß es. Wieso? Ich stand doch hier und hatte nicht einmal mit den Lidern geklappt. Sind schon lange weg, hieß es. Der Wagen mit der Sonne darauf war auch nicht mehr da. Der ganze Agitationszug war fort. Schon lange abgefahren, hieß es. Was war denn drin, fragte ich. Na, Schokolade, lautete die Antwort. Fünf Tonnen. Mit Schokolade waren die Gesichter beschmiert! Wohin schaffen sie diese fünf Tonnen, fragte ich, fort von der hungernden Stadt? Warum wurde nicht wenigstens etwas davon hier verteilt? Wozu die Heimlichtuerei, diese Maskerade? Darauf erhielt ich keine Antwort.

Später fand die Miliz heraus: Es war eine Kinderbande gewesen. Die hatte in verlassenen Sommerhäusern von Professoren Unterschlupf gefunden. Ihr Chef war ein alter, tuberkulosekranker Bettler. Er hatte keine Beine mehr, nur noch Stummel, und das Wägelchen, mit dem er herumfuhr, wurde ihm schon im ersten Hungerjahr gestohlen. Die Kinder nahmen ihn mit und machten ihn zu ihrem Vater. Brachten ihm Essen, Tabak und Selbstgebrannten. Er lehrte sie, wie das geht: einbrechen und klauen.

Tschajanow erklärte später, ich hätte in der Nacht künftige Banditen und Diebe erschossen. Das sei richtig gewesen, sagte er. Aus denen wären sowieso Verbrecher geworden, die später in Gefängnissen und Lagern herumgehockt hätten. Doch wie viel Schaden hätten sie zuvor guten Menschen zugefügt. Darum war es richtig, sagte er, dass ich geschossen hätte. Ganz richtig.

Ja, ja, so redete er. Es war alles richtig!

Richtig, Großvater.

Seitdem krieg ich nichts Süßes mehr runter. Nicht nur Schokolade, sondern alles, was süß schmeckt, nicht mal Zucker. Davon stülpt es mir sofort den Magen um. Einer wie ich sollte nur noch Salz fressen.

Fatima, bist du das?

Jemand strich Dejew im Halbschlaf über die Wange und wärmte sie mit weicher Hand. Mach weiter, Fatima! So lange wollte ich dich schon darum bitten. Nun tust du es von selbst.

Mit verrenktem Hals, eine Wange im Sand, lag Dejew im Saksaul-Gesträuch. Der Wind ließ die von der Sonne erwärmten Sandkörner aufsteigen und blies sie über sein Gesicht.

Nein, das ist nicht der Wind, es ist Fatima. Nur sie kann so lautlos über die Erde gehen, als schwebe sie. Nur sie kann mich beruhigen – ohne ein Wort, allein durch eine Berührung. Nun war sie gekommen, während er schlief, um das zu tun. Was sie sagte, verstand Dejew ohnehin nicht und würde es nie verstehen. Deshalb schwieg sie jetzt, lächelte nur und streichelte ihn.

Ich bin so müde, Fatima. Ich weiß nicht, wovon. Was ich getan habe, wohin ich gehe und was ich will. Mir fällt es nicht ein. Ich fühle mich wie ausgeweidet. Doch an dich erinnere ich mich. Tröste mich.

Er hob den Kopf, um diesem schönen, runden Gesicht näher zu sein. Sie blickte ihn zärtlich an. Ruh dich aus, wenn du müde bist. So viel Wärme war in diesem Blick, dass sie auf Dejew überströmte und seinen Gliedmaßen neue Kraft verlieh. Er stützte sich auf die Äste des Saksaul-Strauchs, zuerst mit einer Hand, dann mit beiden. Spannte die Muskeln und zog sich nach oben – zur Sonne, die schon zu brennen begann, zu Fa tima, die den Blick nicht von ihm wandte, und stand auf. Sie hob die Brauen, als wolle sie ihn ermuntern weiterzumachen. Und er fing an, ein eingeschlafenes Bein vor das andere zu setzen, als seien es Krücken. Noch einmal und noch einmal – jetzt ging er aufrecht vorwärts.

Hüften und Schenkel fühlten sich an, als seien sie hundert Jahre alt. Waren kaum in der Lage, die Muskeln zu spannen. Ein Glück, dass sie den Körper trugen. Die Knie hatten das Beugen verlernt. Doch Dejew bewegte sich, steif wie ein Stück Holz, krumm wie eine Saksaul-Wurzel. Und er kam voran. Bäume und Sträucher standen immer noch bewegungslos da, doch er war zum Leben erwacht.

Mit viel Mühe streckte Dejew den Rücken und schaute in die Spitzen der Bäume. Überall Gestrüpp ohne Ende. Wie weit war er gestern nur gelaufen, dass er in dieses Dickicht geraten konnte? Und wie lange konnte es dauern, bis er hier wieder herausfand? War doch egal! Mit Fatima konnte er ewig gehen.

Ihre füllige, biegsame Gestalt ging vor ihm her, wand sich wie ein Saksaul-Stamm, verschwand hinter knorrigem Gewirr und tauchte wieder auf. Nicht so schnell, bat er. Griff mit den Fingern nach ihren langen Zöpfen, dick wie Zweige. Das hatte er schon immer tun wollen und sich nie getraut. Jetzt war er mutig genug. Sie wendete nicht einmal den eleganten Kopf, erwartete so etwas von Dejew nicht, und die Zöpfe entglitten seinen ungeschickten Fingern.

Glaubst du, ich kann dich nicht einholen? Dann schau mal her! Er ging jetzt schneller, die Beine gehorchten ihm immer besser, schritten weiter aus und trugen ihn der leichtfüßigen Frau nach. Schließlich hatte er sie eingeholt. Lange gingen sie schweigend nebeneinander her, wichen Wurzeln aus und lächelten sich zu.

Unser Großvater ist in dich verliebt. Weißt du das, Fatima? Wenn er mit dir spricht, tut er so streng. Aber wenn du gehst, schaut er dir mit geröteten Wangen nach. Selbst sein Nacken läuft rot an, aber nur ein bisschen, was man bei seiner Bräune kaum bemerkt. Wenn man ihn in diesem Moment anspricht, fährt er zusammen und fragt zurück, denn er hört nichts, wenn er dir nachschaut. Das habe ich schon viele Male ausprobiert …

Das Gesicht der Frau blieb glatt und ruhig, man wusste nie, was sie dachte. Und ihre glatte, nur leicht gebräunte Haut strahlte in der Sonne. Jetzt strahlten selbst die Stämme des Saksaul.

Er tut mir leid, Fatima, als wäre er mein Bruder. Was für ein Liebhaber kann er schon sein? Nicht nur die Haare auf dem Kopf sind grau, sondern auch die Stoppeln, die ihm aus der Nase wachsen! In siebzig Jahren sind ihm Ohren gewachsen, groß wie Pilze. Doch vielleicht irre ich mich auch. Vielleicht ist er bis heute so stark, weil die Liebe ihn trägt. Isst und schläft seit einer Woche nicht, und hat immer noch dieselben Riesenkräfte. Er ist der Stärkste in unserem Zug …

Jetzt trat Dejew kräftig auf, dass die Zweige unter seinen Schuhen knackten. Der schnelle Schritt, die helle Sonne und die Nähe eines teuren Menschen erweckten in ihm unerwartet so viel Mut, dass er sich alles von der Seele redete, alles bis zum Letzten aussprach.

Wahrscheinlich bin auch ich in dich verliebt. Doch mit einem ganz reinen Gefühl, glaube mir. Ich müsste es noch anders nennen, aber ich finde kein Wort dafür. Ich möchte vor dir niederknien und dich umschlingen. Möchte mein Gesicht in dir versenken und dich atmen. Und du müsstest meinen Kopf streicheln wie heute Morgen. Mehr erwarte ich nicht von dir.

Die Kronen des Saksaul sind ständig in Bewegung. Mit ihren Wedeln bewegen sich die Schatten in dem Dickicht, werfen auf das Gesicht der Frau leichte Striche, die sofort wieder verschwinden. Dejew genießt dieses Spiel, ist inzwischen so kühn geworden, dass er Fatima beim Gehen direkt anschaut. Die Füße finden den Weg von selbst, stolpern nicht und gleiten nicht aus.

Wenn ich dich sehe, geht es mir gut, Fatima. Wenn du einem der Kleinen über den Kopf streichst, spüre auch ich das. Wenn du das Kuckuckskind herzt und an dich drückst, ist mir, als sei ich es. Was du tust und sagst, gilt auch mir. Wenn du den Kopf neigst und das Grau an deinem Scheitel sichtbar wird, ist es so schön, dass ich es mit den Fingern berühren möchte.

Du bist klein. Ich bin schon nicht groß, doch du bist für mich klein. Ich möchte dich auf Händen tragen. Davon träumt wahrscheinlich auch der Großvater, wenn er dir nachschaut. Neben ihm wirkst du wie ein Vögelchen neben einem Bären. Er könnte dich auf seine Schulter setzen.

Das Gewirr der Saksaul-Sträucher wurde dünner, sie standen weiter und weiter auseinander. Jetzt kam schon der Rand des Dickichts in Sicht.

Hältst du mich für einen schlimmen Schürzenjäger, wenn ich mit einer Frau ins Bett gehe und einer anderen zärtliche Worte sage? Nein, Fatima, so ist das nicht. Ich bin kein Schuft, nur ein riesiger Dummkopf. Wenn ich Belaja umarme, denke ich an sie und an dich. An euch beide zugleich. Auch in meinem glühendsten Moment kann ich niemand anderen im Herzen haben als die Frau, die ich umarme, und dich. Euch beide.

Die Kommissarin ist ein Messer, ein Rasiermesser. Man muss höllisch aufpassen, dass man sich nicht schneidet und Blut fließt. Sie kann man nicht lieben, nur begehren.

Aber du, Fatima, bist wie das Wasser. In dir kann man baden. Dich kann man trinken. Durch dich wird man reiner. Vor dir gibt es kein Entrinnen, denn du bist überall.

Dejew konnte jetzt nicht mehr an sich halten, blieb stehen, nahm Fatimas Hand und drückte einen Kuss darauf.

Ich will dich ansehen. Deine Stimme hören. Dein Lied. Sing, Fatima! Sing für mich allein. Nicht für deinen Iskander, nicht für das Kuckuckskind oder den Großvater. Nur für mich.

Fatima lächelte zustimmend. Gleich musste er ihre Stimme hören. In dem Moment wurde Dejew bewusst, dass er nicht die Hand einer Frau hielt, sondern den Ast eines alten, knorrigen Strauchs.

Der musste sich gut brechen lassen.

He!, rief er froh. Hierher! Zu mir! Hier ist so viel Saksaul, dass es bis Samarkand reicht! In ein paar Stunden haben wir den Tender voll!

Ohne abzuwarten, bis Hilfe kam, fing er an, Äste zu brechen, solange seine Kräfte reichten. Doch bald wurde er müde und ließ den Ast los, den er nicht hatte bewältigen können. Wozu brauchte er überhaupt Holz? Es war doch kein Zug da. Und auch kein Gleis. Alles hatte dieser dreimal verfluchte Sand verschlungen.

Gib mir das Gleis zurück! Gib mir den Zug zurück!

Bei dem Geschrei sprangen ihm die Lippen auf, Blut tropfte heraus. Er hatte solchen Durst, dass seine Zunge sich anfühlte wie Schmirgelpapier. Dejew ließ von dem Baum ab und wankte weiter ...

Irgendwer führte ihn aus diesem erstarrten Wald heraus bis zum Rand. Aber wer? Oder hatte er das ganz allein geschafft?

Nie hatte er so viele Menschen gesehen wie im August 1921. Warst du damals in Kasan, Großvater? Erinnerst du dich, wie man auf den Straßen kaum noch vorwärtskam? Überall Flüchtlinge, Flüchtlinge, Karren mit Bündeln, Kinder ... Ganze Dörfer waren aufgebrochen und in die Hauptstadt gezogen. Als ob man in Kasan satt werden konnte. So ein Unsinn.

Die Miliz hörte auf, obdachlose Kinder und Diebe einzusammeln. Sämtliche Sammelstellen und Gefängnisse waren überfüllt. Auch in den Krankenhäusern war kein Platz mehr. Von einem Nachtlager gar nicht zu reden. Wenn ich nachts zu meinem Wohnheim ging, war die ganze Straße weiß von abgerissenen Plakaten. Das sah aus wie eine Schneedecke. Darunter lagen Menschen. Die hatten sich mit den Plakaten zugedeckt und schliefen.

Vor den Lebensmittelausgaben standen Schlangen rund um die Uhr. An Lebensmittel war nicht mehr zu denken, doch man stand Schlange – einfach so, für alle Fälle. Die Menschen nächtigten sogar in der Reihe, legten sich abends einer neben dem anderen auf den Boden, so wie sie gestanden hatten, und blieben dort bis zum Morgen. Zum Glück hatten wir einen heißen Sommer.

Wegen dieser Hitze stank es in der Stadt wie in der Hölle. Kein Wunder, wenn Tausende auf den Gehwegen kampierten. Wie sollte man sie vertreiben? Wohin? Dann brach der Typhus aus. Typhusbaracken waren für diese Masse Menschen nicht vorhanden. Manche Kranken wurden aus der Stadt gebracht und im Kiefernwald unter den Bäumen abgelegt.

An die Säulen der Universität schrieb ein Schlauberger mit Kohle: »Brot her!« Die mannshohen Buchstaben hatte er zu je einem auf die Säulen verteilt. Die letzte Säule trug das Ausrufungszeichen. Lange konnte die Forderung nicht überstrichen werden – weil entweder keine weiße Farbe da war oder keine Maler. Jeden Morgen, wenn ich aus dem Wohnheim kam, ging ich daran vorüber. Den ganzen August lang brüllte es aus der Universität: »Brot her!«

Und die Leute schrien. Sie sammelten sich vor den Fenstern der Behörden – des Stadtsowjets, der Militärakademie, selbst der Feuerwehr – und brüllten im Chor: »Brot!« Überall bildeten sich große Menschenmengen. Gemeinsam hungert es sich leichter.

Das größte Gewühl herrschte am Bahnhof. Damals trafen die ersten Züge mit Lebensmitteln in Tatarien ein – vom Volkskommissariat für Lebensmittel, vom Roten Kreuz oder von dem Spender Fridtjof Nansen – und alles wartete auf die *Güter*. Das Wort wurde zu einer Art Beschwörung für alle – Tataren, Tschuwaschen, Deutsche. Wenn man eine Straße entlangging, hörte man hundert Mal dieses Wort, das in allen Sprachen gleich klang – *Güter, Güter, Güter …*

Selbst Schwerkranke schleppten sich zum Bahnhof. Aus eigener Kraft gehen konnten sie nicht mehr, aber irgendwie gelangten sie alle auf den Vorplatz. Ob Verwandte sie nachts dorthin gebracht hatten?

Am Rande des Platzes hatte man die leeren Fuhrwerke zusammengeschoben, für die seit dem Winter die Pferde fehlten. Darauf wurden die Schwerkranken gelegt – Schulter an Schulter. Tagsüber setzten sie sich auf und schwankten hin und her wie das Gras im Wind. Auch wenn sie kaum noch sprechen konnten, ein Wort flüsterten sie unablässig: *Güter, Güter …*

Ich musste diese Güter in Empfang nehmen. Tschajanow lag mit Typhus im Bett, und ich hatte während des ganzen Monats August die Transportabteilung zu leiten. Das bewältigte ich. Zum Schlafen kam ich fast gar nicht mehr, doch damit wurde ich fertig. Hauptsache, man dachte nicht an die Menschen, sondern nur noch an die Sache. Kam der Auftrag, die Verteilung auf die Verwaltungsbezirke vorzunehmen, dann wurde verteilt. Alle Güter wurden bis zum letzten Pud aus der Stadt geschafft. Auf die Menschenmenge, die sich beim Entladen unweigerlich sammelte und zu stöhnen begann, wurde keinerlei Rücksicht genommen. Wachposten mit Bajonetten wurden aufgestellt und, wenn notwendig, wurde scharf geschossen. Das war's.

Es war aber noch nicht alles. Ich kam auf Gedanken, die dem widersprachen, was ich tat. Der Agitationszug fiel mir ein, in dem man heimlich Schokolade transportiert hatte. Wer bekam die zu essen? Und wo? Dann ertappte ich mich dabei, dass ich die Flüchtlinge am Bahnhof zählte. Wenn ich den Bahnsteig entlangging, bewegten sich meine Lippen und zählten ganz von selbst. Bald waren es schon über tausend. In meinem Innern herrschte ein großes Chaos. Für eine so verantwortungsvolle Arbeit fehlte es mir an Charakter. In dieser Hinsicht war ich ein Waschlappen.

Irgendwie erfuhren die Leute, dass ich der »Chef aller Güter« war. Das wussten nicht nur jene, die am Bahnhof lagerten, sondern jeder in der Stadt. Sie sahen in mir beinahe einen Gott.

Wenn ich einmal über den Basar oder dienstlich in den Kreml ging, spürte ich, wie sie mich anstarrten – ängstlich oder flehend. Das taten alle: Die in die Stadt geströmten Bauern, die verwahrlosten Kinder und zufällige Passanten. Was war ich schon für ein Gott? Da auch ich hungerte, litt ich an Bauchschmerzen. Mein Kopf war klar, aber der Magen klopfte wie das Herz.

Viele suchten das Gespräch mit mir. Sie hielten mich auf der Straße an oder kamen in mein Büro, um mit mir zu reden. Das Erstaunlichste, Großvater: Kein einziger rief: »Gib mir was zu essen!« Sie wollten nur einen Rat.

Die Männer interessierte, was man essen konnte und was nicht: Sägespäne, Papier oder Kürschnerabfälle. Die Frauen stellten Fragen, die ihre Kinder betrafen.

Eine berichtete, ihr einjähriger Sohn habe sich vor Hunger bereits zwei Finger abgeknabbert. Sie interessierte, ob er am Leben bleiben werde, wenn er das mit den übrigen auch tat.

Eine andere fragte, wenn man die Kinder nicht retten könne, wie ihr Tod zu beschleunigen sei, damit sie nicht litten.

Eine dritte forderte mit Brief und Siegel die Bestätigung, dass sie das Recht habe, ihr Kind aufzuessen. Es gehört doch mir, sagte sie, ich habe es selbst geboren.

Ich schickte alle weg, denn ich wusste nicht, was ich ihnen antworten sollte. Schließlich wollte ich selber davonlaufen, einfach das Büro verlassen und aus der Stadt fortgehen, solange ich noch Kraft dazu hatte. Ich habe es nicht getan.

Tschajanow fehlte mir sehr. Eines Tages besuchte ich ihn. Es ging ihm schon besser, aber er war total abgemagert, geschwächt und konnte sich kaum bewegen. Als er mich sah, lächelte er. Wir beide gäben zwei schöne Vogelscheuchen ab, meinte er, und wer von uns beiden Typhus hatte, sei gar nicht zu erkennen. Das war seine Art, mir Mut zu machen.

Ende August erwarteten wir den nächsten Lebensmitteltransport: Mehl, Erbsen, Zucker und Öl, insgesamt etwa tausend Pud. Das Gerücht verbreitete sich wie ein Lauffeuer. Der Zug war kaum in Moskau abgefahren, da tropfte bereits ganz Kasan der Zahn. Die Obdachlosen grölten auf allen Straßen ein Lied über Erbsen, am Bahnhof sammelten sich die Flüchtlinge, darunter ganze Dörfer. Der Vorplatz war ein einziges Lager, durch das sich Fahrzeuge nur noch mit Mühe den Weg bahnen konnten.

Ich saß in meinem Büro wie die Maus im Loch, weil ich die Blicke der Menschen nicht mehr ertragen konnte. Sie starrten jetzt noch viel mehr! Versengten mich mit ihren glühenden Augen, dass ich am liebsten tot umgefallen wäre. Als ihnen klar wurde, dass ich mich nicht mehr hinauswagte, starrten sie durchs Fenster herein. Ich musste die Scheiben mit Zeitungspapier bekleben.

Am Morgen des Tages, da der Wunderzug eintreffen sollte, setzten sich die Leute, sobald es hell wurde, auf den Bahnsteigen nieder und warteten. Sollte der Befehl wieder lauten, die gesamte Ladung auf die Verwaltungsbezirke zu verteilen, so dachte ich bei mir, dann gibt es in Kasan eine Revolte. Großen Schaden konnten diese ausgehungerten, schwachen Menschen nicht anrichten, aber es war möglich, dass die Miliz trotzdem auf sie schoss. Auch ich selbst hatte nicht mehr die Kraft, vor den vielen hungrigen Mäulern Öl und Zucker umzuladen und sonst wohin weiterzuschicken.

Der Befehl, der dann kam, fiel noch schlimmer aus: Wir sollten den Zug auf ein Abstellgleis fahren und weitere Anordnungen abwarten. Ich rannte zum Stadtsowjet. Was für Anordnungen sollen das denn sein?, schrie ich. Ein Lebensmittelzug steht keine Stunde auf dem Abstellgleis, dann wird er gestürmt! Damit löst ihr einen Aufstand auf dem Bahnhof aus und verurteilt alle zum Tode, die dort sind: Die Hungerrebellen und die Soldaten, die bei dem Sturm niedergemacht werden. Bei mir wird auch ohne eure Hilfe ständig gestorben!, brüllte ich. Jeden Morgen müssen ganze Fuhrwerke voller Leichen abgefahren werden.

Sie antworteten mir, ich sollte keine Hysterie verbreiten. Es handle sich um eine enorme Menge Güter, über deren Verteilung ganz oben entschieden werde. Das sei noch nicht geschehen. Eine politische Frage. Sie warteten selbst dringend auf die Weisung, erklärten sie. Bis dahin sei mir als Leiter der Transportabteilung befohlen, für die Sicherheit der Fracht zu sorgen. Wenn ich Verstärkung brauchte, sollte ich Bescheid sagen. Kavalleristen der Militärakademie stünden dafür bereit – wenn nötig, ein Dutzend Berittene für jeden Waggon.

Was soll ich mit Kavalleristen?, brüllte ich zurück. Der Krieg ist lange vorbei. Wir wollen den Leuten zu essen geben und ihnen nicht die Köpfe abschlagen. Allein mehr als zweitausend Kinder lungern am Bahnhof herum.

Genau das sei das Problem, gab man mir zurück. Am Bahnhof herrsche ein babylonisches Durcheinander, von Ordnung keine Spur. Die Suppe hätte ich mir selbst eingebrockt, und nun sollte ich sie auch auslöffeln. Und wenn ich mir ein Bein ausreißen müsste, den Zug hätte ich zu sichern.

Und wie lange habe ich ihn zu sichern?, fragte ich. Eure politische Entscheidung, wann kommt die?

Das wissen wir nicht, hieß es. Aber wir sagen dir sofort Bescheid.

Jetzt sage ich euch mal Bescheid, parierte ich. Ich werde den Zug nicht aufs Abstellgleis fahren und Unruhen provozieren. Wenn bei Ankunft des Zuges keine Entscheidung vorliegt, dann treffe ich die selbst: Ich öffne die Waggons und verteile die Lebensmittel an die Leute.

Dann gehst du morgen ins Lager, schrien sie, wegen Eigenmächtigkeit und Schädlingstätigkeit im Dienst.

Der Zug ist für den Abend angekündigt, antwortete ich (ruhig, ohne dass meine Stimme zitterte, obwohl es mich innerlich schüttelte wie bei strengem Frost). Treibt sie zur Eile an, die da oben.

Damit ging ich meiner Wege.

Der Sanitäts- und Verpflegungszug traf um 18.00 Uhr in Kasan ein. Von der verdammten Anweisung war nichts zu hören.

An Gleis eins ein langer Zug aus Personenwagen der dritten Klasse mit Blechdächern und einem riesigen roten Kreuz unter den Fenstern. Vor ihm eine Reihe Soldaten mit Bajonetten. Um sie herum bildeten die ausgehungerten Menschen einen undurchdringlichen Kreis. Sie schauten zu den Wagenfenstern hin. Von dort blickten Sanitäterinnen in weißen Kitteln erschrocken auf sie. Alles wartete.

In Wartestellung war auch ich – am Telegrafenapparat. Doch vom Stadtsowjet kam weder die dreimal verwünschte politische Entscheidung noch irgendeine andere Nachricht. Er blieb einfach stumm.

Ich schaute auf den Vorplatz. Zuerst alle fünf Minuten, dann alle Minuten lief eine Bewegung durch die Menge. Anfangs ertönten einzelne Rufe, doch dann fingen die Leute im Chor an zu brüllen. Der Schall rollte den Zug entlang wie ein heftiger Wind. Jetzt tauchten bereits Knüppel und Steine in den Fäusten auf. Wenn der erste Stein ein Fenster durchschlug, dann war es passiert. Dann gab es kein Halten mehr.

Von der vorgesetzten Behörde war nach wie vor nichts zu hören.

Da ging ich aus meinem Büro, trat zum Chefsanitäter des Zuges und behauptete wider besseres Wissen, endlich sei die Weisung gekommen, die Speisung der Menschen direkt auf dem Bahnhof durchzuführen und unverzüglich damit zu beginnen.

Das ließ ich der Menge verkünden. Sofort verstummten die Schreie, als hätte es sie nie gegeben. Knüppel und Steine verschwanden. Alle, die am Bahnhof lagerten – das waren viele

Tausende –, bildeten eine Schlange. Ohne Geschrei und Gerangel stellten sich die Menschen dicht gedrängt hintereinander auf, die Kinder an sich gedrückt, und warteten gehorsam ab.

Die Reihe begann beim ersten Wagen, wo der Verteilertisch aufgestellt wurde, lief den ganzen Zug entlang durchs Bahnhofsgebäude auf den Hinterhof, schlug einen Bogen zum Bahnhofsvorplatz zurück und lief von dort durch die Straßen der Stadt bis zum Kreml. Die Schlange hatte kein Ende, denn ständig stellten sich hinten weitere Menschen an, zu denen die Nachricht von einer Speisung in der Stadt gelangt war.

Auf den Gleisen liefen weißgekleidete Sanitäterinnen hin und her, schleppten Wasser, Brennholz und Geschirr von den Verteilungsstellen in der Nähe herbei. Aus dem Erbsenvorrat wurde im Zug mit Salz, Öl und Zucker eine Erbsensuppe gekocht. Bald verbreitete sich um den Bahnhof ein Duft, von dem mir ganz schwummrig wurde. Von den Leuten in der Schlange rede ich gar nicht. Besonders die am Bahnsteig mussten wohl bald in ihrem eigenen Speichel waten.

Die Kocherei dauerte zwei Stunden. Zwei Stunden lang standen die Menschen da, als hätten sie Wurzeln geschlagen. Sie redeten nicht einmal miteinander, Großvater, sondern standen nur da und warteten geduldig, bis es etwas zu essen gab. Manche beteten. Wohin war die ganze Wut verflogen? Eines fürchtete ich: Dass in diesen zwei Stunden die Chefs des Stadtsowjets Lunte riechen, bei mir am Bahnhof auftauchen und das Festessen verhindern könnten. Dann wäre es zum Eklat gekommen, und jeder hätte seinen Teil abgekriegt. Doch niemand kam und warf uns Knüppel zwischen die Beine.

Dann war die Suppe fertig. Größere oder kleinere Portionen?, fragte mich der Chefsanitäter. Mir war schon alles gleich, denn für diese Eigenmächtigkeit hatte ich ohnehin zu bezahlen. Große, antwortete ich. So viel, wie in eine Schüssel passt.

Nun bekamen die Menschen Essen – in vollen Schüsseln.

Für Kinder, die noch nicht über den Ausgabetisch schauen konnten, gab es eine halbe Portion, für alle Größeren eine ganze. Da Löffel nicht vorrätig waren, schlürften sie die Suppe über den Schüsselrand. Die Schüsseln leckten sie so sorgfältig aus, dass sie nicht gespült zu werden brauchten.

Während die Suppe aus einem Kessel verteilt wurde, brodelte der nächste auf dem Feuer. So ging es weiter, bis es dunkel wurde. Als man nichts mehr sehen konnte, ordnete ich an, die Bahnsteigbeleuchtung anzuzünden. Gewöhnlich mussten wir dort ohne Licht auskommen, um Petroleum zu sparen. Jetzt aber ging die Essenausgabe weiter, bis der Morgen graute. Die Schlange riss nie ab, doch im Zug waren so viele Sanitäterinnen, dass sie in Schichten arbeiten konnten.

In dieser Nacht tat ich kein Auge zu. Ich konnte nicht schlafen. Nicht einmal Suppe wollte ich, Großvater. Ich ging die Schlange entlang und schaute den Menschen ins Gesicht. Zum ersten Mal in diesem August tat ich das ohne Trauer und Zorn, als hätte man mir einen Splitter aus dem Leib gezogen. Am liebsten hätte ich sie alle umarmt, alle, auch den letzten Schwerkranken auf einem Wagen. Ein alter Mann fiel vor mir auf die Knie, eine Frau stürzte zu Boden, um meine Schuhe zu küssen. Ich wurde nicht einmal ärgerlich, das musst du mir glauben. In dieser Nacht ärgerte mich nichts mehr.

Ich ging davon aus, dass dies meine letzte Nacht in Freiheit war. Am Morgen musste alles herauskommen, und dann holten sie mich ab. Auf Gefängnis konnte ich nicht hoffen, die waren alle randvoll. Das bedeutete, ins Lager. Wieder musst du mir glauben, Großvater, ich hatte keine Angst. In mir war nur eine stille Freude, als stünde ein Festtag bevor. Allein meine Arme und Beine waren eiskalt, obwohl ringsum Hitze herrschte. Doch Angst verspürte ich keine.

Am Morgen traf die erwartete Anweisung ein: Die gesamte Ladung des Sanitätszuges sollte in der Stadt bleiben. Über die

Verteilungsstellen sollte an die Bevölkerung Essen ausgereicht werden.

Da konnte ich nur noch grinsen. Das Papier warf ich in den Müll. Denn die Anweisung hatten wir bereits ausgeführt. Ich lachte, dass mir die Tränen kamen wie einem Weib. Ein Glück, dass ich die Fenster des Büros mit Zeitungen beklebt hatte. So konnte mich niemand sehen.

Kurz darauf tauchten die Chefs vom Stadtsowjet auf, zu denen endlich durchgedrungen war, was sich am Bahnhof tat. Sie plusterten sich auf und drohten, aber nicht sehr. Wie man es auch drehte und wendete, die Weisung von oben war erfüllt, wenn auch einen Tag früher als eingegangen, und nicht über alle Verteilungsstellen, sondern nur an einer einzigen. Ich hatte Glück gehabt.

Die Verteilung von Essen setzten wir eine Woche lang ohne eine einzige Unterbrechung fort, bis die letzten Erbsen und der letzte Zucker aufgebraucht waren. Alle ankommenden Züge mussten Nebengleise benutzen, denn die Hauptstrecke hatten wir für diese Zeit gesperrt und zu einer Kantine gemacht. Ausgegeben wurden 90 000 Portionen. Die Schlange wurde während der ganzen Zeit nie kürzer als eine Werst. Wer die ihm zustehende Schüssel erhalten hatte, stellte sich hinten wieder an und rückte nach etwa 24 Stunden erneut bis zur Ausgabe vor. Wann und wie geschlafen wurde, weiß ich nicht. Wir müssen in diesen Tagen 10 000 bis 12 000 Menschen versorgt haben.

Während dieser Zeit hatten wir etwa 150 Todesfälle. Mägen, die jeder Nahrung entwöhnt waren, vertrugen die Erbsen nicht. Vielleicht hätten sie sie vertragen, wenn die Portionen kleiner gewesen wären. Vielleicht auch nicht. Am zweiten Tag verkleinerten wir die Portionen tatsächlich, doch weiter starben Menschen. Darunter alle Schwerkranken. 150 Verstorbene gegen 12 0000 Satte – ist das viel oder wenig? Was meinst du?

Der Bahnhof war bis zu den Fensterbrettern mit Erbrochenem bekleckert. Und das aus einem einzigen Grund: Der Magen der Menschen war nicht mehr an Nahrung gewöhnt. Um die vergeudete Suppe war es schade, doch was sollten wir machen? Aus all diesem Schmutz erhob sich eine wahnsinnige Cholera und griff auf die Stadt über. Die brauchte ein halbes Jahr, um damit fertig zu werden. Wie viele Menschen während dieser Epidemie starben, weiß ich nicht. Sicher waren es Hunderte. War das auch meine Schuld?

Auf das Gerücht hin, dass am Bahnhof Tag und Nacht Suppe ausgegeben werde, eilten drei weitere Dörfer nach Kasan. Dazu eine riesige Menge obdachloser Kinder aus den Nachbarkreisen. Es müssen mindesten fünftausend gewesen sein. Sie zogen noch lange danach in der Stadt herum und landeten zum Teil ebenfalls in den Cholera-Baracken. Denen hatte nun wirklich nicht ich das Dach über dem Kopf geraubt. Aber sie in die von der Cholera geplagte Stadt gelockt – das schon.

Mütter brachten ihre Säuglinge zum Bahnhof mit, legten sie vor den Rädern oder an den Einstiegstufen des Wunderzuges ab und liefen davon. Sechzig waren es in dieser Woche. Morgens brachte ich sie zum Heim für Kleinkinder. Die Leiterin verfluchte mich, doch die Kinder nahm sie auf. Ich bestach sie jedes Mal mit einer Schüssel Suppe. Dass sechzig Säuglinge von der Mutterbrust getrennt wurden, war das auch meine Schuld?

Über diese Zahlen muss ich viel nachdenken, Großvater. Hätte ich damals nicht eigenmächtig mit der Essenausgabe beginnen sollen? Dann wäre es eben zu einer Hungerrevolte gekommen, man hätte die Soldaten angegriffen, und die hätten geschossen. Es hätte ein, zwei Dutzend Tote gegeben, nicht mehr. Aber keine 150! Und keine 5000!

Dann dachte ich: Nein, ich konnte nicht anders. Zahlen sagen mir nichts. Ich kann nicht einen opfern, um hundert zu retten. Mit einem Wort: Was den Charakter betrifft, bin ich ein Waschlappen.

Vier Tage stapfte Dejew nun schon durch die Wüste. Ihm selbst war die Zeit nicht bewusst, er ging, fiel hin, stand wieder auf, ging weiter, stürzte erneut.

Als er einen gelben Sperling auf einem Ast schaukeln sah, verschoss er drei Kugeln auf ihn, traf ihn aber nicht.

Auch auf eine Eidechse schoss er, doch die verschwand im Sand.

Er ging über eine große Fläche aus Lehm, die von der Hitze in lauter kleine Bruchstücke zersprungen war. Die begann er zu zählen, geriet aber durcheinander, als er fast bei tausend angelangt war, und ließ es sein.

Dann erreichte er das ausgetrocknete Bett eines Flusses, der wahrscheinlich in den Syr-Darja mündete. Er wollte hinunterklettern und auf dem sandigen Grund weitergehen, fürchtete aber, von dort nicht wieder herauszukommen.

Erneut erschien ihm Fatima.

Am Abhang eines Hügels stieß er auf eine Salzschicht und leckte daran.

Er ging nach Süden, stets auf der Suche nach den Bergen. Aber er fand sie nicht.

Er folgte dem Ruf einer Taube, die über ihm flog, aber der erwies sich als trügerisch und führte ihn nirgendwohin.

Als er auf Fußspuren eines Menschen stieß, freute er sich, dann aber sah er, dass es seine eigenen waren.

Er fand ein totes Kamel, das beinahe schon zu Sand zerfallen war. Essen konnte man davon nichts mehr.

Zweimal sah er in der Ferne eine strahlend blaue Fläche, doch das Wasser erreichte er nicht und verlor es wieder aus den Augen.

Nachts fror er sehr. Manchmal kam der Großvater, und im Gespräch mit ihm verging die dunkle Zeit schneller.

Morgens leckte er den Tau. Im Morgengrauen legte der sich für sehr kurze Zeit auf glatte Steine. Dejew war schon früher wach und wartete gespannt auf den so vergänglichen Augenblick.

Als er eines Morgens die Lider hob, erblickte er den Tod. So begegneten sie sich.

Er war klein, nicht größer als ein Kind, schmiegte sich an Dejews Füße und schaute ihn an, starrte unentwegt, als wolle er ihn mit den Augen verschlingen. Er hatte nach außen gestülpte Lippen wie ein Kamel und riesige Nasenflügel. Seine Stirn war gewölbt wie die einer Fledermaus und genauso runzlig. Mit seinen Runzeln, in denen sich Staub gesammelt hatte, sah er aus wie eine Morchel. Ein Unhold.

Dejew legte seine Hände um den dürren Hals und würgte ihn. In den Fingern hatte Dejew fast keine Kraft mehr, doch er fürchtete nichts, weil er wusste, dass er das nicht für sich tat, sondern für alle, die dieser Unhold bereits hinweggerafft hatte oder noch hinwegraffen wollte. Der Gedanke gab ihm wieder Kraft.

Er tat es für den Tschuwaschen Senja, der sein ganzes elendes Leben lang vor Alpträumen geflohen und ihnen nie entkommen war.

Für die dreizehn Schwerkranken.

Für die vierzig Choleraopfer.

Für die neun Kerlchen, die nur einmal hatten kosten wollen, wie Schokolade schmeckt, und dafür eine Kugel in den Bauch bekommen hatten.

Für die hundert Frauen, die an der Getreidesammelstelle verbrannt waren.

Für die vierzig, die von Kampfbootschrauben zerstückelt worden waren.

Für einhundertfünfzig. Für sechzig. Für fünftausend …

Für zweihundertzwanzig. Für siebzig. Für achthundert.

Für sechshundert. Für ein Dutzend. Für weitere …

Für vierhundert. Für siebenhundertneunzig.

Für eineinhalbtausend. Für neunhundertundeinen.

Für siebzehntausenddreihundertsechzig.

Für achttausend. Für fünfzehn und siebzehn.

Er würgte weiter.

Für die Kuckucksmütter, die ihre Söhne auf die Stufen abfahrender Züge legten.

Für die Stiefväter, die ihre Töchter an Harems in fernen Ländern verkauften.

Für die Kinder, die Hundemilch tranken und Lehm aßen, in Fässer und unter alte Plakate krochen, die einen fremden Mann Mama nannten. Deren Haus die Straße, deren Freunde Cholera und Skorbut waren. Die zu Geiseln einer schrecklichen Zeit von Hunger, Zerstörung und Krieg wurden. Für die drei Millionen Kinder, die »Retter« wie Belaja zu opfern bereit waren.

Und für die »Retter«, deren Herzen durch solche Entschlüsse hart wie Eisen wurden …

Als der Tod sich nicht mehr bewegte, zückte Dejew den Revolver, schob ihn dem Kerl ins weit aufgerissene Maul, aus dem die Zunge heraushing, und drückte ab. Die Waffe gab nur einen Klick von sich, das Magazin war leer.

Seine Schuld. Die letzten Kugeln hatte er auf Eidechsen verschossen.

Er packte die Pistole fester, holte aus und stieß den Lauf wie ein Messer in die weiche Augenhöhle dieses fremden Wesens.

Dejew erwachte, weil er auf den Lippen Wasser spürte. Direkt vor seinen Augen hing etwas Großes Schwarzes. Er schloss die Lider und zog sich in das Reich des Schlummers zurück, um dem Schwarzen zu entfliehen.

Er kam wieder zu sich. Es war immer noch da. Eine Wolke? Er kniff die Augen zusammen, aber die Flucht gelang ihm nicht mehr. Das Schwarze schwebte über ihm und gab ihm Wasser zu trinken. Dejews Zähne klirrten am Rand eines Tonkruges. Als er alles bis zum letzten Schluck getrunken hatte, öffnete er die Augen. Sollte kommen, was da wolle. Aber jetzt war es weg. Dejew hörte nur noch ein gleichmäßiges Klappern. Waren das Holzsohlen?

Es war eine Frau. Ganz in Schwarz gekleidet. Über dem Kopf ein schwarzer Schleier.

Als sie das nächste Mal auftauchte, konnte er ihre Hände sehen, die eine Schale mit Fleischbrühe an seine Lippen führten. Es waren die Hände einer alten Frau mit fleckiger Haut und faltigen Fingern. Von der Bouillon, der ersten Nahrung seit vielen Tagen, wurde er sofort schläfrig und konnte nichts mehr erkennen.

Sie kam zweimal am Tag: Wenn sich die Dunkelheit ein wenig mit Tageslicht mischte und wenn sie sich wieder verdichtete, also morgens und abends. Bald war Dejew in der Lage, seine nähere Umgebung abzutasten. Er lag auf Heu, über das eine Filzdecke gebreitet war, auf dem Steinfußboden eines Kellers. Das Licht fiel von oben herein, wohin eine lange Treppe aus großen, von Lehm zusammengehaltenen Steinen führte. Außer ihm musste es in dem Raum noch einen weiteren Bewohner geben. Wenn die schwarzgekleidete Frau erschien, machte sie sich stets zuerst in einer Ecke zu schaffen, wo jemand sich ab und zu rührte und schnaufte. Erst danach kam sie zu Dejew.

Als in Dejews Kopf Traum und Wirklichkeit nicht mehr miteinander verschwammen und ihm die Augen vor Müdigkeit nicht mehr zufielen, kroch er von seinem Lager und schob sich mit Ellenbogen, Rippen und Knien die Stufen hinauf. Schließlich stieß er an dicke, vom Alter verwitterte Bretter – eine Tür.

Von draußen zog kalte Luft herein, es roch nach Rauch und Essen.

Dort waren Menschen, viele Menschen. Sie liefen umher, riefen sich etwas zu, und Metall klirrte. Ein Pferd wieherte, ein zweites, ganz in der Nähe, antwortete ihm. In etwas größerer Entfernung blökten Schafe mit satter Bassstimme. War das ein Dorf? Eine Stadt?

Auch Dejew gab Laut, dünner und schwächer als die Schafe. Er stemmte sich mit der Stirn gegen die Tür, um sie aufzuschieben, doch die war zu schwer. Als ihm die Kräfte schwanden und er begriff, dass ihm der Weg zurück nicht mehr gelingen werde, presste er die Nase an den Türspalt und sog gierig alle Düfte einer menschlichen Behausung ein – von gekochtem Reis, Spülwasser, Leder, Pferdemist, Tee und Benzin – bis er wieder im Nichts versank.

Irgendwann kam er auf dem gewohnten Lager wieder zu sich. Die Hände der Alten reichten ihm die Schale mit der Brühe. Er stützte sich auf die Ellenbogen und stemmte sich hoch. Nahm das Gefäß und versuchte selbst zu trinken. Er schlürfte die Brühe über den Rand des Gefäßes, die ihm kaum gehorchenden Lippen ließen ein paar darin schwimmende Graupen fallen, die er mit den Fingern aufklaubte.

Die schwarzgekleidete Frau sprach etwas Ermunterndes mit altersheiserer Stimme. Es war, als ob ein alter Baum knarrte, und Dejew verstand kein Wort.

Unter größter Anstrengung von Kehle, Zunge und Lippen presste er hervor: »Wo bin ich?«

Die Antwort war ein ebenso unverständliches kurzes Knarren wie bisher.

»Wo ist mein Zug?«

Erneut ein Knarren, jetzt etwas länger.

»Wer liegt dort in der Ecke?«

Die Alte nahm ihm die leere Schale ab und tappte die Stufen wieder hinauf.

»Ich muss hier raus, sofort! Kinder warten auf mich, hungrige Kinder, in der Wüste! Ich bringe sie nach Samarka …«

Da klappte die Tür.

Immerhin hatten sie miteinander gesprochen.

»He, du, hörst du mich?«, rief er in die ferne Ecke.

Dejews Lager befand sich am Fuße der Treppe, das zweite weiter hinten, im Schatten. Bis dorthin waren es höchstens ein paar Schritte, doch das Licht in dem Keller war so schlecht, dass der Winkel in tiefer Dunkelheit lag.

Die Brühe der Alten ließ Dejews Kräfte neu aufleben. Er drehte sich auf den Bauch und kroch auf allen vieren in das Dunkel. Wieder ertastete er Heu, viel Heu, ein ebenso üppiges Lager wie seines. Dann eine Filzdecke. Darunter ein kleiner, heißer Körper. Das Menschlein hatte Fieber.

Was war das für ein Kind? Warum lag es zusammen mit Dejew in diesem Loch? Was tat er selbst hier, in dieser merkwürdigen steinernen Grube eingeschlossen, die beängstigend einem Folterkeller glich? Und wie lange war er schon hier?

An die letzten Hungertage im Zug erinnerte sich Dejew deutlich. Wie alle darauf warteten, dass die Berge am Horizont auftauchten. Wie sie abgestandenes Wasser aus dem Kesselwagen tranken, einen halben Becher pro Nase. Einen ganzen bekam nur die kapitalistische Wölfin. Wie ihnen das Brennholz ausging, und wie nach einigen Werst das Gleis zu Ende war. Wie er selbst verzweifelt nach dem Gleis suchte und sich dabei verirrte.

Dann verblasste die Erinnerung. Rotbraune Erde mit dicken Rissen. Salz- und Glimmerablagerungen an Hügeln und Dünen. Zahllose Saksaul-Stämme, ein ganzer Wald. Bilder, immer wieder Bilder, bunt durcheinander. Sie waren scharf wie auf einer Kinoleinwand, fügten sich aber nicht zu einer Geschichte.

Ja, er war endlos umhergezogen, hatte gesucht, gesucht und gesucht … Er hatte gefroren. War einer Stimme gefolgt. Wessen Stimme? Hatte auf einen Vogel gezielt. Und getroffen? Erschrocken fasste er in seine Tasche. Der Revolver und sein Auftrag, der Auftrag zum Transport der Kinder, waren fort. Alles hatten sie ihm abgenommen, die Parasiten! Er musste vor Hunger phantasiert, sich Bekannte ins Gedächtnis gerufen und mit ihnen gesprochen, sich an vieles erinnert und über vieles nachgedacht haben. Dabei hatte er wohl Sagrejka gewärmt, der ihm aus Gewohnheit gefolgt und später in der endlosen Wüste verschwunden war.

War es etwa Sagrejka, der in diesem dunklen Winkel lag?

Erleichtert tastete Dejew den fieberheißen kleinen Körper ab, um ihn so zu erkennen. Die Lippen – ja, ja, aufgeworfen wie bei einem Kamel. Stirn und Kopfform – stark gewölbt und mit Höckerchen. Die Ohren – abstehend.

»Sagrejka, Bruder, bist du das?«

Wäre das ein Glück, den Jungen hier zu finden, krank und kraftlos, aber am Leben. Zwar traf Dejew keine Schuld daran, dass dieser Verrückte sich von ihm gelöst hatte und verschwunden war, oder vielleicht doch? Er war auch nicht schuld an der seltsamen Anhänglichkeit dieses Kerlchens, oder doch?

Er wollte den Jungen zum Türspalt schleppen, um sein Gesicht sehen zu können, doch der stöhnte vor Schmerz auf, und Dejew verzichtete auf den Versuch.

»Ich brauche Wasser, Aspirin und Eis!«, rief Dejew, nachdem er sich die Treppe hinaufgequält und mit letzter Kraft an die Tür geschlagen, aber wohl eher nur daran gekratzt hatte. »Das Kind hat Fieber!«

Niemand antwortete. So verbrachte Dejew diesen Tag: Bald stieg er in die Dunkelheit zu dem bewusstlos daliegenden Jungen hinunter, dann wieder kraxelte er zu dem Lichtspalt hinauf und verlangte – von wem wohl? – Medizin für den Kranken und Freiheit für sich. Die Sorge um den anderen kräftigte ihn mehr als die Suppe. Sein eigenes Lager suchte er gar nicht mehr auf.

Die Tür öffnete sich erst am Abend wieder. Die alte Frau trat ein. Hinter ihrem Rücken war die beeindruckende Silhouette eines Mannes mit Gewehr zu erkennen. Dejew unternahm gar nicht erst den Versuch, hinauszukommen, sondern spulte nur seine Rede von Wüste, Zug und Kindern durch den geöffneten Spalt ab. Damit kam er nicht weit, denn schon klappte die Tür zu.

Als die alte Frau sah, dass Dejew nicht mehr ausgestreckt dalag, sondern sogar gesprächig wirkte, knarrte sie erneut ein paar anerkennende Worte in ihrer Sprache. Von seinem Wortschwall hatte sie wohl kaum etwas verstanden. Wie zuvor brachte sie Essen für den Erwachsenen und eine Schüssel mit Wasser für das Kind. Das Wasser war von tiefschwarzer Farbe, wahrscheinlich ein Kräutersud.

Damit rieb Dejew den Jungen nun die ganze Nacht ab. Nur manchmal fiel er in einen kurzen Schlaf. Sein geschwächter Körper brauchte eigentlich noch Ruhe, doch das erregte Hirn ließ sie nicht zu. Alle Stunde fuhr er hoch und stürzte zu dem Nachbarn – betastete seine heiße Stirn, trocknete den Schweiß an seinem Körper und deckte ihn wieder fest zu. Auch seine eigene Decke hatte er inzwischen über den Jungen gebreitet.

In Erstaunen versetzte ihn, dass die Alte völlig ohne Lampe auskam. Furchtlos stieg sie die steile Treppe herab, gab ihrem Patienten zu essen und zu trinken und versorgte das Kind, obwohl in dem Keller nicht einmal Dämmerlicht, sondern Finsternis herrschte. Konnte sie im Dunkeln sehen? Dejew sah gar nichts. Nicht einmal das Gesicht des Jungen konnte er während der mit ihm verbrachten Tage erkennen.

Nun fasste er einen Entschluss: Noch einen Tag wollte er sich in diesem Keller verpflegen und festhalten lassen, um Kräfte zu sammeln, und am nächsten Abend einen Fluchtversuch wagen. Er wollte bei der Tür lauern, das Öffnen des Riegels abwarten, sie aufreißen und nach draußen schlüpfen. Dabei möglichst die alte Frau nicht umwerfen, damit sie keinen Schaden nahm. Den Posten mit dem Gewehr musste er überwältigen. Dann wollte er um die erstbeste Ecke biegen und laufen, wohin ihn seine Beine trugen.

In den letzten Tagen hatte er die Vorgänge draußen nach Gehör verfolgt. Morgens und abends war es vor der Tür stets belebt, und mitten durch eine Menschenmenge zu fliehen konnte ihm kaum gelingen. Doch wenn die Alte spätabends noch einmal kam, waren die Geräusche draußen abgeflaut, nur das Gewieher von Pferden in der Nähe war noch zu hören. Dann musste er es versuchen. Zuerst galt es, die hiesige Milizstation zu finden. Und wenn es die in diesem von Allah vergessenen Nest nicht gab, sich zur nächsten größeren Stadt durchzuschlagen. Schließlich befand sich Dejew nicht irgendwo im mittelalterlichen Persien, sondern im sowjetischen Turkestan! Mit Hilfe der Miliz musste eine Expedition zur Suche nach dem Zug auf den Weg gebracht werden. Außerdem musste er diesen Keller finden und den Jungen in ein Krankenhaus bringen sowie die Hausbesitzer ihrer gerechten Strafe zuführen. Das war's.

Der Tür näherten sich Schritte.

In Boxerhaltung stand Dejew auf der obersten Stufe, den Blick auf den Streifen am Boden gerichtet. Der war jetzt abendlich gefärbt, was einen baldigen Sonnenuntergang bedeutete. Er hatte seine Schuhe fest geschnürt und die Senkel hineingesteckt, damit sie ihn beim Laufen nicht behinderten. Die Jacke war bis zum Hals zugeknöpft.

Die Schritte kamen näher, doch es war nicht das leichte Geklapper der Holzsandalen der alten Frau. Mehrere Männer, nicht nur zwei, stapften, miteinander redend, auf den Keller zu, und man hörte das Geräusch ihrer beschlagenen Stiefel.

Mit mehreren konnte er es wohl nicht aufnehmen. Ohne Revolver, allein, noch vom Hunger geschwächt, war das aussichtslos.

Schon wurde der eiserne Riegel zurückgeschoben.

Die Tür schwang weit auf. Vor ihm standen drei Silhouetten mit, wie ihm schien, gigantischen Köpfen. Sie trugen langhaarige Fuchsfellmützen. Alle drei hatten Gewehre auf Dejew gerichtet. Damit gestikulierten sie jetzt herum und redeten gleichzeitig auf ihn ein.

Waren sie wütend, weil er an der Tür gestanden hatte? Zum Zeichen seiner friedlichen Absichten hob Dejew beide Hände und schritt ein, zwei Stufen zurück. Doch die Männer wurden noch lauter. Sollte er herauskommen? Er stieg wieder nach oben und schritt über die Schwelle.

Mit den Gewehrmündungen wiesen sie ihm die Richtung und schnarrten Befehle. Langsam setzte er einen Fuß vor den anderen und schaute sich dabei um.

Ein niedriger einstöckiger Bau umgab einen quadratischen Hof. Darüber das Viereck des Abendhimmels. In einer Ecke war das Minarett einer Moschee zu erkennen. Die gegenüberliegende Ecke war nicht mehr vorhanden. Eine gewaltige Explosion oder ein Bombardement hatte sie zerstört. Dort war das Quadrat durchbrochen, ein paar Trümmer lagen herum und dahinter sah man nackte Erde bis zum Horizont – die Wüste.

Das ganze Anwesen – ohne Fenster, mit Bogengängen rundherum, in denen anstelle von Türen Löcher gähnten, aus flachen rotbraunen Ziegeln gemauert, von denen viele bereits aus den Wänden herausfielen, die einst mit Malereien und Mosaiken geschmückt gewesen waren, doch jetzt nur noch aus Staub und Rissen zu bestehen schienen – all das war im Grunde eine

Ruine. Keine Explosion hatte Löcher gerissen und Balken gebogen, sondern die Zeit. Kein Beschuss hatte die türkisfarbenen Mosaiksteinchen an den Wänden zerstört, sondern die Jahre. Sie hatten auch dafür gesorgt, dass der gepflasterte Hof von Wermut überwuchert, die Räume mit Sand zugeweht waren und die einst prächtige Moschee verfiel, bis von ihr nur noch ein totes Gerippe übrigblieb. Dies musste eine verlassene Karawanserei sein, nicht Jahrzehnte, sondern Jahrhunderte alt.

An diesem Ort lebten Menschen. Doch die Zeichen ihrer Anwesenheit wirkten fremd in der Wüstenlandschaft, die seit langer Zeit im Schlaf versunken zu sein schien. Auf den Steinen brannten mehrere Feuer, um die herum Männer mit Gewehren saßen. Dahinter ein paar Karren und Wagen, mit Bündeln, Töpfen und anderem Kram hoch beladen. Sie teilten den großen Hof in zwei Hälften, von denen eine für die ausgespannten Pferde abgetrennt war. Im Bogengang des Erdgeschosses standen mehrere bunte Jurten. In dem Stockwerk darüber waren Decken und Wäsche zum Trocknen aufgehängt. Nein, diese Menschen wohnten hier nicht, sondern versteckten sich nur. Das war kein Haus, sondern ein Unterschlupf. Ein zeitweiliger Aufenthaltsort für diese Nomaden.

Die waren keine friedlichen Hirten, sondern Krieger. Die Männer trugen Patronengurte gekreuzt über der Brust, darüber Ferngläser. Im Gürtel steckten Dolche. Am Boden liegend und an die Mauern gelehnt – Gewehre über Gewehre … Frauen waren fast gar nicht zu sehen. Entweder gab es keine, oder sie verbargen sich. Nur einmal bemerkte Dejew auf einem Balkon im Obergeschoss eine verschleierte Gestalt, wahrscheinlich die alte Frau, die er bereits kannte.

Man führte ihn die Hauswand entlang. Sie gingen an vielen Torbogen vorüber, sicher die Aufgänge zu den Räumen im ersten Stock. Aus den Torbogen roch es muffig. Hinter einem drängten sich die Schafe, deren Blöken er gehört hatte. In einem anderen ein unbeweglicher weißer Fleck – dort hing ein Mann im Wattemantel von der Decke. Von dem Erhängten nahm niemand Notiz.

Nun wurde Dejew auch klar, wohin seine Bewacher ihn mit ihren Gewehrläufen lenkten. Die eine Seite des Hofes war heller erleuchtet, dort brannten unter den Torbogen Fackeln, die man in Tonkrüge gesteckt hatte. Davor erhob sich ein langgestrecktes Podest, das mit einer breit gestreiften Matte bedeckt war. Darauf saßen Männer beim Essen. Sie hockten im Schneidersitz in einer Reihe in bequemer Haltung und griffen mit den Händen nach den Speisen, die auf großen runden Tabletts vor ihnen ausgebreitet waren. Es waren ihrer dreizehn, keine einfachen Leute, sondern offenbar sehr wichtige Personen. Von jedem einzelnen ging Stolz und Stärke aus, als seien dort dreizehn Rassestiere oder dreizehn Tiger aufgereiht.

Dies war auch kein gewöhnliches Abendessen, sondern ein Festschmaus. Dazu passte, wie laut die Tigermänner miteinander redeten. Wie brüllend sie lachten. Wie übermütig sie den anderen Kriegern etwas zuriefen, die ringsum an den Feuern saßen, und wie wild die ihre Antwort grölten. Auf dem Hof roch es weder nach Wein noch Schnaps, sondern nur nach dem heißen Öl der brennenden Fackeln und gebratenem Hammel. Die Menschen waren nicht trunken vom Alkohol, sondern von einem besonders freudigen Ereignis. Je mehr sich Dejew den Feiernden näherte, desto stärker spürte er: Hier herrschte eine Stimmung, die fast in einen Rausch umschlug.

Einer von Dejews Begleitern verbeugte sich nun ehrerbietig, lief ins Zentrum des Geschehens und flüsterte dem Oberhaupt des Fests etwas ins Ohr. Auf dessen kurze Handbewegung wurde Dejew ins Licht geführt und vor allen Versammelten zur Schau gestellt.

Auf diesem Hof hatte es einmal Springbrunnen gegeben. Jetzt waren davon nur noch flache Mulden mit den Spuren azurblauer Mosaiken übrig. Eine lag direkt vor dem Podest. Dorthin lenkte ihn der Wachposten mit seinem Gewehr. Dejew verstand nicht gleich, was der von ihm wollte und zögerte leicht. Schon erhielt er einen kräftigen Stoß in den Rücken. Jetzt begriff er und trat an den ihm zugewiesenen Platz.

Am Boden des alten Brunnenbeckens versank er bis zu den Knöcheln in Sand, vermoderten abgenagten Knochen und Fischgräten. Von der einen Seite starrten ihn die Teilnehmer des Festessens verwundert an, von der anderen waren die Waffenmündungen der Begleiter auf ihn gerichtet.

Als Dejew sich kerzengerade aufrichtete, befand sich sein Kopf auf der Höhe des Podests. Den Speisenden auf die gefüllten Tabletts schauen konnte er nicht, sie genau betrachten schon, denn sie saßen wenige Meter von ihm entfernt. Nur etwas höher.

Alle hatten kräftige Zähne, als seien sie danach ausgewählt worden. Von allen Seiten grinsten ihn weiße, graue und gelbe Gebisse mit scharfen Eckzähnen an, die, von dunklen Bärten gerahmt, noch bedrohlicher wirkten. Die Kleidung der Männer war bunt zusammengewürfelt – vom orientalischen Mantel aus Wollstoff bis zur englischen Uniformjacke, lässig über ein knallbuntes Seidenhemd geworfen. Alle saßen mit Kopfbedeckungen da, manche sogar mit doppelten: Tjubetejka über dem Kopftuch getragen, Turban oder Fez. Die Gäste waren sämtlich von kräftiger, eindrucksvoller Gestalt. Nur mit Mühe fanden sie auf dem Podest Platz und mussten darauf achten, einander nicht hinunterzustoßen. In ihrem Gespräch und Gelächter unterbrochen, schauten sie jetzt den Anführer fragend an, was für einen Vogel er ihnen da präsentierte.

Doch der verzog keine Miene. Er lachte offenbar selten. Er hatte einen stählernen Blick und die Lippen zusammengepresst, als seien sie versiegelt. Er war am bescheidensten von allen gekleidet und hatte ein kantiges Gesicht mit schütterem Bärtchen, doch keiner der Anwesenden wagte es, ihm direkt in die Augen zu schauen. Wenn sie sich ihm zuwandten, dann nur mit gedämpfter Stimme und gesenktem Blick. Als einziger hatte er sich an dem allgemeinen Frohsinn bisher nicht beteiligt, möglicherweise fand er solche Gefühlsduselei sogar lästig. Er war höchstens vierzig Jahre alt, blickte aber gleichmütig um sich wie ein Mann von Rang und Namen.

Kam es Dejew nur so vor, dass sie ihn Bure-Bek nannten? Nein, er hatte sich nicht verhört.

Jetzt nahm der Chef etwas von einem der Tabletts und warf es in Richtung der Brunnenmulde. Vor Dejews Füßen landete ein fast völlig abgenagtes Stück Hammelschulter. »U-u-u-u!«, heulten die Speisenden auf. Nun begriffen sie, wofür der Kerl vorgesehen war. Schon reckten sich alle nach den herumliegenden Knochenresten und holten zum Wurf aus, doch Bure-Bek knurrte nur einmal kurz, und sofort legten die Männer die Wurfgeschosse gehorsam nieder.

Dejew hätte einfach zur Seite schauen sollen, nicht nach unten, wo es kräftig nach Essen roch, nicht nach oben, wie es Gläubige in Augenblicken der Angst tun, und auch nicht zu dem Mann hin, der ihn zu erniedrigen suchte. Zur Seite, weil es am vernünftigsten war und er so die aufrechte Haltung am längsten bewahren konnte. Doch Dejew schaute Bure-Bek direkt ins Gesicht.

In dessen Augen, die in dem Gesicht eines Mannes in mittleren Jahren blass und alt wirkten, sah er nicht die Schadenfreude kleiner Geister bei der Demütigung anderer, sondern nur Gleichmut und Trauer. Nicht zum eigenen Vergnügen hatte er dieses Spiel erdacht, sondern für das der anderen. Deshalb führte er es auch zu Ende.

Wieder warf er etwas zu dem Brunnen hin, diesmal keinen Knochen, sondern ein Stück schieres Fleisch.

Dejew konnte es nicht sehen, als es ihm direkt auf einen Fuß klatschte und langsam den Schuh herabglitt, eine dicke, fettige Spur hinterlassend. Der starke Geruch von frischem, gut gegartem und gewürztem Hammelfleisch stieg ihm in die Nase.

Nun kam ein zweites Stück geflogen, das ihm nicht auf die Füße fiel, sondern gegen die Brust klatschte.

Das dritte traf ihn mitten im Gesicht.

Am liebsten hätte Dejew das Stück Braten dorthin zurückgeworfen, woher es gekommen war. Das wäre wohl die letzte Tat in seinem Leben gewesen. Doch er musste die Kinder retten.

»Wenn ich dir einmal im Kampf begegne, töte ich dich«, sprach Dejew deutlich und wischte sich das Fett aus dem Gesicht.

Er sagte es nicht laut, und bei dem Stimmengewirr war es wohl kaum zu hören gewesen.

Doch nein, man hatte es durchaus registriert. Als die Basmatschen feststellten, dass der Clown sich muckste, erhob sich ein begeistertes Raunen: Da hatte sich ja einer gefunden! Sie quakten und gackerten in allen Tönen, überschrien sich gegenseitig und hieben sich mit den fetttriefenden Pranken auf die Schultern. Ob sie schon auf ihn wetteten?

Jetzt wagten sich Zuschauer von den Feuern herbei, denn auch sie wollten das Spektakel aus der Nähe sehen. Sie drängten sich neben den Posten am gegenüberliegenden Rand des Brunnenbeckens und schnatterten in ihrer Sprache miteinander.

Da hob Dejew die Hand hoch über den Kopf – wie aus dem Grab, ging ihm durch den Sinn –, und für einen Moment verstummten verblüfft alle Stimmen.

»Aber jetzt bin ich kein Soldat«, sprach Dejew in die Stille hinein. »Jetzt muss ich fünfhundert Waisenkinder nach Sa …«

Ohne ihn ausreden zu lassen, plapperten die Zuschauer erneut alle durcheinander.

Auch der Bek hörte nicht zu. Er winkte einen Jungen der Bedienung herbei und gab ihm eine Anweisung. Der nickte so heftig, dass man glaubte, der Kopf werde ihm gleich von den Schultern fallen.

Einer der dreizehn, in einem Kaftan nach persischer Mode und kariertem Turban, rief etwas schallend in die Menge, die ihm wie mit einer Stimme antwortete. Es klang wie das Krächzen eines Vogelschwarms. Oder das Dröhnen einer Blaskapelle. Nur, was dröhnten sie?

Dejew blieb nur, einfach weiterzusprechen. Er hoffte, der listige Bek tue nur so abwesend, verstehe aber ein paar Brocken Russisch – wenigstens so ungefähr. Und Dejew sprach schnell, solange man noch kein Fässchen Salzsäure oder anderes Teufelszeug angeschleppt hatte, um den redefreudigen Gefangenen zum Schweigen zu bringen.

»Diese Waisen sind am Verhungern«, erklärte er. »Die Hälfte sind Muslime wie du. Du kannst ihnen gern die Hemdchen anheben und ihre Beschneidung bewundern. Die andere Hälfte sind genau solche Bauern wie …«

Erneut brach Freudengeheul aus. Der Bek hatte seine vom Essen fettigen Hände mit einem Tuch gesäubert, das kein gewöhnliches Tuch war, sondern eine rote Fahne!

»Die andere Hälfte sind genau solche Bauern, wie es sie bei euch gibt. Viele sprechen eine Sprache, die deiner ähnlich ist. Und sie alle wurden von Frauen gebo …«

Bure-Bek knüllte das Tuch zusammen und warf es angewidert zu Boden. Die Übrigen stürzten sich darauf, rissen es fast in Stücke, wischten sich die Hände daran ab, und die Einfallsreichsten schnäuzten sich sogar hinein. Das Ganze begleitet von Gerangel und Gelächter. Ein Riesenspaß.

»Sie alle wurden von Frauen geboren, genau solchen wie deine Ehefrauen. Und diese Kinder sind so alt wie …«

Nun kam das befleckte Banner in das Brunnenbecken geflogen und landete zwischen Fleisch und Knochen.

Nicht auf die beschmutzte Fahne schauen!, befahl sich Dejew. Weitersprechen!

»Dem Alter nach könnten sie alle deine Kinder sein.«

Was bezweckte der Kerl mit dieser Demütigung?, fragte er sich. Und welche Rolle sollte er bei dem ganzen Spektakel spielen? Offensichtlich eine ohne Worte.

Auf dem Podest redeten jetzt alle, durch die Entehrung der Fahne aufgekratzt, wild durcheinander. Und wieder riss einer im schwarzen türkischen Überrock und gelben Turban die Arme hoch, stieß einen Kampfesruf aus, auf den einmütiges Gebrüll folgte.

Ob hier vielleicht eine siegreiche Schlacht gefeiert wurde? Und das Banner war die Kriegsbeute?

»Ich habe lange nachgedacht und bin zu folgendem Schluss gekommen«, redete Dejew in der Mulde weiter wie ein Geistesgestörter, der ein Selbstgespräch führt. »Wir sind irgendwo bei Arys auf ein falsches Gleis geraten. Du, Bure-Bek, weißt sicher, wo das passiert ist. Deine Janitscharen haben es dir längst gemeldet. Und dass es bei uns nichts zu holen gibt, weißt du auch. Du kannst uns nichts nehmen, Bure-Bek. Du kannst nur etwas geben. Gib es uns! In den letzten Jahren hast du viele Leben genommen. Jetzt kannst du Leben schenken. Rette …«

Doch wieder gingen seine letzten Worte in einem Freudengeheul unter. Auf ein Zeichen des Bek führte ein Diener einen großen Hund an das Podest heran. Dem Hund hatte man die Feldbluse eines Sowjetsoldaten mit roten Kragenspiegeln und einem roten Stern auf dem Ärmel angezogen. Auf dem Kopf trug er eine Schirmmütze mit gleichem Stern, festgezurrt, damit sie nicht herunterfiel. Um den Bauch hatte man ihm mehrfach ein Koppel mit Schloss geschlungen. Zur vollständigen Uniform fehlten nur Reithose und Stiefel. Das Tier schaute zu den lärmenden und lachenden Männern hin, wedelte mit dem Schwanz und schien die allgemeine Freude zu genießen.

»Ein Waisenkind zu retten ist eine gottgefällige Tat. Fünfhundert Waisen retten heißt, fünfhundert gottgefällige Taten vollbringen. Wann wirst du dafür noch einmal Gelegenheit haben, Bure-Bek?«

Die ungewohnte Maskerade war nicht nach dem Geschmack des Hundes. Er ließ sich auf die Hinterläufe nieder und versuchte, mit den Vorderpfoten die Mütze vom zottigen Kopf zu schieben.

»Ho-o-o-o!«, brüllten die Basmatschen vor Lachen.

Doch der Bek warf dem Hund ein Stück Fleisch zu, nicht direkt ins Maul, sondern an den Rand des Brunnenbeckens. Nachdem das Tier den Leckerbissen fast noch im Flug erhascht hatte, roch es, dass zu Dejews Füßen noch mehr Fleisch lag. Es sprang zu ihm hin und würgte gierig auch die staubbedeckten Brocken hinunter.

Dejew wich ein wenig zurück, doch sofort klickten die auf seinen Rücken gerichteten Gewehre. Das hieß: Keinen Zentimeter weiter! Dejews Schuhe, Hose, Jacke und Gesicht – alles war mit Hammelfett beschmiert. Und schon fuhr der hungrige Köter mit seiner Schnauze über Schuhe, Hose und Jacke. Dann stellte er sich auf die Hinterbeine, legte die Vorderpfoten auf Dejews Schultern und schleckte ihm mit seiner warmen Zunge die Wangen ab.

»Die Kinder zu retten ist nicht schwer, ich habe alles durchdacht«, sprach Dejew ungerührt weiter und versuchte dem heißen Atem des Hundes auszuweichen. Doch der war überall. »Du musst nur deinen Leuten befehlen, das Gleis zu verlegen, es in einer Schleife zur Hauptstrecke zurückzuführen.« Jetzt war der Hundespeichel schon überall, verstopfte ihm die Nase, lag auf seinen Lippen und verklebte die Augenlider. »Für deine Janitscharen ist das ein Tag Arbeit, nicht mehr.«

Nun hörte ihn wohl nur noch der Hund, dachte Dejew.

Die Kerle auf dem Podest brachte es fast um vor Lachen, sie brüllten nicht mehr, sondern stöhnten, schnappten nach Luft und schlugen mit den Händen auf die Matte, wo Teller umkippten. Auch die Zuschauer ringsum bogen sich vor Lachen und hielten sich dabei aneinander fest, um nicht umzufallen. Die Waffen der Wächter waren nach wie vor auf den Gefangenen gerichtet, doch sie konnten sie kaum noch halten, und ihre Bäuche hüpften vor Vergnügen.

Nachdem der Hund Dejew abgeschleckt hatte, entdeckte er zu dessen Füßen die Hammelschulter und wollte sie gerade fortschleppen, da krachte ein Schuss! Das Tier sank zu Boden. Es zuckte ein paar Mal, dann füllte sich die durchschossene Schirmmütze mit Blut.

Bure-Bek legte den Revolver nieder.

Auf der anderen Seite des Hofes wieherten Pferde erschrocken und stiegen auf die Hinterbeine. Schafe in ihrem Pferch blökten.

Der Hund zuckte ein letztes Mal mit den Beinen und lag dann unter der Uniformbluse still da.

Die Speisenden, die bei dem Schuss verstummt waren, besannen sich und nahmen die verstreut herumliegenden guten Bissen wieder auf. Die Mutigen, die sich in die Nähe der Vorgesetzten gewagt hatten, zogen sich eilig an ihre Lagerfeuer zurück.

Von Dejew nahm keiner mehr Notiz, offenbar war die Vorführung beendet. Zumindest der Teil, in dem ihm eine Rolle zugedacht war.

Da fuhr aus der Wüste plötzlich eine mit Sand gefüllte Windbö über die Szene hinweg, verfing sich in dem zerstörten Winkel der Karawanserei, blies in die leeren Zimmer hinein, die in vielen verschiedenen Stimmen aufheulten. Das löchrige Minarett pfiff wie eine Flöte. Die Flammen der Fackeln und Feuer wurden immer länger und stießen dicke

Rauchfahnen aus. Einen Augenblick später war der Spuk vorüber.

Erst jetzt bemerkte Dejew die Nacht um sich herum. Es war seit Längerem dunkel, und das soeben Erlebte hatte sich im tanzenden Licht der Flammen abgespielt.

In dieser ernsten, dunklen Stunde erreichte die Zeremonie ihren Höhepunkt. Bure-Bek erhob sich und ließ seinen finsteren Blick über die Kämpfer schweifen, mit dem er Aufmerksamkeit forderte. Alle wurden sofort still und reckten die Hälse, einer suchte die verschreckten Pferde zu beruhigen. Als der Bek mit der eingetretenen Stille zufrieden war, ließ er einen Ruf erschallen.

Unter einem dunklen Bogen hinter dem Podest traten drei blutjunge Diener, fast noch Knaben, hervor. Jeder trug auf der Schulter ein großes Tablett mit hohem Rand, auf dem etwas Rundes lag. Eine Melone? Nein, es war ein Menschenkopf.

Drei Köpfe in den spitz zulaufenden Filzmützen mit dem roten Stern schwebten aus der Dunkelheit herbei und wurden feierlich auf dem Podest abgesetzt.

Bure-Bek schwieg noch einen Augenblick, um seiner Horde Gelegenheit zum Schauen zu geben. Dann begann er zu sprechen. Seine Stimme klang nicht sehr laut, doch von den Mauern zurückgeworfen, musste sie auch an den Feuern gut zu verstehen sein. Die nach wie vor kalten Augen schienen im Licht der Fackeln vor Leidenschaft zu blitzen. Seine Gesten waren knapp, doch von den schwarzen Schatten vergrößert, wirkten sie geradezu ausladend. Um den Bauch hatte man ihm ein dickes Tuch gebunden, offenbar war er verletzt. Dieses unmännliche Detail, das die völlige Missachtung der Meinung anderer demonstrierte, verlieh der Gestalt mehr Gewicht als all die vornehmen Gewänder seiner Gäste.

Bure-Bek hielt eine Rede.

Dejew schaute zu den drei toten Köpfen hin, die ganz nah und auf gleicher Höhe mit seinem eigenen auf den Tabletts lagen. Die schauten ihn an. Dejew konnte den Blick nicht von ihnen wenden und nicht begreifen, wie das möglich war.

Nein, es war nicht zu verstehen. Und auch nicht die Rede in der fremden Sprache, die über ihn hinweg rauschte. Am unverständlichsten aber waren ihm diese Menschen.

Am Schluss seiner Rede fuhr der Bek mit gestrecktem Zeigefinger zum Himmel und stellte eine rhetorische Frage.

»U-u-u-u!«, antwortete der Chor seiner Krieger zustimmend wie ein Mann.

Eine weitere Frage.

»U-u-u-u!«

Und eine dritte.

»U-u-u-u!«

Dann wurde es still.

Langsam wanderte Dejews Blick zu der Stelle, wo Bure-Bek stand.

Doch dort war er nicht mehr. Er hatte sich bereits entfernt.

Brachten sie ihn nun um, oder nicht?

Über diese Frage zermarterte sich Dejew, auf den Stufen der Kellertreppe sitzend, die ganze Nacht den Kopf.

Wenn der Bek gewollt hätte, dann wäre er zusammen mit dem Hund erschossen worden. Wozu sonst noch Essen und Trinken auf diesen Gefangenen verschwenden? Und auch die alte Frau – eine Dienerin? Seine Amme? Oder seine Mutter? – brauchte er nicht mehr zu ihm zu schicken. Und keine Wache mehr vor seine Tür zu stellen.

Das alles bedeutete, er wurde noch gebraucht. Doch wofür? Zur Geisel taugte er nicht, für sein Leben gab niemand eine Kopeke. Alles, worauf sich seine Stellung und sein Wert gründeten – Revolver und Auftrag –, hatte man ihm genommen.

Macht besaß er keine. Auch kein besonderes Wissen. Und keinen Beschützer. Dejew war eine Null, ein gewichtsloses Nichts.

Warum aber hatte der Bek nicht zugelassen, dass seine Gefährten mit ihm ihr böses Spiel trieben? Er selbst hatte Dejew mit Essenresten beworfen, es aber keinem anderen erlaubt. Er hatte den Hund erschossen, die Köpfe auf den Tabletts präsentieren lassen – und Dejew einfach vergessen? Offenbar wurde er noch gebraucht, obwohl er kein Wort ihrer Sprache verstand und nach dem Umherirren in der Wüste so schwach war, dass er kaum einen Fuß vor den anderen setzen konnte. Aber man brauchte ihn. So sehr, dass ihm die alte Frau eine kräftige Brühe mit Fleisch und Graupen zu essen gab.

Nein, sie würden ihn nicht töten.

Bestimmt hatte der Hund das auch gedacht, als er das duftende Fleisch verschlang.

Am Morgen tauchten die drei mit den Fuchsfellmützen wieder auf. Lange redeten sie auf ihn ein und fuchtelten mit ihren Gewehren herum, bis Dejew begriff, dass er aus diesem Verlies herauskommen sollte – zusammen mit dem Jungen. Er tastete in der Dunkelheit nach dem kleinen Körper, der nun schon tagelang glühend heiß war, und trug ihn nach oben.

Ja, es war Sagrejka. Aber nicht der, den er kannte, fast schon liebgewonnen und in den Nächten an seiner Brust gewiegt hatte, sondern eine hässliche Kopie des Vertrauten. Sein Hals war geschwollen und von blauen Flecken übersät, Arme und Beine so dürr, dass er bereits einem Schwerkranken ähnelte. Doch das Schlimmste war sein Gesicht. Davon war nicht mehr viel zu erkennen. Nase, Lippen und Brauen schwammen auf einem lilafarbenen Stück Teig, und statt der Augen sah er nur noch Spuren getrockneten Blutes.

Wer hat dich so zugerichtet, Junge?

So viele Tage liegst du schon im Fieber, weil dein kleiner Organismus mit dieser Attacke nicht fertig wird. Was du brauchst, ist kein dunkles Kellerloch und nicht der schwarze Aufguss der alten Frau, sondern Feldscher Bug, der beste Doktor auf der Welt mit dem größten Herzen.

Als Dejew das gequälte Kind die Treppe hinauftrug, spürte er, wie glühender Zorn in ihm aufstieg. Zugleich wurde er sich seiner Machtlosigkeit bewusst. Einen Schuldigen konnte er weder finden noch bestrafen. Er warf den Wachposten einen finsteren Blick zu. Ist das vielleicht euer Werk? Oder das eurer Kumpane? Die schauten selbst betreten drein, überrascht von dem Anblick des Kindes, das aussah, als hätte man es auf einem Schlachtfeld geborgen.

Dann wurde Dejew, den Jungen im Arm, auf einen Karren gesetzt. Umschauen konnte er sich nicht. Ihm wurde ein Sack über den Kopf gestülpt und zugebunden, damit der Wind ihn nicht fortwehte.

Sie fuhren los.

Einen halben Tag oder länger rollten sie durch die Wüste – der Karren mit den beiden Gefangenen, von zwei Reitern begleitet. Dejew lauschte dem Knarren der Räder und den Geräuschen der Wüste – Sand auf Sand, Sand auf Wermut, Sand auf Steinen. Sagrejka im Schoß, der sich vor Schwäche kaum rührte, hatte Dejew einen einzigen Gedanken: Stirb mir nur nicht.

Wenn sie uns fahren, Junge, auf einem funktionierenden Karren mit gesunden Pferden so lange fahren, dann werden sie uns vielleicht nicht töten. Wahrscheinlich bringen sie uns in ein anderes Lager, ein Dorf oder eine Stadt. Selbst wenn sie uns in die Berge bringen, oder wohin auch immer, stirb mir nur nicht.

Dann roch er Feuer und hörte den Klang von Stimmen in der Ferne. Das bedeutete, sie waren angekommen. Es waren viele Stimmen, sehr viele, dünne, klingende Stimmen. Waren es Kinder?

Etwa seine, Dejews Kinder?

Ohne an die Reiter mit ihren Gewehren zu denken, versuchte er, sich von dem Sack zu befreien. Niemand hinderte ihn daran, keiner brüllte wütend auf ihn ein. Der Strick um den Hals zog sich zusammen und begann ihn zu würgen, doch er zerrte nach allen Seiten wie eine Fliege im Spinnennetz, riss und zerfetzte die Knoten mit den Nägeln, bis der Sack schließlich fiel. Grelles Licht fuhr ihm in die Augen, und die Stimmen wurden immer lauter.

Wo war er? Was bedeutete das?

Sie standen mitten in der Wüste.

Vor ihm in der Ferne ein dunkler Streifen – ein Zug. Um ihn herum wimmelten Menschen wie Ameisen.

Es war die »Girlande«.

Jetzt hielt es Dejew nicht mehr auf dem Karren. Er sprang herunter und rannte los. Er ließ Sagrejka auf dem Gefährt bei den Reitern zurück und lief, so schnell ihn seine Beine trugen.

Bis zur »Girlande« waren es noch mindestens zwei Werst, doch jetzt sah er deutlich viele weiße Punkte – die Kinder in ihren Hemden. Dejews Schritte wurden langsamer, er löste die Füße kaum noch vom Boden, um Kraft zu sparen. Die ging zur Neige, aber innehalten konnte er nicht mehr. Sein Körper bewegte sich vorwärts wie aufgezogen.

Er schnappte nach Luft. Stolperte. Fiel aber nicht hin. Lief und lief, bis vor ihm durchdringende Schreie erschallten: »Dejew! De-e-e-ejew! Hurra-a-a-a!«

Nun strömte all das Weiß ihm entgegen: Alle, die bei den Wagen, fern von den Wagen oder in den Wagen gewesen waren, flogen ihm entgegen, und mit ihnen der Schrei: »De-e-e-ejew! Hurra-a-a-a!«

Und Dejew lief, bis die ihm entgegenströmende jubelnde weiße Welle ihn mit Dutzenden Gesichtern umspülte, mit Armen, Beinen, Körpern und Hemden an ihm hing, ihn umtanzte und immer lauter tönte:

»De-e-e-ejew!«

Von dem Lärm fast taub, versank er in diesem Strudel, der von allen Seiten über ihm redete, lachte, tanzte und rief:

»De-e-e-ejew!«

Am Rande des Stroms tauchten jetzt dunklere Gestalten auf – die Betreuerinnen. Sie stürzten sich nicht ins Gewühl, denn sie wären ohnehin nicht bis zu ihm durchgedrungen. So warteten sie, bis die Flut abebbte, riefen ihm etwas zu oder pressten sich die Hand auf den Mund. Weinten sie etwa? Dazwischen eine massige Gestalt – der Großvater.

»De-e-e-ejew!«

Er umarmte und streichelte sie alle – Hände, Gesichter, Schultern, geschorene Köpfe ... Wie klein sie waren! Er drückte sie an sich, ließ sie los, streichelte andere, und das lange, lange, bis sie endlich von ihm abließen. Der Strom wurde dünner und versiegte nach und nach. Einzelne riefen immer noch seinen Namen, pfiffen, lachten, sprangen und fuchtelten mit den Armen. Nun drangen endlich die Begleiterinnen zu ihm durch.

»Was sind Sie nur für ein großartiger, guter Mensch!« Auch sie drängten sich von allen Seiten mit feuchten Wangen, Stirnen und knorrigen Gestalten an seine Schultern, Brust und Rücken. »Gott im Himmel, was für ein Glück! Sie sind heil und gesund!« Alle schluchzten, ohne sich zu genieren, und wischten ihre Tränen an seiner Feldbluse ab. »Wie haben wir auf Sie gewartet, wir wussten, dass es so kommt! Unser Sohn, Genosse, Söhnchen!«

Wieder streichelte Dejew Hände, Gesichter und Köpfe, diesmal nicht die von Kindern, sondern von erwachsenen Frauen, viele mit grauen Haaren.

Dann umarmte er Fatima.

Schließlich auch den Großvater. Genauer gesagt, griff der alte Mann nach ihm, presste ihn auf Bärenart an sich, hielt ihn fest und wollte ihn lange nicht freigeben – eine halbe Minute lang, oder gar eine ganze. Dejew hätte gern bis zum nächsten Morgen so gestanden, doch als ihm die Luft wegblieb, musste er sich freimachen.

»Dort liegt Sagrejka«, teilte er dem Feldscher mit.

Beide traten zu dem Karren, der inzwischen den Zug erreicht hatte. Die Reiter warteten etwas weiter entfernt.

»Wer hat ihn so zugerichtete?« Als Bug den im Wagen ausgestreckten verunstalteten Körper sah, wurde er ganz weiß. »Die Muslime?«

»Ich weiß es nicht«, bekannte Dejew.

»Was sind das bloß für Tiere«, knurrte Bug, nahm den Jungen in die Arme und trug ihn ins Lazarett.

Dejew und Belaja umarmten sich nicht. Sie drückten sich nur die Hand. Schweigend und fest. Und schauten einander durchdringend an. Weitere Freiheiten erlaubten sie sich nicht – keinen flüchtigen Kuss, nicht einmal ein Lächeln, obwohl sie allein im Abteil waren. Diesmal wirklich allein, denn Sagrejka lag nicht wie sonst unter Dejews Bett, sondern auf einer Pritsche im Lazarett.

Die Kommissarin ging sofort daran, dem Zugführer zu berichten, was sich während seiner Abwesenheit zugetragen hatte. Doch sie tat das irgendwie merkwürdig, extrem kurz und ohne alle Einzelheiten, als verlese sie ein knappes Stenogramm. Als wüsste Dejew ohnehin Bescheid.

»Die Kinder und die Erwachsenen haben satt zu essen. Wie Sie sicher bemerkt haben, sind sie in guter Stimmung. Zweimal am Tag gibt es eine Reismahlzeit. Außerdem haben die Basmatschen fünf Säcke Graupen und einen Wagen Weintrauben geliefert. Dazu Wasser – zum Trinken und für die Lok.

Belaja ratterte wie ein Telegrafenapparat. Dejew gelang es kaum, die Fakten in seinem Kopf zu ordnen.

»Das Gleis ist verlegt, der Zug wurde in Richtung Arys gedreht.«

Wann war das nur geschehen? Noch am Abend zuvor hatte Dejew vor Bure-Bek gestanden, ihn um Hilfe angefleht, und jetzt war alles schon erledigt? Zu einer Frage kam er gar nicht, denn die Kommissarin war mit ihrem Bericht fast zu Ende.

»Alle Verstorbenen sind begraben. Es gibt mehr Schwerkranke, doch das erklärt Ihnen am besten der Feldscher. Weitere Epidemien gab es im Zug nicht, das Lazarett funktioniert normal. Fluchten oder andere Zwischenfälle sind nicht zu verzeichnen. Die Anzahl der Kinder an diesem Morgen beträgt exakt fünfhundert. Den Säugling mitgezählt, fünfhunderteins. Davon standen dreihundertachtundneunzig von Anfang an auf unserer Liste. Der Rest sind Hinzugekommene. Der Zug steht zur Abfahrt bereit.«

Damit verstummte der Telegraf.

Dejew saß auf seiner Liege, die Ellenbogen auf den Tisch gestützt und die Stirn in den Händen vergraben. Er strengte seinen trüben Kopf an, so sehr er konnte, doch das soeben Gehörte wollte sich zu keinem klaren Bild fügen.

»Wann sind die Basmatschen hier aufgetaucht?«, fragte er schließlich.

»An dem Tag, als Sie in die Wüste gelaufen sind, um Hilfe zu suchen«, antwortete Belaja und zuckte befremdet die Achseln. »Als Erstes haben sie Wasser und Verpflegung gebracht. Dann haben sie angefangen, das Gleis umzulegen. Anfangs klappte das nicht. Aus den vorhandenen Schienen konnte man keine Schleife legen. Ein paar Tage später haben sie bereits gebogene angeschleppt, und so hat es funktioniert. Seitdem und bis zu Ihrer Ankunft sind wieder ein paar Tage vergangen.«

So war das also.

Während Dejew durch die Wüste irrte, hatte Bure-Bek seine

Kinder mit Essen und Trinken versorgt, ihnen Reis und sogar Weintrauben gebracht. Seine Leute hatten mehrere Tage lang im Sand gewühlt und Gleise verlegt, damit die »Girlande« auf die richtige Strecke zurückgeführt werden konnte. Anschließend hatten sie in einer Schlacht die Roten besiegt und ihnen die Köpfe abgeschnitten. Danach hatten sie Dejew ohne einen einzigen Kratzer auf einem persönlichen Fahrzeug zum Zug gebracht.

So hatte es sich zugetragen.

»Sagen Sie, Dejew«, hub jetzt Belaja an und warf ihm einen Blick zu, als wolle sie eine Frage loswerden, die sie seit Langem quälte, »wie ist es Ihnen gelungen, diese Wilden zu überzeugen und ihnen alles zu erklären? Sie sprechen doch kein Kirgisisch. Und die verstehen kein Wort Russisch.«

»Das war ich nicht.«

»Machen Sie keine Witze!«, entfuhr es Belaja. »Das ist eine ernste Angelegenheit.«

Doch in der Tat: Woher wusste Bure-Bek, welche Art Hilfe sie brauchten?

War das denn so schwer zu erraten? Da stand in der Wüste ein Zug ohne Wasser und Kohle, die Spitze am Ende einer abgerissenen Strecke. Was gab es da nicht zu verstehen? Und wenn in den Wagen vor Hunger kranke Kinder lagen – wer sollte da kein Verständnis haben? Das war klar wie der Tag. Ohne jedes Wort.

Dazu passte, dass Bure-Bek Dejew verschont hatte. Er tat es, weil ein Zugführer auch weiterhin gebraucht wurde. Die Kinder waren es, die Dejews Stellung und Wert, sein Wissen und seinen Reichtum ausmachten. Sie waren seine besten Beschützer. In der Wüste Turkestans hatte nicht Dejew die Kinder gerettet, sondern er verdankte den Kindern sein Leben.

»Und noch eins«, erklärte Belaja abschließend in strengem Ton. »In Samarkand werde ich mich dafür einsetzen, dass Ihr

Zug ohne Aufsicht der Kinderkommission weitere Evakuierungen durchführt. Sie können das allein, ohne Kommissar.«

Da klopfte jemand leise an die Tür des Abteils. »Genosse Zugführer«, wurde gemeldet. »Die Muslime haben Brennmaterial gebracht.«

Die Stimme war tief und verraucht – das konnte nur der Lokführer sein. Doch er klang verängstigt, als hätten den Saksaul nicht die bereits bekannten Basmatschen gebracht, sondern eine Abteilung Gespenster.

Dejew ging mit dem Mann zur Lokomotive. Er hatte immer noch diesen irren Blick in den weit aufgerissenen Augen.

Der Tender war in der Tat mit Brennmaterial voll beladen, nicht bis zum Rand, sondern weit darüber hinaus ragte ein ganzer Berg merkwürdiger grauer Fetzen. Es war kein Saksaul und auch keine Kohle. Waren es Lumpen? Nein, Uniformmäntel.

Obwohl man sie in Stücke gehauen hatte, waren sie durchaus zu erkennen, die Kragen mit den roten Spiegeln, Ärmel mit dem roten Stern, rote Taschenklappen, Schulterstücke, dazu Vorder- und Rückenteile. Die Mäntel von Rotarmisten, zu einem einzigen Haufen von Wollstofffetzen zerstückelt. Die Ausrüstung eines Bataillons? Oder eines ganzen Regiments? Man musste sie den Toten abgenommen und dann für den Zug, genauer gesagt, speziell für Dejew, wie wild mit Säbeln bearbeitet haben. Dazu ebenso viele Budjonny-Mützen, ebenfalls in zwei oder drei Teile zerschnitten.

»Was machen wir denn jetzt?«, kam es von dem Lokführer.

Die zu seiner Uniform gehörende Schirmmütze abgenommen, stand er barhäuptig und ratlos vor Dejew.

»Heizen«, befahl der Zugführer.

VII.

Drei

Samarkand

O diese Berge! Diese Steine! Als gigantisches, zerfurchtes Massiv umringen sie einen von allen Seiten. Hoch über ihnen hängt der Himmel, weit weg und blau, von einem dünnen Wolkenschleier bedeckt. So hart und dunkel die Steine, so licht und durchsichtig der Himmelsbogen. Berge und Himmel – seit grauer Vorzeit ein ewiges Lied.

Die unteren Hänge sind mit gelbem Gras und roten Bäumen bewachsen, weiter oben sind die Berge nackt, grau und manche Gipfel schneebedeckt. Wenn man genauer hinschaut, kann man in dem Grau alle Farben der Welt erkennen und in der strengen Geometrie der Hänge die zarten Konturen von Wald und Buschwerk.

Bei Sonnenaufgang lodern die Bergspitzen wie Feuer vor dem blauen Meer aus Stein und flammen auch bei Sonnenuntergang wieder auf. Das steinerne Meer wird im warmen Sonnenlicht zu Gold und im kalten Licht des Mondes zu Silber. Nur die tiefen Schluchten verharren bei Tag und Nacht in fast schwarzem Lila, künden von ewiger Kälte und Finsternis.

Wie ein Spielzeug ratterte der Zug zwischen den Hängen dahin. Ein donnerndes Echo rollte von einem Felsvorsprung zum anderen, überholte den Zug zuweilen und sprang ihm hinter einer Biegung entgegen. Weder Gaffer noch Wanderer, nicht einmal streunende Hunde begegneten einem in dieser Gegend, nur Steine, wohin man auch sah. Weit oben über den Tälern kreisten Adler, die einzigen Lebewesen, welche die Fahrt der unbeirrt ihrem Ziel zustrebenden »Girlande« begleiteten.

Vom Dach des Stabswagens schaute Dejew auf das Meer der Steine, über dessen Grund sein Zug fuhr.

Bis zum Ende ihrer Reise waren es noch etwa hundert Werst. An diesem Tag sollten sie Samarkand erreichen.

In Taschkent, das sie unlängst verlassen hatten, stand der Zug fast einen ganzen Tag. Es war Dejew, der die Abfahrt hinausschob, weil er immer noch hoffte, weitere hundert weißer Hemden zu finden. Die Hoffnung erfüllte sich nicht.

»Versteh doch, Genosse«, erklärte ihm der Garnisonschef. »Ich habe nicht das Recht, die Armee nackt auszuziehen. In einem halben Monat haben wir hier Winter. Und meine Soldaten müssen Bure-Bek jagen, das heißt, durch die verschneiten Berge ziehen. Sollen sie das nur wegen dir ohne Unterwäsche tun? Deine Kinder haben bis zum Heim, wo sie mit Milchbrei gefüttert werden, nur noch einen Tag zu fahren. Das wirst du doch irgendwie hinkriegen.«

Natürlich kriegte er das hin. Doch dann hatten nur vierhundert Kinder ein Dach über dem Kopf und Milchbrei zu essen, während einhundert auf der Straße standen. Und auch in Samarkand war in zwei Wochen Winter.

Danach hatte Dejew noch versucht, in einer Textilfabrik Baumwollstoff zu beschaffen. Doch die Fabrik nannte sich nur so. In Wirklichkeit wurden dort die Baumwollfasern aus den Kapseln geholt, gekämmt und als Rohmaterial bündelweise ins ferne Jaroslawl befördert.

Dejew lief zur Miliz, von dort zum Zoll und schließlich zur Tscheka. Überall klopfte er vergebens an. Im ganzen reichen Taschkent fanden sich keine hundert Hemdchen für obdachlose Kinder.

Noch neunzig Werst bis Samarkand.

Die Obdachlosen selbst hatten während dieser langen Zugfahrt alle Zeichen ihrer elenden Existenz abgeworfen. Die Begleiterinnen hatten ihre Haut geschrubbt, bis sie im Rosa neugeborener Ferkel erstrahlte. Die Köpfchen waren glattrasiert und auf Hochglanz poliert. Die Ohren peinlich sauber. Die Nägel geschnitten. Wunden mit Jod ausgemerzt. Mit einem Wort, die reinsten Schaufensterpüppchen. Nur kleiden mussten sie sich nach wie vor in die alten Lumpen.

Die waren nicht mehr zu flicken, umzuwenden oder umzunähen. Sie bestanden nur noch aus Löchern, dünnsten Fäden und waren nicht mehr sauber zu bekommen. Im Vergleich zu den weißen Hemden der Kasaner Kinder, waren sie nur noch Dreck.

Wären da nicht die gefälschten Listen gewesen, hätte sich Dejew über ihre Kleidung keine Gedanken gemacht. Kinder in solchen Lumpen waren die Heime gewohnt. Manchmal tauchten sie nackt bei ihnen auf. Aber er hatte nun einmal gefälscht, und die Lumpen der Zugelaufenen verrieten das auf den ersten Blick.

Doch vielleicht machte sich Dejew unnötig Sorgen? Und die Leiterin der Einrichtung in Samarkand war so nett und vertrauensselig wie jene in Kasan, nahm alle auf und übersah den Schwindel? Aber was, wenn sie vom Schlag der Kommissarin war?

Noch achtzig Werst bis Samarkand.

Sollte er sofort alles gestehen? Ein reuiges Telegramm nach Kasan schicken, die hundert unterwegs Gestorbenen und die hundert Neuaufgenommenen melden? Sicher jagten sie die nicht einfach auf die Straße, sondern brachten sie anderswo unter. Dann kämen sie nicht in das Kinderheim, das Ziel dieser Evakuierungsaktion, das fast an ein Sanatorium mit Sonderversorgung erinnerte. Doch wohin sonst? Nirgendwohin. In Samarkand gab es keine weiteren Auffangstellen. Sie einzurichten überstieg bisher die Möglichkeiten der Sowjetmacht.

Selbst wenn sich für die Neuen keine Unterkunft fand, mussten sie dann im satten Turkestan verhungern? Diese gewitzten und erfahrenen Straßenkinder? Dejew hatte sie durch die Hungersteppe, durch menschenleere Wüsten und Berge ins Land der Weintrauben und der Reisfelder gebracht, bevor Schnee und Kälte einsetzten. Genügte das etwa nicht? Nein, es genügte nicht.

Noch siebzig Werst bis Samarkand.

Noch sechzig.

Als es nur noch fünfzig Werst waren, ging Dejew durch die Wagen und ordnete an, die Betreuerinnen sollten alle Kleidung der Kinder einsammeln – zum Waschen und zur Desinfektion. »Wieso zum Waschen?«, fragten die Frauen verwundert zurück. Ringsum waren nur Berge. Und in ein paar Stunden erreichte man Samarkand.

»Ausführen!«, befahl Dejew kurz angebunden. »Regel Nummer vier – die Regel des Zugführers.«

Die Hemden wurden eingesammelt und im Stabswagen konzentriert. Da lagen sie nun als hohe weiße Stapel um die Wanne herum, und daneben in kleineren Häufchen die Lumpen der Obdachlosen.

Bald kam die letzte Schlucht in Sicht, an deren Kante die Bahnstrecke entlangführte. Dejew riss ein Fenster auf und fing an, die weißen Stapel hinauszuwerfen. Durch das Fenster fuhren der Fahrtwind und das laute Rattern des Zuges herein. Aus dem Fenster flogen die Hemden.

Die Kleinkinder im Stabswagen, Fatima, das Kuckuckskind und sogar die Kapitolinische Wölfin schauten gespannt zu, wie der Zugführer gegen den Wind ankämpfte. Dejew spannte alle Muskeln und schleuderte die Wäschestapel hinaus, als übe er Kugelstoßen. Die Windböen schleuderten sie zurück, doch

Dejew warf wie besessen – einen Stapel, den zweiten, den zehnten – alles musste hinaus!

Auch in den anderen Wagen klebte jetzt alles an den Fenstern. Von dort war das herrliche Bergpanorama kaum noch zu erkennen, denn ein gewaltiger Schwarm weißer Vögel flatterte vorüber. Oder waren es Hemden? Sie schlugen mit den Flügeln und streichelten den Zug, seine Fenster samt den Gesichtern der Menschen, die ihre Nasen an den Scheiben plattdrückten. Dann versanken sie im Abgrund, und man würde sie nie mehr finden, selbst wenn es einem einfiele, den Zug stoppen und die Tat rückgängig machen zu wollen.

»Ihr geht jetzt barfuß und nackt«, erklärte Dejew den Kindern. »Wer sich schämt, muss den Winter auf der Straße verbringen.«

Bevor jemand widersprechen konnte, fügte er hinzu: »Regel Nummer vier.«

Widerspruch kam von keiner Seite, allen war klar, was Dejew vorhatte.

Bei der Ankunft suchte Dejew das Kinderheim auf und kündigte das baldige Eintreffen der evakuierten Kinder an. Die Leiterin, nicht so wohlwollend wie Frau Schapiro in Kasan, aber auch kein solcher Drache wie Belaja, wollte mit ihm zum Bahnhof gehen und ihn unterstützen. Doch Dejew lehnte ab und erklärte, den Weg könnten sie allein bewältigen.

Der Boden hier war noch trocken und hatte sich etwas von der sommerlichen Hitze bewahrt. Die Luft war herbstlich warm, die Sonne schien mild vom Himmel – mit einem Wort: Samarkand! Dejew hoffte sehr, dass sich niemand erkältete.

Am 15. November 1923 stiegen fünfhundert Kinder ohne eine Faser am Leib aus einem Evakuierungszug auf den Bahnsteig. Das älteste Mädchen, die dreizehnjährige schwangere Tprussja, hüllte sich in ein von den Kosaken zurückgelassenes

Umschlagtuch. Alle anderen standen da, so wie sie auf die Welt gekommen waren.

Die Kinder traten nach Wagenbesatzungen geordnet an: flache Körperchen, deren Rippen man zählen konnte, fast gleich dünne Arme und Beine, die mit einer Hand zu umfassen waren, und kahlgeschorene Köpfe. Jungen und Mädchen, die man kaum, von hinten gar nicht, unterscheiden konnte, warteten auf das Signal zum Abmarsch.

Auf einem Fuhrwerk, das Dejew am Bahnhofsvorplatzs gemietet hatte, fanden die Kleinkinder aus dem Stabswagen und die Bettlägerigen Platz. Als der Kutscher die riesige Truppe nackter Kinder erblickte, verschlug es ihm die Sprache, und er bekreuzigte sich.

Die Kinderkolonne verhielt sich erstaunlich ruhig. Weder Verse noch Witze waren zu hören und nicht das kleinste Lächeln zu sehen. Alle waren von der langen Reise erschöpft und gedrückter Stimmung, da die Trennung bevorstand. Die Begleiterinnen hatten längst alle geküsst – ein, zwei oder gar drei Mal. Alle Ermahnungen, Wünsche und Zusicherungen waren ausgesprochen. Sie standen auf dem Bahnsteig und konnten den Blick nicht von den Wagen wenden, die eineinhalb Monate lang ihr Zuhause gewesen waren. Nun erwartete sie ein neues Heim, und der Zugführer hatte versprochen, dass es dort für jede und jeden von ihnen einen Platz gab (dafür wollte er sich totschlagen lassen). Doch die Trennung von der »Girlande« fiel ihnen schwer.

Über ihnen breitete sich ein fremder klarer Himmel, schien eine fremde strahlende Sonne, die sogar im November Wärme spendete. Sie gingen über fremden Boden, dessen Staub sich an ihren Füßen und Beinen festsetzte. Doch ihre blassen Körper verhüllen konnte er nicht.

Die Betreuerinnen hatten Order, im Zug zu bleiben und keine Wasserfälle zu erzeugen. Sie fügten sich gehorsam, aber die Tränen konnten sie nicht zurückhalten. Mit feuchten Augen liefen sie aufgeregt im Zug auf und ab, schnieften und mussten sich ständig die Augen wischen. Dejew drohte, dass er die schlimmsten Heulsusen aus dem Zug werfen werde. Er wusste selbst, dass diese Drohung keinen Sinn hatte, denn ihre Reise war ohnehin beendet.

Dejew entschied, die Kinder ganz allein ohne den Feldscher und die Begleiterinnen, ja selbst ohne die Kommissarin durch die Stadt zu führen. Das Gespräch mit der Leiterin des Kinderheims stand bevor. Ein kompliziertes Gespräch. Oder ein Kampf? Gar eine Belagerung? Wie dem auch sei, von den anderen konnte ihm niemand helfen, sie würden ihn eher behindern. Er musste allein damit fertig werden. Er hoffte sehr, dass er wieder Glück hatte, das letzte Mal, das zugleich auch das wichtigste war.

Dann mussten alle endgültig Abschied nehmen. Dejew hob die Hand und pfiff einmal kurz, was bedeutete: »Abmarsch!« Er selbst setzte sich an die Spitze des Zuges. Ihm folgten in dichter Kolonne die Kinder. Den Schluss bildete das Fuhrwerk, begleitet von der alten Hündin, deren Zitzen fast am Boden schleiften. Fünfhundert Jungen und Mädchen marschierten schweigend über den Bahnsteig. Eintausend nackte Füße – fünfhundert linke und fünfhundert rechte – verließen lautlos den Bahnhof.

Die Begleiterinnen gingen noch ein paar Schritte mit und blieben dann stehen, als seien sie mit einem unsichtbaren Seil an den Zug gebunden. Sie streckten die Arme nach den Kindern aus, die sie nicht mehr erreichen konnten. Die Kinder verließen die Frauen, wissend, dass es wohl kaum ein Wiedersehen geben werde.

Nun stand die »Girlande« mit leeren Wagen still und stumm auf dem Gleis. Fenster und Türen hatte man in der Eile offen gelassen; durch sie pfiff der Wind. Der Lokführer, der noch ein letztes Freundschaftszeichen von sich geben wollte, zog den Griff der Dampfpfeife. Doch die gab keinen Ton von sich. Die Lok war längst erkaltet und ließ nur noch einen leisen Seufzer hören.

Die Popenfrau flüsterte noch lange Gebete in die von den Kindern aufgewirbelte Staubwolke. Die Bäuerin, die auf den Stufen eines Wagens saß, wirkte wie ein Huhn auf der Stange mit eingezogenen Füßen und traurig aufgeplustertem Gefieder. Die Schneiderin schleppte Eimer voller Wasser heran, um die Fußböden zu scheuern, aber dann ließ sie sich auf ihre Pritsche fallen und lauschte erschöpft in die Stille.

Im Küchenwagen wimmerte Memelja vor Kummer. Ihn zankte keiner aus, weil er Gefühle zeigte, und so konnte er seinen Tränen freien Lauf lassen. Doch seine Trauer war so groß, dass Tränen allein nicht halfen, sie zu lindern. Das Gesicht an den Türspalt gepresst, starrte Memelja auf die Staubwolke, das einzige, das die Kinder hinterlassen hatten, und heulte laut auf.

»Lass mich nach Hause gehen«, bat der Feldscher die Kommissarin. »Ich bin alt. Ich kann keine Kinder mehr begleiten.«

Er war sofort zu ihr gekommen, als die Wagen und das Lazarett sich geleert hatten, und wenige Minuten später auch der Bahnsteig. Die Begleiterinnen hatten noch nicht einmal ihre von den Abschiedstränen nassen Gesichter trocknen können, da stand Bug bereits an der Abteiltür der Kommissarin.

»Warum wollen Sie nicht auf den Zugführer warten?«

Belaja saß auf ihrem Bett und sortierte allerhand Gegenstände. Der Feldscher trat ein und sah, dass es Dinge waren, die sie den Kindern auf der Reise abgenommen hatte – rostige Metallstücke, abgebrochene Rasiermesser und Glasscherben.

»Dejew wird mich zu überreden versuchen und mich herumkriegen.«

Alle wussten bereits, dass die »Girlande« inzwischen den Status eines offiziellen Evakuierungszuges der Kasaner Eisenbahn erhalten hatte und nicht aufgelöst werden würde. Ihr standen noch viele Kindertransporte bevor.

»Und von mir erwarten Sie das nicht?«, fragte Belaja leicht abwesend und doch angespannt, als denke sie über etwas anderes nach und führe dieses Gespräch nur mit Mühe.

»Wenn du es versuchst, dir kann ich es abschlagen.«

Sie nickte. Er hatte sich klar ausgedrückt.

»Sie wollen sich sofort nach Kasan absetzen?«, fragte sie, obwohl sie es sich denken konnte.

»Heute Abend geht ein Zug nach Orenburg. Von dort werde ich schon irgendwie weiterkommen.«

»Am Lazarett anbinden kann ich Sie nicht. Obwohl ich es gerne möchte!« Mit Schwung warf Belaja ein paar auf dem Tisch ausgebreitete Nägel in ihren Rucksack, verstummte eine Weile und ließ dann mit leiser Stimme fallen: »Ohne Sie wird es Dejew schwer haben.«

Sie schob den restlichen Kram mit der Handkante in eine Kehrschaufel und stellte sie an der Wand ab.

Bug zauderte nicht lange, sondern legte seinen Auftrag auf die leere Tischplatte und bat: »Unterschreib.«

»Auch den Begleiterinnen werden Sie fehlen«, fügte sie mit Nachdruck hinzu.

Und als sähe sie das Papier nicht, kramte sie weiter in ihren Sachen herum. Zuerst im Kleidersack, dann in den Taschen ihrer Jacke. Schließlich in der Kartentasche.

Bug stand mit finsterer Miene da und schaute schweigend auf die lackierte Tischplatte mit dem zerknitterten weißen Bogen Papier.

»Hören Sie, Bug«, sagte die Kommissarin schließlich und schaute den Feldscher zum ersten Mal in diesem Gespräch direkt an.

»Jeder hat mal eine schwache Minute. Dafür muss man sich nicht schämen.«

Sie wartete ein wenig und zog dann einen Bleistift aus der Tasche.

»Wenn Sie es sich doch noch anders überlegen, dann kommen Sie zum Zug zurück«, sagte sie und setzte ihre Unterschrift auf das Papier. »Er fährt bei Sonnenaufgang nach Buchara weiter, um dort Rosinen und getrocknete Aprikosen für das Wolgagebiet zu holen. Dann geht es zurück nach Kasan, wo neue Kinder aufgenommen werden.«

Ohne etwas zu erwidern, nahm Bug das Papier vom Tisch, nickte der Kommissarin dankend zu und verließ das Abteil.

Erst jetzt fiel ihm auf, dass Belaja die ganze Zeit gepackt hatte, als wolle auch sie sich verabschieden.

Auf dem Gang begegnete ihm Fatima.

Sie schien Bug gar nicht zu bemerken, obwohl sich ihre Schultern berührten, als sie an ihm vorüberging. Offenbar spürte sie auch nicht, dass sich ihre Frisur auflöste – ein Zopf war vom Hinterkopf herabgerutscht und schon zur Hälfte aufgegangen. Ihr fadenscheiniges Mäntelchen über dem Arm, ging Fatima mit ruhiger, undurchdringlicher Miene und leerem Blick zur Wagentür, ohne noch einmal aus dem Fenster zu schauen oder auf ihre Füße zu achten.

»Schwester!« Bug hatte es bislang vermieden, sie beim Namen zu nennen, obwohl er mit den anderen Frauen im Zug seit langem per Du war.

Sie hörte ihn nicht.

Bei der Tür holte er sie ein. Ihr an die Schulter zu fassen, traute er sich nicht. Er griff nur nach dem Mantel, der an ihrem Arm hing, und hatte ihn unvermittelt selbst im Arm. Ohne den Verlust zu bemerken, stieg Fatima aus dem Zug, ihre Absätze klapperten auf den eisernen Stufen wie eine tickende Uhr. Dann schritt sie den Bahnsteig entlang.

Wusste sie überhaupt, wohin?

Sie ging festen Schrittes, mit geradem Rücken und stolz erhobenem Kopf, als sei sie in ein Korsett geschnürt. Nur der lose Zopf flatterte im Wind und löste sich immer weiter auf. Ihr Arm blieb angewinkelt, als trage sie den Mantel noch immer. Sie ging über das staubige Ödland am Ende des Bahnsteigs, durch Gras und Unkraut, vorbei an Hunden, die im Graben lagen, in Richtung der Lagerhäuser. Einer der Köter sprang auf und bellte, doch sie reagierte nicht.

Bug legte den Mantel rasch im Stabswagen ab und eilte ihr nach. Ohne Jacke, die im Lazarett zurückgeblieben war, nur im Hemd, das unter seinem Bauch von einem Koppel zusammengehalten wurde. Er holte Fatima ein, doch sie zu überholen oder auch nur zu berühren, wagte er nicht. So schritt er neben ihr her, versuchte, ihr von oben in die glasigen Augen zu schauen, und mahnte immer wieder: »Schwester, was tust du da, wohin, Schwester …«

Dann fanden sie sich in engen Gassen wieder. Links und rechts zogen sich endlose Lehmmauern hin, hinter denen Hausdächer aus Holz hervorlugten und leise Geräusche des Alltags zu vernehmen waren. Bug schaute sich um, denn er wollte wenigstens etwas die Orientierung behalten, doch die Gässchen wanden sich, als seien sie betrunken, und der eigene Schatten lag bald vor, bald hinter ihm, so dass er es aufgab, die Himmelsrichtung zu erkennen.

Nun waren sie in eine Sackgasse geraten. Fatima drehte sich um und ging mit unverändert gleichgültiger Miene zurück. Nein, diese Frau wusste nicht, wohin sie ging, sie setzte einfach einen Fuß vor den anderen, um von der leeren »Girlande« wegzukommen, in der zu bleiben ihr unerträglich geworden war.

Bug bemerkte, dass Passanten zunehmend böse auf sie reagierten. Eine von Kopf bis Fuß verschleierte alte Frau beschimpfte sie und drohte mit der Faust. Bug begriff nicht gleich, dass ihr Zorn Fatima galt, die mit unbedecktem Kopf herumlief. Als sich auch noch ein dürrer alter Mann zu der Greisin gesellte, dem Schaum vor dem Mund stand, ergriff Bug zum ersten Mal Fatimas Ellenbogen, um sie aus dieser Gegend zu bringen, bevor sie Schläge befürchten mussten. Doch sie entzog ihm ihren Arm und ging entschlossen weiter.

Vom schnellen Gehen geriet Bug allmählich außer Atem, sein Herz meldete sich. Dann waren die Mauern aus Lehm plötzlich zu Ende, und der Blick wurde frei. Sie hatten den Rand der Stadt erreicht. Der steinige Weg stieg steil an, fiel dann ab und führte wieder bergauf. Die Frau ging und ging, sie beschleunigte sogar ihren Schritt.

»Warum hast du das Kuckuckskind nicht behalten, Schwester?«, fragte er schließlich, weil er das Schweigen nicht mehr ertrug. »Der Zugführer hat es dir doch angeboten. Du hättest auch bei den Kindern in Samarkand bleiben können. Das wolltest du nicht. Wenn du es selbst entschieden hast, musst du dir doch keine Vorwürfe machen.«

Nein, er sagte genau das Falsche. Er durfte sie jetzt nicht rügen und nicht bedauern. Er musste sie einfach in den Arm nehmen, damit sie ihren Kummer ausweinen konnte. Aber dazu konnte er sich nicht entschließen. Er wagte es einfach nicht.

Unter dem schweren Schritt des Feldschers knirschten und zersprangen die Steine, und er glitt bei dem steilen Anstieg mehrmals aus. Doch die Frau achtete überhaupt nicht auf den Weg. Wahrscheinlich bemerkte sie nicht einmal, dass sie in die Berge gingen.

Die zeigten sich bereits zwischen Hügeln, die spärlich mit gelbem Gras bewachsen waren und eher aus Geröll und Felsen bestanden. Irgendwo weit unten plätscherte ein Bach, an dessen Ufern noch grüne Sträucher wuchsen.

»Glaubst du, ich verstehe nicht, weshalb du wegläufst?« Bug rang nach Luft und musste langsam sprechen. »Warum du dich im Wagen versteckt hast, als die Kinder fortgingen, und ihnen nicht einmal durchs Fenster nachgeschaut hast? Das verstehe ich alles. Du glaubst, solange du dich noch nicht von ihnen verabschiedet hast, sind sie dein und bleiben es auch, weil du sie nicht weggegeben hast.«

Daran, dass Fatima immer schneller ging und fast zu laufen begann, sah er, dass er recht hatte. Und dass sie ihn hörte. Fatimas Gesicht sah er nicht, nur ihren Hinterkopf mit dem aufgelösten Zopf und den angespannten Rücken.

»Aber sie sind doch immer noch dein!«, sprach er in diesen Rücken, um kurze Gedanken bemüht, weil für längere Sätze sein Atem nicht reichte. »Du hast sie ernährt – nicht mit Brot wie Dejew, sondern mit deiner Zärtlichkeit. Du bist ihre Retterin! Durch deine Liebe. Durch deine Küsse. Durch dein Lächeln. Deshalb sind sie dein ...« Er konnte nicht mehr weitersprechen, weil er nach Luft rang. »Selbst wenn sie dich vergessen ... Mich vergessen sie auch ... Und Dejew samt dem Zug ... und ihre ganze verfluchte Kindheit ... Sie bleiben deine Kinder, Fatima! Das ist nicht zu ändern.«

Jetzt hatte er sie beim Namen genannt und wusste selbst nicht, wie es geschehen war.

Am liebsten hätte er sich auf einen der großen Steine gesetzt, die am Wegesrand lagen. Oder wenigstens an einem innegehalten und sich mit den Armen abgestützt, um Luft zu schöpfen. Und sei es nur für ein paar Sekunden.

»Wie viele solcher Kinder gibt es noch immer, Fatima! So viele ... in Kasan ..., in Tatarien ..., im Wolgagebiet ..., im ganzen Land ... Kleine verschreckte Kinder ohne Mütter ... Wer soll ihnen helfen? ... Wer wird sie umarmen ..., küssen ..., trösten? … Wer wird ihnen ein Wiegenlied singen? … Sie brauchen dich! … Dich!«

Bei diesem letzten Wort war es, als hätte ihr jemand einen Stock aus dem Rückgrat gezogen, sie ließ die Schultern sinken und neigte den Kopf leicht nach vorn. Sie ging immer noch raschen Schrittes weiter, aber nicht mehr mit den ruckartigen Bewegungen einer Puppe, sondern wie ein lebendiger Mensch.

»Stell dir vor, wie du ihnen begegnest, Fatima! Wie du sie in der Wanne abwäschst …, ihnen zu trinken gibst …, ihnen die Tränen abwischst …« Bugs Herz schlug jetzt so heftig, als rolle ein Stein in einem Fass herum. »Sieh, Fatima, wie sie dich umringen! … Wie Küken, die unter die Flügel der Mutter schlüpfen wollen … Wie sie sich an deinen Rock klammern und nicht mehr loslassen! … Dann sind sie wieder dein … Bis du auch sie aufgepäppelt hast und in die große Welt entlassen kannst, dass sie sich wie Vögel in die Lüfte erheben!«

Die geraden Äste der Bäume am Wegesrand begannen zu schwingen. Oder wankte er beim Gehen?

»Und wieder wirst du für sie singen, Fatima! Schla-a-a-af, mein So-o-o-ohn … schlaf und erwache als Ma-a-a-ann …«

Jetzt fiel ihm nichts mehr ein, und Luft hatte er auch keine mehr. Doch er durfte nicht schweigen, er musste weitersprechen, sie ablenken, damit sie nicht wieder in ihrem Kummer versank. Oder singen. Und der Riesenkerl sang.

»Schon gesattelt ist das Pfe-e-e-erd … und gespannt der Bo-o-o-ogen …«

Eigentlich konnte er gar nicht singen, traf die Töne nicht immer, wusste auch den Text nicht genau und sprach schlecht Tatarisch, aber er erfand neue Verszeilen, während sie weiter bergauf gingen.

»Die Zeit ru-u-u-uft … Und die Völker wa-a-a-arten …«

Dann konnte er nur noch heiser krächzen, als hätte man ihm

durch die Brust geschossen und sein Gesang sei die daraus entweichende Luft.

»Alles ist von dir erfü-ü-ü-üllt …, wie Wasser den Meeresgrund überspü-ü-ü-ült.«

Ein Echo kam ihm zu Hilfe, das ihm schwach und nicht im Takt entgegenkam.

»Ich bin ein Fisch, der über den Bo-o-o-oden kriecht …, ein Vogel, der sich auf den Wellen wi-i-i-iegt.«

Jetzt hatte Bug alles gesungen, woran er sich erinnerte und musste selbst etwas hinzufügen.

»Schla-a-a-af in unserer letzten Na-a-a-acht …, und ich werde wa-a-a-arten … für alle Mütter dieser We-e-e-elt.«

Ein ergrauter alter Mann quälte sich, nach Luft schnappend, einen Bergpfad hinauf und sang. Er wusste, dass es nichts Dümmeres gab als dieses Bild, und nichts Hässlicheres als seine knarrende Stimme. Doch Fatima hörte ihm zu, und nur das zählte. Dass sie ihm lauschte, dessen war er sich sicher, denn mit jeder Zeile und mit jedem Schritt belebte sich ihre versteinerte Gestalt, wurden ihre Bewegungen so fließend, ihr Schritt so leicht und weich wie zuvor.

»So ist das, Fatima«, sagte Bug. Dabei stellte er verwundert fest, dass sie langsamer ging, beinahe im Spazierschritt, doch er konnte sie nicht erreichen und fiel immer weiter zurück. »Du bist in diesem Zug … für alle Mütter der Welt … Deswegen hast du es jetzt so schwer.«

Nun fühlte sich sein Herz bereits an wie eine eiserne Faust, die aus seinem Inneren hämmerte. Bug spürte, dass er jeden Augenblick fallen konnte – und nicht wieder aufstehen würde.

»Jetzt bleib stehen!«, befahl er der vor ihm gehenden Frau.

Und sie blieb stehen.

Da stand sie, eine kleine Gestalt, die Schultern und Kopf hängen ließ.

Bug schaute sie an, rang nach Luft, presste die Hände gegen die Rippen, als wollte er das Herz hindern, ihm aus der Brust zu springen. Er stand da und wusste nicht, wie weiter.

Dann trat er dicht an sie heran und nahm sie auf die Arme, damit sie ihm nicht in die Berge entlief.

Er konnte weder sprechen noch singen. Sein Atem ging keuchend und pfeifend wie bei einem verwundeten Tier. Doch stehen und diese Frau auf den Armen halten konnte er. So stand er nun – eine Minute oder zehn oder hundert – bis die Kehle nicht mehr brannte und die Lippen wieder imstande waren, Worte zu formen.

»Weine nur«, bat er sie. »Weine, Fatima. Ich sag es auch keinem.«

Doch Fatima weinte nicht.

»Jeder hat mal eine schwache Minute«, fügte er hinzu, was er irgendwo gehört hatte. »Dafür muss man sich nicht schämen.«

Sie lag in seinen Armen mit offenen Augen und weinte nicht.

Da wandte sich Bug um und trug die kleine Frau zur Stadt zurück.

Die Kinder standen auf dem Innenhof des großen Bauwerks mit den frisch gestrichenen Mauern und füllten ihn ganz aus – die ungepflasterte Fläche in der Mitte und den mit Steinen ausgelegten Umlauf an allen vier Seiten. Selbst auf den Holztreppen, die in jeder Ecke zum Obergeschoss führten, waren Kinder: Jungen und Mädchen von zwei bis zwölf Jahren, exakt fünfhundert an Zahl.

Das Fuhrwerk mit den Kleinsten und Kranken passte auch noch hinein. Es stand unter dem Bogen der Einfahrt und blockierte sie. Das Pferd stupste immer wieder mit dem Maul an die glatt geschorenen Köpfe der Kinder und schnaubte, doch der Kutscher hielt es zurück, und es wartete geduldig.

Von der hölzernen Balustrade, die um das gesamte Obergeschoss der ehemaligen Koranschule lief, schaute die Leiterin Dawydowa auf die Versammlung. Sie war eine gutmütige, nicht sehr hübsche Frau mit dicker Nase, dünnem Haar und einem altmodischen Kneifer in Hornfassung, der in ihrer Brusttasche steckte. Brille, Bluse und Trägerrock aus Tuch wirkten so alt und mehrfach ausgebessert, dass man sofort von der Frau eingenommen war. Sie konnte vierzig oder auch sechzig Jahre alt sein – eine Person, bei der das Alter keine Rolle spielte.

Dejew stand neben ihr und blickte angespannt zur Seite.

Von unten nach oben schauten auf die Leiterin tausend Kinderaugen – graue, braune, schwarze, blaue und grasgrüne. Dazu die einer alten, kahlen Hündin, die einer der Jungen auf den Arm genommen hatte, damit man sie bei dem Gedränge nicht trat.

Als Dejew eine Minute zuvor die Einfahrt geöffnet hatte und die nackten Kinder in endloser Kolonne auf den Hof strömten, brachte Dawydowa nur ein erschrockenes »Gott im Himmel!« hervor. Zunächst stand sie auf dem Hof und lächelte den Neulingen unsicher zu, dann stieg sie auf eine der Treppen, um einen besseren Überblick zu haben und den Raum den Kindern zu überlassen. Schließlich zog sie sich ganz ins Obergeschoss zurück.

»Wie viele der fünfhundert haben Sie bis hierher bringen können?«, fragte sie, als das Fuhrwerk mit den letzten Kindern in der Einfahrt auftauchte und der Strom zwischen den vier Wänden des Anwesens zum Stillstand gekommen war.

Dejew holte tief Luft, als müsste er ins Wasser springen, und antwortete: »Alle.«

»Das gibt es nicht«, entfuhr es der fassungslosen Dawydowa. »Bei einer Fahrt von über viertausend Werst mit einer Dauer von sechs Wochen ist das gar nicht möglich.«

Sie warf ihm einen durchdringenden Blick zu, den er parieren musste. Ihre Augen waren rund und hell wie mit Wasser gefüllte Porzellantellerchen. Sie schauten ihn naiv an, was zu dem faltigen Gesicht dieser kräftig gebauten Frau gar nicht passen wollte.

»Mir ist es gelungen. Und dir wird es ganz sicher auch gelingen.«

»War Ihr Zug verhext?«

Sie blickte auf Dejew von der Höhe ihres nicht geringen Wuchses herab, doch es schien, als schaue er auf sie herunter, so kleinlaut klang ihre Stimme und so hart wirkte seine. Dejew wusste, dass die arme Dawydowa weniger von seinen Worten als vielmehr vom Anblick dieser fünfhundert splitternackten Kinder beeindruckt war.

»Wir hatten einfach Glück. Unterwegs sind uns gute Menschen begegnet, die geholfen haben.«

»Ach, hören Sie doch auf! Selbst bei den erfahrensten Leuten, die Kinder evakuieren, gibt es Verluste. Wie viele solcher Fahrten haben Sie bisher geleitet?«

»Dies ist meine erste.«

Die wassergefüllten Tellerchen verdunkelten sich, die Frau blickte ihn strenger an.

Sie glaubt mir nicht, begriff Dejew.

»Wenn ich's doch sage, wir hatten keine Verluste«, behauptete er, weiterhin bemüht, sicher zu wirken. »Im Gegenteil, ich bringe einen Zugang: ein Neugeborenes, das wir unterwegs gefunden haben. Keine Sorge, Milch ist auch vorhanden; wir liefern die Amme gleich mit.«

Dawydowas anfangs so verblüffte Miene wechselte rasch: Sie presste die Lippen zusammen und schob das Kinn vor.

Sie glaubte ihm kein Wort.

Jetzt zog die Leiterin den Kneifer aus der Tasche, setzte ihn auf die Nase und musterte die Kinderschar mehrere Sekunden lang durch die Gläser. Dann raffte sie ihren Rock mit einer seltsam altmodischen Geste, die man höchstens noch im Film sah, und stieg die Stufen hinab.

Dejew wollte ihr folgen, um die Kinder irgendwie vor diesem scharfen Blick durch die Brillengläser zu schützen, doch er spürte rasch, wie unsinnig das war, und blieb auf der Treppe stehen.

Dawydowa schritt durch die schweigende Menge und sah sich gründlich um. Sie brauchte sich nicht durchzudrängen; die Kinder gaben ihr von selbst den Weg frei. Ihre großen Hände strichen über Köpfe und Schultern, kniffen den einen oder anderen in die Wange. Eine gute Frau, dachte Dejew unfroh, und die Kinder werden es gut bei ihr haben. Die sie aufnimmt.

Dann hatte sie den Hof einmal umrundet.

»Sie wollen mich täuschen, Genosse«, sagte sie jetzt sehr ruhig. »Wen haben Sie mir da angeschleppt? Dies ist ein Heim für Kinder aus dem Wolgagebiet. Doch der ist aus dem Kaukasus«, erklärte sie und fuhr mit der Hand über den Kopf von Tschatscha Zinandali mit den dichten schwarzen Augenbrauen. »Und der vom Altai.« Sie lächelte Salbei zu. »Die sind aus dem Norden ... Und jene überhaupt von hier! Glauben Sie, ich kenne mich mit Kindern nicht aus? Mein ganzes Leben habe ich mit Kindern zugebracht!«

»Das sind Kinder aus dem Wolgagebiet«, sprach Dejew mit trockenen Lippen. »Exakt fünfhundert entsprechend den Listen. Mach hier nicht in Demagogie, sondern nimm sie auf.«

Das strenge Gesicht der Leiterin verfinsterte sich jetzt vollkommen. In diesem Augenblick wirkte sie wie eine ältere Schwester von Kommissarin Belaja. Sie antwortete nicht, sondern streckte nur noch zorniger ihr Gesicht nach oben. Dann beugte sie sich zu Tschatscha, der neben ihr stand und fragte:

»Wie heißt du denn, mein Junge?«

Das sagte sie kurz und prägnant mit ruhigem, durchdringendem Blick, als hätte sie nicht ein paar Minuten zuvor auf Dejew völlig naiv gewirkt.

Doch der Trick half ihr nicht. Im Zug hatte Dejew den Kindern eingeschärft, kein Wort zu sagen, bevor sie nicht endgültig im Kinderheim aufgenommen und auf die Zimmer verteilt waren.

Also schwieg Tschatscha jetzt und blickte die Leiterin aus seinen schwarzen Augen nur erschrocken an.

»Und du?«, wandte sie sich an Salbei.

Der stand da, als hätte er die Zunge verschluckt.

»Und du? Du?« ...

Die Kinder hielten die Schnäbel geschlossen, denn ein Dach über dem Kopf wollten sie alle.

Als Dawydowa dieses allgemeine Schweigen nicht zu brechen vermochte, wandte sie sich dem Fuhrwerk mit den Kleinkindern zu. Sie wusste, wo sie den Schwachpunkt zu suchen hatte. Jetzt schafft sie es, dachte Dejew niedergeschlagen. Auf das junge Gemüse war kein Verlass, das verkaufte sich für ein freundliches Wort.

»Na, du Krümel, wirst du mir antworten?«, sprach sie einen Zweijährigen lächelnd an, der am Rand der Fuhre saß, die Beine baumeln ließ und geduldig an seinen Fingern lutschte.

Es war ein kleiner Kalmücke, den sie erst vor Kurzem aufgenommen hatten. Seine Augen waren so schmal, dass sie wirkten wie zwei Kohlestriche, und sein Gesicht platt wie ein Pfannkuchen. Dejew wusste nicht, ob der Junge bereits hatte sprechen können, als sie ihn gefunden hatten. In der »Girlande« hatte er zu sprechen begonnen – auf Russisch.

Dawydowas Lächeln gab er sofort zurück. Als sie ihm die Hände hinhielt, nahm er sie. Sie hob ihn hoch, und er drückte sich sofort an ihre Brust.

Welch schönes Bild diese Frau mit dem Kind auf dem Arm abgab! Etwas unförmig und auch nicht hübsch, hatte sie wohl kaum je die Liebe eines Mannes und das Glück der Mutterschaft erlebt. Doch mit einem Kind an ihrer Brust stand sie plötzlich über all dem Alltäglichen und Fleischlichen. Mit dem Kind auf dem Arm wurde sie zur Verkörperung weiser, ewiger Mutterschaft.

»Na, wie heißt du denn, Kleiner?«, fragte sie und lächelte noch immer.

Der Junge lächelte zurück, schüchtern und hoffnungsvoll, ohne die Finger aus dem Mund zu nehmen.

Den knackt sie jetzt, dachte Dejew.

»Wie ist dein Name?«, ermunterte ihn Dawydowa.

Da nahm der Kleine die Finger aus dem Mund und antwortete leise: »Iskander.«

Die Leiterin dankte ihm mit einem freundlichen Nicken, und ohne ihn aus den Armen zu lassen, wandte sie sich einem anderen Jungen zu, der ebenfalls auf dem Fuhrwerk saß. Er hatte aufgeworfene Lippen und die großen schwarzen Augen des Kaukasiers.

»Und wie heißt du?«

»Iskander.«

Sie fragte den dritten:

»Und du?«

»Iskander.«

»Iskander.«

»Iskander.«

»Iskander ...«

Als die Heimleiterin den kleinen Kalmücken wieder auf den Wagen gesetzt hatte, kam sie mit vor Empörung bleichem Gesicht zu Dejew zurück.

»Dass Sie sich nicht schämen! Solche kleinen Kinder zu manipulieren!«

»Ich schäme mich nicht«, sagte Dejew. »Ich habe sie nicht manipuliert.«

»Kommen sie einen Augenblick mit, Genosse«, schnarrte die Leiterin und wies mit dem Kopf zur nächsten Tür. Offenbar wollte sie ohne Zeugen mit ihm sprechen.

Hinter der Tür befand sich eines der Zimmer, in denen die Kinder schlafen sollten. Zwischen den glatten Wänden aus Lehm, die nur wenige Fenster hatten, stand ein ganzer Wald von Stockbetten mit drei Pritschen. Die unterste bestand aus Holz, die beiden darüber aus gespannten Stoffbahnen, die an Hängematten erinnerten. Das Holz hatte nicht für alle gereicht. Einen Ofen sah Dejew nicht, doch im Zimmer war es warm. Es roch nach Seife und frisch gehobeltem Holz.

»Während der Fahrt sind Kinder gestorben, und Sie haben die frei gewordenen Plätze mit Verwahrlosten aus anderen Gegenden gefüllt«, erklärte Dawydowa so scharf, als verpasse sie ihm eine Ohrfeige.

»Das trifft auf ein einziges Kind zu, das Neugeborene«, behauptete Dejew. »Das habe ich dir doch schon gesagt.«

»Das ist alles gelogen! Aber da mache ich nicht mit. Ich muss der Kinderkommission Meldung erstatten.«

»Dann tu, was du nicht lassen kannst!«, gab ihr Dejew in gleichem Ton zurück. »Wie willst du das denn überprüfen, Verehrteste? Verlangst du von den Eltern an der Wolga, dass sie aus ihren Dörfern zu dir nach Samarkand kommen und ihre Kinder identifizieren?«

Dawydowa stand, den Rücken an die geschlossene Tür gelehnt, im Abendlicht, dessen Strahlen schräg auf sie fielen. Auf ihrem hochroten Gesicht las Dejew Ärger und Zorn. Aber auch Zweifel. Sie wusste genau, dass sie die Kinder aufnehmen musste, denn aus Samarkand kam man zu dieser Zeit nirgendwohin, und der Winter in den Bergen ohne ein Dach über dem Kopf war der sichere Tod. Sie fürchtete sich vor etwas, schimpfte und drohte, aber sie wusste, dass ihr keine Wahl blieb. Nicht mit Dejew rang sie jetzt, sondern mit sich selbst.

»Ihr Betrug fliegt sowieso auf«, sagte sie trübe, jetzt nicht mehr angriffslustig, sondern eher defensiv, »wenn die Kinder im Frühjahr zurückgeschickt werden.«

»Von Betrug kann keine Rede sein!« Dejew trat so nahe an sie heran, dass er den Geruch ihres Körpers spürte: Getrocknete Kräuter und schwarze Seife, mit der die Vorhänge im Zimmer gewaschen waren. »Selbst wenn es Betrug wäre und fünfhundert Kinder dadurch den Winter satt und warm verbringen könnten? Wäre dann ein so böses Wort angebracht?«

»Genau das nennt man Demagogie!« Dawydowa reagierte hart, doch aus ihr klang Verzweiflung. Sie presste sich an die Tür, als könne sie sich anders nicht auf den Beinen halten. »Die Kinderkommission glaubt das nie und nimmer. Und die Gerichte auch nicht.«

Die Heimleiterin an der Tür wirkte, als hätte man sie bereits verurteilt und an die Wand gestellt.

Dejew brauchte jetzt noch den letzten Tropfen – das richtige Wort, einen bittenden Blick oder einen anderen Anstoß, da die Frau nachgab.

»Wenn es denn ein Betrug wäre«, sage Dejew so leise, als flüstere er ihr vertrauensvoll ins Ohr, »dann habe ich dich hinters Licht geführt, und ich muss dafür geradestehen. Du hast niemanden betrogen. Irren kann jeder.«

Sie sagte nichts mehr, schüttelte nur ablehnend den Kopf.

Wie gern hätte Dejew diese Frau jetzt bei den Schultern gepackt und gerüttelt, dass ihr Kopf gegen die Tür krachte und sie den Widerstand endlich aufgab! Aber er durfte sich nicht von seinem Zorn übermannen lassen, sondern musste freundlich auf sie einreden wie auf ein verängstigtes Kind. Dazu zwang er sich mit aller Kraft.

Doch es gelang ihm schlecht.

»Warum gibst du dich überhaupt mit Kindern ab?« Er wollte noch hinzufügen, »du Glucke«, hielt sich aber zurück.

»Kann man denn bei so einem Hasenherz mit Kindern arbeiten? Dafür braucht es Charakter, mehr als im Krieg. Aber du hast sogar Angst, dich mal zu irren.«

»Euch Proletariern ist das gestattet«, erwiderte sie unerwartet hart. »Mir nicht. Wegen meiner Klassenzugehörigkeit.«

Der Augenblick des Zweifels war vorüber. Sie hatte sich entschieden, kein zusätzliches Kind aufzunehmen.

Doch auch Dejews Entschluss stand fest: Ohne ihre Zustimmung konnte er diesen Ort nicht verlassen.

Er stützte seine Arme gegen die Tür – akkurat zu beiden Seiten des erschrockenen Gesichts der Frau – und seines kam ihrem ganz nah.

»Ich habe dir Kinder gebracht, meine Teure«, flüsterte er überdeutlich, Silbe für Silbe in ihre zitternden Lippen. »Keine Zicklein, keine Lämmer und keine Schlangenbabys, sondern Kinder.« Unter der Nase wuchs ihr ein feiner Schnurrbart, der schon ergraut war. »Es sind die Kinder, die du erwartest.« In den Tränensäcken sah er hauchdünne lilafarbene Adern. »Sie frieren und haben Hunger. Gib ihnen Nahrung und Wärme.« Ihre Augäpfel hinter den dicken Gläsern des Kneifers wirkten gelb. »Übernimm sie bitte, es sind jetzt deine Kinder.«

Mehr wusste er nicht zu sagen. Ihm fehlten die Worte, um ihr zu enthüllen, wie es in seinem Inneren aussah. Er hatte sie so oft gesprochen, dass nur noch Hülsen und Asche zurückgeblieben waren. Da ihm nichts einfiel, was er noch tun konnte, um diese Frau zu überzeugen und zu bezwingen, packte er ihren Kopf mit beiden Händen, als wollte er ihn zerdrücken und küsste sie auf die zuckenden Lippen. Die schmeckten trocken und welk wie gefallenes Laub. Doch er küsste sie so, als habe er die liebste und teuerste Frau vor sich, nein, alle Frauen, die er einmal geliebt und begehrt hatte – Belaja, Fatima, die schamlose Amme aus Tjurlema, die gutmütige Prostituierte von der Mokraja

Uliza in Kasan und die Frauen der Arbeiter vom Lokomotivdepot, denen er beim Baden zugesehen hatte.

Dann gab er sie frei und trat zurück.

Da stand er nun.

Was war er nur für ein Narr.

Er trat noch einen Schritt zurück und einen weiteren. Er musste zu der Frau, die er so gedemütigt hatte, etwas sagen, doch er ließ sich einfach auf einer der Pritschen nieder und barg seinen Kopf in den Händen. Er hätte für sein Tun Scham empfinden müssen, doch die wollte sich nicht einstellen. Da war nur noch Erschöpfung, eine gewaltige Müdigkeit – nicht von dem einen langen Tag, sondern von der Fahrt, die eineinhalb Monate gedauert hatte. Wie erschlagen hockte Dejew auf der Pritsche und war zu keiner Bewegung fähig.

Dawydowa stand an der Tür und wischte sich mit dem Handrücken den Mund ab. Die Falten auf ihren Wangen traten noch schärfer hervor.

»Verzeih«, kam es da von Dejew. »Verzeih …, ich nehme alle zurück, die ich unterwegs aufgesammelt habe. Alle hundertdrei.«

Jetzt hätte er aufstehen müssen. Draußen warteten die in der Kühle zitternden Kinder, das Fuhrwerk samt Kutscher und das pulsierende Leben. Doch Dejew saß immer noch da, die Hände um den Schädel gekrampft.

Auch Dawydowa rührte sich nicht. Sie griff nach dem Kneifer, der an einer Schnur baumelte, setzte ihn auf die Nase, nahm ihn sofort wieder ab und steckte ihn in die Tasche.

»Du hast ja recht«, kam es jetzt von Dejew, der sich endlich entschlossen hatte, den Blick zu heben. Doch die Leiterin schaute an ihm vorbei zum Fenster oder ins Nichts. »Für so einen Trick kann man sich das Lager einhandeln, nichts einfacher als das. Ich habe nicht das Recht, dich zu zwingen. Noch dazu mit einem Betrug. Entschuldige. Doch als ich unterwegs auf die Kinder stieß, habe ich geglaubt, dass sie hier bestimmt aufgenommen werden. Erfahrene Genossen haben mich gewarnt, dass das nicht geschehen wird. Aber ich Esel glaubte daran, dass es möglich sei. Denn alle, die ich in diesen sechs Wochen unterwegs um Hilfe bat – und das war fast eine kleine Armee – haben sie mir schließlich gewährt. Nicht weil ich so unverschämt auftrat oder so riesiges Glück hatte, sondern weil doch jeder irgendwie Mensch bleiben muss – auch in diesem alles verschlingenden Chaos.«

Warum bestätigte er ihr, was sie bereits abgelehnt hatte? Doch jetzt, da seine Täuschung offenbar war, spürte er in sich den unbezwingbaren Drang, die Wahrheit zu sagen. Und nicht nur das, sondern ihr sein Innerstes zu offenbaren.

»Kluge Genossen haben mir auch gesagt, dass ich mit diesem Transport nicht die Kinder rette, sondern mich selbst. Was soll's, vielleicht trifft das sogar zu. Ein besseres Motiv kann es doch gar nicht geben. Und ich glaube sogar, dass alle so gehandelt haben, die uns in diesen sechs Wochen begegnet sind. Sie haben sich selbst retten wollen. Doch du bist eine großartige Frau, zwar von gewisser Herkunft, aber ohne große Sünden auf dem Gewissen – du brauchst so etwas nicht.«

Dawydowa sah ihn nach wie vor nicht an, als sei er Luft für sie.

In der Stadt ließen die Muezzins ihren Ruf zum Abendgebet erschallen. Er klang gedehnt und klagend.

»Gehen wir, die Kinder aufteilen«, sagte jetzt Dejew, nahm sich zusammen und stand auf. »Sie stehen dort unten nackt, barfuß und frieren.«

»Was wollen Sie denn mit Ihren anfangen?«, fragte Dawydowa mit belegter Stimme.

»Ich bringe sie zurück. Bin erfinderisch genug, um unterwegs etwas zu essen für sie aufzutreiben. Und in Kasan kenne ich eine Heimleiterin, die sie aufnehmen wird.«

»Das brauchen Sie nicht. Ich nehme sie alle.«

Dawydowa ließ die Finger durchs Haar gleiten, brachte es etwas in Ordnung und strich sich den Rock glatt. Dann fuhr sie sich mit den Händen übers Gesicht, um die Fassung zurückzugewinnen. Eine starke Frau. Keine verschreckte Glucke, wie sie Dejew bei sich genannt hatte.

»Wenn du sie heute aufnimmst, es dir aber morgen anders überlegst und sie vor die Tür setzt, dann lass es lieber sein«, warnte er. »Dann gebe ich sie nicht her.«

»Bis zu ihrer offiziellen Rückführung ist ihr Zuhause hier«, erklärte die Heimleiterin und warf ihm dabei den strengen Blick einer Erzieherin zu. Doch ihre Stimme war nicht mehr belegt, sondern klang entschlossen. »Das gilt für alle fünfhundert. Und für den Säugling auch. Wir haben dreihundertfünfzig Betten. Auf die oberen Etagen legen wir sie einzeln, und auf die unterste je zwei. Das wird schon gehen.«

Jetzt war sie wieder konzentriert und sachlich wie bei ihrem Rundgang im Hof. Das war nun das Ergebnis: Dejew stand als Waschlappen da, und Dawydowa hatte das Kommando übernommen.

Er fragte sie nicht, weshalb die Zahl der Betten für die in Samarkand ankommenden Kinder um ein Drittel geringer war als die Zahl derer, die in Kasan abfuhren. Er nickte nur zum Zeichen seiner Zustimmung.

Dann gingen sie zu den Kindern.

Denen war vom langen Stehen wirklich kalt geworden. Es wurde Abend. Die schrägen Sonnenstrahlen wärmten nur noch einen Teil des Hofes. Der Rest lag in blauem Schatten. Die Jungen und Mädchen hatten sich in Häufchen eng zusammengedrückt und traten zitternd von einem Bein aufs andere.

»Genossen!«, rief Dawydowa jetzt laut, dass es auf dem ganzen Hof widerhallte. »Herzlich willkommen in eurem neuen Heim! Die Schlafräume sind in der zweiten Etage. Ich bitte euch alle, heraufzukommen und eure Plätze einzunehmen.«

Doch die Kinder rührten sich nicht. Sie warteten auf das Kommando des Zugführers.

»Sagen Sie es ihnen«, raunte Dawydowa Dejew zu.

Von der Balustrade wirkten die ihm zugewandten Gesichter so, als seien die Kinder auf einen Schlag mehrere Jahre jünger geworden. Als Dejew sie anschaute, wurde ihm klar, dass er jedes von ihnen beim Namen kannte. Sowohl jene, die er in Kasan übernommen hatte, als auch die unterwegs Hinzugekommenen – alle:

Eingerosteter Professor. Eiserner Pip. Schwälbchen. Griga Einohr. Dürre Dschamal. Petka Pompadour. Schafsknottel. Cannabis. Herakles. Casanova. Stählerner Ständer. Pipi-Lilka. Schuppe. Nutte Larka. Fedja Freud. Bulat aus dem Dreck. Giftnatter. Süßer Borschtsch. Mahmud Chinese. Täubchen. Frechdachs und Brausekopp. Abrau Durso. Beschissener Cäsar. Streithammel. Dickkopf Goga. Deckbulle. Kleiner Lord Fauntleroy. Ekliger Schakir. Kodja Pionier. Grischa Zwiebel. Hadschi Murat. Sjoma Butterfly. Außenseiter. Junkie Mischka. Dschamil Mamai. Krummer Hund. Eugen Onegin. Tschekist Joschka. Isadora Duncan. Cannabis. Graf von Monte Christo. Likedeeler. Siegfried. Gera Tschaikowski. Raissa. Stinkender Wodka. Flinke Tatarin. Phileas Fogg.

Kalte Vera. Giftzwerg Schakir. Wanetschka. Hokuspokus. Schwengel Jessja. Hungriger Wolf. Anwar mit aller Kraft. Fiasko. Mischka Arschloch. Popentochter Mossja. Vicomte de Bragelonne. Chaot. Grunzer Stjopka. Schießwütiger Trischka. Fusel-Dodik. Alka Kontribution. Juldus. Rahim. Blindgänger. Sultan. Emilia Galotti. Kokser Roma. Schassur. Heringsohr. Eidechse. Fallsüchtige. Hasenherz. Spürnase Seka. Fakt Grigorjewitsch.

Aufschneider Hadi. Fehlgeburt Lawruschka. Modschid. Fliege Luxemburg. Fathulla. Kadir. Otabek. Rotznase Macha. Langer Dreikäsehoch. Dussja Milchgesicht. Lumpenprolet Gabbas. Tschengis Mamo. Nacktes Knie. Mr. Pickwick. Gutmensch Julka. Sanja aus Astrachan. Schwarze Witwe. Haudrauf Miron. Tussja Klappe Zu. Lumpensack. Dr. Watson mit der Kapitolinischen Wölfin auf dem Arm.

Hygiene-Gena. Hellseher Jurok. Giftkröte Sinka. Nervensäge Filka. Knochennager Aslan. Pimmel. Langnase Dulja. Schlange Soika. Dickes Fell. Dummbrot. Möchtegern-Napoleon. Dumpfbacke. Verlauster und Entlauster Goscha. Stummer Maksum. Vogelfreie Monja. Rosinenplinse. Schwindsucht-Charitoscha. Fettklößchen. Kommunarde Gajan. Paganel. Artemis. Kira aus Armawir. Heulsuse. Maschka Rührmichnichtan. Sulja Böses Blut. Bettpinkler Sanja. Ivanhoe. Filou. Tamara. Pechmarie. Lenotschka. Jammerlappen. Kapitän Nemo. Professor Moriarty. Karlchen. Tanja. Eigenbrötler Warlam. Buster Keaton. Wagenschieber Sjawka. Halsabschneider Sason. Trachom-Jussja. Wilder Gelaska. Furunkel. Staatsanwältin Nastja. Eiterbeule Gordej. Augenloser Kajum. Lawruschka Fehlgeburt. Spastiker Grischka. König Artus.

Sherlock Holmes. Tschatscha Zinandali. Wundertäter. Wolka aus Woronesch. Kondraschka aus Twer. Rodja aus Archangelsk. Schnapsdrossel. Silwa aus Pskow. Schmieresteher. Arsch aus Maikop. MG-Schütze Athos. Lusche aus Tjumen. Muchabat. Versager Wassja. Jesuit. Galgenstrick. Wachhund Janis. Wüstenkönig. Kugelblitz. Gogol-Mogol. Fehlgeburt Wowka. Knoblauchfahne. Sarimsok. Englische Krankheit. Farida. Hosenscheißer. Asalia und Amalia. Halbtoter Kika. Judas aus Schupaschkar. Apoll Ohne Hose. Blindgänger. Krummbuckel. Schlappschwanz. Süßmaul. Fauler Zahn. Versager aus Tjumen.

Einauge Wotjak. Bürgerschreck. Lackaffe. Verpissdich. Enver. Gulschat. Drei-Särge-Markel. Tjurabek. Nika, der Deutsche. Aika. Rebellischer Gaidamak. Langfinger Foma. Schüttelfrost.

Geizhals. Schlampige Sulja. Matratze Schanka. Agafon. Platoscha aus Wologda. Halskrankheit. Rigoletto. Flittchen Lida. Grinsebacke. Syphilis-Ossja. Leichenfledderer Modja. Säbelschwinger. Blödelheini. Flohmarktschreck. Klawa aus der Gosse. Drängler Serjoscha. Kolja Camembert. Spitzarsch. Alter Bastschuh. Langfinger Foma. Polonaise. Kolik-Rita. Fieberwahn. Sonnenanbeterin. Zuckerschnute Dunja. Kindesraub-Opfer. Arschgeige. Spritzdüse. Mondgesicht. Hinkebein. Wolga-Finne. Stefan Lederhose. Edler Spender. Gymnasiast. Grippe-Wenja. Guter Frol und Böser Frol. Jedermanns Liebling. Lügenmaul. Glücksschwein. Furzer Fenja. Vielfraß aus Kaljasin. Wadja Nimmersatt. Kloakensäufer Fima. Mameluck Goga. Aasfresser. Vergissmeinnicht. Red John. Mülltonnenwühler. Hungerhaken Elka.

Jakute Steife Latte. Schlafmütze Ignaschka. Junus. Jakobiner. Entblößer. Gleb Brot Her. Großkotz. Schläger Gordej. Tjoma aus Samara. Sofo. Scheintoter. Markescha. Badassar. Kalmücke. Roquefort. Schora aus Shiguli. Kotzbrocken. Malaria-Luka. Ibrahim aus Kasan. Rachitisknochen. Diphtherie. Krämerseele Erik. Asa. Raubein Bogdascha. Schieber Orest. Türkischer Genuss. Schlitzohr. Blindes Huhn. Lahmarsch. Julik aus Orenburg. Pfiffikus Shora. Irma. Stacheltier. Lehmfresser Jegor. Giftkraut. Parfuschka aus Alatyr. Fettwanst. Klops Kirdyk. Marat von der Krim. Sarazener. Profiterole. Stummer Fisch. Gespenst Bodja. Nichtsnutz Issja. Schreihals Seblo. Simulant. Taubenzüchter Daut. Eiswaffel. Schlagring-Jefremytsch. Gefräßiger Wadja.

Falschspieler. Bahnräuber. Kirchendiebin Olja. Smith&Wesson. Speckige Karte Lossja. Afoscha Hundesohn. Knurrmagen. Wespentaille Jussuf. Sexprotz Jegor. Petersburger Galan. Spirka von der Achtuba. Kirgise Doppelrüssel. Portwein-Sinka. Baschkire Gali. Seifenblase. Unerwarteter Tod. Wowa aus Simbirsk. Kuhfladen. Jungfisch Vera. Störrischer Esel. Rammler Schora. Stendhal. Armer Schlucker. Dreckiger Schwanz. Petka Petit Four. Fadja Stirb Morgen. Koltschak. Ulfat aus Ufa. Krumme Salicha. Arsch mit Ohren. Floh aus Leljuki. Schwache Sakka. Marjam. Federfuchser Hugo. Phallus. Salbei-Wocha. Kröterich. David Copperfield. Geizkragen. Taube Nuss. Wichser Mansur. Schnuppernase. Volle Hose. Fußlappen. Patronenhülse. Eva mit Refrain. Jungfrau Jassja. Trüffel. Haris Gottesanbeter. Wilder Dickens.

Schreckschraube. Krepierter Nasser. Betschwester. Faustmesser. Drache. Surrogat. Chrystia. Martha. Schnaps aus Rshew. Lachanfall. 10 Haschisch. Skalpell. Huckleberry Finn. Mitja Mayne-Reid. Tripper-Goscha. Asphalt-Omar. Gerissene Afonja. Grabräuber Ilja. Futterbeschafferin Tanja. Saufaus Drjuscha. 20 Ben Gunn aus Schichran. Herpes-Tolja. Ramses II. Bulgare Bajasit. Augenloser Udmurte. Knast-Affe. Abgebrühter Schora. Rasanter Witja. Balalaikaspieler. Dilar aus Bugulma. 30 Schwanzloser Igor. Schluckspecht Djoma. Null. Gauner Abu. Pokerfresse. Brandy. Zuhälter. Essigwein. Larik Säuft Alles. Tassja Keine Schlampe. 40 Ira Papirossa. Jeroschka Ölkuchen. Folterknecht Geka. Billard-Ija. Scharaschik aus Pensa. Wikinger Jakob. Schnapsbruder. Bockmist. Wasserkopf. Knast-Ophelia.

Arschkriecher. Pockennarbiger Hering. Glatzkopf Schamil. Großmaul. Conferencier Tima. Schanker. Randalierer Fedja. Pferdedieb Gafar. Onanierer Nasar. Wrangel aus Odessa. Feuchter Händedruck. Benka in Handschellen. Schenkelchen-

Lisa. Marathonläufer Wenja. Schlawiner Motja. Traviata mit Glimmstängel. Njuta Gott Bewahre. Abrekin Manana. Krätze-Kolja. Halbe Flasche. Anarchist Kostja. Handleserin. Ganovenbalg. Psychopath Muchtar. Lisa. Pleite-Sossja. Tprussja. Pferdenarr. Schmieriger Brillant. Geldsack. Teymur. Schläger Borja. Nansen. Titten-Vera. Sünd und Schande. Ausreißer Kondrat. Abräumer Luka. Kolja Riesending. Bibinur. Kopflose Klara. Granate Assja. Mussja Schwanzabreißerin. Carmen Walja. Türkin Halima. Blindenhund Ljowa. Jurotschka. Löffelspieler Mitja. Straßenräuber Koska. Sima Petroleumsäufer.

Faulpelz Bobik. Hamza. Blutsauger. Schnaps Iwanowitsch. Ustja. Gerechte Lisa. Weibsbild. Jaschka Christus. Ilfat. Kaldaunenfresser. Cervelatwurst. Ausreißer Witja. Musikant. Frackträger. Glückspilz. Nervtöter. Kitzliger Klim. Intelligenzbestie. Gatsby. Aschenputtel. Drückeberger. Buckliger Machmut. Rabauke Tjoma. Salim. Sprücheklopfer. Bettler Kossja. Strauchdieb Ossja. Mordwine. Zungenfäule. Lügenbold Kadyr.

Auf dem Fuhrwerk die Schwerkranken und die Kleinsten: Bienchen. Zieselmaus. Papierkügelchen. Blödmann. Halbtoter Lossja. Charlie Chaplin. Stinkmorchel. Pusteblume. Goldstück. 40 Schmusekätzchen. Kuckuckskind Iskander. Tonja. Manussja. Janitscharen-Lenka. Bair. Didim. Fissa. Jangul. Und Sagrejka, der inzwischen kein Fieber mehr hatte.

»Nun sagen Sie es ihnen doch! Sagen Sie ihnen, dass sie ins Haus gehen sollen.«

Jetzt erst wurde Dejew klar, dass er immer noch neben Dawydowa an der Balustrade stand und auf die Kinder schaute.

Und die auf ihn.

Er konnte gar nicht mehr sprechen, nur noch nicken. Das bedeutete: Ich erlaube es. Und die Kinder stürzten los, die Treppen hinauf, wo sie warme Schlafräume erwarteten.

Als Dejew zum Bahnhof zurückkehrte, war es schon dunkel. Lange saß er frierend auf einer Bank am Bahnhofsvorplatz und lauschte dem Hundegebell, das aus der Ferne herüberdrang. Dann trottete er gedankenverloren auf den Gleisen umher und schaute in den trüben Mond. Erst viel später erreichte er den Bahnsteig, den man der »Girlande« für die Nacht zugewiesen hatte.

Er ging an dem ungewohnt leeren Zug entlang. Der Bahnsteig war so hoch, dass Dejew ohne Mühe zu den Fenstern hineinschauen konnte. Doch drinnen war es dunkel. Auch im Lazarett war niemand. Schade, wie gern hätte er jetzt mit dem Großvater geredet! Die vier Personenwagen waren menschenleer, nur im fünften brannte Licht.

Dorthin ging Dejew. Auf den Pritschen der Kinder hatten sich die Begleiterinnen zusammengefunden und unterhielten sich. Wahrscheinlich über etwas Schönes, denn ihre Augen leuchteten, sie wirkten entspannt, und der junge Koch, der bei ihnen saß, prustete manchmal verlegen und presste seine Lippen gegen die Schulter.

Dejew lief weiter. Im Stabswagen – keine Menschenseele. Er ging in sein Abteil und setzte sich auf die Liege, ohne den Mantel abzulegen.

Durch das Fenster fiel blasses Mondlicht herein, so dass er keine Lampe anzuzünden brauchte. Auf dem Tisch stand eine Art Paket. Als Dejew die vielen Lappen, in die es verpackt war, abgenommen hatte, kam ein Topf mit Reisbrei zum Vorschein, der noch warm war. Danke, Memelja.

Sogar ein Löffel lag dabei. Den nahm er, saß aber nach wie vor unschlüssig da und lauschte, wie draußen auf der Bank, dem fernen Heulen eines Hundes.

Da klopfte es leise an seine Tür.

Er reagierte nicht.

Die Tür ging auf. Es war Fatima.

»Warum kommen Sie nicht zu uns?«, fragte sie freundlich. »Sind am Fenster vorbeigehuscht und verschwunden wie ein Geist. Glauben Sie nicht, dass wir uns ausheulen. Die Stimmung ist gut, genauso, wie Sie es befohlen haben.«

Er antwortete nicht.

»Wenn Sie gegessen haben, dann erwarten wir Sie«, fügte sie mit Nachdruck hinzu.

Dejew versuchte gehorsam, sich etwas Brei aus dem Topf in den Mund zu schieben. Doch er brachte nichts herunter. Da saß er nun mit der glitschigen Masse auf der Zunge und bog den Löffel zusammen wie ein Klappmesser.

Fatima kam zurück, setzte sich und schlang ihre weichen Arme um ihn. Er drückte sein Gesicht an ihre Brust und begann zu weinen. Brei tropfte von seinen zitternden Lippen.

Die »Girlande« stand längst unter Dampf und wartete auf das Signal zur Abfahrt nach Buchara. Doch Belaja konnte das Zeichen nicht geben, denn Feldscher Bug war verschwunden.

Er war nicht, wie angekündigt, am Vortag abgefahren, sondern seine Sachen lagen alle noch an Ort und Stelle – der Instrumentenkoffer, der weiße Kittel, sein Kleidersack und sogar seine Jacke. Doch er selbst war verschwunden. Die Kognakflasche stand auf dem Operationstisch. Sie war leer. Den geschliffenen Verschluss des Flakons hatte Belaja vom Fußboden aufgehoben.

Die Besatzung des Zuges war auf ihren Plätzen. Die Begleiterinnen hatten sich für die Reise mit abgekochtem Wasser versorgt und standen in Erwartung der Abfahrt auf den Wagenplattformen. Aus dem Abzug des Küchenwagens stieg eine dünne Rauchfahne auf. Memelja bereitete das Frühstück zu. Im Stabswagen lag Dejew in tiefem Schlaf, das Gesicht in Fatimas Schoß geborgen, die auf seinem Bett saß und ebenfalls schlief. Durch die Falttür hatte die Kommissarin gehört, wie sie die ganze Nacht für Dejew das Wiegenlied gesungen hatte. Erst gegen Morgen war sie eingenickt. Von Bug fehlte nach wie vor jede Spur.

Belaja hatte den Auftrag, sich so rasch wie möglich nach Schachrissabs zu begeben, wo man ein illegales Kinderbordell entdeckt hatte, was dringend einer Aufklärung bedurfte. Künftige Reisen sollte die »Girlande« ohne die Kommissarin antreten. Ihr blieb nur, die Abfahrt zu befehlen und den Zug zu verlassen. Doch Bug war immer noch nicht aufgetaucht.

Nun stand sie am Zug und lauschte dem Singsang der Muezzine auf den Minaretten. Sie begrüßten den Sonnenaufgang. Als die Rufe zum Gebet verstummt waren, wollte Belaja Bugs Sachen bereits dem Bahnhofsvorsteher zur Aufbewahrung übergeben, da kam Bug endlich in Sicht.

Genauer gesagt, es war seine mächtige Gestalt. Vier Soldaten schleppten ihn heran wie einen zu schweren Baumstamm, den sie sich nicht über die Schulter werfen konnten, sondern, nur wenige Zentimeter über dem Boden schwebend, herbeitrugen. Sie schnauften schwer, beförderten ihre Last aber mit aller Vorsicht, bewegten sich mit kleinen, weichen Schritten, damit sie nicht ins Schaukeln geriet.

»Schwester!«, rief der Verantwortliche Belaja schon von Weitem zu. »Ist Zugführer Dejew da?«

»Er kann im Moment nicht herauskommen.«

Belaja trat zu den Trägern und schaute dem Feldscher ins Gesicht. Der schnaufte leise und zuckte im Schlaf mit dem Schnurrbart. Ohne sich ihm zu nähern, roch die Kommissarin starken Kognakdunst.

»Wir sind mit einem Anliegen an Dejew … hergekommen«, teilte der Dienstälteste betreten mit.

»Bringen Sie ihn hier herein«, wies Belaja an und zeigte auf den Stabswagen.

Sie befahl den Soldaten, Bug auf ihre bisherige Liegestatt zu befördern. Der war so riesig, dass er auf diesem Lager kaum

Platz fand. Für alle Fälle öffnete Belaja die Verbindungstür. Man konnte nicht wissen, was dem Mann einfiel, wenn er zu sich kam. So war er wenigstens unter Aufsicht. Doch weder Dejew noch Fatima wachten auf.

»Haben Sie ihn so ... abgefüllt?«, fragte sie den Verantwortlichen, als sie mit den Soldaten wieder auf dem Bahnsteig stand.

»I wo, der ist schon so bei uns angekommen!«, antwortete er der Kommissarin in einem Ton, als sei sie Bugs Ehefrau oder eine Verwandte, bei der er sich zu entschuldigen hatte.

»Doch da konnte er noch Beine und Zunge bewegen. Als es damit vorbei war, haben wir ihn sofort hierhergeschleppt.«

»Woher wussten sie, wohin er gehört?«

»Na daher«, antwortete der Soldat achselzuckend und zog ein zerknittertes Papier aus der Tasche, das doppelt zusammengelegt war. »Da war kein Irrtum möglich.«

Belaja faltete das Papier auseinander und sah, dass es der Auftrag war, den sie selbst am Morgen unterschrieben hatte. Auf der Rückseite stand in der großen Schrift des Feldschers: »Meinen volltrunkenen und daher bewegungsunfähigen Körper bitte ich auf den Bahnhof zum Evakuierungszug zu transportieren und an Zugführer Dejew zu übergeben.«

»Ich danke Ihnen, Genossen«, sagte Belaja und drückte jedem einzeln die Hand.

»Wir müssen uns bei ihm bedanken«, gab der Dienstälteste aus tiefstem Herzen zurück. »Diese Nacht werden wir nie vergessen.«

»Hat er randaliert?«

Die vier warfen sich merkwürdige Blicke zu.

»Hat er geflucht? Was denn dann?«

Der Dienstälteste druckste herum, suchte Ausflüchte, fand keine und plauderte schließlich aus, was geschehen war.

»Er hat die Pferde geküsst. Er war die ganze Nacht im Pferdestall, hat sie aufs Maul geküsst und zu ihnen so zärtliche, rührende Worte gesagt ... Die fallen unsereinem nicht einmal bei einem Mädchen ein. Und er hat so etwas bei Pferden drauf. Die halbe Truppe ist zusammengelaufen, um sich das anzuschauen. Der Zugführer hat sich seine Worte sogar ins Notizbuch geschrieben. Und der Koch war zu Tränen gerührt. Solche Worte waren das ... Der ist ein echter Poet!«

»Er ist Feldscher«, teilte Belaja den Männern trocken mit.

»Und Dichter«, fasste der Soldat mit einem Lächeln zusammen. »So etwas soll es geben.«

Damit gingen die Soldaten davon.

Belaja griff nach ihrem Kleidersack, der schon lange an der Einstiegstreppe zum Stabswagen auf sie wartete, warf ihn über den Rücken und winkte dem Lokführer zu: »Abfahren!«

Die Lok ließ einen Basston erschallen. Die Maschine begann zu schnaufen, die Räder quietschten, und langsam setzte sich der Zug in Bewegung. Ohne sich noch einmal nach ihm umzuschauen, schritt Belaja davon. Vor dem Bahnhof wartete bereits ein Pferdewagen auf sie. Von den Plattformen winkten die Begleiterinnen, von denen sie sich nicht einmal verabschiedet hatte, und riefen ihr etwas nach. Doch sie drehte sich nicht um.

Die »Girlande« verließ Samarkand, das gerade erwachte.

Drei fuhren nun in einem Abteil. Dejew schlief so tief, wie er auf der ganzen Reise nicht eine einzige Nacht geschlafen hatte. Als Fatima erwachte, strich sie ihm übers Haar und hörte dabei den Feldscher, dessen Schnarchen klang wie Trompetenstöße. Der Mann, die Frau und der Greis fuhren gemeinsam in einem Familienabteil, und jeder war dem anderen lieb und teuer.

Drei strebten bald nach verschiedenen Himmelsrichtungen auseinander: Dejew rollte mit dem Zug nach Westen. Belaja fuhr in einem Pferdewagen nach Süden. Und der blinde Sagrejka kroch tastend auf den Schienen nach Norden, um den Bruder zu suchen. Er wusste, dass er ihn immer suchen würde.

Und auf sie alle schaute die im Osten aufgehende junge, rote Sonne.

Anmerkungen der Autorin

Bei der Arbeit an diesem Roman habe ich Erinnerungen sowjetischer Partei- und Staatsfunktionäre benutzt, die in den 1920er Jahren am Kampf gegen die Hungersnot und an der Versorgung verwahrloster, obdachloser Kinder beteiligt waren. Dazu gehören die Sammelbände von A. D. Kalinina (Hrsg.), *Besprizornye* (Verwahrloste Kinder), 1926; J. Dobrynina (Hrsg.), *Osoby narod. Rasskazy iz žizny besprizornych* (Ein besonderes Völkchen. Berichte aus dem Leben verwahrloster Kinder), 1928; A. Grinberg (Hrsg.), *Rasskazy besprizornych* (Berichte verwahrloster Kinder), 1925; die Publikation der Ärzte L. A. und L. M. Vasilevskij, *Kniga o golode* (Das Buch vom Hunger), 1922; L. M. Vasilevskij, *Golgofa rebjonka* (Ein Golgatha für das Kind), 1924; *Kollektivy besprizornych i ich vožaki* (Kollektive verwahrloster Kinder und ihre Anführer), 1926; *Bol'ševcy* (Bolschewzy)*, 1936. Zudem habe ich Artikel aus der Zeitung *Krasnaja Tataria* (Rotes Tatarien), Jahrgang 1926, ausgewertet. Viele authentische Äußerungen verwahrloster Kinder sind aus diesen Publikationen wörtlich in den Roman übernommen worden (Zum Beispiel: »He, Schwester, Sie essen aber vornehm, genau wie Lenin!«, »Den

* Bezeichnung für die Insassen der Arbeitskommune Nr. 1, einer 1924 eingerichteten Erziehungs- und Besserungsanstalt für minderjährige Rechtsverletzer bei der Ortschaft Bolschewo.

werde ich lehren, statt Kartoffeln Holzkloben zu rösten!«, »Stimmt es, dass die Bourgeois ihre Lokomotiven mit Brot heizen?«, »Ich hau die Nase dir in Trümmer – und sage frech, so war die immer.« – u. a.) Aus den genannten Veröffentlichungen stammen auch die »Berufe« der verwahrlosten Kinder, ebenso einige Szenen wie die Beschlagnahme des Lieblingsmessers von Einohr Griga beim Einsteigen in den Zug und einzelne Figuren wie der Tschuwasche Senja, der sich von einer Riesenlaus verfolgt glaubte.

Eine große Hilfe beim Schreiben des Romans waren die Arbeiten von Historikern: A. Berelovič und V. Danilov (Hrsg.), *Sovetskaja derevnja glazami VČK-OGPU-NKWD. 1918–1939. Dokumenty i materialy* (Das sowjetische Dorf aus der Sicht von WTschK-OGPU-NKWD. Dokumente und Materialien), 1998–2012; die Habilitationsschrift von V. A. Poljakov, *Golod v Powolže 1919–1923. Proischoždenie, osobennosti, posledstvija* (Der Hunger im Wolgagebiet 1919–1923. Entstehung, Besonderheiten und Folgen), Wolgograd 2009; A. K. Sokolov (Hrsg.), Red. S. V. Žuravlev u. a., *Golos naroda. Pis'ma i otkliki rjadovych sovetskich graždan o sobytijach 1918–1932 gg.* (Stimme des Volkes. Briefe und Äußerungen sowjetischer Bürger zu den Ereignissen der Jahre 1918–1932); *Golod v SSSR* (Hunger in der UdSSR), Sammlung von Archivdokumenten; *Kniga o golode* (Das Buch vom Hunger), Sammlung literarischer Arbeiten, Samara 1922. Außerdem habe ich Material aus dem Nationalarchiv der Republik Tatarstan, Fond P-1251, *Otčoty o rabote detskich domov* (Bestand R-1251, *Arbeitsberichte von Kinderheimen*) und dem Staatsarchiv der Russischen Föderation, Bestand R-1058, verwendet.

Das Kapitel über die Inspektionsreise der Kinderkommissarin Belaja durch das hungernde Wolgagebiet stützt sich auf die Memoiren von A. D. Kalinina, *Desjat' let raboty po bor'be s det-*

skoj besprizornost'ju (Zehn Jahre Kampf gegen die Verwahrlosung von Kindern), 1928.

Die Namen der Leiterin der Sammelstelle von Kasan, Schapiro, und der Direktorin des Kinderheims von Samarkand, Dawydowa, stammen von ein und derselben realen Person – Assja Dawydowna Kalinina, geborene Schapiro, einer aktiven Kämpferin gegen den Hunger und die Verwahrlosung von Kindern. Während der Hungersnot von 1920–1923 eröffnete sie in Tschuwaschien Essenausgaben und evakuierte 5744 hungernde Kinder nach Moskau. Man nannte sie die »Mutter der tschuwaschischen Kinder«.

Die Aktion der Kampfboote, die mit ihren Schrauben vierzig Rotarmisten zerstückelten, ist eine historische Tatsache. Im August 1918 kam es während der Kämpfe gegen General Kappel bei Swijaschsk auf Befehl von Lew Trotzki zur demonstrativen Erschießung von Soldaten des Petrograder Arbeiterregiments wegen Feigheit. Ihre Leichen wurden in die Wolga geworfen und von Kampfbooten überfahren. Davon berichten in ihren Memoiren S. I. Gusev – *Swijażskie dni* (Die Tage von Swijaschsk) in der Zeitschrift *Proletarskaja revoljucija,* 1924, 2 (25), und Lew D. Trotzki – *Mein Leben,* Berlin 1990, Kap. 33, *Ein Monat in Swijaschsk.* Dies war der erste Fall von Dezimation (Hinrichtung jedes zehnten Schuldigen) in der Geschichte des Roten Russlands. Einige Historiker nennen ihn den ersten Fall politischer Repression.

Die Zerstörung des Botanischen Gartens von Kasan, über die Fatima und Dejew sprechen, ist tatsächlich geschehen.

Die Vorstellung Sagrejkas von permanentem Krieg in seinem Kopf als Symptom für sich entwickelnden Autismus ist dem Buch des Heilpädagogen Aleksej Melia, *Mir autisma. 16 supergeroev* (*Die Welt des Autismus. 16 Superhelden*) entnommen.

Die Ruf- und Spitznamen der Insassen des Zuges stammen

zum Teil aus den genannten Archivdokumenten und Memoiren; außerdem wurden Wörter und Redensarten aus dem Russischen, Tatarischen, Usbekischen, Kirgisischen und anderen Sprachen, dazu Ausdrücke aus dem Rotwelsch verwandt.

Südwestliche Sowjetunion und angrenzende Staaten 1923
1 Swijaschsk
2 Tjurlema
3 Urmary
4 Arsamas
Nischni-Nowgorod
Sergatsch
Kasan
Schichrany
Lukojanow
Rusajewka
Samara
Sysran
Kinel
Busuluk
Orenburg
Dongus
Ilezk
Saratow
Uralsk
Aktjubinsk
Emba
Zarizyn
Wolga
Astrachan
Ural
Emba
Perm
Uralgebirge
Tjumen
Ufa
Tara
Irtysch
Omsk
Petropawlowsk
SOWJETUNION
Akmolinsk
KASACHISCHE STEPPE
Kirgisische ASSR
Turgai
KIRGISISCHE STEPPE
N
W
O
S
Aralsk
Kasalinsk
Kysylorda
Jusaly
Aralsee
Syr Darja
Arys
KYSYLKUM-WÜSTE
Taschkent
Turkestanische ASSR
VOLKSREPUBLIK CHORESMIEN
Chiwa
Samarkand
Buchara
VOLKSREPUBLIK BUCHARA
Amu Darja
Grosny
Kaspisches Meer
Tiflis
Baku
Krasnowodsk
KARAKUM-WÜSTE
Jerewan
Aschgabat
Merv
AFGHANISTAN
Teheran
PERSIEN
Bagdad
0
500 km

Dank

An diesem Roman habe ich zweieinhalb Jahre lang gearbeitet. Wie Dejew, der Hauptheld, auf seiner Fahrt sehr unterschiedlichen Menschen begegnete und nur dank ihrer Unterstützung das Ziel erreichte, so habe auch ich während dieser dreißig Monate sehr viele um Hilfe gebeten, und alle haben sie mir gewährt. An dieser Stelle möchte ich all jenen, die dazu beigetragen haben, dass dieses Buch geschrieben wurde und erscheinen konnte, meinen aufrichtigen Dank sagen:

Meiner lieben Mutter und meinem Mann dafür, dass sie mir so viele Wochen der Abgeschiedenheit ermöglicht haben, ohne die ich diesen Roman nicht hätte schreiben können;

meiner geliebten Tochter für ihre unendliche Geduld;

Jelena Kostjukowitsch für ihr ausgeprägtes Verständnis und für unsere Gespräche von unschätzbarem Wert in der Zeit des Lockdowns und der Isolation als Folgen der Corona-Pandemie;

meiner teuren Freundin und Weggefährtin Julia Dobrowolskaja für alle Gespräche und Briefe, für ihre Unterstützung in unzähligen schweren Stunden;

Jelena Daniilowna Schubina für ihre unermessliche Weisheit und ihr Vertrauen; Tatjana Stojanowa, Veronika Dmitrijewa und ihren Kolleg:innen in der Redaktion Jelena Schubinas;

der Autorenresidenz La Villa Marguerite Yourcenar in Nordfrankreich, der Direktorin Marianne Petit und all ihren hervorragenden Mitarbeiter:innen für die freundliche Einladung und die Möglichkeit ungestörter Arbeit am Text des Romans. Dank schulde ich dem liebenswürdigen Guy Fontaine, ebenso der Verlegerin von »Noir sur Blanc«, Fanny Mossière, und der Übersetzerin Maud Mabillard für die Anbahnung und Unterstützung des Aufenthalts;

Vater Joann Priwalow aus Archangelsk für die langen, fruchtbaren Fern-Gespräche über die christliche Lehre, für wertvolle Ratschläge und spirituelle Unterstützung;

Sergej Doroschkow für die Konsultationen zu Aufbau und Funktionsweise von Lokomotiven;

Anwar Chodschanijasow für seine detailreichen Informationen über die landschaftlichen Besonderheiten der Steppen Kasachstans und der Gebirge Usbekistans;

Assja Kiramowna Machnina für grünes Licht im Zeitschriftenarchiv der Nationalbibliothek der Republik Tatarstan;

Artjom Silkin und Ljudmila Anatoljewna Jelissejewa für die unvergesslichen Führungen durch Swijaschsk und die Gespräche über die Geschichte der Stadt;

Russina Schichatowa für umfassende Hilfe bei der Nutzung sozialer Medien;

den ersten Leser:innen des Manuskripts Viktoria Albertowna Kuprianowa, Vera Kostrowa, Yvette Litwinowa und Saltanat Jermyrsa für ihre wichtigen Hinweise;

der Literaturagentin in Deutschland, Christina Links, meinem Übersetzer Helmut Ettinger, der Lektorin Marlies Juhnke und der Leiterin des Aufbau Verlages Constanze Neumann für die lebhafte Unterstützung des neuen Romans schon in der Phase seiner Entstehung;

Galina Pawlowna Beljajewa für ihr einfühlsames Lektorat und den sorgsamen Umgang mit dem Text;

allen meinen teuren Übersetzer:innen für den Luxus des Umgangs mit ihnen, der in der Zeit der Pandemie so wertvoll ist, und für die Überwindung der so plötzlich zwischen den Staaten wiedererstandenen Grenzen;

meinen teuren Leser:innen in aller Welt für ihr Interesse und ihre Unterstützung, die für eine Autorin lebenswichtig sind.